风雪迷失夜

李振平　著

作家出版社

1月23日晚17：40

001

吴氏集团董事长吴礼六十大寿的生日宴会定于今晚六点在王朝酒店天字第一号包间举行。这场生日宴会从一开始就充满诡异的气氛，怪事一件接一件，给人不祥的预感。

王朝酒店的金色旋转门不停地缓缓转动。

酒店外，夜黑如墨，大雪纷飞，不时响起沉闷的阵阵雷声。冬天打雷，这是难得一遇的异常气象。

酒店内，大堂灯火辉煌。

赵慧出现在旋转门口，她摘下蒙上一层雾气的黑框眼镜，跺几下脚，掸去肩上的雪花。这位吴氏集团财务总监永远皱着眉，脸上深刻四条法令纹，比三十一岁的实际年龄显得老许多。隔着落地大玻璃窗，她监视着她的丈夫、吴氏集团行政副总经理吴仁将黑色奥迪轿车开进停车场。吴仁、赵慧是吴氏集团董事长吴礼的长子、长媳。

赵慧不耐烦地等了半分钟，顺着满铺紫红地毯的环形大楼梯，她独自快步走上二楼。

走廊尽头是她预订的天字第一号豪华包间。

隔壁二号包间，一名枯瘦的黑衣年轻人站在门口，胸戴白花，一对白多黑少的眼睛死盯着她。

赵慧低下头，避开那人的目光，匆匆走过去。她来到天字第一号包间的彩绘玻璃门外，眉头不禁皱得更紧。奇怪，包间里面没亮灯，黑沉沉中，闪动着忽强忽弱的蓝色幽光，隐约还有压低的鬼哭似的声音，好像隔门透出一股阴森森的冰寒之气。

怎么回事？赵慧疑惑地伸出手，刚碰到门把。

突然，包间里面传出一声女人的惊叫！

叫声尖锐，战栗。

赵慧吓得呆立了几秒钟。她清醒过来，扭身就跑，一头撞进丈夫吴仁的怀里。她颤声说："你快去看看，包间里杀人了，还是闹鬼哪？"

胖乎乎的吴仁畏缩退后，不敢上前。

"废物！"赵慧责骂道。

值班经理闻讯赶到。他头上冒汗，气喘吁吁的，身后跟着两名保安。人多胆壮，三人合力撞开包间的玻璃门，大吊灯亮了，炫目的光线立刻照亮包间每个角落。眼前一幕，把值班经理的鼻子气歪了。

几个女服务员挤在电视荧屏前，正在偷看一部讲述白衣女鬼的恐怖片。她们一见值班经理，一个个垂下头，悄悄溜走了。

值班经理亲自动手，收拾乱糟糟的包间。

赵慧板起脸，说："今晚费用八折。"她根本不容值班经理商量。

"慧姐，您来得真早，您一手操办的生日宴会，董事长一定满意。"随着话音，吴氏集团业务副总经理孟艳笑吟吟地走进包间，这是位高个子漂亮女人，时尚高雅，欧式风味。她身后跟着丈夫吴钢与五岁的儿子吴信，乳名信儿。吴钢是吴氏集团董事长吴礼的养子，吴仁的大学同学，经营着一家名为成钢的小贸易公司，专接吴氏集团的活儿。他中等身材，面白无须，恭谨地冲着吴仁、赵慧笑笑。

信儿乖巧地叫了一声："慧妈妈好。"

对于一家三口的问候，赵慧的鼻子眼儿里"嗯"了一声。

吴钢展开一幅红底金字的大寿屏，倍加小心地挂到墙上。值班经理看到寿屏有点歪，想帮忙扶正。

"你别动。"吴钢慌忙阻止。

孟艳问值班经理："隔壁二号包间办的什么宴会？怎么都是些穿黑衣、戴白花的人？"

值班经理装作没听见，他把一大篮温室鲜花摆放到圆餐桌正中，绿叶映衬着五颜六色的花朵，烘托出喜庆气氛。他殷勤地说："如有需要，随时叫我。"说完，他退出包间，拭去额上汗珠。隔壁包间办的什么宴会，他可不能说，不敢说，但愿不要因此引发轩然大波。

王朝酒店旋转门外，吴智停下电动自行车。他的同居女友陶蜜儿从后座上跳下来，抬头仰望面前这座金碧辉煌的摩天大厦，赞叹说："好气派，来这儿的都是跟你爸一样的有钱人吧。"

吴智不屑地撇撇嘴。他是吴氏集团董事长吴礼的二儿子，瘦高，长发披肩，留着一抹小胡子，叼着从不离嘴的大烟斗。他开了一间名为"黑白时光"的影楼，兼任老板、摄影师，生意惨淡。陶蜜儿丰腴，又白又嫩，她自比杨贵妃，是个做梦都想成为女四号的群众演员。这一对是吴家的另类。

两人相拥相抱，晃晃荡荡地走上环形大楼梯。因只顾腻声说笑，他俩不经意中闯入二号包间。吴智穿了件黑皮夹克，有人给他拿过一朵白花，让他戴上，他这才觉出不对，进错了包间。他看见正面墙上挂着一张带黑框的老头照片，连说 sorry，跟陶蜜儿转身出来。

他跟陶蜜儿走进天字第一号包间，朝先到的各位挥挥烟斗，算是打了招呼。他坐下，习惯性地摸摸左侧额头被长发遮住的一道伤疤，说："那老头的遗像拍得不好，光线运用缺乏韵律感。"

"遗像？什么遗像？"赵慧问。

"隔壁二号包间办的是丧宴，墙上挂着死老头的遗像。"吴美站在包间门口，气愤地说。她是吴氏集团董事长吴礼的小女儿，现任集团公关部长。她一屁股坐到椅子上，不客气地批评道："赵慧，你这个儿媳妇怎么当的，挑这么个地方办爸的生日宴会，伴着哀乐给爸庆寿，太晦气了。"这位吴大小姐浓妆艳抹，身体的每个部位都大。

赵慧的脸色由红到紫，她命令女服务员："去，把值班经理叫到这儿来！"

值班经理刚赶到，没来得及解释，后厨又出事了。

操作间，一位年轻厨师头上高高的白帽子耷拉下来，手里拎着一只炸到半熟的八爪章鱼，他对面站着吴氏集团安保部长吴义。吴义是吴礼的亲叔伯兄弟，他有一张刀削斧劈般的脸，尽管年近六十，仍然高大威猛，年轻厨师在他面前就像一只待宰的小鸡子。吴义双手抱肩，沉默如山，这更让年轻厨师害怕。

值班经理问清情况。

吴义从机场取回一只空运来的八爪章鱼，要求加工后活着端上餐桌。谁知年轻厨师一个不留神，八爪章鱼溜出水箱，爬上不锈钢排油烟罩，纵身一跃，跳入下面的滚油锅，疑似自杀了。这种事太怪异啦！值班经理打出一长串电话，好不容易从另一家酒店找到一只相似的半死不活的八爪章鱼。

值班经理松了口气，回到天字第一号包间，迎接他的是一张张更加愤怒的面孔。

赵慧指着圆餐桌上大花篮里的一朵黄花，问："这是什么花？"

"这……这是……"

"这是万年菊，在花语中表示悲哀，是送给死人的花！"

接二连三地出事，值班经理几乎崩溃了。

一个年轻男人搂住他的肩，亲热地说："老兄，我叫吴良，资深律师，吴氏集团首席法律顾问。咱们谈谈贵酒店给我的当事人造成精神损害的赔偿问题吧，损害非常严重，最好不要闹到法院，媒体一介入，影响贵酒店声誉呀。"

值班经理注意到，这位自称吴良的律师油头粉面，眼睛不大，眼珠子咕噜噜地转来转去，特别灵活。

这时，包间外面响起一阵杂乱的人声。

又出事了？值班经理拉开包间的门。

那个守在二号包间门口的黑衣年轻人搀进一位老妇，抱歉地说："对不起，我们错把这位老人家当成亡者的遗孀了，现在送回来。"

赵慧怒道："岂有此理！"

老妇瘫坐在椅子上，她头发花白，身体孱弱，从面孔轮廓上依稀可见她曾经的美貌。她是吴氏集团董事长吴礼的夫人——刘淼。她的头发与衣服被雪打湿，鞋子沾满泥污，神色极为疲惫，像是刚跑过很长的路。她半闭眼睛，喘了会儿气。

值班经理趁乱溜走。

包间里静下来，吴家人彼此保持冷漠的客气。他们想着同一件大事：吴氏集团董事长吴礼要在今晚的生日宴会上宣读他的遗嘱。所有人的目光都集中到吴良始终抱在怀里的黑公文包上。

那里面装的是遗嘱？

围着大圆餐桌的十三把椅子中，还有两把是空的，一把是吴董事长的，另一把是谁的？

六点差一分。

包间里的人不约而同地全部站起来，面朝敞开的门口，恭敬地迎候。吴董事长是个时间观念极强的人，从不迟到分秒。

六点整。

六点已过。

沉寂。不安的感觉逐渐在包间里蔓延。

刘淼对大儿子吴仁说："问问你爸在哪儿。"

吴仁犹豫着，不敢打这个电话。赵慧瞪他一眼，夺过手机按号码，接通后，传来一个女声：您拨打的电话已经关机，请稍后再拨。

其他人轮番打电话，结果都是关机。

陶蜜儿傻乎乎地冒出一句："雪天路滑，不会是出车祸了吧？"

窗外，一声冬雷震响。随后雪停，风起。

吴仁说："义叔，问问您在交通队的朋友。"

吴义走到窗前，打出一个电话，低语了一会儿。他挂断电话，转过身，目光扫过每个人的脸，严肃地说："在温泉山庄回城的山路上，发现路边停着一辆轿车，黑色，车型加长林肯，车牌尾号三个'8'。"

那是吴氏集团董事长吴礼的专车。

他又说了一句更加让人心惊的话："车门大开，车内空无一人。"

002

暗夜。温泉山庄回城的山路上，一辆黑色加长林肯轿车停在路边。

几名刑事警察围着车，在应急灯下，一寸一寸地检查。

这辆轿车的大灯没有关掉，由于电瓶的电将近耗完，射出的光柱逐渐暗淡下来。驾驶席旁的车门大开着，车座上飘进一层雪花。车载音响播放着一首哀伤的老歌。车内物品没有被翻动过。

女刑警小袁汇报："十七点十分，一位村民开着农用三轮车从这儿经过，发现这辆被遗弃的林肯，他以为遇到白衣女鬼了，吓得边逃边报警。交通队根据车牌号查到车主是吴氏集团董事长吴礼。"

毕队长问："那位村民叫什么？"

"姓范，叫范大同，每天进城拉泔水，做完笔录，已经走了。"小袁没有预料到，过几天她还会找这位范大同核实另一个情况。

毕队长绕到车后，用脚蹬开积雪，路面露出两道剧烈摩擦形成的又深又长的黑色印痕。开车的人遇到什么突发情况，迫使他在这里紧急刹车？

毕队长环视四周，群山、路面、冰河、林木，一切都被厚厚的白雪覆盖。从温泉山庄回城的山路蜿蜒至此，向南拐去，一边是乱石嶙峋的陡峭山坡，一边是封冻的冰河，河面开裂的细长冰缝中，黑色河水急急流淌。山路拐弯处，长着一株合抱粗的老树，扭曲的枝丫直插夜空。

黑色加长林肯轿车就停在老树前，车身周围没有脚印。

雪不再下。夜风更猛了，卷起漫天雪粒，打在脸上生痛。山坡与冰河上，活动着几名刑警的身影，他们不顾彻骨严寒，在雪中仔细探查，艰难搜寻着线索。刑事警察是份既辛苦又危险的职业，这时候，他们不能像普通人那样待在温暖的家里，品茶，喝小酒，看看电视，再跟老婆钻进热被窝。他们不是普通人！

小袁过来，从保温瓶中倒出一杯热姜茶，递给毕队长。她知道毕队长胃寒，一着凉，就会痛出一身虚汗。

毕队长问："查得怎样？"

小袁回答："车内没有发生搏斗的痕迹，附近只找到几个野兔儿的脚印，这场讨厌的雪。"

如此寒夜，一个大活人，凭空消失了？

小袁说："我分析，这是一起外星人绑架案件。"她眼前映出一组画面：一只巨大的飞碟闪着奇异的虹光，几个怪模怪样的外星人蹒跚着来到轿车前；昏迷的吴董事长被放到解剖台上……

毕队长对她的分析嗤之以鼻。

小袁噘起嘴："不是外星人，难道是遇到鬼了？"

"有这种可能。"毕队长一本正经地说，"不是吓唬你，这地方每逢下雪天，都会出现一个白衣女鬼，飘来荡去，确实有人见过，刑警队曾经派人来调查了两次。"

一阵冷风袭来，小袁打个冷战，往毕队长身边靠了靠。

毕队长讲述了一个真实的传说。

那株老树后面，曾有一处坟园。二十八年前，葬入一个雪夜冻死的女人。据说，一位司机冒着大雪行车经过这里，正值黄昏时分，借着雪地的反光，他亲眼看到坟园中飘出一个白衣女鬼，足不沾地，两只眼睛吐出鲜红的火焰。司机吓坏了，下意识紧急刹车，车险些翻进冰河。司机弃车而逃，因为年轻，腿脚快，没被白衣女鬼抓走。一开始，人们认为司机酒后胡扯，并不相信。以后一些年的风雪天，有人接连看到白衣女鬼神秘出没。人们纷纷传说，这是那个冻死的女人阴魂不散，但她是好鬼，从不害人。警方调查后，郑重辟谣，要求广大市民相信科学，不迷信鬼神。

讲到这儿，毕队长看着路面上的紧急刹车印，若有所思。

"后来呢？"小袁好奇地追问。

"前几年，这处坟园被平整后，改建成城市绿地，白衣女鬼再没出现。"毕队长说。

"她又回来了。"小袁肯定地说。

"谁？"

"白衣女鬼。"

"小丫头，奶奶的鬼故事听多了吧。"

"谁是小丫头，我下个月满二十，只比你小十二岁。"小袁是位想象力极其丰富的圆脸姑娘，她仿佛亲眼看见：温泉山庄回城山路上，远远开来一辆黑色加长林肯轿车，车大灯打出的两道光柱划破风雪。车内，吴氏集团董事长吴礼双手握住方向盘，神色紧张。

前方山路拐弯处，车灯照亮那株老树。平地刮起一股旋风，雪粒漫天狂舞。树后，出来一个戴着笑脸面具的白衣女鬼。

吴董事长一脚急刹车，四轮抱死，车身前冲。

女鬼披着宽大的白色丧袍，随风起舞，飘呀，飘呀，飘过来了。

吴董事长推开车门，逃向陡峭山坡。

伴随着啾啾鬼哭，白衣女鬼不离左右，白色长袖不断抽打吴董事长的脸，吓得他心胆俱裂。他慌不择路，脚下一滑，滚落山崖。

白衣女鬼摘下面具……

小袁突然睁大圆圆的眼睛，手指陡坡，低声惊呼："白衣女鬼，她在那儿！"

毕队长瞬间浑身绷紧，顺着她手指的方向望去。

一阵狂风呼啸而过，裹着雪粒，迷住视线。

毕队长凝神看了一会儿，嘴角泛出笑意，哪里是什么白衣女鬼，分明是一块披着白雪、酷似人形的石头。

黑色加长林肯轿车的大灯越来越暗，熄灭了。车载音响不再播放。寒气像刀子一样刺入肌骨，四周一片无尽的黑暗，只能听到如泣如诉的风声，像是一个女人唱着凄凉的挽歌。

在这个滴水成冰的风雪之夜，吴董事长究竟遇到什么可怕的事，弃车而逃，消失得无影无踪？

003

明亮的天字第一号包间里，暖气太足，使人燥热不安。

参加生日宴会的十个成年人与男孩信儿坐在椅子上，抬头仰望站在面前的毕队长。这位老刑警并不老，三十出头，他的身材高大健壮，腮帮子刮得铁青，一双鹰隼般的眼睛炯炯有神，动作豹子似的轻灵敏捷。

毕队长逐一观察每个人。

吴氏集团是本市大名鼎鼎的家族企业，在外人眼中有几分皇室般的神秘色彩。这些吴家人惊闻他们的董事长与大家长吴礼离奇失踪的消息后，就像猝然遭到十级地震的强烈冲击，然后，个个神情如铅，心事重重。但是，毕队长感觉到，他们的表情中似乎缺少点什么。

小袁问："吴董事长冒雪开车走那条山路，他有什么急事赶回来？"

吴良律师代表在座的人回答："吴董事长六十大寿的生日宴会定于今晚六点准时举行，他要宣布一件大事。"

"什么大事？"

"吴董事长要在生日宴会上宣读他的遗嘱。"

毕队长立即联想到几件因遗嘱引发的恶性命案。

小袁又问:"今天风雪很大,山路难行,吴董事长去温泉山庄干吗?泡温泉?"

吴美说:"我爸以前从不去温泉山庄,也从不走那条山路。"

这句话引起毕队长的重视。温泉山庄属于吴氏集团的产业,水质极佳,声名远扬,是一处疗养胜地,而身为董事长的吴礼却从来不去,这事有点蹊跷。

毕队长问:"包间里摆了十三把椅子,两把是空的,还有一位客人没到?"

小袁佩服毕队长的观察入微。

赵慧说:"我公公去温泉山庄见一个人,谈事。我公公指示,要请那个人参加他的生日宴会。"

"见什么人?"

"丁香公司总裁,丁香。"

"谈什么事?"

"不知道。"

毕队长突兀地问:"吴董事长有没有仇家?"

赵慧脱口而出:"有。"

"谁?"

"丁香,她与我公公是生意上的死对头。"

"噢……"毕队长的声音拖得很长,表情怪怪的,"吴董事长与丁香既然是仇家,为什么约在温泉山庄见面,还要请她参加生日宴会?"

刘森纠正道:"我丈夫没有仇家,他与丁香总裁早已消除误会,冰释前嫌,两家公司正在谈合作。"

赵慧想要说话,吴仁在餐桌下面拉拉她的袖子。

毕队长转换话题:"吴美小姐刚才说,吴董事长以前从不走那条山路,有谁知道他今晚五点左右从那条山路回城?"

吴美的目光像蛇一样缠绕在毕队长身上，她喜欢这种强壮有力的男人。她说："这是家宴，只有家里人知道。"

毕队长一字一顿地问："除了在座各位，再没外人知道？"

无人回答，算是默认。

毕队长与小袁相视一眼。只有在座的十个人（五岁信儿可以排除在外）知道吴董事长今晚的行车时间与路线，这意味着什么？

毕队长问："你们今天下午谁与吴董事长联系过？"

"我，我联系过。"赵慧不情愿地说。

"几点？"

"下午五点整。"

"说什么了？"

"那时天黑了，雪下得正大，我问生日宴会是否准时举行，公公批评我……啰唆。"

"吴董事长的语气声调有没有变化？"

"跟平时一样。"

"通话时间多长？"

"五十七秒，一分钟通话费。"

案发时间可以确定为下午五点零一分至十分之间。

毕队长扭过脸，说："小袁，一会儿把在座各位三点至五点的行踪都记一下。"

"是。"小袁心领神会。

"你什么意思？"吴义愤而起身，他与毕队长都是富有进攻性的男人。

刘淼庄重地说："吴礼是位好丈夫，好父亲，好兄长，好长辈，家里人人都敬重他，爱戴他，不会做出任何对他不利的事情。"

毕队长解释道："这是例行的常规调查，请各位不要误会。"

吴良眨眨小眼睛："毕警官，你直说了吧，吴董事长失踪，在座的吴家人个个都有重大嫌疑，你在查我们谁有作案时间。本律师郑重提醒你，与吴董事长在温泉山庄见面的丁香嫌疑更大。"他冷笑着加了一句："还有一种可能，吴董事长被白衣女鬼抓走了。"

毕队长不搭理这个小白脸。他问吴美："吴董事长从不走那条山路，为什么，怕遇见白衣女鬼？"

"谁不怕鬼呀，哥，我就怕。"吴美装出胆怯的样子，她知道大男人都喜欢保护小女人。

小袁讨厌这个浑身上下哪儿都大的女人。

毕队长注意到，吴家人个个盛装而来，只有刘淼一身湿漉漉的素服，鞋子踩过泥水。围绕着这个羸弱的小老太太，几件多年前的疑案至今悬而未破，今夜吴董事长的失踪正是一个新的切入点。毕队长跨前一步，走到刘淼跟前，弯下腰，直视对方眼睛，面对面地问："吴夫人，对于白衣女鬼的传说，您怎么看？"

刘淼不答，平静如水。

毕队长说："当年调查白衣女鬼的警方人员中，有一位是我的师父——现在主管刑侦的邢副局长，他让我问候您。"

刘淼轻咳一声："毕警官，我明白你的话外之音。如今子女们都长大了，可以知道了。这个秘密在我心里埋藏了许多年，传说中雪夜冻死的那个女人是我的母亲，你们的姥姥。"

一语震惊四座。

不知谁惊呼一声，大概是陶蜜儿。

二十八年前，刘淼的母亲身患重病，瘫痪在床。一个风雪之夜，她赤身爬到院子里，不知去干什么，以致活活冻死，这个非正常死亡案件曾在本市轰动一时。她被葬入温泉山庄回城山路上那株老树后的坟园里，因为死得不明不白，很快有了她死后化为白衣女鬼的传说。

吴董事长与刘淼夫妇二人都没对子女们讲过这段往事，讳莫如深。

刘淼说："我的母亲不会变成白衣女鬼，人若死后有灵，她一定会在天堂。"不等毕队长问，她又说："我的母亲生前与吴董事长相处很好，亲如母子。"

真的如此？

这个晚上，毕队长了解到的情况中，有一串疑问需要逐一解开：吴董事长要在生日宴会上宣读的遗嘱什么内容，遗产分配对谁有利，对谁不利？他去温泉山庄与丁香见面，谈些什么？他从不走那条山路的原因是否怕撞上白衣女鬼？他真是一位没有仇家，又深受家人敬爱的慈祥长辈？他现在何处，是否已经成为一具冰冷的尸体，孤魂在雪夜中随风游荡……

孟艳一家三口始终未发一言。

吴智只顾抽着大烟斗。陶蜜儿紧挨着他，声音发抖，又冒出一句："我觉得你爸死了，他的鬼魂就在窗外，看着咱们哪。"

包间里的人悚然一惊，全向黑洞洞的窗口望去。

小袁接到一个电话，她向毕队长汇报后，对包间里的吴家人大声说："刚接到协查通知，王朝酒店附近发生一起车祸，死者面部受到严重撞击，身高、年龄、衣着与吴董事长大体一致，请你们到市立医院太平间辨认。"

小袁话音刚落，隔壁，举办丧宴的二号包间骤然响起悲怆的乐声。

分明是哀乐。

几乎是同时，吴钢身后，歪斜地挂在墙上的那幅大寿屏轰然坠地。

吴家人呆了，他们蜂拥着走出包间。

毕队长拾起大寿屏，看了看挂绳，眉头一挑。

赵慧对守候在门口的值班经理吩咐道："今晚的菜全部打包，我带走。"

004

一条狭长的走廊通往太平间。

灯光昏暗，灰白色的墙壁光秃秃的，深深渗入无数逝者家属的哭泣声。为了节省城市宝贵的空间，逝者无论生前贫贱富贵，都被塞进一个个同等规格的冰冷铁柜，挤在一起，像他们出生时一样平等。任何活着的人来到这里都放轻脚步，压低说话的声音，大概是怕惊动逝者，如果他们被吵醒，睁开眼睛站起来，那可不是一件好玩的事。

这里是终年不见阳光的地下一层。

走廊里，响起杂沓的脚步声。

刘淼走在前面，她拒绝让人搀扶，消瘦的身体挺得很直，脸上看不出一点表情。吴家人排成一串，尾随其后。相隔十几米，毕队长观察着他们的步态与动作，想从中捕捉到一些蛛丝马迹。他又感觉到，这些人的表情中似乎缺少点什么。

不用敲，太平间的门从里打开。刘淼脚下略一停，迈了进去。

靠墙的一张不锈钢四轮床上，躺着一具尚有余温的尸体，正处于死亡后的第一次尸僵，又硬又直，全身蒙着白布。头部的白布渗出黑红色血水，将近凝固。

吴家人围在尸体旁，一声不出。

没人去揭白布。

阴冷的气息顺着领口、袖口钻进人的衣服。等了一会儿，毕队长过去，从脚开始，慢慢掀开死者身上的白布。死者穿着一双鳄鱼纹皮鞋，深灰色纯毛西裤，同等材质的西装上衣，系一条浅灰丝质领带，双手放在身体两侧。毕队长停住，没有继续掀开白布，以免死者血肉模糊、撞烂变形的面部吓着这些人。

刘淼不很肯定地说："他今天出门时穿着同样的衣服，是他。"

吴家人一阵骚动。

毕队长抬起死者的左手，手腕处露出一块名贵的金表，表针还在走。

刘淼说："他戴的也是这样一块表。"

赵慧插话："公司账上有发票，价值百万，家属可以带走吧，以防小偷。"

小袁心中暗想，这个冷血的女人。她没好气地说："案件处理完毕后再予发还，丢不了。"

死者基本认定为吴氏集团董事长吴礼。

怪事，他为什么会出现在距离弃车地点几十里外的车祸现场？

辨认结束，吴家人准备离开时，站在后排、离得较远的孟艳不再沉默，清晰地说了一句话："这个死人不是吴董事长。"

所有人的目光集中在她的身上。

孟艳又说："吴董事长的表腕是皮的。"

死者左腕上的手表是金属链，身为吴董事长夫人的刘淼可能由于精神恍惚，没有发现。刘淼跨前一步，一下揭开死者头部的白布，死者那张脸被撞得乱七八糟，惨不忍睹，但一头染过的黑发闪闪发光。

除了吴义，其他人都转过脸不敢看。

刘淼改口说："不是他！发型不对。"

情况戏剧性逆转，吴家人表情不一：夫人刘淼沉静如常；亲叔伯兄弟吴义面带怒气；长子吴仁有点发呆，长媳赵慧粗黑的眉毛皱成疙瘩；次子吴智漠然地叼着大烟斗，没有儿媳身份的陶蜜儿怕到浑身发抖；女儿吴美恶心得要吐；养子吴钢安抚怀抱的信儿，他的妻子孟艳轻轻吁出一口气；律师吴良一副无动于衷的样子。尸体不是吴董事长，吴家人并未感到欣慰，反而显得越发心神不宁。吴氏集团最关键的高级职位全部掌握在他们手中，吴董事长失踪将影响到这个家族企业的未来，与他们的切身利益密切相关。

毕队长一一看在眼里。

这些人中，谁的嫌疑最大？

"他在哪儿？"太平间外，走廊里陡然响起一个女人的尖声叫喊，接着门被撞开，闯进一个颇具骨感美的年轻女人，她嚷嚷着，"我要见他最后一面，我要跟他一起走。"

市立医院内科的艾主任紧跟进来，一把抓住她的胳膊，说道："小殷，你最好别见最后一面，你要是见到他现在的脸，保证你一辈子做噩梦。"

"别拦我，我非要见他最后一面。"那个叫小殷的女人不听劝，她拨拉开吴家人，一阵风似的冲到尸体前，当她一看到死者那张面目全非的脸，嗷的一声惨叫，双手捂住眼睛，身子软瘫下去。

艾主任一把抱住她，抱得很紧。

吴美见状，不满地冷哼一声。

在场的人认出来，这位殷女士正是以行为大胆前卫、标新立异而闻名本市的网络主播，她一年前嫁给一个年纪可以当她祖父的老男人——靠捡破烂发家的亿万富翁。此时，她伏在艾主任怀里，哀哀哭泣："今天晚上，我跟他举办了离婚晚宴，规模盛大，贵宾如云，他特别高兴，喝了两瓶 XO。他说是要到街上裸奔，告诉全市人民我们离婚的消息，还要在网上直播。他怎么被车撞死的，没人看见，也没人知道。结婚的时候，他用玫瑰花组成 1314 四个数字，说我们要相爱一生一世。我当时就说，1314 是凶兆，1314 读起来不就是要散要死吗？！应验了吧，我们散了，他让车撞死了。"

不愧是当红的网络女主播，这种场合她还能滔滔不绝地说出一大堆话。

她的眼泪流到腮帮子一半的地方，又破涕为笑，说："'破烂大王离婚之夜暴死街头的九大悬念'，这个标题太吸引人的眼球了，点击量一定过亿，我立刻上网播发。"她挣开艾主任的怀抱，往太平间外跑。

吴良追上去，问："你们办离婚手续了吗？"

殷主播答："没有，我们说好明天去办，你问这个干吗？"

吴良小眼睛闪着光："敝姓吴，吴良，资深律师，我可以为你争取到夫妻共同财产中的最高份额，收费绝对公道。这是我的名片。"

不顾艾主任的白眼，他与艾主任各抓住殷主播的一只胳膊，三人并肩挤出太平间狭窄的小门。

那具尸体脸上仅存的一只破碎眼珠露出冰冷的笑意。

吴家人齐齐地打个寒战，逃出太平间。

夜寒如冰，雪花零星。

站在高台阶上，毕队长与小袁借着或明或暗的灯光，目送前来辨认尸体的人一个个离开医院。毕队长再次感觉到，这些人的表情中似乎缺点什么。

艾主任与殷主播黏在一起，如胶似漆，两人上了一辆红色跑车，同去喝杯压惊宽心酒。

吴智骑上电动自行车，陶蜜儿跳上后座，抱住他的腰，两人亲一下，似乎笑了一声，轻快地走了。

吴仁发动黑色奥迪轿车，朝老婆赵慧说："赶紧走吧。"赵慧没上车，她盯着吴良的黑公文包，招手说："吴律师，我们送你。"吴仁说："送他干吗，今儿晚上没吃东西，我饿透了，回家煮一大碗面条，卧两个荷包蛋。"

吴良走到大切诺基越野车旁，拉开车门，坐到副驾驶座位上。吴美轰他："谁让你爬上来的，滚下去。"吴良一反过去在她面前点头哈腰的样子，拍拍黑公文包，说："我有几句要紧的话，你不想听？"吴美朝黑公文包瞅了一眼。大切诺基越野车加足油门，四轮飞转，呜的一声从赵慧面前开过去，卷起的雪泥溅到她的裤腿上。

赵慧气得眼里喷火。

刘淼一人步行走出医院大门，儿女没一个在她身边。夜深，刚下过一场大雪，街上没有出租车。老式大众轿车在她身边停下，吴义从里面推开车门，并不说话。刘淼迟疑一下，左右看看，上了车。

孟艳一家三口上了白色宝马轿车。吴钢开车，孟艳与信儿坐在后排座位，她的脸上裹着白色羊绒大披肩。

医院大门出口，只容一辆车通行，黑色奥迪轿车与白色宝马轿车迎头相遇。僵持片刻，白色宝马轿车步步后退，黑色奥迪轿车紧逼向前，抢先驶出去。

白色宝马轿车随后，保持较远距离。

吴家人走光了。

小袁说："吴家都是些什么人呀，吴董事长失踪，我看这些人没一个伤心着急的。"

她的话点醒了毕队长，吴家人脸上的表情中缺少的正是"悲伤"。

参加生日宴会的十个吴家人，加上未曾到场的女客丁香，只有这十一个人知道吴董事长今天下午将经过温泉山庄回城山路。

十一个嫌疑人！

005

老式大众轿车在空旷的马路上缓缓行驶。车轮碾过积雪，发出持续不断的沙沙声。

车内，吴义与刘淼沉默不语。

吴义扫了一眼后视镜，警车紧跟在后。

一栋城堡式别墅前，老式大众轿车停下，刘淼下车，车未停留，开走了。

别墅没有一丝灯光，像坟墓一样黑，一样静。夜风乍起，倾斜的屋顶上滑落下一大块积雪，掉在刘淼的脚前。她走向厚重的橡木大门，开锁，双手一推，门无声地开了。

她站在大客厅，没开灯，闭上眼睛，享受黑暗。女佣每晚八点下班后，偌大的别墅里，只有她一个人。这么多年，她早已习惯了。

窗幔没有拉上，落地窗外，满地白雪反射进朦胧的光线。

一双男人的眼睛死死地看着她！

她的喉咙一阵发紧，差点惊呼出声。那是她的丈夫吴礼的眼睛，眼神刀锋一般凌厉，冰锥一般寒冷。他回来了，正躲在暗中？

她强自平复心情，迎着那双眼睛，一步一步走近。

那是挂在墙上吴礼的大幅黑白照片，全身像，穿着的正是跟躺在太平间里的那个死人同样的深灰西装与鳄鱼纹皮鞋。照片中，吴礼身材魁伟，器宇不凡；他满头黑发，方脸，额头宽阔，两道浓眉，高高的鹰钩鼻子，阔嘴；他右手下垂，左手屈肘抬起，露出腕上配皮带的名贵金表。照片出自二儿子吴智的照相机下，突出表现出吴礼一双冷酷无情、刻薄多疑的眼睛。

刘淼与这双眼睛久久对视。

刘淼一把扯下照片。

距离别墅几十米外，警车里，小袁说："看样子，吴董事长没回来。"

毕队长望着与夜一样黑的城堡式别墅。

小袁说："今天下午五点零一分，吴董事长与赵慧通过一次电话之后，他的手机一直处于关机状态。吴董事长是个行事严谨的人，即便有急事，也不会电话不打一个，不说一声，就不去参加他的六十岁生日宴会，到现在音讯全无。我认为，吴董事长极有可能遭遇重大意外，或是绑架，或是……"她没往下说。

毕队长问："今天下午三点到五点，参加生日宴会的吴家人都在哪儿，干什么？"

小袁掏出笔记本，逐一汇报：刘淼，市立医院就医；吴仁、赵慧，吴氏集团大厦办公室加班；吴智，在黑白时光影楼为人拍照；陶蜜儿，应一位华姓导演之约去王朝酒店为一部电视剧中的女四号试镜；吴美，香妃美体中心做按摩；孟艳，逛街购物；吴钢，在家做家务；吴良，律师事务所里撰写辩护词。以上均为参加今晚生日宴会的吴家人的自述，按照这个时间、活动表，他们都不可能出现在吴董事长失踪案发现场。小袁补充一句，吴家人的自述尚未经过核查，无法认定是否属实。

毕队长问："你只说到九个人，还有一个呢？"

小袁圆脸拉长了："吴义，吴氏集团安保部长，他拒绝配合，拒不交代他在下午三点到五点的行踪，他还说……"

"说什么？"

"他说，如果查到证据，证明他犯罪了，请带着逮捕证来。他一边说一边笑，他还叫我小丫头，真气人！"

毕队长笑言："这个人很有性格。"

小袁说："这是个有案底的人，我查了一下，三十年前，他涉嫌盗窃刘森父母家的宋代玉瓶并走私出境，在看守所里关了将近一年。"

"后来呢？"

"证据不足，后来无罪释放了。就在释放当天，他酒后当街与人斗殴，被重新抓进看守所，因故意伤害罪判处有期徒刑一年半。这种人怎么能当吴氏集团的安保部长？"

毕队长指示："查，一个一个地查，不仅要查清楚这些吴家人在吴董事长失踪前两小时的行踪，更要查清楚这些吴家人与吴董事长之间有没有深藏在表面下的矛盾、积怨。"

根据今晚观察到的吴家人在王朝酒店天字第一号包间、市立医院太平间的种种表现，毕队长不相信吴董事长一家是个和睦的大家庭。刘森将失踪的吴礼描绘成一位好丈夫、好父亲、好兄长、好长辈，其中有多少真实的成分？

凭借多年刑侦经验，他"感觉"到这些吴家人身上个个疑点重重。

蓦地，小袁向前一指，说："快看！"

黑乎乎的城堡式别墅里，灯一盏又一盏地亮起来，所有的灯都亮了。接着，别墅前的景观灯也亮了。内外上百盏灯交相辉映，整栋别墅如同一座闪闪发光的水晶宫，照亮夜空。

一小队巡逻的保安停住，周边几栋别墅的窗户里探出人头，他们第一次见到这种不寻常的节日景观。

透过落地玻璃窗，小袁看见，刘淼坐在大客厅里的沙发上，双手捂住脸，像在无声地哭泣。小袁深受感动，她说："我看过一篇专门介绍吴董事长与他的夫人刘淼的文章，两人结婚二十九年，相互忠贞不渝，伉俪情深，恩爱胜过新婚，她一定是在为吴董事长的失踪而伤心流泪吧。"

毕队长用启发的语气问："她为什么开亮所有的灯，像是过节？"

小袁回答："我猜，吴董事长不在，她一个人怕黑。"

毕队长又问："一个妻子不清楚丈夫的手表是皮表带，还是金属表带，这是一对恩恩爱爱的老夫老妻？"

小袁专往好处想，她说："一定是因为悲伤过度，一时记错了。"

毕队长想的是，孟艳没有记错。

就在两位警官讨论"表带"的时候，大客厅里，刘淼从怀里取出贴身的心形银坠，轻轻抚摸着，然后打开。

里面藏着一张泛黄的照片。照片上，她与父母的笑容阳光般灿烂。

她泪流满面。

006

吴美笑得前仰后合。

她听吴良讲了一个下流的小笑话。她的亲爹刚刚失踪几个小时，而且生死未卜，此时，这位好女儿却在开心大笑。她的手没握住方向盘，大切诺基越野车向左打滑，幸亏开得慢，没翻车，横在马路中央。

她继续开车，说："再讲一个。"

吴良把手放在她的大腿上："只要你爱听，我能陪你讲一夜。"

吴美斥道："你的爪子老实点。"

吴良嘿嘿笑着，手更加不老实。他素有耳闻，这位吴大小姐在本市艳名四播，人称"公共汽车"。她的男友不计其数，什么样的男人都行，她不挑食，不忌口。

吴美问："你有什么要紧的话对我说？有屁别憋着，快放。"

吴良说："前几天，吴董事长召我到'大内'，与我谈了一次话，指定我作为他的遗嘱执行人，还说……"

"还说什么？"

"他老人家有意将你许配给我。"

"将我许配给你？我爸能看上你？你发高烧，说胡话吧？"吴美的大眼珠子从眼眶里凸出来。

"真的！吴董事长说，你一直私下爱慕我。"吴良得意地说。

吴美笑得要断气："我爱慕你？你以为你是谁？你不撒泡尿照照你的那副德行！"她用涂着黑指甲油的食指一戳吴良的脑门，说："癞蛤蟆！"

吴良心想，你可不是天鹅，至多是一只拔干净毛等着进烤炉的大肥鸭子。

吴美抽抽鼻子，闻了闻，说："什么味儿，小良子，你放屁了吧？"

吴良否认："没……没有。"吴美打开车窗，放进冷风，吹去车内的臭气。吴良确实放了一个屁，蔫蔫的，烂果子味儿。不同的人放屁风格各不相同，健康豪爽之人往往放屁有力，声音响亮，而瘦瘦的、弱弱的、满肚子心思的人一般放屁无声，因为憋得久了，味儿足。

吴良一脸郑重："吴董事长还说，他指定你为接班人，让我辅佐你执掌吴氏集团。"

吴美难以置信："我爸能把吴氏集团交给我？"

吴良有意无意地轻拍怀里的黑公文包。

"遗嘱上这么写的？我看看。"吴美伸手就抢。

吴良抱着黑公文包，左右躲闪："小心开车，撞上了！"

大切诺基越野车一晃，再晃，扭起秧歌，差点撞上路中的隔离栏。吴美说："拿出来，拆开，我要看。"

吴良把黑公文包紧紧抱在怀里。

"信不信我把你从车上踹下去。"吴美威胁。

吴良被迫从黑公文包里取出一份封得严严实实的牛皮纸袋，在手里掂了掂，递过去。

"这就是我爸的遗嘱？真的假的？"

"假的。"

吴美接过，就要撕开封口。

吴良按住她的手："咱们说好了，遗嘱是你抢走的。"

"行！我是出名的女霸王。"

"我还有话。"

"废话真多。"

"别怪我事先没提醒你，如果不是五位遗嘱继承人同时到场，这份遗嘱拆开作废，无效。"

"嗯？"

"这份遗嘱内容对你大大有利，你拆吧，别后悔。"

"你诈我？"

"信不信由你。"吴良吹起口哨。

吴美犹疑不决。

"拆呀，快点拆呀。"吴良反过来催她。

吴美被唬住了，她把遗嘱扔还给吴良。她不甘心，问："遗嘱怎么对我有利？"

吴良收好遗嘱，心里松了口气。这个女人头脑简单，好哄骗。他回答："未经立遗嘱人同意，遗嘱内容不得外传，懂吗，这是法律规定。"

"遗嘱是你写的？"

"当然。"

"你偷偷告诉我。"

"不行!"吴良正儿八经地说,"我是资深律师,必须恪守职业道德。"

"有你的好处呢?"吴美利诱。

"本律师意志坚定,绝不会为一己私利而做出违法乱纪的事。"吴良大义凛然。

"哼,儿媳妇大肚子,装孙子!"

"呵呵,给我什么好处?"

"你开价。"

"我说了?"

"说吧。"

"你嫁给我。"

看吴良的神情十分认真,吴美不再笑了。

"我爱你!"吴良轻飘飘地说。

吴美喉咙里发出呕吐的声音,她说:"你……爱我?你爱我爸的钱吧?"

吴良坦然承认:"原因之一,这与爱情并不冲突。"

"你想人财两得?"吴美问。

吴良点头,心想:吴大小姐,谁会想得到你这个人,除非他的脑子灌进屎汤子了。

"大律师,你我做笔买卖?"

"大小姐,买什么?卖什么?"

"你先把遗嘱的内容告诉我。"

"嘿,没你这么做买卖的。"

"嘻,你说怎么办?"

"你我先登记结婚。"

两人相视而笑,皮笑,肉不跟着笑。

前面，吴良律师工作室到了，很大一块 LED 的红色招牌。

下车后，两人情侣般相偎相依，恋恋不舍。吴美贴在吴良的耳边，柔情地问："你真的爱我？你说有五个遗嘱继承人，我妈，大哥吴仁，二哥吴智，加上我，还有一个是谁？"

吴良亲亲她："我爱你，真的。还有一个继承人是谁，我不能说。进来喝一杯，共度良宵？"

吴美捏捏他瘦弱的肩头："小身板，你行吗？"

她驾车扬长而去，留下一串脆笑。

007

吴良目送大切诺基越野车在街头消失。

他的律师工作室位于一处临街的简易平房，不足二十平方米。他打开玻璃门上的链子锁，走进充当接待室的外间，这里布置简陋，摆放着三屉桌、折叠椅、茶几与坐垫磨破了的钢管沙发。里间是狭小的卧室，将够放下双人床与一组衣柜。从工作室的大小、陈设可以看出，他不是一位成功律师，平常只接些小案子，吴氏集团常年法律顾问费是他最大一笔收入。

他饿极了。今晚，他本想借着吴董事长的生日宴会吃一顿丰盛的大餐，不承想，陪着吴家人喝了一肚子西北风。

他翻出一罐啤酒，半包剩饼干，边吃边想心事。

失踪的吴董事长有条不成文的规矩，吴氏集团重要岗位只用吴家人。吴良的父亲与吴董事长从同一个村出来的，同祖同宗，所以他能成为吴氏集团首席法律顾问。过去，吴家人不拿他当回事。如今情况不同了，听到吴董事长失踪的噩耗后，吴家人个个围着他转，争着向他献殷勤，他有自知之明，明白他们都是冲着黑公文包里那份遗嘱来的。

他从黑公文包里取出遗嘱，对着灯光看了又看，里面只有薄薄的一页纸。他对吴美撒谎了，遗嘱不是他写的，他并不清楚遗嘱的具体内容。

几天前，吴董事长召他觐见。

吴氏集团大厦高耸入云，云端上的最高一层，那是吴董事长一人办公的地方。任何有幸被召到这里来的经理无不诚惶诚恐，心情激动又忐忑，膝盖微微发软，犹如即将跪拜皇上的臣子。他们私下把这里叫作"大内"。

大内之中，陪伴吴董事长的只有一只两眼颜色不一样的波斯猫。

上午十点召见，吴良提前半小时就到了。他站在董事长专用电梯前候着。差五分钟，他对着镜子似的大理石墙面整整领带，抻抻西装下摆，捋捋头发，走进电梯。

随着电梯上升，他心中嘀咕，吴董事长亲自召见，有何要事？

最高一层到了。踩着松软的紫色厚地毯，他走到吴董事长办公室门外。他调整呼吸，轻轻敲了几下门。

"进来。"一个威严的男中音。

吴良推开门。

吴董事长破例没坐在大写字台后的大皮圈椅上。他斜靠宽大的皮沙发，一只手抚摸着怀抱的波斯猫。

波斯猫用一黄一绿两只眼睛打量着吴良。

在吴董事长面前，吴良哈腰站着，自觉十分渺小。吴董事长是位白手起家的具有传奇色彩的大人物，当年遭人白眼的跑街推销员，如今成为万人敬仰的商界巨子。无论创业时他做过什么卑贱的事，都被成功后头上耀眼的七色光环遮盖住了。吴良用眼角偷觑，注意到吴董事长的脸色不大好看。

"吴律师，今天叫你来，有件事让你办。"吴董事长声音浑厚低沉，带有男性的磁力。他一般称呼吴良为小良子。

吴良支棱起耳朵，唯恐落下一个字。

茶几上，放着一个封好的牛皮纸袋。吴董事长拿起纸袋，说："这是我的遗嘱，将在我的六十岁生日宴会上宣读，我指定你为遗嘱的保管人、执行人。"

吴良顿时心潮澎湃，激动地说："谢谢董事长的信任，您把这么重要的事情交给我办，我一定不负董事长的重托。"

吴董事长和蔼可亲："坐，吴律师，你很能干，我对你一向十分器重。"

吴良没敢坐："您还是叫我小良子吧。"

"小良子，我有两儿一女，在这三个孩子当中，我最疼爱的是女儿吴美，你觉得她怎么样？"

"她？她……"

"吴美对我说，她喜欢你。"

"啊？"

吴董事长犹如慈父："我不反对你做我的女婿。在五个继承人里，我给吴美留下的遗产份额是最多的，如果我死了，吴氏集团交给她掌管。有你帮助她，我很放心。"

吴良感激涕零，他不是在做梦吧？

吴董事长脸色一寒，口气严厉："为了争夺我的遗产，多少人将会打得头破血流，命都不要。因此，你必须保管好这份遗嘱，只有五个继承人都在场时，方可拆开。否则，遗嘱无效。"

吴良想问，五位继承人都是谁？

吴董事长放下波斯猫，起身走到酒柜前，倒了一大杯威士忌，酒液金黄。他手端酒杯，站在窗前，俯视雾霾笼罩下的城市，问："如果这座大厦瞬间倒塌，你是忙着喊救命，还是喝下杯中酒？"

吴良不知如何回答。

吴董事长举杯，一饮而尽。

前后几分钟，吴良退出董事长办公室，怀里那份遗嘱像是一大块灰色的铅，沉甸甸的。站在高速下降的电梯里，吴良有种失重的感觉，他突发奇念，如果吴董事长这时死了，作为遗嘱保管人、执行人，他可以从中捞取到巨大的好处。

今天下午，吴董事长失踪了。

遗嘱静静地躺在面前。吴良心中窃喜，在即将开始的遗产争夺大战中，他将凭借遗嘱以及遗嘱保管人、执行人的身份，向遗产的主要继承人吴美发动无可抗拒的爱情攻势，以与她结婚的方式把吴家财产搞到手。他幻想着：在管风琴奏出的《婚礼进行曲》中，他与披着白色婚纱的吴大小姐步入教堂，当着神父的面，两人宣誓，交换婚戒，拥吻……他从此住别墅、开跑车、穿名牌、吃大餐，将律师执业证扔进路边垃圾箱。也许有人会讥笑他是个吃软饭的，嘿嘿，软饭好吃，易消化，有益于男人的身体健康。

他含着满口饼干，痴痴地笑了。

遗嘱不能有半点闪失。这间白天办公、晚上睡觉的律师工作室太小了，遗嘱藏在哪儿呢？处处不保险。最后，他决定用不干胶条把装有遗嘱的牛皮纸袋粘在挂历后面。

吴良自诩聪明过人，他信奉一个颠扑不破的真理：人不能在一棵树上吊死。

于是，他又做了一件事。

他拨通丁香公司总裁丁香的手机，无人接听。他发出一条短信，内容如下：

> 丁香总裁，吴氏集团董事长吴礼今天下午五时离奇失踪于城西山道，生死不明，恐凶多吉少。吴家必然因此大乱，于你大有益处。盼明晚八点红莓酒吧一见，叙旧，并有要事相告。

他斟酌再三，将"丁香总裁"改为"丁香女士"，又改为"丁香"，最终改为"我心中永远的女神"，这才满意，将短信发出。

他这是脚踩两只船。相比之下，丁香比吴大小姐更让他垂涎三尺。数年前，他与丁香有过一段短暂的交往，他自认为两人产生过一点点男女之间的感情。那时的丁香还是个打工妹，为了"事业"，他毅然斩断情丝，抽身离去。他追悔莫及呀！不过，他有信心旧梦重温，他这么一个风流倜傥的美男子，哪个女人见了不暗动芳心？

他心满意足地靠在破沙发上，喝起第二罐啤酒。

因酒量不大，他飘飘然了。

008

大切诺基越野车风一般开来，停在楼前，吴美跳下车。

她抱着一盒刚买的热比萨饼，走进楼门。一层，有人正猛力拍打她家的房门。她开口想骂，一看那是个五大三粗的凶汉，面目丑陋狂野，大冬天敞着怀，故意露出一条大金项链与胸口绣的青红色恶龙。她把骂人的话咽了回去。

对面门打开，男邻居探出小半个身子，说："几点了，让不让人睡，大半夜的，敲门不会小点声，我们家孩子明早还要参加考试呢。"

凶汉满嘴脏话："这家姓吴的小娘们欠我大哥钱，赖着不还。怎么着，你想管闲事，找死呀。"

"我报警了。"

"胆儿够肥的，你敢报警，我弄死你！"

"你懂不懂法？你这叫噪声扰民。"

"你过来。"凶汉举起拳头，晃动着说，"什么叫法，这就是法，大爷给你小子上一堂普法课，来呀。"

一个女人把男邻居拉回去，那是他的老婆。门关上，里面没声了。

吴美与凶汉已经照面，她无法退出楼门，躲是躲不过去了。她急中生智，硬着头皮，与凶汉擦身而过。她上了二楼，凶汉一直用牛似的大眼珠子瞪着她。

吴美的后背一阵阵发凉。

二楼住着市立医院内科的艾主任。吴美敲门，久久没人回应。凶汉朝楼上张望。吴美急了，用力拍门。

门内，一个男人问："谁呀？"

"我。"

"你是谁呀？"

"我是你老婆。"吴美回答。

"见鬼，我的老婆多了，你是哪一个？"听声音说话的是艾主任，他没过来开门。

凶汉有所觉察，准备往楼上走。

吴美用哭音说："我的好老公，开开门，让我回家吧！我知道错了，以后不跟你闹离婚，再不离家出走了。你打我骂我，怎么都行，我爱你，我不能没有你。"她越说越可怜，真的流出眼泪，"好老公，你再不开门，我就去跳楼自杀，夫妻一场，你要给我收尸呀。"

凶汉一脚迈上楼梯，打算上来看看究竟。

吴美快要急死了，她嚷道："我不跳楼了，我撞死在咱家门口。"

这时，门开了，艾主任拦住吴美说："哎哎哎，你别死这儿。"

吴美冲进门，叫着"老公"，扑到艾主任怀里，随手"砰"地关上门。艾主任吃惊地说："是你呀，吴……"吴美用一个长吻封住他的嘴。门外，凶汉抬头看看门牌号，啐了一口，下楼，又去砸吴美的房门了。

艾主任问："你演的这是哪一出？"

"演技不错吧。"吴美得意地说。

"你不去当演员，真是屈才了。"艾主任恍然道，"楼下又是找你讨债的吧，这个月几回了？吴大小姐，你欠了多少债？"

吴美平淡地说："不多，两百多万吧。"

"两百多万！你怎么花的？"

"我不喜欢钱，我喜欢花钱。"

艾主任听不懂她说的话。

楼下传来更响的砸门声。两人一直抱着没松开，吴美说："本小姐今晚又要住你这儿避难了。"

艾主任摇头说："今晚不行。"

浴室里，一个女人娇滴滴地喊："小艾，给我浴巾。"

"来啦，来啦。"艾主任小跑过去。

吴美明白了，她骂了句与淑女身份极不相称的脏话，走进客厅，很随便地半躺到大沙发上。茶几上摆着红玫瑰，红烛，两杯红酒。她渴了，不客气地抓过一杯就喝，不过瘾，她把另一杯也喝得一滴不剩。

艾主任搂着一个裹着浴巾的女人的细腰走出浴室，她满面春风，就像一大朵出水芙蓉，正是那位几小时前丧夫新寡的网络女主播小殷。她一见吴美，立刻噘起嘴，要发脾气。艾主任忙说："她是来串门的邻居，马上就走。"他冲着吴美挤鼻子弄眼的，意思是赶快消失。

臭男人，没一个好东西。吴美不得不往外走，她打开一道门缝。只见楼下那个凶汉大概砸门砸累了，靠墙抽烟，打着手机："嘿，你告诉我的地址对吗？"

电话那头，赵慧说："对呀，错不了。"

"屋里没人。"

"你使劲砸。"

赵慧挂断电话。吴仁小声说："你这不是害我妹妹吗。"赵慧横眉立目，说："你妹妹到处借钱，讨债的找到集团财务部了，她该受点教训。过来，给我揉肩，捶背。"

这边，凶汉重又砸门。

吴美不敢出去，又缩回来了。

小殷一跺脚说："她在这儿，我走。"

吴美真想用高跟鞋的细跟朝网络女主播的脸上狠狠踹一脚。堂堂吴大小姐,一向都是被人捧着,何时这么不受待见。掉了毛的凤凰不如鸡,她忍气吞声地说:"不是我不走,我出不去。"

艾主任左右为难。两个女人,他都不想得罪。他一拍脑门,想出个馊主意,说:"这么着,美美,我在你腰上系根绳,把你从阳台上顺下去,怎么样?"

说干就干。两条床单系在一起,拴在吴美腰上。她哆嗦着翻过阳台护栏,身子大部分悬空,脚下没踩住,一滑,一只高跟鞋脱落,掉下去。如果不是艾主任及时拉住,她整个人摔到下面的草坪上,一对肥屁股将会摔成许多瓣。女主播小殷不仅不帮忙,反而不停追问:"我听你叫她美美,好亲热,你跟她什么关系?"

艾主任顾不上理她,吃奶的劲儿都使出来了,一点点把吴美往下放。

吴美脚踩地面,解开腰间床单,捡起那只高跟鞋,来不及穿上,一瘸一拐地跑向大切诺基越野车。

她开车一溜烟地跑了。

吴美来到王朝酒店,走向前台,摆出一副颐指气使的阔小姐派头,命令立即给她开一间豪华套房,再送一份最贵的夜宵,外加一瓶上好红酒。她要好好地冲个澡,吃顿饭,睡一大觉。

付账时,她掏出一张信用卡。

前台女服务员连刷几次卡。吴美不耐烦了,说:"快着点。"女服务员礼貌地说:"不好意思,您这张卡超出透支额度,已经停用了。"

连换几张卡,都是如此。

女服务员脸上挂着职业性微笑,说:"您可以用现金付账。"

吴美翻遍全身,只找到一枚一分钱的钢镚儿。

她面红耳赤地逃出酒店。站在深夜的寒风中,她举目四望,该去哪儿?

一条流浪狗跑过去。

009

咣咣咣，有人用脚踢门。

吴良的美梦做到高潮，被打断了，他一骨碌从破沙发上跳起来："嘿，谁这么野蛮，没有教养？轻着点，玻璃门不结实，造成财产损失你要承担赔偿责任。哟，吴大小姐。"他急忙打开链子锁。

吴美撞开他，走进来，吩咐道："给我弄点吃的喝的。"

"吃的只有两块饼干，喝的还剩半罐啤酒。"

"出去给我买。"

"半夜三更，都关门了。"

"点外卖。"

"是是是。"吴良嘴里应着，没动。他上下看看吴美，这位姑奶奶出什么事了？

"上床，先睡觉，外卖到了叫我。"这位吴大小姐真干脆，几下脱光衣服，也不刷牙洗脸，拉开被子，钻进去。

吴良先是吃了一惊，继而喜出望外。他自鸣得意地想，吴董事长没骗他，吴美的确是早已暗恋上他，今日听到他的大胆求婚，情难自抑，便主动送上门来。他看看镜中的自己，除了眼睛小点，确实是位玉树临风、俊美秀气的天然奶油小生。他本想立时扑上去，一转念，不行，他是正人君子，如果随意苟合，岂不有失身份。他要端起男人的架子，吊足这位大小姐的胃口，更为重要的，他不能把自己卖得太贱。他站在床边，十分正经地说："孤男寡女，同处一室，你这样做不好吧。"

吴美闭目不语。

吴良半个屁股坐到床沿，又说："我是个私生活很严肃的人，即便你我将来是夫妻，也不急于一时。"

吴美翻过身，后脑勺对着他，大概是不好意思了。

吴良喉咙发干，一股燥热的火气先是冲上脑门，再顺着丹田往下走，烧得他浑身胀得难受。吴美身上一种刺激性的香水味儿往他的鼻子眼里钻。他不由血脉偾张，难以自持，索性扒去衣服，也钻进被子。他从后面抱住吴美，激情乱射，说着昏话："早想得到你，想死我了！"

吴美毫无反应。

没有挣脱，就是默许。吴良狂喜，他即将美梦成真，成为吴家的乘龙快婿。他的嘴、双手以及身体的某一部位更加放肆。

突然，他的左肋受到凶猛一击！

吴美的后肘尖重重地捣在他的第七第八两根肋骨之间，轻响一声，可能骨折了。吴良痛得昏天黑地，他还没明白怎么回事，吴美已经骑在他的身上，赤条条的，一脸凶相，手里攥着一把小水果刀，贴在他的颈动脉上。吴良感到刀锋的寒意，吓得魂飞魄散。

吴美恶声道："你吃了熊心豹子胆，敢占姑奶奶我的便宜。"

"我以为……"

"你以为什么？"

吴良连连叫屈："我以为你是自愿的，你把刀拿开，有话好好说。"

"放屁！我自愿？我要告你企图强奸！"

"诬陷，纯属诬陷，你的衣服完好无损，你自己脱的。"

"是吗？"吴美一手抓起她的内裤，用牙咬住一边，哧的一声，扯成两半。她的另一只手始终没松开小刀。她把内裤扔到吴良脸上，拿起手机，按下110三个号码："证据有了，看警察信你，还是信我。"

"别……别……别报警。"吴良慌了，这种臭不可闻的丑事闹开了，他将身败名裂，不仅无法在律师业立足，搞不好还要吃两年牢饭。从吴大小姐狰厉的神态上看，她绝不是在开玩笑。吴良平日伶牙俐齿，能说会道，舌头上能跑整列动车，这会儿张口结舌，说不出一个字。

"说吧，公了，还是私了？"吴美的刀尖在他的脖子上摩挲。

"私了，私了。"吴良看到一线希望。

"你是不是想强奸本小姐？"吴美持刀逼问。

"是，是。"

"你把强奸过程说一遍。"

吴良的脸皱成一条苦瓜："这是没有的事，我怎么说呀？"

吴美一手掐住他的脖子，持刀右手下移，看样子是奔着他的命根子去的。她说："信不信我让你变成太监，断子绝孙？见了警察，我就说我是正当防卫。"

"我说，我说。"吴良完全屈服，"我如实供述，一月二十三日夜十一点四十五分，在我的律师工作室，我见色起意，采用暴力对吴美女士实施强奸行为，因遇到激烈反抗，未能得逞；我主动认罪，我真心悔罪，我希望得到受害人的原谅，我请求政府的宽大处理。"他越说越流畅，充分显示出一名专业律师的口才与素质。

吴美把调到录音功能的手机在他眼前晃了晃，问："你准备怎么私了？"

"我赔钱。"

"赔多少？"

"我卡里有四千多，全给你。"

"只够我做一次全身按摩的，太少！"

"我只有这么多，全给了你，我这月的饭费都没着落了。"吴良说的是实话。他哀求："你把我当个屁，放了吧。"

"穷鬼！"吴美声色俱厉。她的脸色变换极快，忽又展颜一笑，拍拍吴良的脸蛋，柔声说道："宝贝儿，我不要你的钱，我还要给你钱，给你一大笔钱。"

吴良以为他的耳朵出毛病了。

"我的亲亲，我还要陪你睡，将来做你的老婆。"吴美面带桃花，两腮粉红，眼中满含浓浓的情意。

吴良体内血液从冰点重又沸腾。

"你只需帮我做一件事。"

"什……什么事？"

"修改遗嘱，让我得到我爸的全部遗产。"

"这是犯法的事，我不敢干。"

吴美眼中煞气重现，她拿着录有吴良强奸供述的手机，冷血无情地说："一边是得到一大笔钱，还有我这个大美人；一边是挨上一刀，再因为强奸判刑坐牢。你选吧，干不干？"

"我干。"吴良满口应承，先混过今晚这一关再说。

"这才乖嘛！"吴美咧嘴笑了。她的嘴本来就大，又涂满口红，咧开更像血盆大口。她已把吴良牢牢攥在手心。她一直骑在吴良肚子上，一只肥手使劲捏捏吴良的右脸，浪声道："来吧，本大小姐让你这只小野猫尝尝鱼腥。"

吴良早被吓软了，打不起精神，他装出从心里害怕这位女魔头的表情。

他小心翼翼地说："被继承人死亡之后，他名下的财产才会成为遗产。吴董事长失踪不过几个小时，我劝你等一等，找到吴董事长的尸体再商量改遗嘱的事，何必急于一时？"

"我等不及了，我缺钱，我现在就要弄到钱。为了钱，我什么事都干得出来！"

"我真心为你考虑，为你好。"

"真心？天下男人一路货色，只有玩过就忘的色心，见钱眼开的贪心，争权夺势的野心，唯独没有真心。"

"吴董事长，你爸，也是男人。"

"他跟你们一样，也不是好鸟。"吴美厌恶地说。吴良第一次发现，吴美对她的爸爸竟是这种感情。她真是吴董事长最疼爱的小女儿？

吴良的手机铃响，陶蜜儿打来的，请他明晚吃饭。

"呵，你成了抢手的香饽饽了。"吴美说。

吴良说："我可以拉拢吴智支持你掌管吴氏集团。"

"你去吧。"吴美摇晃着她的手机，说，"别忘了，强奸的录音证据，这是我拴你的狗链。"

010

名为"黑白时光"的影楼里，只亮着一盏吊挂的红色宫灯，其他几盏的灯泡全坏了。一条仿古式样的假红木长椅上，吴智懒散地歪靠着，不时啜一小口加冰块的洋酒。陶蜜儿仰面躺着，头枕在他的大腿上，黑发蓬乱，散开，睡姿撩人。她说着"拜拜"，嘴里发出很响的飞吻声，挂断手机。她对吴智说："你不问问我给谁打的电话？"

"给谁？"

"那个叫吴良的律师。喂，你不问问我干吗给他打电话？"

"干吗？"

"我请他吃饭，他答应了。你不问问我为什么请他吃饭？我跟一男的，出去吃饭，烛光晚宴，你一点不吃醋？你真讨厌！我要从他那儿打听一下你爸遗嘱的内容，我使的是美人计。"

"大肉包子打饿狗，有去无回，还美人计呢。"

"哟，你吃醋了。老公，影楼欠了三个月房租，你办摄影作品展，我给电视剧拉赞助争取做女四号，都急需要钱。我想钱快想疯了！只有早日分到你爸的一大笔遗产，才能解决咱们的所有问题。"

吴智淡淡地说："你别白费劲了，吴董事长不会给我留下一分钱的遗产。"

"我不信。"

"爱信不信。"

"凭什么呀，吴董事长是你亲爸，你是你爸的亲儿子。"

"从小，吴董事长就不喜欢我。"吴智摸摸左侧额头被长发遮盖住的那道伤疤，他从来不把吴董事长叫作"我爸"。

"你爸为什么不喜欢你？"陶蜜儿问。

"为什么？"吴良反问。

陶蜜儿神秘兮兮地说："你可能真是强奸犯的儿子。"

吴智一点不生气："随便谁是我爸，我还是我。"

"老公，我就喜欢你这种什么事都不上心的劲儿，有艺术家的气质。"陶蜜儿动情地说，"你最喜欢我哪点？"

"你没脑子。"吴智说。

陶蜜儿也不生气："女人要脑子干什么？女人靠的不是脑子。"

"女人靠什么？"吴智常爱用问话。

"女人靠的是像我这样的身材，像我这样的脸蛋。"陶蜜儿自豪地说，"不少男人见了我两眼发呆，直流哈喇子。"

"那些不是男人，是没脑子的公狗。"

"去你的，他们是公狗，我是什么？你怎么会是强奸犯的儿子，讲给我听听，好老公，求你啦。"

吴智的脸冷下来，他喝光杯中酒，推开陶蜜儿，起身又给自己倒了一大杯。他随手捡起一张吴氏集团董事长吴礼的黑白头像照片，翻过来，在背面画上一张一至十环的靶图，钉在墙上。他拿起几支飞镖，眯起一只眼睛，练习投镖。他的动作熟练，看来常常玩这个游戏，每支飞镖都能正中靶心。他过去拔下飞镖，对取得的投镖成绩很满意。

"老公，快说呀。"

"说什么？"

"说说那个强奸犯，他长什么样，跟你像不像？好玩儿。"

"没抓住，他跑了。"

"跑了？二十七年没破的悬案？一部悬疑大片呀，哇，太有意思啦。”陶蜜儿大呼小叫地说。

吴智的注意力像是全部集中在投掷飞镖上。他的手一抖，失了准头，飞镖落在靶外，零环。

“老公，你妈怎么被强奸的，真刺激，我想听听嘛。”没脑子的陶蜜儿催促道。她噘起可爱的小红嘴，撒起娇：“说不说，你不说，哼，今晚别想碰我。”以前，她每次这样假装生气，吴智立刻会过来亲她，哄她，满足她的任何要求。这次却大大出乎她的意料！

吴智转过头，扭曲的脸上泛起青绿色，凸出的眼珠瞪着她，眼神吓人。

陶蜜儿身子向后缩，同居数年，吴智一向好脾气，他突然显露出的这副凶相让陶蜜儿无比震骇。

吴智把飞镖扎入靶心，用力过猛，镖尖折断。他感到左侧额头那道伤疤涨红了，一跳一跳地痛。

他是一个来路存疑的孩子。

自从他呱呱落地那天起，吴董事长没抱过他，没对他有过笑脸，一次也没有。

哥哥吴仁与妹妹吴美玩坏的玩具、吃剩的零食，他远远看着，从不敢碰。他五岁那年，吴董事长给大儿子吴仁买了件玩具，一台仿真塑料照相机，黑红两色，做工极为精巧。吴仁玩了会儿，笨手笨脚地弄坏上面的按钮，便扔到一边，到外面找邻居小孩踢足球去了。也许是因为与生俱来的天性，吴智对这台玩具照相机产生强烈的兴趣。他趁四下无人，大起胆子，溜进哥哥吴仁的房间。

他小心捧起那台玩具照相机，越玩越爱不释手。生平第一次，他偷偷把玩具照相机揣进怀里，回到他住的小阁楼。他天资聪明，用稚嫩的小手拆开玩具照相机，又组装上，修好被哥哥吴仁弄坏的按钮。他舍不得马上还回去，耽搁了一小会儿。

唉，他早几分钟把玩具照相机送还就好了。

楼下，吴仁又哭又闹，爸爸给他新买的玩具照相机丢了，一起踢足球的小朋友们等着看哪。

家里进贼了!

全家人连同女佣到处翻找。吴智闯大祸了,他瑟缩在墙角。吴董事长厉声问:"是不是你偷的?"

吴智,一个五岁的孩子,不知该如何解释。有人在他住的小阁楼里找到了玩具照相机。

"天生的贼坯子!"吴董事长大声辱骂。

"我没偷……"吴智哭了,他心里委屈。

"你还嘴硬。"吴董事长手一扬,玩具照相机砸在吴智的左侧额头,立时血流如注。吴董事长没有半点怜惜之情,反而流露出一丝快意。妈妈刘森抱起五岁的吴智,往医院跑,鲜血染红母子两人的衣衫。急诊室里,吴智左侧额头的伤口缝了十余针,医生说:"亲爸下得去这样的黑手?"

或许出于巧合,第二天,放学路上,哥哥吴仁出了车祸,造成多处骨折与严重脑震荡,没死已是万幸。肇事车辆逃逸。由于后遗症,吴仁长大后智力受损,有点傻傻的。

吴智左侧额头落下一道长长的伤疤。从此,他在家里更加沉默、谨慎,尽量让人感受不到他的存在。那台破碎的玩具照相机不见了,没有人知道,吴智一直把它珍藏至今。长大后,他渐渐听到一些关于妈妈与他身世的风言风语。谁能了解到,吴智对什么都不在乎的外表下,隐藏着一颗饱受伤害、满怀怨恨的心。

吴智平静下来,他搂住陶蜜儿,深情一吻,安抚地说:"我错了,不该凶你。笑一笑,美人一笑,倾国倾城。中元道观的清风道士给你算命,说你今年准能当上女一号,将来一定是粉丝无数、人人争着找你索要签名的一线大明星。"

陶蜜儿的脸色雨后转晴,彩虹初现。

吴智倒了两杯洋酒,一杯递给陶蜜儿,戏谑地说:"一个人的死,能给活着的人带来欢乐与好处,他就是该死了。为咱们早日分到吴董事长的一大笔遗产，解决所有困难，干杯！"

"干杯！"

两人刚要碰杯，发现身边多了三个人。

三个衣衫又脏又旧、凶神恶煞般的男人，像是从地缝里钻出来的。

011

三个恶男人步步逼近。

"你们是谁？"吴智退后几步，声音微微发颤。他想，又忘记锁上影楼临街的大门了。

"我们是桃园三结义，刘关张。我是大哥刘有德。"为首的矮黑胖子竖起大拇指，自报家门。站在他左边的小瘦子说："我是老二关昌。"右边的傻大个儿说："我是三弟张义。"三人异口同声："我们桃园结义三兄弟不求同年同月同日生，但求同年同月同日死。"

"你们要干什么？"

"我们来找一个网名叫'来自唐朝的杨贵妃'的女人。"

陶蜜儿往吴智的身后躲。

吴智客气地说："这儿没你们找的那个人，现在半夜一点，本影楼停止营业，你们明天再来，请回吧。"

大哥刘有德问："你身后的女人是谁？"

"她是我的女朋友，本市人，不是从唐朝来的。"吴智笑得有些勉强。

大哥刘有德转转眼珠子，他掏出一只破旧的老式手机，按下一串号码。陶蜜儿身上的手机随即响起。大哥刘有德扬扬自得地说道："你说她不是'来自唐朝的杨贵妃'，她怎么会有那个女人的手机？"

老二关昌、三弟张义赞道："大哥高明。"

吴智不再否认，问："你们找我女朋友什么事？"

"要钱！"大哥刘有德恶声恶气地说。

"要什么钱？"

"替她杀人的钱，三万。"

"杀人，杀谁？"

"杀一个姓吴的老头儿。"

吴智的大烟斗没叼住，掉到地上，咚的一声。他问："姓吴……一个姓吴的老头儿？"

大哥刘有德扔过一个又脏又烂的纸团。

吴智捡起展开，这是一张电脑上下载的吴氏集团董事长吴礼黑白头像的截图，它是吴智拍摄的杰作之一。

"没错吧，我们杀的就是他。"

"我女朋友不会花钱雇凶去杀人！"

大哥刘有德三角眼一立，说："你们想赖账，活得不耐烦了吧，三万，少一分，我把你们剁碎了喂狗。掏钱，赶紧的，我们三兄弟背着二十几条命案，四处逃窜，好几天没吃上一顿饱饭了。"桃园三结义身上汗臭扑鼻，裹着一股子垃圾箱味儿，他们两颊塌陷，面色灰黄，一望而知确是睡马路、吃大饼、喝凉水的江湖"好汉"。

吴智哂笑："杀人，就凭你们这三块料？"

大哥刘有德一拍胸脯说："瞧不起人？不是吹牛，我们是专家，专干这种活儿的行家。"

老二关昌、三弟张义附和："我们没吹牛。"

吴智恢复满不在乎的神态。他看出来，桃园三结义不像是穷凶极恶之徒，他们的眼神飘移不定，四下偷看，他们的狠劲与做派学自香港电影中的黑道小流氓，硬装出来的。吴智借着往大烟斗里装烟丝、点燃、吸一口的工夫，想了想，问："你们凭什么说是我的女朋友雇你们杀人的？"

"电脑中的聊天记录为证。"大哥刘有德早有准备。

"真杀了？"

"杀了。"

"没杀错？"

"没错。"

"在哪儿杀的？什么时候杀的？怎么杀的？杀了以后尸首埋在哪儿了？"吴智快速提出一串问题。

大哥刘有德流利地说："在胡同里杀的，哪条胡同，忘了；刚杀的，用绳子勒死的，尸首扔臭水井了……你问这么多干吗，废话少说，拿钱来！"

吴智半真半假地说："你总得告诉我们把人扔在哪口臭水井了吧，我们好去烧点纸钱，请道士做个道场，超度一下，免得恶鬼缠身，半夜找我们索命。我好怕呀，快看，你们身后，他来了。"

桃园三结义慌忙回头，吓得差点尿了裤子。身后空无一物，不见鬼影。大哥刘有德脸涨得通红："你吓唬谁呢。"

雇凶杀人，挺严肃的事，演变成一场滑稽的闹剧。

吴智冲他们喷出一口烟，说："走好，不送。"

陶蜜儿觉得可乐，咯咯咯地笑个不停。

桃园三结义没要到钱，反被戏弄一番。或许是陶蜜儿的笑声刺中了他们某根神经，大哥刘有德黄色的瞳仁闪过邪光，说："我们结义三兄弟不能白跑一趟，关老二，张三弟，让这个'来自唐朝的杨贵妃'陪我们玩玩，去去爷们的心火。"

他的喉结上下滚动，吞咽着口水，扑上来。

老二关昌、三弟张义原地不动，他俩进城不久，花光带的钱，没找到不累又挣钱多的工作，拜刘有德做大哥只为混口饭吃，他俩没干过坏事。

吴智挺身拦阻。

大哥刘有德手中银光一闪，像是一把刀，吓退吴智。

陶蜜儿冲到窗前，推开窗子，大喊："救命！"

夜半时分，街上空旷无人，只有风声。

一辆老式大众轿车开来，亮着车大灯。

陶蜜儿拼命挥动双手，她的呼救声被风吹走，在夜空中消散。车没停，开过去了。陶蜜儿近于绝望。

大哥刘有德吩咐两个义弟："你们去找点吃的喝的，我先快活快活。"他紧逼到陶蜜儿跟前不足一寸的地方，龇出满口黄牙，一张臭嘴喷出唾沫星子，下流地说："喊救命呀，喊破喉咙也没人救你，一会儿我让你在床上喊个够……"

陶蜜儿连踢带打。刘有德皮糙肉厚，陶蜜儿的拳脚踢打在他的身上，就像挠痒痒。刘有德整个身体压过来，一对脏爪子越发放肆，陶蜜儿耗尽力气，打算放弃反抗了。

她与刘有德面对面，忽然，她看见这个臭男人呼吸停止，眼珠子凸起，半条舌头伸出来。

一只有力的大手掐住刘有德的后脖子。

刘有德的脸憋得像紫茄子，险些窒息，身子死蛇一样软瘫下去。掐住他的大手松了一松，他努力吸进一口空气，缓过一点。接着，他被扔到半空，飞出优美的弧线，啪地重重摔到地上，好像每节骨头都碎了，痛得连声惨叫。

他的两个义弟已被打倒在地，看样子不比他好多少。

桃园三结义相互叠压在一处，像一堆人肉垃圾。

吴义如同天神下凡，俯视三个混混，两手指关节噼啪爆响，冰冷的眼神令人不寒而栗。

吴智与陶蜜儿惊魂未定，靠在吴义身边。不等吴义发问，两人将事情经过大略说了一遍。

吴义脸上涌现杀气，一会儿，杀气退去。他低叱一声："滚！"

桃园三结义艰难地爬起来，相互搀扶，跌跌撞撞地"滚"了。

黑白时光影楼回归平静。

吴义寒着脸，不看吴智与陶蜜儿，生硬地说："这件事烂在肚子里，不准对任何人提起。"他又说了句，"以后锁好门。"

吴义开上老式大众轿车，走了。

"刚才，你不救我，说明你不爱我。"陶蜜儿娇嗔。

"那个黑胖子手里有刀。"吴智为自己开脱责任，"我正在想两全其美的救你的好办法。"

"刀？什么刀？"陶蜜儿从地上捡起一只吃饭用的不锈钢小勺子，那是从大哥刘有德衣袋里掉出来的，她说，"这是刀吗？你不爱我，不爱我。"

吴智又要费较长时间哄她了。

陶蜜儿咦了一声，问："这么晚了，大半夜的，义叔怎么刚好开车路过？"

012

一辆看不出型号的小汽车停在暗中。

街对面，吴良律师工作室的 LED 红色招牌灭了，窗户透出微弱的灯光。凌晨两点，窗灯也灭了。小汽车里，一个穿黑色连帽外套的人坐在方向盘后，没有呼吸，不像活人。过了半小时，他动了一下，推门下车，迈开僵直的双腿，无声地朝吴良律师工作室走过去，雪地上留下浅浅的脚印。

一只戴黑皮手套的手捏断玻璃门上的链子锁，发出轻微的声响。

穿黑色连帽外套的人潜入外间。他的眼睛射出两点光，直奔三屉桌上的黑公文包，拉开拉链，手伸进去，掏出里面的笔记本电脑、几页纸与瘪瘪的钱包，还有几样小零碎物件。他没有找到要找的东西。

他在屋内四处翻找，不放过每个角落。

里间卧室，被子全裹在吴美身上。吴良冻醒了，他小心地扯扯被子，扯不动。他怕挨吴美的骂，没敢开灯，摸索着拿过脱下的衣服穿上，心中诅咒不已。

床吱呀响了一声。

外间，穿黑色连帽外套的人立刻不动。

吴美打起呼噜，如果不是亲耳听到，真想不到一个年轻女人的呼噜声这么响，简直像一台轰鸣的重型大货车。吴良素来神经衰弱，更睡不着了。他想，娶这么个女人做老婆，可是一件苦差事。不行，将来与她一结婚就要为离婚预做准备，关键是如何分割到尽可能多的夫妻共同财产。他笑出声，他是胜诉率百分之百的专业律师呀。他起身下床，轻手轻脚地往外走，他想到外间沙发上睡。呼噜声停止，吴美问："你干什么去？"

"我去抽根烟，别熏着你。"吴良随口编句瞎话。

吴良一脚在里间，一脚在外间。穿黑色连帽外套的人站在门侧，袖口中滑出一根金属条状物，握在手中，慢慢举起来。

金属条状物将要砸到吴良的脑袋上。

"回来，给我一根。"吴美说。

"我的烟不好，大小姐凑合着抽。"吴良回头往床那儿走，无意中躲过一劫，没挨上当头一棍。

两人在床上抽起烟，两个烟头一会儿红，一会儿暗。

抽完烟，吴美嘻嘻一笑，滚到吴良怀里。隔着薄薄的木板墙，可以听到两人猪一样的哼哼声，双人床咯吱咯吱地大响起来。

穿黑色连帽外套的人推开玻璃门，带着笔记本电脑，一闪，隐入夜雾。

片刻，吴良大汗淋漓，筋疲力尽。

吴美远未满足，轻蔑地说："一二三买单，不中用的小白脸。从今儿起，你是我的人了，我包养你。记住，你要学会三从四德，守好妇道，乖乖做我的'贱内'，我让你做什么你就要做什么，听清了吗？"

吴良大律师哭笑不得。

一阵冷风。吴良满身热汗激回体内，他打着哆嗦，披衣起身，光脚穿鞋，来到外间。他按亮吸顶灯，只见玻璃门敞开半扇，断头的链子锁遗弃在地，寒风不断涌入。

三屉桌上，黑公文包空了。

吴良跑回里间，极度慌张地喊："不好了，贼把遗嘱偷走了。"

"是吗？"

"没骗你，你来看看。"

吴良以为，听到遗嘱被窃，吴美一定会惊慌失措，女人终究是女人。其实，遗嘱好好地粘在挂历后面，丢失的笔记本电脑是台几百元买来的二手货，里面没有保存重要的文档，吴良不过是想借此摆脱吴美的控制。没想到，吴美一副无所谓的样子，她说："丢就丢了呗，你再写份新的，一份我爸遗产全归我的新遗嘱。"

吴良无语，他挠着头皮："谁会来偷遗嘱？"

"管他呢。"吴美招招手，"小良子，你生是我的人，死是我的鬼，来，再来。"

吴良暗暗叫苦，缠上这个索求无度的女人，他离做鬼不远了。

一间黑漆漆的小屋里，戴黑皮手套的手打开笔记本电脑，液晶屏面的幽光将屋内蒙上一层绿色。电脑没有设置密码，一帧帧页面滑过，吴良平时经常浏览的大多是网络美女主播，以及奇谈怪录、壮阳广告，几乎不看时政要闻。电脑访问记录最能反映一个人隐秘的内心世界，某人说的这句话极有道理。

穿黑色连帽外套的人点开文件夹，找到一份小标题为"遗嘱"的文件。遗嘱二字选用特一号加重字体，他用鼠标反复滚动，下面空空荡荡，一字没有。

他恼怒地把笔记本电脑摔在地上，一脚踩碎。

黑暗中，他呆坐了一会儿。窗外，随着低沉的狗吠，一只猫跑过，难听的猫叫声刺人耳膜。他缓缓站起身，头差一点碰到小屋的顶棚。

他走出小屋。

街角，他把破烂的笔记本电脑丢进垃圾箱。他选中一辆旧自行车，不费力地拧开车锁，骑上去。他不走大路，专挑幽深的小胡同，东绕西拐，曲折前行，并不时回头，看看是否有人跟踪。偶尔遇到夜归的行人，他立即隐起身影。

他像夜半幽灵，去哪儿，要干什么？

半小时后，他来到一栋围有院墙的三层楼外，院门口挂着"吴氏集团建筑工程公司"字样的铜牌，围墙很高。

他侧耳听听，四下扫视，疾跑两步，飞身纵上墙头，跳了进去。

几分钟后，他原路返回，从墙头上轻盈落地，像一片树叶。一去一回，他没有惊动夜班保安人员。他的手里提着一样东西，不大，很有分量。

他骑上自行车，速度不快不慢。

迎面开来一辆夜巡的警车。

这条胡同没有岔路，两边是平整的灰色院墙，无处藏身。他的反应出奇地快，立刻放倒自行车，单手抓住一户院子探出墙外的老槐树的树枝，引体向上，再向高处攀援，抱住最粗的枝丫，人树合为一体。一切动作在两三秒钟内完成，几片雪花从树上飘落。

警车停在他的脚下。一名老警察下车，挪开挡路的自行车。

警车开走了，车大灯照亮前方。

警车开出几百米。车里的老警察觉得有点不对头，对手握方向盘的年轻警察说："掉头，回去。"警车开回来。老警察下车查看，自行车放在原地未动。老警察用强光手电向老槐树上照照，几处白色积雪被蹭掉了，露出黑色的树干。

前方胡同口，似有人影一闪即逝。

老警察跳上车，命令："快开，追！"

013

吴仁抱头逃窜。

风雪迷漫中，白衣女鬼紧追不舍。吴仁张大嘴，喘不上气，双腿如同灌铅一样沉重，抬不起来，他未能前进半步，始终停留在原地。

白衣女鬼迫在眼前。

白衣女鬼长着一张老男人的脸，分明是吴董事长死气沉沉的面孔……

大床上，吴仁的身体扭来扭去，厚重的被子压住胸口。

他猛地坐起来，掀翻被子，长长吸进一口气。

身边的赵慧被吵醒，她开亮床头柜上的台灯，生气地问："你抽什么疯？"

吴仁茫然四顾，梦中幻境消失，四周是熟悉的自家卧室。他慢慢清醒，拭去额头上的冷汗，说："我做了一个可怕的怪梦。"

"你吃多了撑的吧？"赵慧训斥道。她把王朝酒店生日宴会上的好酒好菜全数打包带回家，两口子开了一瓶红酒，大吃一顿，撑得相对着打饱嗝，饭后特意嚼了几片山楂糕以助消化。她问："你梦见什么了？"

"我梦见我爸了。"

"你爸？他给你托梦了？他没跟你说什么？"

吴仁摇摇头。

赵慧捂紧被子，说："你爸的魂儿没走远，还在屋里吧？"

两口子往一起挤了挤。

吴仁说："警察会不会怀疑咱们害的我爸？"

赵慧说："不会，咱们咬死了，就说全天都在办公室加班，尤其是下午三点到五点，就待在办公室里，哪儿都没去。"

"警察会调查。"

"只要咱们不改口，警察能查出什么。"

"毕警官看我的眼神不对，他怀疑上咱们了。你说话忒不注意，前几天，因为我爸当众骂了你，你就在财务部给我打电话说，你天天盼着我爸那个老家伙嘎巴一声死了，这话有没有被人听见？"

"我那是一时气话，你爸总是偏袒孟艳那只狐狸精，她买卫生巾都要集团报销。你别说我，你的嫌疑更大。"

"我有什么嫌疑？"

"你爸平时骂得最多的人是你。上周你爸在经理办公会上，说你又笨又蠢，公开讲不能把吴氏集团交给你，你爸选中孟艳那只狐狸精做他的接班人。"

台灯光线很暗，吴仁与赵慧的脸蒙上大片阴影。

赵慧说："你就没察觉，你爸跟孟艳那只狐狸精的关系不清不白？她来吴氏集团才几年，就被你爸破格提拔为集团业务副总经理，跟你平起平坐，压我一头，凭什么呀？"

吴仁老实地说："她业务能力比我强。"

"强个屁！她就是只狐狸精，狐媚惑主。你姓吴，你是你爸的大儿子，吴氏集团应当是你的，是咱们家的！"说这句话时，赵慧提高声调，神色亢奋。她对吴仁说："我是你的老婆，只有我事事替你考虑，处处为你着想，真心对你好。老公，你爸不在了，今后你一切就要按我说的去做。"

"你说。"

"第一步，你先当上吴氏集团代理董事长。"

"我？"

"咱们请义叔出面，请他提名你为代理董事长，有他坐镇，没人敢反对。"

"我行吗？我怕我干不了。"

"怎么不行，有你老婆在背后支持你呢，我让你怎么做，你就怎么做，保证你坐稳大内的那把椅子。"

"噢……"吴仁有点弱智。

"第二步，控制吴氏集团，独占吴家全部产业。"赵慧双眼放光，"我想好了，明天先找到小良子，问清楚遗嘱内容，他要是敢不告诉我，我把他的耳朵拧下来，卤了下酒。遗嘱对你不利，就把它毁了，谁也别想挡咱们的道！吴智，强奸犯的儿子，没资格分你爸的遗产；吴美，给笔钱把她打发了；你妈不会说什么；加上义叔的帮忙，咱们准能成功。"赵慧的高颧骨上泛起两片潮红。

吴仁一颗心乱跳。

"第三步……"

"还有第三步？"

"咱们生个儿子，这么大的家业将来总要有人继承。"赵慧依偎进丈夫怀里，她尽力表现出女人的温柔，浑身充满渴望，低语，"来吧。"

"干吗？你要现在？"

"现在。"

吴仁躲开她："我现在可打不起精神，明天，明天一定。"

赵慧习惯性地骂了句："废物！"

由于一次"意外"，造成赵慧头胎流产，以后几次怀孕，孩子都没保住，这是她内心深处永远的隐痛与怨恨。

"睡吧，凌晨四点了。"吴仁困极了。

"你爸死了会去哪儿？天堂，地狱？"

"我爸去哪儿都行，只要别半夜找上门来吓唬咱们。"

两口子关灯，渐入梦乡。

时钟指向四点二十三分。

骤然，吴仁的手机铃音大作，连响多遍。

吴仁半睡半醒，嘟囔着"讨厌"，拿过手机，看了一眼。他只觉心跳停止，浑身毛发倒立，就像被人兜头泼下一大桶冰雪水，一直冷到脚指头。他使劲摇晃赵慧，喊："醒醒，快醒醒。"

赵慧糊里糊涂地骂："你鬼上身了，又折腾什么？"

"你看看，这是谁来的电话？"

"谁？"

手机彩屏上，显示的是吴氏集团董事长吴礼的电话号码。

吴仁心惊胆战地接通，叫了一声"爸"。

手机无声。

吴仁哆嗦着问："你是爸吗？你在哪儿？你说话呀。"

手机里传出一个暗哑的声音："你是吴仁吧，我是你的姥姥，你爸爸跟我在一起。"吴仁吓得丢掉手机。接着，手机里响起连续不断的阴冷笑声，这笑声足以使人的血液冻成冰块。

地狱来电？

014

吴仁与赵慧挤在一起，蜷缩在大被子里，只露出两个头。

半小时前，这对夫妻给吴义打电话，请他火速赶到。吴义问什么事，赵慧嫌吴仁说不清楚，抢过电话，用极快的语速说，刚刚收到一个恐怖来电，肯定是白衣女鬼打来的。沉默了一会儿，吴义答应马上出发。挂断电话后，吴仁开亮所有的灯，他比赵慧更怕藏在黑暗中的鬼。

吴义迟迟未到。雪后路不好走？

这是一套两百多平方米的大房子，空旷，缺少人气。门窗每一次无缘无故的响动，都会让夫妻二人心惊肉跳。

门铃大响。

赵慧说："你去开门。"吴仁怯怯地说："你去吧。"赵慧一脚把他踹下床。

吴仁颤声问："谁？"

门外，传来吴义的声音："我。"

吴仁战战兢兢地打开钢制的防盗门。

吴义大步走进来，带入一股室外的凉气。他把手里提着的一个沉重的小包裹放到大客厅的茶几上。

赵慧裹着厚实的红绒睡衣，小跑着迎上去，她像见了大救星，说："义叔，你可算来了。"吴义犹如一尊怒目金刚，他的到来，使得吴仁与赵慧心理上有了强大依靠，门窗不再乱响，灯光照不到的暗影中也不再藏有恶鬼。

吴义伸开一只大手，不说话。

吴仁急忙递过去他的手机。

吴义打开手机查看，来电使用的确实是吴董事长的专有号码。在吴氏集团内部，这个号码无人不晓，它代表着至高无上的权威。现在，却透出森森鬼气。

吴义回拨这个号码。

关机。再打，还是关机。打了一遍又一遍，都是关机。

大客厅里，静得可以听见三个人的心跳。

吴义问："吴仁的姥姥死了快三十年了，真是她打来的电话？"

夫妻俩点头。

"肯定是？"

夫妻俩又摇头。

"到底是，还是不是？"

夫妻俩相互看看，对于吴义的问话，不知该点头，还是摇头。赵慧耳边仿佛又响起那个来自地狱的笑声，她的眼睛一眨巴，说："对了，我把那个来电录音了，义叔，您听听。"

手机录音多次重放，赵慧与吴仁渐渐可以听出，那是一个女人的笑声，老女人。吴义似乎很熟悉这个声音，他对吴仁说："这是你的姥姥的笑声。"

吴仁嗫嚅："我姥姥说，她跟我爸在一起。"

所有的灯暗了下来，暖气好像停了，大房子变得冷如冰窖，这是三个人内心的感觉。

吴义再次查看手机，来电时间显示为：四点二十三分。他的身体一震，像是受到极大的冲击。

吴仁与赵慧坐在对面，看到吴义对这个来电时间的强烈反应，感到其中必有重大隐情。

吴义自语："这是巧合？"

什么巧合？夫妻二人听不明白。

"四点二十三分……"吴义看着眼前的虚无，嘴里喃喃念叨，思绪回到久远。赵慧以为他要开始讲述这个来电时间背后隐含的秘密了，她与吴仁全神贯注，侧耳倾听。

吴义说："给我倒杯酒来。"

吴仁跑到酒柜前，取出一瓶法国干红。

吴义指指酒柜中那瓶高度的二锅头。

二锅头摆在吴义面前的茶几上。他用两指抠开瓶盖，倒了满满一大杯，一口喝干。他再次倒满杯子，又是一口吞下。酒瓶空了。他对吴仁说："四点二十三分，二十八年前的一个冬夜，你的姥姥就是在这个时间，被人发现冻死在雪地上。"

啊？！

"那夜，大风大雪，奇异的是雷声不断。你的姥姥被人发现时，她伏在自家院子里的一棵古槐树前，身上几乎一丝不挂，嘴里含着没化的雪，一双眼睛没有闭上，睁得老大……"吴义的声音很平静。

"被谁发现的？"吴仁问。

吴义顿了一下，说："你的奶奶吴老太太发现的。那时，你的妈妈怀着你，反应大，住进医院，你爸爸跟吴老太太陪护。吴老太太半夜回家取点东西，据说，她一进院门就看见你的姥姥伏在古槐树前，人早已冻僵了。吴老太太报警的时间就是四点二十三分。"

吴仁与赵慧浑身打着冷战。

吴义又说："她是一寸一寸地爬到院子里去的，因为中风，她瘫在床上半年多了。"

苦寒之夜，刚下过一场大雪，西北风又硬又冷，一个不着寸缕的老妇人，拖着半瘫痪之身，爬到零下二十几度的院子里干吗？那儿有什么吸引她的？

一件凄惨的怪事！

"我的姥姥死得太离奇了。"吴仁傻呵呵地说，"公安局应当派人调查。"

"查了，排除他杀，非正常死亡。"吴义拿起杯子，朝里面看看，空空的。

吴仁问："那棵树还在吗？"

"什么树？"

"我姥姥冻死时身边的那棵古槐树。"

"在，我住的小院里的那棵槐树就是。"

"我去烧点纸。"

赵慧说："我也去，多烧点，吴仁的姥姥死得真惨，难怪人们说她死后变成白衣女鬼。"

窗外，风声呼啸。两口子靠近吴义身边。

过了会儿，赵慧忍不住，说："义叔，吴仁的姥姥死的时候，吴仁还没出生，没有招惹过她老人家，她的阴魂为什么打电话来吓唬我们？"

吴仁跟了一句："用的还是我爸的手机号码。"

吴义想了一下，他拿过随身带来的小包裹，一层层解开包着的蓝布，露出一尊黄灿灿的半尺高铜佛。他说："这是我给你们带来镇妖驱鬼的。"

他像是早有预见，并有预备。

灯下，铜佛闪着金光。

吴仁与赵慧围上来，两人一齐把铜佛捧到手中。铜佛宝相庄严，沉甸甸的，温暖，给人以安全感。

两人连说"谢谢"，感谢义叔想得体贴周到。

卧室。在吴义的指挥下，两人将铜佛安放到大床对面的五斗橱上，这里距离两人最近，每天早上一睁眼就能看到。赵慧特地找出一只铜香炉，拭去尘土，恭而敬之地摆上，可惜没有香烛。

一切安顿就绪，吴义走了。

折腾近一夜，吴仁与赵慧倒在床上，立刻睡着了。

窗外，正是冬夜最黑暗的时刻。

铜佛注视着大床上的两个人。

015

窗帘缝隙透进一线晨光。

一觉醒来，吴仁与赵慧头痛，恶心，周身酸软无力，大概是昨夜过于劳累的缘故吧。

两人匆匆起床，因为没有食欲，勉强吃了几口早点。吴仁开上车，赵慧坐在旁边，一路不断鸣笛，赶往吴氏集团大厦。按照吴董事长的指示，今天上午八点召开特别经理办公会议，尽管是周日，集团内部无人敢迟到。若干年前，有一次，资深董事、年逾七旬的吴老忠晚到了两分钟。论辈分，吴董事长应当叫他一声老叔。吴董事长不留情面，命人撤走他的座椅，罚他在众人面前站到会议开完。可怜的吴老忠不得不拖着两条患有严重风湿性关节炎的老腿，扶墙站了一个多小时，回家后一病不起。自那以后，所有人一概提前到会，恭候吴董事长大驾。

进入吴氏集团大厦，一路遇到的与会经理们人人脸上带有异样的表情，三五成群小声议论。

吴董事长失踪的消息已经传开了？

孟艳走进大堂，气度优雅不凡。她的人际关系很好，有威信，经理们纷纷向她微笑，颔首致意。她与往日相比没有变化，只是眼圈发黑，像是整夜未眠。

远远看着她，赵慧咬住下嘴唇，胸中燃起妒火。跟孟艳一比，赵慧显得衣着土气寒酸，长相更是天上地下，永远是当年那个整天戴着花套袖的小会计。赵慧心里暗暗立下一个毒誓。

差一刻八点，大会议室座无虚席。

唯有位于首席的大皮圈椅空着。

与此同时，城堡式别墅里，刘淼坐在长餐桌一头，对面的另一头，那是吴董事长的专用座位，空着。女佣端上早餐，在空座位前也放了一份。

刘淼心情放松，胃口不错，她喝着牛奶，吃光了盘中的煎蛋、涂奶酪的面包片，以及一碟水果。

女佣收拾餐具时，有些惊讶。以前，刘淼的早餐只吃几口，今早却吃得干干净净。

刘淼说："拉开窗帘。"

女佣照办。

刘淼又说："把所有的窗帘都拉开。"

雪后天晴。随着一面面窗帘的打开，一间间屋子照进早晨的阳光，整栋别墅豁然明亮。刘淼站在通往大阳台的落地窗前，望着天上飞过的鸟儿，身上、心里暖暖的。

女佣更加诧异，刘淼不是喜欢拉紧厚重的窗幔，终日伴着一盏孤灯吗？

各屋悬挂、摆放的吴董事长的照片统统收进一个黑色塑料垃圾袋，扔进地下室。

座钟时针指向八点。

八点整。大会议室里，参加特别经理办公会议的人们屏息以待。虽然传言吴董事长失踪了，是真是假并未得到证实。

咣、咣、咣，走廊里响起吴董事长沉稳有力的脚步声？

原来听错了，那是装修工人挥动铁锤砸墙的声音，与大会议室同处一层的数据中心正在升级改造。孟艳副总经理对一个人说："你去一下，让他们停一停，会议结束后再施工。"

那人跑出大会议室。

很快，安静恢复了。

吴仁与孟艳面对面，分别坐在空空的大皮圈椅的左右。两位副总经理的眼神很少交流，偶尔像两把剑碰撞到一起，吴仁的那把剑总要软一些，处于下风。自吴氏集团成立那天起，总经理一职一直由吴董事长兼任，他最近单独与一些集团老人谈话，征求意见，询问谁是接任总经理的最佳人选。在用人上，吴董事长向来圣心独断，他是有意放风？还是别有目的？

听口气，吴董事长更倾向于孟艳。没人猜得到他的葫芦里卖的什么药。

时间一分一秒过去。

大会议室里气氛沉闷，吴董事长为什么在周日召开这次特别经理办公会议，无人知道。按照会议纪律，与会者手机一律关机，他们只能干坐着。不少人坐不住了，尤其是长痔疮的。人人心中两个问号：吴董事长人间蒸发了？将来谁坐吴董事长留下的空椅子？

有人轻轻敲门。一名办公室女文秘探进头，她对吴义说："吴部长，您的电话。"

"谁打来的？"

"刑警队，姓袁。"

吴义快步走出大会议室。

吴仁、孟艳、赵慧、吴美、吴良与列席会议旁听的吴钢随后跟了出去。他们前脚刚走，大会议室立刻炸了窝，一片嗡嗡嗡的说话声，像个有无数只蜜蜂飞舞的大蜂房。

吴义接完电话，说了声："我去趟刑警队。"

赵慧追问："什么事？"

吴义没理她，乘电梯下楼。

几个吴家人站在走廊里，彼此之间保持微妙的距离，各自心里打着不同的算盘。吴美问："我爸不在，今天的会继续开，还是先散了？"

吴仁与孟艳同时出声。

吴仁说："继续开。"

孟艳说："散了吧。"

两位副总经理意见不统一。赵慧全力支持她的丈夫："我赞成继续开。吴董事长不在期间，暂时由吴仁副总经理主持全面工作，没人反对吧？"

"我反对。"

撂下这句话，孟艳回她的办公室了。

赵慧瞪着孟艳窈窕的背影，很想冲过去，在那张漂亮的脸蛋上用长指甲狠狠地挠两把。

旁观的吴良觉得机会来了。

财务部铁门紧锁，拉上百叶窗帘，大白天开着灯，吴良与赵慧正在密议。

赵慧不信："你有法子赶走孟艳那只狐狸精？"

吴良很想手里摇把扇子，说："当然。"

"快说，什么法子？"

"你得答应我一个条件。"

"无论什么条件，姐都答应你。"

"你和吴仁大哥支持吴美出任集团代理董事长，帮我把她娶到手。"

"行。"赵慧一口答应下来，她心里想的是，做梦！

吴良从黑公文包里取出一份吴氏集团数据中心升级改造工程合

同书的复印件，递给赵慧，说："你看看这个，这份合同是孟总定的，施工队是孟总找来的，据我所知，整整虚报了五百万工程款。"

合同末页有吴董事长的签字，笔迹笨拙，歪歪扭扭，与正常签字大不一样。

吴良说："可以在这个签字上大做文章。"

赵慧一想，明白了，她说："你的意思是这个签字是伪造的，孟艳那只狐狸精贪污公款？小良子，你真够聪明的，也真够坏的，头顶长疮，脚后跟流脓，从头到脚你坏透了。"

"你答应我的条件？"

"姐说话一向算数。"

赵慧与吴良相顾一笑。孟艳是共同的敌人，这个女人仗着几分才干，又有吴董事长撑腰，她谁都看不起，尤其不拿正眼瞧吴良与赵慧，她的好日子到头了。

大会议室。赵慧附在吴仁耳边密语。

吴仁越听越气愤。

这对夫妻的表情举止吸引了全体与会者的视线，大会议室渐渐静下来。

啪，吴仁拍案而起，愤愤地说："千防万防，家贼难防，在集团内部，有一个身居高位的人，居然干出贪污工程款、中饱私囊的丑恶勾当。对于这种人，必须从高级管理人员中清除出去，依法严办！严办！"

指的是谁？与会者静候下文。

"我将代表吴氏集团向公安机关报案。"吴仁不往下说了。

这时，办公室女文秘没顾上敲门，冲进来，喊："吴董事长回来了！"

与会者们一窝蜂似的拥出大会议室，争先恐后往楼下跑，他们要在大厦前列队、鼓掌，热烈欢迎吴董事长，以表他们的忠诚与爱戴之心。只见那辆黑色加长林肯轿车回来了，停在单独的董事长专用车位上。

吴董事长人呢？

吴义用大掸子清扫车身上的雪渍。这辆车经过勘验，没发现犯罪痕迹，刑警队将它返还了。

"我爸有消息吗？"吴仁问。

吴义表情凝重，不用回答。

016

整整一夜，刑警们扩大野外搜索范围，雪山茫茫，吴董事长像是随着雪花飘散，没有留下一点痕迹。

刑警队办公室的灯亮到天明。几位刑警调查收集各种线索。根据网络上海量的公开资料，吴董事长确是一位声誉极佳的大企业家，昨晚参加生日宴会的吴家人与他或夫妻情深，或父子情深，或兄弟情深……吴董事长一家是个和谐、相互关爱的大家庭。

看着这些千篇一律的网络文章，毕队长未做评判，匆匆赶往一个案发现场。

今早七点，接到报案：吴氏集团建筑工程公司工具室有夜贼光顾，盗走一件不很值钱的物品。案值不大，这本是应由派出所处理的小案子，怎么交给毕队长侦办？

失窃的物品是射线探伤机上的金属链状放射源：放射性金属铱 –192。

毕队长感到案情非同小可。人如果受到超剂量照射，轻则致残，重则致死，放射源流散到社会上，将造成无法估量的危害。窃贼偷它干什么？这东西值不了几个钱，而且难以销赃，外行不会对它感兴趣。当时，毕队长并未想到，随着案情进展，放射源失窃与吴董事长失踪两件案子会联系到一起。

一栋老式红砖三层小楼，围着高高的院墙，这里是吴氏集团建筑工程公司所在地。

转了一圈，里外走了一遍，仅用十分钟，毕队长心中有数了。高墙上极轻微、不具有提取价值的踩踏足迹，用铁丝捅开的工具室门锁，其他物品完好无损，未被翻动，这些说明夜贼熟悉环境，目标明确，就是奔着放射性金属铱–192来的，而且行动干脆利索，几乎不留痕迹。

昨夜巡逻警车上的老警察反映一个情况：距此不远的一条胡同里，曾有人潜伏在一棵老槐树上，极有可能是那个偷走放射源的窃贼以此避开警方对形迹可疑的夜行人的盘查，时间为三点十分。窃贼逃了。

公司夜班保安员上月过的十八岁生日，他笔直地站在毕队长面前，说："我夜里没睡觉，保证没睡，也没听到动静，如果不是施工队派人来领用射线探伤机，根本发现不了进贼了。"他又问："不会扣奖金吧？"

一切表明，夜贼是个身强力壮、行动敏捷、胆大心细的老手。

如果根据现有掌握的情况公开摸排搜寻嫌疑人，不仅短期内难以取得成效，还会造成不良的社会影响。这件无头案如何侦破？

毕队长问："有谁知道失窃的事？"

夜班保安员答："我，队长。"

"你把队长叫来。"

保安队长与夜班保安员并排站着，两人惴惴不安。毕队长命令："这件事暂时不要向公司领导汇报，编个理由把施工队来领探伤机的人打发走，不许对任何外人讲，总之，严格封锁消息，不得扩散，明白吗？"

"明白，明白。"

"你们每天检查一遍射线探伤机，看看放射源是不是自己回来了，明白吗？"

"明白。"两人其实一点也不明白，难道放射源长腿了，出去逛几天，玩够了，再溜达回来？

毕队长又说："从今天起，夜里安排双班，不许睡觉。"

夜班保安知错地低下头。

毕队长在工具室里秘密安装了一只红外监控探头，他没有告诉公司保安。

他的脑子里在想什么？为什么这样做？

回到刑警队，正赶上吴义来此领回吴董事长专用的黑色加长林肯轿车，他与毕队长擦肩而过。两个强壮的男人同时侧一下肩膀，点个头，哼一声，算是再次见面的相互问候。

办公室里，小袁汇报：经查，昨天下午三点到五点，吴良不在他的律师工作室撰写辩护词，而是在派出所。

律师工作室对面有一个露天烧烤的无照小摊，吴良常到这儿吃烤羊肉串，与摊主喝几口白酒，两人成了朋友，有时聚在一起搓几圈麻将。前天吃完晚饭，吴良与摊主凑齐四个人，挑灯夜战，麻将打了一圈又一圈，一直玩到昨天中午。吴良输了，他赖皮不给钱，反诬摊主出老千偷换牌，这对酒肉朋友翻脸，互骂，几乎动起手。

摊主一气之下，把律师工作室的茶壶摔得粉碎。

吴良报警，声称有人入室寻衅滋事，毁坏私人财物，他的生命安全受到威胁。

接警后，警察到场，将两人带到派出所问清事情经过，好在麻将输赢钱数很小，不构成赌博行为。调解一番后，摊主自愿赔个新茶壶。

两人下午五点一刻从派出所出来。

因打麻将要钱闹到派出所，这不是光彩的事，面对小袁警官的询问时，吴良撒了谎。

昨天下午五点零一分至十分之间，吴良正在派出所接受批评教育，不可能出现在吴董事长失踪现场。他成为第一个被排除嫌疑的人。

汇报到这儿，小袁发现有人在办公室门外探头探脑，他是吴良律师。

毕队长迎出去，问："大律师，什么事？"

吴良凑得很近，说："我有重要情况向你反映。"

毕队长头向后躲："你早点吃的什么？"

"韭菜合子，羊杂碎汤。"吴良递过一个厚厚的牛皮纸袋，说，"我举报丁香公司数年前向吴氏集团销售一批伪劣进口名牌服装，案值巨大，符合立案标准，构成刑事犯罪。材料都在这里面。"

"你怎么今天才来举报？"

"吴董事长与丁香几年来就赔偿问题多次谈判，我怀疑，两人昨天下午在温泉山庄谈的可能就是此事，最终谈判破裂。"

"经济犯罪的案子不归我这儿管。"

"我怀疑吴董事长失踪可能与此事有关，吴董事长可能因此被绑架，甚至惨遭杀害了。"

毕队长掂量着牛皮纸袋说："你指控丁香是绑架或杀害吴董事长的犯罪嫌疑人？"

吴良快速眨动小眼睛说："我只是说丁香可能与此有关。我是实名举报，根据有关规定，必须为我保密。"他与毕队长握手，竖起衣领，贴墙根儿走了。

吴良的举报选择的正是时候。

吴董事长是本市知名企业家，兼任多项社会职务，他的失踪引起各方面高度重视，局里正式立案，并作为大要案。

丁香，一跃成为第一嫌疑人。

1月24日上午 8：30

017

丁香公司设在一栋外观简朴的写字楼里。

大堂不大，两侧摆放着十几盆丁香树，青翠欲滴，生机盎然，紫色花蕾隐隐透出淡雅的幽香。前台的接待文员一见毕队长，不问话，笑着做了个"请"的手势。小袁心里冒出个问号，毕队长跟这儿的人挺熟悉？

电梯中，即将见到丁香公司总裁丁香，小袁有种莫名的兴奋。她脑中浮现丁香的履历：

丁香，女，未婚，二十九岁，身高一米六，大学本科；她是路边弃婴，生父母不详，养母丁苦菊；走出校园后，她先后从事多种工作，创办丁香公司至今，短短数年资产逾亿，是位白手起家的成功年轻女性；履历表特长一栏中，写着擅长园艺、烹饪，精于技击，就是徒手格斗。

小袁对此不以为然，她是警校高才生，格斗场上，男同学们纷纷败倒在她的拳脚之下，三两个一齐上也不是对手。

她对丁香产生浓厚的兴趣。在她的想象中，丁香是位冷艳、孤傲的霸道女总裁。

毕队长与小袁走出电梯。

走廊干净、简洁。今天是周日,两侧写字间里,仍有不少佩着胸牌的员工忙碌地加班工作,秩序井然,没有嘈杂之声。细心的小袁注意到,员工之间关系融洽,每个窗台上都摆满盛开的盆花与绿色植物。

一扇没有标识的门外,毕队长敲门。

传出一个柔和的女声:"请进。"

毕队长推门而入,小袁跟在后面。这是一间普通的办公室,不到三十平方米,摆着大一点的写字台,木制沙发椅与茶几,沿墙一排顶到天花板的书柜,里面装满各种书籍,其中部分是外文的。整个布置采用木质本色,质朴无华,不像有些暴发户老板花大钱把办公室搞得奢侈、浮华,俗不可耐。

一个戴围裙、套袖、保洁员模样的女人蹲着,细心擦拭沙发椅的椅脚,那是一般人极少擦到的地方。她低着头,说:"稍等,马上擦完。"

小袁自我介绍:"我们是市局刑警队的,要见丁香总裁,阿姨,请你把她叫来。"小袁叫对方阿姨,这个称呼没错,因为保洁员一般都是年纪比较大的女人。

那个被称作阿姨的女人站起身,说:"我就是。"

小袁大感意外,不由上下端详着对方。这是一位成熟的年轻女性,有着含蓄的东方美,平和宁静,给人以亲近感,就像温煦的春风。她绝不是那种张扬、专横、聪明挂在脸上的浅薄女人。

毕队长朝着丁香咧嘴笑笑,丁香冲着毕队长抿嘴一笑,两人没握手,没说话,相互的眼神大大地不对头。这些细微之处瞒不过小袁一双女刑警的眼睛。

三人坐好。小袁掏出本子,准备记录。

丁香摘掉套袖,脱下围裙,没有"请喝特意为您沏的上等好茶""雪后路好不好走""今天天气如何"之类的废话,她直接说:"你们为调查吴董事长失踪而来吧?"

小袁停笔，有人事先透露了消息？

"吴良，吴氏集团的法律顾问，给我发过一条短信。"丁香打开手机，点出那条短信，大方地交给小袁查阅。

毕队长歪过头，看了看，目光停在"我心中永远的女神"几个字上。

吴良在玩什么鬼把戏？

不用小袁询问，丁香又说："昨天下午三点半，我与吴董事长按照约定在温泉山庄见面，谈些经营合作上的事，地点他定的。谈到四点一刻，我先行一步离开，雪天，车开得慢，我一小时二十分钟后回到公司。我赶回来签一份合同，对方要求六点前必须收到传真件。"丁香语言简练，将她在吴董事长失踪案发前后的行动时间说得清清楚楚，严丝合缝。

小袁凭直觉，判断丁香说的是真话，可以通过调查予以证实。

询问就此结束？她向毕队长求援。

毕队长随口说道："门口停的那辆黑色红旗轿车擦得真干净，闪闪发光，旁边的车跟泥猴似的。"

丁香一半认真、一半玩笑地说："红旗轿车，我的，你可以开走，查一查座上、后备厢里有没有吴董事长遗留的毛发、皮屑等生物痕迹。"

毕队长的脸微微发红。

小袁岔开话题："听说，你不参加任何宴会？"

丁香坦率地说："有些重要的也去。昨天，吴董事长邀请我参加他的生日宴会，我确实有事，去不了，当面向他表示了歉意。"

"邀请你参加生日宴会，看来你跟吴董事长的私交不错？"

"少有来往。"

"两家公司的关系呢？"

"竞争，合作。"

"哪个多一点？"

"前者，合作只有一次。"

"你们在温泉山庄谈什么了？"

"吴氏集团遇到一些问题，请求帮助。"

"什么问题？"

"抱歉，因为涉及吴氏集团的核心商业秘密，我不便说，请理解。"

"你同意提供帮助了？"

"同意了。不过，我的帮助附加条件，吴董事长没有决定是否接受。"

"你们谈得很愉快？"

"开诚布公，心平气和。"

两人一问一答，小袁问得极快，丁香答得不紧不慢，她的话表面平淡，细细琢磨内有深意。

跟丁香谈话，转弯抹角的没意义，小袁索性挑明了问："合作只有一次，指的是你与吴董事长有过一次失败的进口服装交易吧？"

"你用的'失败'这个词很准确。"

"交易失败，谁的责任？"

"老账，不翻了。"

"因为这笔老账，你们两家公司从此成为生意上的死对头？"

丁香一声轻笑。她说："所以，我是吴董事长失踪的第一嫌疑人。你的推论合乎逻辑，缺少实据。"

"有一点说不通，既然你们两家公司少有来往，又有宿怨，为什么吴董事长不找别人，而是向你寻求帮助？"

"这你应当去问吴董事长。"

小袁再无问题可问。

毕队长伸出手，手心向上。

丁香扔给他一只 U 盘。

两人似是早有联系，默契于心。小袁想，U 盘里装的什么？

丁香起身，过去打开一扇门，隔壁是一间练功房。她对毕队长说："敢吗？"

毕队长解开外衣扣子："我不敢？笑话！"

两人走进练功房，门没关，小袁跟过去。软垫上，毕队长与丁香行礼，拉开架式，开始一场近身格斗。锁喉、踢裆、戳眼，丁香的技法阴柔、狠辣；掌劈、肘撞、飞腿，毕队长的功夫阳刚，凶猛。两人旗鼓相当，不分上下。

小袁大开眼界，她看到另一个丁香。

格斗短促、激烈。三分钟后，两人收势，行礼。丁香拿起一条大毛巾，看看小袁，她把大毛巾扔给毕队长擦汗。

毕队长与小袁初次调查结束，告辞。在办公室门口，小袁眼尖，看见丁香往毕队长的上衣口袋里塞了一样东西。

行贿？

电梯里，小袁问："什么？"毕队长掏出那样东西，放在鼻子下闻闻，说："胃药，她知道我的胃不好。"小袁抢过来，说："私自收受嫌疑人的礼物，违反纪律，你要上交。我在你的办公桌抽屉里，放了一大盒姜茶。"

警车上，小袁把那只 U 盘插入笔记本电脑。她诧异极了，屏幕上显示出所有吴家人的个人材料，关于吴董事长的占了大半篇幅，内容翔实，应有尽有，细致到他们的性格、衣着与饮食口味都有记录。足足数十万字，调查收集起来需要数年时间。这只 U 盘里的内容与网络上的公开信息大相径庭，不仅吴董事长光彩尽失，而且揭示出吴家内部四分五裂，矛盾重重，每位吴家人都有让吴董事长消失的强烈动机。

末尾，附有一份吴氏集团资产与债务清单，其中大多数债务已于本月集中到期。

丁香这是想要干什么？

018

保险柜前，丁香从中取出一份又厚又旧的材料，放到写字台上。案卷封面写着一行黑体大字：关于丁香公司与吴氏集团买卖一批进口服装的全部文件。

她边看边回想。

电脑屏幕上显示本市地图，一个闪烁的红点开始移动。

她放回旧材料，拨乱保险柜上的密码。她走出办公室，锁门下楼，动作很快，但有条不紊。

楼前，红旗轿车发动，起步，加速。

一个人跟着车跑，拉开车门，蹿进车内，一屁股坐到副驾驶座位上。此人是吴良。他说："刑警队的人找你了？"

丁香停下车，指指车门，意思是，下去。

吴良赖着不走："一见面就轰我，打电话你不接，发短信你不回，我只好来找你。我是担着风险来的，有事对你说，大事，跟你有密切关系的大事。"

红旗轿车驶上主路，吴良舒服地靠在车座上，问："这辆车是你新买的？花了几十万？你发了，听说你成了女亿万富翁？士别三日，当刮目相看，咱俩几年没见了？"

丁香开着车，眉头微蹙。

吴良理理头发，来见丁香之前，他刻意打扮过一番，抹了不少男士化妆品。他身穿花呢西装，戴长毛绒围巾，穿三接头皮鞋，一身装束类似于三十年代出入舞厅的花花公子。缺点是忘了嚼块口香糖，一张嘴喷出早点吃的韭菜合子、羊杂碎汤的味儿，气味难闻，而他并不自知，自以为香得不得了。他问："你去哪儿？"

"找我什么事？"丁香将车窗打开一道缝。

"咱俩到咖啡屋坐坐？"

"说，什么事？"

"我认识一家咖啡屋的老板，他那儿的卡布奇诺咖啡地道极了，绝对正宗，价钱贵点儿，我请客。那儿的环境特别幽静，适合情人幽……哎，别停车，别又轰我下车，我找你真的有事，我说，还不行吗？"

吴良最大的长处是脸皮够厚，他媚笑道："你还是那么性急。今天早上，我得到可靠消息，市局刑警队一个姓毕的警察，要查一桩几年前的旧案，该案跟你有关，还涉及吴董事长的失踪。这是到哪儿了？前面，路边那栋楼你看着眼熟吧，几年前，咱俩大学毕业，到这座城市闯天下。那时候，咱俩都住在那栋楼的地下室，凑巧住隔壁，成了天天见面的邻居。这是缘分，缘分哪，有缘千里来相会。记得第一次见到你时，你在侍弄一盆丁香幼苗，长发盘起，脸蛋上、脖子上渗出亮晶晶的汗珠，沐浴着早晨的阳光，你是那么清纯动人。我的心不禁跳了一下，咱俩认识了，花前月下，常常一起散步，谈打工的艰辛，我真想重温那段美好时光。"他很有感情地说，"相处一个月，咱俩的心里都有一点点青春的萌动吧？"

十字路口是红灯，红旗轿车停在斑马线前。

车旁，一名交警疏导往来车辆与行人。因交警在场，丁香不能轰人下车，吴良有恃无恐。他又开说了："后来，我受聘担任吴氏集团首席法律顾问，搬出地下室。你我道别时，依依不舍，你当时没发现我的眼眶湿润了吗？我至今没找女朋友，因为你在我的心里，丁香，你是我的初恋！"

红旗轿车开过十字路口，吱地刹住，丁香态度依旧温和："请你下车。"

吴良热情迸发："我白天想你，黑夜想你，无时无刻不在想着你，我不能没有你，你是我心中永远的女神，我爱你！我要让全世界都知道，我爱你！"

丁香下车，绕过车头，拉开右侧车门。她以擒拿手法，握住吴良一根小手指，一撅，只听一声嚎叫。谁见过杀猪，那些挨刀的猪就发出这种叫声，绵长，凄厉。吴良就要被拖出车外。

他大喊"救命"。

几个闲人围上来。

丁香不得不松开手，大庭广众之下，影响不好。她朝停在不远处的一辆轿车看看，这辆车从公司门口一路跟到这儿。吴良一手抓牢车门，死活就是不下车。

红旗轿车在车流中行进。吴良不时斜一下眼睛，用眼角偷窥丁香的脸色。对别的女人灵验的爱情表白这次却失败了，他要换一种方式。他把手放在左胸心脏的位置，郑重其事地说："我把对你的爱藏在这里，不用语言，用行动证明它的真诚。说正事，几年前，丁香公司与吴氏集团签过一份进口服装的买卖合同，合同履行过程中，有人反映这批服装全是假货，经查，的确是假冒名牌的劣质产品。两家公司为此结怨，相互指责对方商业欺诈，以致你跟吴董事长成为生意场上的仇家。谁是骗子，你跟吴董事长各有不同的说法，至今分不清谁是谁非，成了一桩悬而未决的疑案。现在，市局刑警队不知接到什么人的匿名举报，又把这件陈年旧案翻出来，那个姓毕的警察以此作为犯罪动机，把你列为吴董事长失踪案的首要嫌疑人，我很为你担心。你别不以为然，哪块坟地没有冤死的鬼？你面临着极大的风险，搞不好还会有牢狱之灾。"

丁香只听，不语。

几年前，这桩进口服装买卖合同纠纷中，吴良作为吴氏集团的法律顾问，在背后给吴董事长出过不少坏主意。因为丁香创立公司后，发展很快，吴良看着眼热，他几次找到丁香，想重修旧好，均遭到冷落与拒绝，所以他恨丁香。吴良不明白，占尽上风的吴董事长为何突然放过丁香，而且从此绝口不再提起此事。

丁香估计，前面的一堆话是铺垫，吴良很快要进入正题了。

不出所料，吴良说道："但是，你不用怕，有本律师在，保你平安无事。"

丁香说："我一向平安，如果你现在下车，你也不会有事。"

吴良在对方脸上没有找到一丝忧虑的神色，他摊牌了，说："根据现有证据，有几份对你极为不利。"

"哦？"丁香礼让斑马线上的行人。

"这些关键证据掌握在我手里。警方调查时，只要我不把它们交出来，就不能证明你是商业欺诈的过错方，你也就没有了犯罪动机；没有犯罪动机，你与吴董事长失踪扯不上半毛钱关系，你就彻底摆脱了嫌疑。"吴良侃侃而谈。

"你把那些证据藏哪儿了？"丁香问。

"最安全的地方。"

"说吧，你的条件？"

"没有条件，我是出于咱俩深厚的友情，甘愿为你效劳，为你两肋插刀。我只是希望咱俩重新交往，恢复过去的亲密关系，你一定不会拒绝。"吴良的那点小心思昭然若揭。

吴良精心设了一个局，他先向刑警队举报丁香行骗，警方调查时，他再为丁香开脱责任。事情过后，丁香必然感激他，从而以身相许；如果丁香不识好歹，他还可以凭借那几件关键证据逼其就范。想到这儿，他加了一句："我劝你离那个姓毕的警察远一点，那人办事不讲情面，不是个怜香惜玉的人。"

丁香笑问："匿名举报的那个人是谁？"

"我不知道，现在对举报人的姓名严格保密，查不出来。"

"是你吧。"

"我怎么可能做这种缺德事！我爱你，不会害你，我可以把心掏出来给你看。"吴良急得脸变白了，坚决否认。他心虚了，丁香的眼睛太厉害，简直像一台加强 CT 机，能把人的隐秘之处一眼看穿。

丁香正色道："建议你把那几份关键证据交给刑警队，请他们一查到底。"

吴良往日灵巧的舌头打了一个结。

他并不死心，认为丁香是在虚张声势。

019

红旗轿车一百八十度大转弯，掉头，停在佳友家政公司第七营业部门口。

接待室里，一个肥胖的五十岁女人坐在办公桌后面，做派像是营业部的经理。她打开一只不锈钢饭盒的盖子，贪馋地闻了闻，里面盛满米饭、排骨焖豆角。离中午还有两个多小时，她已经饿了。她抬头看见走进来的丁香，问："你请小时工？保姆？随便挑，我们这儿物美价廉。"

靠墙的长椅上，坐着几位中年妇女，其中一位头发花白、年龄偏大的老年妇女单独坐着，以背对人，脸扭向墙角。

胖经理跟过来，熟练地介绍："我们这儿的家政服务人员都经过上岗培训，严格体检，客户尽管放心使用。你看中哪个了？"

吴良倚在门口。

丁香的视线落在那个看不清脸的老年妇女的背上。

"你看中她了？"胖经理小声说，"她是被我们佳友公司开除的，今天她来缠着我，非要让我给她找个当保洁的地方，我没答应她。这老娘们看上去老实，手脚不干净，前两天在一户姓吴的人家做小时工，偷了一千块钱，被赶出来的，派出所儿没结案呢。你要用她，别说是佳友公司介绍的，出了事我担不起责任。这老娘们的名字叫……"

丁香走过去，叫一声："妈。"

老年妇女转过脸，不好意思地笑笑。她是丁苦菊，丁香的养母，慈祥的脸上刻满深深的皱纹，这是个饱经磨难、吃过大苦，但身板硬朗的乡下女人。

丁香说："回家。"

"我不。"丁苦菊跟丁香的脾气一样倔，"在家我待不住。你怎么知道我在这儿？"

丁苦菊操劳一辈子，不愿闲在家里享清福，常常偷跑出来做小时工。丁香不得不在母亲的手机里设置了 GPS 定位，随时反映在电脑屏幕上，所以对母亲的行踪了如指掌。

胖经理看一眼停在门口的红旗轿车，鄙视地说："你是她女儿？丁苦菊，你在登记表上填的是未婚，哪来的女儿？私生女？自己开着豪车，让老妈出来当小时工，好女儿呀。正好你来了，你妈偷了人家一千块钱，我们佳友家政服务公司不能替她背黑锅，你说怎么办吧？"

丁苦菊说："我没偷钱。"

"乡下人，土老帽儿，没见过钱，肯定是你偷的，贼、贼、贼！"忽然，胖经理噔噔连退两步，她被丁香的眼神吓毛了，尖叫，"你要杀人呀。"

丁香的怒火如同一座冰山，嗞嗞地冒着寒气。

吴良头一回看见她发怒，好可怕！

佳友公司第七营业部对面，路边，一辆挂着普通牌照的警车里，坐着毕队长与小袁。半小时前，两人走出丁香公司，正要驾车离开时，眼尖的小袁看见吴良钻进红旗轿车，便随后跟上去。两人笑着观赏了吴良狂喊"救命"的那幕滑稽戏。

马路不宽，透过大玻璃墙，可以观察到接待室里的情景。

通过与笔记本电脑屏幕上照片的比对，小袁认出那位农村老太太是丁苦菊，她倍感稀奇地说："丁香公司总裁丁香，亿万富婆，她的母亲做小时工？"

毕队长一点不感到奇怪。

小袁又说："毕队，你看，一条派出所报警记录，你猜猜报警人是谁? 吴氏集团财务总监赵慧, 报警内容是她家的小时工丁苦菊从梳妆台的抽屉里偷走一千块钱。世界太小了, 这么巧。"

看样子, 毕队长早就知道。

吴董事长失踪案发前一天, 毕队长开车外出办案, 路过吴仁家居住的小区。大门外, 丁苦菊蹲在地上哭泣, 身边散放着几件保洁用具。凛冽的寒风中, 往来行人脚步匆匆, 无人停下来, 关心一下这位苍老无助的乡下女人。毕队长停下车, 过去扶起老太太, 把她带到暖和的门卫室, 询问情况。

老太太边哭边说。

下午, 丁苦菊按规定时间到吴仁家做保洁。她干活勤快, 利索, 认真, 不到一个小时, 吴仁家那套两百多平方米的大房子就变得窗明几净, 一尘不染。她听见男女主人在卧室里吵架, 争论梳妆台抽屉里一千块钱的去向。女主人审问再三, 男主人坚称他没有拿, 而且一脸无辜的样子。丁苦菊干完活, 收拾好保洁用具, 准备赶去同一小区的另一家住户。她刚拧开门把。

赵慧一声断喝:"回来!"

丁苦菊回头问:"您叫我?"

"你溜得挺快。"

"您家哪没弄干净, 我再去拾掇。"

"干净, 我们家的钱快被贼偷干净了。"赵慧双手叉腰, 态度蛮横。

丁苦菊听不明白。

"钱是不是你偷的?"

"什么钱?"

"梳妆台抽屉里的一千块钱。"

"我……我没有。"

"今天家里没来过别的人, 不是你, 还能有谁, 钱能长翅膀飞了? 把偷的钱拿出来!"

"大妹子, 您不能冤枉人呀。"

"谁是你大妹子，你再不承认，我可要搜身了。"赵慧冲着吴仁说，"过来，帮我按住她的手。"

吴仁站在一边不动，说："这样不好吧，钱丢就丢了。"

"你就是个废物。"赵慧一边骂她的丈夫，一边凶横地扑上来，在丁苦菊的身上乱翻乱找。丁苦菊蒙了，忘记反抗。赵慧的手伸进丁苦菊的内衣口袋，掏出一沓钱，大约一千块。她摇晃着那沓钱，胜利地说："这是什么，你还说你没偷。"

"这是我女儿给我的。"丁苦菊竭力辩白。

"胡扯，你女儿也是搞保洁的吧，她能给你这么多钱？"赵慧打电话向派出所报案，并向佳友家政公司投诉。

吴仁拦不住。

门铃响了三遍。吴仁跑去开门，吴董事长大步而入，脸色难看。两口子颇感意外，吴董事长很少登大儿子吴仁的家门。赵慧换上笑脸，问："您怎么来了？"

吴董事长坐到大客厅的沙发上说："你把这套房子的房产证拿出来。"

赵慧不大乐意交出房产证："我担心……"

"我的、你们的、吴美的房子都要拿去抵押借款，解决集团遇到的暂时性资金困难，只抵押三个月，房产证很快就会送回来，你担心什么？"吴董事长这时看到站在门侧抹眼泪的丁苦菊，问，"怎么回事？"

"她偷家里的钱，被我当场抓住，钱从她身上搜出来了。"赵慧说。

吴董事长与丁苦菊的目光一接触，同时愣住，吴董事长从上到下、丁苦菊从下到上将对方看了一个仔细。两人都要张口说话，又都没说。

"钱怎么丢的？"吴董事长问。

"钱是我昨天下午亲手放在梳妆台抽屉里的，家里只来过她一个外人。"赵慧一指丁苦菊。

吴董事长略一思索，转向吴仁，严厉地问："你拿走钱干什么用了？"

吴仁的脸红一阵、白一阵，头垂到胸前，声音小得像一只蚊子哼哼："请朋友吃饭用了。"

"死鬼，是你干的好事。"当着吴董事长的面，赵慧没拧丈夫的耳朵。

"你们两个向这位老太太赔礼道歉，钱还给人家，还要再拿出一千块钱作为补偿。"吴董事长下令。

丁苦菊没要多给的一千块钱。

毕队长问明事情经过，门卫室里的保安们七嘴八舌："太欺负人了！""有钱有什么了不起？""告他们去！"……丁苦菊低头不语。

毕队长要开车送她回家，她拒绝了，挟着装保洁用具的小包走向公共汽车站。西北风中，她的背影伛偻，脚步不稳，像是承受着重负。

毕队长注意到，一辆黑色加长林肯轿车开出小区，缓缓跟在丁苦菊乘坐的公交车后面。

警车里，听完毕队长的叙述，小袁十分同情丁苦菊的遭遇，为她打抱不平。

毕队长说："丁香最不能容忍有人欺辱她的母亲，按照她的性格，她会毫不留情地报复。她反而与吴董事长在温泉山庄会谈，同意提供帮助，这很不正常。"

在小袁眼中，丁香是一个看不透的女人。

020

佳友公司第七营业部接待室里，气氛趋于白热化。吴良挺身而出，在唱主角，他咄咄逼人地说："你必须向这位老人家、丁苦菊女士道歉。"

胖经理不服："凭什么？你找投诉她的客户去，反正我没责任。"

"你当然有责任，客户说什么就是什么？你不搞清楚就信口雌黄？"

"这次是没抓住，谁知道她以前偷没偷过，做保姆、小时工的，有几个手脚干净的。"

胖经理随口溜出的一句话惹恼了那几位等着应聘保姆、小时工的中年妇女，群情激愤。

吴良抓住机会，要在丁香面前好好表现一番，他义正词严地说："你在公开场合肆意散布有损于这位老人家声誉的不当言论，属于公然侮辱、诽谤他人，本律师要到法院起诉你。这位老人家如果因此发生意外，你不仅要赔偿经济损失，按照刑法第二百四十六条，还要承担相应的刑事责任。"

"你少吓唬人。"

"本律师请在场各位出具书面证言，明天上午，本律师将免费代理这位老人家到法院提交诉状。"

那几位中年妇女拍掌叫好。

吴良成了扶危济困的大英雄。他孝顺儿子般地搀着丁苦菊，瞥一眼丁香，她对自己的表现像是很满意。吴良心中暗喜：真是天赐良机。

胖经理偏偏是个属鸭子的，肉烂嘴不烂，她死扛到底，说："告我去吧，我就是不道歉。"

桌上，座机铃音响起。胖经理拿过电话，喂了一声，态度变得毕恭毕敬："赵总经理，您好。我这儿没出什么事呀，您听谁乱嚼舌头？情况您都了解了，让我向那个姓丁的老太太道歉，必须道歉，态度还要诚恳，您这指示我执行不了。向她道歉，这不是让我当众下不来台吗，我脸往哪儿搁？这活儿没法干了，我辞职，什么，您批准了？赵总，我是一时气话，我不想辞职，什么，您解聘我，让我立刻走人？赵总，去年，我这门店的盈利全公司第一，我还叫您一声表舅，您一点情面都不讲？喂，喂……"

胖经理跺着脚哇哇大哭；丁苦菊于心不忍；丁香不为所动。

吴良看出来了，丁香对母亲的感情非常深厚。他心里跳出一个念头：选择丁苦菊作为突破口，也许是得到丁香的捷径。他越发殷勤地搀扶着丁苦菊，比对他的亲妈还要好。

胖经理不哭了，她瞅瞅丁苦菊，嘴唇动了动。她珍惜眼前这份收入不错的工作，真想对老太太道声歉，说句"对不起"，老太太慈眉善目，一定会原谅她，再请老太太向赵总说句好话，一切皆大欢喜。可是，她的性格属于那种死要面子活受罪的人，她终于没有说出口。

警车里，小袁说："根据工商登记，佳友公司有四十七家门店，是本市最大一家从事家政服务的连锁公司。毕队，丁香公司是佳友公司的母公司耶。"

毕队长说："所以有人倒霉了。"

胖经理抱着纸箱，里面装着她的私人物品，从车头前走过。她气鼓鼓地说："此处不留爷，自有留爷处。"她大概气糊涂了，忘了她不是个"爷"。

小袁心里滋生出一点不满，因为得罪了丁苦菊，就下辣手解聘一位门店经理，将其赶到大街上，丁香行事未免太偏激了。

小袁在几页薄薄的官方文字档案里，查不到丁苦菊、丁香这对母女经历过怎样的人生磨难。

当年，方圆几十里，丁苦菊是数得上的俊姑娘，人品性格也好。不到十八岁，她与邻村一个小伙子在集市上相识，见过几次面，彼此中意，喝了定亲酒，说好来年正月过门成亲。

第二年，小伙子没来迎娶。丁苦菊收到一封信后，从村里消失了。

她进城了。她说，她要打工挣钱供未婚夫念大学。十年后，有人在城里见到她，孤身一人，怀里抱着一个初生婴儿，她说是在路边拾到的。对此，说什么闲话的都有，父母与她断绝了来往。

她没有嫁人。婴儿是个女孩，随她的姓，取名丁香。

她靠给人做保姆、小时工谋生，只收一半工钱，条件是她要把小丁香带在身边。小丁香乖巧，在雇主家里从不哭闹，母亲喂她米糊，她都吃得很香。尽管雇主家有进口婴儿配方奶粉，可丁苦菊从来没有碰过。上天垂怜，在丁苦菊的精心养育下，小丁香没灾没病，健康成长，她含糊不清地叫出第一声"妈妈"时，丁苦菊热泪盈眶。

周岁，丁苦菊在地摊上选中一只便宜的铜制长命锁，丁香至今戴在胸前贴肉的地方，昼夜不离身。因从小节俭，她对华美贵重的珠宝钻石不屑一顾。

六岁，丁香走进民工小学，丁苦菊卖血凑够赞助费，不请求减免。

九岁，丁香放学回家，一户人家院内的枣树枝头伸出墙外，枣子熟了，红红的。丁香用石头打下十几颗，用衣襟捧着拿给母亲吃。丁苦菊第一次，也是唯一一次揍了她，带她到那户人家送还枣子，还赔了一块钱。那个年代，对贫寒的母女来说，一块钱不是小数。

十二岁，丁香出落成花蕾一样的姑娘。一个心怀歹意的男人夜入母女租住的平房，只听"哎哟"一声之后，那人逃出，丁苦菊手握一把带血的剪子，死死地护住丁香。那人赶到医院哀求医生救救他的"小弟弟"。

十三岁，丁苦菊到一户住四合院的富人家里做保洁，丁香在院内树荫下做作业，那家的叭儿狗冲她乱叫乱咬。丁苦菊用身体护住女儿，腿上被狗咬了几口，渗出血珠。叭儿狗咬人后，跑到那家的男主人脚边，摇尾乞怜，叫声很惨。那位男主人姓苟，属狗，是个卖假海狗丸的暴发户，他认为自家的叭儿狗受了欺负，不容分说，抡圆了一巴掌，丁苦菊被打翻在地。打了人，他不给工钱，嘴里骂骂咧咧，将母女二人逐出院外。丁香人小力薄，只能任人欺凌。回到租住的大杂院，一位婆婆为丁苦菊裹好伤。她是位落魄的流浪艺人，平时常受到丁苦菊的接济。从那天起，她开始向丁香传授内家技击之术，她原来是位深藏不露、隐身民间的高人。

顺便提一句，若干年后，在一场残酷无情的商战中，丁香将那个姓苟的奸商打得倾家荡产。姓苟的登门跪求放他一马，像条被打折腰的癫皮狗，只得到丁香四个字的回答：除恶务尽。后来，姓苟的住进专门收治狂躁型病人的精神病院，这辈子出不来了。

十八岁，丁香考入大学，她天资聪颖，成绩优异，靠全额奖学金修完学业。

小袁如果了解这对母女的过去，就不会认为丁香对待胖经理的行为偏激了。

丁香真会原谅赵慧、吴仁以及吴董事长吗？

接待室外，吴良搀着丁苦菊，名正言顺地坐进红旗轿车，他是个绝不放过机会的聪明人。

红旗轿车远去。

小袁问："跟不跟？"

毕队长说："你往那儿看。"

前方，老式大众轿车旁，吴义拦住胖经理，两人交谈。

小袁问："这两人说什么呢？"

021

距离较远，听不见吴义与胖经理的对话。

毕队长观察那两个人的面部表情。

两人身体相隔一米以上，应当是初次见面。吴义神色严肃，问的是件重要的事。胖经理不认识他，也不知道他问话的目的，回答时小心谨慎。

吴义是听了赵慧的哭诉后，来了解情况的。赵慧诬赖丁苦菊偷她家的钱，被吴董事长无意碰上。过去，遇上这种事，吴董事长一般不闻不问，这次却一反常态，将赵慧骂得狗血喷头。赵慧满肚子悲愤，照例向她的"义叔"哭着诉苦。她说了句："我公公对人没这么好过，还把那个保洁员送出门。"

吴氏集团特别经理办公会议一散，吴义立刻开车找到佳友公司第七营业部，他心里有个疑问急需解答。他认出丁香与吴良，没进接待室。他在外面拦住刚被解聘的胖经理，详尽询问了丁苦菊是哪儿的人，今年多大了，尤其对婚姻状况、有无子女问得仔细。

胖经理说："这个叫丁苦菊的乡下老太太什么来头，这么多人给她撑腰，我躲得远点吧。"

吴义开上车，很快追上前面的红旗轿车。

前方，绿色铁栅内，不同风格的别墅散布在青松翠柏之间，时值冬季，仍有一片绿意。大门采用古罗马风格，门卫身着统一制服，向出入的各种豪车立正行礼。别墅之间的青石小路上，保安双人一组，巡查各个角落，外人休想逃过他们的眼睛。他们负有重大责任，确保别墅主人们的安宁不被打扰，这关系到他们的饭碗。

红旗轿车减速，开进去。

门卫一个标准的敬礼。车内，吴良有种腾云驾雾的感觉，他吧咂一下嘴，做富人的滋味儿真好。

一栋外观朴素、建筑面积较小、周围绿色植被很多的单层别墅前，红旗轿车停下。

吴良说："伯母，给您送到家，我该告辞了。"

"小良子，别走，进家，再跟我说说话。"丁苦菊拉住吴良的手。两人一路上越聊越亲，她对这个谦恭和气、讨人喜欢的小伙子印象不错。

吴良等的就是这句话。

走进别墅，这里的陈设与丁香的办公室风格一样，简洁、朴实，以木质本色为主。吴良四下看看，想入非非，他如果成为这栋别墅的主人，将用大理石装饰墙面，卫生间安满镀金的水龙头，还要换上豪华气派的枝形大吊灯。

"小良子，坐。"丁苦菊热情地给他倒水。

"伯母，您跟我还客气，您就把我当成您的亲儿子吧。"吴良嘴甜。

"小良子，成家了吗？"

"还没有，我今年三十，属鼠的。"

"像你这么好的小伙子，追你的姑娘不少吧？"

"我的精力全部用在工作上，事业为主。"

"有志向，你准是有名的大律师。"丁苦菊夸他。

"呵呵，有点小名气。您听说过吴氏集团吗，本市著名大企业，我是吴氏集团首席法律顾问。集团的大老板吴董事长对我非常倚重，所有重大决策都要先征求我的意见，所有法律文件都由我亲自起草。吴董事长常常握住我的手说，人才难得。本市律师协会最近提名我为新一届常任理事，因为业务太忙，我推辞掉了。"吴良滔滔不绝地吹着牛，一点不脸红。

"吴董事长，吴礼……"丁苦菊轻声念叨。

"您认识我们集团的吴董事长？"

"他来过我家。"

嗯？吴董事长与丁香瞒过众人耳目，秘密来往？可能吗？丁苦菊这个农村老太太不像在说谎。吴良套话："伯母，吴董事长常来？"

"一次。"

"他来找您女儿吧？"

"他来找我。"

"找您？"

吴良吃惊不小。堂堂吴董事长亲自登门，拜访一个卑微的做保洁的农村老太太，匪夷所思！吴良嗅到某种气味，他探过大半个身子，问："吴董事长找您什么事？"

丁苦菊推过杯子说："喝水。"

"您跟吴董事长早就认识？"吴良脑中念头一闪。

丁苦菊闭口不言。她望着窗外灰白色的积雪，城里的雪比乡下的脏。她脸上有种说不出的表情，额头一缕白发无风自动。

那天，在吴仁家无端受到被诬偷钱的侮辱，丁苦菊满心酸楚，坐公交车回家。女儿丁香接到毕队长的电话，赶回来在家等她。丁苦菊不愿让女儿看到她脸上未干的泪痕，强笑着说："妈没事。"丁香怒不可遏，要去吴仁家"说理"。丁苦菊拉住女儿，她知道，女儿这一去必会闹到天翻地覆。

谁在敲门？

吴董事长提着一大包礼物，站在门外。他说："苦菊，我来向你道歉。"

丁苦菊转身回到客厅，没请他进来，也没关门。

吴董事长跟在后面，不请自入。

"出去！"丁香一声冷叱。丁苦菊阻止女儿。吴董事长低下头，看着地面，说："苦菊，我代我的不争气的儿子，还有那个混蛋儿媳，再次向你道歉，请求你的原谅。"他态度谦卑，语言恳切，实在是一件破天荒的事。

他向丁苦菊深深鞠了一躬。

丁苦菊说："我不记恨两个晚辈，你走吧。"

吴董事长第三次叫声"苦菊"，他说："我没想到，你就在这座城市，还跟我住在同一个小区。"

"冤家……路窄。"

"多少年没见你了，快三十年了吧。我又欠你一次，我欠你的，今生今世还不清了。"

丁香是冰雪般聪明的人，听着吴董事长与丁苦菊的对话，她明白了几分。

吴董事长说："这些年，我一直想方设法到处找你。我找到你原先租住的地下室，房东说，听到我结婚的消息，你哭了一夜，第二天一早人就不见了，没留下片语只言。苦菊，我有错，那个叫刘淼的女人跟她的母亲合谋灌醉我，我酒后失德，没经受住诱惑。可是，你也不能全怪我，如果我不娶那个叫刘淼的女人，那对阴险刁蛮的母女就要告我强奸，我是被逼无奈才跟她成亲的。我向上天起誓，句句实言，没有半句假话。"

丁苦菊被打动了，面色缓和许多，她说："你坐吧。"

"苦菊，我对不起你，我欠你太多，我要补偿你，我离婚。"

"不要当着孩子的面说这些。"

丁香考虑到母亲的感受，走进书房，关好隔音的房门。

客厅。时隔近三十年，两位花甲老人又坐到一起。

除了往事，吴董事长还将说些什么？

022

一小时后，丁香回到客厅。

丁苦菊眼睛红肿，应是哭了一次又一次。吴董事长面有愧疚之色。丁苦菊说："姻缘是前世定下的，人家给你生了两儿一女，我不能拆散你们，这事不要提了。"

吴董事长一声长叹。

丁苦菊对女儿丁香说："来，叫吴伯伯。"

丁香不叫，冷眼看着吴董事长。

吴董事长感慨地说："苦菊，我没想到，丁香是你的女儿，她真像年轻时的你。"为了加重这句话的效果，他有意停顿了一下。他又说："我更没想到，咱们两家住在同一个小区，苦菊，我应该早点认出你来。"实际上，即便过去曾经在小区相遇过几次，黑色加长林肯轿车里的吴董事长不可能费神多看一眼走在路边的那个乡下老太婆。

丁苦菊说："明天是你生日，六十岁整寿。"

"这么多年了，你还记得。"吴董事长大为感动。

"一会儿我给你擀碗寿面。"

"明晚我在王朝酒店办生日宴会，你来。"

"不了，你们一家和和美美，我不去掺和，我跟你媳妇见面说什么？"

"让女儿代表你去。丁香，你一定要来，给你留好座位，坐我旁边。"吴董事长盛情相邀。

丁香没点头。

丁苦菊问女儿："你跟你吴伯伯闹过点小别扭，因为生意上的事？"

这不是三言两语能说清的，丁香不想母亲卷进来。

丁苦菊说："冤家宜解不宜结，得饶人处且饶人，过去的事过去吧。你吴伯伯很不容易，听他讲，支撑这么大一份家业，操心费力，累得他像八十岁的人了。"

因为保养得好，吴董事长红光满面，他的年龄看上去比丁苦菊小许多。他说："丁香，我比你年长几十岁，有你母亲这重关系，我先表个态，从今日起，旧怨一笔勾销，如何？"他进一步说，"不仅勾销旧怨，吴氏集团愿与丁香公司在各方面广泛合作，可以谈谈吗？"

"可以谈。"丁香不想违拗母亲的意愿。她并不相信吴董事长的诚意，她吃过大亏。

吴董事长要求马上谈，丁香表示今晚与明天上午日程安排满了，两人约定第二天下午三点半在温泉山庄面谈。吴董事长再次邀请丁香谈判结束后参加当晚他的生日宴会。

吴董事长没吃丁苦菊亲手擀的寿面，理由是市领导召见，执意告辞。

丁苦菊送他出门，两人在外面又说了好一会儿话。

第二天，温泉山庄谈判结束后，吴董事长在回城的山路上失踪了。

谈判内容与结果没人知道。

吴董事长失踪已经十九个小时，他是死是活，吴良不操这份闲心。此时，他坐在丁香家的客厅里，想的是搞清吴董事长与丁苦菊的秘密关系，说不定将来什么时候用得上。他步步试探："吴董事长没说哪天再来看您？"

"他说以后常来，吃我做的手擀面。"

听说话的语气，丁苦菊不知道吴董事长失踪的消息。

"吴董事长对我有知遇之恩，他是个大好人。"吴良边说边看她的反应。

"在我老家，数他最有出息，上大学，做大生意。"说这句话时，丁苦菊脸上焕发出一种特别的光彩。

吴董事长与丁苦菊是老乡，这可是重大信息。

"伯母，家里就您一个人？"

"女儿上班就剩我一人，憋闷，闲得慌。"

吴良想起胖经理说的话："丁苦菊，你在登记表上填的是未婚，哪来的女儿，私生女？"吴董事长与丁苦菊是一对仍在私下来往、关系密切的老乡，两者若是联系起来会得出怎样的结论？吴董事长所说的五名继承人中有一名未知的无名氏，吴董事长邀请丁香参加他的生日宴会，而且安排丁香坐在他的旁边，难道……莫非……吴良有了非同寻常的发现！他像一只滑头的老鼠，灵敏的鼻子四处嗅着，收集食物、危险、机遇等各种气息。

"小良子，中午吃了饭再走。"

"我给您打下手，摘葱剥蒜，洗菜淘米。"

饭菜很快做好，闻着味儿很香。吴良帮着端菜上桌，往三只碗里盛着米饭，心想有瓶啤酒就好了。这时，丁香过来说："吴律师，你来一下，我问你件事。"

她可能不愿母亲听到，开门走到别墅外面。吴良跟着她，两人边走边谈。丁香说："你跟我母亲挺聊得来。"

"多好的老太太，心地善良，慈祥可亲，集中了劳动人民的优秀品质，一见她，就像见到我的亲妈。"吴良并不孝顺他的亲妈。他露骨地说："我愿意做她的半个儿子。"

俗话说，女婿如半子。

丁香问："吴董事长失踪，吴氏集团两位副总经理中由谁当家？孟艳？吴仁？"

"这是吴氏集团的最高机密。我向你透露一下，我看好吴仁，他最大的优势是吴董事长的大儿子，股权继承人；孟艳是外姓人，再有能力也轮不上她。"

"好，很好。"

丁香为什么说好？吴良看不出来好在哪里。他说："吴仁如果成为董事长，凭他的能力，吴氏集团前景不妙。我再向你透露一个绝密的内部情报，吴氏集团如今债台高筑，危若累卵。我跟财务部的女会计聊天，听她们说，集团账面上繁花似锦，实际上全是破窟窿。由于这两年铺的摊子太大，借了不少高利贷，资金开始周转困难，一旦借不到新钱，资金链断裂，集团就难以维持下去了。"他加重语气，"一个月，吴氏集团一个月没有新资金入账了。"

丁香在听。吴良话更多了，走路发飘，身体轻如一根羽毛。他幻想着与身披白色婚纱的新娘走进神圣的教堂，只不过新娘的面孔由吴美换成了丁香。

"前面是公共汽车站，不送。"丁香的话打断他的幻想。

不知不觉中，丁香带着他走出小区。

丁香朝他挥挥手，一笑，转回身，走进小区大门。

"哎……"吴良追过去，被门卫拦阻在外。

023

"小良子呢？"丁苦菊在等吴良一起吃饭。

"他走了，吃饭吧。"丁香给母亲夹菜。

"你又淘气了。妈一辈子没嫁人，是不得已，单身女人，苦啊。"

"我有您呢。"

丁香饭吃得很慢，在想心事。数年来，她全力实施一个大计划，无所不用其极。吴董事长的失踪标志着这个大计划到了决胜阶段。

"好好吃饭。一天到晚，你不能总想着做生意、赚钱，你是人，是女人，要成个家，要生儿育女，人这一辈子，除了钱，要做的有意思的事多了。"

"妈，我停不下来了。"

丁香说的是实话。经商数年，渐渐地，她的生活中只剩下"生意"两个字，她跟她的公司融为一体，如同灵魂与肉体。她与母亲曾经长期挣扎在社会最底层，她追求财富，不是为了享乐，更不是为了权势地位，为了什么？她说不清了。

她的大计划是，兼并吴氏集团。

数年前，吴董事长曾以诡计妄图一口吞下创立之初的丁香公司，未能得逞；如今，丁香将把吴氏集团纳入囊中。

饭后，丁香洗刷碗筷，她没把吴董事长失踪的消息告诉母亲。

她开上车，直奔西山。

路上，她接到吴良发来的一条短信："我心中永远的女神，红莓酒吧，今晚八点，不见不散。"

死皮赖脸、纠缠到底是吴良一贯的做事风格。丁香极为厌烦，本想删掉，一转念，她将这条短信分别转发给赵慧、陶蜜儿、吴美，并添写上署名"吴良"。

今晚在红莓酒吧有热闹看了。

温泉山庄回城的山路上，丁香开着车边走边停，在找寻什么。山路拐弯处，那株老树前，她下车了。

跟踪监视的刑警将这一情况汇报给毕队长。

小袁说："根据犯罪心理学，犯罪分子大多要重返犯罪现场。"

"聪明。"毕队长赞道。

受到毕队长的表扬，小袁不免沾沾自喜。

"丁香的确聪明。"毕队长又说。

原来夸的是别人，还是那个叫丁香的女人。小袁生气地不给毕队长的茶杯续热水了。她说："有什么聪明的，案发现场极易找到，吴董事长的轿车在那个地方长时间停留，车下积雪比别处薄，一目了然。"

"吴董事长开的是辆什么车？"毕队长问。

"黑色加长林肯轿车。"小袁答。

毕队长强调："加长。"与普通轿车相比，车身加长，车下薄雪的痕迹相应加长，能够观察到这种细微区别的人一定具有聪明的头脑。

小袁给毕队长的茶杯里加满热水，杯里是姜茶。

办公桌上，摊放着吴良交来的举报材料。

毕队长逐页翻看材料："说不通呀，在那次进口服装的交易中，丁香公司并未蒙受经济损失，倒霉的是吴氏集团，实施报复的人应当是吴董事长，这才符合常理。"

小袁说："如果谈判破裂，吴董事长威胁要向有关部门告发，让丁香名誉扫地、受到严厉处罚呢？"

"这是一种可能。"

"吴董事长失踪，生死不明。我建议，加大对丁香的调查力度，尽快收集证明她绑架甚至杀害吴董事长的犯罪证据。"

毕队长若有所思地重复了一遍小袁的话，小袁信心满满地一挺胸脯："对呀。"

毕队长用手指头敲击桌面说："小袁，你坐下。上警校时，老师教过你，未经法院依法判决，对任何人都不得确定有罪吧，这是刑事诉讼法第十二条的法定原则。我们做刑警的，绝对不能先认定一个人有罪，再去收集证明他有罪的证据。我们应当善于从初步掌握的线索中，寻找嫌疑人，全面调查收集证明嫌疑人有罪、无罪的一切证据，合理排除证据之间的矛盾。每个案子最后都要有一份侦查终结报告，报告中字字重逾千斤，关系到一个人的荣辱生死，关系到国家法律的威信与尊严。不放过一个坏人，不冤枉一个好人，我做刑警的时间越长，越体会到这句话的重要性、严肃性，不是随便说说的。"

毕队长没有板起脸说教，而是像个大哥哥似的与她谈心。小袁立正，向他敬了一个礼。

毕队长自问："丁香到案发现场去做什么？"

山路上，站在枝丫盘曲的老树旁，丁香的目光依次从冰河、路面、陡坡上滑过。

她在改建成绿地的老坟园里找到一处烧过纸钱的黑色灰烬，在白雪上分外显眼。

一只昏鸦从她头上飞过，呱呱叫了两声。

她走上陡峭的山坡。她事先换穿了一双运动鞋，踩着乱石，健步如飞。她向前看，过了一道山沟，对面又是更陡、更高的山坡。她没有停住脚步，一会儿，身影出现在对面山坡上。

难道她在重回埋尸地点？

不可能。数九寒冬，地硬如铁，刨不开，也埋不住一具尸体。

那么，她在寻找什么？

坡顶，丁香极目远眺。她找块山石，掸去积雪，坐下来，掏出手机打开，有信号。雪山，不见人迹，静到可以听到树枝冻裂的声音。她一个单独的年轻女性，毫无惧色。

她打出一个电话："张总，前几天听你讲，吴董事长向你借了一笔钱，用吴氏集团大厦做抵押，数额不小，要得很急？"

对方说："呵呵，你的消息真灵通。"

"这笔借款利息多少？"

"在国家法定最高范围之内。"

"你回答得很艺术。借款汇到吴氏集团账上了？"

"汇到吴董事长指定的一个账号。"

"秘密账号？"

"我既未承认，也未否认。"

挂断后，她又打出一个电话："方老板，听说你最近收了十几处房产，都是抵押借款？"

"有这回事。"

"这些房产的位置好不好？"

"你想买房？我给你优惠价。这些房产位置都不错，其中有一套跟你住的别墅在同一个小区，吴董事长的三层别墅，城堡式的，气派。吴董事长还把他儿子、女儿的房产统统抵押给我了，借走一大笔钱。"

"借款汇到吴氏集团账号上了？"

"汇到吴董事长指定的一个账号，他要求保密。"

两个电话内容，耐人寻味。吴董事长将吴氏集团大厦、他与子女们的房产全部抵押，不惜高息借贷，套取巨量现金，打入一个秘密账号，他在筹谋什么样的不可告人的大动作？

丁香坐在坚硬的山石上，陷入深思。

突然，她豁然开朗！

024

红旗轿车拐弯，驶出山口，一辆警车迎面开来，两车相错而过。

丁香回城。毕队长与小袁去温泉山庄，调查吴董事长与丁香会谈的时间与内容。

跟踪监视的刑警循着丁香留在雪地上的足印，来回走了一趟，不明所以。如果说丁香一时游兴大发，冒着砭人肌骨的寒风，跑到城外爬野山，欣赏雪景，谁会相信？

温泉山庄依山而建，是一片古色古香的建筑群。

山门匾额上书写着两个斗大蓝字"濯心"。

濯手，濯足，濯面，尤为重要的是濯心。人心不暴露在外，深藏于内，更易积污存垢，需要时时清洗。

前厅，服务员身着古装，行着古礼。

香烟缭绕，古曲幽远，宫灯裹着一团红雾般的光线，厚重的窗幔与地毯吞没人声。这里似乎是一间与世隔绝的密室，使人昏昏欲睡。小袁辛苦了一夜，困倦之意袭来，眼皮不由自主地合上。

两个女服务员的低语钻进她的耳朵："你的手没事吧？"

"没事，划个小口子。"

"怎么弄的？"

"昨天下午，来的客人生气，摔了杯子，我去收拾，不小心划的。"

"哪儿来的客人，这么大脾气？"

"听由经理说，那个客人是他的大老板，吴什么长。"

温泉山庄由经理赶来。他拱手一揖，满面堆笑，侧身引路，将毕队长与小袁请进贵宾室。

由经理斟好香茶，说："二位有何贵干？"

毕队长开门见山："昨天下午，吴董事长几点到的温泉山庄，几点离开的？"

"这个……这个……"由经理费力地回忆昨天的事，"昨天我忙着接待市卫生部门的两位官员，他们是来检查的，提出不少问题，要求限期整改，否则停业整顿。吴董事长来了？还是没来？"

"我问，你答。"毕队长说。

经理是个老油条，反问："您听谁说的，吴董事长昨天来过温泉山庄？"

"你们山庄的服务员、保安。"

"是谁？叫什么名字？没经过我的同意，乱讲话。"

毕队长问："吴董事长几点来的、几点走的？时间要准确。"

由经理磕磕巴巴地说："这个……这个……去年我得过一次小中风，脑子有点糊涂，记性不好，我找服务员给您问问？"

小袁的气一下冲到脑门。她审过不少嫌疑人，见过一些老油子，像由经理这种炸过多遍的老油条还是第一次碰到。由经理一身浅灰中式衣裤，下巴颏上长着几根鼠须，瘦长的面颊上，眯细的眼睛从不与你对视，不停地盘着一串紫檀木手串。

毕队长问："昨天，跟吴董事长见面的女客是谁？"

"女客？这个……这个……我想想。"

"是这个人吗？"

毕队长拿出一张丁香的照片。由经理双手接过，把照片贴到鼻子尖上，足足看了五分钟。他掏出老花镜戴上，又看了五分钟。

小袁问："是不是？"

"这个……像是，又不像。"由经理送还照片说，"对于公安机关的问话，不能有半字不实，要负责任的。如果这位女士在我面前走几步，说几句话，我大概，或许，可能有六成……不，五成把握认出来。"他的话说了等于没说。

小袁的肺快气炸了。

毕队长不温不火地问："吴董事长跟那位女客在哪儿谈的话？"

"这间，您坐的这间贵宾室。"

"服务员是谁？请把她叫来。"

"我。"

"您是温泉山庄的经理，亲自服务？"

"这个……那天人手紧，服务员里有提前请假回家过年的，走了十几个。"由经理的话挑不出毛病。

毕队长随便地问："他们喝的什么茶？"

由经理谨慎地答："贡茶，过去皇上喝的茶。"

"只有一杯清茶？惨了点儿。"

"特地焚了香，沉香，上好的沉香，焚香一次，室内余香经久不绝，那是温泉山庄的镇庄之宝。"

毕队长话锋一转："看来吴董事长对这次谈判非常重视。"

由经理很快地说："这个……吴董事长第一次驾临温泉山庄，我为了表示尊敬与隆重而焚香，与谈判无关。"

"谈了多长时间？"

"我没看表。"

"谈的什么？"

"斟茶、焚香之后我就退出来了，一个字没有听到，温泉山庄上下不会有人知道谈判内容。"

"中间你没进去过，比如添添水？"

"您没干过服务员这行，客人不叫你，不能随意进入包间。"

毕队长换个角度提问："谈判结束，吴董事长与女客走出贵宾室时，脸上什么表情？"

由经理不露半点口风："女客先走的。我不好盯着一位女士的脸看，那样不礼貌。"

"吴董事长呢？"

"吴董事长的威仪令人不敢仰视，当时他的表情嘛，我也不便妄加揣测。"

毕队长单刀直入："我们掌握的情况是吴董事长气愤地摔碎了一只杯子。"

由经理马上明确回答："绝对没有的事。杯子是碎了一只，我收拾时不当心，碰落到地上的。"这是他在这次询问中说的唯一一句准话。

询问进行了半个小时。

小袁调出温泉山庄的全部监控录像，掌握了吴董事长与丁香昨天下午来去的准确时间与活动轨迹。回城的山路上，小袁开车，说："白跑一趟，一无所获，那只姓由的老狐狸。"

毕队长嘻嘻一笑，说："我有两条收获。"

"快讲。"

"吴董事长与丁香的谈判不仅重要，还必须高度保密，所以，由经理亲自服务，禁止其他人员接近。谈判没有成功，以致吴董事长大发脾气摔碎一只杯子。由经理为了掩饰，说了假话。地上铺着一寸厚的方形手工地毯，杯子从茶几上滚落，摔得碎吗？"

小袁笑了。

毕队长沉吟："今天上午，丁香在接受我们的询问时，对谈判气氛的描述是，开诚布公，心平气和。"他的声音发涩，"丁香也说了假话。"

025

红莓酒吧，这里是情人们幽会的场所。外面，漫漫冬夜；吧间里，温暖如春；朦胧而又迷离的光线中，成双成对的青年男女相偎相依，脉脉含情，倾诉衷肠。

酒吧乐队演奏着一支古典小夜曲。

吴良早早到了，他挑了一处角落里的双人座位。今晚八点，他要与他心中永远的女神——丁香在这里幽会。他翻着酒水单，各种花哨的混合酒名后面，标出的价格高得离谱。今晚豁出去了，他要一掷千金，也就是说，他要咬牙花一千块钱，买到一个浪漫多情的夜晚。

酒吧快坐满了。

吴良等得心焦，不住朝酒吧门口张望。他的小眼睛瞪大了，吴美出现在进门的客人里，四下找人。吴良忙用酒水单遮住脸。一分钟后，他挪开一点酒水单，吴美不见了。吴良乞求上帝保佑，千万别跟这个女灾星碰面。

吴良从口袋里掏出小圆镜子，再次精心修饰仪表，他拔掉一根龇出来的鼻毛。

猛然，他的肩膀受到一记突如其来的重重拍击。接着，身后响起一个女人的大嗓门："你小子藏在这儿了，这么隐蔽的犄角旮旯，我一通好找。"

一张血红的大嘴在他眼前晃。吴美？

吴美大马金刀地在对面座位上坐下说："这儿环境不错，你小子挺会挑地方。这家酒吧专供情人幽会，你还会玩浪漫？"

"你怎么来的？"吴良犯晕。

"废话，开车来的，我还能走着来？我心中永远的女神，我是女神，第一次有人这么称呼我，你这条短信我喜欢。我渴了。"

吴美打个响指，叫来服务员，点了两杯价格奇贵的混合酒，几块西式甜点，一个果盘。小桌下面，她脱掉一只高跟鞋，把脚丫子搭在吴良的大腿上，说："一天不见，这么快就想我了？"

什么短信？吴良一脸茫然。

"给我揉揉脚。"吴美像是对待一个仆人。

"揉脚？红莓酒吧什么时候增加了给客人揉脚的服务项目？"随着话音，赵慧出现在小桌旁。

吴美叫声"嫂子"，紧接着问："你跟谁在这儿幽会，我哥知不知道？"

吴良觉得不妙。

赵慧招呼服务员："搬把椅子。"

她皱着眉头坐下，说："吴律师，你约我在这种地方见面，我本不想来，还是来了。我批评你几句，你在短信里对我的称呼有点出格。我岁数比你大，是吴氏集团副总经理吴仁的爱人，你应当叫我嫂子；在吴氏集团，我是财务总监，你是法律顾问，你我是同事关系；

你在短信中称呼我是你心中永远的女神，这个称呼暧昧，容易使人产生不好的联想。我爱人看到这条短信，会怎么想？"

"我没有……"吴良想说的是没有发过这样的短信。

赵慧截住他的话，说："你没有别的意思，这样最好，不用再解释了，以后注意。说吧，你约我来什么事？"赵慧点了一杯同样的价格贵得吓人的混合酒。

又是短信？吴良的脑袋嗡嗡作响，谁在搞他的恶作剧？

酒吧门口，陶蜜儿向他招手。

吴美讥讽地说："我猜猜，又来了一位你心中永远的女神？"

陶蜜儿向吴良抛个飞吻。她眼睛大，眼神不好，走到跟前，才看见先到的两名女客。她站在那儿，不知该说什么，冲三个人都笑笑。

吴美问："他用短信约你来的？"

"嗯。"

"他说你是他心中永远的女神？"

陶蜜儿点头。

小桌下，吴美一脚踹出，正踹到吴良最要紧的部位。吴良痛得差点叫出声。吴美说："小良子，你够会玩的呀，我们仨都是你心中永远的女神，你搞什么鬼？"

服务员又搬来一把椅子。

小桌上，加上陶蜜儿新点的一杯，摆着四杯一样的混合酒。只能容纳一对情侣的双人座，挤下四个人，气氛紧张。吴良被三个女人堵在角落里，就像一只老鼠落入陷阱，眼前围着三只母猫。

吴良体会到"狼狈不堪"四字的真正含义，这句成语用来形容他现在的处境太合适不过了。他不傻，心里说：丁香，你太损了。

面对三个气哼哼的女人，吴良很快镇定下来，临危不乱，使出浑身解数，用最雄辩的口才，罗列一百个理由，极力证明三条短信绝不是他发的。他说到口干舌燥，小时候吃奶都没费过这么大的气力。他用一句最有说服力的话做发言总结："如果我用这种方法戏弄你们，我能得到什么好处，以后还怎么在吴氏集团里混？"

三个女人半信半疑。

吴美问："你认为三条短信是谁发的？"

"同行是冤家，我分析，百分之百是嫉妒我的才华的同行干的。"吴良万万不可交代出发短信的人是丁香，那样纵使浑身是嘴他也说不清了。

"饶了你，今晚请我们吃好喝好，算是赔罪。"吴美大发慈悲说，"你带了多少钱，全掏出来。"她见吴良摸摸口袋，舍不得的样子，于是动手去搜，将一千块钱悉数拿走，仅仅留下几张毛票。

风波暂时平息。

三个女人，每人端着一杯同样的混合酒，喝得有快有慢，都不说话。

冷场。

三个女人今晚赴约，抱着同样的目的。放在过去，她们接到吴良的这条短信，至多啐一口，骂一句，根本不来。如今，吴董事长的遗嘱掌握在吴良手中，一个无足轻重的小律师，成了她们争相笼络的对象。

三个女人各怀心事，动着同样的心思：怎样撵走另外两个女人。

陶蜜儿最沉不住气。她拿出手机，点出一张照片，递给吴良，说："小吴，你让我给你介绍女朋友，这是我的闺密，演过丫鬟，漂亮吧？我给你约好了，她一会儿到，你们见见面，这儿要是不方便就换个地方。"

赵慧尽量不皱眉头，和气地说："吴律师，我爱人请你到家里坐坐，跟你谈谈常年法律顾问续约的事，跟我走吧。"

吴美最为干脆，她喝光自己那杯，拿过吴良的酒，说："小良子，你开车，跟我跳舞去。"

吴良犯了难，他总不能成为一只被拆分的烧公鸡吧？

赵慧用酒水单快速扇风："这种乌烟瘴气的地方，我一分钟也待不下去。”

吴美说：“蜜儿，你送大嫂走，赶紧的。”

三个女人的屁股都没动。

夹在三个女人中间，吴良暗暗叫苦不迭，他稍一不慎，处理不当，就会将她们全部得罪。丁香的做法太不厚道了！吴良想起凝结着古人智慧精华的三十六计中的上计，他捂着肚子，说：“冰水喝多了，去趟洗手间。我马上回来。”

他真的走向洗手间。

吴美说：“谁跟我打赌，小良子不会回来了。”

026

靠近洗手间的座位，一对青年男女起身，相拥着走出红莓酒吧。

吴良躲在这对情侣左侧，挡住那三个女人的视线，成功逃到酒吧外面。一阵寒风刮过，他缩起脖子，摸摸空空的口袋，走向公共汽车站。

他将进口服装合同有关材料中剩下的几件关键证据全部交到刑警队。他要整死丁香，以出心中恶气。

他回到律师工作室。

马路对面，露天烧烤摊的炭火又红又旺，摊主大声吆喝，诱人的羊肉串香气随风飘来。

吴良的肚子与口袋一样空，只能咽口唾沫。

小摊上，吴义坐着小马扎，手里攥着一把羊肉串，脚旁放着一瓶高度二锅头。他解开外套拉链，吃得满嘴流油，白酒还剩半瓶。他朝吴良一招手。

“吴部长。”吴良走过马路。

“来两串，喝一口。”吴义说。

"我……"吴良不好意思说他没钱。

吴义递过羊肉串与白酒瓶。他交了钱，让摊主再烤五十串。

吴良不再客气，接过羊肉串，蹲在地上，一口一串地吃起来。为了驱寒，他喝了一大口白酒，一股热流传遍全身。在这儿碰见吴义，不可能是巧合。吴良五根羊肉串下肚，问："吴部长，您找我？"

吴义说："吴律师，咱们认识几年了？"

"有几年了。"

"关系处得怎样？"

"不错。您是吴氏集团创业的老功臣，您是吴董事长的亲叔伯兄弟，您是我的长辈。在吴氏集团里，除了吴董事长，我最敬重的人就是您。"吃着吴义的羊肉串，喝着吴义的酒，吴良满嘴好听的话。

"我托你个事。"

"请您吩咐。"

"吴董事长的遗嘱是你写的？"

"您问这个干吗？"

"遗嘱里说没说，遗产有我一份？"吴义又要了一瓶二锅头，他与吴良用酒瓶碰杯，说："我老了，无儿无女，孤老头子一个，奔六十的人，总要有点依靠。"

吴良感叹，钱这个东西魔力太大了，就连平日表面上对钱财最不动心的硬汉吴义，也来打听遗嘱的内容。谁不见钱眼开？除非不是人。他说："吴部长，遗嘱的内容我不能说，吴董事长指示，必须五位继承人同时到场，才能开拆、宣读，否则遗嘱无效。您别为难我。"

"五个继承人？都是谁？"吴义问。

"这儿的羊肉串真香。"吴良对摊主说，"再多撒点孜然、辣椒面儿，烤得再嫩点儿。"

看着他狼吞虎咽的样子，吴义问："吴律师，你忙得没顾上吃晚饭吧？"

"别提了，我今天让女人坑了，坑苦了。"

"咱爷俩吃着，喝着，聊着。"

羊肉串的竹签子扔了一地，白酒两瓶见底。吴义频频劝饮，吴良来者不拒，不大工夫，醉了。

他对吴义的称呼改为"义叔"，他发着满腹牢骚："义叔，您评评理，我追求心爱的女人，我有错吗？我有罪吗？不违反刑法哪一条吧？那个女人反而下黑手整我，我寒心哪，我心痛呀，痛如刀绞。"

"她是谁呀？"吴义问。

"丁香公司总裁，丁香。"

"她能看上你？"

"我看上她了。我就像这羊肉串，被人放在火上烤，烤得吱吱响，我心里难受哇。"吴良喝多了，酒在肚子里折腾，神志有些模糊，他需要向人倾诉，"义叔，我跟您透露个秘密，惊天大秘密，您别对旁人讲。"

"喝。"

"喝！丁香的母亲叫丁苦菊，没文化的乡下老太太，这老太太一辈子没嫁人，未婚，从哪儿冒出个女儿？这里面名堂大了。"

这些情况吴义听胖经理说过。

"您知道吗，丁苦菊跟吴董事长是老乡，是几十年的老相识。嘿嘿，十有八九还是老相好，这俩人至今还在偷偷来往。"吴良差点咬断竹签子，他说，"义叔，我只告诉您一个人，我敢断定，丁香准是吴董事长跟丁苦菊的私生女，吴董事长所说的五位继承人其中之一就是丁香。"

"不可能。"吴义不信。

"太可能了。"吴良想哭，吸吸鼻子说，"丁香再继承吴家的一大笔产业，更看不上我了。"

"好女人有的是，再找。"吴义安慰他。

"丁香有钱，有钱有什么了不起的，有钱就能随便拿人当猴耍？"吴良想起今日连遭丁香三次戏弄，酒往上涌，恨声道，"看不起我，你也没有好日子过。惹急了我，我略施小计，让你吃牢饭，破产，变成跟我一样的穷光蛋。义叔，我没吹牛，您信不信？"

"喝酒吧。"吴义哄小孩似的说。

"您不信？您也看不起我？"吴良自尊心受了伤害，他说，"您还记得吧，几年前，丁香公司向吴氏集团卖过一批假的进口服装。哼！假冒注册商标，销售伪劣产品，合同诈骗，丁香犯的罪多了，够判她几年刑的。我手里有证据，我向刑警队举报了，看她还能得意几天。等她进监狱的那天，我要去探视，看看她穿囚服的样子，我要教育她老老实实接受改造，洗心革面，重新做人。将来刑满释放，我让她到我家做小时工、保姆，赏她一碗剩饭吃。"吴良越说越痛快，一块羊肉噎在嗓子眼儿，他咳嗽起来。

吴义拍打他的背，说："小心点，你不怕丁香报复？"

"我不怕，我怕过谁？"吴良气昂昂地说。

"丁香知道是你举报的？"

"那个女人鬼精鬼精的，她可能猜出来了。"

想到丁香一眼看穿他的戏法，吴良懊悔不已，他的手段再高明些就好了，结果弄巧成拙。小风一吹，酒劲上来了，他觉得天旋地转，嘴一张，吃的羊肉串、喝的白酒全部喷出来，秽气熏天。

吴义单手挟着他回律师工作室。

马路中间，吴良不走了，还要回到摊上再喝。

吴义说："给你带了一瓶。"吴良把整瓶白酒抢过去，抱在怀中，嘴里胡言乱语，一会儿叫"我的女神"，一会儿说"我没想害你"，一会儿又喊"你狂什么狂，总有一天，你跪下来求我"……

里间卧室，吴义扶他躺到床上。

吴义点着一支烟，塞到他的手里。临走前，吴义的脚把地上的酒瓶碰倒了，白酒汩汩向外流淌。

烤羊肉串的小摊上，吴义边吃喝，边与摊主闲聊。

吴良律师工作室的窗户上，闪现一点火光。

街上，车辆不多，行人稀少，都以为那是室内的灯光映到窗玻璃上。

那点火光由小变大，窗缝飘出一缕青烟。

摊主说："老哥哥，你看，是不是着火啦？"

"不会。"吴义不在意地说。

床上，红色火苗引燃枕巾，烧到吴良的脸。他痛醒了，一翻身，掉到地上，睁眼一看，室内燃起熊熊大火，浓烟呛人，分不清东南西北。他往外跑，先撞上墙，再撞上柜子，门在哪儿？

他张嘴要喊"救命"，一股浓烟呛入喉管。

大火封死逃生之路。

昏迷前，他想：我命休矣。

027

吴良醒来时，眼前白花花一片。

他感觉只剩下一个头，四肢不见了，鼻子嘴上捂着透明罩子，身边飘荡着几个从头到脚全是白色、脸上露出两只黑洞的幽灵。

这是另外一个世界？

一个遥远的声音："心率、血压恢复正常。"

吴良的眼珠子四下转动，虚弱地问："我在哪儿？"

"你在医院。"一位白衣女护士说。

"我怎么了？"

"肺里吸进几口烟，脸上燎了两个泡，没大事，养两天就好。"

"我死不了？"

"你没交抢救费呢，不能死。"

吴良主要是惊吓过度，身体并无大碍。他胳膊上插着输液管，躺在市立医院的观察室里。

女护士说："你应当谢谢你的救命恩人。"

"谁？"吴良问。

"是他救了你的命。"女护士引进烤羊肉串摊的摊主。

摊主问："兄弟，你没事了？"

"你谁呀？"

"连我都不认识了，昨天咱们因为打麻将进的派出所，刚才你在我的摊上吃的羊肉串，你小子够能吃的。"

吴良拉住摊主的手，问："我出什么事了，给我讲讲。"他的酒彻底醒了，大脑一片空白，回忆不起昏迷前发生的事情。

摊主大致讲了一下。

火从卧室烧起。因为使用的是那种便宜的夹心板材，易燃，火势迅猛扩展到整个简易平房，火蛇乱舞，噼啪作响。

摊主头一个跑向火场。

吴义喝多了，摇摇晃晃地跟在后面。

风助火势，越烧越旺，吴良没救了。

路边，汪着一滩车辆碾化积雪后形成的泥泞。摊主扑下身，在泥水里滚了两滚。他用肘部撞开窗户，再用衣襟捂住鼻子，跳进室内。时间一分一秒过去，正当围观众人不抱希望之时，摊主拖死狗似的拖着吴良的一条腿，从火里走出来。众人帮着打灭两人身上的火。

吴义开上老式大众轿车，送吴良到市立医院急救。

听完，吴良握住摊主的手，感激地说："哥们儿，你仗义呀，救命之恩，恩同再造。我不是知恩不报的小人，定以重金酬谢，我给你买件新羽绒大衣。"

摊主身上的棉衣裤被火烧得千疮百孔。

"我的摊！"摊主一拍脑门，这才想起只顾救人，他的烤羊肉串摊没人照管，小本买卖赔不起。他撒腿就跑，门口，与一群人撞上。

吴仁、赵慧、吴智、陶蜜儿、吴美还有孟艳一家闻讯赶来，看望火里逃生的吴良律师。

小小的观察室挤满了人。

在吴氏集团混了数年，吴良从未受到如此高规格的礼遇与关爱，他的眼泪在眼里转啊转的，流到眼眶边，只差那么一点点就要掉下来。他握着吴仁与孟艳两位副总经理的手，久久不放开，一迭声地说："谢谢二位领导百忙中来看我，今后，我一定加倍努力工作，回报领导的关怀。"

赵慧、陶蜜儿、吴美忘记了红莓酒吧的不快，嘘寒问暖，对吴良的伤势表现出殷殷关切之情。

场面温馨动人。

孟艳说："我特地从火灾现场绕了一下，你的律师工作室基本烧光了，几间简易平房烧得只剩铁架子。"

吴仁说："集团出资，为你找一处更好的办公地点。"他问老婆赵慧，"可以吧？"

"没问题，你批，我开支票。"赵慧痛快地说。

既有精神抚慰，又有物质支持，吴良的眼泪终于滚滚而落。

吴美揪住他的耳朵："哭什么，你死不了，祸害活千年。"

陶蜜儿说："幸亏脸没烧坏。"

吴仁搬来一把折叠椅。赵慧坐下，问："吴律师，这场火怎么着起来的？"

"不知道，我睡着了。"

"会不会有人故意放火？"

"不会吧，我没得罪过谁呀。"

"你仔细回想一下当时的情况。"

吴良头痛欲裂，白酒喝得太多了。他说："想不起来，我一醒，满眼大火，我一心只顾逃命，后来就死过去了。我的全部家当，冬天里的一把火，烧得精光。"这次，他的眼泪是真的止不住地流。

赵慧问："遗嘱呢，也烧了？"

吴家人竖起耳朵。

吴良说："遗嘱好好的。"

"那么大的火，消防队的高压水龙头再一冲，你的工作室成了一片白地，遗嘱还能保存下来？"

"本律师有先见之明，今天下午，遗嘱放进一个保险的地方了。"

"哪儿？"

"银行的保险箱。"

赵慧说："吴律师，你需要静养，休息吧。"

得知遗嘱下落后，吴家人一下子走光了。

吴良很不满意，吴家人都是空手来的，没人给他送点水果。他扯扯医院的白被子，闭上眼睛，睡吧。

身边坐下一个人。

吴良睁眼看清来人："是您，吴部长。"

吴义检查一下吊瓶里还剩多少葡萄糖液，说："你小子命大，这么大的火没烧死你。"

"我好像跟您一起吃的羊肉串，喝的白酒。"

"想起来了？"

"我没胡说八道吧？酒话，不能当真。"

"你说，你手里有证据，你已向刑警队举报丁香犯罪，你能害得她判刑、坐牢、破产，等她刑满释放，你要让她到你家做保姆、小时工，吃剩饭。"

"哎哟！"

"你还说，丁香知道你是举报人。"

"哎哟，哎哟，哎哟喂……"吴良连抽自己十几个耳光。他说："我跟丁香完了。"

"没完。"

"我跟丁香还有希望？"

"这事完不了，丁香不会放过你。"吴义面有忧色地问，"今晚这把火无缘无故着起来的？"

"您的意思是……丁香放火杀人？！"吴良惜命，吓得三个魂儿丢了一对半。

吴义站起来，说："你歇着，这屋里就你一个人，夜里开着灯，别睡得太死。"

吴良扯住他的袖口，问："我该怎么办？"

"想想，谁能救你的命？"吴义拨开他的手，走出观察室。

吴良躺不住了，下床来回踱步。他找到一条生路：向刑警队控告、求救。

028

小袁接的电话。电话那头，吴良声泪俱下，悲情控告丁香纵火杀人，请求人身保护。

听了小袁的汇报，毕队长立即向消防队核实情况，得到的答复是，今晚九点二十七分，一处简易平房发生火灾，全部烧毁。伤者吴良送医院救治。现场发现助燃剂酒精，起火原因暂未查明。

为了防止举报人受到伤害，毕队长派出两名刑警，守在市立医院观察室门外。

吴良安心地呼呼大睡了。

简朴的刑警队办公室灯火通明，又是一个不眠之夜。临时召开的案情分析会上，小袁汇总与丁香有关的线索，梳理成一份清单，分为三个部分，向与会刑警们逐一讲解。

白色塑料板上，打出一张酒会全景照片：大吊灯金光灿烂，一群来宾簇拥下，丁香身着华贵的旗袍，手端高脚酒杯，嘴角含着浅笑，风姿绰约。画面依次推进，从她的全身、半身、头像，直到面部大特写。她的一双眼睛深刻动人，透露出她内心的复杂、多思、难以捉摸，以及坚决、冷静、无情。

这是小袁从一堆照片中精心挑选出来的。

当着众刑警的面，其中有些警龄超过她的年龄，二十岁的小袁毫不怯场，语言清晰流畅。她在简要介绍丁香的年龄、文化程度、职业等基本状况之后，停了一下，说："经查，丁香没有出生医学证明。"

这句话引起刑警们的兴趣。

每个人出生时，医院按规定都要开具一份医学证明，注明新生儿的出生时间、性别、体重、父母姓名等。在农村，一些自行接生的，也会事后补报。丁香没有这方面的半字记录，她的准确出生时间、地点，不详；她是哪个省、自治区或直辖市的人，不详；她的生身父母是谁，不详。时间过去二十九年，她是怎么来到这个世界的，难以查清了。

她天生是个由问号组成的女人。

幻灯机轻响，打出一张新的照片，丁香与养母丁苦菊的合影。

小袁说："查民政部门档案，丁苦菊亲笔的收养申请上，描述了她捡到丁香的过程。"

冬夜，北风呼号。

丁苦菊从一户人家干完活儿出来，为了省一毛钱车费，走回她租住的大杂院。路边，一辆轿车的前引擎盖上，传来婴儿啼哭声。她过去，借着路灯，看到一个蓝色包裹，打开见里面包着新出生女婴，踢动两条小腿，嗓子哭哑了。

灯下，丁苦菊熬好米糊，盛起一小勺，用嘴吹吹，喂到女婴的小嘴里。

丁苦菊怀抱女婴，轻轻拍着，她的眼睛里充满母爱的光辉。她在女婴的额头上亲了亲。

女婴甜甜地睡着了。

小袁说："据丁苦菊讲，拾到女婴时，周围没有人，所以，无人可以证明她的话是真是假。丁苦菊身世清白，健康，有抚养能力，而且表示终身不嫁人，独身到老，民政部门批准了她的收养申请。从此，这对养母女相依为命，走过贫寒、坎坷的二十九年，她们之间的感情远远超过那些具有血缘关系的亲生母女。"

以下进入正文。

小袁说："吴董事长失踪前一天，一个叫赵慧的女人诬指在她家做小时工的丁苦菊偷走一千块钱，并且报警，向家政公司投诉，广泛散播丁苦菊的劣行。这笔钱其实是她的丈夫吴仁偷偷拿走的。经查，吴仁是吴氏集团副总经理，赵慧是吴氏集团财务总监，两人分别是吴氏集团董事长吴礼的长子、长媳。我说一点个人意见，丁香，资产逾亿，她的养母丁苦菊到吴仁、赵慧家做小时工，因为缺钱花吗？有没有这样一种可能，丁苦菊是丁香派到吴家的商业间谍？这个秘密已被吴仁、赵慧发现，所谓偷钱是打击这对母女的借口？"

刑警们议论纷纷。

小袁谦虚地说："我的这点个人意见还不成熟。"

毕队长笑道："那就等成熟以后再说。继续。"

丁家母女合影换成吴董事长与丁苦菊的两张黑白照片，给人以岁月的沧桑感。照片中，吴董事长一派大企业家的赫赫威仪，丁苦菊则是农村老太婆。

小袁说："丁家母女不仅因为偷钱事件与吴家结下私人恩怨，其源头应当追溯到四十年前。一小时前，一位叫吴良的律师反映，吴董事长与丁苦菊年轻时就已相识，两人曾是恋人关系。我向当地派出所了解情况，接电话的恰好是位快退休的老民警，他说，有这么回事。他对当年的事记忆犹新。据他介绍，吴董事长与丁苦菊喝过定亲酒，吴董事长家境贫寒，他考上大学后，全靠丁苦菊进城打工挣钱，资助他读完四年学业。两人后来为什么没有结婚，发生过什么变故，有什么不为人知的隐情，老民警说，他不掌握了。无论出于什么原因，吴董事长都有忘恩负义之嫌，因为他作为倒插门女婿，娶了一位富裕的古董商人的女儿，刘淼。"

吴董事长与丁苦菊中间插入刘淼年轻时的彩色照片，她青春靓丽，梳马尾辫，穿一条时尚的碎花短裙。

小袁说："可想而知，听到吴董事长另娶新人的消息，丁苦菊一定悲愤欲绝，因此至今未婚。丁苦菊是丁香唯一的亲人，得知养母受到的伤害，丁香内心将会燃起怎样愤怒的熊熊烈火？"

小袁加重语气，说："吴董事长与丁香之间不仅存在私人恩怨，而且是商战中势不两立、形同水火的宿敌。"

白色塑料板上，打出一张吴董事长与丁香参加市政府召开的本市工商界元旦茶话会上的照片：两人漠然相对，没有握手。

小袁说："数年前，丁香公司创立之初，与吴氏集团做过一笔伪劣进口服装的交易，这笔交易中，谁是谁非正在调查，目前不下结论。但有一点是肯定的，吴董事长与丁香因此结下无法化解的仇恨。自那时起，吴氏集团与丁香公司表面上相安无事，暗地里商战不断，其激烈程度用'你死我活，不共戴天'八个字形容最为恰当。"

小袁喝口水，清清喉咙："吴董事长失踪前一天，一连串反常的怪事发生了。吴董事长携带礼物，亲自到丁香家登门拜访。据小区保安讲，两人同住一个小区，以前从不来往。那天，他在丁家逗留了一个多小时，出来后，又与丁苦菊在门外长谈。吴董事长失踪当天，也就是昨天下午三点半，他与丁香在温泉山庄贵宾室见面，闭门密谈，两人谈话内容秘而不宣，结果不欢而散，气得吴董事长摔碎一只杯子。谈话结束后四十分钟，吴董事长在回城的山路上失踪。更加怪异的是，今天下午，丁香重返案发现场……"

毕队长微微摇了一下头。

小袁醒悟到"重返"二字用词不当。她纠正道："丁香准确找到并出现在案发现场，她干什么去了？"

一位老刑警说："你的意思是她去清除与吴董事长失踪有关的作案痕迹？"

小袁说："除此以外，她的行为缺少其他的合理解释。她用了两小时十三分，对案发现场、周边环境做了细致、彻底的检查。"

老刑警问："丁香，一个文文静静的姑娘；吴董事长，一米八的男人；丁香有制服对方的能力吗？"

小袁俏皮地说："她有没有这个能力，你可以问问毕队。"

毕队长笑而不语。

丁香面部大特写的照片重新占据整个白色塑料板，她一双含笑的眼睛与在座的刑警们无言对视。

小袁很想走进这双眼睛的深处。她说："通过二十四小时不间断的跟踪监视，一个更重要的情况浮出水面。"

029

什么更重要的情况？与会刑警们静听。

小袁说："丁香回城后，立刻与吴氏集团的全体债权人召开紧急会议。据查，丁香向他们提出一个早已准备好的方案，鉴于吴氏集团不能按期还债，全体债权人将联名向法院申请宣告吴氏集团破产，她将接受全体债权人的委托，先对吴氏集团实行托管，最终目标一口吞下吴氏集团。丁香向全体债权人保证，这个方案会给他们带来丰厚的利润。"

厉害！刑警们交头接耳。

小袁总结："吴董事长失踪，丁香既可解决私人恩怨，又能一举兼并吴氏集团，她有强烈的作案动机。"

一位老刑警问："作案时间呢？"

小袁答："丁香有作案时间，她先行离开温泉山庄，完全可以等候在案发现场。我推断，吴董事长的车随后开来，丁香突然现身，拦车，实施了……致使吴董事长失踪的某种行为。"

"证据？"

"没有直接证据。"

小袁老实回答。她没提吴良控告丁香纵火杀人的事，因为火灾原因尚待查明，尽管她心里认定那是丁香所为。她说："为了收集证据，我建议，正式传唤丁香，搜查她的车辆、案发时间所穿衣鞋以及住所。"

老刑警慎重地说："过去，怀疑一个人，可以抓起来审，关上几个月、一年甚至更长时间，实在审不出来再放。现在是法制健全的新时代，我们做刑警的，应当依法行使手中的权力，尊重每位公民的人身权利。只有怀疑与推理、没有证据的情况下，搜查不宜公开进行；传唤，改为询问，请丁香到刑警队坐坐。毕队，你看呢？"

毕队长摸着脸上没时间刮的胡茬子，"嗯"了一声。

会后，小袁唰唰唰地写满几页纸，她准备出一大堆刁钻、无法防御的问题，用于明天对丁香的"询问"。毕队长对她在案情分析会上的表现比较满意，她对案情的叙述条理分明，重点突出，基本客观。毕队长看着小袁，没想案子，他有点走神，小袁是个阳光型的女孩，与她相处，十分放松，而与丁香在一起时，则使人感到紧张，很累。灯下，小袁的侧影很可爱。小袁停下笔，问："你看我干吗？"

"我没看你。"

"你看我老半天了。"

"我看你的活儿干完了没有，早点干完，回家休息。"

毕队长的脸热乎乎的。

小袁说："毕队，我有个问题，你必须如实回答。"

"你这口气像审犯人。"毕队长知道她要问什么。

"你认识丁香多长时间了？"

"这属于设置问题陷阱，你应当先问我是否认识丁香。"

"别打岔，回答问题。"

"三年。"

"你跟她什么关系？"

"朋友。"

"男女朋友？"小袁问得急。

"不，好朋友。"毕队长答得慢。

"你们怎么认识的？"

"她救过我。"

听到毕队长的回答，小袁惊讶地问："不是英雄救美？"

毕队长向她讲述三年前的往事。

一天中午，毕队长在街边大排档要了一碗牛肉拉面，拿起筷子，低头刚吃了一口。

对面一张大圆桌围着十几个街头混混，炫耀地露出乱七八糟的粗劣文身，大嚷大叫，向坐在首座的一人敬酒。那人文质彬彬，像个书生，相貌并不凶恶，长着一对冰冷的三角眼。他的左手总放在口袋里，不拿出来。毕队长看他面熟，脑中闪现一长串照片，在一张A级通缉令的逃犯照片上停住，照片放大，这是一个在逃的杀人犯，身负多桩命案。毕队长孤身一人，打算请求支援。

那名杀人犯与毕队长对视一眼，酒杯停在嘴边。

杀人犯起身要逃。

毕队长无暇多想，他挡住去路，大喝一声："我是警察！想逃，没门！"他拍拍腰间的手铐。

那帮混混一阵慌乱。

他们看清只有毕队长一人时，壮起鼠胆，其中一个吼道："让大哥先走。"混混们嘶喊着："弄死这个臭警察！"三面围上来。毕队长一掌一拳，两个被放翻在地上的混混疼得打滚，哭爹喊妈。无奈对方人多，个个手持砍刀、棍棒等凶器，毕队长胳膊、头部受了伤，血如泉涌。他如同狂狮一般，奋不顾身，踢倒一个挡路的混混，扑向杀人犯。

杀人犯仓皇逃命，一头撞上煮面的大铁锅，滚开的沸水泼到他的脸上。他不顾痛，逃向马路。

他的左手仍塞在口袋里。

毕队长紧追在后，距离从二十米缩短到几米。杀人犯刹住脚步，转过身，面对毕队长，几条被开水烫脱的皮挂在脸上，三角眼眨都不眨一下。他的左手从口袋里拿出来，握着一把自制手枪。

两人相距不足半米，黑洞洞的枪口对准毕队长心脏部位。一瞬间，毕队长的右手骈指如刀，要在枪响的同时戳向杀人犯的咽喉。

这时，一辆红旗轿车闪电般冲来。就在杀人犯扣动扳机前的一刹那，红旗轿车将他横着撞飞。

围观群众的掌声中，押着杀人犯的警车开走了。头上淌下的血蒙住毕队长的眼睛，一只温暖的手揽住他，一个好听的声音说："坐我的车，去医院。"

毕队长与丁香相识了。

这段小故事并不曲折。每天出生入死，对于一线刑警已是家常便饭，毕队长并不挂在心上。他的心上多了一个姑娘的情影。交往越多，丁香在他心上的分量越重。

小袁问："毕队，你与杀人犯都是便衣，她怎么分出谁是警察，谁是歹徒？"

毕队长答："第一，我腰间露出手铐；第二，她说，警察绝不会用枪指着一个手无寸铁的老百姓。"

小袁对丁香有了新的认识。丁香作为一个没有受过专业训练的平民，当时判断无误，措施正确，行动果断，充分显示出她的敢做敢为的性格，这不是一个平常女人。

小袁善于想象，她眼前幻化出一组连续的无声画面：

温泉山庄回城山路的拐弯处，红旗轿车在那株老树前停下，掉转车头。

远处，黑色加长林肯轿车开来。红旗轿车突然亮起车大灯。林肯车内，吴董事长用手挡住刺目的灯光，紧急刹车，轮胎与路面剧烈摩擦冒出白烟。

丁香向林肯车走去。

吴董事长看清来人，开门下车，他还没来得及说句话，丁香一掌斜着劈下。他软绵绵地倒在雪地上。

丁香打开红旗轿车的后备厢，塞进吴董事长的身体（或是尸体）。车大灯照亮丁香冷冰冰的面孔。

黑色加长林肯轿车留在原地，车灯与音响没关，车门敞开。

风雪掩盖一切痕迹……

毕队长语音低沉地说："我很难相信她是吴董事长失踪案的嫌疑人。"

030

距离刑警队几十公里外的西山深处。

密林中，小石屋里，黑着灯。护林员老林与媳妇杏花在热炕头上说着悄悄话。老林问："那人睡了？"

"喝了半碗稀粥，又睡了。"杏花说。

"你说那人是干什么的？"

"爬野山的？"

"不会吧，顶着大风，冒着大雪，一个人爬野山？绝对不是。"

"那人是不是坏人？"杏花往丈夫的怀里缩了缩问。

两口子说的"那人"是今早在羊圈旁发现的。

今早，鸡叫，窗户发白。丈夫老林还睡着，杏花起来做早饭。熬好粥，她抱着一捆干草去喂羊。家里的大黑狗卧在羊圈的门栏前。天蒙蒙亮，杏花隐约看见大黑狗旁有一堆深灰色的东西，走近点，像是个人。

人与大黑狗抱在一起。

吓得要死的杏花扔掉干草，跑回屋，叫起丈夫。老林跳下炕，没顾上穿鞋，冲出门。他蹲下身，手伸到那人鼻子下，还有口气。

两口子合力把那人抬进小石屋的偏房。

　　那人是个老头儿，衣服破碎成一条条的，光着脚，一双鞋跑丢了，他的脸冻得发青，额头上有一大块紫色瘀斑，很可能是失足从陡坡上滚下来摔的。半夜分不清方向，他一路挣扎着走到这里，连冻带饿晕死过去。幸亏他抱着大黑狗取暖，否则，一条命保不住了。

　　老林是护林员，有经验，经过紧急救治，那人缓过来了，沉沉睡去。

　　两口子商量着报警，山里手机信号不好，打不通。老林让媳妇找出他的厚衣裤，给那人换上，小了点，凑合穿吧。老林翻检那人的衣服，口袋都被山上的树枝扯烂了，没有找到能够证明那人身份的证件。

　　这是一个来路不明的人。

　　老林警惕性较高，他把那人的衣服看了几遍，对杏花说："媳妇，你过来看，这些衣服都是好料子，高级货。"

　　"你又没穿过，能看出来？"

　　"你摸摸，跟咱们穿的衣服摸起来不一样。"

　　"是哎。"杏花信了。

　　老林说："媳妇，你再去看看，那人醒了没有，醒了，喂他点稀粥。"

　　"我一人不敢去。"

　　杏花拉着丈夫，两口子来到偏房。那人还在睡着，老林叫了几声"大叔"，没有反应。老林为那人掩掩被角，跟媳妇退出去，带上房门。

　　房门刚一关上，那人睁开眼睛。

　　他抬起头，向四周巡视。这是一间装满杂物的小屋，房梁积着厚厚的尘土，吊着几串干肉与野兔毛皮。墙角，一只小耗子从洞里探出头，吱吱叫了几声，溜出来，在铺着石板的地面上来回跑动。它胆子很大，用前爪梳理着几根鼠须，一点不怕炕上躺着的那人。正午的阳光照进窗户，外面天晴了。

那人从被下伸出左手，腕上手表的表针在走，指向十二点整，日历显示是一月二十四日。

这是哪儿？他是谁？

他头痛欲裂，摸摸额头的瘀伤，一点点回忆。

他想起自己的姓名、身份，想起有一件大事要办，刻不容缓，关系到他的身家性命。

他费力地起身，炕下没鞋。

他正要大发脾气，命人给他拿鞋来。陡然间，他僵坐不动，眼睛越瞪越大，他惊恐地发现，他忘了一串数字。

一串最重要的数字！

他勉强镇静下来，在脑海中一遍遍搜索，就是找不到那串数字完整的影子，几个支离破碎的数字拼不到一起。他头痛得像被人对准脑门砍了一斧子。越想不起来，他的心越乱，脑袋里搅成一盆糨糊。

他快发狂了。

这是一串什么样的数字，为何如此重要？只有他一个人知道。

他习惯地掏手机，这才看见身上穿着一套粗劣的黑色厚衣裤，不是他原来的高档服装。他想起，昨夜在滚落陡坡时，手机摔碎，报废，他一气之下扔掉了。

门外。小院里，杏花撒着玉米粒儿，咕咕咕地叫鸡来吃。

那人下炕，他要尽快离开这里，一切也许还能挽回。他的脚刚一沾地，痛得钻心，准是在山坡上扭伤了。他强忍着站起来，一阵眩晕，身子摇晃了一下，一头栽到地上。

再次醒来时，老林、杏花站在炕前，杏花一勺一勺地喂他热蜂蜜水。

老林问："你叫什么名字？你是干什么的？这儿手机没信号，我下趟山，去找你的老婆孩子，你家在哪儿？"

他眼睛发直，像哑巴一样，一言不发。

月光清冷。那人躺在偏房的土炕上，比死人多口气。

031

窗外，天已大亮。

小袁关了台灯。她揉揉眼睛，打着呵欠，伸了一个大大的懒腰。纸上，她列出一百多个问题。询问丁香时，她要向对方发动冰雹般的攻击。这是场硬仗，能否摧毁丁香的心理防线，迫使她如实交代问题，小袁并无把握。

负责秘密搜查红旗轿车的刑警回队，汇报：没有提取到有价值的痕迹。

这在毕队长的预料之中。

以丁香的脑力，如果吴董事长失踪是她干的，她不会轻易留下一丝一毫的证据。不过，百密一疏，世上没有天衣无缝的犯罪。

小袁拿起电话，该是邀请丁香总裁到刑警队"做客"的时候了。

电话号码拨到一半。

有人急促地敲门。没等说"请进"，吴仁与赵慧急火火地冲进来。一进门，赵慧就说："我们报案。"

"报案？报什么案？"小袁问。

赵慧说："我们以吴氏集团的名义控告，孟艳是杀害吴董事长的凶手。"

"别急，坐，坐下说。"毕队长让小袁倒两杯水来。

赵慧不坐，她把一份装订整齐的卷宗放到办公桌上，说："这是举报信，还有证据。吴氏集团数据中心进行升级改造，放着本集团的工程公司不用，孟艳利用职权从外面请来一家公司施工。经过连夜审计，查出她勾结那家公司多报工程造价五百万！孟艳胆大妄为，她伪造我公公、吴董事长在合同上的签字，从财务部骗走一张支付工程款的现金支票。"

合同上，吴董事长的签字笔画生涩，歪歪扭扭，与他以往的签字相比，的确像是模仿的。

赵慧说："这件事被我公公发现了，他把孟艳召到大内，骂她是骗子，表示要严肃处理。孟艳那只狐狸精一定是那时起了杀心。"

赵慧在"杀心"二字上加重语气。

赵慧又说："我还有更重要的证据。集团有一辆不常用的两厢车，平时闲置在停车场。就在吴董事长失踪那天，这辆车不见了。根据车上的 GPS 定位，集团安保部长吴义找到这辆车，它停在一个果园旁，这个果园就在温泉山庄回城山路出口以北两公里的地方，车上一层雪。孟艳刚到集团时，用的就是这辆车。"

毕队长问："那辆两厢车没有别人动过？"

赵慧说："吴钢偶尔开过几次，他是孟艳的丈夫。"

"吴董事长失踪那天，你确定是孟艳开走的车？"

"那辆车在停车场边上，监控之外。不过除了她，还能有谁，只有她有一把车钥匙。"

"车钥匙只有一把，没有备份？"

"一把，一直在孟艳手上，那个女人对她的东西看得紧着呢，她的抽屉全上锁。"

赵慧大概趁无人之机，溜进孟艳的办公室，试着开过那些抽屉，否则，她从何得知都是铁将军把门？赵慧言之凿凿地说："我敢肯定，孟艳为了掩人耳目，没用她的白色宝马，而是开着这辆两厢车，偷偷跑到温泉山庄回城山路上，伺机杀害了我的公公吴董事长。不然的话，她把两厢车开到那儿去干吗？哼，她的丈夫吴钢也脱不了干系。"

赵慧反映的情况的确重大。毕队长示意，小袁即刻走出办公室。

门外，她与两名刑警说了几句。

两名刑警开上警车，向西而去，去查那辆两厢车。

小袁回到办公室与毕队长交换一下眼神。赵慧仍然站着，说："今早，孟艳提出辞职，她要卷款逃跑。我代表吴氏集团请求，尽快对她采取必要的措施。"

吴仁像个不会说话的哑巴木偶。

赵慧在他的后背上掐了一把。他"哎"地叫出声，说："孟艳一定知道我爸爸的下落。"

吴仁的话等于含蓄地指控吴董事长失踪是孟艳一手造成的。赵慧认为丈夫的话分量太轻，不够直白，她说："昨夜，集团高管集体讨论过这件事，一致认为，孟艳虚报工程造价、伪造合同签字、贪污巨额公款的丑行被吴董事长发现后，受到严厉斥责。她为了怕事情败露，对我们敬爱的吴董事长下了毒手。"

"参加讨论的有哪几位高管？"

"吴仁副总经理，安保部长吴义，还有我。"

毕队长又问："你刚才说，孟艳因此受到吴董事长的斥责，怎么回事？请详细讲一下。"

赵慧说："前几天，我跟吴美到大内，就是大厦最高一层的董事长办公室去请示工作，听见吴董事长与孟艳吵得正凶，吴董事长骂她是骗子，桌子拍得砰砰响。我从来没见过吴董事长发过这么大的脾气，我不是有意偷听，我是偶然碰上的，吴美也听见了。"

"骗子？"毕队长觉得这个词可做多种理解。

"孟艳骗取五百万工程款，当然是骗子。那个女人，狐狸精变的，有的人还不信。"不知赵慧暗指的是谁。

"你肯定吴董事长与孟艳为这五百万争吵？"

"肯定。"

"不是为了其他的事？"

"不是。"

毕队长的脑子转了转。按照常理，孟艳身为集团副总经理，利用职权骗取五百万工程款是犯罪行为，她不会连这点常识都没有。一旦东窗事发，她应当低头求得吴董事长的宽恕，把事情掩盖过去才对。她明明做了亏心事，反而与吴董事长大吵大闹，未免太不合情理。

赵慧说："毕警官，这些材料我让集团的首席法律顾问吴良律师看过了，他说，孟艳犯罪证据确凿、充分。我相信公安机关不会放过一个坏人。"

毕队长平和地说："公安机关会对孟艳采取适当的措施。"

赵慧得胜地扬起下巴。

小袁想，案情陡转，对丁香的询问要放一放了。

赵慧这会儿坐下了，两道扫帚眉皱着，没伸展开。她喝口水，说："毕警官，有件事不知当讲不当讲？"

"当讲就讲，不当讲就不要讲。"

"请这位姑娘回避一下。"

"与吴董事长失踪案有没有关系？"毕队长问。

"有啊。"

"小袁是承办本案的警官，与案子有关的事她必须听。"

赵慧下定决心说："那我就讲了。"吴仁忙阻拦说："我爸让你管好你这张嘴。"丈夫的话就像耳旁风一样，不起作用，赵慧继续说下去："这件事不好听，我怕说出来污了这位女警官的耳朵。我怀疑，在集团内部，很多人跟我有一样的怀疑……"她像个说评书的，在关键处打住，制造悬念，以吸引听众的注意力。

"我怀疑，吴董事长与孟艳有暧昧关系。"

032

停车场上，孟艳抱着一只装些私人物品的纸箱，走向白色宝马轿车。她回过头，再看一眼花岗岩与玻璃组成的吴氏集团大厦，既有几分不舍，又有离去的轻松。

她打开车门，放进纸箱，坐到方向盘后，发动车。

小袁挡在车头前。

吴氏集团大厦中层的一扇窗户里，吴仁与赵慧隔窗向下俯看，整个停车场尽收眼底。两人看到小袁说了几句话，孟艳激愤地争辩，她要回到白色宝马轿车里，两名女刑警架住她，将她带到警车上。孟艳用手绢抹着眼睛。

警车开走了。

赵慧露出满意的笑容，紧皱的眉头少见地舒展开来。她幸灾乐祸地想，孟艳那张脸丑得没法看了吧，骚狐狸精，活该！她与吴仁从刑警队出来，赶回公司，为的就是等着看孟艳的下场。

她对丈夫吴仁说："十点，召开集团经理以上参加的紧急会议，迟到一分钟的，撤销职务，去扫厕所。"她竖起食指，"第一步……"

吴仁唯唯诺诺，他听得懂老婆的意思。

赵慧用手按住胸口，她有点恶心，想吐。吴仁问："你怎么了，哪儿不舒服？"赵慧说："给我倒杯水。"吴仁端来水杯，说："我看你脸色惨白，用不用到医院看看？"赵慧咽下一口涌上来的酸水："十点开会，我哪儿走得开。老公，我像是怀孕了，跟前几胎的感觉差不多。"

吴仁傻呵呵地乐了。

赵慧内心充满热腾腾的幸福感，她盼着做母亲。一个又刁又悍的女人，也有情感，她的性格缺陷是在特殊的成长环境中逐渐形成的，谁是十全十美的人？

吴氏集团大厦旋转门前，门卫拦住一男一女。

男的是吴智，女的是陶蜜儿，门卫要求两人出示集团员工的胸牌。吴智叼着大烟斗，径直往里走。陶蜜儿从手袋里掏出一样东西，塞进门卫手里，一团软绵绵的纸，她给的是小费？

一小包湿纸巾。

陶蜜儿回眸一笑："擦擦你衣服上的油点。"

这是一对行为不同于常人的宝贝儿。门卫追进大堂。前台负责接待的女文员迎上来："请问二位找谁？"

"吴仁。"吴智抽着大烟斗，喷云吐雾。

"有预约吗？"女文员呛得咳嗽。

"有。"

"先生，您怎么称呼？"

"吴智。"

女文员往吴副总经理的办公室打电话。

赵慧拿起话筒，听完女文员的话，说："吴总没时间，让那两个人改天再来。"

吴仁问："谁找我？"

"吴智，还有他的女友，叫陶蜜儿的，不像话，没结婚就住到一起，做了两次人流。"

"我去请他们上来。"

"十点开会，你哪儿都别去。"

"昨晚约好的，今天上午办公室见，有事。"

"有什么事，找你要钱吧？"

"吴智想让集团出一点点钱，支持他办摄影作品展。"

赵慧的眉毛又皱到一起，问："你答应了？"

吴仁紧着摆手说："没有，没有，我说要跟你商量。"

"不许你见。"

"不大好吧，一个是我亲弟弟，一个是我弟妹。"

"亲弟弟？他是强奸犯的儿子，跟你不是一个爸。"

"传说，那些是传说。出生证明上写着，他爸是我爸，我爸是他爸，一个爸。他也是继承人，吴氏集团有他一份，他来要钱，不能一分不给吧？"

"你学会跟我顶嘴了。"赵慧气得弯下腰，干呕，吐不出来。

吴仁给她捶背。

大堂。女文员说："抱歉，吴总有重要的事，实在分不开身，请您另约时间。"

吴智说："赵慧在吗，找她也行。"

"您有预约吗？"

"吴仁是我大哥，赵慧是我嫂子，我来走亲戚，要什么预约？"

"先生，您不能再往里走了。"女文员挡在前面，她不认识头一次来吴氏集团大厦的吴智，也没听说过吴总有这样一个行为乖张的弟弟。慎重起见，她说："请您稍等，我再请示一下吴总。"

电话没人接。

门卫过来："你说你是我们吴总的弟弟，不像，长得不像，我头一回见着冒认皇亲的。二位，别赖在这儿啦，离食堂开饭时间早着哪。"他拐着弯儿说吴智、陶蜜儿是来讨饭的。

一向心高气傲的吴智被激怒了，他耻于跟门卫计较，拿出手机拨打吴仁的电话。

吴仁办公室里，调成振动的手机嗡嗡地跳，赵慧守在旁边，吴仁不敢去接。吴智的大烟斗吱吱冒着火星，他狠抽两口，要往里闯。陶蜜儿拱火说："这座大楼是吴家的产业，你也有份，不是你哥一人的，凭什么不让进，就进，就进！"

门卫叫来一个健壮的同伴，堵住去路。

女文员说："先生，请您冷静。"

一触即发。

正好，吴义走过大堂。女文员过去，小声汇报。听罢，吴义说声："滚。"

门卫趾高气扬："听见没有，我们头儿发话了，你俩还不快滚。"

吴义冲着两个门卫："你，你滚！"

门卫蔫了。

吴义语气和缓，对吴智与陶蜜儿说："回家，别在这儿闹，丢人。"

在吴家，没人胆敢顶撞吴义，包括贵为董事长的吴礼。吴智与陶蜜儿顺从地走出旋转门，骑上那辆电动车。大堂里，剩下女文员与门卫在想，那个抽大烟斗的人真是吴仁副总经理的弟弟？

十点。大会议室里坐得满满的，无一缺席。

吴董事长的大皮圈椅仍然空着。

开会之前，集团办公室没有通知会议内容，每位与会者来时带着不同的问号。孟艳没有出现在会场，风传她已递交辞呈，几位自作聪明的经理认为，本次会议大概与任命新的主管业务的副总经理有关。谁是继任者？

没人宣布开会。吴义念一份打印好的文件："根据我的提名，董事会决议，选举吴仁为吴氏集团代理董事长。"

会场死一般寂静。

吴义说："鼓掌。"

掌声响了几下，然后稀稀拉拉，渐至热烈，非常热烈，而且连续响了好几分钟，没人敢先停下来。

吴仁坐到那把空着的大皮圈椅上，浑身不自在，椅座上像是长出许多尖刺，扎着他的屁股。他做梦都没想过能坐上这把椅子，不禁热血沸腾。他要尽快把这个好消息告诉一个人，一个被他藏起来的年轻漂亮的女人。他略带结巴地宣读一份预先准备好的文件："我提名并任命，吴义为分管安保的副总经理，赵慧为分管财务的副总经理。大家鼓掌。"

掌声再次响起。

吴义与赵慧坐到吴仁两侧，成为新任代理董事长的贴身重臣。三人组成一个稳定的三角。

吴仁念今天会议的第三份文件："孟艳因涉嫌经济犯罪，正在接受公安机关的审查。我宣布，鉴于孟艳问题的严重性，免去她的副总经理职务，并将她永远开除出吴氏集团。"

033

小袁研究着面前这个女人。

孟艳肤色白皙，高鼻梁，一双会说话的大眼睛，长发，瘦脸型，身材高挑匀称，是位西式风味儿十足的现代美女。前晚，在王朝酒店天字第一号包间初次见面时，她给小袁的印象是矜持、才华逼人与傲气。现在，她萎缩在沙发椅上，眼睛哭红了，惶惑不安，像只在寒风中发抖、孤立枝头的小鸟。小袁认为这是自知有罪因而心虚的表现。

毕队长给孟艳倒了一纸杯热水。

孟艳去接，手抖得碰翻纸杯，热水从茶几流到地上。她更加惊慌失措。

毕队长又给她倒了一杯。

毕队长没有急于问话。对孟艳的正式传唤，他安排在会客室进行，这里与审讯室的环境、气氛大不相同。小袁问为什么。毕队长说，孟艳骗取五百万工程款的行为过于拙劣，随便被人抓住尾巴，她那种高智商的人，不应犯这样低级的错误，事情或许另有名堂。

"孟总，你在大学学什么专业？"毕队长没有按程序问被传唤人的姓名、年龄、住址与职业等个人基本情况。

"企业管理。"孟艳声音很小。

"你喜欢文学？"

"年轻的时候曾经喜欢。"

"你现在也不老。我这儿有本《校园诗刊》，里面有首小诗，你写的，这句写得挺好。"毕队长翻到一页，念道，"我不要穿水晶鞋，因为它夹脚，我愿赤足在草地上奔跑。"

"那时我上大二。"孟艳坐直了一点。

"你不想做被王子看上的灰姑娘，你想凭自己的能力实现理想。"

"理想？不切实际的梦想。"孟艳身体抖动了一下，"你们搜查我家了？"

"没有，这本《校园诗刊》是你丈夫吴钢送来的，我跟他闲聊了几句。他说，这句小诗代表过去的你，你曾是一个不喜欢水晶鞋的姑娘。他和你的儿子信儿就等在外面，咱们谈完了，他们父子俩接你回家。"毕队长的几句话有效舒缓了孟艳的情绪。

孟艳说："毕警官，我看得出来，你跟别的警察不一样。我原来以为……"

"呵呵，以为我会吹胡子瞪眼，像个阎王殿上的黑脸判官？"

"谢谢你没有那样对待我，请问吧。"

传唤开始。

所有被传唤的人都会抱有不同程度的抵触、敌对的情绪，他们被迫回答问题，并非心甘情愿地配合警方的调查。今天对孟艳的传唤进行得比较顺利，她如实回答小袁的每一个提问，而且主动解释一些相关的细节。

"为什么请外面的公司施工？"

"数据中心升级改造工程技术含量高，如果交给一般资质的公司去施工，难以达到要求的质量标准，必须请专业公司。吴氏集团下属的建筑工程公司过去主要是盖楼、铺路，不具有相应的技术力量。"

"谁决定的？"

"我。经过综合考察、招投标后确定的外包公司，吴董事长在发包合同上签的字。"

"吴董事长没有不同意见？"

"没有。他在王朝酒店宴请过外包公司的老板与项目经理。"

"工程造价有没有虚报？"小袁突然问。

"有。"孟艳回答时没有半秒钟的迟滞。

"虚报了多少？"

"五百万。"

孟艳的态度平淡极了，就像从菜市场出来的家庭主妇回答西红柿多少钱一斤的询问。

小袁的眉毛不由自主地一耸。

孟艳察觉到了，她问："你们抓……叫我来，为的就是这件小事？"

小袁说："小事，虚报工程造价五百万，侵占巨额公款，还是小事？"

"吴氏集团是私人企业，准确地说，是吴家的产业。吴家的钱怎么花，花到哪儿，吴董事长说了算，谈不上侵占。这五百万可以视为回扣，要拿回来的。"孟艳的话轻松至极。

毕队长问："谁让你这么办的？"

"吴董事长。"

"口头指示？"

"对。"

"这是那份合同？"

"是的。"孟艳看了看，认可后，退还给毕队长。她说："合同上有吴董事长的签字。"

"这个签字怎么歪七扭八的，与吴董事长以往的笔体不一样。"毕队长像是随便一问。

"那天，吴董事长的手被旋转门挤了一下，肿了，拿不住签字笔。"孟艳的解答合情合理。她完全坐直了身子，整整衣服，理理头发，不再是刚来时泪汪汪的样子了。

她的变化被小袁看在眼里。

毕队长问："孟总，你大学毕业后，一直在吴氏集团工作？"

"是的。"

"听说有几家公司先后找过你，请你到他们那儿任职，你都没答应。你是为了报答吴董事长的知遇之恩？"

孟艳拿起纸杯，喝了一小口水。

毕队长说："吴氏集团有条不成文的规矩，非吴家人不用。孟总，你姓孟，又是女性，数年内脱颖而出，坐到集团副总经理的位子上，证明你的才干出类拔萃，远在其他人之上，所以取得让许多人羡慕的成功。"

"毕警官，你过奖了。"孟艳捧着纸杯，用里面的热水暖手，她感到冷。

毕队长干吗要说这么一堆恭维孟艳的话？小袁听着肉麻。毕队长接下来要说什么？

毕队长说："孟总，据我了解，对你的每次破格提拔，都得到吴董事长的大力支持。五年前，是他力排众议，一锤定音，亲自任命你为集团副总经理。对于吴董事长的失踪，你应当是最感到痛心的人。"

孟艳如芒在背，看她的样子，比上警车时还要难受十倍。

毕队长不失时机地问："对于吴董事长的失踪，你有什么要对警方说的？"

孟艳轻轻地摇了摇头。

毕队长跳跃性提问："孟总，前天，你动过那辆两厢车吗？"

"没有。"孟艳迅速回答。

"你不问问我说的是哪辆两厢车？那是你到吴氏集团开的第一辆车。"

"也许别人开过。"

"那辆两厢车只有一把钥匙，钥匙在你手里。"

"不小心，我的那把钥匙丢了。"

孟艳目光有些游移，但不像在撒谎。

去检查那辆两厢车的刑警回来汇报：自前天上午，该车停在温泉山庄回城山路出口以北两公里的一处果园旁，两天来没有移动；钥匙留在车上，没拔下来；油箱加满，车况良好。

这辆两厢车并未到过吴董事长失踪案发现场。

是谁把它停在那儿的？

为什么停在那儿？

毕队长问最后一个问题："前天下午三点到五点你在哪儿？"

孟艳回答不变："逛街购物。"

传唤结束。

在笔录上签字后，毕队长送孟艳走出会客室，要求她近期不要离开本市，有些情况需进一步找她核实。

吴钢与信儿等在门外。

信儿扑进妈妈的怀抱，吴钢为妻子围上白色的羊绒大披肩。毕队长问："你儿子今年五岁？"孟艳似没听见。

一家三口坐进白色宝马轿车。

小袁拿着一只女士手袋追出来，说："孟艳的，她忘拿了。"

毕队长说："不急着还给她。"

毕队长回味着刚才捕捉到的孟艳的一个动作：吴钢为她围羊绒大披肩时，她向旁边轻微地躲了一下，她不喜欢丈夫碰她？

034

雪后的马路上，白色宝马轿车规规矩矩地向前行进，吴钢开得很稳。孟艳搂着信儿坐在后排座位，车内气氛压抑。

楼前，车停下，吴钢拉开后座车门。

电梯梯厢里，吴钢按下所去楼层的按钮。

房门外，吴钢打开门锁，先让孟艳与信儿进家。

大客厅。吴钢拿来拖鞋、睡衣，等孟艳换好后，他把高跟鞋放入鞋柜，抱走脱下的衣服。他很熟练地将外衣挂起，衬衣塞进洗衣机，丝袜单独手洗。他领着信儿到隔壁房间，打开电视，调出动画片，放小音量，免得吵着孟艳。他给孟艳端来一杯温水泡的玫瑰花茶。

厨房，吴钢系上围裙，拧开水龙头，在不锈钢水槽里剥虾。

孟艳赤足，双手抱膝，整个人缩在大沙发一角。冬日的阳光照不到她，她痴痴地望着窗外。

蓝天上，一大群鸽子飞过，哨音响亮。

车流中，警车缓慢前行。毕队长手把方向盘，小袁汇报："孟艳直接回到家里，哪儿都没去。她的丈夫下楼扔了一次垃圾，里面是剥下来的虾皮。没有异常情况。"

毕队长问："你觉得这对夫妻关系怎么样？"

小袁说："挺好的呀。"

毕队长回头看看后座上孟艳遗忘的女士手袋，说："一会儿，办完事后咱们到孟艳家拜访一下。"

"搜查？"

"我说的是拜访。"

警车开到吴氏集团大厦。

大堂里，前台负责接待的女文员引导毕队长与小袁走到电梯前，说："吴仁董事长在他的办公室恭候两位警官。"

毕队长并不感到意外，问："赵慧、吴义升副总了？"

小袁问："你们的孟艳副总经理呢，她怎么样了？"

女文员不作回答。电梯门打开，她说："两位警官，请。"

梯厢里，贴着一张吴氏集团开除孟艳的通告。小袁从头至尾读了一遍，说："可恶。"她说谁可恶？为什么可恶？

走出电梯，她听见一个女人在大声发号施令："打开窗户，全部打开，换换空气。"赵慧站在一扇门口，指挥着几个忙得团团转的保洁员，彻底清理孟艳的办公室。赵慧成为这里新的主人，她讨厌孟艳留下的香水味儿。

新任代理董事长没有搬入大内，还在原来的办公室。吴仁请两位警官入座，敬上特等茶"大红袍"。

跟进来的赵慧问："孟艳关在哪儿了？我能不能去看看她？"

小袁说："她回家了。"

"回家了？没抓起来？"赵慧掩饰不住内心的失望，她问，"有人替她说情了吧，那个狐狸精认识你们局长。"

毕队长说："吴总，我还是称呼你吴总吧，顺口，我们来找你了解一个情况，事关重大，请你必须如实回答。小袁，记录。"

吴仁握住妻子的手。

毕队长问："前几天，吴董事长的手是否被旋转门挤过一下，伤得不轻？如果是，具体在哪一天？"

吴仁求援地看看赵慧。

赵慧抢过来说："没有的事。"

吴仁跟着说："我记不得了。"

小袁敲打他："你要对你说的话负责。"

吴仁搓着双手，不看小袁的眼睛，说："确实记不得了。"

小袁打心里看不起这个唯老婆之命是从的窝囊男人。她联想起丁香正在稳步实施的兼并吴氏集团的计划，吴董事长失踪后，接班的吴仁哪里是丁香的对手，丁香真会挑选时机，这个时机也可能是她制造出来的。刑警队并没有放弃对丁香的调查。

一分钟不到，小袁合上记事本。

吴仁以为谈话到此为止，他往杯子里续水，说："两位警官喝完茶再走。"

毕队长说："方便的话，我想参观一下大内。"

吴仁手一抖，茶水续到杯外。

"早就听说过，吴董事长办公室在大厦最高一层，吴氏集团的员工尊称那里为大内，我慕名已久。"毕队长像在谈论一处名胜古迹。

赵慧说："去大内需要得到我公公吴董事长的许可。"

小袁说："我们下午带搜查证来。"

"不需要，请。"吴仁前头带路。

坐上专用电梯，直达最高一层。吴仁说："去大内只能坐这部专用电梯，防火楼梯的门从里面锁住，外面打不开。任何人一进电梯，集团监控中心立刻就会知道。我查过录像了，我爸爸吴董事长失踪后，没有回来过。"说到吴董事长没有回来过时，吴仁口气平常，并未显露出特别的表情。

监控探头俯视整个梯厢。

小袁很想看看所谓大内是什么样子，最高一层到了。

没有一丝人声，仿佛置身于古墓。

吴仁推开两扇高大的橡木门，董事长办公室展现在来客面前。窗幔紧闭，光线昏暗，一切陈设给人以巨大、厚重的感觉。

门开的一瞬间，分明听见有什么东西跑过的声响。

小袁下意识地握住佩枪。

一声猫叫。

沉重的大保险柜上，蹲着一只波斯猫，两只眼睛一只黄，一只绿，在暗中闪着光。它又叫了两声，很难听。

赵慧说："两天没人喂它了。"

毕队长拉开窗幔，放进阳光。一面墙上，并排挂着佛教六字真言、道家桃木剑以及西方十字架，这位吴董事长的信仰真杂。他迷信鬼神？毕队长走到大写字台前，拿起桌上的一支签字笔，笔杆很粗，笔身很沉。

吴仁说："这是我爸爸吴董事长专用的签字笔。这支笔在庙里开过光的，他只用这支笔在文件上签字。"

毕队长握住签字笔试了试，说："如果一个人手肿了，用起它来的确费劲。"

赵慧白了吴仁一眼。

毕队长找到他要的东西，说："这支签字笔我要作为物证带走。"

135

赵慧说："孟艳可以盗用这支笔，伪造我公公吴董事长的签字。那个女人，鬼得很。"

035

吴仁将两位警官送至旋转门。

赵慧寸步不离地跟在旁边，她怕吴仁说漏嘴。毕队长与吴仁握手道别时说："关于签字的事你想起什么，随时找我，这是我的手机号。"赵慧手快，抢先接过留有毕队长手机号的硬卡片。

"咣"的一声。

旋转门摇晃着转了半圈，一条凶汉抓着吴美的胳膊，横着撞进来。

一见面，吴美嚷："大哥，救我！"

"又怎么了？"吴仁问。

"快给我钱。"吴美脸上的妆全花了，她的胳膊被拧在身后，哎哟连声，痛得龇牙咧嘴。

"给你什么钱？张嘴就要钱。"赵慧向后拉了一下吴仁。

吴美指着那条凶汉说："我欠这位大哥的老板的钱，今天必须还。"

"明天，明天再说。"赵慧想敷衍了事。

"不行！今天不还，他就要废了我的一条腿，利息还要加倍。"吴美挣脱不开凶汉的手。

凶汉正是前天深夜砸吴美家门的人。

毕队长与小袁退开，站在一旁。眼前的情景蛮有趣，毕队长不急于出面去管，吴美这种富家小姐应当多吃点苦头，对她今后做人有好处，不是坏事。

吴仁动了同情心。

赵慧说："你别看我，我没钱替她还债。"

"从财务账上支点儿？"

"财务账上也没钱。"

"她是我妹妹。"

"你有钱你替你妹妹还。"

夫妻二人小声嘀咕，没完没了，全然不顾水深火热之中的吴美。

吴美急得快吐血了："哥，钱算我借的，成不成？将来用我在集团的股份还。哥，求你了。"

吴仁有心无力，他要听老婆的。

吴美哀求的话打动不了赵慧，她乐于见到吴美因还不起高利贷而被人打成残废，甚至消失，那种意义的消失。

吴美吼道："哥，你见死不救，我不支持你当代理董事长了，我收回我那一票。"

吴美威胁的话唬不住赵慧，吴仁当上代理董事长是木已成舟的事。赵慧心说，谁让你在投票之前不先讲好价钱。

凶汉见在这儿要不到钱，拖着吴美往外走。

吴美坚决不走，她往地上躺。

无人敢管。

小袁"嘿"了一声。

凶汉扭过头，见"嘿"他的是个圆脸女孩，并不理会。他的头没扭回去，脖子僵住，圆脸女孩身边那位雄壮的男人有点面熟。凶汉认出来了，黑道上，提起毕队长的威名足以吓破混混们的鼠胆。凶汉魂飞天外，松开抓着吴美的手，没头苍蝇似的撒腿要逃。

小袁说："你往哪儿跑？"

凶汉想了想，不跑了，他能逃到哪儿去呢？

小袁说："去，蹲在警车左前轱辘旁边，双手抱头，不准抬头乱看。"

凶汉乖乖照做。这种露出文身、满嘴脏话、一脸横肉的混混最怕警察，一声"警察来了"，他们顿时吓得屁滚尿流，四散奔逃，恨不得多长出两条腿，赶紧躲进洞里。有谁见过一只耗子在阳光下大摇大摆地逛街？

赵慧拉着吴仁跑过去，从地上扶起吴美。

吴仁问："小妹，你没事吧？"

赵慧说："我跟你哥商量着，正要凑钱替你还债哪。"

"大哥，大嫂，你俩的'好心'我记一辈子。"说完，吴美掸掸身上的土，掏出化妆盒补补妆，过去抱住毕队长一条结实有力的臂膀，说，"毕警官，多亏你救了我，从今天起你就是我的亲哥。"

她的动作过于亲密。小袁看着心烦，她说："毕队，该走了吧？"

毕队长说："吴美小姐，向你了解一个情况。"

吴美抱住了不撒手："亲哥哥，你说。"

"几天前，吴董事长的手是不是被这个旋转门挤了一下？"

"好像是有这么回事。"

"哪只手？"

"右手吧，我爸吃饭的时候用不了筷子，用的是勺子。"

赵慧插话："喝汤当然要用勺子。"

吴美专跟她的大嫂对着干，两人积怨已深。于是，吴美添加了一点想象，说："我想起来了，我爸的手几天前就是被旋转门挤了一下，肿得特厉害，那几天我爸吃饭用勺子，签个字狗爬似的，气得他发了好几次脾气。我爸挤着手的那天，当班的门卫姓郭，小郭子。"

赵慧叫道："毕队长，别听她胡说！"

吴美在询问笔录上签字，赵慧看在眼里，急在心上。

吴美与赵慧的证言相互矛盾，需要进一步核查。

吴美贴到毕队长身上，仰起脸，说："今晚我请你吃饭，感谢救命之恩。六点，天香楼，不去不行。"

小袁认为毕队长必会严词拒绝。

毕队长说："我去。"

036

一座两间小屋的小院，院内有株参天古槐。

小院是刘淼父母家老宅的一角。老宅大部分地基上建起吴氏集团大厦，产权人变更为吴董事长。吴义一人住在小院里，据说，如果不是他的坚持，两间小屋已被夷平，那株古槐也会被砍除。

小袁敲了两下院门，没人应。

来此之前，毕队长与小袁去了保安队，门卫小郭子今早辞职，他睡的木板床空着。

旋转门上方的监控探头偏巧坏了，在修理中。

两位警官来找安保部长吴义核实情况。

毕队长推了一下门，门开了。

他与小袁走进去。小院很小，除去古槐占的地方，剩下的仅有几平方米。树身裹着一圈练功用的沙袋，上面浸透汗渍与血痕。两间屋顶上的枯草在寒风中摇曳。窗上挂着纱帘，看不到屋里有没有人。

毕队长提高声音："吴义吴部长，在家吗？"

"在。"

吴义的声音。他的声音不是从小屋里传出来的。他在哪儿？两位警官感到身后有一股风。

小袁急转身，吴义从古槐上飘落。近六十岁的人还爬树玩？他问："找我？"

毕队长说："找你。"

"什么事？"

"站在院里谈？"

吴义打开屋门，跨过门槛，没说"请进"。

毕队长跟着走进去。小袁留在院里，她的头向上仰，想看看古槐上有什么好东西，值得吴义爬上去。

屋内，毕队长的头发擦到低矮的顶棚。他向四周扫了一眼，一桌一椅一柜一床，四面白墙，简单得像个苦行僧修行的洞穴。

这里没有火炉，很冷。吴义态度更冷，"请坐"这样的客套话都不说。

只有一把椅子，两个男人便站着说话。

毕队长问："你一人住这儿？"

吴义用表情回答，废话。

毕队长没话找话："吴部长，你跟吴董事长是亲叔伯兄弟？"

"一个爷爷。"吴义一手下垂，一手护在胸前。

"听说，你对吴董事长有恩。他大学毕业后，没找到合适的工作，睡在公园长椅上，一天一顿饭还吃不饱。那时，你是武术教练，收入不错。你在街上碰见他，带他到你租来的房子里，留他住宿，吃喝不要钱，还帮着他把他的母亲从乡下接进城。当年，你跟吴董事长比亲兄弟还亲。有这回事吧？"

"你还听说什么？"

"我说了，你别生气。"

"说。"

两个雄狮般的男人相隔一米，这是贴身肉搏中突然发动攻击的最佳距离。毕队长慢而重地说："吴董事长的夫人刘淼原来是你的女朋友，你与刘淼曾经是一对恋人。"

"我是教练，刘淼是学员，不是朋友，更不是恋人。"

吴义的表情没有变化。

"当年武术班有多少女学员？"毕队长问。

"十一个。"吴义答。

"每天晚上九点，训练结束后，你都把这些女学员一个一个送回家？"毕队长的问话不好回答。如果吴义说，他只送刘淼一人，等于承认恋人关系。

吴义回答得妙："刘淼的母亲额外付钱，雇我每晚送她的女儿回家。"

"每逢节假日，你都要到刘淼家。落日余晖中，你和刘淼陪着她的母亲去公园散步，在外人眼里，你不像是雇来的，倒像是……"

"像什么？"

"亲人，很亲很亲的一家人。"毕队长观察对方。

吴义的眼神有了一丝暖意。

毕队长今天走进这个小院，并非只为调查吴董事长的手被旋转门挤伤一事。他要与吴义近距离接触，这个人身上有许多待解之谜。吴义也是嫌疑人之一。

"吴部长，你的老朋友们对你的评价是讲义气，重感情。"

"毕警官，你还打听到什么？"

"在吴董事长与刘淼的三个子女中，你对吴仁最好，你与吴仁如同亲父子。"

"我在看守所蹲了一年，出来时，刘淼怀孕三个月。"

两人的意思都在话外。

毕队长对此百思不得其解。他曾怀疑，吴义与吴仁才是亲父子。但是，从时间上推断，吴义关押在看守所期间，吴董事长不忠，刘淼不贞，两人暗生私情，以致有孕，生下吴仁，这是绝无疑问的。按常理，吴义应当厌恶这个孩子，相反，他对吴仁疼爱有加，处处维护吴仁的利益。

吴义的行为大不同于常人。

毕队长问："你坚持每天练功？"

吴义的双手结满厚茧，骨节粗大，如同一对处于休眠中随时暴起的虎爪。他说："每天三次，六小时。"

"武术界的朋友说，你融合百家，自创一套吴家拳法。"

"哪天切磋一下？"

"行！"毕队长笑着答应了。

两个男人都有预感，他们难免一战，迟早的事。

吴义说话了，对于他这个寡言的人，这段话说得算是够长了。他说："毕警官，你我别扯淡了。我直说吧，小郭子走了，没留下身份信息；监控坏了，没拍下录像证据。在我这儿，你只能查到这些。"

"痛快！"毕队长赞了一声。

吴义的耳朵动了动，他一个箭步，冲出门。

院里，小袁一动不敢动。在她面前站着一条大狗，狗嘴吐出红红的长舌头，露出两排利齿，不叫。它正要蓄势跃起，扑向小袁。

吴义喝道："虎子！"

这条叫"虎子"的大狗跑到吴义身边。

小袁拍拍胸口，心还在咚咚乱跳。她在研究古槐上的老鸹窝时，这条大狗不知从哪儿钻出来，一眼看到，已近在咫尺，来不及躲开了。

喵……一声猫叫。

大内那只波斯猫出现在小院墙头上。它跳到地面，弓腰，乍毛，冲着大狗虎子示威似的喵喵叫个不停。

大狗虎子一步步逼近。波斯猫先发制人，一爪挠向狗头，大狗虎子一口咬过去。

小院，爆发一场罕见的猫狗大战。一狗一猫如同生死对头，舍命相搏。波斯猫阴险狡猾，大狗虎子凶猛刚烈，飞扬的尘土中，猫狗缠斗在一起，片刻，都受伤了，鲜血滴落到地面。

吴义似乎见惯了猫狗撕咬的血腥场面。

波斯猫瞅个空子，跃上墙头，抖擞一下身上的毛，一晃不见了。

大狗虎子舔着身上的伤口，吴义拍拍它，回屋关上门。

毕队长与小袁走出小院。

又是一声猫叫。

那只波斯猫就在附近徘徊。

037

警车上，小袁还在想着那场残酷的猫狗之战。车不是回刑警队的方向，她问："去哪儿？"

毕队长指指后座上的女士手袋："送还失物。"

小袁这会儿才明白，今天上午孟艳离开刑警队时，毕队长为什么没有追上去送还这只女士手袋，他想找个理由上孟艳家看一看。她斜眼一瞥毕队长，心里有失恭敬地想，滑头。

警车进入高档小区，停在一栋造型现代的高楼前。一个买菜回来的保姆模样的中年妇女用门禁卡开门，毕队长与小袁跟在后面走进去，坐电梯上楼。

小袁按响门铃。

门内传来一阵响动，有人从猫眼往外看。

门开了一道缝，露出信儿的小脑袋瓜，他说："我认识你，你是警察叔叔。"

毕队长说："我也认识你，你是信儿。没上幼儿园？"

"我发烧了，三十七点五度。"信儿认真地说。

门打开一半。吴钢不安地问："两位警官有事？"

"孟总在家吗，她的手袋忘在我们那儿了，给她送回来。"小袁说明来意。

"请进。"吴钢放下心。

客厅里，大沙发上的孟艳两个多小时没动，保持原来的姿势。不到半天的时间，她眼里失去灵气，像一朵因为缺水而枯萎的花。

"请坐。"吴钢端来两杯咖啡，一盘方糖。

对于两位警官的突然造访，孟艳心存戒备，她扯扯睡衣下摆，盖住赤裸的双脚。她等着新的询问。

"这是你的手袋，两位警官顺路送来的，没别的事。"吴钢说。

为了缓解气氛，小袁说："孟总，你的手袋真漂亮，哪儿买的?"

"送的。"

"谁送你的? 这是名牌，好贵。"

孟艳既不能说出这只手袋的吓人价格，也不能说出谁送的。她说："你喜欢，送你吧。"

"我可用不起。"小袁说的实话，她一年的工资买不了这样的半只手袋。她说："我要是有这么一只手袋，准是贪污受贿了。"

话一出口，收不回来了，孟艳脸色变了。小袁知错地偷偷朝毕队长吐吐舌头。

毕队长闻着咖啡的香气："不错，自家磨的咖啡豆?"

"哎。"吴钢问，"不加糖?"

"不加，我爱喝苦咖啡，加糖味儿就变了。"

"信儿的妈妈也从不加糖。"

苦咖啡是一种奇怪的饮料，又苦又涩，却回味悠长，生活中尝过奋斗与艰辛滋味儿的人大多喜欢苦咖啡。毕队长品一口苦咖啡，说："你家的装修很有风格，带我参观一下，方便吗?"

吴钢不好拒绝。

向阳带悬窗宽大的主卧室，隔着一面玻璃幕墙是专用的卫生间。屋里陈设舒适、讲究、细腻，西式风格。毕队长嘴上啧啧称赞，目光在三处地方停留了一下。

大床上，摆着一只枕头。

床下，一双女式拖鞋。

卫生间里，只有一套女人的洗漱用品。

毕队长默默记下。厨房、餐厅、阳台与其他几个房间，他走马观花地转了转，差不多全转到了。

一扇门关着，吴钢没有打开。

毕队长问："里面有秘密?"

吴钢否认："没有。"

毕队长露出不相信的神情。

吴钢说："这间装的都是杂物，脏，乱。"

"那就不看了。"毕队长侧耳听听，说，"屋里有响动，是不是闹耗子了？"

"不会。"吴钢肯定地说。他眼含笑意，意思是不要用这种骗孩子的小把戏骗我。

毕队长把手放到吴钢的肩上，说："这是你住的房间吧。"

吴钢先是沉默，然后承认："是。"

房门打开。不足十平方米的小房间，背阴，窗户不大。陈设简单，收拾得特别干净。靠墙是一张单人床。床头柜上，照片中的吴钢抱着信儿，骑着旋转木马，父子俩尽情欢笑，像是能听到他们的笑声。

小桌上，摆着几样工具，一件拆开的机械玩具。

吴钢说："我睡觉打呼噜，可以说是鼾声如雷，信儿的妈妈怕吵，所以有时候我一个人睡在这儿。"他笑得不大自然。

毕队长拿起修了一半的机械玩具。

"信儿的玩具，修一修还能玩。"吴钢说。

"你的手真巧。"毕队长想起在吴董事长的生日宴会上，那幅一碰就掉下来的寿屏，有人在挂绳上巧妙地割开一道恰到好处的小口子。不用说，那是吴钢干的，毕队长不想深究此事。吴钢，吴董事长的养子，他心里深藏着什么样的不满？

毕队长没有白跑这一趟，收获颇丰。

孟艳与吴钢的夫妻关系绝不像在外人面前展示的那样相亲相爱、幸福美满。这是一个拼凑到一起的家庭，在同一屋檐下，这对陌生人一般的夫妻甚至做不到同床异梦。

客厅里小袁与孟艳无话可说，干坐着。

信儿两只小手捧着一杯新泡的玫瑰花茶，端给孟艳，用又脆又甜的童音说："妈妈，喝。"

孟艳推开说："烦人，不喝。"

玫瑰花茶水洒出来。信儿扁起小嘴，要哭。

孟艳拉过儿子，搂在怀里，柔声哄道："妈妈喝。"

信儿在孟艳的怀里显得拘束，不自在。孟艳对信儿的态度也是怪怪的，疼爱之中竟然夹杂着几分厌弃。信儿跑向回到客厅的吴钢，吴钢抱起他，父子俩真挚流露的亲密情感使人备感温馨。

结合丁香提供的 U 盘，毕队长对吴董事长失踪案的所有嫌疑人及其家庭情况做过详细调查，孟艳绝对是信儿的亲妈。

孟艳恍在梦中，毕队长与小袁走，她都不知道。

她望向窗外很远的地方，在想什么？

038

数年前，大学校园的操场上摆开一长溜桌子，百家企业面向应届毕业生招聘新员工。

孟艳拉着男友的手在各企业摊位前转来转去。她的男友叫贾炘，英俊高大，运动员体型，是个帅气的小伙子。两人同班，入学第一天便一见钟情，成为恋人。男友不止一次指天发誓，爱她爱到地老天荒，如果背叛她，来世变作一只驮石碑的大王八。孟艳信以为真。

橙红色的遮阳伞下，吴美坐在桌后，她是吴氏集团本次招聘的负责人。孟艳要了一份简章，与贾炘头碰头，一起看。

孟艳与吴美谈得来，姐妹似的又搂又抱。贾炘脸扭向一边，他看不上吴美。

很快，孟艳就接到录用通知书，她高兴地跑去找男友。贾炘躲在没人的角落里，抹着眼泪，一副可怜相。他没被录用。孟艳毅然退回录用通知书。

吴美极力挽留，孟艳摇头拒绝。

来此视察的吴董事长正好碰见，他问了问吴美情况，又盯住孟艳，从头到脚，再从脚到头，不放过任何一处，看得仔细，深入。

吴美拿着两份录用通知书，给了孟艳一份；停一停，又给了贾炘一份。

孟艳与贾炘一起向吴董事长深鞠一躬。

入职那天，孟艳与贾炘仰望高耸入云的吴氏集团大厦。两人手拉手走进旋转门。

孟艳进了业务一部。她佩胸牌，身着藏青色职业套裙，露出光滑圆润的小腿，坐在电脑前，开始第一天的工作。她太投入了，没留意到一双眼睛看着她。

吴董事长悄然站在门口。

下班后，临时租住的地下室小屋里，孟艳炒了两样菜，打开一瓶可乐，与男友贾炘举杯相庆。不知说起什么往事，两人笑成一团，拥吻在一起。男友情难自禁，去解她的扣子，被她推开。

夜。孟艳与男友并排躺在木板床上，中间隔着一层薄薄的布帘。男友翻来覆去，撩起布帘一角偷看，孟艳睡着了。

她嘴角挂着微笑。

生活不如想象的那般美好。孟艳与贾炘都出身于普通市民家庭，从父母那里得不到什么资助。作为底层的普通员工，两人收入不高，只能租住在地下室小屋里，环境吵闹、脏乱。累了一天的贾炘挤公交车回来，常常无缘无故地发脾气，孟艳母亲似的安抚他。

雨后，两人牵手逛街。名牌西装专卖店里，贾炘看中一件，试穿很合身。他问价钱，导购小姐翻出价签，贵得令人咋舌。在导购小姐蔑视的眼神下，两人逃到店外。

小吃摊前，贾炘眼望对面的海鲜酒楼艳羡不已。

路边，一辆豪华轿车疾驰而过，激起的泥水溅到两人身上。贾炘望着远去的车子，破口大骂。两人扫兴而归。

这天，吴董事长坐在黑色加长林肯轿车里，看见孟艳与贾炘相互冷着脸，谁都不理谁。两人刚拌了几句嘴，神色都不愉快。吴董事长心里一动，拿起手机打了一个电话。

下班时，业务一部经理叫住孟艳，塞给她几个大小不一的精美盒子，说："今晚接待一位客户，由你负责安排。"

洗手间里，孟艳打开这些盒子，换上白色低领长裙与高跟鞋，配上珍珠项链，再施以淡妆，本就天生丽质的她更显得光彩照人。她对着镜中的自己，不免心儿怦怦地跳，头脑一阵眩晕。

酒店包间的精致宴席上，一身华服的孟艳与客户谈判顺利，频频举杯中，她的迷人微笑与高雅风度完全征服了对方。初试锋芒，孟艳显露出过人的酒量、善于与人交往的天赋与超众的商业才干。

酒醉情迷的客户晕乎乎地当场签约。

回到小屋，地下室的租户们以为光彩照人的孟艳走错了地方。贾炘更是满腹狐疑，审了她一个通宵。

事后，业务一部经理大拍吴董事长的马屁："您老慧眼识人哪。"

从此，业务一部的重要客户均由孟艳出面接待。她不负领导的厚望，连签几单大合同，取得突出业绩。三个月后，吴董事长亲自提升她为经理助理，薪酬翻了一倍，成为新员工中的佼佼者。

贾炘默默无闻，多次因工作差错受到所在部门经理的训斥。他情绪低落，借酒浇愁，与孟艳争吵得越来越频繁。

一次，孟艳送走客户，坐末班公交车，零点回到地下室小屋。新买的电视机前，贾炘边看足球赛边喝啤酒，地上扔了一堆捏瘪的易拉罐，没处下脚。他说："你还回来，没跟客户开房？"孟艳忍气收拾乱糟糟的屋子。

贾炘从后面抱住她，撕她的衣服，满嘴酒气地说："让我也玩玩，客户玩剩下，我刷锅。"

孟艳倍感屈辱，给了他一记耳光。

贾炘疯了一样，对她拳打脚踢，还砸烂了电视。打累了，他倒头就睡。孟艳缩在墙角哭了一夜。

孟艳脸上受伤，第二天没能上班。贾炘在同事面前吹牛，说出此事。集团当天贴出一纸通告：开除贾炘！孟艳找到业务一部经理，苦苦恳求留下贾炘；否则，她就辞职，跟贾炘一起离开吴氏集团，贾炘去哪儿她去哪儿。结果，贾炘免于开除，改为记大过、留用察看的处分。

两人和好如初，像一只摔成两半又锔到一起的瓷碗。

前途渺茫，事业不顺，贾炘更消沉了。这天，他下班走出旋转门。吴董事长坐在黑色加长林肯轿车里，向他招招手说："小贾，来。"

他先是一惊，接着走过去，恭恭敬敬地上了车。

吴董事长说："小贾，我交给你一项光荣而艰巨的任务。"

一座花园别墅前的泳池边，一位老者坐在藤椅上。池水中，一个年轻女子在游泳。她喊："爷爷，下来，比赛，看谁游得快。"

老者说："娜娜，爷爷甘拜下风。"

吴董事长的林肯轿车停在路边，他对贾炘说："这座别墅的主人是一家大财团的主席，他有个孙女叫梅娜，出生在国外。你的任务是在她回国期间，陪她吃、喝、玩，让她说服她的爷爷与吴氏集团合作。能干好吗？"

"能。"贾炘跃跃欲试，对付女人他自信还有一套办法。

"我不会看错人的，小贾，好好干。"吴董事长破例拍拍年轻下属的肩膀，以示信任与鼓励。

梅娜相貌平平，体重两百多磅，肚子胖得像套着一个游泳圈，见了梅小姐的尊容，贾炘心生退意，这项任务确实太"艰巨"了。一想到吴董事长的勉励和期望，贾炘内心的好胜之火被点燃，他抱着"我不下地狱，谁下地狱"的悲壮情怀，毅然投身其中。

整整一个月，贾炘没回地下室小屋。

这一个月，孟艳格外忙碌。吴董事长几次商务活动，指名要她陪同。她接触到更高层的人物，进入更豪华的社交场所，品味着更奢侈的生活方式，还结识了两三位以美貌为本钱而奋斗成功的杰出女性。耳濡目染，在她们的影响之下，孟艳的衣着、服饰与所用化妆品牌发生质的飞跃，她的心理也有了微妙变化。

她与其中一位叫李琳的交往最为密切。李琳独身，不开公司，但很有钱。李琳的真实年龄是个谜，夜宴上看似乎三十岁头，阳光下则暴露出一脸细碎的皱纹，所以这个女人一般白天不出门。这天，李琳开着法拉利跑车，等在吴氏集团大厦外面，强拉上刚下班的孟艳，车跑了四十分钟，来到一个位于市郊的欧式庭院，这是她家。

夕阳西下。修剪整齐的绿草坪上，两个女人坐在白色的小圆桌边，李琳开了一瓶朗姆酒。

她说："我让杰克滚了。"杰克是她最新一任男友，二十几岁的外国来华留学生，标准的古希腊美男子。她又说："杰克背着我乱搞。我大发慈悲，让他穿着衣服滚蛋。应当把他扒光了撵走，他的裤衩儿都是我买的。男人，哼！你多长时间没见贾炘了？"

孟艳说："二十一天，他忙。"

"忙？忙着飞来飞去，四处采花酿蜜吧。贾炘是你的初恋？今天下午，我的初恋自杀了。"李琳神色没有大的变化，"他是医院的药剂师，为了送孩子出国，贪污被人举报，领导通知找他谈话，他就先服毒了。来，走一个，你陪我一醉方休。"

两个女人干了一杯。

"我和他曾在同一家医院工作，我是护士。"李琳头一次说起她的过去，"那时，我们正筹备结婚，没钱，他的父母给我们挤出一间七平方米的小平房，摆了一台九英寸黑白电视机，还是旧的。"

"这是哪年的事？"孟艳想借机搞清李琳年龄的秘密。

"我二十几岁时的事。"李琳巧妙地避开正面回答，她又喝了一满杯说，"当年，我是住院部的夜班护士。初秋的一天，单人病房住进一个病人，孤老头儿，肝癌晚期。他是一个很有名气的老画家，常说我很美，美得可以入画，我并未因此多想。他出院第二天，打电话约我吃饭，在一家特别高档的酒楼，我去了。饭后，他开车带我参观他的画室，还有他的家。"

孟艳指指这个欧式庭院，问："这儿就是他的家吧？"

李琳点点头说："对。老画家让我嫁给他。他说，他自知时日不多，他要享受最后的人生。他还说，他将把所有财产与画作统统留给我。他让我考虑三天，给他答复。"

孟艳问："你考虑了几天？"

"我当时就答应了。"李琳嘴角向上翘了一下，她在笑？她说："你吃惊了。当我把这个决定告诉我的未婚夫，就是那个药剂师时，他不仅吃惊，而且怒骂我是天底下最不要脸的女人。等他骂累了，平静一点的时候，我对他说，我虽然嫁给老画家，最多不会超过半年，在老画家病死之后，我保证还是完璧，处子之身。那时，我继承了一大笔遗产，我再跟他结婚。"

孟艳摇头问："你怎么能做到？"

夜幕四合，草坪地灯的灯光给李琳的脸涂抹上一层绿色。她说："其实很简单，别忘了，我是护士。你不要用那种眼神看我，我不会蠢到下毒杀人，那样风险也太大。我跟老画家结婚后，我们到世界各地旅游，每次他跟我干那事，我就用我身体的某一部位顶他的肝区，他一痛，就不行了，他还不能怪我。半年后，老画家病故，按照他的遗愿，火化，骨灰撒入大海。"

孟艳说："你可以去找那个药剂师了。"

"我从国外回来，一下飞机就去找他。你猜不到吧，他已经结婚了，娶了一个寡妇。他娶的是院长的女儿，医院分给他一套两居室住房，女方陪嫁了全套家具电器。"

李琳用一句话做了总结："这就是我和药剂师的爱情故事。"

夜风如水，吹凉了两个女人酒后微烫的脸。

李琳一杯接一杯，她说："爱情像花儿一样美好，世上哪有长开不败的花儿？美丽的爱情抵挡不住物质的诱惑，也不如物质实在，所以咱们女人常说，嫁汉嫁汉，穿衣吃饭。我说的不是酒话，别不爱听，你的心上人贾炘，绣花枕头一个，窝囊废，除了有张帅气的脸蛋一无是处，你想要的那种生活他能给你吗？女人老得快，你甘心三十岁以后成为一个邋里邋遢、带孩子做饭、钱总是不够用的黄脸婆？再说，年轻的帅哥靠不住，最容易变心。"

两个女人聊到很晚，大多时候李琳在说，孟艳在听。朗姆酒喝完，李琳醉了，她叫了一辆出租车，送孟艳回地下室小屋。道别时，李琳说："女人要善于利用自己的姿色，否则就是糟蹋上天的恩赐，等到人老珠黄，后悔就晚了。"

出租车走远，李琳眼里醉意消失，打出一个电话："喂，她走了。"

"你说的话她都听进去了？"电话那头是个男人的声音。

"大部分吧，她不相信贾炘会变心。"

"呵呵，哪儿有不变的心。"

"你的事我办完了，我的事呢？"

"放心，你继承亡夫遗产的事不会再有人追究。"

两人同时挂断电话。

几天后，在吴董事长的亲自授意下，孟艳搬进集团所有的一套两室一厅的公寓，告别了地下室小屋。她给贾炘打电话，想告诉他这个好消息，没人接听。

贾炘干什么呢？

这一个月，贾炘过着神仙般的日子。他陪着梅娜小姐四处游玩，乘坐车头有个长翅膀天使的豪车，出入高档饭店与夜总会，留宿总统套房，每天都像喝醉酒一样。在那家名牌西装专卖店里，梅娜小姐一次给他买了四套，刷卡时，导购小姐恭敬的神态，使他有生以来头一次体会到有钱的感觉，这种感觉醉人！一月期满，梅娜小姐提出嫁给他，带他出国。

一个月，三十天，成为两个人的人生转折点。

电话中，贾炘提出分手。

孟艳如同头上砸下晴天霹雳。贾炘要给她一笔补偿费，她喊道：
"我不要，我要你来世做驮石碑的大王八。"她病倒了，高烧不退，病
得很重，甚至有了轻生的念头。

她回想李琳的话，对世上有没有真正的爱情产生怀疑。

她的心冷了。

病中，在她最无助、最虚弱、最需要温暖的时候，吴董事长独自
来探望她，照顾她服药喝水，表现出极大的关爱。吴董事长在她的额
头轻吻一下，她再也控制不住多日来郁积于心的委屈，伏在吴董事长
的怀里痛哭失声。

吴董事长轻抚她的长发。

病好后，她回到大厦上班，业务一部全体员工列队鼓掌欢迎，她
被聘任为经理。吴董事长亲自签发的任命通告，他还给孟艳配发了一
辆两厢车作为工作用车。孟艳加倍努力工作，她很快从失恋与被抛弃
的阴影中走出来。

数日后，吴氏集团与那家大财团达成合作协议。

协议签字的仪式上，贾炘搂着梅娜、孟艳挽着吴董事长见面了。

孟艳与贾炘形同陌生人。

吴董事长嘴角绽出真正的微笑。

039

合作协议签字仪式结束。贾炘携梅娜去机场，飞赴国外，举行婚
礼，一对新人共度蜜月。

两个昔日恋人今生应当不会再见。

四年后，已是吴氏集团副总经理的孟艳到全国几个城市巡视集
团下属公司。在一座中原古城，恰逢当地举办慈善晚宴，孟艳应邀

参加。

她有事迟到。晚宴进行到一半，主持人念到一位捐助人的名字贾炘。

掌声中，前排席位上站起一个中年男人，身材肥胖，头发开始脱落，有点驼背。大概是重名吧。

孟艳与他同席。走近，两人愕然相顾。

他是模样大变的贾炘！

谈话中，孟艳得知，梅娜因为饮食无度，患肥胖症，心衰，一年前去世了。临终时，她留下遗言：贾炘可以在她死后得到一大笔赡养费，前提条件是不能再碰别的女人，以握手为限。贾炘在契约上签字，戴上终身摘不下来的黄金枷锁。他自嘲地说，他每天吃、喝、拉、撒、睡，无所事事，成为一台纯粹的造粪机器。

参加慈善活动，使他感到苍白的生命有了一点色彩。

这次偶遇在孟艳心中掀起波澜。夜半，她独自躺在酒店松软的大床上，睡不着，心乱如麻。她深深受到李琳那一番话的影响，所以才有了今天的她。她后来了解到，李琳嫁过好几任老丈夫，嫁一个死一个，但其中没有画家。李琳为什么要编这么一个故事给她听？这些年，在她闪闪发光的表面下，掩盖着哪些不为人知的黑暗？

她得到什么？她又失去什么？

窗外，鸽群飞走了，天上空荡荡的。

挥去思绪，回到现实。大沙发上，孟艳坐得太久，双腿压麻了，她活动一下。吴钢过来说："虾五分钟做好。"孟艳烦他，说："不吃。"

孟艳换上出门的衣服。

幽静的小街上，开着一家大有名气的香妃美体中心。女老板对外宣称，天赐机缘，她从废品回收站的烂纸堆中偶然得到一份香妃美白、嫩肤的宫廷秘方。一时间，本市有钱的女人们趋之若鹜，争先恐后来此消费，以致必须提前预约。道理明摆着嘛，历代皇上后宫佳丽三千，是大小老婆最多的人，能让皇上专宠一身的香妃，必有过人的独门秘籍。

白色宝马与大切诺基越野两辆车停在香妃美体中心门外。

柔和的灯光下，孟艳与吴美俯卧在相邻的按摩台上，裸体涂满果冻状的粉色香妃膏。香妃美体中心女老板大肆宣扬，长期敷用香妃膏，可以使衰老松弛的皮肤重现弹性、白嫩，并周身散发异香。

香妃美体中心的女老板自己却从来不用。

吴美与孟艳闲聊。

"孟总，你看，我新办了一张卡，钻石级贵宾卡，再来香妃不用预约，最好的按摩师为我优先服务。"

"很贵的，你哪儿来的钱？"

"你猜。"

"你又借高利贷了？那种钱借不得。"

"你猜不着，钱是赵慧给的。"

"她能给你钱？"

"不给？她敢不给！我对她说，她要是不给钱，以后集团任何决议我一律投反对票。你要是在旁边看见就好了，赵慧气得口吐白沫，又无可奈何。"

"我能想象出当时的情景。"

两个女人味味地笑了。

吴美又叫了声："孟总。"

孟艳黯然神伤："以后别再叫我孟总，我被吴氏集团开除了，现在是无业游民。"

"孟……孟姐，你一走，你提上来的几个部门经理都不想在集团待下去了，有三个最优秀的交了辞职报告。赵慧扬言，这三个经理属于'孟党'，不放过，一个个清理。赵慧现在可狂了，耀武扬威的，处处摆出一副老板娘的架势，只有我不怕她。"

"我听说了。他们三个给我打过电话，我没接。走吧，走了也好，赵慧是个不能得罪的人。"

"他们三个又都不走了。"

"哦？"

这是孟艳没有想到的。那三位经理是不可多得的人才，多家公司暗中挖过他们。孟艳想知道三位经理不走的原因。

吴美说："义叔找他们三个谈了一次话，谈过之后，他们非但不走了，还干得更起劲啦。"

"谈的什么？"

"我听他们说，义叔保证，不出一个月，吴氏集团一切重回正轨。那时，他将给这三个经理加薪、送管理股，还要提拔重用。"

"一句空话，他们信了？"

"信了。"

孟艳难以相信。她认为，离开她的吴氏集团维持不了多长时间，很快会走向衰败没落。吴义，一个安保部长，敢说这样的大话，他能有什么灵丹妙药，或是有深藏不露的惊世才华？人都有争强好胜之心，她说："我先不走了，留下来看一看。"

"你今后想去哪儿？"吴美问。

"走得远远的，去南方，走了以后再不回来。"

"一家三口都走？"

"我带信儿走。"

"孟姐，你快点走吧，赵慧正收集你的材料，要往死里整你。她说，有十几笔钱没有入到集团的账上，加起来好大一笔钱，这些钱不知去哪儿了，她怀疑，不，她认定是你贪污的。她一天几次往刑警队跑，强烈要求把你抓起来，追回那些钱。你还是出国吧。"

"我不怕，我没做亏心事。"孟艳说这话时底气不足。

"赵慧还说……"

"还说什么？"

吴美长着直肠子，肚里存不住东西，她索性拉个干净："赵慧逢人便说，你是我爸爸的情人，你能当上集团副总经理，靠的不是才干，是用'那个'换来的。集团传开了。"

孟艳脸色惨白如纸，双唇痉挛，她强忍着不让泪水流出来。

"不说了，全当赵慧是在放屁，狗臭屁。"吴美看看腕上的小金表说，"我该走了，晚上有个约会。六点天香楼，跟刑警队的毕警官，我们吃火锅。孟姐，我只跟你一个人说，我爱上他了。"

两人穿衣时，看着半裸的孟艳，吴美又嫉妒又羡慕地说："孟姐，你真美，男人见了你没有不动心的，我爸那个老家伙也不例外。我说错了，掌嘴。"分手时，她又说："孟姐，收拾得这么诱人，你准是去幽会，那个男人是谁呀，嘻嘻。"

大切诺基越野车远去，看不见了。

孟艳这才开上白色宝马轿车。她不停地看后视镜，没发现有人跟踪。

监控刑警向毕队长汇报：白色宝马轿车绕行了一个大圈，开进丽水家园小区；孟艳走进26号楼；四层一扇窗户亮起灯光。

今晚，孟艳跟谁在此见面？

040

生意兴隆的天香楼里，吴美订了一个靠窗的雅座。

每年一入冬，她常来这儿。她喜欢一边吃热气腾腾的特辣火锅，喝烫过的白酒，一边看窗外在寒风中捂着厚大衣、冻得发抖、急急走过的行人。如果行人中有一个在雪地上不慎滑了一跤，摔个四脚朝天，她会开心大笑。她的心眼儿并不坏，换作她摔个大跟头，别人笑她，她也不恼，她会跟笑她的人一起嘻嘻哈哈笑个不停，这位阔小姐就这脾气性情。

门开，礼仪小姐迎进一位新客人。

毕队长准时赴约，朝她走来。吴美着迷地看着这条生龙活虎的汉子。在她认识的人中，大多是油滑秀气的生意场上的人，还有就是一起鬼混的狐朋狗友，那些人缺乏毕队长身上的阳刚之气与一股势不可当的正气。今天上午，她亲眼所见，那个逼她还钱的凶汉在毕队长面前不如一只耗子。有生以来，她头一次对一个男人动心，想入非非！

毕队长入座，招呼服务员："一杯热水。"

吴美说："想吃什么，你点，别给我省钱。"

窗外，警车里，小袁啃着干面包；窗内，毕队长与姓吴的阔小姐有说有笑，涮着火锅。小袁想的是，毕队长胃不好，应当少吃、不吃辣的。

小袁看见一个人扒着窗玻璃向天香楼里张望，那是吴良律师。他来干什么？

火锅旁，毕队长问："聊了半天，你不问问我，有没有吴董事长的消息？"

吴美说："我不关心。"

"你是吴董事长的女儿。"

"因为我是吴董事长的女儿，所以先天没有好的基因，后天没有受到好的教育。十六岁以前，我特崇拜我爸爸，后来一下子全变了，我看不起他，还有点恨他。"

十六岁是吴美人生的分水岭。她曾是品学兼优的好学生，不知怎么一夜之间学坏了，交些不三不四的男朋友，花钱如流水，成为名声不佳的荡女。那年，她一定遇到一件改变人生的大事。

吴美情绪变得很快，她问："我好不好看？专门为你打扮的。"

对于这个问题，毕队长不便回答，他不想破坏吴美今晚的好胃口。他问："吴董事长为什么骂孟艳是个骗子？"

"准是赵慧说的，欠抽。咦，你带着任务来的？"

"随便问问。"

"我告诉你也行，不过，你要答应我一个条件。"

"说。"

"吃完锅子，你跟我去'疯狂老鼠'跳舞。"

"我一去，那儿的小姐还不得全跑光了，客人只剩一半。"

"要不，你亲我一口。"

"胡闹！"

"警民一家人，你警我民，咱们是一家子。"吴美噘起涂了过多鲜艳口红的嘴巴等着。

"当心我打你的屁股。"毕队长可气又可笑。

"你打吧，没人打过我，我想尝尝什么滋味儿。"

"不说，我走了。"

"我说，我说还不行吗。那天，我到大内找我爸要钱。我一出电梯……"

吴美边吃边回忆。

吴美与赵慧走出电梯。最高一层的过道里充满吴董事长的怒吼："你是骗子！骗子！骗子！"

孟艳声音很小，她在分辩。

吴美与赵慧没再往前走。不用偷听，吴董事长的吼声往她们的耳朵里灌。

嘭嘭嘭，传来一阵拍桌子的声音。

吴董事长更加愤怒："这些年，你一直在欺骗我，我没想到，你能做出这种不知羞耻的事！"

"我没有。"

"你没有？这是报告，我今天亲自取回来的报告，白纸黑字，铁证如山，你还不承认？你自己看看，报告上怎么写的。"

短暂的安静。

"这不是真的。"孟艳的声音。

"你还想抵赖？"吴董事长怒火更旺。

"我没做过那样的事，你应当相信我。"

"我再也不会相信你了！你太让我失望了，你说，你能有今天的地位，靠的是谁？靠的是我！你从一个走出校门的大学生，几年之内做到集团副总经理，靠的是我一步步提拔你。我对你恩重如山，你呢，你是怎么回报我的，忘恩负义！"

"我为集团做出贡献了。"孟艳的声音一下提高八度，她在抗争。

"你那点贡献，不值一提。我一句话，明天……不，现在就让你去做普通员工，你想不想去扫厕所？"吴董事长在无情地嘲讽。

"我辞职！"

"滚！"

孟艳从门里冲出来，衣冠不整，满脸是泪地跑进电梯。

吴美与赵慧轻手轻脚地走进大办公室。她们看见吴董事长来回踱步，手里捏着一沓纸，脸色像猪肝一样黑红，鼻子喷着粗气。吴董事长为什么发这么大的脾气，不怕脑溢血？

一见她们，吴董事长把那沓纸收进裤子口袋。

他问："你们刚才听见什么了？"

赵慧聪明地说："我俩在电梯里碰见的孟总，什么也没听见。孟总犯了什么错误，让您骂哭了？"

"你们出去，一会儿再来。"吴董事长将两人轰走。

电梯里，吴美问："什么报告，值得我爸发那么大的火？"

赵慧心情大好，说："谁知道。孟艳完了，咱们等着看她扫厕所吧，我专去她扫的那间厕所。"她掏出手机，把这个好消息告诉吴仁。

毕队长听完，想了想问："后来呢？"

吴美说："后来什么事也没发生，孟艳还是集团副总经理，我爸对她还是那么亲切，就像从没吵过架。"

毕队长问："什么报告，让吴董事长如此动怒？"

吴美说："昨天晚上，赵慧让我到大厦开会，我没去。听她讲，是关于孟艳贪污五百万工程款的审计报告。"

毕队长抓住疑点，再问："吴董事长说，孟艳这些年一直在欺骗他，是'这些年'，不是'这件事'，他是这么说的吧？"

"是呀，怎么了？你吃呀，这盘肉都是我吃的，再加一盘。"吴美用她的筷子给毕队长夹涮好的肉片。

毕队长朝窗外打个手势。警车里，小袁掏出手机拨号。

吴良不知什么时候站在桌边，说："巧遇，二位涮哪。"

"吴大律师，搬把椅子，一起涮。"毕队长的手机响了，他说，"抱歉，我接个电话。小袁呀，有紧急情况，命令我马上归队？是。吴美小姐，有案子，我得赶紧走。吴大律师，正好，你坐我这儿，接着涮。"

"哥，别走呀。"吴美一把没拉住毕队长。

"叫上哥了，叫得真亲。"吴良酸溜溜地说。

服务员过来，对吴美说："刚才走的那位先生让我跟你说一声，他把账结了。"

"白吃，好事儿。"吴良往火锅里下了一大筷子羊肉片，没等熟，夹出来塞进嘴里，烫得他呼呼吐气，口齿不清地说，"香。"

吴美很想把火锅扣到他的脑袋上。

天香楼外。毕队长坐进警车，从小袁手里拿过她吃剩的干面包，啃了一大口，说："去丽水家园。"

041

丽水家园位于城南，是个老式小区。

几十栋不同年代建成的红灰砖楼参差错落，外观陈旧。近年，住户中有钱的搬走另置产业，图便宜的迁入凑合着有个窝，居民变动较大，相互不熟悉，少有来往。小区东西两个出口，门卫相当于聋子的耳朵，残缺不全的监控探头更是形同虚设，物业管理人员敲门只为一件事，收费。

这个小区是藏身的好去处。

一栋最不起眼的六层小楼，外墙标着楼号"26"。楼前不远处，停着白色宝马轿车。

警车开来，关掉车大灯。毕队长落下车窗，一名刑警从树后现身，近前低语汇报，孟艳上去四十分钟，没下来。几分钟前，他上到四楼，在门外听了一下，屋里很静，隐约有音乐声。

毕队长问："什么音乐？"

那名刑警说："不懂，好像是外国的，听着让人想哭。"

"有人找过孟艳吗？"

"没有。这栋楼没住几户人家，你看，几乎都黑着灯。只有一对年轻夫妻进了楼门，小两口住一层，搬来时间不长。"

毕队长抬头看看四层亮灯的窗户，问："房号多少？"

"408。"

物业办公室。骨瘦如柴的邹管理员边翻着大本子边说："房号408，找着了，登记的业主是……是……"

"业主是谁？"小袁问。

"业主姓名没登记。"邹管理员深表歉意，"这位女警官，您喝口水，消消气。我向领导反映，谁对工作这么粗心，不负责任。"

毕队长拿过登记簿，26号楼408业主姓名一栏下面是空白。他问："你们每年收物业费吧？"

邹管理员说："收啊，不收物业费，我们公司上下几十号人吃什么。"

"谁给408交物业费？"

"我查一下。"邹管理员打开电脑，里面是他刚浏览过的黄色网站的页面。他紧着删除后，找出物业费交纳名册，手指头顺着屏幕上的一长串房号向下滑动："找着了。"

毕队长与小袁围过来。

邹管理员说："是……是……"

是谁？他又说不出来了。交款人姓名还是空白。邹管理员说："每年408的物业费直接存到我们公司的账户上，用的是现金。408的业主诚实守信，一天不晚交，一分钱不少交。两位警官，如今以种种理由拒交物业费的业主越来越多，我们该怎么办，天天上门催收，犯不犯法？"

毕队长问："供暖费呢？"

"跟物业费交法儿一样。"邹管理员说。

"你见过408的业主吗？"

"没有。"

在物业的全部记录中，408业主像是没入黑暗的影子。

毕队长感觉到，这是有人在刻意遮掩行迹。盖得越严，越能说明下面深藏着不愿为人知的秘密。人不是空气，空气也有风可循。他问："408有没有人住？"

"有，不常有。"

"说得详细一点。"

邹管理员挠挠后脑勺说："我听保安讲，有个女的，每逢礼拜一来一次408，晚上七点来，早上七点走，开辆白色轿车。"

"什么车？"

"宝马。"

"是她吗？"小袁出示孟艳的照片。

"没错，是她。她每次来，都是从东门进小区，我去检查门卫工作，见过两次。那个女人长得年轻漂亮，真漂亮。"邹管理员咂巴着嘴，他八成是听保安说起后，专门到东门等着看漂亮女人的。就凭他痴迷于黄色网站，这么说不冤枉他。

"这么漂亮的女人一人住408？"毕队长引着他往下说。

"哪儿能呢，每次她来不久，就会有一个老头儿跟着进26号楼的楼门。"

"老头儿，有多老？"

"五十不止，个子高高大大，挺有派头的。"

"长什么样？"

"看不出来，戴大口罩、大墨镜。过夜，到了早上，老头儿先走，女的过十分钟下楼，一个往东，一个奔西，从没一起走过。"看来，这位姓邹的色鬼不止一次盯过孟艳的梢。他一脸馋相："那俩人不是正常的男女关系。"

"老头儿开什么车？"毕队长问。

"没车，他从西门走进来的。"邹管理员答。

丽水家园小区西门门前，一条小马路斜穿而过，路面狭窄，路边停不下车。两百米外，一家低档宾馆前有个小停车场，无人看管。宾馆大门上方，挂着一只老式监控探头，随风晃荡，不知是好是坏。

前台，小袁向服务员出示警官证。服务员忙不迭地叫来经理，他倒是很客气，马上领着毕队长和小袁来到办公室，调出监控录像放给他们看。小袁欣喜地看到，尽管画面模糊，监控探头还是能拍到小停车场上的大部分场景。

录像时间调到上周一的晚六点半。

画面中，不同型号的车辆进进出出。一辆蒙着篷布的大货车开来，挡住镜头，不走了。差五分七点，隐约可见大货车另一侧停下一辆深色轿车，看不清车型、车牌，更别提看到驾驶人是谁了。

小袁急得直跺脚，毕队长笑着看看这个"小丫头"。

画面快进。早晨七点半过后，大货车开走。那辆深色轿车不见了。

小袁失望到极点。

经理冷不丁地冒出一句："你们找的那辆车我认识。"

"你不早说。"小袁责怪。

"两位警官没问我，我以为属于侦查秘密。那辆车每个礼拜一在我这儿停一晚上，不白停，每次收费两百，符合物价局规定。"

"车型？"

"黑色加长林肯。"

"车牌？"

"尾号三个8。"

"车主？"

"本市名人，吴氏集团董事长吴礼。"

042

站在楼道里看，408房门油漆剥落，又破又旧。

门内，则是另一番天地。两室一厅全部采用最高档材料，装修得极其精致，全套家具来自欧洲。墙上挂的风景油画，席梦思铜床前摆放的爱神石膏像彰显出主人的欣赏品位。

厚厚的落地丝质窗帘隔绝外界，一盏粉色纱灯的灯光将室内涂抹成淡淡的同样颜色，唱机反复播放一首古老的爱情歌曲。

餐桌上，各式水果、几样西式冷盘、一瓶打开的红酒散发出诱人的香气。高脚水晶杯并排立着两只。

桌边，孟艳一手托腮，一人独坐。她换上一件薄如蝉翼的白丝睡袍，肌肤隐现，淡妆，长发披肩，赤足踩在纯毛地毯上。她的表情变幻莫测，一会儿喜，一会儿悲；一会儿温情，一会儿冷漠；一会儿怜爱，一会儿憎恶……迷雾般的光线中，她的身影十分诱人。

室内春色无边，风光旖旎。

楼前。毕队长站在树后，他让负责监控的刑警去吃碗热面条，驱驱寒气，冬夜冷着哩。他与小袁守在楼外，盯住孟艳。

小袁冻得竖起衣领，吸吸鼻涕，说："可以断定，孟艳与吴董事长是多年的情人关系，408是两人长期幽会的场所。怪了，吴董事长失踪超过两天，死活不知，孟艳为什么还到这里来，来见吴董事长的鬼魂？”

毕队长脱下大衣，扔给她：“穿上。”

小袁没推辞，她把散发着毕队长体温的大衣紧裹在身上。

毕队长问：“你说什么？”

“我说，孟艳来这儿见吴董事长的鬼魂。人鬼情未了，好恐怖，我身上都起鸡皮疙瘩了。”

“不是这句。”

“我断定孟艳与吴董事长是多年的情人关系。”

“多年，这些年……如果一个男人骂一个女人这些年一直在欺骗他，理由是什么？”

“这个女人有外遇了呗。”

“外遇？”

毕队长陷入沉思。吴董事长大发雷霆之怒，绝不是因为孟艳在数据中心升级改造工程上虚报造价。刑侦技术部门鉴定结果出来了：合同上那个歪歪扭扭的签字不存在伪造，确实出自吴董事长受伤的手；合同上签字所用墨水与那支吴董事长专用签字笔中的墨水是一样的。通过向银行方面调查，孟艳账户内没有存入五百万现金。按照逻辑推理，引起吴董事长勃然大怒的那份报告不可能是关于虚报工程造价五百万的审计报告。

那会是一份什么报告？

小袁好动，说：“我上楼去看看。”

她蹑手蹑脚地走上一级级楼梯。来到四层，她的耳朵贴着408房门，听了听。里面换了一首歌，曲调欢快。回到毕队长身边，她说：“什么事能让孟艳这么高兴？”

餐桌上，伴着轻快的乐曲，孟艳在两只高脚杯里斟上红酒，把其中一只放到对面的空椅子前。她举起高脚杯，与那只无主杯子轻碰一下。她喝了一小口红酒。

她用刀叉吃着冷盘，然后剥开一只橘子，静静地吃。不时跟那只没人动过的高脚杯碰杯，不忘在对面的盘子里放上一些冷肉、水果。

她与一个看不见的男人共进晚餐。

她用餐巾拭嘴，起身去唱机旁换上一支舞曲。

缠绵舒缓的舞曲中，她倚在一个看不见的男人怀里，翩然起舞，随着身体摆动，白丝睡袍飘起。极暗的粉红色灯光，模糊的黑色家具轮廓，一个独舞的白袍女人，共同组成一幅怪异的画面。

一曲终了。

她呆立一会儿，动手将她的衣服物品统统收进一只白色拉杆箱，一只发卡也没留下。她不放心，又检查一遍每个角落。清理之后，除了空气中的香水味，这套房子里再也找不到与她有关的东西。

衣柜旁，立着一只大金属拉杆箱，她试了试，没弄动。

她打开房门，转回身，向一个看不见的男人道别。

她锁好门，拖着白色拉杆箱下楼。

她把白色拉杆箱装进白色宝马轿车的后备厢。她坐到方向盘后面，动作机械地拉上车门。整整一个晚上，她像在梦游。

白色宝马轿车开走了。

小袁问："408 会不会是杀害吴董事长的第一现场？"

毕队长说："上楼。"

在小袁的注视下，毕队长将两根小金属条伸进锁孔，拨弄两下，咔的一声，408 房门的门锁开了。

小袁说："这手我也会。"

毕队长推开房门。

哇！小袁惊叹一声，室内华美的装修与陈设让两人大感意外。毕队长站在原地，尽量不碰任何物品，用目光一寸一寸地搜寻，没有发现可疑之处。给他的第一印象，这里是一处藏娇的金屋，不像是拘禁或杀害吴董事长的犯罪现场。卫生间的门关着。小袁的眼睛凑近门上的磨砂玻璃，努力朝里面看。她问："毕队，会不会一开门，就能看见吴董事长的尸体？"

毕队长很严肃地说："有可能，可能吴董事长的尸体已经被肢解了，你闻闻有没有血腥味儿。"

小袁推开一道门缝，吸吸鼻子。她把门全部推开，走进去，没见异样。她鼓起勇气，一下拉开浴帘，浴缸是空的。她走出卫生间，看到毕队长憋不住的笑容，明白上当了。

主卧室里，毕队长戴着白手套，拉开大衣柜的柜门。柜子里挂着两套男式西服，尺码 4XL。毕队长在一件上装内袋里，找到一个皮夹子，内有一张孟艳与信儿合影的照片，不久前新拍的。

孟艳清理得并不彻底。

毕队长翻看照片的正反两面，然后放回原处。

他与小袁同时注意到衣柜旁那个大金属拉杆箱。他摇了摇，箱体很沉，他又拍了拍，箱里装得很满。他说："打开。"

小袁去拉大金属拉杆箱的拉链。拉到一半……

一件意想不到的事情发生了。

043

两辆厢式货车开到 26 号楼前，刹住，车上呼啦啦跳下一帮壮工。

吴钢钻出驾驶室，身后跟着一个四十几岁黑瘦脸的女人，她是收旧家具的。吴钢领着这些人上楼，打开 408 房门。黑瘦脸女人看到满屋子精美家具、纯毛地毯与摆设等，眼睛都直了，半天合不拢嘴，哈喇子流了一地。她把一千块钱硬塞到吴钢口袋里："说好了的，一千块钱我全收，不许反悔。"

吴钢说："一件不剩，快点搬吧。"

"这些东西是你的吗？"黑瘦脸女人不放心了，她该不会是在替贼搬家吧？

"搬不搬，不搬走人。"吴钢向外轰她。

"不行，你得让我看看你的证件。"

"没带。"

"我叫警察了。"黑瘦脸女人警惕性蛮高。

吴钢把她拉到一边，小声说："我跟你实说了吧，这屋里死过人，不是好死的。"

"凶宅？"

"对，是凶宅，所以我想把东西全部清理掉，房子也卖了，这屋我不敢再住了。"

听完吴钢的话，黑瘦脸女人有几分信了。眼前这些家具、摆设值个十来万吧，只花一千块钱买到手，上哪儿找这么好的事？钱迷人眼，黑瘦脸女人想起一句话：马不吃夜草不肥，人不发横财不富。

壮工中一个大胖子喊："搬不搬，不搬也得给工钱，我们不能白跑一趟。"

"搬，搬。"黑瘦脸女人一咬牙，决定赌一把，财向险中求嘛。她指挥壮工们一件件往外搬运，嘴里不停地叮嘱："轻着点儿，碰坏了你们赔得起吗。兄弟们，手脚都利索点儿。干完活，大姐请你们吃烙饼卷猪头肉，二锅头管够，今儿我豁出去了。"

大胖子要抬那只大金属拉杆箱。吴钢拦住："这个别动。"

黑瘦脸女人问："兄弟，这里面装的什么？"

吴钢说："死人，想看看吗？"

黑瘦脸女人走到一边去了。

毕队长与小袁在哪儿呢？两位警官站在五层楼道里，探头往下看。

不到半小时，408屋内搬运一空。

厢式货车旁，不知哪位壮工不小心，没拿住，爱神石膏像摔到地上，碎了，身首分家。黑瘦脸女人随手把碎成几块的石膏像扔进车厢，她并不心痛，这种泥捏的洋玩意儿不值钱，没人要。

两辆厢式货车装得满满的，车尾排气管冒着黑烟开出小区。

小区西门的门卫室里，无人值守，可能喝酒还没回来。

再过一会儿，吴钢推着大金属拉杆箱走出房门，他回身进去，又拿出两只大包袱。他费力地把大金属拉杆箱一级级挪下楼梯。

楼门口，吴钢左右看看，他背着包袱，推起大金属拉杆箱，向小区西门走去。

路灯下，他闷头急走。

毕队长与小袁急步下楼。打开408房门，眼前景象使两位警官倒吸一口凉气。屋内，搬得干干净净，一张纸片也没留下。地上，有一个搬运壮工扔掉的烟头，没踩灭，冒出最后一缕青烟，消散。

小袁说："孟艳做事真绝。"

小区西门外，一辆中型面包车停在路边，车窗上贴着防护膜。车内，座椅被拆除了，地板上，躺着那个大金属拉杆箱与两只大包袱。孟艳坐在副驾驶座位，大披肩连脸一起围住，只露出两只眼睛。吴钢问她："走吗？"

孟艳没说话。

吴钢不再问，他发动车，向城外开去。

警车远远跟在后面。

小袁打着手机。她向毕队长汇报："查出来了，这辆中型面包车属于吴钢的成钢公司，平时送货用的。"

中型面包车开进一个加油站。

吴钢下车，到车后打开油箱盖，插入油枪，直至加满。收费窗口，他交的现金，没用加油卡。

他买了一只空油桶，五升的。

中型面包车开得不快。来到卖建材的小店，吴钢再次下车，买了一节软管。

中型面包车开上一条向西的郊区公路，车速猛地提升到时速八十公里以上，而且越开越快。吴钢没有打开车大灯，连绵起伏的西山山影出现在夜幕上。

警车在后，因为离得远，前面中型面包车的红色尾灯若隐若现。

小袁问："这俩人去哪儿，想干什么？"

毕队长说："油箱加满汽油，空油桶，一节软管，三样东西联系起来，你还想不明白？"

"开车跑长途，连夜逃往外地。"

"孟艳为什么要逃？"

"做贼心虚呗，应该与吴董事长失踪有关，目前她的嫌疑最大。"

"我要是警校老师，给你的评分是不及格。"

前方的红色尾灯闪了两下，不见了。

警车追上来。这里有一条岔路，中型面包车在这儿消失的。警车开过路口，停在一根坏了的路灯杆后。天黑，不仔细看，看不到警车。

星月无光。毕队长与小袁走在岔路上。

深一脚浅一脚地走了十分钟，冰河到了。

毕队长一拉小袁，两人蹲下。光秃秃的河滩上，停着中型面包车。孟艳站在车旁。吴钢从车里搬出两只大包袱打开，扔在地上，黑乎乎的像是一大摊衣物。吴钢把软管插入油箱，用嘴一吸，汽油通过软管注入空油桶。

吴钢将桶中汽油浇到那摊衣物上，用打火机点燃一根枯树枝，顺风扔过去。

烈焰腾空而起，黑烟滚滚。橘红色的火苗恣意翻卷，无情地吞噬着它所遇到的一切东西，一片片飞灰随风而去。火光照亮冰雪覆盖的河滩，照亮中型面包车与吴钢，照亮孟艳。

孟艳站的地方离火很近。她解开大披肩，任由夜风吹乱长发，瞳仁中反射出一条条狂舞的火蛇。她如释重负，神色轻松，甚至还有一点欣慰。

大火过后，除了几点火星，只剩一地灰烬。

中型面包车开走。

河滩上，一切重归黑暗。

044

"一把火，烧得真干净，我在灰堆里拨拉半天，什么也没找着。"小袁说。

"我找到这个。"毕队长掏出一只烧得剩下三分之一的皮夹，里面夹着孟艳与信儿残缺不全的合影照片，这是大火过后仅存的一样东西，或许冥冥之中自有安排吧。

临街的小饭馆里，两位警官坐在一张方桌旁，一人握着一双筷子，桌面是空的。小袁又催一遍："老板，面煮好了吗？"

老板应道："下锅了。"

今夜食客不多，桌子大多空着。

小袁问："孟艳的行为属不属于烧毁物证？"

毕队长反问："她烧什么物证了？"

"我估计，她烧的都是吴董事长用过的衣服物品。"

"她烧掉的不是本案物证，是她的过去。"

"她想抹掉这段不光彩过去的一切痕迹。据我观察，孟艳不是那种不要脸的女人，她用青春、美貌、身体换来今日的财富与地位，内心一定无时无刻不感到羞耻。她与吴董事长之间存在一场不道德的交易。"

"道德的事不归咱们刑警管。呵呵，孟艳随意放火焚烧垃圾，严重污染环境，增加大气中 PM2.5 的含量，她的违法行为应当由环保部门查处。"毕队长调侃地说。他分明不把小袁当作从警三个月的正式女警官，没有跟她认真讨论案情。小袁不平地想，人家不是"小丫头"。

小袁决心表现一下，她说："我认为，每个礼拜一对于孟艳都是屈辱的日子，因为那天她不得不从里到外打扮得光鲜靓丽，送上门去跟吴董事长幽会。根据心理学，日积月累，这种羞耻与屈辱感终将转化为仇恨，而且日趋强烈，成为她的犯罪动机。"

毕队长说："人心复杂，孟艳对吴董事长的感情有多种成分，不像你学的那本心理学教科书上讲的那么简单。"

"除了羞耻、屈辱与仇恨，还能有其他的感情成分？"

"当然有。对于孟艳来说，吴董事长对她有知遇提拔之恩，吴董事长是她的依靠，吴董事长富有男性魅力，两人长期肌肤相亲，她一点不动情？加上你说的羞耻与屈辱，各种感情成分搅和到一起，难以分开。还有……"

"还有什么？"

"吴董事长与孟艳之间也许还有一种感情成分，我没找到确切的证据之前，暂时先不说。"

两大碗刚出锅的牛肉拉面端上桌，老板说："两位慢用。"毕队长与小袁狼吞虎咽，实在太饿了，两人的吃相都不大雅观。小袁把盛辣椒油的小壶放到旁边的空桌子上，防止毕队长偷着往他的碗里倒。毕队长这个男人自制力太差，明明胃不好，偏爱吃辣的，管不住嘴。

小袁回味着毕队长的话，这些话分析得有道理。人心复杂，不是一杯清水，而是一杯混合酒。

小袁把她碗里的牛肉片夹给毕队长，说："我减肥。"

小袁吃饱了，她说："孟艳与吴钢是夫妻，吴董事长是吴钢的养父，吴董事长与孟艳是情人，这三个人的关系真够乱的。"

毕队长端过小袁吃剩的半碗面，接着吃。他说："乱，也不乱。"

"这叫乱伦，还不乱？"

"乱伦，这个结论下得太早了。"毕队长心里像是有了初步成形的想法。

"吴钢最可怜了。"小袁同情地说。

"不见得，对于养父吴董事长与妻子孟艳之间的不正常关系，吴

173

钢这个做丈夫的应当早就知情。"

"不会吧?"

"从吴钢帮助孟艳清理408、在河滩上放火灭迹的行为可以看出,吴钢不是不知情的人。"

"你是说,吴钢心甘情愿地看着他的老婆跟他的养父……"

"心甘情愿,未必;另有苦衷,可能。"

"吴钢有什么苦衷,为了钱?他的成钢公司每年赚几十万,全靠吴氏集团。天底下还有这种男人,真恶心。"

"事情不一定像你想的那样。"

"还能因为什么?"

"会查清的。"毕队长蛮有把握地说。

这时,小饭馆老板过来,赔着笑脸说:"两位警官,能不能把那辆警车挪远点儿?"

"干吗?"小袁问。

"门口停辆警车,人家都以为我这儿出事了,没人敢进来吃面,您瞧瞧,今儿晚上才两三桌客人。"

小袁去挪车。

小饭馆老板对她说:"您最好把警车挪到旁边那家饭馆门口,他们家门前宽敞。"

趁小袁挪车的工夫,毕队长往面碗里加进不少红亮的辣椒油,美美地喝了一大口汤。

小袁回来,坐下就说:"我想起一个最重要的问题。"

毕队长几口喝光面汤,用手背擦嘴:"说。"

"那只大金属拉杆箱不见了。"

"不用想,还在中型面包车上,没拿下来一起烧了。"

"那只箱子死沉死沉的,当时没来得及打开看,那些搬运工来得真不是时候。毕队,你猜猜,箱子里装的什么东西?"

"我不猜,我只凭证据说话。"

"那只箱子很重，起码一百五十斤以上，大小足可容纳下一个人，里面装的会不会是……"

"是什么？"

"吴董事长的尸体。"

说完，小袁不禁打个冷战。她像是看到一张白色的、挂着阴冷笑容的脸，那是孟艳的脸。

小袁展开想象：吴董事长躺在地上，孟艳打开大金属拉杆箱，吃力地将吴董事长尚未僵硬的尸体拖进箱内，再塞进耷拉在外面的手脚。吴董事长团成子宫里胎儿的样子。孟艳拉上大金属拉杆箱的拉链，累得喘气。

吴董事长失踪，不管是死是活，总要有个将他隐藏起来的地方。如果是孟艳杀人后藏尸于408，屋子里有暖气，放上两天，死人早该臭了。大金属拉杆箱里没有那种令人作呕的味道。

她说："毕队，应当找到那只大金属拉杆箱，打开检查。"

毕队长说："箱子里装的东西我用鼻子闻出来了。"

"装的什么？"

"你想知道，叫一声叔叔。"

"快点告诉我。"

"呵呵，天机不可泄露。"

045

大金属拉杆箱在客厅一角，闪着淡淡的光泽。

孟艳坐在大沙发上的老地方，恢复了几分活气。吴钢拿来一只高脚杯，给她倒上半杯红酒。她说："再拿一只杯子来。"吴钢按她说的做了。她说："你也喝一点。"这让吴钢很不适应，他一时间没反应过来。

孟艳亲手给他倒了一杯红酒。

吴钢有些不知所措。

孟艳说："今天晚上辛苦你了，谢谢你。"

吴钢不知该说什么好。

"你坐这儿。"孟艳拍拍身边的空地方。吴钢坐下，双手放在膝上，小心地不碰到她。孟艳问："信儿睡了吧？"

吴钢说："睡了。"

"今晚咱们出去了，他一人在家，没怕？"

"没怕，他自己刷牙，洗澡，钻被窝，只是没关灯。"

谈到信儿，吴钢的语气中充满骄傲，话也多了："幼儿园的老师都说信儿是电脑神童，不论采用哪一款软件的电脑，他一看就会，操作起来胜过许多成年人。一位大学教授、著名的电脑专家来看过他两次，想收他为学生，从小培养。他现在是幼儿园里的小名人。"

"信儿是你一手带大的，谢谢你。"孟艳第二次说谢谢。

"信儿天生聪明。"吴钢双手捧着高脚酒杯。

"在信儿眼里，我不是好妈妈。"

"信儿爱他的妈妈。"

孟艳感伤地说："这次，我被公安机关审查，又被集团开除，过去的朋友纷纷离我而去，远远地躲开我，就像我是个烈性传染病人。这些年，我对你……不好，在我处境最困难的时候，只有你守在我身边，真心实意地帮助我，谢谢你。"

今晚，她说了三次谢谢。

吴钢说："为了信儿，为了你，我甘愿做任何事。"

孟艳说："你把酒喝了，我求你件事。"

吴钢平素极少喝酒，他喝药似的喝光杯中红酒。

孟艳提出她的要求："你搬过来，跟我同睡。"

吴钢差点没拿住手中杯子。夫妻同床而眠，本是正常而普通的事。吴钢与孟艳却是一种奇特的结合，这对夫妻只同床一次，那是在新婚之夜。

在外人面前，吴钢与孟艳是一对正常夫妻。回到家里，关上门，吴钢成了做饭、洗衣、搞卫生、带孩子的全职男仆，这对夫妻分室而居，平日话很少。日常生活中，吴钢偶然触碰孟艳一下，都会引起孟艳的反感，条件反射地躲闪到一边。

这个家一向没有客人。

今天中午，毕队长与小袁借还女士手袋为由，不请自来，才将这对夫妻畸形的私生活揭开一角。

孟艳的要求目的明确，想让她与吴钢的夫妻关系看上去没有不正常的地方。

主卧室，这里本应是夫妻同眠、缠绵恩爱的私密天地。床上，一对枕头；床下，两双拖鞋；卫生间里增加了一套洗漱用品。孟艳脱掉睡袍，换上睡衣睡裤，在大床一侧躺下，给丈夫吴钢留出地方，她身上盖着双人大被。

吴钢在他与信儿用的小卫生间里刷牙、冲澡。他闻了闻腋下，又将全身冲洗一遍。

他站在主卧室门外，逡巡良久。他的手几次放到门把上，又拿下来。他到厨房，喝了一大杯洁净水。

他回到住惯了的小屋，待了一个小时。

他轻轻推开主卧室的门，听了听，孟艳呼吸均匀，像是睡着了。他无声地溜进去，关掉床头柜灯，掀起双人大被一角，钻进去，橡胶软垫只是轻微地动了一下。他尽量不发出声响，以免打扰睡在身边的孟艳。

他躺在大床一侧的外沿，身体直直的，与孟艳保持一尺以上的距离，这个固定姿势让他很累。他睡不着。

孟艳不断翻身，也难以入梦。

窗外，冷月如钩。这对夫妻如同睡在一张针毡上，熬着漫漫长夜。

吴钢与吴董事长是一个村儿的人。吴钢自小命运多舛，三岁那年，他的父亲外出打工，遭遇车祸身亡；他的母亲再嫁，继父是个不务正业的二流子，对吴钢非打即骂，将那笔车祸死亡赔偿金赌博输光后，跑了；六岁，母亲病故，吴钢成了孤儿，每天轮流在村里各家吃饭。恰逢吴董事长衣锦还乡，重修祖坟，听说这件事，让人找来吴钢，说要看一看。

　　幼小的吴钢五官端正，眉宇间透出一股子聪明劲儿，在大人面前很有礼貌，而且听话。吴董事长看了十分中意，当众宣布，收吴钢为养子，为他提供全部生活与上学费用。

　　吴董事长的善举赢来父老乡亲们的一片赞誉。

　　吴董事长履行了诺言，按时给吴钢汇款，有时赶上暑假，还接他到吴氏集团所在的城市住一个月，让他跟吴仁、吴美一起玩，以致村里传言，吴董事长有意招吴钢为婿。

　　吴钢幼年丧父，后来遇到个暴戾自私的继父，他缺少父爱。对于吴董事长的养育之恩，吴钢心存感激，发誓报答。

　　吴钢与吴仁双双考入同一所大学。

　　接到入学通知书，吴钢脚下即将展开如锦的人生坦途。不幸发生了！村里一户农家的健骡没拴牢，跑出来撒欢，险些踩到街上玩耍的娃娃们。吴钢想去抓住健骡的缰绳，不慎被踢伤。经过紧急送医、治疗，他康复了，入学报到晚了一周。表面上他与从前一样，不过，自从那次受伤之后，他变得不爱说话，时常一人独坐，一坐就是半天。

　　大学毕业后，吴董事长资助他开办了成钢公司，业务与吴氏集团密切相关。

　　一个周末，吴钢买些水果，按惯例去城堡式别墅看望养父吴董事长。客厅里，他见到一位仿佛从西洋油画中走下来的圣洁女神，她是孟艳。

　　吴董事长介绍两人相识。

一天，吴董事长在书房召见吴钢，他坐在一把明末款式的太师椅上问："你对孟小姐印象如何？"

吴钢无法用语言表达内心感受。

吴董事长说："从今天起，孟小姐就是你的女朋友。"

吴钢慌神了，连声说："您知道的，我不行，我不行……"

门外，刘淼听到两人对话，她重重叹了口气，低声自语："造孽呀。"

吴董事长沉下脸说："我说你行你就行，怎么，我的话你也不听了？"

吴钢急到一个字也说不出来了。

吴董事长说了一句话，一句至今仍在吴钢耳边震响的话："一个月后，你们结婚。"

一个月后，吴钢与孟艳成为一对新人。

迄今，这对夫妻结婚数载，育有一子。今夜，夫妻同睡一张大床，同盖一张被子，心里想的不是对方，而是同一个人。那个人硬把吴钢与孟艳拉到一起，组成一个既完整又破碎的家庭，只是出于一个目的，这个目的永远不可告人。

那个人失踪了。

孟艳宽慰地想，过去的所有痕迹已被清除干净，从今往后，她不用再在阴影中生活，她将开始新的人生。随着精神松弛下来，她睡着了。

她做了一个好梦，梦见金色阳光划破乌云，她光着脚，自由自在地在绿色的草地上奔跑。

她哪里知道，乌云并未散去，重又聚集。

046

一个晴朗的早晨。

餐桌上，吴钢摆好牛奶、白水煮蛋、水果与自制粗粮面包。他摘下围裙，捂住嘴，打个呵欠。

他一夜没睡。

一家三口难得地坐在一起吃早餐。一边是爸爸，一边是妈妈，最快乐的是信儿。

通话器响，信儿跑去按下按钮："您是谁呀？"

"快递。"

一会儿，信儿拿进一个粘封严密的邮件："妈妈，你的。"

快递邮件上没有发件人姓名。

孟艳拆开，取出一张照片，她看了一眼，脸上失去血色，手一颤，照片落地。

吴钢一眼看清照片上的画面。信儿去捡照片，吴钢拦住，说："信儿，今天不去幼儿园了，妈妈不舒服，你在家里照顾妈妈，好不好？"信儿懂事地点头。

吴钢回到他住的小屋，关紧门，拿出照片。

照片上，吴董事长搂着孟艳，一只大手伸进她的睡衣，被子盖住两人下半身。

这是偷拍的，从角度看，照相机正对着床。

吴钢在脑子里将丽水家园26号楼408卧室中的全部陈设一一恢复到原来的位置，他"看见"那个立在床头的爱神石膏像。

中型面包车在街上狂奔。

河边，一处临时搭建的塑料棚里，住着黑瘦脸女人一家五口。她带着丈夫孩子进城，收了十年旧家具。丈夫老实，只知闷头干活，这个家全靠她一人赚钱撑着。昨夜，她收了一整套高档家具，今早转手卖给旧货市场，赚了一大笔钱，比她前十年赚的钱加起来都多。她让丈夫买来油条鸡蛋羊杂碎汤，一家人吃个够。

旧货市场开来一辆加长拖车，两个壮工往上搬家具，用大绳勒住。

中型面包车开到塑料棚前，没等停稳，吴钢跳下车，他没顾上拉手刹。

黑瘦脸女人眼尖，她一手拿根油条，一手端着半碗羊杂碎汤，迎上来说："大兄弟，您怎么找到这儿来了，您要是不嫌弃，一块吃点儿。"

吴钢围着拖车转了两圈。

"您找什么哪？"黑瘦脸女人跟过来。

吴钢跳上拖车从前到后没找到那个爱神石膏像。家具装得太密实，可能挡在里面，他去解大绳。

黑瘦脸女人按住绳扣问："你要干什么？"

吴钢哪有心思跟她解释，把她拨拉到一边，一下拉开绳扣。黑瘦脸女人误会了，以为吴钢要反悔，不卖这些家具了，她像被戳了心窝子，喊："钱一分没少给，家具是我的，你休想搬回去一件，你们城里人说话不算数，你那张嘴横着竖着都能使呀。"

吴钢冲两个壮工喊："帮忙卸车，工钱加倍。"

"好嘞。"两个壮工不管那么多，帮着吴钢把家具往下搬，挣钱是硬道理。

"明抢呀！当家的，你死了，快滚出来，给我拦住他。"黑瘦脸女人叫丈夫出来帮忙。她的丈夫与三个闺女从低矮的塑料棚里钻出来，大闺女抱腰，另一个拉腿，最小的扯衣襟，吴钢动弹不得。黑瘦脸女人的丈夫挡在吴钢前面，举着一把扫帚，大声咋呼。

吴钢不得不说："我不是反悔，我来找样要紧的东西。"

"什么东西？别想蒙我！"黑瘦脸女人不信。

"大嫂，我找一个石膏像，这么大。"吴钢比画着说，"那东西不值钱，你拿了没用。"

拖车上家具搬下一半，没有那个石膏像。

黑瘦脸女人说："你找的那个破玩意儿，摔碎了，身子扔了，剩下个脑袋，我闺女拿它当球踢。"

"头在哪儿，必须给我找回来，不然我真的反悔啦。"吴钢唬她。

塑料棚子里外翻遍，没找到爱神石膏像的头。黑瘦脸女人照着大闺女的屁股给了一下，骂道："你踢哪儿去了？找不着，中午饭别想吃。"

大闺女呜呜地哭了。

黑瘦脸女人说："大兄弟，不好意思，兴许扔河里了，要不您下河捞捞。"

黑色河水冒着气泡，看不见底。它是从一家工厂排出来的废水，冬季不结冰，散发出一股股怪味。

吴钢脱鞋，挽裤腿，真要下河。

中型面包车没拉手刹，向后滑动。黑瘦脸女人的丈夫过去，用肩膀扛住车尾，车还在溜坡。咯噔一声，车停住了，车后轱辘下塞着一个圆圆的东西。仔细一看，正是那个爱神石膏像破碎的脑袋。

车向前开。吴钢拿起石膏像，翻过来、掉过去地看。

石膏像的一只眼睛凿穿一个小洞，这是安放针眼摄像头的地方。头像里面是空的，微型摄像机已被取走。

偷拍的人胆大心细，没有留下证物。

不言而喻，还有一个人知道丽水家园 26 号楼 408 是吴董事长与孟艳定期幽会的场所，并盯住不放，寻机放入摄像设备，偷拍下不雅照片。

一个居心叵测的人。

他手里有多少不堪入目的照片？他是否会使出更恶毒的手段？他这么做要达到什么目的？

吴钢心里一惊。

望着开走的中型面包车，黑瘦脸女人说了句："神经病！"

回到家里，吴钢进门就闻到一股焦煳味儿。信儿坐在客厅的地毯上，玩着电脑游戏。吴钢问："妈妈呢？"信儿回答："妈妈头痛，睡了。妈妈又收到一个快递。"

厨房，水槽中有烧剩的纸灰。

孟艳不在卧室。

吴钢有一种不好的预感。他抱起信儿，出房门，坐电梯向上。

光秃秃的楼顶天台上，孟艳站在边沿，前面没有护栏，她的身体随大风摇摆不定，再向前一步，就会从几十米高空跌落。

她木然地望着灰蒙蒙的天空。

吴钢不让信儿跑过去，让他叫"妈妈"。

孟艳回身向信儿走了两步，身子一晃，倒在抢上来的吴钢怀中。吴钢抱起她，看见她的左手握得紧紧的。

回到家，吴钢把孟艳安顿在大沙发上，给她裹上一条厚毛毯，端来一杯热姜糖水，哄她喝了几口。吴钢分开她左手五指，露出一个纸团。吴钢打开纸团展平，这是一张随同第二件快递邮件寄来的纸条，上面有一行打印的文字：

　　滚！离开本市，永远不要回来，否则，你每天都会收到
同样的邮件。

047

站在窗前，吴钢拿着今天收到的两份快递邮件的封套，快递邮件里面的照片被孟艳烧了，封套还在。他一点点细看，想从中发现线索，找到快递邮件的发件人。

他没选择报警。

封套上，收件人留存的快递单据右下角有一行小字：投递员孙宏伟。吴钢给送两份邮件的捷达快递公司客服热线打去电话，说有份文件要发快递，想请孙宏伟上门来取。他从客服那儿得到孙宏伟的手机号。

吴钢穿衣下楼，通过电话后，孙宏伟骑着涂成黄色的电动三轮车很快到了。

吴钢问："你是小孙，捷达快递的孙宏伟？这两份邮件是你送的？"

"是我。"孙宏伟是个二十出头的小伙子。

吴钢掏出一张百元钞票，塞到孙宏伟手里。

"您这是什么意思？"孙宏伟问。

"你先收下，我有事问你，一句话的事。"

"您先问，我能告诉您，再收这钱。"

吴钢问："这两份邮件从哪儿寄出来的？"

孙宏伟接过封套，看看上面的编号，说："本市城南营业部，杨柳胡同八号。"

"钱是你的了。"吴钢说。

孙宏伟拿起百元钞票，揉了揉，对光检查一下真伪，他咧开厚嘴唇，笑着说："就这么点事儿，这钱挣得容易。"

杨柳胡同入口不远，捷达快递公司城南营业部设在一栋小楼的底层，门面不大。吴钢停好车，推开玻璃门走进去。他四下打量，狭小的空间里堆满大小不一的各种邮件与包裹，没有来办业务的顾客。一个女营业员闲坐在柜台后面看言情小说，非常投入，没察觉到有人站在她的身边。

吴钢咳嗽一声。

女营业员问："取件？发件？"

吴钢递过封套："这两份邮件是你们这儿收发的？"

"没错。"

"我想问问，发件人是谁？"

"昨天下午，一个男的来发的。"

"怎么分两次送到？"

"那个男的特别要求，今早八点先送第一件，两个小时后再送第二件，我们是按照顾客要求做的。"

"那个男的长什么样？"

"长的男人样儿呗，你问这个干吗？"

吴钢想故伎重施，用对付孙宏伟的办法对付这个女营业员。他手里捏着一张百元钞票，正要掏出来。

小山似的邮件堆里转出一个中年男人，他过来问："这位先生有何贵干？"

吴钢见这个中年人言语干练，知道不是用小钱可以打动的。他急中生智，以倨傲的口气说："这两份邮件内容存在严重问题，收件时你们没有例行检查吗？"

一般顾客不会说出这种指责的话。中年人加倍客气："请问您是政府哪个部门的？"

吴钢不回答这个问题。

"请到我的办公室坐，敝姓吴，口天吴，是这儿的经理。"吴经理领着吴钢来到一间用石膏板隔开、不足四平方米、没有窗户的小黑屋，这就是他说的办公室。他问："请问您贵姓？"

"我也姓吴。"吴钢说。

吴经理套着近乎:"你我五百年前是一家。您来检查工作,事先也不打个招呼,我好给您安排便饭。您有什么指示,我们保证不折不扣地执行。"

"我想了解一下这两份邮件的发件人。"

"牵扯到什么案子?"

"非法传播淫秽物品。"

"哎哟,今后我们一定改进工作,加强对邮寄物品的检查,落实各项规章制度,您回去跟领导汇报时,务必替我们多美言几句。"

"这两份邮件的发件人为什么不填写姓名?"

"谁做了坏事还留名?随便填个名字也是假的,查不出来是谁。"

"你说说吧,发件人的身高,体态,相貌特征,穿什么衣服,等等,越详细越好。"

"那个男人一米八几,壮实,穿一件黑色连帽棉外套,戴大口罩,看不清脸,一双眼睛特凶,年纪说不准,大概五十多岁。对了,给我印象最深的,就是他的一双手,他填单时我看见的,那双手全是老茧,骨节又粗又大,不像人手,像一对老虎的爪子。"

吴经理的话生动具体,一个活生生的男人形象呼之欲出,吴钢似曾相识,他在记忆中全速搜索。

他想到一个人。

难道是他?吴钢大惊之下,不禁额头冷汗涔涔。发送两份邮件的竟然是吴钢既熟识又尊敬的人,不会吧?他抓住吴经理的胳膊,问:"那个人有一双虎爪一样的手,你没看错?你一定看错了!"

吴经理起了疑心,他经常跟政府部门打交道,一个来检查工作的政府官员不应当像吴钢这样不沉稳。他问:"你在哪个部门工作,我以前没见过你。你是冒充的!你冒充政府工作人员招摇撞骗,跟我去派出所。"

吴钢问他:"我什么时候说过我在政府部门工作?"

吴经理一想，也对呀，全怪自己眼拙，没认对人。

"如果你们再在邮件中塞些乌七八糟的东西，我向政府有关部门举报。"

"别呀，你我各放对方一马。"

吴钢向外走，他要找个安静的地方，想想下一步怎么办。出门时，他跟一个进门的人差点撞个满怀，对方反应奇快，撒步侧身，及时让开。来人穿黑色连帽外套，蒙口罩，一双手背在身后，正是那个连发两份快递邮件的人。吴钢与他几乎脸贴脸，同时认出对方。默立两秒钟，吴钢低下头，避开那人的视线，走向中型面包车，他不想现在撕破脸皮。

那人的目光落在吴钢的背上，很冷。

048

一家本地风味的酒馆，隔条马路，对面是吴氏集团大厦。

八仙桌上摆好三只酒盅，一壶烫好的白酒，四盘凉菜。吴钢坐在靠背椅上，等候他请的两位客人，大学同学吴仁，还有被他尊称为"义叔"的吴义。

约的是中午十二点。

从城南营业部出来，吴钢如同置身于一团黑雾中，辨不清方向。他定下心，前思后想，越想越觉心惊，隐隐感到两份快递邮件不仅仅是针对孟艳的，他想到信儿。为了保护孟艳与信儿，为了这对母子的平安与未来，他已经准备好最后一条出路，不到万不得已时不走。他先给吴仁打电话，约他吃饭，吴仁请示赵慧后答应了。他再给吴义打电话，那位义叔沉默一会儿，说了句"改天吧"。吴钢下定决心，他今天必须跟吴义喝一次酒，哪怕醉死！

吴钢为什么请两人吃饭？

吴仁准时来了,他看了看三个酒盅问:"还有谁?"

"我还请了义叔。坐,把大衣脱了,这里热。"吴钢帮着他把大衣放到空椅子上。

"你酒精过敏,不是不喝酒的吗?"

"今天,我舍命陪君子。"

"找我有事?"

"没事就不能一起喝点儿?"

吴仁诚挚地说:"你放宽心,吴氏集团跟成钢公司的合作一切照旧,跟我爸在时一样。我现在是吴氏集团董事长,虽说是个代理的,这点权限还有。"

"我嫂子赵慧要是不同意呢?"

"我休了她。"

"你敢吗?牛让你吹得拉稀了。"

"敢倒是不敢,你跟赵慧关系处得不错,她不会不同意的,她只是对孟艳有点意见。"

吴仁与吴钢小时是玩伴,一起长大,进了大学又是住在同一间寝室的室友,两人相处不错。吴钢没娶孟艳之前,常到吴仁家做客,他最爱喝赵慧做的西红柿鸡蛋疙瘩汤。

三个人近几年渐行渐远。

刚才,来此之前,赵慧下命令似的嘱咐她的丈夫:"如果吴钢请你喝酒,是为了替孟艳求情,让咱们放过孟艳,你不许答应半个字,听清了没有?"

吴仁说:"听清了。"

酒馆服务员过来问:"上热菜吗?"

吴钢说:"还有一位客人没到,再等会儿,到齐了再上。"吴仁说:"你打电话催催。"吴义不接吴钢的电话。吴钢不放弃,每隔一分钟打一次,他要打到吴义接时为止。

吴仁与吴钢聊着大学生活。

吴仁叹息："大学期间，我特羡慕那些花前月下、成双成对、谈情说爱的同学。我呢，一个女朋友没交过，虚度数年光阴，想起来亏大了。我没想过当和尚，如果不是憋得够呛，我也不会大学刚毕业不久就娶了你嫂子，悔之晚矣呀。你别笑，你还不如我呢，大学四年，天天泡在图书馆。"

吴钢笑言："当心嫂子听见你说的这些话。"

"你不告密，她就不会知道。奇怪，有几个女同学喜欢你，主动追你，你看都不看她们一眼，躲着走，怎么回事？"

"我没看上。"

"你的眼界太高了，是呀，她们跟孟艳比差远了，你小子有艳福。"吴仁由衷地说。

吴钢说："你还记得吗，在我跟孟艳的婚礼上，来过一个孟艳的大学同学，名字有意思，叫什么甄……甄……"

"甄帅。"

"对，叫甄帅。听说他移民国外了？"

"是啊，他现在在国外开公司做生意，跟吴氏集团有业务往来，这你知道呀。"

"他的生意做得怎么样？"

"相当成功，可以和吴氏集团平起平坐。"吴仁竖起拇指。

吴钢回想起数年前，他与孟艳的婚礼进行到互换戒指时，婚宴上来了一位不速之客。来客中等身材，健康的黝黑肤色，穿一身奶白色西装，扎桃红领带，气质儒雅，像个商界精英。他找了一个不显眼的角落里的位子坐下，不与人交谈。

新人逐桌敬酒时，孟艳见到这位来客，失声道："甄帅，你怎么来了？"

"我刚下飞机，专程来参加你的婚礼，祝愿你幸福。"甄帅的视线落到孟艳戴在无名指上的戒指上。

"你回国住几天？"

"我订了今晚的机票，两小时后去机场。"

整个婚礼过程中，甄帅目不转睛，一刻没离开过孟艳。他的目光中充满失落与荒芜，这给吴钢留下深刻印象。婚礼之后，吴钢多方打听，得知甄帅是孟艳的大学同学，他与其他追求孟艳的男同学不同，他从不表白内心情感。

"你讲讲这个甄帅。"吴钢请求。

等了好一会儿，吴钢让上菜。吴仁有点饿了，看着桌上的酒菜，肚子"咕噜"响了一声。他说："甄帅是家里独子，前几年跟父母一起移民国外。这是位经商天才，他创办的公司从小到大，越做越火，业务遍及许多国家……"吴仁一五一十地说出与甄帅相关的情况。听完介绍，吴钢进一步认定，甄帅是一个正派、有才干的年轻商人，事业有成。

吴钢说："你了解得真清楚。"

吴仁老实地说："这些都是我爸失踪前告诉我的，我爸有他的打算。"

"听说甄帅一直没结婚。"

"没有。这就是我爸的打算，他想让吴美嫁给甄帅。"

"甄帅同意了？"

"他一口拒绝了。他说，他这辈子非一人不娶。"

"他说的那个女人是谁？"

"是谁，你不知道？"

"我真不知道。"

"就是你的老婆孟艳！"

"啊？"吴钢像是吃惊不小。

吴仁说："上大学时，孟艳就是甄帅心中暗恋的女神，他至今念念不忘。每次他给我发电子邮件，都要拐弯抹角地问到孟艳的近况，关心爱慕之情溢于言表。他还以为我看不出来，我没他想的那么笨。"

"孟艳有孩子了，他不在意？"

"甄帅说他喜欢孩子。"

吴钢一副万分着急的样子，说："你快点把甄帅的邮箱地址告诉我。"

"你要它干吗？"吴仁问。

"我要查查孟艳与甄帅有没有私下发的电子邮件，背着我说过哪些见不得人的话。"吴钢的表现恰如一个醋意大发的丈夫。

"该查，小心点儿好，别戴上绿帽子。你记一下。"吴仁说出甄帅的邮箱地址。

吴钢默记于心。他请吴仁吃这顿饭的目的之一达到了。他还有一个目的……可是，吴义没来，估计不会来了。

吴仁的肚子不争气，咕咕叫，他说："这会儿了，义叔还不来，别等了，吃吧。"

吴钢说："酒菜打包，咱们去义叔的小院。"

049

小院的门虚掩，大狗虎子卧在门口。

小屋里，只有吴义一人，他倒满一茶杯白酒，喝了一口。他抓块塑料袋里的卤牛肉塞进嘴，有力的牙齿几下嚼碎粗硬的肉块，然后吞下。加上一大碗方便面，这是一个老光棍简单的午饭。

虎子认识吴仁，它闻了闻吴钢。对于吴仁、吴钢的到来，吴义没有拒之门外。他在等吴钢上门。

三人围桌而立，因为只有一把椅子。吴钢逐个打开盛菜的塑料餐盒，往三只临时找出来的样式不同的杯子里倒酒，他带来的是二锅头，因为义叔只喝这种白酒。他双手举杯，说："义叔，晚辈敬您。"

他先捏着鼻子喝了一大口，火辣辣的白酒直冲脑门，呛得一口气没喘上来。

吴仁捶他的背说："不能喝就少抿一点，逞什么能，快吃口菜，压压酒，你今天这是怎么了？"

吴义喝白开水似的一口喝下满满一杯，他双目直视吴钢。"义叔"有一双虎爪似的大手。

吴钢给空杯斟满酒，又叫了一声"义叔"，说："我到今天还记得，小时候，您拉着我的手，领着我逛庙会，给我买糖葫芦吃。八岁那年，我到护城河玩水，腿抽筋了，差点淹死，是您救的我，我今生今世不会忘记，在我心里，您就是我的亲人。"吴钢情真意切，绝不是装出来的。父母双亡后，他初次到吴董事长家，一个几岁的孩子，在陌生的环境中不免感到胆怯，一个门神似的叔叔过来，蹲下身，把他揽进怀里，一双虎爪似的大手让他安心。

这一情景宛如发生在昨天。

吴钢举起酒杯，说："义叔，我再敬您。"

吴义眼里的坚冰融化了一点，他夺过吴钢的酒杯，放到桌上。

"义叔不让你喝，你就别喝了。"吴仁说。

三个吴姓家人吃起菜。

吴仁没话找话："这菜味儿不错，那家酒馆的厨子在全国比赛中拿过大奖，手艺地道。"

没人搭他的话茬儿，只有咀嚼声。

吴钢嘴里不知吃的什么，没滋没味。他走进这个小院，是想亲耳听义叔说一说，他要怎样做，才能给孟艳找到一条生路。他认为，义叔的所作所为，是为了吴仁与赵慧在吴氏集团的地位与利益。孟艳已被赶出来了，按理说不再构成威胁，为何还要追着打，非要赶尽杀绝不可吗？是否另有缘由？吴钢想到一种可能，赵慧与孟艳素来不睦，势同水火，而赵慧是个心胸狭隘、睚眦必报的女人，或许她想借义叔之手折磨孟艳，出口憋了几年的恶气？

想到这儿，吴钢倒起苦水："这两天，孟艳只喝几口粥，瘦了一圈，连着我也吃不好，睡不着。"

吴仁说："人是铁，饭是钢，不吃饭哪行。"

"唉，孟艳接连受到打击，人一下垮了，不思茶饭，不愿见人，我想送她回她父母家多住几天。你跟嫂子说说，别再记恨她了。"

"不会的，赵慧快把她忘了。"

吴仁一句话道出赵慧的个性。赵慧是个自卑又自大的女人，对于与人争斗，她有种病态的嗜好。她的确从不放得罪她的人，如果那些人被她打倒，踢到一边，再碰上时，她最多冷笑一声，昂着头走过去，懒得理会那些手下败将，有的干脆被她忘掉了。吴钢想，还有一种可能，或许孟艳留在本市不走，被吴义误解为她想东山再起，卷土重来？

吴钢说："孟艳这一走，就不回来了，她在南方一个小城市找了一份工作。她已经心灰意懒，只想过份安稳日子。"

吴仁半杯酒下肚，酒精在燃烧，他生出几分豪气，说："她想再回吴氏集团也行，看在你的面子，既往不咎。当然，这事儿我得先跟你嫂子，还有义叔商量一下，我一人做不了主。"

吴钢说："不啦，她没脸再跟本市工商界人士打交道，你的心意我领了。"

"几时走？"

"接受完公安部门的调查，一天不耽搁，坐头一班飞机走。"

"一家三口都走？"

"都走。"

吴钢一边跟吴仁说话，一边偷看吴义的脸色。吴义只是喝酒，从吴仁与吴钢进门到酒快喝完了，他还没说过一个字。

"义叔，您看这样行吗？"吴钢小心地问。

"孟艳一个人走。"吴义说。

"您的意思是我不走，孟艳带着信儿走？"

"你带着信儿，留下。"

"我们一家分开？我跟孟艳是夫妻，在她最困难的时候，我不能扔下她不管，我应当在她身边，跟她一起走。"

"你走，不拦，信儿不走。"

吴义的话坚决，有力，不容争辩。瞬间，吴钢脑中闪过一道电光，原来一切问题的症结在信儿身上。吴义用阴暗手段折磨孟艳、促使她精神崩溃并要将她赶走，目的是把信儿牢牢控制在手里，作为人质。信儿从出生之日起，命中注定将成为某些人嫉恨的对象，随着吴董事长的失踪，纷争乱起的一天提前到来了。吴义这样做，吴钢完全明白其中深藏的原因。吴钢最不愿意去想、最怕的事发生了！他说："义叔，我知道您担心的是什么，信儿是我和孟艳的儿子，我们不会去争别人的财产。我保证我们一家走了之后，永不回来。义叔，请您相信我。"

"相信你？凭什么？"

"凭我的人品，您是看着我长大的。"

吴义摇摇空酒瓶，说："我曾经相信过人，后来不相信了。"

吴钢近于哀求："请您高抬贵手！信儿还小，只是一个不懂事的孩子，他只有五岁，求您放过他。您看这样行吗，信儿认您做爷爷。"

这句话一定是哪儿说错了，吴义眼中冰芒重又冻结。

吴钢苦求无效，怒火中烧，愤言："义叔，我再叫您一声义叔。兔子急了咬人，不要欺人太甚，我有责任保护孟艳与信儿，为了老婆孩子我敢拼命，我是个男人！"

"你是男人？是吗？"吴义冷笑。

吴钢被深深刺痛了，他昏了头，双手握拳，疾冲上前。吴义随手一挥，将他推出门外，倒在地上。吴义眼中闪过一丝怜惜之情，想扶没扶，他说："你是个仁义的好孩子，不要怨我，世上有些事不该做，又不得不做。"

吴仁闪在一边，他没想到这顿饭吃成这样，他后悔跟吴钢来义叔的小院，回去要挨老婆的骂了。

大狗虎子喉咙里发出低吼。

传来一声猫叫。那只波斯猫又来了，这次它攀爬在古槐树的枯枝上，居高临下。它敏捷地跳了下来。

吴义拍拍虎子说："去，咬死它！"

050

街头。吴钢踽踽独行，寒风抽打在脸上，他毫无感觉。

在吴义的小院里，吴钢终于了解到危险来自哪里。这种危险是真实的，将来极有可能置孟艳、信儿于死地。怎么办？难道他只能走那最后的一条路？他想不出更好的办法，为了保全这对母子，他唯有牺牲自己。

他看到一家律师事务所，走了进去。

"哟嗬，吴钢吴经理，你怎么有空到我这儿来了。"

一见是吴良律师，吴钢想退出去。

吴良抓住他："别走呀，坐、坐。你看看，我这新律所怎么样，吴氏集团出钱帮我租的，比原来的气派多了。"

吴钢来不及走了，出于礼貌，他说："是挺不错的。"

"找我什么事儿，甭客气，说。"

"不是我的事儿，是我朋友的。"

"打官司？本律师的胜诉率百分之百，收费公道。"

"不是打官司，代写一份离婚协议。"

"代写协议我这儿是收费的。不好意思，麻烦你先交一下，你不在乎这点钱吧，反正不是你掏，找你那位朋友要去。"

"多少？"

吴良律师说了个数，比一般收费标准高了一倍。吴钢掏出钱夹："你拿吧。"吴良律师不客气地接过，拿出一沓钱，数了数，问："要发票吗？要发票还得多拿份税钱。"

"不要发票了。"

律所里进来一个生面孔的男人。吴良律师问他："你打官司？"

那人说："是啊。"

吴良说："你来对地方了，本律师胜诉率百分之百，收费公道，委托人给我送了许多面锦旗，我没挂出来，做人要谦虚、低调……"

那人指指吴钢，说："你先忙那位先生的事，我等着。"

吴良打开笔记本电脑。吴钢说："我的那位朋友有了外遇，被他老婆当场抓住，他老婆要求离婚，家里所有财产与孩子都归她。"

吴良问："你朋友叫什么？"

"见不得人的事，他不愿意说，空着吧。"吴钢言之有理。

"他同意他老婆的要求？"

"同意，你就这么写吧。"

很快，一份离婚协议写好，打印出来了。

吴良律师用手指一弹离婚协议，交给吴钢之前，说："孩子要不要无所谓，你的朋友不要房子与存款，太亏了。我帮他打离婚官司，包赢不输，我从判给他的财产里提成百分之二十，怎么样，干不干？"

"算了吧，我的朋友只求尽快离婚，不折腾了。"吴钢搪塞地说。

"傻不傻呀。哪天一块喝点儿？"

"过两天，你挑地方，我请客。"

说完，吴钢收起离婚协议，走出律师事务所。那个生面孔的男人问了问打一个官司收费多少，嫌贵，说回去商量，跟着出来了。

他不远不近地跟在吴钢后面。

吴钢活动的轨迹汇总到毕队长的手机上。毕队长说："吴钢今天够忙的。"

小袁问："他在查什么？"

监控刑警把那个石膏头像与两份快递邮件底单放在办公桌上。毕队长说："我推测，有人用偷拍的吴董事长与孟艳幽会的淫秽照片威胁孟艳，吴钢在查这个人是谁，目的何在，他像是查出来了。"

"这个人是谁？"小袁问。

"吴义。"

"是他？他准是受赵慧的指使。"

小袁如此认定。毕队长接到监控刑警的汇报：吴钢在律所制作了一份离婚协议。他要做什么？一定有极为特别的原因促使他这样做，毕队长想。

毕队长打开吴钢的个人档案。

吴钢幼年丧父丧母，后成为吴董事长养子；大学毕业娶妻生子；现任成钢公司执行董事兼总经理。他的经历看不出特别之处。

毕队长从中看到三个疑点：

一、孟艳身边追求者如云，其中不乏成功人士。她为何突然下嫁一个无财、无貌的小公司老板吴钢？

二、孟艳与吴钢婚后八个月，信儿出生，俗话说怀胎十月呀？

三、吴钢被一所大学录取后，他受到什么重伤，以致入学报到晚了一周，经校委会研究才没有被取消入学资格？

三个疑点之间似有一条细线相连。

小袁说："孟艳嫁给吴钢有什么稀奇的，常言道，好汉无好妻，赖汉娶花枝，夫妻不般配的多了。王八瞪绿豆，两人对上眼了呗。"

毕队长打趣地说："小丫头，按你的说法，将来你准嫁个赖汉。"

"我选中的丈夫应当是个有男人味儿的大英雄。"

"男人什么味儿？噢，你们女的最爱说臭男人。"

小袁想起在丽水家园 26 号楼前，她裹着毕队长大衣时闻到的浓烈的味道，脸不由一热。

毕队长粗心，没注意到小袁的表情变化。他想的是在孟艳家里，看到孟艳与吴钢分室而居的极不正常的夫妻关系，或者说，不是夫妻的夫妻关系。

小袁又说："婚后八个月，信儿出生，可能是早产吧。"

毕队长说："调查过了，信儿足月，不是早产。"

"那就是婚前怀有身孕，这是常有的事。"

"也调查过了。吴钢生活作风严肃，行为检点，与女士交往不苟言笑。他在大学期间不交女朋友，专心学习，教过他的老师对他的评价很高。他不是那种在结婚之前猴急着偷尝禁果的人。"

"有的人表面上一本正经，肚子里装的全是坏水，没准儿吴钢是个伪君子呢？"

"没有证据，不要乱讲。"

小袁俏皮地一笑说："吴钢多少年前因伤入学报到晚了一周，跟咱们办的案子有什么关系，没必要查吧？"

毕队长说："查，作为重点去查。你与吴钢老家的县医院联系一下，找到当年给他治伤的主治医生，如果病历还在，马上传真过来，快递太慢。"

"这么急？"

"快去。"

尽管不理解毕队长的意图，小袁还是查索号码，电话打到吴钢老家县医院的院长办公室。小袁表明身份与调查事项后，接电话的院办主任为难地说：当年的几名外科医生或调走，或退休，都不在了；若要查找多年前的病历，短时间内无法办到，大概需要十天半个月。

小袁汇报后，毕队长说："请求当地公安部门的协助。"

天下公安是一家。接到小袁打来的求援电话，当地派出所即刻派员到县医院的病历室，在尘封的旧纸堆里翻找。

毕队长与小袁守在传真机前。

看毕队长郑重的样子，小袁有点想不通，为什么要查吴钢的病历，那里面能有什么秘密？

时间一分一秒地过去，传真机没有动静。

此时，吴钢绝不会想到有人在查他十八岁时受伤住院治疗的病历。他买了一条鱼、几样青菜，还有信儿爱吃的动物小饼干，走在回家的路上。

他的口袋里装着离婚协议。

051

吴钢掏出钥匙，还没插进锁孔，房门就开了。

信儿又甜又脆地叫声"爸爸"。吴钢亲亲他的小脸蛋，问："妈妈呢？"信儿说："妈妈在脸上画画哪。"梳妆台前，孟艳化好淡妆，对镜梳理着瀑布般的黑色长发。吴钢放下心。孟艳说："我不会有事，为了信儿。"

信儿拉着两个大人的手，仰起小脸看看，他不理解这三天发生的事情。

走进清冷的小屋，吴钢反锁上门，拿出离婚协议，两页薄薄的纸，重逾千钧。

他打开笔记本电脑，输入甄帅的邮箱地址，噼噼啪啪写了一封电子邮件：

> 我是吴钢，在婚礼上咱们见过面。由于遇到特殊的变故，有事相告。恕我冒昧地问一句，如果我与孟艳离婚，你是否愿意接她到国外，娶她为妻，视她的儿子如同己出？你只需回复 Yes 或 No。我是认真的，精神处于正常状态。

吴钢的手指悬在键盘上，过了好一会儿，终于敲下 Enter 键，把邮件发送出去。

国外现在是白天还是黑夜？

不到半分钟，他就收到回复的电子邮件，不是 Yes，也不是 No，而是中文的"我愿意"。

这是他既想看到又怕看到的回复。

这就是他选择的最后一条路。他的心在哭泣,与孟艳、信儿分开,他的心将随之枯死。为了帮助吴仁与赵慧独占吴氏集团,吴义已经公开走到前台。吴义心硬如铁,做事不择手段,徒弟遍及全国,是个惹不起的人。远远躲开吴义,才能确保孟艳与信儿一生平安。他能力有限,只有求助国外的甄帅。他为什么不去寻求公安机关的保护?他不能,那样他就必须交出收到的淫秽照片以及说出一段过去的秘密,不可避免地引发巨大的纷争,从而给孟艳与信儿这对母子带来更大的耻辱与危险。

一切痛苦还是由他来承受吧。看着电脑屏幕上"我愿意"三个字,他耳边响起数年前那场婚礼上的管风琴乐曲声。

那是一场盛大的婚礼。

富丽堂皇的王朝酒店门前,豪车云集,交通堵塞,盛装宾客鱼贯而入。大堂里喜气洋洋,红玫瑰、红地毯、红双喜字……汇成红色的海洋。

一支华丽的歌舞队在台上助兴表演。

一张张圆桌旁,坐满本市各界的头面人物。吴董事长穿行其间,与来宾们挨个握手问好,联络感情。几十只摄像镜头围着吴董事长拍照,他的形象明天就会出现在各路媒体上。他是婚礼的主角?

鞭炮声中,一辆红绸与鲜花装扮的喜车开来,一对新人下车。

今天的新人是吴钢与孟艳。

这对新人身着大红唐装,踩着红地毯,在抛撒的红玫瑰花雨中,走进满目红色的婚庆大堂。孟艳挽着吴钢的右臂,迈上礼台时绊了一下,吴钢未及反应,吴董事长伸手扶住她。

这对新人笑得勉强,由于紧张的缘故吧。

这对新人比肩而立,各方面都显得不大协调。孟艳气质高雅,本就天姿国色,加上化妆师的妙手,更像西方神话中一位有名的爱神。吴钢从农村出来不久,个子不高,相貌平常,没有男人标志性的胡子，算是红花旁边的一小片绿叶吧。贺喜的客人中，有的为孟艳惋惜，有的对吴钢心生嫉妒，他们共同的观点是，好一朵鲜花插在"那个"上了。

吴董事长撇开司仪，亲自主持，他宣布："今天是个大喜的日子，我的养子吴钢与吴氏集团最优秀的部门经理孟艳结为夫妻啦。"

掌声响起，淘气的孩子踩破两只红气球。

吴董事长的声音饱含感情："十六年前，我回乡探亲，同族的人领着吴钢来见我时，他没有桌子高，又瘦又小，是个无父无母的孤儿，我收养了他，待他如同亲生骨肉。今天，他成家了，我这个做养父的，看到他长大成人，不禁百感交集，我的一片苦心没有白费，我的眼泪是因为高兴而流出来的。"

掌声如潮，所有来宾向博爱的吴董事长致敬。

在司仪的安排下，这对新人向吴董事长一躬到地，以示感恩。

董事长夫人刘淼双膝风湿病犯了，没上台。

明天，随着媒体的广泛宣扬，吴董事长的无量功德将被全市百姓称颂。

婚礼进行到最重要的时刻。

司仪问新郎吴钢："你愿意娶孟艳为妻吗？"

吴钢小声答："我愿意。"

司仪转向新娘孟艳，问："你愿意嫁给吴钢，让他做你的丈夫吗？"

孟艳没有回答。

大堂静下来。全体来宾的视线集中到新娘孟艳的身上，人人手中端着酒杯，等着她说出"我愿意"，然后鼓掌，欢呼，痛饮一杯。

司仪又问了一遍。孟艳头垂在胸前，浓密的长发遮住她的脸。

一阵不满扩散到整个大堂。新娘怎么了？极少数不怀好意、唯恐天下不乱的人暗想，今儿的份子钱没白交，有好戏看喽。

吴董事长大步走上前来，他略显粗鲁地抓住新娘孟艳的一只胳膊，代替司仪问了第三遍。他侧耳细听，随即哈哈大笑，朗声道："新娘子说她愿意，她刚才太激动了，说不出话来。"

大堂内笑声四起。

新郎新娘交换戒指。

年轻来宾中有人起哄："亲一个，亲一个……"

歌舞表演再次开始，为这对新人及时解了围。一位女中音唱起"红莓花儿开"。叼大烟斗的吴智不错眼珠地看着四名伴舞中的陶蜜儿，陶蜜儿朝他抛了一个飞吻。

两个节目间隙，吴智与陶蜜儿凑到一起，各端一杯红酒。

陶蜜儿问："你是吴家二少爷？"

"告诉你个秘密。"吴智一甩长头发，指指不远处的吴董事长，说，"看见那个人了吗，我从小没叫过他爸爸，我在背后对他的称呼是吴董事长，你说我算不算是吴家的二少爷？"

吴智玩世不恭的样子，令陶蜜儿心动，她说："我喜欢你这样的男人。"

陶蜜儿丰腴诱人的身体、不爱动脑子的神态以及香喷喷的汗水味儿，让吴智激动，他说："我在梦里见过你这种女人。"

两人碰杯，叮当一声。

吴董事长领着一对新人，向每桌的每位客人敬酒，一来感谢他们的光临，二来请他们今后对吴钢与孟艳多多关照。

旁边的圆桌上，赵慧怨言："你爸偏心，咱俩结婚的时候就没有这么大的场面，你还是长子呢。"

吴仁怕人听见："你少说两句吧。"

"孟艳去了两次洗手间，我跟过去看了看，她吐了。"

"那又怎么了？"

"怎么了，她肚子里准是有了。"

"你又在胡说！"

052

热闹的婚宴散了，大堂空了。

王朝酒店服务员收拾着一张张圆桌上的残酒剩菜与满地狼藉，喝醉的客人摔碎不少杯子。

甄帅不辞而别，去了机场。

一对新人被喜车送回新家。这是一套两百多平方米的大房子，装饰一新，与吴仁、赵慧的住房规格相同。产权人落在吴董事长名下，他说了，将来过户给他的养孙。送走最后一位客人，房门关上，只剩吴钢与孟艳。孟艳脱下大红唐装，扔到地板上，吴钢默默地拾起叠好。

夜幕降临，万家灯火。

白天参加婚宴的宾客中有人想，今夜，这对新人的洞房里必定春光无限，吴钢这小子哪世修来的福分？

主卧室，大红的双人被上绣着龙凤。孟艳洗过澡，换上睡袍。她在浴缸里放满热水，伸进一个手指试试温度。她对吴钢说："你去洗洗吧。"

吴钢答应了一声，没动。

孟艳说："我累了。"

吴钢说："要不你先睡，我不困，再坐会儿。"

孟艳说："洗澡水给你放好了。"

吴钢不好再拖延，他走进卫生间，关上磨砂玻璃门。他洗了很长时间。当他出来时，还穿着婚礼上的那身新郎套装。

孟艳说："衣服脱了，内衣放洗衣机里。"

吴钢手放到衣扣上，一粒一粒慢慢解开。

孟艳用疲倦的声音说："不管怎样，你我都是夫妻了，我会尽一个妻子的义务。"她又说："你的动作轻点。"她钻进被子，仰面躺下，闭上眼睛。

吴钢没脱衣服，躺到孟艳身边，不碰她。

几分钟后，孟艳身体微颤，像在低泣。

吴钢急问："你怎么了，哪儿不舒服？"

"你讨厌我，看不起我。"孟艳以为，吴钢知道了她与吴董事长的那种关系。

"不，不是。"

"你为什么不理我？"

"我……"吴钢翻身起来，重又系上衣扣说，"我有话对你讲。"

"不能明天再说？"

"不能！"

洞房花烛之夜，没人知道他对孟艳说了些什么。

第二天，孟艳没歇婚假，照常到吴氏集团上班。她的脸上多抹了些粉底，仍掩不住眼睛周围的黑圈。平日相处较好的女同事逗她："新娘子，昨夜辛苦了，新郎更辛苦，他行不行呀？"

女同事们唧唧嘎嘎的笑声中，孟艳也笑了一下。

孟艳被召到吴氏集团大厦最高一层的大内。

那天，摆在吴董事长办公室里的一只花瓶摔坏了，不是摔成几瓣，而是摔得粉碎。据说，那只花瓶是吴董事长的心爱之物，价值不菲，是他在海外一场拍卖会上竞拍得来的真正的古董。吴董事长在研究古玩玉器方面很有心得，被公认是个行家，他自谦只是业余爱好。

花瓶无法修复。吴董事长非但不生气，反而高高兴兴地代他的养子吴钢向吴氏集团的每位员工发了喜糖。

婚后，孟艳即告怀孕。过了八个月，她生了。

吴钢接到护士通知，匆匆赶到市立医院产科病房。在病房门口，他看到吴董事长怀抱褓襁中的新生婴儿，眉开眼笑，满脸洋溢着慈爱之情，孟艳站在旁边。吴董事长说："孩子的名字我早就想好了，给他取名吴信，小名信儿，人要讲究诚信嘛。你们两个是信儿的父母，没有不同意见吧？"

吴董事长将一只刻有"富贵平安"字样的长命锁套在信儿的脖子上，锁是纯金的，对于一个纤弱的小生命，它太沉了。

医院门口，停着一辆崭新的最高配置的白色宝马轿车，它是孟艳新的座驾。

翌日，吴氏集团爆出特大新闻。吴董事长不召开董事会议，直接签发通告：同时聘任吴仁、孟艳为吴氏集团副总经理。

孟艳一跃而为主管业务的集团副总经理，排名甚至在吴仁之前。她的地位处于吴董事长一人之下，全体员工之上。对此，有人愤愤不平，满腹牢骚，私下乱发议论。这个人就是吴氏集团财务总监赵慧。

中午，食堂做了赵慧最爱吃的糖醋排骨，她只吃了两口，扔下筷子，不吃了。她对女会计小孙说："孟艳才来几天，爬到我们家吴仁上面去了，我们家吴仁哪点不如她，凭什么排名在她的后头？"

孙会计应付地说："是啊，是啊。"

"孟艳那只骚狐狸精，结婚才八个月，孩子生下来了，不定是跟谁的野种。吴钢是老实人，不会婚前干那事。"

"慧姐，不敢乱讲。"

"我没乱讲。我听医院的大夫说，那个叫信儿的小崽子生下来只有五斤二两，先天不足，长不大，活不长。"赵慧恶言诅咒。她至今下不出一只好蛋，所以见不得别人家生儿育女。

赵慧的话传到吴董事长的耳朵里，他大发雷霆之怒。

他叫来大儿媳赵慧，以公公和董事长的双重身份，将她骂了整一个小时。骂完还不解气，又将赵慧降为财务副总监，扣发半年奖金，全集团通报批评。赵慧挨了骂，有气没处撒，她认定是孙会计背后搞鬼。当初，她与孙会计争夺过吴仁，她胜出了，做了吴家的长媳，孙会计一定记恨在心，趁机向吴董事长打小报告，以此报复她。她把怒气转移到孙会计身上。回到家，她向丈夫诉苦，吴仁让她嘴上安把锁，再没半句安慰的话。赵慧顾影自怜，感叹世上除了她，没有好人。

经过这场风波，关于孟艳与信儿的闲话销声匿迹。

吴钢与孟艳过起在外人看来正常的夫妻生活，他在信儿身上倾注了全部心血。

每当半夜，吴钢躺在他的小屋里，常常看着天花板，看到天明……

笔记本电脑屏幕上，甄帅发来一份新的电子邮件：我在去机场的路上，坐最近一次航班回国。

吴钢感到身体受伤的部位一阵剧痛，他的心更痛。

他想请甄帅再等一等，不要这么急，也许会找到更好的办法，能够使他不与孟艳和信儿分离。他想了又想，回复说：来吧，越快越好。

他哭了。

053

毕队长与小袁守在刑警队办公室的传真机旁，有点心急。

小袁说："看样子还没找到。吴钢十八岁时的病历有什么用，找它干吗？"

毕队长说："这可能是解开吴董事长、吴钢与孟艳，还有信儿四人关系之谜的一把钥匙。"

"那四个人之间的关系还用查？"

"吴钢与孟艳像一对提线木偶，两人相识，结婚，生下信儿，都受到吴董事长严密的操控。吴董事长为什么这样做？我有种感觉，这里面一定暗藏玄机。"

"我看不出来。毕队，我有个想法。"

"你不说我也知道。"

"我认为，有这样一种可能，吴董事长失踪，是吴钢与孟艳夫妻二人合谋所为。"小袁一吐为快，她怕被毕队长打断，蹦豆子似的快速说，"吴董事长的生日宴会上，吴钢在他送的寿屏挂绳上割开一道小口子，稍一碰，寿屏就会坠落。这说明什么？吴钢与孟艳结婚后，吴董事长仍不放手，继续长期霸占孟艳，吴钢作为一个有自尊的男人，无法忍受这样的奇耻大辱，因而心怀怨恨。孟艳也不甘心与丈夫的养父保持这种肮脏的关系。两人都有除掉吴董事长的动机，孟艳或吴钢一个人做不到，两人共同谋划，共同实施，就成为可能。我想，案发过程是这样的。"

她绘声绘色地讲述：

漫天飞雪。温泉山庄回城的山路。老树。

孟艳躲在树后。远处亮起车灯，黑色加长林肯轿车开来。车内，吴董事长用手机接着赵慧打来的电话。

孟艳从树后出来，挡在路中。

黑色加长林肯轿车急刹车。吴董事长从落下的车窗探出头，他对孟艳出现在这里感到意外。两人对话中，藏身在路边斜坡下的吴钢手持钝器（暂定为木棒），溜到林肯轿车的车尾。吴董事长没发现他。

吴董事长推开车门，下车。吴钢一跃而出，一棒砸下。

吴董事长捂着后脑，转回头，用手指向吴钢，面容惊愕、痛苦。

他晕了过去，倒在雪地上……

毕队长问："人呢？我们在案发现场附近搜索了三天，与周边的派出所、村镇、收容站还有殡仪馆都联系过了，没有找到吴董事长的一根毛。"

小袁说："人可能被扔进冰河了。"

她就像亲眼目睹：

雪花飘飘，吴钢与孟艳共同倒拖着吴董事长的双脚，走向冰河，后面留下一道长长的拖痕。

河面上，一个黑色的冰洞中，新冻结的薄冰下，水流湍急，这是白天爱好冬季钓鱼的人凿开留下的。冰洞旁，吴董事长醒了，他抓住孟艳的大衣下摆，仰起头，似在乞求。

孟艳扭过脸。

吴钢再一次挥舞木棒。他用力一踹，吴董事长失去知觉的身体滑进冰洞，冲开薄冰，被河水吞没，带走……

毕队长说："你对案发过程的想象很有画面感。"

小袁说："只有扔进冰河，才能解释为什么找不到吴董事长的尸体。我认为，可以排除绑架，因为至今没有接到勒索赎金的电话。"

毕队长说："小袁警官，你的观点非常好，只是有那么一点儿小小的不足。"

小袁是个虚心的姑娘，她问："不足在哪儿？"

"吴董事长与孟艳的那种关系，吴钢什么时候知道的？"

"这个问题我没想过，我想想。"

乍一听，小袁没明白。细一琢磨，小袁悟出毕队长这句问话的深意。如果在婚前，吴钢已经知道了吴董事长与孟艳的那种关系，事情的性质就完全变了。吴钢明知孟艳是养父吴董事长的长期情人，为什么还要娶她为妻？

吴董事长、吴钢与孟艳这三个人是种什么关系？

小袁找出一个理由："会不会是吴钢与孟艳婚后日久生情，想摆脱吴董事长，结束这种丑陋的乱伦关系？"

毕队长说："咱们昨天到孟艳家，我看到这对名义上的夫妻处于长期分室而居的状态。每逢周一，孟艳到丽水家园 26 号楼 408 与吴董事长幽会，夜不归宿，吴钢习以为常。还有，你也看到了，失去吴董事长的庇护，孟艳在吴氏集团无法立足，只隔不到两天，就被扫地出门，所以，你的理由不成立。"

不能不承认毕队长言之有理。小袁想，毕队长用"一点小小的不足"，从根本上推翻了她的吴钢与孟艳合谋作案的整个观点，毕队长这个人，真烦人！

她给毕队长沏好热姜茶，双手奉上。

毕队长喝了一口，问："我让你们去银行，查那五百万，查出结果了？"

小袁说："查出来了，虚报的五百万工程款一周前被人提走了，提的现金，你猜提款人是谁？"

"吴董事长。"

"你怎么什么都知道？"

"我还知道这笔钱在哪儿。"

"在哪儿？"

"你还记得吧，你问过我那个大金属拉杆箱里装的是什么，我说天机不可泄露。"

"五百万现金装在大金属拉杆箱里，以前存放在丽水家园 26 号楼 408，现在孟艳手中？我怎么就没想到。毕队，你的眼睛有 X 光，会透视？"

毕队长揉揉鼻子："新钞有一股特别的浓重的油墨味儿，我闻出来的。"

小袁说："我也闻出来了，没往那方面想。"

"有个问题，考考你，吴董事长与孟艳要那五百万现金干什么用？两个人都有不止一张的金卡。"

"现金保密。"

"聪明。"毕队长口头表扬，他的目光没有离开过传真机。他心里有一个挥之不去的疑问，找到吴钢十八岁时的病历，也许可以使这个问题得到解答，进而解开一连串的人物关系谜团。

千里之外的县医院病历室里，当地警员拂去一捆捆旧病历上厚厚的积尘，从中翻找吴钢的病历。

小袁的手机铃声响起，接听后，她兴奋地对毕队长说："吴钢的病历找到了，因为受潮，保存得不太好，有几页残缺不全，他们这就传过来。"

毕队长想，但愿关键的诊断证明书保存完好。

传真机嘟地响了一声，吐出一页页纸张。

一次性耗材清单、处方、费用收据……连续几十页中没有毕队长需要的。他沉住气，目光不离开传真机的出纸口。

一张模糊不清的诊断证明书露出头。

一行霉变的潦草字迹，难以辨认。前两字不清，后六字是"破碎，丧失功能"。

什么破碎？

毕队长与小袁的头挨在一起，当两人终于看明白前两个字后，小袁先是脸红，继而轻轻地呸了一下。

054

吴钢丧失男性功能。

十八岁那年，吴钢为了抓住街上撒欢的健骡，保护几个玩耍的孩子，不慎被健骡的后蹄踢了一下，造成身体某一重要部位的严重外伤。这种生理与心理上的双重创伤，终其一生不能愈合。

看着传真来的诊断证明书，毕队长心里有种难言、复杂的感觉。

毕队长说："根据这个调查结果，我把事情还原到数年前。当时，孟艳怀孕，吴董事长不同意堕胎流产，坚持生下孩子。吴董事长出于极端自私的心理，一半劝诱一半强迫吴钢与孟艳结婚，不仅以此掩盖他的丑行，还利用孩子拴住孟艳，让她成为束起翅膀的鸟儿，再也飞不走。吴董事长是个占有欲极强的人，他知道吴钢的生理缺陷，因为是他付的医疗费，他不允许、不能容忍别的男人去碰孟艳，所以他挑选了吴钢与孟艳结为夫妻。吴钢与孟艳是两个被侮辱与伤害的人。"

小袁说："一对可怜虫。两个人任凭吴董事长摆布？"

"对吴钢而言，吴董事长是他的养父，将他从小抚养成人，他要报答养育之恩。对孟艳来说，吴董事长是她真正意义上的丈夫，是她的依靠，她幻想着将来有一天能够明媒正娶，登堂入室。吴董事长抓住两人的弱点加以利用，强行拼凑出一个残缺、畸形的家庭，全然不考虑吴钢与孟艳的感受，吴董事长的做法极不人道，甚至可以说是践踏人性。我怀疑吴董事长这个人有没有人的感情。"

"信儿的生父是吴董事长！"

"应当如此。"

"这四个人的关系太乱了。孟艳夹在一真一假两个丈夫中间；信儿名义上的爸爸是吴钢，其实他的真正的爸爸是吴董事长；吴董事长是吴钢的养父，信儿是吴董事长的亲儿子，信儿与吴钢岂不又成了兄弟？"

信儿是吴董事长的亲儿子，这解开了缠绕在毕队长心中的一个大问题。

据赵慧与吴美反映，吴董事长拿到一份报告后，与孟艳发生过激烈的争吵。这份报告哪里是什么虚报五百万工程造价款的审计报告，分明是亲子鉴定报告。

亲子鉴定报告中的结论应该是，吴董事长与信儿具有生物学上的父子关系。

既然如此，吴董事长看过亲子鉴定报告后，为什么骂孟艳是骗子，这些年一直在欺骗他，难道结论不是这样？

毕队长决定查找出具这份亲子鉴定报告的医院或机构，一小时内必须找到。

小袁说："本市具有鉴定资格的机构，加上可以做这种鉴定的医院有好几十家，一家家去查，得查到哪天？一小时之内查到？毕队，你饶了我吧。"

毕队长说："动动脑筋，你先查一查吴董事长近期的通话记录，看他与哪家医院或鉴定机构联系较多。"

小袁是一拨就亮的灯芯。

十分钟后，她站在毕队长面前，汇报了五个字："真实鉴定所。"

不大的院子，一排十几间平房，院门一侧挂着白色木牌，上书黑字：真实鉴定所。

小袁坐在警车上，诧异地问："吴董事长在这么不起眼的小地方做亲子鉴定，为了收费便宜？"

毕队长说："为了不引起注意。"

他们走进鉴定所，所长热情接待，将做亲子鉴定的负责人贾医师介绍跟他们，说道："老贾，你跟两位警官谈，我回避一下。"

贾医师穿着白大褂，他中年发福，头发寥寥数十根，胖脸上戴着一副金丝眼镜，细长的眼睛在镜片后面频率很快地眨巴着。他双手放在膝上，属于那种性格腼腆内向、不善与生人打交道的人。

毕队长问："来这儿做亲子鉴定的人多不多？"

"不少。"

"做亲子鉴定的越多，人与人之间的相互信任越少。"

"是。"贾医师想一想才回答，生怕说错了话。

毕队长说："为了办案需要，我们来查一份亲子鉴定报告。"

"查……查吧。"

"委托鉴定人姓吴……"

"吴董事长没在我们所做过亲子鉴定。"

"我的话还没说完，你怎么知道我说的这个姓吴的委托鉴定人是吴董事长？"

贾医师掏出手帕，擦着脑门上的汗。

毕队长接着说："委托鉴定人姓吴，名礼，是本市吴氏集团的董事长。他上个月在贵所申请做的亲子鉴定，你把那份亲子鉴定报告找出来，我们要带走一份副本。"

"我想想，我想想。"

"你好好想一想，想好了再说。"

贾医师点点头说："我想好了，吴董事长确实没在我们所做过亲子鉴定，他找过我，我因为忙，请他去别的鉴定机构了。"

毕队长目光敏锐，看出贾医师明显在说谎。

"去的哪家鉴定机构？"

"这我就说不好了。"

小袁说："你带我们去档案室找找。"

贾医师磨蹭着不动身。小袁火了，出示搜查证。贾医师连说："请……请……请，我带两位警官去。"

一间铁门小屋，窗上带有铁栅，门上挂着"档案室"的铁牌。进屋后，贾医师打开铁皮文件柜的柜门，说："鉴定报告都在这里了。"毕队长与小袁按着编号顺序一份份翻找，没找到委托鉴定人为吴董事长的亲子鉴定报告。每份鉴定报告编号相连，中间没有重号，也没有缺号。

贾医师不冒汗了，神情镇定地说："我说过没有吧。两位警官请出来，我该锁门了。"

环视一周，小袁发现墙角立着一只蒙着白布的小木柜。她指着木柜门上的锁，命令道："打开它。"

贾医师磨磨蹭蹭，像是极不情愿。小袁嫌贾医师的动作太慢，夺过一长串钥匙，一把一把去试，锁开了。

柜子里单独放着几份鉴定报告。贾医师想溜，却没敢动。

小袁找出一份没有编号的亲子鉴定报告，委托鉴定人为吴礼。毕队长翻到最后一页，鉴定结论跳进他的眼睛，竟与他的推断截然相反。他大感意外，再看一遍。

鉴定结论：

吴礼与吴信不具有生物学上的父子关系。

055

"不具有！"白纸黑字，鉴定结论上的这三个字分外醒目。

毕队长问："这个鉴定是你做的？"

贾医师答："是我做的。"

"做鉴定的检材呢？"毕队长又问。做亲子鉴定需要提供被鉴定人双方的毛发、唾液等含有 DNA 的检材，这是常识。

"按吴董事长的要求，没有保存。这份鉴定报告的底本也应当销毁，是我私自留存的，所以我没对两位警官说实话。"贾医师出的汗湿透了他里面穿的毛衣毛裤。

"为什么没销毁？"

"我担心哪天出了事，解释不清，惹来麻烦。"

"你担心出什么事？"

"我……我只是担心，我这人胆子小，怕事，也没什么事，不会有事。"

贾医师语无伦次，怕得发抖，他怕什么？

贾医师送走两位警官，他来到院里一处堆放杂物的小角落，给一个人打电话："……出事了，两个警察找到我这儿来了，市刑警队的，一男一女，调查吴董事长亲子鉴定那事儿，我该怎么办？喂，喂……"那头电话挂断了。

贾医师六神无主，他一辈子谨小慎微，没做过出圈的事。

警车上，小袁说："孟艳身边有第三个男人？"

毕队长解开警服的领扣，用那份亲子鉴定报告扇风，车里空调温度开得太高了。

如果真是这样，孟艳的嫌疑再次突显，不排除她与那位没有露过面的"第三个男人"共同作案，实施了尚未查明的某种行为，造成吴董事长的失踪。存在这种可能性吗？几天来，刑警们对孟艳的工作、生活与人际关系进行了全面调查，除了吴钢与吴董事长，没有发现她与其他男人有稍微密切的联系，这点应当归功于吴董事长无微不至的严密防范。

毕队长想起，他忽略了一件事，没有过问那辆两厢车查得怎样了。孟艳初到吴氏集团时使用那辆车，只有她有钥匙，且长期闲置在停车场。吴董事长失踪案发后，那辆车被发现停在温泉山庄回城山路出口以北两公里的一处果园旁，车门没锁，车钥匙留在车上。昨天上午第一次传唤孟艳时，她坚决否认是她将两厢车开到那里的。

"第三个男人"用过两厢车？他用车为了作案需要？他为什么将车遗弃在那儿？

两厢车内，除了孟艳与吴钢的，没有找到其他人的指纹、毛发等生物痕迹。

"第三个男人"像个无形质的影子，真的存在？

信儿的生父到底是谁？

毕队长给负责调查这辆两厢车的刑警打去电话，回复是正在调看沿途录像，毕队长命令加快进度，一有结果立即汇报。

小袁说："我觉得贾医师有问题。"

毕队长问："什么问题？"

"他的眼睛不敢看人。"

"嗯，还有呢？"

"我觉得这份亲子鉴定报告也有问题，我相信孟艳不是那种乱七八糟的女人。"

"小丫头，还有什么想法全说出来。"

小袁说："我在警校时，老师讲过这样一个案例，在一次体育比赛后的兴奋剂检测中，有人偷换送检的尿液，以致服用兴奋剂的运动员蒙混过关。老师用这个案例告诫我们，鉴定是人做的，所以鉴定就有可能被人做手脚。"

毕队长略一思索，说："再次传唤孟艳。"

因为孟艳身体不适，出于人文关怀，传唤地点改在她家的客厅。

大沙发上，孟艳围着一条厚毛毯，仅隔一天不见，她瘦了，皮肤暗黄，眉间掩不住一抹忧伤，与原先那个光彩照人的吴氏集团业务副总经理孟艳相比，判若两人。吴钢陪坐在她的身边。

小袁做记录。

毕队长尽量放缓语气问："孟女士，发烧了？"

吴钢代妻子回话："高烧，三十八度九。"

"怎么搞的，你这个做丈夫的一点不懂关心老婆。"毕队长批评道。

"我没照顾好，让她受凉了。"吴钢没说今早接到快递邮件后，孟艳赤足跑到楼上天台，在寒风中站了很久。

"信儿呢？"

"在他的屋里玩游戏，不会影响咱们谈话，他很懂事。"

毕队长说正事了："告诉两位一个好消息，吴氏集团数据中心升级改造工程虚报造价五百万一事已经查清，合同上吴董事长的签字不是伪造。"

孟艳轻轻点头说："谢谢。"

毕队长又说："我们还查清，吴董事长提走了那五百万现金。"

吴钢马上追问："对诬告的人怎么处理？"

毕队长暂不回答这个问题。为了给孟艳一个"主动"的机会，他问："孟女士，那五百万的下落，你能给我们提供一些线索吗？"

小袁以为，孟艳会推脱说她不知道。

在毕队长犀利的目光下，孟艳说："我知道那笔钱在哪儿。"

"在哪儿？"

"在这间客厅里。"

客厅一角，立着一个金属拉杆箱。

孟艳对吴钢说："你把那只箱子拉过来打开。"

吴钢对妻子言听计从，起身拉过箱子，麻利地打开。箱子里整整齐齐码放着一捆捆百元新钞，五百万现钞散发着特有的油墨味儿。爱钱的人说这味儿很香。

毕队长问："怎么会在你这儿？"

孟艳说："吴董事长放在我这儿的，让我替他保管。"

毕队长委婉地问："这么大一笔现金，吴董事长放心地交给你，你跟吴董事长不只是一般工作关系吧？"

孟艳保持镇定："毕警官，请有话直说。"

毕队长说出一组数字："408。"

听到丽水家园 26 号楼的房号，孟艳眼里的光暗下去，变成两只黑洞，她喃喃地说："你们还是都知道了。"

毕队长问："吴董事长失踪两天，你为什么还去 408？"

孟艳软弱地说："告别。"

毕队长以为她的意思是与"过去"告别，没有追问下去。他错过一次提早破案的机会。

小袁插话，问："昨晚你在河滩上烧的什么东西？"

"过去，我的过去。"孟艳说。

小袁想起，在拉面馆，毕队长曾说过，孟艳一把火烧的不是本案物证，烧掉的是她的过去，一段不愿为人知的过去。

毕队长问："吴董事长说没说过，这五百万他要拿来干什么用？"

孟艳短暂停顿一下："没说。"

毕队长听出来，她有所隐瞒。孟艳可以痛快地交出五百万现金，为什么回避交代这笔钱的用途？传唤进行到最难的阶段。难在难以出口，毕队长考虑如何提出谁是信儿的生身之父这个问题，同时尽可能减少对吴钢与孟艳的伤害。他说出两句毫不相干的话："吴先生，我们查到你十八岁时病历。信儿很可爱。"

吴钢听懂了，他惨然一笑，说："毕警官，谢谢你照顾到我的自尊，不必往下说了。信儿的生父是吴董事长。"

客厅里的空气为之一窒。

吴钢说："我有个请求，为了信儿，请保守这个秘密。"

毕队长说："我以头上的警徽保证。"

小袁说："我也是。"

小袁眼眶发潮，她对吴钢产生深切的同情，而对那位吴董事长增添了几分厌恶。

毕队长把亲子鉴定报告放到茶几上，看着孟艳。

"这是假的！"孟艳说，不等毕队长发问。

"你怎么证明它是假的？"毕队长问。

"除了吴董事长，我没碰过别的男人，我起誓。"孟艳小声说，她不去看吴钢。

"因为这份报告，你与吴董事长有过一次争吵，吵得很凶？"

"嗯。他说我有外遇，这些年一直在欺骗他，后来，他冷静下来，同意重做鉴定。"

"去的哪家机构，或者医院？"

"他没说。在他失踪之前，他带信儿到医院采的血样，他带走了。"

"新的鉴定结果出来了吗？"

孟艳摇摇头，说："我不知道。"

信儿的生父是不是吴董事长？在没有确切的鉴定结论出来之前，对于孟艳与吴钢的一面之词，毕队长目前不能断定真假。毕队长的手机铃响，负责调查两厢车的刑警向他汇报：通过调看沿途录像，查找了十几个小时，总算在画面中看到一个人开着两厢车在街上跑，时间是吴董事长失踪当天上午九点。由于风雪太大，画面不清。

毕队长说："直接说结果，开车人是谁？"

"开车人的身份……无法辨认。"

056

孟艳在传唤笔录上签字。

她说："毕警官，信儿的奶奶从养老院打来电话，说她想信儿了，我能不能带信儿去看看她？"

"去吧。"毕队长准许。

"信儿有个住养老院的奶奶?"小袁问,她头次听说。

"吴董事长的母亲,信儿叫她奶奶。"孟艳表情难堪。

一行人下楼,孟艳一家三口坐进白色宝马轿车,信儿从车窗伸出头,朝两位警官挥着小手:"叔叔阿姨再见。"

目送白色宝马轿车离去,小袁说:"这家人不会跑吧?"

"信儿在,这家人能跑哪儿去?"毕队长说。

"吴董事长的母亲是信儿的奶奶,这辈分要看怎么算了,也对,也不对。"小袁的话里带有讽刺的味道。

警车跟在白色宝马轿车后面不紧不慢地行驶着。

毕队长说:"我对这位吴董事长的母亲、吴老太太久仰大名,今天看看她的真容。"

驶出市区,白色宝马轿车开了近一个小时,开进一家三面环山名为"鹤年堂"的高级养老院。这里条件不错,按收费标准从高到低分为 ABCD 四个区。

A 区单人套间里,电动轮椅上坐着一位老妪。她白发稀疏,一口牙掉光了,满脸刻着柑橘皮一样的深深的皱纹,眼神常常固定地看一个地方。据大夫诊断,她患有初期的阿尔茨海默症,就是老年痴呆。她的病情进展得比较快,再过半年,就会谁都不认识了,包括她最亲近的人。

养老院登记簿上,老太太姓段,没有名字。她今年九十一岁高龄,二十几年前住进养老院,因为不同原因换了几家,来到鹤年堂后,一住十年,再没离开过。她来自乡下,年轻守寡,只有一个儿子,儿子是个大老板。她为人孤僻,与其他老人概不来往,大多数时间待在她的单人套间里,没有去过老人们集体活动的公共娱乐室。

天气好的时候,护理员用轮椅推着段老太太到外面走走,晒晒太阳,她不跟人交谈,别人问候她,她像是没听见,一度被人误认为又聋又哑。养老院的人都传说她阴坏得很,一次,一个行动迟缓的老人没有及时给她的轮椅让路，她就假意装睡，从轮椅踏板上伸下一只脚，把那个老人绊倒，害得那个老人髋骨骨折，再也下不了床，不久去世了。事后，她还没责任，养老院向那个老人的家属赔了钱。从此，人人都避开她。据专门照顾她的护理员说，她特别怕鬼，尤其是每逢冬季天阴下雪时，她整夜不熄灯，跪在佛像前，捻着念珠，嘴里念念有词。

前年，半夜下起大雪，窗外刮着呼啸的寒风，雪粒打在窗玻璃上。

天上响起这个季节难得听见的隆隆雷声。

护理员按例查房，查到她的单人套间，一见被子下面没人。深更半夜的，她去哪儿了？

她只穿一身单衣，在墙角缩成一团，双手抱头，捂住耳朵，吓得面无人色。沉闷的冬雷每响一声，她的身体就抖一下。她指着窗户，口口声声地说，一个白衣女鬼向她索命。

一扇窗子没关严，冷风吹起白色的窗帘。

那次，她大病一场，险些一命归西。

每月第一个周六下午，儿子来探望她一次，每次半小时，母子关起门说话，不许外人在场。最近几年，常有一对年轻夫妇领着一个小男孩来看她。每当小男孩来时，她就像返老还童，活力重返身上，一张阴鸷的老脸被阳光照亮，变得慈祥可亲。

因她是吴董事长的母亲，养老院的人尊称她吴老太太。

冬季，天短夜长。白色宝马轿车在鹤年堂养老院内停下时，血红的落日一半沉入黑色的西山。

轮椅上的吴老太太等候在 A 区月亮门外。信儿叫着"奶奶"，飞跑过去。吴老太太乐得咧开没牙的嘴，伸开双臂，说："我的乖孙子，慢点跑，别摔着。"祖孙两人抱在一起。

她与信儿极亲，对孟艳与吴钢态度冷淡。

单人套间里，小桌上，放着一只包大红纸、扎金飘带的礼盒。

吴老太太说："乖孙子，奶奶给你的，打开。"

信儿小手拆开礼盒，黄丝垫上平躺着一部新型号的名牌笔记本电脑。信儿咯咯地笑了，笑声好听，充满童真与快乐。他不用大人帮忙，熟练地接通电源，打开电脑，玩起来。

这台笔记本电脑是吴老太太请养老院的院长替她买来的，她要求买最贵、最高级的。吴老太太含笑看着信儿，一双老眼溢出慈爱，浓到化不开，她流露的是真情。

无论多么阴冷的心，总有一处温暖的地方。

吴老太太这时才说："你坐吧。"

孟艳在小沙发上坐下，吴钢还是站着，在这位老太太面前，从小时候起，没有他坐的地方。

孟艳说："信儿还小，您给他买这么贵重的东西，太娇惯他了，对他的成长……"

吴老太太不爱听了，她说："我要做的事，谁也管不着，拦不住，我儿子、你们吴董事长都不敢说三道四。在我这儿，没你说话的份儿。"

孟艳闭上嘴。

吴老太太说："问你个事。"

吴老太太要问什么，孟艳自以为猜到了。在来的路上，她想好如何回答，对吴董事长失踪一事，一个字"瞒"。能瞒一时是一时。

"我儿子在哪儿？"

"这个时候，吴董事长可能在他的办公室，也可能出去应酬。来之前，他把我叫去，让我给您带一盒野山参，我忘拿了……"

吴老太太说："我问的是我儿子失踪三天，是死是活，尸首在哪儿？"

敢情这位老太太全知道了，她心里一点不糊涂。

孟艳只能说实话："吴董事长在哪儿，公安机关正在全力寻找，很快就会有结果的。"

"我昨夜梦见我儿子了。他沉在一条冰河里，河水又黑又冷，他朝我伸出一只手，他说他是被一男一女害死的，要我替他申冤，报仇。"吴老太太满嘴鬼话。

"他说没说那一男一女是谁?"孟艳问。

"他说，这对男女就是他身边的人。"吴老太太的双眼突地冒出精光，一瞬不瞬地盯住孟艳与吴钢。

吴老太太眼神如同锥子般刺过去。她高度怀疑孟艳与吴钢因怨生恨，联手害了她的儿子吴董事长。她认为，人人都有狼性，没有干不出来的坏事。

心中有鬼的人经受不住她这样的目光。

孟艳不敢与她对视，偏过一点头，说:"吴董事长也许没死，也许还活着。"

吴钢眼睛看着地面。

吴老太太在这对夫妻身上没有诈出明显的心虚、害怕的表现。她又恢复成老眼昏花的样子，说:"死活要看天意，报应来了，谁也躲不开，逃不掉。你们给我办件事。"

孟艳与吴钢等着她说。

"我老了，活不到明年的今天了，趁我还明白，我有样东西留给信儿。你们给我找个公证员，明儿下午来养老院，我的赠与要办公证，免得我死之后出乱子。"

"您要把什么留给信儿?"

"这是你应该问的吗?"

"我只求信儿平平安安，不要招灾惹祸。"

吴老太太脸一阴，说:"我害谁都不会害我的亲孙子，我给信儿留下的东西是别人跪下来求我都求不到的。"

孟艳不放心，这个快死的老太婆要将什么灾祸留给信儿?

057

鹤年堂养老院大门口，白色宝马轿车驶出，一辆黄绿色的出租车开入，吴良律师坐在后排座。

他与孟艳一家三口相视而过。

今天下午，一个自称是吴老太太专职护理员的女人，给吴良打来电话，说吴老太太要见他。让他六点准时到，晚一分钟，吴氏集团首席法律顾问这份差事别想再干了。吴良心里犯嘀咕，吴老太太找他什么事，好事，坏事？

他没见过却听说过吴老太太。传言中，那是个老巫婆一样的人物。

他拦住一个保安问路，朝A区走去。

A区月亮门前，他与毕队长、小袁相遇，双方打个招呼。吴良猜想，警察来干什么，调查吴老太太？他猜对了，毕队长与小袁刚从院长办公室出来，两位警官了解到吴老太太的有关情况，毕队长对吴老太太惧怕白衣女鬼一事问得细而又细，还让小袁做记录。

小袁问："吴良来干什么？"

毕队长说："我估计，吴老太太召他觐见，料理后事。"

"这几天，吴家人个个上蹿下跳，吴老太太也不闲着，她能搞出什么名堂？"

"你查一下吴氏集团的工商档案，一看就明白了。"

小袁坐进警车，打开笔记本电脑，从吴氏集团工商档案的首页查起。

吴良正正领带，敲单人套间的门。

"请进。"一个女声。

房门虚掩，吴良走进去。一个糟朽的老太婆靠在轮椅上，女护理员往她嘴里一勺一勺地喂着面片，汤水流到她前襟垫着的小毛巾上。

吴良想，这就是人们常说的那位精明似鬼的吴老太太？不过如此，老得像段烂木头。

喂完面片，女护理员收拾碗勺，走了。

吴老太太闭目养了会儿神，吴良没打扰。只听吴老太太说："你是小良子？"

"我是。"吴良恭顺地说。

吴老太太说："我跟你爸爸的奶奶是表姐妹，论辈分，你该叫我太奶奶。"

吴良叫声"太奶奶"。

"走近点，让太奶奶看看，小伙子一表人才，今年有三十了？孩子多大了？"

"太奶奶，我还没结婚哪。"

"你跟我孙女吴美挺般配，才貌相当。"

"太奶奶，您给做个媒。"

"行，你嫁给她做老婆，合适。"

"太奶奶，我是男的！"

这是一个老糊涂，吴良松懈下来。他随便地东看一下，西看一下，他的评价是套间布置得一股子乡下味儿。

吴老太太像个乡下老婆婆，和和气气地跟吴良唠着家常闲话。不被觉察中，她的眼皮微启一道缝，将吴良上下看了一遍。她说："我这屋里没值钱的东西，你瞧够了吗？小良子，你的眼珠子太活，心眼儿一定多。"

吴良立时收敛，做出老实本分的样子。他想，老太婆够精，不可大意，不能小看了她。

吴老太太与吴董事长说话的语气音调极为相似，她说："有件事交给你办。"

"您吩咐。"

"这事不许对外人讲。"

“您放心。”

“事情办好了，重奖；办不好……”

“您重罚。”

“怎么罚？”

“您随便。”

“罚你喝太奶奶的洗脚水。你帮太奶奶写份赠与书。”

听完吴老太太的话，吴良差点笑出声。吴老太太十万火急地把他叫来，只为写份赠与书，一件不费吹灰之力的小事嘛。他说：“太奶奶，我保证半小时内搞定。”

吴老太太说：“我有样东西留给我的信儿。”

“信儿？哪个信儿？”

“吴信，他是孟艳的儿子，我的乖孙子。”

吴良用食指抠抠耳朵，为了听得更清楚一点。他问：“信儿是您的孙子？亲的还是干的？您要留给信儿一样东西？什么东西？”

吴老太太说：“你不仅眼珠子活，舌头也活，话多。”

“太奶奶，我得问清楚了，才好给您写呀。”

吴良无端地感到心神不安。他从随身带的黑公文包里取出笔记本电脑，原先那台二手货在吴董事长失踪那天夜里被贼入室偷走了，这是赵慧给他新配发的。他问：“太奶奶，我坐哪儿写呀？”

“坐地上，坐我面前。”

吴良只好盘腿坐到地板上，打开笔记本电脑，等着吴老太太发话。

吴老太太说得很慢：“我把我在吴氏集团的百分之十的股份留给信儿。”

吴良一字没打，定定地看着吴老太太。

吴老太太戏谑地说：“尽管我九十一岁了，小伙子，你这么盯着我看，我也会害羞的。”

“您说您有吴氏集团的股份？”

"百分之十。"

"您说要把这些股份留给信儿？"

"全给信儿。"

"您说信儿是您的孙子？"

"亲孙子。"

"您不是在跟晚辈开玩笑吧。"吴良想到一个问题，说，"您的脑子……"

吴老太太掏出一张纸，上面有个红章，说："看看吧，今天上午医院开的诊断证明，你的太奶奶头脑清醒，思维正常，是个完全民事行为能力人。"

吴良对吴老太太有了全新的认识。

吴良打好赠与书，念给吴老太太听，她不识字。吴老太太要求改了两处措词。在吴老太太的监督下，吴良用养老院的设备复印出十份，吴良作为代书人、养老院院长与女护理员作为见证人在赠与书上签字，吴老太太按的手印。全过程录像备查。

吴老太太这一套做得很严谨，不亚于专业律师。

吴良要走，吴老太太说："明天你再来一次。"

"还来？"

"太奶奶的赠与书要办公证，你必须在。"

"我来。"吴良答应得慢了点儿。

吴老太太说："小良子，你想不想知道，放着那么多律师不请，太奶奶为什么偏要用你？我儿子吴董事长失踪那天夜里，你对我孙女吴美不安好心，你这个天生的坏种，你想欺负她。"

吴良想起来了，那夜，吴美用小刀逼他承认企图强奸，还录了音。这个吴老太太是在以此胁迫他。

吴老太太又说："只要你忠心给太奶奶办事，太奶奶不会亏待你。想不想让我孙女吴美娶你？"

吴良说："太奶奶，小良子对您绝对忠心不二。"

吴老太太笑得可亲极了，她说："真乖，听话的孩子有糖吃。"

058

天黑透了。吴良站在鹤年堂养老院门口，找不到出租车。他心里骂着老不死的吴老太太，裹紧衣服，顶着寒风，朝两里地之外的公共汽车站走去。

一辆警车在他身边停下。

"吴大律师，回城？"

吴良一扭头，见问话的是坐在警车里的毕队长。他像见了救星，说："回城，捎我一段？"

"上车吧。"

吴良连声道谢，上了警车。他对两位警官说："一会儿回到城里，我请客，李记的干锅肥肠。"

小袁说："不吃你的臭肥肠。"

毕队长问："吴老太太请你来的吧？"

吴良大拍马屁："神探，一猜就准。"

"据我所知，几个孙子孙女里面，吴老太太最疼的就是信儿。"

"你早就知道信儿是吴老太太的亲孙子？"

"孟艳告诉我的，信儿管吴老太太叫奶奶。"毕队长的话没毛病。

"我才知道，惊出一身汗。"

"吴老太太在吴氏集团有百分之十股份，全留给信儿了？"

吴良一拍大腿说："你说得真对，吴老太太把我叫来，让我写的就是这份赠与书。毕队，你在套我的话吧？我这趟顺风车没白坐。"吴良还算不傻，醒悟过来。

毕队长呵呵地笑。

吴良在刑警队附近下了车，然后拦住一辆出租车。在车里坐稳当了，他掏出手机打给赵慧："赵总，我有急事向您汇报。"

赵慧家的客厅里，三男一女围坐在沙发上。

为了省电，吊灯没开，只亮着一只五瓦的小灯泡。四个人脸色晦暗，只听吴良说："这事概括成一句话，吴老太太将她在吴氏集团百分之十的股份全部赠与了她的亲孙子信儿。"他喝口茶，润润说干的喉咙。他没提明天还要再到养老院帮着吴老太太办赠与公证。

"信儿真是我奶奶的亲孙子？"吴仁苦笑着说，"信儿昨天还叫我大伯伯，今天成了我同父异母的弟弟，往后见了面，我该叫他什么好呢？"

赵慧说得很难听："以后见了孟艳那只骚狐狸精，你我得叫她一声小妈。"

吴良说："滑稽，太滑稽了。"

赵慧用手揉着太阳穴抱怨："我的头痛死了。"

吴仁的头也一下一下地跳着痛。自从义叔给夫妻俩请来铜佛后，好像并没镇住白衣女鬼的鬼魂，夫妻俩依旧夜夜睡不安稳，不仅头痛得越来越厉害，还大把大把地往下掉头发。

赵慧说："小良子，都怨你，你就不该去养老院。你不去，招不来这堆破事。"

"吴老太太召见，我能不去吗？"

"你不会编个瞎话，说你得了要死的病。"

"我没想到，吴老太太叫我去，为的是写这一份赠与书。要是早知道，我躲得远远的，说什么也不会去呀。哎，赵总，去养老院之前，我请示过你，你可没说别去。"

"反正都怨你。"

吴仁说："不要吵了，吵得我头都大了。"

赵慧将怨气发泄到她的丈夫身上："看看你那个笨样儿，难怪你奶奶不喜欢你，不把股份留给你。"

"这事我没责任。我跟你说过好几次,咱们应该常去养老院看看奶奶,给她老人家买些水果、点心,你不舍得花钱,你不去,也不让我去,这下好了吧。"

"我哪知道你奶奶有吴氏集团百分之十的股份。"

"孝敬长辈跟股份是两码事。"

"一回事!孟艳那个狐狸精假心假意,她带着信儿看你奶奶,就是奔着股份去的。"

"孟艳不像你想的那么坏。"

"你替孟艳说话,你是不是看上她了?你别痴心妄想了,她是你的小妈!"

吴仁气得说了句:"不可理喻。"赵慧立起两道扫帚眉,正要大发作。吴义拍了一下茶几。赵慧被镇住了,她悻悻地瞪了一眼吴仁。

吴义说:"小良子,五位继承人都是谁,我想听听。"

"吴董事长交给我遗嘱的时候说,五位继承人都在场的情况下拆开、宣读,这份遗嘱才有效。"吴良卖弄起他的专业知识,接下去说,"吴董事长有三个子女,吴仁、吴智、吴美,刘淼是董事长夫人,这四位是法定继承人。还有一个继承人是谁,以前一直藏在云雾中,现在看来一定是信儿。法律规定,非婚生子同样享有继承权。五位继承人凑齐了。"

"信儿有继承权,谁定的法律?"赵慧一万个不服,"这不是鼓励乱搞乱生吗?哎,小良子,你说过,丁香是五个继承人之一呀。"

"我什么时候这么说过?"吴良不认账。

"你的律所着火那天,你对义叔说的。"赵慧猜想,"遗嘱继承人里没有吴智,他是强奸犯的儿子,对不对?"

吴良不知该怎样自圆其说。

吴义问:"遗嘱上怎么写的?"

吴良说:"我记不清了。"

"你对吴美说过,遗嘱是你写的,你不会记不清楚。"

"写遗嘱那天我喝多了，我这人一喝多脑子就断片，我真想不起来了。"

吴义铁钳一样的大手搭在吴良的后脖梗子上。吴良的小细脖子不比一只小鸡的更结实，他不得不说实话："遗嘱不是我写的，我就是跟吴美吹吹牛，吴董事长交给我的时候，遗嘱是密封好的。义叔，我骗谁也不敢骗您呀。里面写的什么我真的不知道，我只是负责保管，我对天发誓，若有半句假话，活不过今晚零点。"

吴义的大手拿开了。

吴良摸摸脖子，讨好地说："我算了算，吴董事长持有吴氏集团百分之九十的股份，如果五位继承人平分，每人可得百分之十八。"

"信儿那个野种可得百分之二十八。"赵慧说。

"赵总，您不愧是搞财务的。信儿得到的最多，加上吴老太太赠与他的百分之十，信儿总计持有吴氏集团百分之二十八的股份，是第一大股东。作为信儿的法定代理人，孟艳可以代表信儿行使股权。"吴良说完，他看到三张紫涨的面孔。

好一会儿没人说话。

赵慧打破沉默，她恨声道："吴家人联合起来，跟孟艳斗，不信斗不倒她。"

吴仁说："没人跟你联合，你把人得罪光啦。"

"我得罪谁了？"

"我妹妹吴美被人追讨高利贷，她求你帮忙，你帮了吗？"

"我凭什么帮她，那是她活该。"

"你让门卫把我弟弟吴智拦在门外，不让他进吴氏集团大厦，还说我没这么个弟弟，他是假冒的。吴智都不接我的电话了。"

"爱接不接，以后他给你打电话，你也不接。你妈呢？你是她的大儿子，她总得向着你，站在你这边吧。"

"我妈不喜欢你这个儿媳妇。"

这么算下来，吴仁与赵慧反而成了孤家寡人。种瓜得瓜，赵慧收获的正是她种下的。

赵慧问："义叔，您说怎么办？"

"从根本上解决。"

随着吴义的话音，窗外响起呜呜的风声。赵慧悄问："您的意思是，杀了……"吴仁拦住她的下半截话，说："义叔不是那个意思。"

赵慧揣测说："义叔，您的意思是只要证明信儿与吴董事长不具有亲子关系，问题就从根本上解决了？"

吴义点头称是。他对吴仁说："你父亲做过一次亲子鉴定。看到鉴定结论时，你父亲非常生气，气得要死。"

吴仁问："为什么？"

赵慧说："还用问，信儿不是你爸的种。"

吴义说："你父亲又做了第二次鉴定。"

"结果呢？"

"你父亲失踪了。"

赵慧问："信儿这个小崽子到底是谁的野种？"

059

信儿踮起脚，往一只大碗里放进面粉、鸡蛋、糖、奶油，用勺搅和，然后放进烤箱。他一边弄，一边看笔记本电脑屏幕上的"蛋糕的做法"。

他的小脸蛋、身上沾了不少白白的面粉。

吴钢问："信儿，你干什么呢？"

信儿把他推出厨房。

就在吴义、赵慧等四人灯下密议的同时，信儿将一只烤好的小蛋糕端上餐桌。小男孩拉来吴钢，说："爸爸，今天是你的生日。"

吴钢看着小蛋糕，视线模糊了，以前没人给他过生日。

小蛋糕歪歪扭扭，黑乎乎的，烤煳了。

信儿找出几根过去剩下的彩色蜡烛，插在小蛋糕上，点燃。信儿拍手唱："祝你生日快乐……"

唱完生日歌，信儿说："爸爸，你许个愿吧。"

吴钢吹灭生日蜡烛，他在心里许的愿是，唯愿信儿健康、平安。

吴钢知道，他跟信儿在一起的时间不多了。按时间推算，甄帅已在回国的飞机上，不出意外，明晚转机抵达本市。吴钢准备明天上午与孟艳办理离婚手续，尽快送这对母子出国，远离那双虎爪似的大手。他横下心，他要成为一把遮风挡雨的大伞，一人面对所有的凶险。

他吃了一块带煳味儿的蛋糕，觉得甘甜如蜜。

今晚，他更加留恋信儿，留恋孟艳，留恋这个即将不复存在的家。

"咣咣咣"，有人敲门，不，是砸门。

每次都是信儿耳尖腿快，他跑去打开房门。赵慧站在门口，面带戾气。吴仁跟在旁边。信儿礼貌地叫："慧妈妈好，大伯伯好。"

赵慧阴阳怪气地说："你叫我妈？不敢当，叫我嫂子吧，你叫他大哥。"她拉过吴仁。

信儿人小，听不懂这种话。

吴钢过来，手放在身后。他对信儿说："妈妈叫你哪，快去，爸爸跟这两个人说几句话。"他挡在门口，不让赵慧进屋，问："什么事？"

赵慧说："没你事，我找孟艳，你让开。"

吴钢态度坚决地说："有事跟我说，孟艳……在洗澡。"

"你做得了主？"

"我是一家之主。"

吴钢挺直腰，他第一次用这种态度对赵慧说话。过去，在赵慧面前，他一向谦恭有礼。他是寄人篱下的孤儿，比起吴家长媳赵慧理应低人一等。

赵慧的气焰被压下去几分。

吴钢叫声"哥",对吴仁说:"今天不请你到家里坐了,抱歉。"

吴仁表示理解地笑笑。

赵慧说:"我来追索赃款,你既然能做主,赶紧把孟艳贪污的五百万交出来,争取少坐几年牢。若不是为这事,你用八抬大轿请我,我都不来。"

吴钢跨前一步,赵慧后退一步。吴钢带上身后的房门,有些话他不想让孟艳与信儿听见。楼道里,吴钢与赵慧、吴仁站着谈话。吴钢说:"你不该找孟艳要这笔钱。"

"不找她要,找谁要?"

"你应该去找吴董事长要。"

"笑话,你让我去找一个死人要钱?"

"吴董事长是失踪,不是死了。"

赵慧捂住嘴,自觉说错话了。吴钢说:"公安机关已经查明,孟艳没有伪造签字,吴董事长从银行亲自提走了五百万现金。"

"你瞎话编得够快的,长本事了。"

"你可以到市刑警队核实。今天下午,孟艳亲手将五百万现金交给了毕警官。"

赵慧抓住一个漏洞逼问:"五百万怎么会在孟艳手上?"

吴钢停了一下,说:"吴董事长委托孟艳代为保管这笔现金。"

"哟,五百万现金不交到财务部,交给孟艳保管,吴董事长这么信得过她,她是吴董事长的什么人呀?"

"这与你无关。"

赵慧抬高声音说:"吴董事长是我的公公,吴董事长的儿子吴仁是我的丈夫,我的公公、我丈夫的爸爸跟一个贱女人不明不白,不清不楚,你还说与我们无关?"她有意把吴仁扯进来。

吴钢不怕她大喊大叫。这层只有两户,对门邻居全家出国旅游,楼梯口防火门厚重隔音，赵慧声音再高也不会有人听到，所以吴钢选择在楼道里谈话。他好言好语："该说的我都说了，你要是没别的事，我送你上电梯。"

赵慧哪肯就此罢休，嚷道："你把信儿叫出来，让我看看他。"

"信儿是个孩子，请不要把他牵扯进来。"

"孩子？你跟孟艳一对骗子，专靠孩子骗钱。"

"请你嘴巴放干净一点。"

"有人做了不干净的事，还怕人说？"

吴钢问："你今晚到我家来吵闹，究竟想干什么？"

赵慧长着一条毒舌，恶狠狠地说："我想看看信儿那个小野种长得像谁。"

吴钢一听这句话，瞬间怒气勃发。他的手一直背在身后。

赵慧被吴钢的神情吓住，颤声问："你手里拿着什么凶器，是不是刀？"

吴钢不说话，死死地盯着她，那眼神像是要上来割掉她的舌头。

"你敢拿刀捅人？你离我远点，不要过来，我报警了。"赵慧色厉内荏，把吴仁推到前面。

吴钢任凭她在手机上按下110。

吴仁两头相劝："你们有话好好说。"

楼下，吴义坐在老式大众轿车里静观其变。赵慧今晚到这儿来闹事，他没反对。赵慧冲在前面闹一闹，可以逼着吴钢与孟艳现出原形。吴钢与孟艳表面上装出一副可怜相，暗地里借信儿得到吴老太太的欢心，抢先一步把吴氏集团百分之十的股份巧取到手，真是一对奸猾的小人。

他绝对不能放过这一家三口。

吴义看见两名负责社区治安的民警走进楼门。

楼道里，赵慧对民警说："快把这个人抓起来，他手里有刀。"

不等民警喝令，吴钢举起双手，原地转了一圈，他手里哪有什么凶器，只有一张纸。他说："我们在谈事。这位女士患有妄想症，今晚吃错了药，旧病复发，报了假警，请二位原谅。"

对于一个女精神病，两位民警不好多说，其中一个问："你们是她什么人？收走她的手机，以后把她看管好，免得乱打电话。"

吴仁连连点头说："是，是，是。"

赵慧这会儿像是傻了，百口莫辩。民警走后，她琢磨过味道来，觉得大丢了面子，又羞又怒："你耍我！"

吴钢言辞恳切："嫂子，我受吴家养育多年，不是知恩不报的人。孟艳有她的自尊，她不会去争吴家的财产。我跟孟艳写了一份承诺书，代表信儿承诺，放弃一切与吴家有关的财产权利。我们一家三口只求平安，不贪图钱财。"

赵慧从吴钢手里接过那张纸，将信将疑地看了数遍。

吴钢说："上面有我和孟艳的签字，你们该放心了。"

赵慧不放心，一张纸而已，管多大用？

060

吴钢上前，为赵慧拉开黑色奥迪轿车的车门。赵慧上车，没说个"谢"字。

吴仁开车，他朝车外的吴钢挥挥手说："你回吧。"

赵慧说："不理他，你爸养他不如养条狗。"

黑色奥迪轿车开向小区大门。

吴钢走到老式大众轿车前，吴义落下车窗。吴钢说："义叔，您到家里坐会儿？我对您做过保证，不争吴家的财产，请相信我们。"吴义脚下一加油，车擦着吴钢的衣服开走了。

吴钢委曲求全，送走三位瘟神。回到家，孟艳问："他们走了？"

"走了。"

"辛苦你了。"

吴钢来到餐厅，继续吃信儿做的小蛋糕。悄无声地，孟艳与信儿坐到他的两边。信儿说："爸爸接着过生日。"

吴钢含泪一笑。

九点半。信儿睡了。吴钢给他掖掖被角，合上一本童话集，关灯轻轻退出，关好门。

客厅，吴钢与孟艳相对无言。

孟艳问："信儿睡了？"

"睡了。"

"信儿说，明年要给你做一个真正的蛋糕。"

"明年，信儿六岁了。"

"六岁了。"

又是长时间的静默。

吴钢几次想说出那句话，话到嘴边，又咽了回去。理智告诉他，不能再犹豫了，瞧今天的架势，赵慧还会不断上门寻衅闹事，她身后的那个"义叔"更可怕。这些人不相信一纸承诺，矛盾万一激化，给孟艳与信儿造成的后果不堪设想。终于，吴钢万分艰难地说出那句话："离婚吧。"

"离婚？"

"你带着信儿走，开始新的生活。"

"你呢？"

"不用考虑我，我一个人留下来，不会有事。"

"一起走呢？"

"你在无性婚姻中度过一生？一辈子得不到一个男人真正的爱？这对你不公平。"

"我带信儿离开你，对你更不公平。"

吴钢凄然一笑："从一开始，你我这场婚姻就注定以悲剧落幕。"

孟艳回想起她接到吴氏集团录用通知书时向吴董事长深深鞠躬的

情景，说："我走错了第一步，一步错，步步错。走到今天，我身处困境，一无所有。我得到什么了，我得到的只有洗刷不掉的耻辱。我这一生全毁在那个人的手里了，我心里除了怨恨，还是怨恨。"

"自己走的路，怨不得别人。"吴钢婉言。

"我该怨谁？我有错吗？我是个无依无靠的弱女子，我只能屈服。"孟艳不是追悔，而是无奈。她说："离婚以后，我带信儿去南方，去一个没人认识我们的城市。"

吴钢说："甄帅明晚到。"

"我跟他几年没有联系了。"

"吴董事长对有关甄帅的消息严加封锁，不许别人告诉你。"

"他过得好吗？"孟艳并未多想。

吴钢简单介绍了甄帅的近况，这是他从吴仁那里打听来的。他说："甄帅是个好男人，你愿意跟他在一起吗？"

"我？残花败柳，人老珠黄，不是当年的我了。甄帅，人长得不帅，我那时年轻，看人只看外表。"

"我跟他通了两次电子邮件。"

"哦？"

"我问他，如果我跟你离婚，他是否愿意娶你为妻，视信儿为己出，并接你们母子出国。"

"他……他怎么说？"

"他说愿意。"

孟艳的表情有惊，有喜，有感动，有释怀，还有燃起的新希望。

吴钢看到她的表情变化，身上的伤处大痛一下。通过今晚的谈话，吴钢清醒地认识到，对于解除与他的婚姻关系，孟艳只有歉疚之情，并无留恋，她渴望过上真正的夫妻与家庭生活。孟艳与信儿出国后，会在很短的时间里将他忘掉，忘了也好，他属于过去阴影的一部分，信儿的将来应当一片光明。他克制住激荡的情绪，说："我想明天上午到民政局办理离婚手续，离婚后，你带着信儿随着甄帅即刻出国。这是离婚协议书，你看行不行？"

"需要办很长时间吗？"孟艳不想被人围观。

"很快就能办好。我在外面租了一间房子，离婚后，我搬出去住。"

"信儿会找你的。"

吴钢心里一阵难受："你就说我出差了。"

孟艳问到一个难以启齿的问题："甄帅问起你我为什么离婚，问起我这几年的情况，你怎么说？"

"实话实说。"

"不要把我说得太丑。"

吴钢说："虽然只见过一面，我相信甄帅对你的感情，如果他真的爱你，就要接受你的全部。"

万里之外，由于地勤人员罢工，所有航班一律取消，机场候机室内混乱不堪。甄帅焦急地询问回国航班何时恢复，大胡子值班经理摇头，摊手，耸肩。

甄帅既无奈又愤怒地把一整瓶矿泉水浇到头上。

吴钢接到甄帅的国际长途："你对孟艳讲，等着我，我就是游泳，也要游过太平洋，游回国。"

吴钢与孟艳商定离婚手续拖一天再办，以免过早惊动赵慧、吴义那些人。人的命运有时取决于一次偶然的意外。由于甄帅的迟归，孟艳一家将在未来几天经受新的磨难，险些遭到灭顶之灾。

吴钢忽觉心神不宁，眼前像是看到一只黑手正向信儿伸过去。他几步赶到信儿的屋里，静静的，信儿睡得很沉。吴钢掀起窗帘，后面没藏着人。

他吁了一口气。

刑警队办公室里，小袁说："咱们离开真实鉴定所后，贾医师跟一个没有实名登记的号码频繁通过数次电话，每次通话时间均在十分钟以上。我怀疑这个人是吴义，他收买贾医师，在吴董事长与信儿的亲子鉴定上作假。"

毕队长没有表态。

小袁又说："经查，二十三号下午三点至五点，孟艳确在逛街，漫无目的，什么都没买；吴钢带着信儿，在家做家务。两人说的都是实话，有购物中心与居住小区的监控录像为证。我认为，吴董事长失踪一案中，基本可以排除孟艳与吴钢的嫌疑。"

毕队长说："不能完全排除。"

"为什么？"

"两个疑点有待查清。一、信儿的生身父亲到底是谁？在没有确凿无误的亲子鉴定报告之前，不能最终认定。二、开走两厢车的人是谁？唯一一把车钥匙为何留在车上？干吗要将两厢车停在距离吴董事长失踪案发现场那么近的地方？"

正说着，毕队长接到交通队打来的紧急电话。听完，他抓起大衣，对小袁说："跟我走。"

小袁问："去哪儿，出什么事了？"

毕队长说："两厢车不见了。"

1月26日晚22：35

061

温泉山庄回城山路出口向北，大约两公里外，有一处占地数百亩的果园。这里位置偏僻，少有人来。斜穿果园，翻过陡坡，就是一条去往吴董事长失踪案发现场的近路，没走过的人极易中途迷失方向。

案发前后，两厢车停在围护果园的铁丝网旁，没有移动，车身覆盖一层积雪，不易被人发现。

由于警力有限，两厢车没有专人监控，毕队长委托交通队每天巡查几次。他们向刑警队通报：今晚二十一点与二十二点两次巡查之间，两厢车被人开走，车上的 GPS 失效。

夜雾中，毕队长手持强光手电，在果园里弯腰搜寻痕迹。白天雪化，夜晚冻结，坚硬的冰面上留不下足印，一道浅浅的车痕指向进城的马路。

谁开走的两厢车？

小袁说："也许是小偷？"

毕队长说："不会是。天黑，没有路灯，经过的人看不见这里停着一辆车。"

小袁说："这一带监控探头不多，如果两厢车进城，在上百万辆车里寻找它的踪影，无异于大海捞针。"

毕队长说："以我站的地方为圆心，朝进城方向画一个半径三公里的半圆，查这个范围内每条路口的监控，时间设定为二十一点之后，不信找不到它。"

刑警队办公室的灯光又要亮一个通宵了。

时光倒流。

就在两厢车消失的两小时之前。护林员老林巡山归来，大黑狗迎上去摇着尾巴。媳妇杏花对他说："咱们救回的那个老头儿走了，没打招呼，自己走的。"

小石屋里，被褥乱放，老头儿不辞而别。这几天，他没说过一个字，除了吃，发呆，就是睡。护林员两口子对他的身份来历一无所知。

窗台上，少了一样东西。

那是一把小石斧，护林员老林在林子里捡回来的。小石斧年代久远，式样古朴，斧身有斑斑点点的褐色纹路，像是锈渍。护林员老林把它当作不值钱的物件，修理开裂的木窗时用它钉过钉子，用完后随手放在那儿了。

护林员老林在小院周围找了找，不见人影。

他的媳妇杏花说："老头儿不会是个鬼吧？"

大黑狗冲着暗夜中的山林狂吠。

被媳妇杏花怀疑是"鬼"的老头儿正往山下走。他这两天观察到，山下有条土路，有时有车开过。

他在路边等。

突突突，一辆农用三轮车沿着土路开来，昏黄的车灯照亮几米远的路面。车上拉着两个臭不可闻的大铁桶，开车的是个中年村民，他就是最先发现被遗弃的黑色加长林肯轿车并报案的范大同。这辆农用三轮车每晚八点左右从这儿经过，进城去拉泔水回来喂猪。

老头儿伸手拦车。

冷不丁路边冒出个人，范大同吓了一跳。他停下车，车灯照到穿

241

黑色棉衣棉裤、满脸胡子的老头儿身上。范大同问："搭车进城？"

"嗯。"

"上来吧。"

老头儿爬上敞开的后车厢，他手里捏着个布卷，里面包着小石斧。

路面不平，农用三轮车颠簸前行。老头儿的棉衣裤蹭到盛泔水的铁桶，他捏住鼻子，忍住不吐。

范大同问："这么晚了，你进城干吗？"

老头儿耳朵不好使，没听清问话。

农用三轮车跑了一个多小时，七拐八绕，走的都是山间土路，大致方向朝东。拐过一座小山包，前面驶上进城的公路。

农用三轮车在一家夜总会侧门停下。

五颜六色的霓虹灯拼出跳跃的画面：一只穿夜礼服的大老鼠旋转跳舞、它举起酒杯、它单膝下跪献上红玫瑰……四个闪亮大字"疯狂老鼠"不断变幻七彩颜色。霓虹灯下，透过大玻璃窗，可以看见里面挤满形形色色的各式男女，他们与她们在酒气、舞曲声中尽情享乐。这里是本市最贵、最有名的夜间娱乐场所。

舞池里，吴美与市立医院的艾主任相对跳舞，两人喝了不少酒。

艾主任的眼睛时不时地往一个方向偷瞥。那边靠墙的小圆桌旁，坐着一位单身女人。她属于骨感美人儿，有股特殊的风味儿，每隔一会儿，就有一两个男人过来向她搭讪，她不予理睬。她正是姓殷的知名网络女主播。

她一改往日的张扬放浪，神色阴郁。

她喝光杯中红酒。服务员用托盘端来一杯红酒，说："那位先生送的。"

艾主任向她招招手。

吴美见状醋意大发，撇下艾主任，又找了一个新的男舞伴。艾主任走到小圆桌前，绅士地问："这有把空椅子，我可以坐吗？"

殷主播说："我想一个人坐会儿。"

"听说你新交了一个大帅哥？"

"滚！"

艾主任"滚"开，他想，殷主播遇到什么大事，一副要死的模样。

范大同提着一大桶泔水走出侧门，费力地走向农用三轮车，那些出入于"疯狂老鼠"的俊男靓女纷纷躲避。范大同心说，你们比它还臭。泔水太沉，一人弄不动，他朝车上说："老哥，帮一把。"

车上没人应声，老头儿走了。

人行道上，老头儿专在路灯照不到的黑影里急走。

老头儿出现在果园铁丝网旁，用袖子拂去两厢车车身上的积雪，钻进车内，把小石斧放进车门袋。他摸黑在车内四处翻找，只找到几枚一角的硬币。

两厢车开走，隐入夜色。

过了不到五分钟，二十二点，一辆交通队例行巡查的警车从这儿经过。一名交通警下车查看，原来停放两厢车的地方空了……

062

积雪的松枝间，露出一双黑色的眼睛，向前窥视。

几十米外，城堡式别墅内外所有的灯都亮着，在黑夜的映衬下分外引人注目。

一个人影闪出小松林，他是那个偷开两厢车的老头儿。他避开监控探头，溜向别墅后面，找到一扇通往地下室的铁门，钻了进去。

别墅内，刘森穿睡衣，楼上楼下走了一遍，检查通往外面的门窗是否关好。只有一间屋子的灯是黑的，里面保持原样，那是她的丈夫吴董事长"生前"的书房，不许她与儿女们进去的禁地。书房位于卧室之上。空荡荡的别墅里，响着她一个人的脚步声，因为她穿着软底拖鞋，声音小到难以听见。她回到卧室，盖好被子，靠着床头，打开一本书。一行行黑色铅字在眼前跳动，乱成一团，她看不下去。

书滑落到地毯上……

刘淼是父母的独生爱女，掌上明珠，从小在蜜罐里长大。她的父亲是位古董商人，凭着对珠宝玉器渊博的知识与过人的眼力，再加上经营有方，挣下一份殷实的家业，还有一座大宅院。她的母亲善于持家，做一手好菜，是位贤德的主妇。她在父母的呵护下，快快乐乐地出落成一位婷婷少女。她的父母没想到，她的成长环境过于完美，以致她的心灵如同山间清泉般单纯、干净。

刘淼走进大学校门，爱上武术。十八岁的她朝气蓬勃，体型健美，浑身放射出青春的活力。她报名参加散打训练班，认识了教练吴义。第一天训练结束，天已黑了，回家路上，吴义远远跟在她的后面，直到她进了家门。以后，吴义天天如此。不知从哪天起，两人并肩同行，一路又说又笑。身边陪着这么一位全市散打冠军，街头想打她坏主意的混混们不敢近前挑逗，他们都不愿成为吴义练拳的沙袋。慢慢地，她与吴义的关系不再局限于学员与教练。她的母亲让吴义每个周末到家里来玩，给吴义做好吃的菜，把吴义当成半个儿子。

又逢周末，吴义不是一个人到刘淼家，他带来一位年轻人，介绍说，这是他的叔伯哥哥吴礼。这对亲叔伯兄弟年龄、身材相当，外貌有两分相似，气质上，吴义威猛粗犷，吴礼温文尔雅。刘淼的母亲留下两人吃饭，饭桌上，刘淼与吴义坐在一起，吴礼多看了她几眼。酒过三盏，话题扯到古董上，刘淼的父亲与吴礼谈得非常投机。吴义对此一窍不通，坐在一旁干听，插不上话。

饭后饮茶时，吴礼无意中说到，他大学毕业后没找到合适工作，经济困窘，与他的母亲段氏（后来的吴老太太）借住在吴义租来的小房子里。刘淼的父亲立刻说："我家有的是空房子，你们母子搬过来住，正好有人跟我天天讨论古董。"

说搬就搬，吴礼与段氏当晚搬入刘家的大宅院，住进偏院的两间小屋。不过几天，刘淼的父亲与吴礼亲如父子，刘淼的母亲与段氏情同姐妹，相处极为融洽。

刘淼的父母对吴义不如过去亲近了。刘淼与吴义浑然不觉，两人有了第一次亲吻，嘴唇轻碰一下，那是刘淼这一生最幸福的时刻。

一次，刘淼的父亲喝到九分酒意、谈到十分得意之时，硬拉着吴礼、吴义来到一间无人居住的厢房，要让两人开开眼，看一样宝贝。刘淼好奇偷偷跟着，她隔着门缝看见父亲打开菩萨挂像后面墙壁上的暗门，从秘龛中取出一只紫檀木匣，匣里安放着一尊宋代玉瓶。吴礼赞不绝口，吴义并不在意，他没碰玉瓶，也没碰紫檀木匣。宋代玉瓶熠熠生辉，刘淼的父亲自豪地说："这尊玉瓶价值连城，多少海外大收藏家向我重金求购，被我一口回绝，这是刘家的传世之宝、镇宅之宝。"

半个月后，吴义到南方参加散打比赛。刘淼到火车站送别，吴义说他头痛。昨夜吴礼为他摆酒饯行，喝得太多，大醉一场。吴义还说，醉梦中，他梦见自己双手抱着那只装玉瓶的紫檀木匣。

吴义走后，刘淼每天与他通一次长途电话。散打比赛中，吴义大获全胜。赛后，为了多挣点钱，吴义到南方几座城市巡回表演。整整四十七天，两人天天靠打长途电话慰藉相思之情，打到话筒发烫。

终于，吴义买了火车票，就要回来啦。

刘淼兴冲冲地到火车站接他。旅客走光了，站台上却不见吴义的人影。

这时，她得到一个天大的坏消息，吴义涉嫌盗窃与走私文物被抓起来了。

刘淼不信心上人是个贼。母亲告诉她，警方在接到一个老女人打来的匿名举报电话后，新近破获一起重大文物走私案，其中一件最珍贵的宋代玉瓶流失海外。警方到家里来调查，刘淼的父亲打开厢房墙上的暗门，取出紫檀木匣，里面的玉瓶不翼而飞。经技术部门勘验，匣面上检出数枚完整的指纹，比对认定，指纹是吴义的。作为宋代玉瓶失窃、走私大案的主要嫌疑人，吴义被刑事拘留，关进看守所。

刘淼的父亲气到吐血，多种心血管疾病一齐发作，住进医院。他在病床上怒骂吴义是一头养不熟的白眼狼，责怪女儿引狼入室，命令她与吴义断绝往来。

吴礼请来本市最好的律师，为吴义辩护，高昂的律师费由吴礼承担。隔着看守所的铁栏，那位律师在会见中，规劝吴义认罪，揭发同案共犯，争取获得减刑的宽大处理。吴义坚称无罪，但说不清他的指纹怎么会跑到紫檀木匣上。

警方通过缜密调查，除了几枚指纹，没有找到吴义犯罪的其他证据。这件案子久拖不决，吴义在看守所的铁窗里待了近一年。

刘淼每周去一次看守所，为关在里面的吴义送各种必需用品，风雨无阻。她请求与吴义见上一面，未被允准。在此期间，吴礼像兄长一样陪在她的身边，成为她的精神支柱。

刘淼的父亲身体状况一天不如一天，住进医院再没出来，因多种脏器衰竭撒手人寰。那个价值连城的宋代玉瓶至死也没找回，他带着深深的遗憾离去。

葬礼上，一身黑衣的刘淼悲恸欲绝，吴礼与段氏一左一右地搀扶着她。

墓地归来，刘淼的母亲精神倦怠，早早睡了。

段氏炒了几样菜，倒了一杯红酒。刘淼面白如纸，神情恍惚，不吃不喝。段氏哄劝她："吃几口，喝一点，把心里的难过哭出来，再睡一觉，明天早上就会好受多了。"

刘淼喝了一口红酒。想到父亲去世，吴义关在看守所，一下子失去两个最亲的人，悲从中来，伏在段氏怀中泣不成声。她头晕，身子沉，哭累了，睡着了。

这夜很黑，很冷，很长。

早晨，刘淼醒来，她睡在吴礼身边。

没等刘淼的母亲张嘴，段氏抢先说，刘淼酒后有失女德，主动寻求吴礼的安慰，她的儿子出于同情，一时心软，两人做了错事。谁也别怨谁，这事两人都有错。段氏还说，她与儿子是讲究礼义廉耻的人，儿子在老家定下一门亲事，女方姓丁，催着完婚，不能因为刘淼家有钱有房，就抛弃那个乡下姑娘，所以吴礼不能娶刘淼为妻。说完这些话，段氏与他的儿子吴礼收拾行李，搬出刘家的大宅院，到外面租房子住去了，并声言吴礼与刘淼不再见面。

刘家院门紧闭。刘淼母子碍于颜面，不愿声张，有些事确实不易说清楚是非。

恰在此时，吴义的案情有了转机。随着文物走私一案犯罪分子的先后落网，他们交代，卖玉瓶的是个蒙面老女人，交易地点就在本市。玉瓶交易时，吴义远在南方参加比赛，也没有证据证明他与那个老女人存在某种联系。本市检察院综合全案证据，可能对吴义作出不起诉的决定。

刘淼心情矛盾，她盼着见吴义，又愧见吴义，因为她怀孕了。

二十九年前，未婚先孕是见不得人的大丑事，会受到所有正派人的指责，一辈子抬不起头。人工流产需要提供若干证明，不像今天跟治便秘一样随意。为了女儿的名声，刘淼的母亲不得不去找段氏，找了三次，只差跪求。终于，段氏勉强同意认刘淼为儿媳。她一脸无奈地再三说，她这样做愧对那位姓丁的乡下姑娘，委屈了儿子吴礼，完全是为刘淼母女着想，她将因此受到上天的惩罚。刘淼母亲被感动得连声叫她"好姐姐"。

吴礼与刘淼的婚礼在刘家大宅院举行，只贴了几个红喜字，两家主要亲戚到场吃顿饭。

来客端起酒杯正要干，门开了，吴义站在门外。他的眼睛里满是疑问。吴礼请他入席，并向来宾宣布，宋代玉瓶失窃案，因证据不足，检察机关对吴义做出不起诉的决定，今天上午他被放出看守所。

尽管证据不足，可"贼"的嫌疑还在，并没有洗刷干净，来宾们对吴义敬而远之。

婚礼自始至终，吴义的目光就没有离开过刘淼。他心碎地发现，刘淼小腹微微隆起。

婚礼尚未结束，吴义醉眼乜斜地出了院门，来到大街上。他借着酒劲跟人打架，用一只手捏碎对方的脚踝。上午出的看守所，下午他又回去了。吴礼慷慨仁义，向伤者赔付了全部费用，取得谅解，吴义因伤害罪被从轻判处有期徒刑一年六个月。

刘淼多次到监狱探视，吴义拒绝与她见面。

往事如烟。近三十年过去了，刘淼忘不掉那个疑问的眼神，她该怎样回答？

楼上什么东西落地，响了一声。

刘淼眼望天花板，发出声响的是位于正上方的书房。她裹紧被子，再听，像是有人来回走动，声音似有若无。

书房闹鬼了？

063

刘淼锁上卧室的门。

她靠在门上，听了几分钟，楼上的声音没了。或许那是出于她的幻听？她拧开门锁，将门拉开一道缝，朝外看。明亮的灯光下，没有鬼影。

静，静到可以听到她的心跳。

她一级一级走上楼梯，每上一级停一下。

书房的门关着。她站在门外，深栗色的门里隐伏着什么样的未知危险？

她拧下门把，一推，同时向后退。

门滑开，里面没有鬼怪扑出来。她身后的灯光照射进去，在半明半暗的光线中，书桌、书柜、小沙发、摇椅、一大盆绿萝……各种形状的陈设静立不动。窗幔的流苏垂落到地毯上。

她走进书房，身影又黑又长。

她找不到电源开关。黑咕隆咚的，她脚下碰到一样东西，"当"的一声，黑暗将声音放大。她碰倒的是一只浇花的喷壶。空气中有一股臭味儿。

她在书桌前停下，借着窗外的雪光，看到桌面上放着一本摊开的卦书。一只抽屉拉出一半，里面是空的，抽屉下方的地毯上遗落一张纸片。她捡起来，这是一张大面额的外币。

她拿起书桌上的遥控器，按了两下。骤然间，书房的灯全亮了，摇椅对面的立体音响放出震耳欲聋的歌剧咏叹调，男女高音混唱，爆发的灯光与音浪把她吓呆了。

她手忙脚乱地胡乱按动遥控器。

灯光灭了，歌声停了，重归昏暗与无声。

她倒退出书房，关好门。

走下楼梯时，一阵冷风吹到她的小腿上。通往地下室的小门没关，风从那儿吹来的。

地下室里吊着一只昏黄的电灯泡，被风吹动。

裸露的灰色水泥墙面上，空无一物。靠墙堆放着杂物，黑色垃圾袋敞开口，吴董事长的各种照片装满其中，那张大幅黑白全身像揉得皱皱巴巴，只露出一只完整的眼睛。

通往外面的铁门被风吹开，又合上，发出闷响。这扇门她明明在检查时好好的。

她推开铁门，外面的雪地上，留下两行来去的脚印。

有人进来过，是贼，不是鬼魂。

慌慌张张回到卧室，刘淼给一个人打电话。

"你让我报案？直接找毕警官？好吧。"她又说，"我想见你，等事情过去？好吧。"

与刘淼报案的同一时刻，丁苦菊在自家别墅的卫生间里用大木盆搓洗着衣服。

丁香过来说："妈，有洗衣机，干吗不用？"

丁苦菊说："省水，省电。"

"您的腰又该痛了。"

"忙你的去。"

丁零零，客厅里座机响，丁香走过去拿起话筒，"喂"了几声，没人说话。丁香回到她的房间，接着打一份名为《关于重组吴氏集团的方案》的文件，她身边堆着小山似的资料。

座机铃声再次响起，响个不停。丁苦菊说："香儿，接电话。"丁香说："妈，您接，我这儿忙着哪。"丁苦菊唠叨女儿："忙，一天到晚地忙，忙得顾不上找婆家，忙得把外孙子耽误了。"她用围裙擦干手，过去接电话："您是……是你……你说……我不对别人讲……行，我就来。"

丁苦菊挂断电话，换上出门的衣服，对丁香说："老家来人了，几个远房亲戚，让我帮他们安排住处，我去安顿一下。"

丁香说："住咱家吧。"

"不了，乡下人，一大家子，来咱家住太乱，影响你工作。咱们出钱，给他们找家小旅馆，住两天就走。"

"我开车送您去。"

"不用，忙你的。"

"您要辆出租车。"

"不花那钱，路不远，走几步就到。"

"妈，天晚了，注意安全。"

"我一个乡下老婆子，一不怕劫财，兜里没钱；二不怕劫色，老得没人要了。"丁苦菊跟女儿说着话，从冰箱里取出一瓶橙汁、几只苹果，装进塑料袋。她抿抿整齐的发髻，开门走了。丁苦菊来到小区大门口，对岗亭里的保安说："小伙子，有旧衣服吗，大号的，给大妈找两件。"

年轻保安摇摇头说："没有，我们都穿制服，以旧换新。"

丁苦菊出了小区院门，一直向前走。她走得很快，不一会儿就来到公共汽车站前。她停下脚步，四下张望。

马路对面一辆两厢车亮起双尾灯，像对红眼睛一眨一眨的。丁苦菊斜穿马路，走了过去；她拉开车门，坐进两厢车。

两厢车不走安有监控探头的路口，在蜘蛛网似的小胡同里穿行，像一个暗夜中游荡的幽灵。

064

毕队长与小袁勘查失窃现场。

这间书房大约三十平方米，四壁的书柜里摆满精装书籍，其中不少是关于扶乩、占卜、算卦、风水、驱鬼辟邪的，中外都有。毕队长抽出一本翻开，血腥恐怖的彩色画面令人作呕。这些描写妖魔鬼怪的书刊折射出吴董事长隐秘的内心世界，此人心里应当有一个相同的黑暗地狱。

整间书房没有翻动痕迹，只有一个抽屉被偷空了，推测里面装的是钱。

刘淼的三个子女、大儿媳赵慧还有陶蜜儿闻讯赶到。楼下客厅里，他们难得地聚在一起，围坐在刘淼身边。吴义没来。

陶蜜儿抱着吴智的胳膊怯生生地问："真的有鬼？"

吴智在妈妈面前不抽大烟斗，只叼着，他说："世上只有一种鬼，胆小鬼。我妈家进贼了。"

赵慧问："妈，丢了什么值钱的东西？"

刘淼说："不知道。"

"您怎么会不知道？"

"我以前不进书房。"

吴仁说:"丢了什么都不要紧,妈,您没事就好。"

赵慧说:"不丢东西更好。"

赵慧给大家沏茶倒水。今晚,她对婆婆刘淼表现出十二分关心,称呼陶蜜儿为弟妹,还要送给吴美一套进口的高级化妆品,她成了孝顺的儿媳、可亲的大嫂与贤淑的妻子。她的好心没得好报,所有人都不给她好脸色,她笑在脸上,恨在心里。

她笑到脸上的肌肉快抽筋了。

吴美说:"大哥,听说你们去孟艳家大闹了一场,警察都来了。"

吴仁说:"我开车,送你嫂子去的,我站在一边,没跟着吵,劝劝架。"

吴美说:"大哥,我不瞒你,如果孟艳愿意回吴氏集团,我这一票支持她当董事长。"这话是故意说给赵慧听的。

吴仁说:"谁当都行。"

赵慧恨到肚子里长牙,恨不得这个小姑子一个跟头摔死在眼前,不止是吴美,这屋里的人死绝了才好。她看到茶几上有一盒西药,药名很长,全是外国字母。她趁人不备,把药品说明书攥在手心,关切地问:"妈,您最近身体哪儿不舒服?"

刘淼说:"还好吧。"

"我看您瘦了。有病早治,不治死得快。"赵慧张嘴没好话。

刘淼板着脸收走药盒。

吴仁想把嘴欠的老婆打发走,他对赵慧说:"你上楼给毕警官送点茶水。"

赵慧送茶水去了。她心里盘算着这两天去趟市立医院,请艾主任看看这份药品说明书。她要比其他继承人更早地知道,婆婆刘淼近期身体日渐虚弱,得的是什么绝症?还能活几天,是不是快死了?

书房门口,小袁谢绝了赵慧的茶水,并将她拦在门外。

毕队长翻了几页书桌上的卦书,没想到受过高等教育的堂堂大企业家竟然迷信这种东西。俗话说，倒霉上卦摊，吴董事长遇到一件大大倒霉的事？

嗯？卦书当中缺了大半页，是被撕掉的。

毕队长用放大镜细看，撕去的那大半页像是写过一行字，因为纸质粗劣，以致墨水洇到下一页上。写的似乎是一串数字。

撕剩下的小半页上有太上老君残缺不全的头像。毕队长将卦书与那张遗落在地毯上的大额外币收进证物袋，带回去请技术部门检验。

小袁只提取到吴董事长与刘淼两人的指纹。

除此以外，窃贼留下最明显的犯罪痕迹是一股经久不散的臭味儿。

毕队长打开窗户，透透气。

毕队长与小袁走进地下室。小袁察看铁门内的锁舌，完好无损，没有暴力撬痕。毕队长翻动装满吴董事长照片的黑色垃圾袋。

在他身后，一个女人说："我不想睹物思人。"

毕队长不回头，问："吴董事长的照片都在这儿？"

"都在这儿。"说话的是刘淼。

"你们的合影呢？"

"我跟吴董事长没有合影。"

"这些照片怎么处理？"

"烧了。"

刘淼口气平静，就像在说烧垃圾。

小袁问："吴太太，这扇门装的什么锁？"

"请称呼我刘女士，你叫我刘阿姨也行。"

"刘女士，这扇门装的什么锁？"

"密码锁，今晚我没关好门。"

别墅外，小袁提取雪地上的足印。她说："根据足印可以认定，窃贼男性，身高一米八以上，体重超过八十五公斤，步幅宽大，体格健壮。"

毕队长说:"窃贼直奔后门,中间没有停顿。"

"窃贼进地下室,上楼,进书房,拉开装钱的抽屉,目标明确;他知道这个小区哪里是监控死角,没有留下正面影像,说明他熟悉环境。综合以上两点可以认定,熟人作案。"

"还有呢?"

"一进书房,我闻到一股又馊又臭的味儿,可以认定,窃贼很脏,大概一年没洗过澡,是个流浪汉。"

"吴董事长有位熟人是流浪汉?这位流浪汉来此行窃时碰巧后门没关好,碰巧走进书房,碰巧拉开的第一只抽屉里装着钱?"

小袁被问住了。

仰望只有一两颗星星的夜空,毕队长想,这位熟门熟路的窃贼是谁?

065

胡同口左边有一间卤煮店,右边开着一家简易平房改建的小旅馆,名为"六六大顺"。走进小旅馆的门,一扇带铁栏的窗户里面,女老板抱着熟睡中的婴儿,坐着登记收钱,给客房钥匙。走廊两侧,木板壁隔开一间间十平方米的客房,住宿的客人们方便与洗漱去公用厕所。小旅馆里只有一套自带卫生间的客房,女老板叫它"总统套"。

丁苦菊定下"总统套"。交完钱,丁苦菊问女老板,孩子是男孩还是女孩。女老板拍拍婴儿,骄傲地说:"带把儿的,男孩。"

"男孩好哇,多大了?"

"下月周岁。"

"你一个人带?"

"我不带谁带,他的爷爷奶奶不管。"

"你男人呢?"

"又打牌喝酒去了。"

"辛苦你了，一个人又带孩子，又照顾生意，做女人不容易呀。"

"可不是嘛。"

几句闲话拉近两人的感情，丁苦菊说："老板，我这个亲戚刚从乡下来，身上脏，没带换洗衣裳，麻烦你找两件旧衣服，里外都要，我给钱。"

"行，你等着。"

不一会儿，女老板抱着一堆旧衣服回来，从铁栏里塞出来，说："这是我男人的，他不穿了，有的只下过一两次水，钱你看着给。"

丁苦菊说："大妹子，钱你说个数。"

丁苦菊拿着一包旧衣服出了小旅馆，往胡同里走了二十几米。两厢车停在几只垃圾箱旁，车门开了，丁苦菊将旧衣服递进去。

不一会儿，丁苦菊领着一个穿着旧衣服的老头儿走进旅馆。女老板跟老头儿要身份证，他装聋作哑像是没听懂。丁苦菊忙解释说："乡下人，不懂城里的规矩，从老家出来时没带在身上，不是坏人。大妹子，你还信不过我吗？"女老板说："有规定，没身份证的人不让住。"

丁苦菊塞给女老板一百块钱，说："这是他的身份证。"

两人说话时，一间客房的门被"咣"一声踢开，拥进三个高低胖瘦不同的汉子，他们是"桃园三结义"，大哥刘有德、老二关昌与三弟张义。大前天夜里，他们被吴义打出"黑白时光"影楼，伤没全好，大哥刘有德下巴肿着，走路腿一瘸一拐的。三弟张义手里提着一桶红油漆。

女老板说："嘿，轻着点，踢坏我的门。"

"哼，你的门？你的门差点夹着我。"大哥刘有德不正经地说。

"你小子会不会说人话，出门让车撞死！"女老板跟三兄弟吵起来。

出门时，大哥刘有德脚下不稳，撞了一下老头儿。老头儿推开他。

丁苦菊与老头儿进了"总统套"。

灰白被子上放着小石斧，一堆不同面值、不同国别的纸币。水声哗哗，老头儿在卫生间里冲澡。丁苦菊给女儿打电话："我晚点回家，我带着门钥匙哪。"

丁苦菊拍了拍卫生间的门喊："我出去给你买点吃的。"

附近有一家卤煮店，丁苦菊进去买了两个火烧、几个茶叶蛋。她又说了几句好话，请老板单做了一盆疙瘩汤，她要打包带走。

她坐下等。旁边的小桌上围坐着"桃园三结义"，每人面前一大碗冒尖儿的卤煮火烧，一瓶白酒分成三杯，大哥刘有德的那杯多点。大哥刘有德今天下午接了一个活儿，收下定钱，带着两位结拜兄弟在小旅馆客房睡了一大觉，又到这儿大吃一顿，养精蓄锐，夜里好干活。

三兄弟不怕烫，大吃起来，猪似的吧唧着嘴，热得脱去外衣。

他们边吃边聊，话题离不开烈酒、金钱与女人。老二关昌色眯眯地说："大哥，这两天，我老梦见黑白时光影楼里的那个小娘们，她叫什么？"

大哥刘有德说："真名不知道，网名叫'从唐朝来的杨贵妃'。"

"长得跟杨贵妃一样，一想起她，我就流口水。"

"你见过真的杨贵妃？"

"见过画儿上的杨贵妃。大哥，她让你杀谁？"

"杀一个姓吴的大老板。"

"你杀了吗？"

"杀了，大哥我号称金牌杀手。"

"网上登了，吴氏集团董事长神秘失踪，他就是那个姓吴的大老板吧？"三弟张义问。

"没错，我杀他的时候，他跪在我的脚下苦苦求饶，我手起刀落，要了他的小命。"大哥刘有德骈掌如刀，在三弟张义的脖子上比画一下子。

三弟张义一缩脖子，感到凉飕飕的。

老二关昌敬畏地说："大哥，你真厉害，我和三弟跟定你了。"

大哥刘有德飘飘然。

疙瘩汤做好了，红的西红柿，绿的黄瓜片，黄的鸡蛋花儿，好看。丁苦菊提着塑料袋，走出店门，与一个男人脸碰脸。那个男人是吴义，身后跟着两个徒弟。丁苦菊不认识他，他认出丁苦菊。他看着丁苦菊走进小旅馆。

吴义看见胡同里的那辆两厢车。他走过去，朝两厢车里探视，接着摸了摸尚有余温的前引擎盖，踢了踢亏气的轮胎，拽了拽锁紧的车门。

他叫过矮个徒弟，说了几句话。矮个徒弟点点头，进了小旅馆。

066

卤煮店里食客不多。大哥刘有德高腔大嗓，唾沫星子横飞，双手比画着说："大哥我这些年闯荡江湖，行侠仗义，从没怕过谁，我属螃蟹的，横着走，谁敢惹……"突然最后一个"我"字卡在嗓子眼儿，他看见了"克星"吴义一步跨进小店，找了张空桌坐下。高个徒弟双手抱肩，站在他的身旁。

店内罩上一层煞气。

三弟张义胆子最小，他想说"走吧"，又舍不得没吃完的半碗卤煮火烧。

大哥刘有德不出声了。这三兄弟见到吴义，就像耗子见了猫，想起在"黑白时光"影楼挨的那顿臭揍，他们身上又痛起来。俗话说，酒壮尿人胆，大哥刘有德喝了四两白酒，他不能在两位结拜义弟面前丢面子，再说，这里是公共场所，坏人不敢胡作非为。想到这儿，他双手抱拳，冲吴义说："再次幸会，兄弟我请您喝……"

话一出口，眼前人影一晃，他的左脸挨了一个大巴掌，打得他嘴里发甜，眼前满天金星飞舞。

高个徒弟退回原处，说："少跟这儿称兄道弟，你不配。"

刘有德捂住左脸问："你……你怎么打……"

紧接着他的右脸挨了一个更脆的大巴掌，高个徒弟说："我从不打人。"

刘有德被打蒙了，说："打人不打脸，两边脸都打，你们讲不讲……"

尽管他有所防备，一串爆响声中，左右两边脸上接连挨了不少大巴掌，他被打得晕晕乎乎的，牙齿松动，两颊滚烫，不觉得痛了。高个徒弟神闲气定，说："你的脸皮又厚又硬。"

好汉不吃眼前亏，刘有德是条真正的好汉，他低三下四地说："我们兄弟三人在这儿吃碗卤煮火烧，吃完就走，不碍两位大爷的事。打了又打，打够了吧，晚辈错在哪儿，请指条明路。"

卤煮店老板"当当当"地切卤好的肠子、肺头，盛上两大盘，配点花生米，连同一壶烫好的二锅头白酒，端到吴义桌上，说了声："两位慢用。"

他不关心眼前发生的事，在他的店里，这种事常见，打斗双方中没出息的才报警。

吴义与高个徒弟吃喝上了。

三兄弟想溜，被高个徒弟瞪了一眼，又坐回到椅子上。

吴义喝干一盅酒，高个徒弟给他满上。吴义叫老板添上一个酒盅，他对刘有德说："你过来，一起喝点。"

刘有德以为又有祸事了，没敢动。

高个徒弟说："耳朵塞驴毛啦，没听见我师父叫你过来，我过去请？"他双手骨节一阵轻响。

刘有德跛着一条腿，走到离吴义一米多远的地方，不往前走了。吴义说："坐。"刘有德弯着腰，双手下垂，恭敬地说："在您老面前，哪有晚辈坐的地方。"吴义问："你的腿怎么了？"刘有德心说，明知故问，让你打的。

刘有德嘴上说："不小心，摔了一跤。"

高个徒弟冷言冷语："骨头折没折？我师父精通正骨术，一只手捏碎骨头，另一只手再把碎骨揉到一起，你试试？"

"不试，不试，骨头没事，不劳费心费力。"刘有德心惊肉跳，他做好准备，只要对方动手，他就狂呼"救命"。他相信，现在是法制社会，总会有见义勇为的好市民出手相救，制止这对师徒伤害无辜的犯罪行为。这时能有警察巡逻到此就更好了。

吴义抬了一下手，刘有德下意识地张口欲喊。

吴义递过筷子，说："吃。"

刘有德没接住，筷子掉地上一根。他偷偷瞧了一眼，吴义和和气气的，一点不凶，像位慈爱的老爸，没有动手打人的意思。

吴义问："你姓刘？"

刘有德点头回答："哎。"

"那边是你的两个结拜兄弟？"

"晚辈三人磕过头。"

"桃园三结义？"

"您老知道晚辈们的名号？"

高个徒弟说："我师父找了你们三天，就连耗子洞都翻了一遍。"

刘有德心提到半空，问："您找晚辈什么事？"

吴义喝一盅酒，夹一筷子肥肠。

刘有德一条腿站累了，另一条被打伤的腿使不上劲儿。

他想了又想，自以为想明白了，准是为了大前天夜里他们仨闯进黑白时光影楼要钱的那档子事。他说："晚辈再不敢了。"

吴义问："不敢什么？"

刘有德说："晚辈若是再踏进黑白时光影楼一步，您打断晚辈的两条腿，晚辈绝无怨言。"

吴义说："小子，找你不为这事。"

"您有事吩咐，晚辈当效犬马之劳。"

刘有德想，不会让他去杀人放火吧？吴义对卤煮店老板说："您抓只鸡来，多少钱单算。"不大工夫，老板抓来一只活鸡，大红冠子，公的。高个徒弟怪笑着，将大公鸡与一把明晃晃的菜刀交到刘有德手里。

刘有德一手抓鸡，一手提刀，不知下一步要干什么。

吴义说："杀了这只鸡。"

"杀鸡？！"

刘有德瞠目结舌。面前这位凶神在全市找他三天，见面赏他一顿大耳刮子，打得他服服帖帖，就是为了命他杀一只鸡？他想破头也想不明白这是为什么。他不得不照做。他抓住鸡，按在桌面上，用菜刀对着鸡脖子比画两下，下不去手。大公鸡是活的，劲儿不小，咯咯叫着挥动翅膀，双腿乱蹬，鸡眼睛红红的，怒视着他。

刘有德让两个义弟过来帮忙。

高个徒弟阻止："不行，你自己杀。"

刘有德握不住刀，显露出胆怯的本性。

高个徒弟催他："这是杀鸡，不是杀人，快着点，大耳刮子没挨够？"

刘有德一闭眼，菜刀一划。

血，鲜红的血呼地冒出来。不是鸡血，是刘有德的血，他一刀划在自己的手指头上，好大的口子。

鸡飞走了，留下几根鸡毛。

刘有德一翻白眼瘫坐到地上，他这人见血就晕。

这一切被吴义看在眼里。没人明白他为什么要看刘有德杀一只鸡，他找到答案了。他起身往外走，走过刘有德身边时，说了一句：

"小子，以后没你事了。"

店外，矮个徒弟向吴义说了几句话。

一股寒风吹过，六六大顺小旅馆门上的灯泡闪了两下，灭了。

067

卤煮店内，老二关昌、三弟张义扶起大哥刘有德，拖着他坐到椅子上，给他顺气，往他嘴里灌了一口白酒。

大哥刘有德醒了。

三弟张义说："大哥，别怕，那俩人走了。"

一听那俩人走了，大哥刘有德睁开眼："谁怕了？我怕过谁，我谁也不怕。那俩人真的走了？"

"走一会儿了，走远了。"老二关昌说。

吴义要的两盘肠子、肺头没动几筷子，白酒还剩一大半。大哥刘有德让两个义弟将它们全端过来，三人接着吃喝。大哥刘有德说："咱们桃园三结义的名号在江湖上叫响了。你们知道那俩人干吗来的？我告诉你们吧，那俩人听说了咱们桃园三结义的名号，专门找到这儿，就是为了跟咱们结识，日后相互照应。"

"是吗？"

"把'吗'字去了。"

大哥刘有德用筷子指点两个义弟，说："跟着大哥好好混，大哥亏待不了你们。"他去夹肥肠，盘子已被两个义弟吃空了。

老二关昌说："大哥，你手指头流血哪。"

三弟张义说："大哥，我这有片创可贴。"

创可贴裹上，止不住血。大哥刘有德的身子又软了，他说："快去医院，挂急诊，缝针。"

一家私人开的小诊所里，大哥刘有德不住叫唤，喊痛。穿白大褂的冒牌医生说："忍着点，打过麻药了，一会儿就好。"两个义弟在外面等，三弟张义手里提着那只红油漆桶，不知干什么用的。

出了小诊所，老二关昌问："今晚那活儿还干吗？"

大哥刘有德说："干！"

凌晨两点。街上没什么人，哥仁凑在一起嘀嘀咕咕。大哥刘有德训话："这次，咱们得把活儿干漂亮了，雇咱们的人才能给剩下的一半钱。"

老二关昌说："大哥，有你带着干，没问题。"

三弟张义说："大哥，放心吧，咱们兄弟三人干这种活儿不是头一回了。大哥，人家给了多少钱？大哥，你别多心，我就是问问。"

大哥刘有德掏出一沓钱说："全在这儿，够咱们吃喝半个月的。"

三弟张义说："大哥，就这么点钱，你可不能私吞。"

大哥刘有德踹他一脚："大哥是那种人吗，二弟，你信不信大哥？"

老二关昌说："信！嘿嘿，大哥，人家给钱的时候，我看了一眼，好像比你手里的这沓钱厚。"

"废话，今天吃、喝、住，还有刚才交医疗费，不花钱？"

大哥刘有德觉得两个磕头结拜的兄弟不够义气，不信他这个大哥，他感到寒心。他虽然私存了几百块钱，那是为了应付急需。再说，他是大哥，又是他接的这单活儿，按规矩多分点儿也是天经地义的事。

霓虹灯下，"疯狂老鼠"的客人不见减少，不断还有新来的。路边停满各种型号、颜色的好车。

三弟张义来回找了两遍，没找到要找的那辆车。

大哥刘有德靠在"疯狂老鼠"的侧门旁，远远看着。他对老二关昌说："你去，帮着一块找，快去呀。"老二关昌扒着玻璃往里看，眼珠子不会转了。隔着一面透明的大玻璃，他在外面风吹背后寒，愁眉苦脸；里面，旋转的彩灯下，那些男男女女热得脱下外衣，不知疲倦地跳舞，不知醉意地喝酒，个个笑容满面，激情乱射。都是人，差距为何如此之大？老二关昌说："大哥，哪天你也带兄弟们进去玩一晚上。"大哥刘有德说："咱们桃园结义三兄弟是响当当的江湖好汉，侠义之士，不去这种下流场所。赶紧的，快去，找到那辆车。"

老二关昌、三弟张义在车旁走来走去，引起保安警惕。

那辆车找到了，是吴美的大切诺基越野车，停在距"疯狂老鼠"较远的地方。

"车牌对上了？"大哥刘有德问。

"没错，错不了。"两位义弟回答。

大哥刘有德打开桶盖，说："这桶红油漆一滴不剩，全泼到车上，就算完活儿，你俩谁来？"老二关昌、三弟张义都不动手。老二关昌说："大哥，我这心咚咚的，左眼皮不住地跳，左眼跳灾，怕要出事，咱们还是别干了。"

大哥刘有德说："钱收了，花了，不干行吗？"

老二关昌说："你是弟，你来。"三弟张义说："你是哥，你来。"两人推来让去。大哥刘有德说："你俩一人泼半桶，有罪一起担。老二，你先来。"

老二关昌提起红油漆桶，一咬后槽牙，要往大切诺基越野车上泼了。

"住手！"

随着一声大喝，两名保安跑过来。三个人鬼头鬼脑的，早被保安盯上了。

老二关昌撒腿就逃，逃了几步，才想起扔掉沉重的红油漆桶。桃园三结义各朝一个方向逃跑，全部顾不上结拜时立下的同年同月同日死的誓言。

大哥刘有德舍命狂奔，摆脱保安的追逐，钻进一处街心花园。他趴在雪地上，捂着嘴喘气，花园外面手电筒光四下闪动。一束光从他身上滑过，他把脸埋入雪中，屏住呼吸。

人声远去。

大哥刘有德爬起来，徒步回到小旅馆。

门口，他遇到丁苦菊与老头儿。老头儿帽檐压住眉毛，竖起的衣领挡住大半张脸，眼睛不看他。他觉得老头儿不像好人。

两厢车被人开走，驶向城外。

大哥刘有德取回租房押金与行李，他要去火车站，回老家躲儿天。他走出小旅馆，一只脚刚迈下台阶，就被一束强光打在脸上……

068

刘有德伸手挡住眼睛，依稀看见一辆警车，两名警察中间，站着他的三弟张义，蔫头耷脑，矮了半截。他听到警察问：“你是刘有德？”

“我是，我正要去投案自首。”

刘有德高举双手，抱头，蹲下，全套动作一气呵成。

派出所里，“桃园三结义”再次聚首，刘关张分别接受讯问。关昌、张义将责任全部推到他们的大哥刘有德身上，两人说，刘有德逼着他们往大切诺基越野车上泼红油漆，不泼不给饭吃。为了立功，两人揭发检举出重大案情，刘有德吹嘘他杀过人，自称金牌杀手。两人的供述引起警方重视，决定对刘有德进行重点审讯。

审讯室里，铐在椅子上的刘有德有问必答。

刘有德，男，三十七岁，小学文化，媳妇儿嫌他没出息跟人跑了，两个孩子由老家的爷爷奶奶照看。

问到职业，刘有德说出一长串，他进城十几年，什么都干过，样样干不长。他属于混迹于城市街头、居无定所的游民，做梦发财，口袋里常常只剩几个钢镚儿。他最热衷于买彩票，但没中过。

警察问，为什么往车上泼红油漆？

刘有德交代，昨天下午，他在街上闲荡，过马路时，开来一辆小汽车。车到跟前，他假装被撞倒在地，连喊腿断了，开口要两万医疗费。车上跳下来一个脖子上戴条大金链子的凶汉，不讲理，不给钱，还把他揍了一顿。他自认倒霉，打算走开时，凶汉叫住他，问他想不想挣钱，他说想啊。凶汉说，有个女的欠债不还，需要教训一下，那个女的开辆大切诺基越野车，天天泡在"疯狂老鼠"。凶汉问他，敢不敢往那女的车上泼桶红油漆，敢，一笔钱就挣到手了。经过讨价还价，刘有德接下这个活儿，收了定钱。凶汉说，干好了，以后这种活儿多得很。

警察问，雇你泼油漆的人叫什么名字？

刘有德摇摇头说，不知道叫什么，双方说好事成之后，那人给他打电话。

在一堆照片中，刘有德挑出一张，那人是三番五次砸吴美家门、押着吴美到吴氏集团大厦追索高利贷的凶汉。

不用讯问，刘有德主动供述出他犯下的几件偷鸡摸狗的小案子。他说，还有一件事，不知当讲不当讲。

警察等着他说。

刘有德说，昨天半夜，六六大顺小旅馆来了一个老头儿，天不亮就退房走了，他不像好人。

警察问："不像好人？"

刘有德煞有介事地说："那老头儿走路躲躲闪闪，脸捂得严严实实，像是做了见不得人的事；他身上有股味儿，跟我的差不多。老头儿身边还跟着一个女的，是个乡下老太婆；老头儿怀里呀，揣的全是钱。"

警察惊讶地问："你怎么看出来的？"

刘有德说："我碰了一下那个老头儿，他怀里硬硬的，一沓一沓的，凭经验，是钱。"

警察皱着眉头："凭经验？"

刘有德实话实说："我坦白，我偷过钱包，就一次，没偷成。"

警察没深究，让他接着说。

刘有德观察细致入微，接着说："别看那个老头一身旧棉衣旧棉裤，穿得像个流浪汉，可他一双手又细又嫩，绝对不是干粗活儿的，像是……携款潜逃的贪官。要是根据我提供的线索，抓住那个老头儿，算不算是我立功呀？"

警察不动声色地问："就这些？"

刘有德可怜巴巴地说："就这些。警察大哥，我没干过别的坏事，我就是往一辆小汽车上泼点红油漆，还没泼成。这叫犯罪未遂，没有造成实际的损害后果，情节显著轻微，应当依法从轻或减轻或免除处罚。您狠狠训诫我一顿，把我当个……不说粗话，您把我放了吧，能不能不拘留？"

警察笑了："你懂得不少。"

刘有德有些得意地说："我在网吧上网查过法律条文，我这人挺爱学习的。"

警察追问："还有什么没交代的？"

刘有德一脸诚恳地说："该说的我都说了。"

警察顺着他的话逼问："不该说的就没说，是不是？"

刘有德挖空心思地边想边说："您让我再想想……我坦白，我从六六大顺小旅馆拿走一条床单，那个女老板骂我'不说人话'，我气不过，我不能白挨骂。我这不叫偷，床单在我提包里，我这就给人家送回去。"

警察整理讯问笔录，不再提问。刘有德认为审讯结束，该在笔录上签字了。他没犯多大事，至多行政拘留三天，看守所里管饭，饿不着。他活动一下铐麻了的右手，揉揉手腕，身体放松了。

警察抬起头，冷冷地看着他。

刘有德心里发毛，讯问中，他没抬过头，不知道警察长什么模样。凭感觉，对面警察的眼睛很厉害。

警察声音不大，但透着威严，叫道："刘有德。"

刘有德下意识地答："到。"

警察说："你爱学习法律，不给你讲政策了，说吧。"

刘有德皱皱眉头说："我还说什么？我全说了。"

警察提示说："你的两个同案犯替你交代了一件事。"

刘有德一副苦相："什么事？我再想想，我这人爱忘事，您提个醒。"

警察问："你几年没有回过老家？"

刘有德说："快七年了。"

警察点点头，颇有人情味地又问："家里有老人，还有两个孩子，为什么不回去看看？"

刘有德说："没钱，没脸回去，等我混出个人样儿再回。有句戏词，叫衣锦还乡。"

警察冷笑说："你是犯了大案，不敢回去吧。再给你提个醒，酒后你对关昌、张义说过什么？"

刘有德来了精神头："我说我是刘备转世，真龙天子下凡，有朝一日当上皇上，封关昌为天下兵马大元帅，封张义为……我那是瞎说，搞封建迷信，我有罪，罪该万死。"

警察说："你东拉西扯，避重就轻，态度不好，没有真心悔罪的表现。"

刘有德像是明白了："我彻底坦白，我说我杀过人。警察大哥，我胆小，杀鸡都下不去手，别说杀人了。我没想过杀人，我那是替别人杀人。不不，我没杀人。酒喝多了，吹两句牛，吹出人命官司，我冤不冤哪。"

警察问："你替谁杀人？"

刘有德说："网上认识的，有人发帖子说，雇杀手。我以为是闹着玩儿，就跟那个女的联系上了，她的网名叫'来自唐朝的杨贵妃'。"

警察问："杀谁？"

刘有德说："她从网上传给我一张照片。"

警察问："照片还在吗？"

刘有德回答得很干脆："扔了。"

警察提高声音："说说杀人经过，详细一点。"

刘有德叫屈道："我真的没杀人。我说我把人杀了，是想跟那个女的骗俩钱花。我想起来了，她要杀的老头儿姓吴，是个大老板。"

警察从电脑中调出吴董事长的照片，问道："你要杀的是不是这个人？"

刘有德忙点点头："就是他！"

069

刘有德一人坐在审讯室，心里七上八下。

快一个小时了，既不放，又不送看守所，没人搭理他。他像一只被关在铁丝笼子里的老鼠，无处逃生，只能等死。他把这些年干过的坏事捋了一遍，对照学过的法律条文比对，心里多少踏实一点，他没犯过吃枪子儿的大罪。他打定主意，接着装下去，装成一个大傻子，蒙混过关。

进来两个警察，听脚步声，他辨别出是一男一女。换人审他了？这不是好兆头。

男警官叫他的名字："刘大有。"

刘有德心里咯噔一下，他到这个城市时间不长，没几个人认识他。警察叫他的真名，这下完了。他的上眼皮抬了一下，认出对面坐着的是"黑道克星"市刑警队的毕队长。刘大有一时受到惊吓，产生一种憋不住要上厕所撒尿的冲动。

刘大有感觉不妙，毕队长亲自审他，他摊上什么大事了？

吴董事长失踪是一件轰动全市的大案、要案。在讯问刘大有的过程中，得到他受雇杀害吴董事长的供述后，派出所立即中止审讯，将这一情况通报市刑警队。二十分钟后，毕队长与小袁赶到。

　　通过新研发的人脸识别系统，查出刘有德的真实身份。

　　毕队长手里有一份刘大有的犯罪记录：刘大有，因盗窃、诈骗、赌博、侮辱妇女等罪，坐过四次牢，可谓劣迹斑斑；刑期六个月至十个月不等，所犯罪行并不严重。

　　毕队长不急于讯问，而是研究着这个人。刘大有紧靠椅背，始终保持一个坐姿，不敢乱动，他的耳廓张开，审讯室里每一点声响都会让他哆嗦一下。这个人表面上粗傻、爽快、仗义、胆大妄为；骨子里滑头、小气、自私、胆小如鼠。一个惯于说大话使小钱的三流小混混，受雇杀人，他有这份胆量与能力？

　　小袁天性疾恶如仇，她认为，应当将刘大有这种社会渣滓遣送到西北戈壁滩种树，死了埋在那儿当肥料。

　　她放粗声音："刘大有。"

　　刘大有应声："到。"

　　"第几次进来了？"

　　"八九次。"

　　"多少次？"

　　"十八次，十九次。"

　　"你属于屡教不改的惯犯！这次为什么进来？"

　　"我惭愧，在腐朽生活方式的诱惑下，我没经受住考验，辜负了政府对我的教育与培养，我又犯下新的罪行，罪恶滔天，死有余辜。报告，我是受坏人利用的。"

　　"受人利用？说说吧，'杨贵妃'怎么利用你的。"小袁把问话引到重点。

　　"杨贵妃？"刘大有没听明白。

　　"网名'从唐朝来的杨贵妃'，先说说你们怎么认识的。"

"您说的是她呀，网上认识的。前一段，我没地方去，吃住都在小西天网吧，那儿能赊账。"

"还用给你讲政策吗？"

"您甭费那事了。"

"'杨贵妃'雇你杀人？"

"是，我受她利用。"

"杀照片上的这个人？"

"是，就是他，姓吴，大老板。"

"杀完给钱？"

"是，一分钱没给。"

小袁连珠炮一样提了四个问题："哪天杀的？在哪儿杀的？怎么杀的？杀了之后，尸体如何处理的？"

刘大有真傻了，吓得变颜变色，哆嗦着说："我没杀……"

小袁一拍桌子喝道："不老实！"

刘大有很怕这位女警官，说："就算是我杀了。"

"什么叫'算是'？"

"是我杀的。"

小袁与刘大有一问一答，审讯顺利。

"什么时间杀的？"

"我想想，二十三号下午五点零一分。"

"为什么选择那天作案？"

"我想想，那天下大雪，白花花的，风也大，我是为了掩盖犯罪痕迹。"

"在哪儿杀的？"

"我想想，一条山路上，温泉山庄回城的山路。"

"作案地点有什么特征？"

"我想想，那儿有一棵歪脖子树，老树。那棵老树成精了，一到夜里，它到处走，跟着白衣女鬼为害人间。"

"作案过程？"

"我想想，姓吴的老板开了一辆黑车，是加长林肯。我从树后钻出来，拦住车，用石头照他脑袋给了一下子，石头是路边捡的。"

"尸体怎么处理的？"

"我再想想，我得好好想想，尸体大卸八块，东一块，西一块，扔野地了。"

"你一个人杀的？"

"不是我一个人，我跟我的两个兄弟一起杀的。我没动手，是他俩干的。"

刘大有的供述与刑警队掌握的案件情况基本吻合，审讯获得重大突破，小袁暗下得意。

毕队长制止小袁再往下问，他缓和一下刘大有的情绪，平心静气地问："刘大有，喝不喝水，你的嘴唇爆皮，上火了吧？"

刘大有双腿夹紧，身体不住扭动，哀求说："报告，我请求上厕所，我快尿裤子了。"

毕队长叫来一名派出所男警察，解开刘大有的手铐，带他去卫生间。小袁偷乐，不少犯罪嫌疑人见到毕队长常有这种表现。

刘大有膀胱空了，坐回到椅子上，张口便说："我没杀人，我连只鸡都不敢杀，下不去手。我不是翻供，我一害怕就爱胡说。别的罪您让我认什么都行，杀人不能乱认，杀人偿命，那是要吃'黑枣'的。我对着我们老刘家的祖坟发誓，我真没杀人，如有半句假话，罚我家祖坟上面修马路，跑汽车，祖先们在阴间不得安宁。"

小袁气坏了，她碍于纪律，不能动手揍这个混混。

"你到小西天网吧查一查聊天记录，再跟网监部门联系一下，找到这个'杨贵妃'。"毕队长放低声音，对小袁说，"当着嫌疑人的面，别嘚嘴了。"

小袁说："网上都是虚的，说不定找到一个长大胡子的'杨贵妃'。"

刘大有说："她是女的。"

"你们见过面？"

"见过。我可以带你们去找她，我去过她家。"

"她住哪儿？"小袁问。

"我想想……我记不清了。我得带你们找，我这算立功吧？"刘大有想先讲好价钱。

毕队长单手抓住他的脖领子，往上一提。

"铐子，铐子。"刘大有喊痛，他的右手还被铐在椅子上。

天快亮了。警车在大街上、小巷里走走停停。

警车里，刘大有指指点点："像是这儿，不对，还得往前开……"

路上，刘大有交代说，"杨贵妃"在网上招募杀手，杀一个姓吴的老板。他发帖子自称金牌杀手，能干这个活儿，要求先付一半的钱，"杨贵妃"不跟他见面，只答应事成之后往他卡里打钱。钱没骗到手，他把这事扔一边了。吃饱的时候，他最爱上网搜索明星的绯闻。一次，他在网上看见一群人痛骂一位男明星背叛老婆在外面拈花惹草，其中一个骂得最凶的网名也叫"从唐朝来的杨贵妃"。他试着跟那个"杨贵妃"网聊了几句，两人聊得热乎，还互留了手机号码。对方说她的男朋友开着影楼，他去照相八折优惠。大前天半夜，刘大有没钱吃饭，饿极了，就带着两个兄弟到那家影楼撞撞运气，诈俩钱花，嘿！两个"从唐朝来的杨贵妃"真是同一个女人。

小袁问："那家影楼叫什么名字？"

"找到了，就是那家影楼。"刘大有脸贴到前挡风玻璃上，朝左前方指。

路边，"黑白时光"影楼出现在夜半的寒雾中。

070

"黑白时光"影楼没亮灯，门上挂着一把大锁。

吴董事长失踪后，毕队长对十一名涉案嫌疑人分别做过专门调查，其中包括吴智、陶蜜儿开办的这家影楼。毕队长与小袁绕着影楼走了一大圈，小袁想，这是一处绑架幽禁、藏尸灭迹的最佳场所。

　　回到警车里，刘大有说："报告，我这算立功吧？"

　　毕队长和小袁没搭理他。

　　拂晓，启明星升起，街上行人车辆渐多。

　　毕队长与几名刑警在影楼里进行正式搜查。挂满各式婚纱的壁橱内，杂乱堆放的布景后面，洗印室、储物间甚至冰柜里……刑警们不放过每一处可疑的地方。这里许久无人清扫，积尘盈寸，但有一样好处，尘土上易于留下犯罪痕迹。

　　经过搜查，只发现一个疑点，影楼里随处可见吴董事长的照片。不过不是挂在墙上，而是被当作进门处的鞋垫，饭桌上的锅垫，还有鸟笼子下面接鸟粪的清理垫……

　　一张白纸上画着从一到十的靶环，钉在墙上。一名刑警走得急，带起的风将它吹落，飘到地上。正面朝天，又是一张吴董事长的头像照片。

　　头像上被飞镖扎出密密麻麻的洞眼。

　　若非亲眼所见，无法相信一个儿子会将父亲的头像照片改成靶纸，用来练习飞镖。这不是父子感情不和那么简单，吴董事长身上还有多少黑幕需要一个个揭开？揭开后，又将显露出怎样的真相？

　　一名刑警过来："毕队，你看看这个。"

　　毕队长接过一张黑白两色的请柬，上面内容大致为：兹定于本月二十七日举办吴智摄影作品展，为期一周，敬请光临教正。举办地点空白。

　　今天就是二十七日。

　　小袁在电话中报告，陶蜜儿午夜零点三十分入住王朝酒店，今晨未见离开。

王朝酒店 1307 客房。房门挂着牌子：请勿打扰。房内，一个男的光着身子趴在被子上，一个女的骑着他的背，为他做按摩。男的瘦小枯干，身高一米五几，龅牙外露，豆泡眼，一头乱蓬蓬的黄色卷发。据说他是一位大导演，姓华，正在筹拍一部电视连续剧，上百集的鸿篇巨制，急于物色一大群富有东方美女气质的演员，割过双眼皮的都不要。女的是陶蜜儿，几乎没穿什么，她陪了华导一整夜。

　　陶蜜儿娇滴滴地说："华导，舒服吗？"

　　华导闭目享受，喃喃地说："舒服。"

　　"华导，我想演女三号。"

　　"一号、二号、三号人选都定了，她们条件不如你，可是，赞助出得多。"

　　"华导，你再想想办法嘛。"

　　"这样吧，我给你加点戏份儿，等同于女三号。"

　　"谢谢华导。"陶蜜儿按摩得越发起劲了。

　　"赞助你总要出一点，否则，那些嫉妒我的同行会说闲话。说你我有私情，说我任人唯亲，影响不好，是不是，我的小亲亲。"华导拍拍陶蜜儿的手。

　　"说就说呗。"

　　"人言可畏，我的公众形象是经过精心设计的。跟你说个小秘密，按照形象设计师的要求，大庭广众之下，我不能打嗝，更不许放屁。你见过哪个大人物在众人面前噗噗噗放屁的，有屁也得憋着。"

　　两人笑得滚在一起。

　　"华导，赞助的事我跟我的男朋友想想办法。"

　　"不用我教你吧，女人光有一张好脸蛋还不行，会用才能换回钱。你要抓紧，外面一帮女的排长队等着演女四号，我的手机快被她们打爆了。"

　　门铃响，女服务员推进早餐小车。

　　华导胃口惊人，冷肉、鸡蛋、奶酪、面包与水果都吃了双份，牛奶、鲜榨果汁一杯接一杯。陶蜜儿减肥，吃了一点点。餐后，华导剔着牙，说："我该去机场啦，你把账结了，我随后下来。"

陶蜜儿出客房，乘电梯，到一层大堂的前台结账。

昨夜，城堡式别墅失窃，陶蜜儿与吴智去陪陪受到惊吓的刘森。零点，陶蜜儿接到华导打来的电话，他路过本市，要小住一天，顺便再给陶蜜儿试一次镜头。陶蜜儿大喜，急急离开城堡式别墅，赶到王朝酒店，订下一套客房。凌晨近一点，华导驾到。两人是网上认识的，前几天初次见面时，华导"哇"的一声，说陶蜜儿正是他久寻不到的女四号最佳人选。于是，两人在客房里做了成年男女常做的那件事，娱乐界称之为"试镜"。陶蜜儿自我安慰，这叫为艺术献身，吴智不会在乎的，但不让他知道最好。两人这是第二次见面，与上一次一样，陶蜜儿结清客房与早餐的账单。她的银行卡里只剩一元八角七分。为了能在华导执导的电视连续剧里出演女四号，她还要交一笔赞助费。钱从哪儿来？吴智说他想办法去搞钱。

陶蜜儿在电梯前等，华导还不下来？

陶蜜儿回到客房，两个女服务员在清理房间。华导走了，从哪儿走的？

陶蜜儿追出王朝酒店。她看见一个男人拦住出租车，从车里揪出华导。她认出那个男人是毕警官。她跑过去说："你们这样粗暴地对待一位知名导演，太不懂礼貌了，警察也不能侵犯人权。"

小袁给华导戴上手铐。

毕队长问："你们怎么认识的？"

陶蜜儿说："网上认识的。"

"他不是导演，是骗子。"

"他不是骗子，他是著名导演，你们抓错人了。"

毕队长做了个"请"的手势："你跟我们去刑警队，说明情况，好不好？"

陶蜜儿说："好！"

审讯室里，陶蜜儿坐在犯罪嫌疑人专用的椅子上，很不舒服。一到刑警队，她被"请"到这儿喝茶，茶呢？

陶蜜儿强烈要求面见公安局长，为华导鸣冤。

毕队长告诉她：那位所谓的"华导"是本市无业游民，靠骗为生，他比泥鳅还滑，公安机关通缉他大半年了，今天落网。按他犯下的诈骗罪行，够判无期，陶蜜儿小姐别指望出演"华导"执导的电视连续剧了。演员梦碎，陶蜜儿欲哭无泪。骗子可恶，不仅骗财，而且骗色，幸亏没给赞助费。想到姓华的骗子骑在她身上时那副猥琐不堪的样子，陶蜜儿要吐。她无力地说："我可以走了吧？"

毕队长说："别急呀，既然来了，好好聊聊。你在网上还认识什么人？"

陶蜜儿说："多了，都是演艺界名人。"

小袁押进刘大有，问道："你认识这个人吧？"

"金牌杀手！"陶蜜儿表情夸张。

刘大有指认道："就是她，她就是雇我杀人的'杨贵妃'！我是受她利用……"

押走刘大有，陶蜜儿承认确曾在网上雇凶杀人。问她为什么这样做，她的回答十分奇葩，她说："为了体验生活。华导……不，那个骗子给我的剧本里有一段情节，一个穷姑娘为了达到跟有钱的男朋友结婚的目的，在网上雇人杀了她未来的公公。我跟吴智讨论这个剧本，他说，如果我真的上网雇个杀手，杀他的爸爸吴董事长，就能找到剧中人的感觉。"

毕队长问："你们想没想过这样做的后果？"

陶蜜儿说："没想，闹着玩儿的。"

"真杀了呢？"

"杀就杀了呗。"

071

"杀就杀了呗。"多轻巧的一句话。

毕队长怀疑这个脸蛋漂亮、胸部高耸的年轻女人长没长脑子，即便长了，也不会比核桃仁大。他问："吴智在哪儿？"

陶蜜儿说："在影楼吧。"

"我们去过了，他不在那儿，你给他打个电话，请他到我这儿来做客。"

"你们要抓他？"

"我们找他了解情况，看看你说的是否属实。"

"他每天十点才来，这会儿睡觉呢，我不打电话，吵了他的觉，又得跟我急。"

小袁用笔敲敲桌面："陶蜜儿小姐，配合公安部门工作，这是每一位公民应尽的义务。"

陶蜜儿有点怵这位女警官，因为她不是男人，不如毕警官好说话。她服从地打了电话，通了没人接。她对小袁说："这不怨我吧。"

吴智躲起来了，闻讯逃了？

吴智没有朋友，不与吴仁、吴美来往，不在母亲刘淼家里。据陶蜜儿提供的线索，小袁跟吴智常去的一家超市联系，当班保安讲，超市发现一个叼大烟斗、长头发、留小胡子的年轻男人。

小袁先一步赶到。

监控室，几十只电视屏幕组成一面墙，超市内不同位置的探头传回实时画面。

小袁调看半小时前的录像：货架中间，吴智往小推车里放进十几袋方便面；他拿着一只熏鸡闻了闻；他提起一箱易拉罐装啤酒；他在收银台前结账；他走出超市，来到路边，打开电动自行车锁，骑出监控区域……

超市外，小袁向西看，一条马路通向一大片住宅楼与几座等待拆除的仓库，吴智朝那个方向去的。小袁放弃追踪过去的打算，在人口密集的居民区里，混入一个人，就像一粒沙子掉进沙堆。

小袁不会想到，离她几十米远的一家粥店里，吴智临窗而坐，低头喝粥呢。

小袁往回走时，吴智出了粥店，两人背对背，谁都没看见对方。

毕队长坐在椅子上，手里拿着吴智摄影作品展的请柬，看了正面看背面。这份请柬是搜查"黑白时光"影楼时找到并带回来的。请柬上，展览举办时间定于今天，举办地点不详。

毕队长给本市摄影家协会打去电话。

"喂，你找谁？"接电话的是个嗓音沙哑的男人，大概烟抽得太多。

毕队长说："跟您打听个事。"

"大事小事？大事找我们领导。"

"小事，我是一名摄影爱好者，我听说本市正在举办一场吴智摄影作品展，我想去看看。"

"吴智，那个专拍黑白照片的，他拍的东西老掉牙了，没人看。我给你介绍一个摄影作品展，展出的是我们摄影家协会夏会长近年的新作，光线、色调、布局、立意，堪称国际一流水平，观者如潮，一票难求，举办地点在本市文化宫，你不去看看？"

"两个我都去，麻烦您，吴智摄影作品展的举办地点在哪儿？"

"城西，棉纺厂旧仓库。"吧嗒，电话挂了。

警车在超市前接上小袁，鸣着警笛，驶向那几座待拆的旧仓库。

一座仓库门口，竖着一块黑白两色木牌，上书"黑白时光——吴智摄影作品展"。不见人流，应当说没有一个人。走进仓库，未经清理的破败墙面上，挂着一幅幅不同尺寸的黑白照片。每幅作品构图奇特，光线运用极为讲究，并不给人颓废的感觉，在鲜明的色差对比中蕴含着积极向上的勃勃生机。

黑白远比色彩的表现力更为丰富。

门口摆着一张桌子，桌面上有本来宾签到簿，无人签名。

一只小麻雀飞进来，在地面上来回踱步，找寻吃食。它跳到签到簿上，啄了几下，留下爪子印，飞走了。

四面是墙，吴智不在这儿。

毕队长背着手，欣赏一幅照片：标号7，无题，一尊不知名的神像面部金粉大片剥落，露出灰黑色的泥胎与朽烂的木支架。

仓库静悄悄的，小袁听到易拉罐滚动的声响，很微弱，像是从墙里传出来的。她看到一小块墙面的白色与别处不同，这是一扇木门，因为门上刷的也是大白粉，不细心看发现不了。小袁推开木门，门后有条长长的走廊，尽头是一间小屋。

咣啷啷，又是一只易拉罐落地的声响。

小袁走进小屋，眼前情景使她挪开放在腰间佩枪上的手。

吴智拿着永不离手的大烟斗，斜靠卷起的被褥，坐在砖头垫起的木板上。他处于半醉状态，身边放着啃了几口的熏鸡，捏瘪的易拉罐集中扔到墙角的垃圾袋旁。他说："欢迎，热烈欢迎，你们是光临敝人摄影作品展的第一人，第二人。"他对小袁身后的毕队长说："请两位警官在签到簿上留下大名。"

毕队长说："你的照片拍得不错。"

吴智说："承蒙过奖。"

毕队长真诚地说："你的作品我都看了，特别是标号7无题那幅照片，有点意思，耐人寻味。"

吴智感慨地说："那是我最得意的一幅作品，没想到，一个来抓我的警察是我的知音。这年头，懂高雅艺术的人少之又少，知音难求，有你一个，足矣。"

小袁问："你知道警察要抓你，你没跑？"

吴智回答："我想跑，跑到高山之巅，为世人不理解我的艺术大哭三天，然后……"

"然后呢？"小袁以为他要从山顶纵身跃下。

吴智说道："然后，然后我回到俗世，继续拍片，我不会自杀，要珍惜生命。"

072

吴智关好仓库大门，自觉地上了警车。他问："两位警官怎么找到这儿的，我没给你们发请柬。"

小袁说："我们要找的人无处藏身。"

吴智理了理长发，掸去肩上的头皮屑，说："两位警官不是来看我的作品展的，我知道你们为什么抓我，雇凶杀人。"

小袁回过头，坐在后排座位上的吴智叼着没点着的大烟斗，眼望车外，长发遮住他的额角。

吴智问："传唤、拘留还是逮捕？"

小袁回答："今天对你正式传唤。"

"噢。"

"你在想什么？可以主动说出来。"

"我在想不会收走我的烟斗吧。"吴智的思维方式与正常人不同。

毕队长开着车，没回头，夸道："烟斗漂亮。"

吴智点点头说："毕警官，你是我的知音。投桃报李，不用你审问，我和盘托出。我就自问自答吧。问，你是否有雇凶杀人的行为？答，为了帮助女朋友蜜儿体验生活，我和她模仿电视剧本中的情节，在网上雇了一个金牌杀手；问，杀谁？答，杀吴董事长；问，如果吴董事长遇害，于你有没有好处？答，有，吴董事长死了，我可能会因此分到吴氏集团的股份，值很多钱；问，杀了吗？答，没有。最后一个问答让两位警官失望了。"

"说完了？"毕队长问。

"说完了。"

"还有一个问题。"

"请讲。"

"你不称呼吴董事长为爸爸？"

"不，从小没叫过。"

吴智一摇长发，露出额角的伤疤。毕队长说："我能相信你的话吗？"吴智说："信不信由你，你可以去调查，我是不是杀害吴董事长的幕后真凶，不难查出真相，就像底片泡到显影液里，自会现出本来的画面。那个金牌杀手来过影楼，要杀人的钱，我看得出，那是个只会吹牛、撒谎的蠢货，无知的下等人。"

小袁问："你想没想过雇凶杀人的后果，如果真的杀了呢？"

"杀就杀了呗。"吴智与陶蜜儿的回答一样。

小袁说："放任犯罪结果的发生，同样构成故意杀人罪。"

吴智淡淡地一笑："监狱里能搞摄影吗？"

回到刑警队，毕队长打开留置室的铁门，请吴智进去，没有收走他的烟斗。小袁问："不审？"毕队长说："再审刘大有。"

刘大有走进审讯室坐定，毕队长问："二十三号下午你在哪儿？"

刘大有说："我想想。"

小袁没好脸色："想什么想，想着怎么编瞎话？"

刘大有一怕就出汗："我在玩牌，不，我在网吧；不不，我在老乡家里睡觉，不不不……"

"这么一会儿说了三个地方，你到底在哪儿？"

"我在火车站……对，我在火车站。"

"你在火车站干吗？"

"倒卖火车票，卖的不是假票。警察一来，我跑了，票一张没卖出去，全砸手里，赔了。倒票那帮人有个老大，我是受他利用。"

"时间，几点到几点在火车站？"

"一大早去的，到晚上七八点吧。"

小袁翻开讯问笔录："四个小时之前审你的时候，你不是这么交代的。"

"我怎么交代的，您提个醒，我记性不好。"

"你交代，二十三号下午五点零一分，你在温泉山庄回城山路上杀了一个姓吴的老板。"

"我说过这话？"刘大有傻傻的，做出完全想不起来的样子。

小袁要拍桌子，忍住没拍，手攥成拳头。

毕队长不轻不重地说："刘大有，你被判过四次刑，哪次你从警察的手指缝里溜出去了？装傻，搞不好你就会真傻了。"

刘大有带着哭腔叫屈："我真没杀那个姓吴的老板。"

小袁问："案发时间二十三号下午五点零一分；案发地点温泉山庄回城山路，现场有一株老树；被害人开着一辆黑色加长林肯轿车。你怎么会知道这些细节？"

刘大有说："我在网上看来的。"

"你找出来。"小袁打开电脑网页，刘大有很快找到一篇题为"白衣女鬼惊现风雪之夜"的文章，作者是那位姓殷的美女网络主播。吴董事长失踪当晚，她跟吴家人一前一后到市立医院太平间认尸，那具脸被撞烂的尸体不是吴董事长，而是刚与她办过离婚庆宴的丈夫。吴良律师扶住当场晕倒的她，愿为她大打一场争夺夫妻共同财产的官司。两人交谈中，她从吴良口中得知吴董事长失踪的详情，加上她的想象与发挥，编成这篇文章发到网上，由于标题吸引人的眼球，点击量不低。

刘大有在审讯中的交代与文章内容一致。

小袁说："你应当早点实话实说。"

刘大有感到受了委屈："我是按您的意思、顺着您的话、挑您爱听的说。小时候，我偷家里的糖吃，我妈问我，是不是你偷的，说实话，说了实话不打你。我承认了，我妈结结实实揍了我一顿，擀面棍打断两根，把我打惨了，三天下不了炕。从那次起，我落下说瞎话的毛病，您一生气，我就想起我妈。"

小袁没在审讯笔录上记下他的这段话。

刘大有被押走前，毕队长问："你交代过一件事，在六六大顺小旅馆撞过一个老头儿，身上有臭味儿，腰里揣的全是钱，像个外逃的贪官？"

"是，我算立功吧？"

"你手指头怎么搞的？"

"杀鸡，没杀好，缝了三针。"刘大有没说在卤煮店遇见凶神吴义的事。

为了验证刘大有说的话，小袁跑了一趟火车站，她调看了二十三号的监控录像。当天，从早到晚，刘大有跟一帮票贩子混在一起，向进售票厅的人兜售高价火车票；晚七点一刻，他逃进人群，替一位妇女扛起行李，挡住脸，装成上车旅客，躲过警察追捕。

刘大有没有杀害或绑架吴董事长的作案时间。

冒充导演的姓华的骗子交代，他给陶蜜儿的电视剧本是路边捡来的，里面确有一段穷姑娘为了除掉她跟有钱男友结婚的障碍、雇凶杀害未来公公的情节。"华导"还交代，他与陶蜜儿第一次见面时间是二十二号夜，入住王朝酒店，两人在客房里一直泡到第二天，也就是二十三号下午五点，陶蜜儿说有事，结完账后先走的。"华导"悄悄跟在后面，看到她出了酒店大堂，被一个骑电动自行车、叼大烟斗的小伙子接走。经照片辨认，接她的人是吴智。

吴智、陶蜜儿与刘大有均不具备作案时间，吴董事长失踪不是这几人所为。

吴智与陶蜜儿有错，不构成犯罪。

两人彻底洗清嫌疑。小袁请示道："放人？"

毕队长说："不放，留下这对宝贝儿吃午饭，你请客？"

小袁说："我有钱宁可去救助流浪狗。"

这时，吴董事长的夫人刘淼来到刑警队找毕队长，说要找儿子。

073

"吴智在这儿吗?"刘淼问,难掩内心的焦虑。

"在。"毕队长给她搬来一把椅子,倒一纸杯清水,"请坐。"

刘淼着急地问:"吴智犯了什么法,为什么抓他?"

小袁问:"刘阿姨,吴智在我们这儿是谁告诉你的?"

"我接到一个电话,通知我刑警队抓了智儿。"

"谁打的电话?"

"没说姓名。"刘淼一改端庄持重的态度,放下身段,成为一个替孩子求情的怯弱母亲,一口气说了一大堆话,"智儿性情有点怪,神经质,不会说话,别打他骂他。毕警官,智儿是个好孩子,善良,爱幻想,就是脾气特别犟,他爸爸不赞成他搞摄影,他不听,离家出走,跟人借钱开了间影楼。孩子大了,不服父母管教,家家有类似的问题,智儿不会因为父子闹点小别扭就做出极端的事,我是他的妈妈,我了解他。"

"借钱开的影楼?吴智跟谁借的钱?"毕队长问。开办一间影楼需要为数不小的一笔资金,吴智没有朋友,借不到钱。

"智儿没说。"

"平时,吴智怎么称呼吴董事长?"

"他……很少叫爸爸。"

"很少,还是一次没叫过?"

"智儿生下来患有轻微的自闭症,不善于表达对外界的情感。他每月回一次家,一句话不说。"

刘淼回答得很含糊。小袁不理解,毕队长为什么提出一些与吴董事长失踪无关、纯属他人家务事的问题?毕队长又一次确认吴董事长与吴智之间存在极为反常的父子关系,他说:"刘阿姨,您不必担心,我们找吴智问几个问题,已经问过了,您可以接他回家。"

"我马上带他走。"

"您别急着走，您来得正好，我这有件事需要您的帮助。"

"什么事？"刘淼说话的语气冷下来。听到儿子没犯大错，可以平安回家，僵化的神态回到她的脸上。

毕队长说："吴董事长失踪后，我们将与他有关的陈年旧案统统收集到一起，从中查找这些案件之间的内在联系，希望您能给我们提供一些线索。"

"破案是你们的事，我帮不上忙。"

"其中一件与您有关。"

"与我有关？"

"您应当不会忘记，二十七年前的那桩旧案。"

刘淼脸色骤变，呼吸急且重，手中纸杯里的水晃出杯外。她说："过去那么多年了，你们为什么要旧事重提？"

二十七年前，吴家发生一起对外秘而不宣的案件。那是一个初冬的夜晚，八点左右，饭后，吴董事长照例外出散步。隔壁房间里，吴老太太逗弄周岁的孙儿吴仁。刘淼在卧室收拾衣物时，一个蒙面人闯入，用枕巾堵住她的嘴，撕碎她的衣衫，图谋不轨。蒙面人身高力大，刘淼无法挣脱呼救。危急时刻，吴董事长意外中途返回，吓跑蒙面人，救下刘淼，使她免遭玷污，保住清白之身。吴董事长报案，警方在现场提取到疑似蒙面人的毛发等生物痕迹。这起未遂入室强奸案件至今悬而未破，主要原因在于刘淼受到极度惊吓，说不清蒙面人的体貌特征，以致不能锁定嫌疑人的范围，侦查失去方向。

所幸并未造成实际损害，吴家的生活一如既往，没有变化。随着十个月后吴智的出生，有人传出流言，说吴智来路不正，是强奸犯的儿子。既然犯罪未遂，按理这是不可能的事情。

刘淼说："二十七年前的旧案，跟我丈夫几天前的失踪能有什么联系？不可能！"

"您这么肯定？"

"毕警官，我要接智儿回家了。"

"您不想将那个企图侮辱您的罪犯绳之以法？"

"不想！我的意思是不想重揭过去的伤疤。"

毕队长说："事情并没有像一阵风似的吹过去。看得出来，那桩旧案在您心里、给您的家庭留下抹不去的阴影，甚至影响到吴董事长与吴智的父子关系。刘阿姨，我想问一问，吴智从来不叫吴董事长一声爸爸，是不是受到那桩旧案的影响？"

"不是！绝对不是！"刘淼被蜂蜇了似的否认。

小袁明白了，明白毕队长为什么反复印证吴智对吴董事长的称呼这件事，其实她并未全明白。毕队长又说："刘阿姨，随着刑侦技术的进步，有些二十七年前检测不了的犯罪痕迹，今天可以检测了。那个蒙面人留下的毛发、体液等完好地保存在刑警队的证物库里，DNA可以帮助我们找到他。"

刘淼说："DNA，我听说过，你们要先找到那个人，才能比对。"

毕队长说："您应当协助我们找到他。"

"你们找不到他！我的意思是二十七年了，时间过去这么久，人海茫茫，到哪儿去找？"

"也许，那个人就潜藏在您的身边。"

"我身边就那么几个人，你看谁像？"

毕队长说："二十七年前的旧案，早就过了追诉时效，即使找到那个人，也不能追究他的刑事责任，我们的目的是借此寻找吴董事长失踪一案的相关线索。刘阿姨，您不愿意早日看到破案？"

"事情过去二十七年，我全忘了，抱歉，不能给你们提供线索。"刘淼脸色不好，掏出随身的药瓶，倒出几片药，和水服下。她说："如果你们能在一个月内破案，我还能看到吧。"

小袁想，这话什么意思？

留置室里，小袁对吴智与陶蜜儿进行训诫时，这对宝贝十几个小时没见，忙着亲热。小袁白费唇舌，她的批评教育成了风吹驴耳。

吴智与陶蜜儿搀着刘淼走出办公室。

吴智停在门口，说："毕警官，送你一句话，以谢知音。"

毕队长笑言："请讲。"

吴智叼起大烟斗："凭我的感觉，吴董事长没死。"

"没死，在哪儿？"

"吴董事长就在我们的身边徘徊。"

074

刑警队大院门口，出租车拉上刘淼三人，开走了。

后排座上的吴智与陶蜜儿动作过于亲密。的哥看不下去，问："老太太，后面那俩是您什么人？"刘淼说："专心开车。"

出租车上了马路。

刘淼整个人回到二十七年前那个初冬的夜晚——

黄叶飘落满地，刘家大宅院一片肃杀。

饭厅里，吴董事长、吴老太太、刘淼抱着咿呀学语的小吴仁围桌吃饭。那时的吴氏集团还没有"集团"二字，处于创业阶段。吴董事长从不明渠道搞到大笔资金，连做几笔大买卖，赚到的钱犹如暴雨过后的山洪涌入他的银行账号。他筹划着推平这座宅院，在原址上盖起吴氏集团大厦。

刘淼一心给孩子喂饭。

快吃完饭时，吴董事长说："吴义放出来了。"

刘淼给孩子喂饭的汤匙停住不动。小吴仁张开小嘴，凑过去吃，吃不着哇哇大哭……

吴老太太说："他在里面表现不好吧，牢一天没少坐。"

吴董事长说："我在街上碰见他，他被武术队开除了，没工作，没住处，没饭吃。我把身上带的钱都掏出来给他，他不要。吴义是我的亲叔伯兄弟，一个爷爷，他遇到难处，我必须管。我跟他说了，明天到我公司来上班，当保安队长。"

吴老太太说："你做得对，为人处世要讲仁义，没人再说你的闲话。"

吴董事长说："我让吴义到咱家来住，就住在咱们母子初到刘家时住的那个偏院，收拾出一间屋子。"

吴老太太问："他同意啦？"

吴董事长说："他没说行，也没说不行。"

吴老太太说："心意到了，别勉强他。咱们母子当年受过他的接济，知恩图报，他那点恩算是报了，不欠他啦。妈今天高兴，也喝两口，他媳妇儿，给妈把酒倒上。"

刘淼怀里的孩子哭闹不止，腾不出手。

吴董事长说："妈，我给您倒酒。"

母子俩碰了一杯。吴老太太的高兴不知从何而来。

刘淼望着窗外，一副神不守舍的样子。

吴老太太从她手里接过小吴仁，冲儿子一努嘴，吴董事长会意地跟着母亲来到隔壁房间。

吴老太太说："吴义出来了，你媳妇的心有点活动。"

吴董事长不大相信地说："孩子都生了，她还能跑？"

吴老太太用教师爷的口气对儿子说："你不了解女人，自古多情女子薄情汉，小心点好，刘家这座大宅院是你媳妇儿的，还没到你手上。"

"知道了。"

吴董事长回到饭厅，刘淼正拾掇碗筷。吴董事长一把抱起她，走进卧室。他几下脱光两人的衣服，直截了当，压上去。

刘淼闭着眼睛，没有丝毫反应，任凭他的摆布。

吴董事长的兴头没了。他愤而起身，说道："你是木头人？你还不如成人用品店里的充气娃娃，扫兴，真扫兴！"

刘淼穿衣服。

吴董事长抢过她的衣服，扔到地上。

她捡起来，接着穿。

吴董事长怒极，他控制住情绪，火气一点点消散，转而平和下来，说："我知道你在想什么。我有几句话要对你讲，我现在是事业有成、资产逾亿的优秀企业家，你作为我的夫人，也因此受到世人的尊重。你甘愿放弃优裕的生活条件与社会地位，跟一个刑满释放人员在一起？那种受人歧视、穷困潦倒的日子你过得下去？你是富家小姐，你没尝过贫穷的滋味儿，就算你能过，别忘了，你我还有一个儿子，你是他的母亲，你爱他，就应当给咱们的儿子一个健全、完整的家庭。无论后爹，或是后妈，都不如亲的。坦率地讲，我不相信忠贞不渝的爱情，多少爱得死去活来的恋人共同生活没几天，激情退去，开始因为一些日常小事争吵不休，甚至反目成仇，翻脸无情，然后各奔东西。所谓爱情，不过是一分荷尔蒙加上九分男女双方利益的组合。"他从刘淼的表情中，看出这些话没白说。他的手温情地顺着刘淼的长发、后背滑过："你想想吧。我出去散步，不一起去吗？"

开关院门的声音。吴董事长走了，他每晚外出散步一个小时。

刘淼坐在梳妆台前，看着镜中的自己。她容貌依旧年轻，心老了，不再是那个单纯、爱笑的姑娘。她多久没笑过了？她双手捂住脸，泪水从指缝中溢出。她抬起头。

镜中，多出一张男人的脸。

刘淼几乎失声尖叫。

一只大手捂住她的嘴……

街上，吴董事长按既定路线快走。他喝过酒，走热了，解开领扣。他脚下一软，一滑，踩到什么。他抬起脚，新买的牛皮鞋帮上沾满黑乎乎的东西，一股恶臭扑鼻而来。他踩到一摊狗屎，大狗屙的，好大一摊。

他骂句"晦气"，回家换鞋。

回到刘家大宅院，走进第二进院落，绕过影壁时，吴董事长听到异样的声响，是从他住的卧室里传出来的。他急走两步，推门，门从里面锁上了。他说："开门，是我。"无人回应，他又大声说了一遍。

里面响起桌翻椅倒的声音。

他用拳头砸门。

他用肩膀撞门。

卧室里，刘森倒在地上，嘴里塞着一条枕巾，衣衫尽碎，遮不住裸露的身体。吴董事长撞开门，冲进来。同一时刻，一条人影翻出窗户，跃上高墙，跳到墙外。

吴董事长扶起刘森，从她嘴里拽出枕巾，急问："出什么事了？"

刘森头埋进两膝之间，不说。

吴董事长不假思索，报警。警察来了，在一片凌乱的卧室内向刘森询问情况，做笔录，勘查现场。刘森断断续续地讲述：一个蒙面人闯进来，意图对她非礼，由于吴董事长及时赶到，未能得逞。

吴老太太站在门外，用千年老狐的眼神看着刘森。

坏人胆敢夜闯民宅，家里的老人、女人与孩子迫切需要有人保护。在刘森的极力主张下，吴义当夜搬入刘家大宅院，并同意到吴氏公司上班，担任保安队长。

蒙面人逃之夭夭，没被抓到。

案发后一个月，刘森有了妊娠反应，去医院检查，确诊怀孕一个月。

孩子生下来，取名吴智。

吴智一天天长大，这个孩子有点怪，不会叫爸爸。

吴董事长一次没抱过这个孩子。

从案发那日起，吴董事长与刘森日渐疏远。在公开场合，两人依旧出双入对，相敬如宾，有时当众显示一下恩爱；回到城堡式别墅，两人整日冷面相对，不看对方，几乎不说话。光阴荏苒，转眼二十几年过去了。近十几年，吴董事长再没碰过刘森，两人只有夫妻的名分。

吴董事长失踪前一天，他拿着一个封装严密的牛皮纸袋，一脸狞笑，示威似的对刘淼说：

"这是我的遗嘱，我保证，你的儿子吴智得不到一分钱。"

075

办公桌上，一本本纸页泛黄的旧案卷堆成小山。

毕队长边看边在小本子上记下要点。

凭借多年刑侦工作养成的直觉，他感到这桩二十七年前的入室强奸未遂案可能与吴董事长失踪存在某种密切的关联。他本想请被害人刘淼重述案件经过，或许能够从中发现新的线索，却被刘淼拒绝，理由是当年的事全忘了。他不信，这种侵犯人身的案件会给被害人留下终生难忘的深刻印象，随着时间的推移，被害人的记忆往往愈加鲜明，只不过有时深藏在潜意识之中。

该案疑点重重。

是否未遂？

案发后，在多次询问中，刘淼均称没有受到实质性的侵害。刑警从现场提取到破碎的衣衫、堵嘴的枕巾，以及不属于吴家人的毛发、体液等，未见精斑。刘淼在刑警到来之前进行过洗浴，她说不需要做妇科检查。

毕队长写下三个时间：吴董事长外出后不到五分钟，蒙面人闯入卧室；吴董事长通常散步一小时，那晚因为踩到狗屎提前二十分钟返回；一个小时减五分钟，再减二十分钟，剩余时间为三十五分钟。

也就是说，蒙面人闯入后，在卧室里与刘淼整整搏斗了三十五分钟。这么长的时间，一个弱女子仍有力量反抗，以致蒙面人的犯罪意图未能得逞？实在令人难以相信。

刘淼的陈述是认定未遂的单一证据。

吴董事长与吴智之间毫无亲情可言的父子关系似乎给出截然相反的答案。合乎情理的解释是，刘淼对既遂的事实羞于启齿，吴董事长为了维护他的体面与尊严，更是三缄其口，夫妻二人合力掩盖真相。

毕队长忽发奇想，有没有这样一种可能，那个蒙面人知道吴智是他的骨血，吴智开办影楼的钱可能就是他暗中资助的？小袁查了一下，刘淼的生活费与城堡式别墅各种费用开支由吴氏集团实报实销，有账可查，刘淼没有多余的钱；吴智也没有借高利贷。钱从何来？据出租影楼的房东、装修影楼的工程队与影楼摄影器材的供应商们讲，吴智付款使用的都是现金，出手大方。由此看来，那位蒙面人一是爱子心切；二是行事谨慎，不用银行转账而用现金，这样不会露出麒麟皮下的马脚。

被害人有没有反抗？

首先确认，刘淼反抗了。

查案发现场勘验笔录，卧室内桌椅翻倒，被褥扯到地上，台灯打碎；刘淼衣衫被暴力撕碎，近于不着寸缕，身上多处软组织挫伤，特别是双唇肿胀，的确像是经历过一场生死搏斗。

这种场面应当发出很大声响，可隔壁的吴老太太一点没有听到，她说她的耳朵不聋。刘家大宅院的高墙挡住外面的噪声，院内环境幽静。吴老太太说，她只听到一只野猫从屋脊上跑过，跃下。

刘淼的嘴被枕巾堵住，不能呼救，这点可以理解。据她陈述，吴董事长在外撞门时，蒙面人逃跑前掀翻的桌椅，撞碎的台灯。这就怪了，蒙面人不急于逃走，反有闲工夫打烂室内的陈设？

刘淼与蒙面人贴身肉搏三十五分钟，上演的是一出无声的哑剧？

毕队长想，只有一种可能的解释，吴老太太没说实话。或许她耳朵聋得厉害，聋到听不见有人在她耳边敲锣打鼓的程度。

蒙面人究竟长什么样，是该案最大的疑点。

案发后，刘淼接受过多次询问，每次对蒙面人体貌特征的描述都不一样，这给侦查工作带来相当大的困难。

第一次询问时，她说蒙面人身材瘦小，力气奇大，长脸被一块黑布蒙住，眉心有块指甲盖大小的红痣。具有这种明显特征的人不难找到。

这天，有人发现一个长相近似嫌犯的人在逛商场。

刑警们没有马上抓捕，就近观察。那人专在卖女式衣物的柜台前停留，他是个异装癖？那人选中一件大红毛衣，走入试衣间。一名女刑警跟进去，不一会儿，将那人铐出来。

女刑警说："女贼。"那人是个女的，是个将毛衣穿到外衣里面、趁售货员不注意时找机会溜走的贼。她身上穿了四件用这种办法偷来的毛衣。

再次询问，刘淼改口称蒙面人是个身材肥大的胖子，所谓的眉心红痣是她在反抗中用手指甲抓破流血造成的。刑警"按图索骥"找到两个跟老婆打架脸上带伤的胖男人，都不是嫌犯。

第三次询问，刑警请来心理医生。

淡色调的房间里，刘淼躺在乳白色的大沙发上。女心理医生坐在她身边，握住她的一只手，柔声说："放松，你很安全，没人欺负你，全身放松。抓住那个坏人，把他关进监狱，不让他再来找你，你会更安全。一点点想，那个伤害你的人长的什么样子，我问，你答。"

刘淼处于半催眠状态。

女心理医生问："那个人大约身高多少？"

刘淼答："我到他的下巴，高个子，一米八。"

"胖还是瘦？"

"不胖，不瘦。"

"大概年龄？"

"三十三岁。"

"他的相貌？"

"方脸，宽额头，鹰钩鼻子，浓眉毛，眼睛很凶。"

"他有什么特征？"

……

女心理医生再问时，刘淼像是警觉了，不再说话。根据刘淼的描述，刑侦技术人员画出一张蒙面人的全身模拟像。画像上，去掉蒙面黑巾，按人体面部五官的常规比例加了一张阔嘴。

在吴董事长的陪同下，刘淼到刑警队对模拟像提修改意见。画像的刑侦技术人员一见吴董事长，不由上下端详。吴董事长拿起模拟像，说："我夫人描述的那个人是我。"

的确，蒙面嫌疑人的模拟像与吴董事长惊人相似。

女心理医生给出一条科学的解释，被害人刘淼猝然受到过度惊吓，出于惧怕再次遇见蒙面人的心理与躲避危险的本能，造成她的选择性失忆。至于刘淼为什么把蒙面人描述成她的丈夫的模样，女心理医生翻遍教科书，找不到答案。

二十七年前的旧案，成为一桩悬案！

毕队长合上案卷，揉着两边的太阳穴。这桩悬案早已超过追诉时效，他想违反一次纪律，在不请示上级同意的情况下，对一个男人进行秘密侦查。取得那个人的 DNA 样本，与证据库中保存的强奸未遂犯遗留在现场的毛发等进行比对，以求找到这桩旧日悬案的谜底。

这时，他接到赵慧打来的电话。

赵慧说："毕警官，我想打开我公公的大保险柜，找一份急需的文件。开锁公司的人说，要得到你的准许。"

毕队长说："吴董事长失踪案没有结果之前，他的办公室最好保持原样，一切物品不要擅动。"

赵慧满口答应："行，按毕警官说的办。"

她挂断电话，对开锁公司的小伙子说："毕警官说了，可以打开这个大保险柜。姐当着你面打的电话，姐不骗你，责任姐担着。"

小伙子点点头，蹲在大保险柜前，打开工具箱。

过去，吴董事长不许任何人接触这个大保险柜，它里面锁住多少不为人知的秘密？

076

尖锐的金属摩擦声中，电钻螺旋形钻头切入大保险柜厚实坚硬的钢板，卷出银白色的碎屑。

开锁公司的小伙子蹲在大保险柜前，戴着护目镜，手持高速旋转的电钻，暴力开锁。吴仁、赵慧在他身后，由于贴得太近，赵慧嘴里呼出的热气喷到小伙子的后脖子上。她一手抓住吴仁，嘴里念叨："快点打开，快点打开。"

受到吴老太太将百分之十的吴氏集团股份赠与信儿这个坏消息的极大刺激，吴仁与赵慧一夜没睡，在被窝里反复商议，认定吴董事长一定将遗嘱正本藏在大保险柜里。这对夫妻决定找到它，看看里面到底是怎么写的。如果遗嘱内容对吴仁不利，遗产平均分配，怎么办？

毁掉！连同小良子手里的那份一起毁掉。请义叔出面，威逼之下，小良子不敢不从。然后，再让小良子做一份新的遗嘱，遗产全归吴仁继承，新遗嘱盖上吴董事长放在财务部的名章，义叔跟小良子做见证人。义叔没问题；小良子这个人卖价不贵，多给点顾问费，就能把他买下来。一切天衣无缝，新遗嘱合法有效。

这对夫妻要孤注一掷，拼死一搏。

想到吴氏集团这份庞大的家业即将落入手中，赵慧的心快要爆了。

吴仁说:"你轻着点儿。"赵慧的手指甲掐到他的肉里。

开锁公司的小伙子说:"大姐,您站得稍微远点,我没法干活了,小心钻头折了,崩着您。"

赵慧问:"得多长时间?"

小伙子说:"快,用不了一个小时。"

赵慧说:"那么长时间,麻利点儿。"

吴仁坐到大沙发上,试了试,屁股的感觉很好。吴董事长在的时候,吴仁每次被召到这里来,都是站着聆听训话。

赵慧过来,跟她丈夫一样,也坐下试试沙发的软硬。她说:"这里的家具清一色进口的,花了不少钱,财务部有账。从今天起,你搬进来办公。"

吴仁说:"我?那哪儿行呀。"

"有什么不行的?"

"我是代理董事长,不是正式的。"

喵,一声猫叫。波斯猫卧在高高的书柜上面,一黄一绿两只眼睛发着光,瞪着这对夫妻,它龇一龇牙,像要咬人。

吴仁说:"你看,我爸养的猫抗议了,它不想让我搬进来。"

赵慧说:"你爸不在了,它还威风什么,轰它走,轰到大街上跟一群野猫流浪去,省得再给它买进口猫粮。"

波斯猫像是听懂了赵慧的话。它脊背弓起,一跃,扑下来。赵慧忙躲,波斯猫从她头上掠过,爪子一伸,抓走一缕头发。赵慧随手拿起一只沙发靠枕,砸过去。波斯猫跳开,没砸着,它精灵似的不见了。

外面,又是一声猫叫,随后杳然。

赵慧说:"过几天,再请义叔出面,把你的董事长前面的'代理'两个字去掉。"

吴仁说:"过几天再说吧,想起那个电话,我就头皮发麻,总觉得我爸在哪儿看着我。"

吴董事长失踪当天半夜，吴仁接到一个用吴董事长手机号码打来的神秘电话，那声音尖厉阴森，颇似白衣女鬼，吓得两人向义叔求救，义叔给两人请来一尊镇邪驱鬼的铜佛。望着铜佛，赵慧说："那个电话准是从阴曹地府打来的，有铜佛保佑咱们，你不用怕。"嘴里说着让吴仁别怕，她怕得声音都变了。

吴仁问："今天早上你拜铜佛了吗？"

赵慧说："拜了，一早一晚，每天两次，一次不落。"

吴仁与赵慧的头又痛了，浑身上下没一处不难受，想把吃的早点全吐出来。赵慧说："义叔是最爱护咱们的人。"

吴仁点头："义叔比我爸疼我。"

赵慧招招手，让吴仁坐到她身边："你知道为什么义叔对咱俩好吗？跟你说个秘密。"她凑近吴仁的耳朵，她喜欢这种说话方式。

吴仁叫道："啊，义叔是你干爹！"

"你嚷嚷什么，当心让人听见。"

"什么时候认的？"

"我嫁你那天。"

"没听你说起过。"

"义叔不让我说，怕你爸知道了不乐意。"

"义叔这么帮咱们，咱们怎么报答他？"

"没想过。"赵慧的确没往这方面想过。

"将来给他点吴氏集团的股份？百分之五、百分之三，还是百分之一？"吴仁小心翼翼地征询老婆的意见。

赵慧舍不得给，说道："不给，干爹给干女儿办事，应该的。义叔说了，他不图报答。"

吴仁与赵慧凑到大保险柜前，看着开锁的小伙子几次尝试打开柜门，没有成功。

赵慧说："十分钟内打开，给你加工钱。"

小伙子问："加多少？"

赵慧不说具体钱数："亏不了你。"

小伙子甩掉工作服，擦把脸上的汗，干得更加起劲。吴仁与赵慧满怀激动的心情，期待着保险柜门打开的那一刻。

忽然，电钻停了，钻头卡在钻孔里，小伙子按两下开关，没电。

赵慧问："怎么不弄了？"

他们感觉背后有人，三人一起回过头，毕队长站在那儿，手里拿着电源插头。小伙子说："嘿，你谁呀，拔插头，捣乱，耽误我挣钱。"

小袁冲他说："你站一边，你的问题一会儿再说。"

赵慧挤出笑容："毕警官，坐，请坐，请上坐，我给您沏茶。"她没想到毕队长会在这个时候出现，借端茶倒水之机，心里好编几句瞎话。

半小时前，毕队长挂断赵慧的电话时就想，这是个不达目的死缠到底的女人，她能老老实实听话吗？为了制止她阳奉阴违的行为，毕队长立刻赶了过来。

毕队长注意到，吴仁与赵慧变化不小。两天不见，这对夫妻脸色蜡黄，形容消瘦，头发似乎稀疏了许多，像一对活鬼，两人身体出了大毛病？

赵慧厚着脸皮说："毕警官，你听我解释，我的会计证锁这里了，急等着用，所以……"

吴仁说："你的会计证在家呢，床头柜里。"

赵慧在茶几下面踢了他一脚。

小袁问那个小伙子："你是哪家开锁公司的？到这儿开保险柜，有手续吗？"

小伙子早看出苗头不对了，他说："您是警察？这里没我责任，这位大姐说，她向你们请示过了，你们同意开锁。"

"她说你就信？"小袁斥道。

"大姐，你可把我害苦了。"小伙子向赵慧大声抱怨。

赵慧变脸了："吴董事长是我公公，他办公室里的东西就是我们吴家的东西，凭什么不让动？"她蹦起来，撒泼地说，"我偏要动！小伙子，给我打开，你是我花钱雇来的，不打开不给工钱。"

开锁公司的小伙子溜了，电钻没顾上带走。

赵慧像是不知疼痛地用脚猛踢大保险柜，头发蓬乱，像是疯了。毕队长冷静旁观，心想这个女人的神智有点失常，怎么回事？

大保险柜纹丝不动。

吴仁充当和事佬："毕警官，我老婆这两天不知怎么了，动不动就大发脾气，你多包涵。请到楼下办公室坐。"

赵慧坐在地毯上号啕大哭。

077

办公室里，赵慧笑着为两位警官斟茶，就像刚才那场哭闹的事情没有发生过。

这个女人变脸变得真快。

小袁首先观察四周环境，这是她从毕队长那儿学来的。这间办公室原由孟艳使用，现为赵慧占有，赵慧按照她的审美观对室内陈设进行了改造。她命人换上两块象征红红火火的大红窗帘；在撤走书籍的空书柜里摆满吴氏集团历年获得的"优秀企业"之类的奖状、奖杯；最让她满意的是从街边地摊上廉价买回、趴在写字台旁的金蟾蜍（一只涂成黄色儿的大癞蛤蟆），寓意招财进宝。这些布置混搭在一起，显得恶俗不堪。

一名部门经理敲门进来，请吴仁在一份文件上签字。吴仁将文件递给赵慧，她看了看说："签吧。"

吴仁这才签字。

小袁想，吴董事长失踪后，吴仁出任代理董事长，赵慧成为副总经理，实际控制了吴氏集团，这对夫妻是最大的受益者。

据调查，吴仁与赵慧二十三号下午不在吴氏集团大厦办公室内加班，这对夫妻有意隐瞒行踪，嫌疑加重。

小袁也注意到，这对夫妻气色极差，像有重病在身，或许是做了亏心事，心理压力太大的缘故？

为了缓和气氛，吴仁扯些没用的闲话："两位警官，今儿天气蛮好，没风，出太阳了。"

赵慧皱着眉，说："好什么呀，太阳出来，路上雪晒化了，一踩两脚泥。"

"也是，也是。"

"也是什么呀，雪化了也好，路面不滑，车好走啦。"

被老婆当众抢白，吴仁不觉得难堪，敦厚地一笑，说："两位警官，请用茶，好茶，正宗的大红袍。"

毕队长闻了闻，纸杯里泡的是不知存了几年的陈茶，只有霉味，没有茶香。赵慧不愧是位勤俭持家的好女人。小袁问："今天来，主要是向两位核实一个情况。二十三号下午五点前，两位在哪儿？做什么？"

吴仁照例等老婆说话。

赵慧脸往下一耷拉，说："这事你早就问过了，我们也说过了。"

"请再说一遍。"

"二十三号下午，在办公室加班，我俩都在。"

"几点到几点？"

"两点到五点，加完班，我们开车去的王朝酒店，参加我公公六十大寿的生日宴会。"

"没记错？"

"没有。"

小袁提醒说："你要对你的话负责。"

赵慧说："我负什么责，是对是错，你们尽管去查。"

"大厦保安说，那天下午没见两位来加班。"

"哪个保安说的，查出是谁，告诉义叔，扣他三个月的奖金。"

毕队长尽量不生气，他说："对于公安机关的询问，你必须如实回答。"

赵慧闭上嘴巴，表面神色坦然，两只手紧握在一起。吴仁对她说："你好像是真的记错了。"赵慧坚持己见："我没记错。"

小袁说："换个地方，到刑警队接受询问。到了那儿能帮助你们清醒头脑，想起记错的事，走吧。"

吴仁说："我们不去那儿。我记起来了，二十三号下午，来加班的路上，遇到点儿事，我俩办事去了。"

小袁问："去哪儿？办什么事？"

"去的哪儿？"吴仁捅了捅老婆，"说了吧。"

赵慧无奈地说："去的中元道观。"

小袁问："几点到的？"

"三点。"

"在中元道观待了多长时间？"

"待到五点，上了一圈香，然后我俩去的王朝酒店，参加我公公的……"

"两位在中元道观待了不到五分钟，送你们出来的是清风道士。"

"你们既然知道，还问我干吗？"

"从中元道观出来，两位又去哪儿了？"

小袁问的是最关键的问题。吴仁与赵慧被清风道士送出中元道观后，去向不明，监控中找不到两人乘坐的黑色奥迪轿车。两人五点四十分到的王朝酒店，中间相隔两个半小时，足够驾车往返于吴董事长失踪的案发现场。

赵慧重又闭口不言。

吴仁代她回答："去看一个朋友。"

小袁问:"朋友的姓名、住址?"

赵慧犯浑,嚷道:"我看个朋友,犯哪条法了?凭什么非得跟你说。"

吴仁劝道:"说了吧。"

赵慧这次异常坚决,她摆出一副死猪不怕开水烫的架势:"不说,能把我怎么着,还能把我抓起来?"

吴仁歉意地笑了笑:"两位警官,她的朋友我不认识,她没让我跟着一起去,我在车里等她。她真是去看朋友了,她说她走着去,她是五点回来的。"

小袁问:"你把车停哪儿了?"

吴仁说:"为了省几块钱停车费,她让我把车从中元道观前的停车场开出来,在路边等她。"

难怪监控中找不到那辆黑色奥迪轿车的踪影。

城市监控做不到无缝衔接,终有死角。

询问卡在这儿了。目前为止,吴董事长仅为失踪,没有发现他的尸体,也没有间接证据证明他已经非正常死亡。因此,不能将吴董事长的下落不明定性为绑架或凶杀。依照法律,仅凭嫌疑人在案发前行踪不明这一点,毕队长不能采取更加强硬的侦查手段与强制措施,对付赵慧这块滚刀肉暂时没有更好办法。

吴董事长失踪之前,这对夫妻的行踪有两个半小时的空白。

赵慧的态度又变好了,脸上带笑说:"毕警官,我那朋友是位世外高人,她的名号不能对外人说。这筒大红袍您带走喝。毕警官,有个事,请您帮忙,我公公的尸首至今没找着,死不见尸,多让人着急呀,好多事没法办。哪有没人认领的无名尸首,我都想去看看。"

毕队长说:"行,这个忙一定帮。"

赵慧笑得更难看了。

门被推开,吴良没顾上敲门,风风火火地进来,大声说:"赵总,好消息,我刚得到的好消息!"

赵慧重重咳嗽一声。

吴良看见两位警官，不往下说了。

两位警官告辞，乘电梯下行。毕队长对小袁说："你在全市各家医院、殡仪馆多找几具无名尸体，请赵慧去辨认，这个女人精力旺盛，活动一下也好。"

小袁笑了，应道："是。"

两位警官上了警车。毕队长说："去六六大顺小旅馆，你开，我睡会儿。"

小袁抗议："毕队，我没吃午饭哪。"

毕队长说："面包、火腿肠、矿泉水，车上都有。"

<h1 style="text-align:center">078</h1>

今天住店的客人不多，孩子又不停哭闹，六六大顺小旅馆的女老板心情不好。

进来一男一女两位客人。

女老板开店多年，她看出这俩人既不是进城打工的，也不是外地来本市出差办事的，因为没带行李卷或拉杆箱。不用猜，她就知道这对青年男女为什么来住小店。对这种偷情的客人可以狠宰一刀，她问："开间钟点房，两个小时够了吧？有身份证吗？"

男客问："没有，能住吗？"

"能住，多交点钱。"

"多交多少？"

"你看着给。"

"没人来查？"

女老板说："一般都是半夜查，白天没事。万一碰上检查的，你们就说是来旅游的，在这儿歇歇脚，休息一会儿。"

"旅游？我是本市人。"

"换个说法，你说家里装修，临时出来住几天。"

"这理由不错。"

"交钱吧。"

女老板隔着铁栏，接过男客递给她的东西一看，是本警官证。

男客是毕队长，女客是小袁。

铁栏内的小屋，既是小旅馆的收银室又是女老板一家三口的卧室与厨房，墙角放着马桶。

女老板请两位警官坐下，态度诚恳地说："所有客人住店，我都查身份证，我是守法经营户。今天头一回，我想给孩子挣点奶粉钱，他爸玩牌把家里的钱输光了。没想到正撞上你们这两位来检查的警察，我真是有眼无珠。求二位开恩，别让我关门停业，一家大小指着这个小旅馆吃饭呢，我认罚，罚多少钱？"

小袁说："违规经营的事不归我们管，我们是市局刑警队的，来查个人。"

"查什么人？杀人犯？"女老板有点怕。

"昨天，二十六号夜里，你这儿住进一个老年男人？"

"老头儿，住 7 号房，睡觉呢。"

"说说他的情况。"

"他姓杜，杜贵，六十一岁，说是进城到大医院看病的。"

"说说他的体貌特征。"

见女老板没听懂，小袁解释道："就是他的高矮胖瘦，长什么样。"

女老板说："老头儿中等个，瘦得只剩一把骨头，走几步就喘，瘦长脸……"

听起来，这位叫杜贵的男性老年客人行将就木，不会是夜入吴董事长那栋城堡式别墅的窃贼。

小袁问："只有他一个？"

女老板说："再没别的老头儿了。"

小袁说："住宿登记簿呢？"

女老板说："我念书少，字写不全，你别笑话。"她拿来的登记簿又脏又乱，沾着米粒与菜汤。

小袁翻到二十六号那天的记录，总共二十几位住宿客人，没有超过五十岁的男性。小袁冲毕队长摇摇头。毕队长接过登记簿，一行行看下去，他的手指头在一个客人的姓名上停住：十苦，女，五十八岁，后面是身份证号。

这么怪的姓氏。毕队长问："还有姓十的？"

女老板说："我抄错了，那一竖不该出头，姓丁。我还少抄了一个字，她叫丁苦什么来着，那个字笔画多，我写不下来。"

毕队长问："是不是叫丁苦菊？"

"对对对，丁苦菊。"

这是一个意外的发现。

毕队长问："她住哪间房？"

"总统套，我这家小旅馆最高级的客房，那位姓丁的大妈出手特大方。"

"她一个人住？"

女老板说："该给孩子喂奶了，我这屋小，转不开身，两位让让……"她没拧开盖，就往奶瓶里加奶粉，偷偷在怀中婴儿的大腿上轻掐了一把，哇哇哭声随之响起。

小袁见状，说道："你先哄孩子，过半小时我们再来，直到问清楚为止，小旅馆跑不了。"

女老板扛不住了，警察老来查，谁还敢住店。

毕队长问："跟丁苦菊一起入住的是谁？"

"是个老头儿，不知道叫什么，他没身份证。"女老板不等问，一五一十地说，"那个老头儿的身量跟你差不多，老是低着头，我没见过他的正脸，说不清模样。他穿的是我男人的旧衣服，身上有股味儿，臭泔水的味儿。"

真是一件匪夷所思的事！盗窃城堡式别墅的老贼居然与丁苦菊在一起，难怪他对小区里监控探头的位置如此了解。丁苦菊跟他什么关系？丁苦菊生活俭朴，又是丁香的养母，应当不缺钱花，出于什么原因使她成为贼的帮手？

小袁问："监控在哪儿？"

女老板可怜巴巴地说："店小，生意不好，监控坏了，没钱修。"

小袁说："按规定，你这家小旅馆根本不符合开业标准。"

女老板说："怪我不听爸妈的话，嫁了个爱耍钱的男人。姑娘，一看你这人就心善，姐跟你说个事，看能不能将功折罪。"

"说。"

"你们不是第一个来查那个老头儿的。"

"还有谁？"

"昨天半夜来过一个，也是高个男人，说话特横，凶巴巴的。他也在查姓丁的大妈跟那个老头儿，问得可细了。"

"是不是这个人？"毕队长让女老板辨认一张照片。

"是。"女老板肯定地说。

小袁从旁看见，照片上的人是吴义。

079

吴义走进办公室。

赵慧像亲女儿一样扶着他在沙发上坐下，说："义叔，小良子带来一条天大的好消息，请您一起听听。义叔来了，快说吧。"

吴良端起架子，说："上杯热茶，润润嗓子。"

赵慧给他倒了一纸杯热水说："没茶，烫死你。"

吴良说："我刚得到的消息，跑着来向三位老总汇报。今天上午，吴智与陶蜜儿涉嫌雇凶杀人，被传唤到市刑警队，你们猜，吴智要杀的人是谁？"

赵慧问："杀谁？"

"吴董事长。"

"我爸爸是吴智杀的？不可能。"吴仁说。

吴良喝口水，说："市刑警队查清了，吴智与陶蜜儿没杀人，把两人放了。"

赵慧大失所望："这算什么好消息，浪费我一杯热水。"

"别急呀，好消息在后头。"吴良睁大小眼睛说，"按照法律规定，凡是杀害被继承人的，剥夺其继承权。吴智虽然没有真的杀人，但他伙同陶蜜儿雇佣杀手，企图杀害吴董事长，这可是板上钉钉的事，他的继承权就要打上一个大大的问号了。我的话比较深奥，你们消化一下。"

赵慧与吴仁想了会儿，两人脸上大放红光。

吴良说："这算不算是天大的好消息？"

赵慧说："小良子，等着，姐给你沏杯好茶。"

吴仁觉得这个消息太好了，不敢完全相信，追问一句："吴律师，你不是瞎编的吧？"

吴良说："你可以上网查，法律上有明文规定，我是专业的。"

"好，你很好！"吴义称赞道，一巴掌拍到吴良的左肩头上。

吴良肩头火辣辣的，不痛。

赵慧不满足地说："分遗产的少了一个，还有三个，都死绝了才好。"

吴良表功："慧姐，你得谢谢我吧。"

赵慧说："谢什么，你不过是个通风报信的，姐的茶白喝啦？"

"哎，我还给你们提供了一字千金的法律意见哪。"

"你那点法律意见，上网谁都能查到。"

吴良后悔了，应当先提要求。他说："赵总，慧姐，为了集团的事，我整天东跑西颠，光出租车费就花了不少，我这两天手头有点紧，我的法律顾问费什么时候给？"

赵慧大方地说："这就给你。"

"多谢慧姐。"吴良打拱作揖。

"你的顾问费先给一半，去财务部领吧，找朱会计。"

"还不一次都给了？"

"另一半明年六月再给，少不了你的。"赵慧问她的丈夫，"义叔呢？"

吴义走了，没说一声。

吴良还想多说几句，争取将全年的顾问费一次全拿走。赵慧说："小良子，你去不去财务部领钱，不去，过了年再说？"

"我去，去。慧姐，你这是要去哪儿？"

"姐出去办点事。"

"捎我一段？"

"跟姐走，马上，车在楼下等着哪。"

吴良刚要跟着走，又停住，说："我还是自己打车走吧，我得先去财务部领我的顾问费。"

财务部朱会计从保险柜里取出现金，请吴良签字。吴良把钱装进上衣口袋，按了按，远不如预期的多。说好了今年的顾问费上调百分之四十，不仅没往上调，还只付一半，他对赵慧心生怨言。这个女人吝啬到骨头里，为她卖力气办事，给的钱太少。吴良苦于找不到新的明主。

两天没见吴美，请她聚聚？

从吴氏集团大厦出来，吴良的肚子咕噜一声。他打算去一家新开业的火锅店，那儿正在大酬宾，八折优惠，酒水免费。路边，他拦住一辆出租车。

一高一矮两个人跟上他。

火锅店爆满，没有空座。吴良决心不论等多长时间，这顿火锅非得吃上。他跟服务员要了一杯热茶，忍受不了弥漫整个店堂的香辣气味儿的诱惑，到店外走几步。

一个矮个男人横着过来跟吴良撞个满怀，像是故意的。吴良躲闪不及，茶全泼到身上。

那人没道歉，往前走。

吴良说："嘿，站住，你是哑巴，不会说声对不起？"

那人紧走两步，拐进一条胡同。

吴良是个不吃亏的人，追过去："你回来，别跑，赔钱。"

他刚进胡同，一只黑色大塑料袋兜头罩下，同时小腹挨了一拳。他抱着肚子，跪倒在地。还没来得及呼救，一只手利索地摘掉他的下巴，接着一顿拳打脚踢雨点般落到他的身上。他的小腿迎面骨挨了一脚，痛得撕心裂肺。

十秒，二十秒……暴打停止。

吴良哼哼着，撕下黑塑料袋，周围没人。他掏出手机，喘着气报警。

警察找到吴良，问道："打你的有几个人？"

吴良说："我的头被蒙住了，没看见，感觉上像是有十几个人。"

"有目击证人吗？"

"没有。"

"伤着哪儿了？"

"我浑身都是伤。"

吴良撸起袖子，解开领带与衬衣，他的脸上、身上找不到一丝被打的伤痕。他冲着警察说："请不要用那种怀疑的眼光看着我，我没报假警。就在几分钟之前，一大群人在这儿暴打了我一顿，把我打惨了，我现在浑身上下没一处不痛。请你不要笑，有点同情心好不好。"

警察忍住不笑，说："你到医院检查一下，开张伤情诊断证明书，明天交到派出所，等我们的调查结果。你顺便挂个精神科的号。"

"我没有精神病！"吴良抗议。

警车开走了。

没有监控，没有目击者，没有伤痕，吴良被几个没有看见模样的人一通臭揍，全身骨节痛得要命，他太倒霉了！他的鼻子酸酸的，如果不是在街上，可能哭出声了。

得罪谁了？他想破脑袋，想不通。想了又想，吴良认为，凭他这么好的人缘，只有可能是丁香雇人对他下的黑手。吴董事长失踪的第二天夜里，他的律师事务所着起的那场大火肯定也是丁香雇人放的。那场大火，这次挨打，都是丁香的报复行为，一切源于他曾向市刑警队举报丁香公司向吴氏集团倒卖过一批伪劣的进口服装。丁香这个女人好狠呀！

火锅店有了空座位，他的食欲没了。

吴良拦了一辆出租车，忍痛挣扎到市立医院。他找到熟识的艾主任，含泪诉说了他的悲惨遭遇。

他照了一个全身CT。

艾主任看过片子，说："没事，你就是缺钙，吃点钙片。伤情诊断证明书没法给你开，伤在哪儿？"警察也这么问过。说来也怪，吴良的身体表面无伤，但不能碰，只要轻轻碰一下，他就会痛得吱哇乱叫。艾主任又看了一遍片子："咦，你的左肩胛骨局部有重度骨质疏松，怎么搞的？应当是受到极强的外力冲击。"

艾主任给他开了一周剂量的止痛片。

吴良去药房取了药，吃了两粒。走廊里，他看见赵慧倚着病历室的门，跟一个女护士说话。

她在那儿干吗？

080

赵慧一肚子怨气的样子。

因为几分钟前妇产科医生告诉她没有怀孕，恶心呕吐是肠胃功能紊乱的表现。

女护士问她："你取谁的病历？"

赵慧说："刘淼，三个水的淼，她是我的婆婆。"

"患者本人没来？"

"她过世了。"

"昨天还见她来看病呢。"

"昨天晚上走的。"

"你婆婆待人可和气了，多好的老太太。你是她的儿媳妇？没见你陪她来过。"

"我这一段时间病了。"

女护士看看赵慧，说："你像是病得不轻。抱歉，你不能取走刘淼的病历。"

"不取走，看一眼也行。"

"看也不行，未经患者本人同意，你不能取走或查看她的病历，这是医院的规定。"

"人死了，我上哪儿去征求她的同意？"赵慧冒火了。

"患者生前的主治医生同意也行。"

"帮我查查，是哪位医生？"

女护士在电脑上查了一下，说："艾主任。"

忽然，女护士呆住了，她不敢相信自己的眼睛，离她不到一米远的地方，刘淼拄着拐杖，蹒跚走过。大白天见鬼了？

诊疗室里，艾主任与网络当红殷主播视频通话。

艾主任说："晚上我请你吃饭，日本料理？法式大餐？你没胃口，不吃饭。我请你喝酒、跳舞，来吧，我很想你。"

殷主播问："你没听说关于我的事？"

"听说了，你丈夫出车祸死后，你继承了全部家产，你成了大富婆。我跟别的男人不一样，对你的钱不感兴趣。"

"你没听说别的？"

"关于你的传闻多了，最多的是说你有一身特别的功夫。我体验过一次，当真是销魂蚀骨，名不虚传。"

"你不怕我？"

"我怕，三十如狼，四十如虎，见到你这种如狼似虎的女人，我怕得要死。"

"你怕得要死还来找我？"

"石榴裙下死，做鬼也风流。"

"你不是坏人，为你好，不要再来找我。"那边电话挂了。

艾主任又未能将殷主播约出来玩一晚上，他丧气地把手机扔到桌面上。艾主任不是一个坏男人，他医术精湛，对工作认真负责，为人友善，与同事关系良好，只是他体内分泌的荷尔蒙较正常人高百分之两百，所以倍加风流。除了这个小缺点，他基本属于完人。

"为你好，不要再来找我。"殷主播最后这句话什么意思？

一人走进诊疗室，坐在病人专用的圆凳上。

艾主任看着手机发呆，他问来人："哪儿不舒服？哦，是你，应该称呼'赵总'了。"他一见赵慧的面容，立刻严肃起来，说："你早该来看病了，恕我直言，你病得不轻。"

赵慧不爱听了，怎么谁见了她都说她有病，真不吉利。她说："我不是来看病的，我没病。这是你给我婆婆开的药吧？"她从手提袋中取出一张药品说明书，放到桌上。

艾主任看了看，说："对呀，你从哪儿拿来的？"

城堡式别墅夜入窃贼那晚，赵慧与吴仁去陪婆婆刘淼，她在茶几上看到一个药盒，偷偷取走了里面的药品说明书。她想早一点知道刘淼得的什么病，还能活多久。她希望刘淼死得快一点，遗产继承人越少越好。

赵慧说："从我婆婆那儿拿来的。这是治什么病的药？"

艾主任想起，刘淼曾经要求对她的病情严加保密，于是反问：

"你问这个干吗？"

"刘淼是我的婆婆，我是她的儿媳妇，我关心她。我丈夫是个孝顺儿子，一提起母亲的病就哭，我也陪着掉眼泪。我丈夫让我来的，他想了解母亲的病情，作为病人家属，我们有权利知道。"

"你婆婆没大病，这是一种营养药，增强机体免疫力的。"

赵慧说："我不信。"

艾主任拿出一本精装的外文医学书籍，随便翻到中间一页，说："这是药典，你看，这里写着哪。"他叽里咕噜地念出一串外语。

赵慧哪里听得懂，但她从艾主任的眼睛里看到一丝笑意。

医院走廊上，赵慧找了一把靠墙的空椅子坐下。没搞清婆婆刘淼得的什么病，她不走。她拿着那张药品说明书，几次拦住过往的医生询问，得到的回答都是摇头不知。一群年轻的男女实习医生跟在一位头发花白、学者模样的老医生后面，从她身前走过。她拦住一个娃娃脸的女医生，问："姑娘，那位老医生我看着眼熟，他是谁呀？"

娃娃脸说："他是马教授，我们的博士生导师，著名的医学权威。"

赵慧将药品说明书递过去，说："这上面全是外文，我看不懂，能不能请马教授看看，这药一天吃几次？这是治什么病的，没开错吧？"

娃娃脸说："你等着。"

没两分钟，娃娃脸回来了，她说："你很幸运，遇到我们的马教授，国内没几个人知道这种研发出来不久的新药。这是治疗一种极为罕见的恶性肿瘤的特效药物，不会开错的，一天早中晚服用三次。这种药还没录入药典。阿姨，您还有要问的吗？"

赵慧对"阿姨"这个称呼很反感，她有那么老吗？她问："得了你说的那种病，还能活几天，一个月？"

娃娃脸不正面回答："阿姨，您要有战胜疾病的信心，药不是万能的，没有信心是万万不能的。"

娃娃脸将赵慧当成了病人。

赵慧气极，艾主任像耍猴一样耍了她，骗了她，她不能善罢甘休。

她再到艾主任的诊疗室。

艾主任、刘淼还有病历室的女护士都在，迎接赵慧的是三双满含敌意的眼睛。

赵慧毫不理会，说："艾主任，你从吴氏集团拿走过一笔钱，干什么用的，财务账上没有记载。"

艾主任说："干什么用，你去问吴董事长。"

赵慧说："吴董事长失踪了，回不来了。说不清用途，你不能白拿这笔钱，必须马上退回来，否则……"

艾主任毫不客气地说："请你出去。"

081

黑色奥迪轿车开出医院大门。

赵慧很少开车，技术生疏，车行一路，歪歪斜斜。奥迪轿车在一家挂着蓝底白字招牌的寿衣店前停下。赵慧戴上口罩，围紧头巾，推门下车。

店内，无人也无声。

四壁堆满一层层寿衣，直到天花板，空气中充斥着一股无法形容的怪味儿。赵慧身处其中，浑身不自在。

突然，赵慧身后冒出一个人。她受惊回头，惶恐地退后，心一阵狂跳。那是一个黑衣人，分不清男女，说不准年龄，瘦得像一根竹竿，黄脸上长满白癜风斑，一只玻璃眼球歪向一边，头上梳着小小的发髻，如同一具没有人气的僵尸。

赵慧说："你吓死我了，一声不出，跟个鬼似的。"

黑衣人咧一下嘴，算是表示歉意的一笑。

赵慧问："合同弄好了？"

黑衣人点一下头。

赵慧问："你要多少钱？"

黑衣人捏起三根枯干细长的手指。

赵慧问："还能再便宜点吗？"

黑衣人摇一下头。

赵慧说："再降点价，不然的话我不要了。"

黑衣人转身就走。

赵慧说："别走，回来，就按你说的价钱，你得给我点优惠，另外送样东西，买二送一。"

黑衣人用手扶正歪斜的玻璃眼球，不说话，看表情像是答应了。

赵慧说："我去拿钱，给钱之前，我要先验货。"

回到黑色奥迪轿车上，赵慧摘下口罩与围巾，长长呼出一口气。她闻了闻身上，似乎沾染上寿衣店里的味道。胃里一阵翻腾，她落下车窗，朝外吐了一大口酸水。

回到吴氏集团大厦，来到财务部，赵慧三两下填好一份支票领取申请表，交给孙会计，说："开一张现金支票，快着点，我有急用。"

孙会计取出支票本，说："慧姐，申请表上面还缺吴仁代理董事长的签字。"

"明天我让他补上签字。"

"慧姐，领取支票必须要有董事长的签字批准，这是集团的财务制度。"

"慧姐也是你叫的？"

"赵总，对不起，没有吴仁代理董事长的签字，这张支票不能给您开。"

"你开不开？"

"赵总，您别为难我。"

孙会计有一张姣巧的面庞，赵慧越看越不顺眼。若干年前，吴仁初到吴氏集团时，有一阵子对孙会计很有好感，这样算下来，孙会计与赵慧曾是情敌。孙会计早已成家，嫁给一位公务员，生了一个儿子，生活得甜甜蜜蜜。孙会计常在赵慧面前夸儿子如何聪明伶俐，这让流产三次的赵慧妒火中烧。孟艳与吴钢新婚那年，赵慧背后说孟艳未婚先孕的坏话，被吴董事长知道后降了她的职，罚了她的奖金，她一直怀疑这是孙会计告的密，捣的鬼。新仇旧恨加到一起，赵慧怒火焚心。

她说："你不开支票，我开除你！"

孙会计据理力争："我按制度办事，凭什么开除我！"

"就凭吴氏集团是我家的！"说完，赵慧摔门而出，她找吴仁去了。

吴仁还在他原来的办公室。在没有公开证实吴董事长"驾崩"之前，搬入吴氏集团大厦最高一层的"大内"，他可没那么大的胆子。

吴仁端来一杯水说："喝口水，去去火。"

赵慧火气正旺："你现在就给人力资源部下通知，开除孙会计。"

"你是集团副总，犯不上跟一个会计置气。"

"这口气不出，我得憋死。"

"孙会计犯什么错了，没有开除她的理由。"

"理由还不好找，随便找一个。我想想，孙会计两次带孩子看病，事先没请假，算是无故旷工。"

"看的是急诊，事后补了假条，也经过你的批准。"

"我改主意了，不批准了。"

吴仁劝道："这样不好吧，传出去员工们会说你出尔反尔，以后谁还信你的话。"

赵慧说："爱信不信，我不在乎。"

吴仁找到折中方案："你看这样行不行，扣孙会计一个月奖金，责成她做出深刻检讨，全集团通报批评，理由是目无领导，就不要开除了。"

赵慧气呼呼问："你是不是舍不得？"

"什么舍不得，舍不得什么？"

"当初你跟孙会计好过一段，你不忘旧情，还想着她，舍不得开除她。"

吴仁发蔫了，叹气说："孙会计早嫁人了，人家有丈夫，有孩子，日子过得比我好，我想着她有什么用。"

赵慧醋缸倒了："说出心里话了，你还是想着她！"

"你不要胡搅蛮缠。"吴仁拉着赵慧来到写字台前，指着台面上的一堆信封，说，"这些都是辞职信。我当上代理董事长不到三天，一般员工、部门经理、下属公司正副总经理有三十多个人提出辞职，这些人都是业务骨干。"

"这些人都是孟艳的党羽，走就走呗。"赵慧说。

"人都走光了，我靠谁撑起吴氏集团？"

"你去招聘新人，三条腿的蛤蟆不好找，两条腿的人有的是，新员工工资还低呢，能给集团省不少钱。"

"新员工起码要经过一年培训才能胜任工作，经理一级的人才我从别的公司抢都抢不来。"

"你别转移话题，赶快下发开除孙会计的通知！"

在赵慧的威逼下，吴仁没办法，只能违心照办，他从小就是听话的好孩子。

他说："给孙会计三个月的工资作为补偿？"

赵慧说："一分不给。"

吴仁又问："你这么急着要支票干吗？"

赵慧说："你少管，今天晚上咱们去你妈家，我要送给她一个惊喜。"

在赵慧的监督下，孙会计交出财务部的钥匙、印章等，赵慧还检查了她的女式小挎包。

孙会计含泪走了。

赵慧对朱会计说："从今天起，你接替孙会计的工作，以后你就是我的人了。好好干，没你亏吃。"

朱会计一脸谄笑。

吴氏集团大厦外，孙会计抹着眼泪，低头走路。吴仁追上她，往她的挎包里塞进一个信封，说："这是三个月的工资，别让赵慧知道。我给一家公司里的朋友打了电话，他们正需要会计，我跟朋友说好了，你去那儿吧。原谅我，唉，说什么都晚了。"

他想说什么？突然，他哧溜一下躲到树后。

赵慧开着黑色奥迪轿车从树旁驶过，赶往寿衣店。

082

黑色奥迪轿车开往郊外。

坐在副驾驶位子上的黑衣人为赵慧指路。每当遇到路面上的坑洼，车身一跳，黑衣人就要用手扶正一次颠歪的玻璃眼球。一条不通汽车的土路蜿蜒向西，伸向一座荒山。

荒山寂寂，围着一圈青石片垒起的矮墙。山上，稀稀疏疏地长着十几株奇形怪状的歪脖子树，树上栖息着三两只昏鸦，在寒风中梳理黑色的羽毛，偶尔发出呱呱的聒噪，难听的叫声传得很远。

黑色奥迪轿车停在两扇生锈的大铁门前。

黑衣人下车"砰砰砰"地拍门。过了许久，大铁门打开一道小缝，黑衣人朝里面做了几个手势。大铁门打开一半，黑衣人朝车上的赵慧招招手。

赵慧下车，在大铁门前犹豫一下，走了进去。

"呀"的一声，大铁门重又关紧。

一进铁门，迎面立着一块数米高的山石，上书四个拙劣的大字

"万年吉地"。

拐过这块山石，荒山出现在眼前。山坡上，铺着一条碎石甬道，两侧立起规格不同的白色墓碑，约有上百个之多。墓碑上，刻下的姓名上有的刷着白漆，表示墓主人已经死了，安魂于此；有的蒙着白布，墓穴还是空的。

山坡最高处，一口新棺材旁，两个工人正用镐头挖坑。

黑衣人领着赵慧走进一间小屋。屋内摆满各种冥器，一个胖得像球似的男人微笑着请赵慧坐下。

赵慧不坐，怕弄脏衣服。她说："我看见那边有口棺材，不经火化，你们也敢埋？"

球状男人说："只要埋的不是活人。"

"你们这儿没人来查？"

"这里不是农家乐，来查什么？"

"有人查怎么办？"

"大不了就地深埋，埋得浅点深点死人不在乎，死人不喘气。"

"我定了。"

"你不给自己订一个坑？一家人都住在这儿，团圆。"

赵慧气得"呸"啐了一口。

小袁向毕队长汇报说："赵慧去的是一处违规墓地，没有合法的报批手续。当地一户姓裴的村民承包了那座荒山，名义上植树造林，以此为幌子，私自对外出售墓穴，牟取暴利。因为便宜，买的人不少。民政部门正在对这处野墓地进行调查，准备近期予以强制拆除。"

毕队长说："拆除之后，那座荒山上岂不是要有一大群流浪野鬼飘来荡去，无家可归。"

小袁调查到一个重要情况，她等着毕队长往下问。

毕队长喝姜茶，看通报，偏偏不问。

小袁忍不住了，说："毕队，你不问问我还有什么重大发现？"

毕队长说："不用我问，你憋不住的时候，会自己说出来，不让你说都不行。"

讨厌！小袁说："我在民政部门的调查材料中看到，那处野墓地下葬过一些棺材，遗体未经火化。"

"与吴董事长失踪有什么关系？"

"吴董事长失踪后，活不见人，死不见尸。我查过了，周边所有殡仪馆都没有收到或火化过不明尸体，是否存在这样一种可能，吴董事长被装进一口棺材，神不知鬼不觉地拉到这种野墓地，秘密下葬了？"

毕队长说："有这种可能。你跟我去一趟，查一查。"

小袁问："什么时候去？"

"今晚。嗯，半夜。"

"半夜？"

"不敢去？"

"去就去！"

小袁的想象中，她与毕队长在月黑风高之夜，翻过围墙，潜入一处野墓地，在白色墓碑中间，挖开土层，露出一具棺木，打开棺盖的一瞬间……她的心情既紧张又兴奋，如果说一点不害怕那是假的。

毕队长噗地一笑："小丫头，逗你玩呢。"

小袁十分扫兴。

毕队长说："绑架，杀人，埋尸灭迹，赵慧有能力做这种事？"

小袁说："凭她一个人的力量做不到。"

白色塑料板上并列三个人的照片：赵慧、吴仁与吴义。小袁说："这三个人结合到一起就可以做到。三人组成一个紧密的小团体，利益相关，实际控制了吴氏集团，成为吴董事长失踪的最大受益者。"

三张照片拍摄水平都不高，而且采光偏暗，灰蒙蒙的。

小袁说："赵慧，三十一岁，比她的丈夫吴仁大三岁，中专文化，父母都是商店的售货员；家中姐弟三人，她排行老二。她十七岁进入吴氏集团，在财务部做一名会计。由于相貌平平，学历与能力一般，又没有家世背景可以依靠，她在会计岗位上一做多年，默默无闻。在财务部的十几名会计中，她的薪酬与职务是最低一等的，甚至不如晚于她进集团工作的人。"小袁语调一变，说，"有一天，奇迹发生了！"

毕队长说："丑小鸭变成了白天鹅。"

小袁说："六年前，吴仁与一家大企业老板的独生爱女马小姐相识相恋。正当两人筹备婚礼时，吴董事长意外宣布，取消他儿子与马小姐的婚约，吴氏集团与那家大企业多年的合作关系从此破裂，双方都遭受惨重的经济损失。随后，吴仁与赵慧举行了简单的婚礼。"

毕队长背着手，站在赵慧的照片前，他招呼办公室的刑警们过来，说："你们都来看看，白天鹅长成这个样子？"

照片上，赵慧其貌不扬，眉头紧皱，嘴角下撇，气呼呼的，像是刚跟人吵过架。

小袁接下去说："婚礼那天，出了一件怪事。吴仁与赵慧这对新人乘坐的喜车抵达举办婚宴的酒店门口，马小姐从围观的人群中跑出来，站在车前，用手指着赵慧，一个字没说出口，脸色转青，倒在地上，当场死了。这事后来不了了之。婚后，吴董事长与刘淼极不喜欢这个'篡位'的儿媳。"

审视照片上的赵慧，毕队长觉得这是个偏激、存在性格缺陷的女人。

她是怎么将吴仁搞到手的？

北风带着啸声吹过野墓地。赵慧站在一个还没完工的墓穴前，站了好一会儿，脑子里不知想些什么。

她深深吸入一口墓地里阴冷的气息。

083

赵慧二十四岁时，很想嫁人，依旧单身，相亲屡屡失败。

她长得女带男相，而且总是一副苦大仇深的样子，好像谁都欠她钱似的。哪个男人愿意娶回这么一个女人做老婆？天天面对一张苦瓜脸，会得癌症的。父母催她尽快嫁出去，随便嫁给谁都行，家里只有两间小房，弟弟等着用她住的那间结婚。经人介绍，她找了一个丧偶有孩子近四十岁的老男人，见面几次，对方同意娶她，商定下周去领结婚证。两人睡了一个晚上，第二天，老男人反悔了，经过数次协商，赔了她一点钱。

在财务部赵慧不爱说话。她每月工资都被父母悉数收走，没钱去外面吃饭、买好看的衣服与化妆品，她跟那些追求时尚的年轻女会计缺乏共同语言，说不到一起。她有一样好处，勤快，同事中谁懒得去员工餐厅吃饭，招呼她一声，她就会跑腿将饭菜打回来。她待人谦恭，从不与人争执，表现得像是只求保住这份安稳的工作，所以没人提防她。

她没有闺中好友。

她的一生可能就此度过。

她是一个自卑的女人。

看穿她内心的，只有吴义一个人。一次，财务部几名女会计周末结伴郊游，出了车祸。吴义代表集团处理这场事故，他让赵慧送一张支票到医院缴纳医疗费。病房里，赵慧看到一个漂亮的女会计面部损伤严重时，她的脸上露出掩饰不住的微笑，这个笑容被吴义收进眼里。还有一次，吴义去找财务总监，他没敲门，推开门时，看见赵慧坐在总监的椅子上，微闭双目，像在享受一种乐趣。一见吴义，赵慧显得有点慌乱，吴义笑笑，带上门走了。

在吴义的帮助下，赵慧的薪酬与职务提高了一个等级。

当晚，赵慧到小院拜谢吴义……

一天，赵慧照常上班，她与一个年轻男人同时走进吴氏集团大厦的旋转门。那个男人腼腆，有点呆气，她并未在意。一条消息不胫而走，吴董事长的长子吴仁大学毕业，今天来集团行政部报到，任经理助理。

吴仁就是赵慧在旋转门遇到的那个呆头呆脑的年轻男人。

吴仁还是一条无主的光棍，他的驾到犹如水面投入一粒石头，在集团适婚年龄的女性心中激起不小的波澜。本市工商界，凡是家有待嫁千金的老板也纷纷摩拳擦掌，张弓搭箭，准备将吴仁这只猎物一举拿下。

吴仁身后，排起一长串女性猎手。

这支浩浩荡荡的娘子军中，没有赵慧的身影，人贵有自知之明。五点整，下班铃响，赵慧锁好抽屉，乘电梯下楼，出大厦，走向公共汽车站。

一辆老式大众轿车鸣了一下喇叭。

赵慧上了车，谦恭地问："今晚几点到您那儿去？"

吴义像是没听见她的问话。这时，吴仁走出旋转门，开上一辆黑色奥迪轿车，从大众车前驶过。吴义说："他叫吴仁，我的侄子，你想不想做他的老婆？"

赵慧一怔："我？我妈从小就对我说，做人要讲实际，别做乱七八糟的梦。"

"我问你想不想？"

"想。"

吴义说："以后你按我说的去做。下车吧，最近不要再来我的小屋。"

一张打鱼的网撒向吴仁。吴义是渔夫，赵慧是网。

吴董事长是位严厉、苛刻的父亲，在父亲的眼皮下，吴仁唯恐挨骂，每天勤奋工作，不敢稍有懈怠。他脑子慢，为了完成分内之事，经常加班到很晚。行政与财务两个部门在同一层，他天天看到财务部亮着灯，一位年轻女性伏在办公桌上做账。有一天他加班到十点，走时在电梯前遇到那位年轻女性，两人点头笑笑，吴仁问："小姐怎么称呼？"

"赵慧，不要叫我小姐。"赵慧话不多，态度温顺，不像那些一见吴仁就黏上来的女人。

大厦外，赵慧去坐公交车。天晚了，车站上没有等车的乘客。吴仁说："你住哪儿，我送你一段。"赵慧像个小女生，她说："我还是坐公交吧，我妈妈说了，不要坐陌生人的车。"

"你我是同事，都在吴氏集团工作，不是陌生人。"

"那……好吧。"

赵慧拘谨地上车，吴仁问："你天天加班？"

赵慧说："因为我记账慢，比别人笨。你也天天加班？"

"我也笨。"吴仁说。

两个笨人惺惺相惜，无形之中亲近许多。借着车内微光，吴仁瞥了一眼赵慧，她没戴假睫毛，没抹很重的红嘴唇，也没涂惨白的粉底，人不漂亮，但朴实自然。赵慧不像那些漂亮女人，给吴仁以压迫感。跟赵慧在一起，他感到随意舒服。

赵慧尖起鼻子嗅了嗅。

车里暗，看不见吴仁脸红了。他说："不好意思，我是汗脚，特别重。"

赵慧没有像那些香喷喷的娇女人那样大呼小叫，捏住鼻子开车窗通风，往车里狂喷香水。赵慧用母亲的口吻说："常换鞋垫袜子就好了，鞋垫袜子一定要用纯棉的。真巧，这是我给我弟弟买的，你先用吧。"

"这合适吗？"

"合适，你的脚跟我弟弟的一样大，现在就换上。"

车停路边，赵慧为吴仁换上新鞋垫，帮他穿上新袜子，一点不嫌臭。从小只有妈妈这样待他。吴仁的脚舒服了，心也暖了。

黑色奥迪轿车停在胡同口，赵慧到家了。她没让吴仁往里开。

吴仁看着她的背影，心里毛烘烘地发热。从后面看，赵慧是位各方面都熟透了的女性，臀部肥大，走起路来一扭一扭的，这对于从没碰过女人的吴仁有种奇异的吸引力。那夜，吴仁做了不宜向外人道的梦。

从那晚起，吴仁几乎天天送赵慧回家。赵慧工作努力，朴素大方；她为人谦和，不搔首弄姿，不撒娇，不牙尖齿利；尤为可贵的是，她一见男人就母爱泛滥。这一切给吴仁留下良好印象。赵慧更喜欢小动物，她会为一只受伤的小狗哭泣，证明她有一颗慈爱之心。

赵慧身上，散发出一股成熟女人的略似麝香的味道。

吴仁一天不见她，就感到缺点什么。

在双方父母的大力撮合下，吴仁与马小姐订婚了。马小姐是一家大企业老板的掌珠，亿万家财的唯一继承人。她的爸爸与吴董事长是相交几十年的老友，亲密无间的商业伙伴，两家联姻，在本市将再无可以匹敌的商业对手。

吴仁与马小姐的婚事被社会各界一致看好。

吴董事长为儿子买了一套两百多平方米的大宅子，作为新房。房内家具、陈设等一应用品均由马小姐的爸爸出资。中元道观的道士选定大婚吉期。一切就绪，只差办理结婚登记。

然而，吴仁对马小姐没感觉。

两人亲过一次，恰逢马小姐刚吃过榴莲，她嘴里的味道让吴仁想到公用厕所。

吴氏集团行政部的一些年轻员工"自发"地帮吴仁布置新房。赵慧主动加入，她一人在厨房默默擦拭，直到每样器具闪闪发光。吴仁见到她，心生愧意。赵慧对他说："扶我一下。"她踩着椅子，去擦吊柜，不留神，一晃倒进吴仁怀里。她被吓坏了，抓住吴仁的手，按在她身体的两块软软的富有弹性的东西上面。两人就这样站了不知多长时间。

赵慧转过身，倚在吴仁怀中，无声地哭了。

晚上，吴义打来电话，让侄子吴仁到他的小屋去一趟，有点事，悄悄的，不要对旁人讲。

吴义与吴仁这对叔侄一向很亲，吴仁没多想，开车去了。到小院，进小屋，吴义说："有人想见你。"

他将吴仁推进里间，赵慧站在那里。

身后的门关上了。

084

吴仁与赵慧忘情地拥抱，随着体内荷尔蒙的急剧飙升，免不了还有一些少儿不宜观看的亲热动作。

赵慧说："我爱你。"

吴仁的舌头在赵慧的嘴里，他口齿含混地说："我也……爱……你……"

"你要结婚了。"

"我爸……让……我结的。"

"你拿走吧。"

"拿走什么？"

"我的童贞。"赵慧珠泪滚滚，哽咽着说，"我爱你，可你就要跟另一个女人结婚，以后咱们不会再见面了，把我的童贞拿走吧，作为咱们爱情的纪念。"

"不会再见面了，你要去哪儿？"吴仁问。

"去很远的地方。"赵慧解开他的衣扣说，"来吧，你放心，我不会缠上你的，你不用承担责任。"

吴仁起初畏蒽不前，听到赵慧这样说，心眼活动了。男人，遇到这种不担责任又能愉悦身心的事，大多不会推辞，吴仁也不例外。打消了顾虑后，两人一阵疯狂……

穿好衣服，赵慧说："我该走了。"出小屋前，她回头看了一眼吴仁。

她在小桌上留下一张纸条，上写"永别了"。

吴仁慌忙追出来。吴义在小院里喂那只叫虎子的大狗。吴仁问："赵慧呢？"

"走了。"

"您看，这是她留下的。"

吴义接过纸条，看过问："你俩干什么了？"吴仁支支吾吾，说不出口。吴义一看就明白了，他问："赵慧对你说过什么？"

吴仁想了一下："她说要去很远的地方，还说以后不会再跟我见面了。"

"不好，这个姑娘要殉情自杀。"

"不会吧。"

吴义说："一个正派女人视贞节重于生命，你要了她，又不能娶她，她只有死。"

吴仁腿一软，坐到地上。

老式大众轿车在市内转来转去，赵慧可能去的地方都找遍了，没见她的人影。吴义开车回到吴氏集团大厦，问当班保安："还有下班没走的吗？"

保安说："有，财务部的赵慧。"

财务部锁着门，里面没亮灯。

吴义与吴仁一层层寻找。大厦的平台上，两人看见赵慧倚着边沿的围栏，表情痴呆，夜风吹开她的外衣，吹乱她的头发。

她一见吴仁，说："别过来，我要从这儿跳下去，结束我的生命。"

吴仁近于哀求："你听我说……"

"我不听你说，我在财务部的电脑上给你留下一封遗书。"

"遗书？！"

"遗书里面满满的都是我对你的爱。我要让所有人都知道我是为你而死的！"

"为我而死？！"

吴仁彻底傻了。如果赵慧从吴氏集团大厦跳下去，摔个稀烂，明天将会成为本市头号新闻。说好听一点，赵慧是为情而死；说不好听的，是吴仁始乱终弃，逼死人命。背上一桩命案，他这辈子就完了。

他求助于义叔。

吴义说："只有一个办法。"

"您快说，什么办法？"

"你娶了她。"

吴仁不觉得这是个好办法。赵慧一条腿跨上围栏，惨呼："来世再见。"吴仁喊道："别跳，我娶你。"

赵慧问："你不骗我？"

吴仁说："我答应娶你，可是，我爸爸、我妈妈不会同意的。"

赵慧再次作势要跳。

吴义对他的侄子说："叔教你个办法，你可以从家里偷出户口簿，结婚登记之后再对父母说，你的父母都是通情达理的人，不会责怪你的。"

"真的不会骂我？"

"不会。"

吴仁胆小，没主意，只能如此了。

从结婚登记处出来，一身大红衣裙的赵慧拉着吴仁的手，喜气洋洋、堂而皇之地走进城堡式别墅，跪拜公婆。面对红彤彤的结婚证，吴董事长与刘淼惊得下巴颏差点掉到地面上。

刘淼气得浑身哆嗦，吃了一粒速效救心丸。

吴董事长将儿子吴仁带进书房，一点点问清了事情的来龙去脉。

听完，他半晌无语，然后说了一句话，六个字："父债子还，报应。"他挥手命吴仁出去，关上门，直到晚饭也没有出来。

闻听此事，马小姐的爸爸盛怒，匆匆赶来，破门而入，冲着吴董事长拍了桌子，骂了娘。据不可靠传言，两人还大打出手。两家撕破脸皮，亲家变成仇家。

在吴仁与赵慧的婚礼过程中，发生马小姐猝死的一幕。由于马家拒绝解剖尸体，马小姐死因不详。社会上流言四起，有人说，马小姐是被赵慧下毒害死的；也有人说，马小姐患有先天血管瘤，一时激动，瘤体破裂，以致她香消玉殒，一缕芳魂含恨西归。

在赵慧的坚持下，婚礼照常举行。

婚礼刚散，赵慧立时尽显刁、泼、悍、妒妇之本色。洞房之夜，她不让吴仁碰她，她的理论是如果男人在"那事"上吃得太饱，就会倒了胃口，她只有在吴仁憋得实在难受、百般央求她的时候，才会开恩允许云雨一次。吴仁有时与她争吵两句，她便寻死觅活，她不是自寻短见，而是拿出厨房剁排骨的厚背刀，要拉着胆小的吴仁同归于尽。若有女人（不论长相）与吴仁多说几句话，她就打上门去，冲着那个女人大吵大骂，全然不顾脸面，搞得再无异性敢于跟吴仁来往。她搜走吴仁身上所有的钱，但供吴仁吃好穿好，尽管她对自己很节俭。这些招数都是她从她妈那儿学来的，招招均为绝世神功，很快将吴仁收拾得服服帖帖。

她与婆婆刘淼不冷不热；她对公公吴董事长极尽孝道。

时隔半年，吴氏集团前任财务总监主动辞职，赵慧如愿坐上总监的那把椅子。她懒得去员工餐厅时，财务部的女会计们争着给她打回饭菜。

为了感谢吴义的深恩厚德，赵慧改拜他为干爹。

面对空空的墓穴，赵慧回顾数年历程，嘴角含笑，笑得有几分狰狞。她叫过黑衣人，说："墓碑上刻两个名字，一个吴礼，一个刘淼，都刷上白漆。"

空墓穴中升起一股旋风，卷向赵慧。

黑衣人悚然后退。

赵慧坦然不惧。

085

赵慧按响城堡式别墅的门铃。

吴仁从黑色奥迪轿车的后备厢里取出一网兜时令水果，他小跑几步，跟上来。

年轻女佣开门。赵慧一向不跟下人打招呼，她昂首走进一层大客厅。吴仁问："我妈呢？"女佣说："她不舒服，躺着哪。"

卧室里，刘淼拥被而卧，似睡非睡，她的脸色更黄，很倦很累的样子。

吴仁说："妈，我跟赵慧看您来了，您别起来，躺着吧。"

刘淼起身说："躺了半天了，我起来坐坐。"吴仁搀着母亲来到大客厅，他感到母亲双腿发软，拖着脚走。赵慧坐在沙发上不动，没过来帮着扶一下。只有十几步的路，刘淼喘成一团。

吴仁说："妈，这是我跟赵慧给您买的水果。"

刘淼看也不看赵慧一眼，对儿子说："我不想吃，带回去吧，不要再买了。"

赵慧对丈夫说："我说不让你买，你不听，偏要买。妈不想吃，带回咱家我吃，放在这儿，白白便宜了家里的佣人。"

女佣非常讨厌这个长着扫帚眉的女人。

吴仁说："妈，您还是吃一点，水果是补充维生素的。"

刘淼说："好，我吃。"

吴仁挑出一只最好的苹果削皮，切成小块，装在盘子里，端给母亲。母子俩说话，就像没有赵慧这么个人在场。

吴仁问："妈，您这两天身体好点吗？"

刘淼说："不好不坏，老样子。"

赵慧插话："我看您的气色一天不如一天，越来越不好。您写没写遗嘱？您不能偏心，我知道您最疼二儿子了。"

刘淼不理睬她，对儿子说："你瘦了，眼圈发黑，这两天没休息好？"

吴仁说："我睡不好觉，总做梦。"

"梦见你爸了？"

"没有。我老是梦见一座山压在身上，压得我喘不上气，憋醒了。去医院检查，医生说我心律不齐，心脏有时停跳。"

"有病早治，做一次全面体检。"

"哎，明天我跟赵慧一起去。"

赵慧将盘子里削好的苹果块吃空了，说："我跟您大儿子的身体没问题，好着呢。中元道观的清风道士给我们俩算命，说我活九十九，您大儿子活九十八，今年生儿，明年育女，您不用发愁没人给您哭坟烧纸送寒衣。"

吴仁实在听不下去了，他对赵慧说："你去厨房帮着做饭，我和妈说会儿话。"

"你去，我跟你妈商量件事。"

"什么事？"

"问那么多干吗，快去做饭，我饿了。"等吴仁走了，赵慧挨近刘淼身边，一口一个妈地说，"妈，您得的什么病？还能活几天？妈，就您这身体，身边没人伺候可不行，我心疼您呀。"

刘淼看看她，问："你到底想说什么？"

赵慧说："妈，我想跟您大儿子搬过来住，方便伺候您，反正也伺候不了几天。"

"你惦记上这套别墅了？"

"妈，您写个东西，把这套大别墅留给您的大儿子，我俩保证孝敬您。您的后事我都给您预备好了。"

"后事？什么后事？"吴仁系着围裙，手上沾着面粉，从厨房出来。他说："妈，赵慧在外面跑了一天，买回一件礼物，她说是专门为您预备的。我都不知道是什么，快拿出来，让妈看看。"

赵慧说："你们猜猜，是什么礼物。"

从衣服、保健品到按摩椅，吴仁乱猜一气，赵慧都说不对。

刘淼不相信这个儿媳能送来好东西。

"你们猜不到。"赵慧拿出一份合同说，"妈，这是儿媳孝敬您的。"

刘淼打开合同一看，一口气没喘上来，差点被憋死。

吴仁没注意到母亲表情的变化，笑着过来，说："我看看，什么好礼物。"

这是一份购买墓地的合同，条款简单，大意是，兹为吴礼、刘淼购买双人墓穴一个，售价七折，另免费赠送墓碑并刻字。

吴仁又急又气："你怎么送妈这种礼物，你这不是咒我妈吗，快退回去。"

"算了吧。"刘淼拦住儿子，对赵慧说，"你这份孝心我收下了。"

赵慧说："妈，您别嫌墓穴的坑小。人死了，烧成灰，多小的坑都能钻进去，委屈您跟我公公挤着点。"

刘淼尽量保持平静。

赵慧说："妈，墓地远了点儿，便宜呀。没关系，反正一年也就清明节那天去一趟。"

刘淼指尖颤动。

赵慧想起她成为吴家儿媳之后，处处低人一等，饱受吴董事长与刘淼这对公婆的轻视与冷遇，心中升起一股邪火。她用更恶毒的言辞说道："妈，我跟卖墓穴的人说了，让他们抓紧干，早点把墓穴弄好，别误了用，您这病没几天了。"

刘淼晕了过去，气的。

赵慧后悔了。她后悔的是，为了一时解气，说了那些毒蛇般的话语，还没来得及让刘淼写下将这套大别墅留给吴仁的遗嘱。

她赶紧给 120 打电话，叫救护车。

086

白色的天花板，白色的墙壁，白色的被单，晃眼的白色灯泡，一些飘动的白色影子……一片白色。

这是哪儿？刘淼像是躺在一片白云上，身体轻若无物，只有思维还在活动。

"病人醒了。"

她听到有人说话，声音很远。谁醒了？

她的头脑逐渐清晰，闪现一些支离破碎的画面：大雪，她跟一个没有脸的男人坐在一辆车里，山路，老树，舞动的火苗，纸灰飞起……

艾主任的脸凑近，问道："老太太，听得见我说话吗？"

刘淼的头动了动。

"你看看，这是几根手指？"

"三。"

作为吴家的老朋友与刘淼的主治医生，艾主任闻讯特意赶到急救室。他对女护士说："病人情况还不稳定，留院观察。"

走廊里，吴仁问："我妈怎么样了？"艾主任说："老太太一时情绪激动，产生暂时性休克，已经抢救过来了。她受到什么强刺激？"吴仁不说话，碰碰身边的赵慧。

艾主任说："在医生面前，有什么不好说的。"

吴仁说："她送给我妈一件礼物，我妈就这样了。"

"什么礼物？"

"她给我妈我爸买了一块墓地，说过两天就能住进去。"

艾主任一声冷笑："黄泉路上无老少，你俩如果着急，可以先住进去。"

赵慧问："我婆婆死不了？"

艾主任说："人都得死，你俩也一样。你婆婆目前死不了。"

赵慧又问："她能写字吗？能不能写遗嘱？"

艾主任与不少垂危病人的家属打过交道，像这种不管病人死活、只关注遗产的人有，不多见。他话里有话地问："你做过心肺移植术吗？"

"没有哇。"赵慧回答，没听懂艾主任的话外之音。她又问："我婆婆还能活几天？"

艾主任说："几天？根据病人的情况，我估计，她存活的时间比你俩长。你俩倒是有大病，重病。所以说，应当是你俩先立遗嘱，墓地不要送人了，留着自用吧。"

吴仁惊讶地问："我们两个都有病？"

艾主任出于医生的责任心，说："从你们的外在体征看，确实患有重病，我建议你们做一次全面体检。"

吴仁说："您能现在给我看看吗？"

艾主任点点头，将吴仁带进诊疗室，为他做了几项基础检查。吴仁自述："这两天，我做噩梦，出虚汗，头发一掉一大把，两腿没劲，上一层楼梯都喘，我还不到三十岁。"艾主任问："你们两个症状一样？"

吴仁说："一样。"

赵慧解释说："我俩急着要孩子，那事干得次数勤了点，身子虚是正常的，吃几顿羊肉就能补回来。我觉得我是怀孕了。"

艾主任表情凝重，他又研究了一下吴仁脱落头发的发根，问："你们两个近期有没有遇到特别的事情？"

吴仁说："有啊，我爸失踪了。"

艾主任语含讥讽："你们两个不属于悲伤过度。除此以外，别的事情呢？"

吴仁想说，父亲失踪当天夜里，他与赵慧接到一个疑似白衣女鬼用父亲手机号码打来的电话，义叔为两人请来一尊镇妖驱鬼的铜佛。但是，这件事过于虚幻，还有些诡异，说出来艾主任会相信吗？再者，他没得到赵慧的准许，不能乱说。他回答："没有。"

"吃过什么不一般的东西？"

"没有。"

"家里做了新装修，换了新家具？"

"也没有。"

艾主任纳闷地说："那就奇怪啦。"

吴仁问："怪在哪儿？"

艾主任说："你俩的病情很怪，我从未见过类似的病例。你们得的不像是病毒引起的传染病，而是一种机体免疫系统损坏缺失导致的疾病。两人同时患病，应当接触了同一病源。我想请几位专家来给你们会诊。"

吴仁吓得小腿肚子转筋。

赵慧拉起吴仁就走，她说："艾主任，不劳您费心，我们没病。"出了诊疗室，她训斥丈夫道："姓艾的吓唬你哪，看把你吓成这个熊样子，他说几句你就信了？再说一遍，你跟我没病，姓艾的想借着看病从咱们这儿骗钱。"

赵慧如此一说，吴仁的心安定了。

说到钱，赵慧想起一件事。吴董事长失踪前几天，让财务部给艾主任的个人账户内转过一笔钱，没有说明用途。她今天中午到市立医院查刘森的病历时，向艾主任要求退还这笔钱，遭到拒绝，并被轰出诊疗室。这是一笔什么钱？赵慧是个有点心计的女人，她很快想到，一定是吴董事长秘密委托艾主任再做他与信儿是否具有亲子关系的医学鉴定，这笔钱一是支付鉴定费用，二是给艾主任的酬劳。

这种大事，必须立即告诉她的"干爹"。

电话中，赵慧简要叙述了一遍她的重大发现。吴义说："我去会会那位艾主任。你们怎么在医院，病了？"

吴仁在一旁大声说："我妈病了。"

吴义声音急切地问："她怎么了？"

吴仁拿过电话说："赵慧送我妈一块墓地做礼物，我妈气得休克，刚抢救过来。"他这是向义叔告状，只有义叔管得了他的老婆。

吴义的声音："墓地？买得好。"

真没想到，吴义没有责怪赵慧，反而夸她买得好。吴仁瘪了。

赵慧仰起下巴颏，斜眼看着她的丈夫。

吴仁说："你等义叔，我去陪陪我妈。"

赵慧说："你妈那儿有医生护士，不需要你陪。你去擦车。"

吴仁想抗争，赵慧一瞪眼，他立刻就蔫了，乖乖去擦车。

赵慧站在急诊室外的高台阶上，想着丈夫吴仁，想着吴氏集团，想着城堡式大别墅，想着已经到手或即将到手的这一切，心中充满成就感。她摆出一手叉腰的习惯造型。这辈子，她只真心感激一个人！

老式大众轿车开进市立医院大门。吴义下车，赵慧走过去，两人不用说话，交换一下眼神，彼此心照不宣。

走过刘淼住的病房外，吴义脚步稍缓，未做停留。

很快，吴义与艾主任并肩而出。

两人上了老式大众轿车。

两人去的地方是美女如云的"疯狂老鼠"。

087

"疯狂老鼠"的经理室里，吴义的高个徒弟双脚搭在写字台上，一边喝酒，一边把一沓大额面值的纸币放进点钞机，唰——他爱听这个声音。他不断重复这个动作。

他随师父，只喝二锅头。

一个男服务员进来，说："老板，您师父来了。"

高个徒弟跳起身，问："我师父一个人？"

男服务员说："他带着一个朋友。"

吴义与艾主任坐在舞池旁，小桌上摆着几种不同颜色的酒。高个徒弟带来一个妖娆的头发染成火红色的美女，他朝艾主任抱拳一笑，给师父吴义斟满一杯二锅头。红发美女不经介绍，主动把一只涂着红指甲油的手搭在艾主任的肩上，坐到他的身边。艾主任与她碰杯，聊了几句，露出索然无味的神态。一连换了三个不同风味儿的，她们都没让艾主任打起精神。

艾主任今晚怎么了？

往常那个一见漂亮姑娘就两眼放光的艾主任是不是身体出了大问题，也有病了？吴义对高个徒弟说："再换一个。"

高个徒弟说："没了，没有更好的了，那个红头发的是我这儿的镇店之宝，艾主任连她都看不上，还能看上谁？"

吴义留意到，艾主任魂儿丢了似的，两眼直勾勾地，总往远处一个角落里看。

他顺着艾主任的目光看过去，就见殷主播坐在她的老位子上，一个人孤孤单单。她要了一整瓶伏特加，一杯，又一杯，喝到酒瓶见底。她有了七分醉意，还能坐稳。有些男客凑上前去，都被她冰山一样的态度赶跑了。她看着大厅里又喝又跳的男人们，眼神里流露出的是怨恨、憎恶？

吴义朝她指指，问："那个呢？"

高个徒弟说："那个不行。"

"为什么？"

"那个女的出事了，大事。"

高个徒弟附在吴义耳边说了几句话，声音很轻，淹没在大厅的一片嘈杂之中。

吴义问："有这种事？"

高个徒弟说："千真万确。"

角落里光线较暗，殷主播的半张脸美艳无比，另外半张一团模糊。

高个徒弟说："哪个男人找她，等于找死。"

吴义说："可惜了。"

艾主任问："你们师徒说什么呢，嘀嘀咕咕的，好话不避人。"

高个徒弟说："师父给我下了严令，必须找到一个能够入你法眼的女人，做你今晚的女伴，难呀！您老人家的口味太刁，我再去找找。"他招呼服务员给艾主任送上一杯鸡尾酒，走开了。吴美挽着一个新任男友走进大厅，她与艾主任都不理对方。

大厅里，中间是舞池，四周围着散座，楼上是相对安静的包间。大多数来客情愿泡在一层大厅，这里热闹，人多，有"风景"可看，也许心里越是孤寂的人越是爱往一起挤吧。

艾主任说："看得出来，你不喜欢这种地方。"

吴义点头承认。

"我喜欢这儿。"艾主任深深吸入一口浑浊的空气，从他身边过往的女人留下浓郁而又不同的香水味儿。他看看四周，无限眷恋地说："这儿是年轻人的天下。我老了，再过一年，我四十岁。昨天，就在这儿，我看上一个女孩子，送她一杯酒，你猜她对我说什么，她说'谢谢大叔'，我差点心梗！"他掏出小梳子，梳理一下鬓角。他的头发依旧乌黑浓密，但发际线向后退了。他誓言："我要抓紧享乐。不说这些了，你找我什么事？"

吴义问："鉴定结果出来了？"

"什么鉴定结果？"

"吴董事长委托你做的亲子鉴定的结果。"

"谁跟谁的亲子鉴定？"

"吴董事长与信儿。"

"没有这回事。"艾主任矢口否认，"你不要听赵慧那个丑女人瞎讲，吴董事长是给过我一笔钱，那是聘请我做他的健康顾问的咨询费，与亲子鉴定无关。你不信？"

吴义说："我查过了，你经常帮人做亲子鉴定。"

"没有的事！嘿嘿，做过一两次而已，帮朋友的忙。吴董事长没找过我。"

"你的脸红什么？"

艾主任的脸在发烧，他问："吴董事长跟信儿是不是亲父子，与你有什么关系？"

吴义说："我是吴家人，没人愿意自家院子里钻进一条野狗。"

艾主任说："假设，我说的是假设，假设有这回事，你希望鉴定是什么结果？"

吴义说："我希望没有结果。"

"没听明白。"

"没有结果，所有人相安无事。"

"有道理，已经有了结果呢？"

"不说。"

"不说？"

"吴董事长失踪了，谁会找你要结果。"

"就当没这回事？"

"聪明。"

艾主任心里拿不定主意。

吴义说："你帮吴家一个忙，必有回报。"

艾主任的回答是："这杯鸡尾酒不错，谁调的，再来一杯。"

吴义叫来服务员，为他加酒，双份。

吴义想，一定是吴董事长要求艾主任在亲子鉴定这件事上守口如瓶。对付艾主任，与对付真实鉴定所的贾医师不同。贾医师是个微不足道、懦弱贪财的小人物，吴义找到他，动之以拳头，晓之以钞票，就将贾医师的思想工作做通了。而艾主任是市立医院的主任医师，市里上下都有关系；他又个性较强，不惧恫吓，对他动粗会适得其反；他有父母留下的大宗遗产，不缺钱花，贿赂也不起作用。对付这个人需要用点特殊招术。

艾主任只有一处软肋。

喧闹声中，艾主任打个呵欠，说："没意思，该走了吧？"

吴义拍拍他的肩说："坐着别动。"

一个男人挨着殷主播坐下，他是吴义。殷主播不喜欢有人打扰，披上大衣要走。吴义的铁掌抓住她的手腕。殷主播挣了几下，说："我喊人了。"吴义说："这儿的老板是我徒弟，你喊破喉咙也没用。听我说，我可以教训一下害你的那个人。"

殷主播侧过头，这个老男人有张冷酷的脸。她咬牙切齿地说："我想让他死。"

吴义说："你有一半责任。让那个害你的人半年爬不起来，也就够了。"

殷主播问："为什么帮我，让我陪你一个晚上？"

吴义说："不是陪我，你去陪我的朋友。"

当殷主播站在眼前，艾主任大喜过望，手忙脚乱地让座，斟酒，奉上果盘。吴董事长失踪，同时也是殷主播的丈夫因车祸暴亡的当天夜里，两人有过一次鱼水之欢。此次重聚，两人不禁迸发出炽热的激情，那股子热辣劲儿令旁观者的皮肤麻酥酥的，不忍看下去。

艾主任忙里抽空，朝吴义深深作了一揖，感激之情尽在不言之中。

舞池中，"疯狂老鼠"的老板手持话筒，高声说："各位朋友，今天我给大家安排了一个新鲜玩意儿，送给每人一只假面具，戴上它，尽情欢乐，爱干什么就干什么，明天谁也不认识谁，好不好？"

大厅里爆响一片叫好声。

光线更暗，万炮齐鸣似的音乐声中，戴着各种面具的人形动物狂乱地扭动身体，就算是在跳舞吧。

艾主任与殷主播相互搂抱着，出了大厅。高个徒弟看见，对吴义说："艾主任跟那女的走了，师父，您不拦拦？"

吴义追出去。

老式大众轿车开来，停在艾主任与殷主播身前，两人上了车。

吴义问："去哪儿？"

艾主任说："最近一家酒店。"

后排座位上，两人拥吻在一起。

老式大众轿车行驶在一条漆黑的路上。

088

酒店门童拉开玻璃门，艾主任与殷主播相拥而入。艾主任不忘回头，向后面的吴义招手致谢。

艾主任不知道他是在找死。

老式大众轿车驶离酒店。吴义摇下车窗，冬夜寒风忽地涌入。殷主播的围巾遗忘在后排座上，吴义用两根手指捏起来，扔到车外。围巾随风飘落，落在被无数车轮碾压的路面上。

绕过吴氏集团大厦，回到小院。吴义提着一袋猪骨头，去喂大狗虎子。

虎子今夜表现反常。它没像往常那样跑过来，摇着尾巴在主人身上摩擦，以示欢迎。它龇出牙，低吼两声。吴义抓住它的颈毛，检查一下，虎子眼白泛红，像是病了。这几天，它与波斯猫接连大战数次，身上留下几处淌血的抓痕咬痕。

吴义将猪骨头扔到地上。

虎子闻了闻，叼起一块，大嚼起来。它牙齿有力，吃猪骨头就像吃豆腐一样。吃了几块它不吃了，跑开卧在地上。正常情况下，这些猪骨头不够它吃的。它怎么了？

吴义抱起虎子。他无家无业，无儿无女，与虎子相依为命，人狗感情很深。

他牵上虎子，准备开车带它去看兽医。

吴氏集团大厦黑沉沉的。突然，大厦最高一层，吴董事长办公室的灯亮了。

无星无月。夜色中，灯光格外刺眼。

未经允许，那里不准任何人进去。深夜灯亮，失踪的吴董事长回来了？

灯光犹如暗夜中闪烁的鬼火。

大厦一层大厅，夜班保安睡着了，口水流到前襟。吴义摇醒他，问："有人进去吗？"

保安迷迷糊糊地说："没有。"

"你睡了多长时间？"

"我没睡。"

电梯缓慢上升。显示楼层的数字从 1 开始滚动，最高一层到了。电梯门打开，吴义一步跨出去。

死水一样地静。

一条黑影从吴义脚下掠过，是波斯猫。喵的一声过后，一黄一绿两只闪光的猫眼融入黑暗。

波斯猫常伴随在吴董事长身边。

吴董事长办公室的门缝下，透出一线光亮。

脚下踩着又软又厚的地毯，吴义朝门走过去。他停下，听了听，里面隐隐有说话声。他拧下门把，门被一点点推开，他的目光掠过整间大办公室，没有人，灯亮着。

大写字台后，一个女人问："开了？"男人答："没开。"女人骂道："废物！"

吴义听出是谁了，他一拍大写字台，说："出来！"

两个坐在地上的人噌地站起来，是吴仁与赵慧。

吴义不说话，只拿眼睛看着这两个人。

四个夜班保安打着明晃晃的手电，握着电棍，连跑带颠地赶来，嚷道："贼在哪儿？"他们看见吴仁与赵慧，都闭上嘴。

吴义说："没你们事儿，回各自岗位。"

保安们撤了。

吴义问："你们两个干吗呢？"

吴仁说："义叔，她非要拉我来开这个大保险柜，找我爸的遗嘱。"

吴义问："开了？"

赵慧丧着脸说："打不开，试了好多密码，都不管用。哎，会不会是信儿那个小崽子的生日，你再试试。"

吴仁试了，还是不对。他想，近一段时间，无论赵慧做什么事，吴义都不责怪她，反而鼓励或是默许，这不正常，不符合他的这位义叔做事的一贯风格。他搞不清义叔的真实想法。他觉得，吴义与赵慧在做一些鬼鬼祟祟、见不得人的事。

吴义要往大皮圈椅上坐。

吴仁急叫一声"义叔"，摆摆手，意思是说"那儿不能坐"。

这把大皮圈椅是吴董事长的御用"龙椅"，吴氏集团其他任何人都是坐不得的。吴义受到提醒，离开大写字台，坐到大沙发上。

吴仁劝慰老婆："打不开就算了。"

赵慧不甘心："不行，打不开保险柜，找不到你爸留下的遗嘱，我睡不踏实。"

为了打开大保险柜，她曾请来开锁公司的人，被毕队长中途制止。她并未就此罢手，今夜大厦无人，她拉着吴仁又来了。她对吴仁说："快点想，好好想，有没有新的密码。"

两人坐在大保险柜前的地毯上，试了无数次，全是白费力气，徒劳无功，柜门一动不动，像在无言嘲笑面前的这一对"废物"。

　　吴义不加阻止，他看到这对夫妻的身体快速虚弱，有点脱形了。

　　赵慧与吴仁精疲力竭，背靠背，倚着大保险柜。吴仁说："回家睡觉吧，我要累死了。八个数字排列组合，有几千万种可能，咱们一个个瞎碰，到死也找不到真正的密码。"

　　赵慧说："你试试那只波斯猫的生日。"

　　"它的生日是哪年哪月哪天？"

　　"我不是它妈，我怎么知道。"

　　今晚的尝试以失败告终。三人坐到大沙发上，赵慧挤在她的干爹身边，忽然想起一件事，心照不宣地问："那事我猜的对吗？"

　　吴义说："对。"

　　吴仁忙问："你们说什么呢？什么对不对的？你猜什么了？"

　　赵慧自得地说："我猜的是，你爸委托艾主任再做他与信儿的亲子鉴定，我猜对了，你老婆厉害吧。"她问吴义："艾主任说没说鉴定结果是什么？"

　　吴仁搭话："不用鉴定，信儿长得就像我爸。"

　　"去去去，一边去！"

　　赵慧把丈夫撵到对面的沙发上，问吴义："艾主任把鉴定结果说出来怎么办？"

　　吴义回答："他不会说了。"

　　赵慧大为钦佩："您是用什么法子让艾主任闭上嘴的？我不问了。有您出马，没有办不成的事。"

　　她歪着头，动起歪脑筋，想出一个歪念头，她喜形于色地说："其实，遗嘱没多大用了。"

　　吴仁问："没用了？"

　　赵慧说："你想啊，吴智企图谋杀你爸，剥夺继承权；信儿证明不了他是你爸留下的野种，没有继承权；你妈得了绝症，活不过一个月，她有没有继承权无所谓；继承人里三个打了叉，只剩一个吴美。她要是开车翻到沟里，嘎巴一下，就好了。"她是发自内心地盼望发生这种事情。

手机铃响，吴义接到艾主任打来的电话。

酒店客房里，艾主任冲过澡，腰间围着一条大浴巾。他对吴义说："老哥哥，大恩不言谢，我保证永远不公开鉴定结果。"

殷主播从浴室出来，她身上穿的跟"夏娃"一样多。

艾主任向她伸开双臂，大浴巾滑落。

没有挂断的电话中，传出一阵淫声浪语。

089

客房的门从里面拉开，艾主任只穿一条裤衩，抱着一堆衣服，仓皇地向外跑。

"砰"，他一头撞到门框上，四脚朝天，摔倒在地。他连滚带爬地逃到走廊上，辨不清方向，"咚"，又碰上对面的客房门。

身后，传来殷主播歇斯底里的尖笑声。

几间客房的入宿客人开门出来，不知发生了什么事，相互询问。

近于光着身子的艾主任低着头，从他们中间穿过，艾主任慌不择路，找不到电梯。殷主播站在客房门口，她虚披一件睡衣，招手说："回来呀，干吗急着走，接着亲热，我不会吃了你。"艾主任见她像是见了鬼，连连后退。他用后背推开防火门，退进去，一脚踩空，跌下一级级应急楼梯。

楼梯间，艾主任靠墙坐了会儿，惊魂未定，他费力地穿衣服，两条腿伸到一条裤管里。他没带鞋出来，只好光着脚下楼梯。

一双皮鞋扔下来，叭地摔落在他的脚边。防火门晃动两下，合上。

艾主任把鞋套在脚上，手抖得系不上鞋带。

他与殷主播在客房里发生什么冲突，吓成这般模样？

大街上，昏黄路灯下，艾主任醉酒似的往前走。他的模样十分狼狈，西服扣子系错了，领带像根绳子套在脖子上，衬衣领子翻起来，裤子反穿，两只脚一只有袜子，另一只光着，鞋带没系。出酒店时，他又摔了一跤，手磕破了，渗出血渍，衣服沾了不少土。

远处，"疯狂老鼠"的霓虹灯闪着七彩光芒。

一处避风角落，站着桃园三结义中的老二关昌与三弟张义，两人缩着脖子，同抽最后一支烟。

老大刘大有要在看守所住一段时间。他的两位义弟没有干过坏事，往吴美车上泼油漆是受人指使，且未泼成，因此，经批评教育后，被放出来了。小袁好心地为两人联系到一处建筑工地做小工，两人跟随刘大有混了一段时间，沾染上一些坏习气，受不了工地上的苦活儿，辞工不干，在街上游荡，口袋里找不到一张毛票。

两人急需解决一件人生的头等大事，那就是吃饭。

艾主任从两人眼前走过。老二关昌与三弟张义上来，一左一右，扶住脚下不稳的艾主任。关昌说："先生，你喝多了吧，你去哪儿？"

冷不防身边多出两个不认识的人，艾主任问："你们是谁呀？"

关昌说："我们是做好事的。"张义附和："对，对，我们是做好事的。"关昌说："先生，你住哪儿，我们送你回家。"

"不用，我自己能走。"

"先生，天这么黑，当心遇到坏人，抢你的钱，我俩保护你。"

关昌嘴里说着话，一只手在艾主任的衣服里胡乱摸索，摸到一个鼓鼓囊囊的钱包，想掏出来。张义怕事，说："二哥，咱俩刚出来，别再进去，我想回家过年呢。"关昌舍不得地缩回手。

冷风一吹，艾主任头脑清醒一点，他看出这两个人不怀好意，说："你们是什么人？"

关昌说："好人。"

张义说："好人，我们是好人。"

艾主任说："好人见了我都躲得远远的。"

关昌问："好人躲着你，为什么？"

艾主任苦笑，不答，说："两位没钱吃饭吧，这些钱都给你们两个好人，算是我送的。"他掏出钱包，递到张义手上，"拿着。"

钱包里有相当厚的一沓钱，张义觉得它烫手，双方素不相识，哪有一见面就大把送钱的？他问："你这是什么钱？"

"不管什么钱都是钱！"

"不说清楚了，我不敢要。"

关昌问："你说说，为什么好人见了你都躲得远远的？"

张义问："你是大坏人？"

艾主任问："你们想知道？"

关昌与张义连连点头。艾主任搂住两人的肩："你们听了，不要吓得腿软，跑不动……"

听完这话，关昌与张义只觉得艾主任的脸刹那间变成一张鬼脸，可怖至极，两人拔腿就逃，跑了几步，扔掉钱包，他们唯恐跑得不够快，不够远。公共厕所里，两人找到一个自来水龙头，拧开争着洗手，一遍又一遍地洗。

艾主任见两人跑得比兔子还快，哈哈大笑几声，笑过，他很想哭。他的大笑惊动夜巡的警察。

巡逻警车里，一位老警察说："过去看看。"

一辆大切诺基越野车高速开来，超过警车，减慢速度，跟在艾主任后面。吴美喊："嘿，上车。"

艾主任被地上的什么东西绊了一个跟头，挣扎不起。吴美忙搀起他。

老警察过来，问："怎么回事？"

吴美说："他喝多了。他是市立医院的艾主任，跟我是邻居，楼上楼下，没想到在这儿碰见了。"老警察用手电照一下艾主任的脸，认出来了，摇摇头说："喝了多少，喝成这样？"吴美说："我送他回家，你搭把手。"

两人要抬艾主任。艾主任说："别碰我！"他用尽全力爬起来，一跛一拐地上了大切诺基越野车，倒在后排座上。

老警察捡起地上的钱包，交给吴美。回到警车，他对同行的年轻警察说："艾主任算是个有头有脸的人，上等人，喝多了还不是这副下三滥的样子。人哪，只要是吃五谷杂粮全一样，谁也别装大尾巴狼。"

一路上，不论吴美怎么问话，艾主任一声不吭。他对酒店客房里发生的那件事越想越后怕，一个字占据了他的全部思想。

车到楼前，吴美说："下车，等着我抱你？"

艾主任从车上下来，手扶车门，走不动路。吴美要搀他，他又说一句："别碰我！"他一步三寸，挪进楼门。一过十一点，电梯停运。他双腿绵软无力，不要说上二楼，上一级楼梯都困难。吴美嘲笑："你今天怎么啦，跟哪个女人玩疯了？"

吴美住一楼，打开自家房门，在艾主任"别碰我"的抗议中，将他连拖带拽地弄进去。

他靠着沙发，看上去像一个白痴。

吴美说："艾主任，我有事找你。我又怀孕了，不知道是哪个王八蛋的。给我找个做人流的好医生，上次那个医生不行，弄得太痛，你听没听见？"

艾主任说："人死了躺在炉子里烧，痛不痛？"

090

正当吴美为怀孕而烦恼时，赵慧为怀不上孕而烦恼。

赵慧骂丈夫："你就是个废物。"

吴仁说："我又怎么了？"

两人刚回到家里。赵慧从卫生间出来，手里举着验孕棒，她说："你看看。"

"看什么？"

"还是一道杠。"

赵慧将淋过尿的验孕棒塞进丈夫手里，上面显示一道红杠，说明她没有怀孕。

吴仁用纸巾擦着手，说："不是我不行。"

"就是你不行！"赵慧斩钉截铁地说，"就是你不行！"

这间两百多平方米的豪宅里只住着吴仁与赵慧一对夫妇，没有孩子的笑声，缺少人气，显得分外冷清。婚后，赵慧很想立马要个孩子，一定要是男孩。丈夫是长子，长子长孙，一定会讨得她的公公吴董事长的欢心，让她在吴家站稳脚跟，但天不遂人愿。

赵慧说："给你花钱买了那么多补药，我的肚子还是没有动静。洗澡去，一天不能闲着。"

吴仁叫苦不迭："每天一次，我受不了啦。"

"我受得了。"

"医生说了，不能只讲次数，要讲质量。"

"你就是头骡子。"赵慧用手指一捅丈夫的脑门。

"我不是骡子！"吴仁捍卫他作为正常男人的尊严，义正词严地说，"我让你怀过三次孕。"

一听这话，赵慧脸色倏变。

吴仁说错话了，戳到老婆最伤心的地方。他赶紧洗澡去了。

赵慧怀孕三次，都没保住。

结婚两个月，她初次有了妊娠反应，小腹一天天隆起。艾主任综合各种检查，诊断她怀的是一个男孩。吴董事长与刘淼对她的态度大为改观，她在吴家的地位稳步上升。她心里算计着，肚子里的这个孩子铁定成为吴氏集团未来的接班人。

为了保胎，她将丈夫赶到别的房间去睡。

那一段时间，她因为孕期反应较大，在家休养。吴仁常常回来很晚，有时半夜方归，说是工作忙加班。赵慧沉醉在怀孕的幸福与喜悦当中，一时大意，没觉察出吴仁身上有什么异常。

一个周末的傍晚。升任行政部长的吴仁打来电话，说要陪客户吃饭，晚点回家。

赵慧说："你死在外面不回来才好呢。"

夜里十一点，电话铃响，一个不报姓名的男人打来的，他问："吴仁是你丈夫吗？"

赵慧说："是啊。"

那个男人说："他勾引我的老婆，你管不管？"

赵慧说："你想讹钱吧？"

"不信？你到'疯狂老鼠'来，楼上206包间，一看就知道了。"那边说完就撂下电话。

赵慧完全忘记了怀孕期间不宜动怒的医嘱。

她没锁家门，等不及电梯，跑下楼，拦了辆出租车，一路催着快开，疯了似的杀到"疯狂老鼠"。服务员看见一个孕妇走进大厅，以为是来玩的，觉得稀罕，迎上前去问她坐哪儿，被她一把扒拉到一边。

她上了二楼。走廊里来来往往的都是些描眉画眼、衣着暴露的小姐。她们见惯了到这里来寻丈夫的怨妇，一见横眉立目的赵慧，连忙让路。

她找到206包间，一脚踢开门。

包间里，一圈沙发上坐着三个男客与三个小姐，其中一个是吴仁。一个小姐坐在他的腿上，口对口地往他嘴里喂红酒。音响太吵，光线又暗，加上处于半醉，吴仁仍然沉迷于酒色之中，没有发觉站在门口双手叉腰的赵慧。

一个男客抱着吴仁的肩，说："吴哥，您是我的亲哥，以后您那儿还有装修的活儿，别忘了兄弟我，请您多多关照。"

另一个离门较近的男客往外轰赵慧："哪儿来的老娘们，长成这样也想当小姐，倒贴钱，没人要你，出去！"

赵慧气得说不出话，她要过去抓吴仁，那个男客向外推她，两人撕扯在一起。

赵慧一口咬下去，那个男客疼得"哎哟"大叫一声。还好，手指头没被咬掉，他骂了句"你属狗的"，用力一搡，赵慧一个屁墩儿坐到地上，震动胎气。

吴仁这才看见老婆，大惊失色。

赵慧坐在地上，撒泼打滚，大哭大闹。那两个请吴仁来玩的男客见势不妙，脚底抹油，溜之乎也。吴仁跪在老婆旁边说："我就今天晚上来过这儿一次，那两个人生拉硬拽把我架来的，我本不想来。别闹了，回家吧，在这儿让人笑话，你肚子里还怀着咱们的孩子呢。"

"你就来过一次？我不信！你发誓。"

"我发誓，真就来过这儿一次，我如果说假话，天打五雷轰。"

赵慧的火气消了一点。

"疯狂老鼠"的老板赶来劝解，他埋怨吴仁："不让你来你偏来，挡都挡不住，你看把嫂子气的。"

赵慧问他："兄弟，你跟我说实话，他来过几次？"

高个徒弟说："他这一个多月天天来，只要一个叫胡莉的小姐陪他。"

胡莉小姐没走，她对赵慧说："你丈夫没给我小费呢，你给？"她又转向吴仁，"你还说要娶我，跟家里的丑八怪老婆离婚。得了吧，你们男人说话，不如放屁。"

连番打击之下，赵慧一口气没上来，翻了白眼。

赵慧流产了。

那是一个已经成形的男胎，胎死腹中。因为这次流产，赵慧气血两亏，很长时间未能再次怀孕。夫妻俩去了多家有名的大医院，医生们束手无策。吴仁在老婆面前更加抬不起头。

在义叔的指点下，吴仁背着父母到处求医，寻来不少奇奇怪怪的民间偏方，赵慧逐一服用。皇天不负苦心人，她有"喜"了。夫妻俩欣喜若狂。赵慧吸取教训，每天看住吴仁，规定他下班准点回家，经批准方可外出，行动随时汇报。她总结出一句至理名言：对待男人，就要用拴狗绳子拴住他，这样别的母狗摇尾巴，他才跑不过去。

乐极生悲！数月后，赵慧例行孕检，医生说，她怀的是一个无脑的畸形儿，由于乱吃偏方所致。

又流一次。

她第三次怀孕，因习惯性流产，虽采取种种措施，精心调养，还是没保住。

她紧皱的眉头再没解开。

回想这些往事，她心里窝着一股结成硬块的气，如果吴仁不去"疯狂老鼠"鬼混，她不去大闹一场，就不会有第一次流产，现在她的儿子应该满屋跑了。她事后打听，胡莉小姐没嫁人，哪来的丈夫，是谁为了害她，打来那个该死的电话？她最终认定，这事是小姑子吴美干的。两人关系不睦，吴美更忌惮她没出生的儿子将来抢占吴家的财产，所以使出这个阴招。

赵慧恨得买个小布人，写上"吴美"俩字，天天用钢针扎……

吴仁洗好澡，磨磨唧唧好半天才上床。

为要孩子，夫妻俩又要干那件例行公事，毫无情趣可言。

两人草草了事，关灯睡觉。吴仁将要睡着，赵慧"嗷"的一声怪叫，坐起来。吴仁急问："你怎么了？"

091

"那份买墓地的合同呢？"赵慧问。

"你收起来的，我没看见。"吴仁答。

赵慧不披衣服，身子光溜溜的，在各个房间里翻来找去。该找的地方全找遍了，连厨房盛垃圾的塑料袋也翻了翻，没有，不会丢了吧？

　　吴仁关心地说："穿件衣服，小心着凉。"

　　"全怨你，这么重要的合同不收好。"

　　"又怨我，什么事都是我的错？"

　　"不是你的错，是我的错？就怨你！"

　　"我的错，怨我，行了吧。你好好想想，放哪儿了？"

　　赵慧想了想说："在车里，没拿上来？"

　　吴仁往被窝里钻了钻："丢不了，快睡吧。"

　　赵慧绷着脸穿衣服。吴仁说："你干什么去，几点了，明早再说。"

　　赵慧不听，她就要出门去车里找。

　　吴仁恐吓说："天这么黑，你不怕鬼？"

　　"鬼怕我。"

　　赵慧只穿件毛衣，匆匆走出卧室。吴仁不再劝她，劝不了还招骂。外面防盗门一声大响。吴仁一翻身，睡了。

　　楼门口，寒风迎面吹来。

　　赵慧衣衫单薄，热身子被风一吹，打个大喷嚏。走了一百多米，她找到黑色奥迪轿车，打开车门，那份合同从驾驶座位上滑落，躺在刹车踏板下面。她捡起来，合同完好无损。

　　她抱着合同往回走。雪后路面很滑。只剩枯枝的灌木丛里，两只野猫打架，搅起积雪，叫声惨厉。赵慧边走，边心里骂丈夫，挨千刀的，也不下来接接我。她住的那栋楼上只有一扇窗户透出灯光，那是她的家。她加快脚步，迈上楼门前的台阶，滑了一下，跪到冷硬的水泥地面上，膝盖一阵剧痛，痛得钻心。她双手扶地，双膝像是对着飘落在面前的那份墓地合同下跪。

　　赵慧朝楼上叫丈夫的名字，叫声凄厉，都变了调。

　　一阵旋风围着她转。这两天，旋风常常不离她的前后左右，似乎她身上有种特别的吸引力。黑暗中潜藏着无数包围她的鬼魂。

她急着要回家，可尝试几次，就是站不起来，只能朝楼门爬。爬两下，膝盖太痛，她爬不动了。她的身体渐渐冻僵，这么冷的天，今夜要冻死在这儿吗？

她又叫几声"吴仁"，声如鬼哭。

楼上卧室里，吴仁在做梦，不是好梦。他抽筋似的扭动身体，踢开被子，想挣脱梦魇。突然，他醒了，发现赵慧不在身边。

表针指向一点。赵慧下楼四十多分钟，还没回来，外面天寒地冻，夜风料峭，她穿得又少，该不会出什么事了吧？吴仁穿好衣服与鞋，并未出门去接老婆，反而坐在暖暖和和的客厅里，用手机向外打电话。

电话通了，一个年轻女性的声音："老公，你还没睡？"

吴仁说："宝贝儿，你也没睡。"

"我刚洗完澡，一个人睡不着。老公，你在哪儿？"

"宝贝儿，我在家。"

"啊，你胆子太大了，让你老婆发现，她还不得闹翻天，弄死咱俩。"

"她不在，不用怕。"

年轻女性是胡莉小姐。赵慧大闹"疯狂老鼠"之后，吴义那个徒弟给胡莉一笔钱，将她辞了。这几年，她与吴仁一直暗中来往，吴仁给她租了房子，每月供她生活费，钱是吴美出面支付的。吴美自愿帮这个忙，没对任何人说。因为遭到人人厌烦，赵慧的耳朵里传不进半点风声。胡莉长相好，身材好，既会撒娇又温柔体贴，还能唱两句情歌，吴仁被她迷住了。两人以夫妻相称，爱得死去活来，枕边发誓要爱到地老天荒。

胡莉嗲声道："老公，我想你了。"

吴仁说："宝贝儿，我也想你。"

"你几天没来了，一个月就来四次，让我天天夜里守空房。"

"我也想天天在一起，一分一秒不分开。"

两人互诉衷肠，说不尽的相思之情。

胡莉说："老公，我这两天一见油腻的东西就恶心，是不是怀孕了？"

吴仁说："有了就要。"

"孩子随谁的姓，不能没爸爸。"

"随我姓吴。"

"你什么时候离婚呀，我都等急了。"

"再等几天，我才当上代理董事长，等我坐稳了，就提出离婚，娶你！"

"我的好老公！"

"我的宝贝儿！"

吴仁软弱、口拙、智力偏低的外表欺骗了所有与他相识的人，包括赵慧。他的思维比别人慢，慢有慢的好处，可以多想一会儿时间，往往想得更明白。他从小跟随父亲，吴董事长的一言一行深刻地影响着他，他不擅长机智敏捷，就刻意伪装成老实忠厚。在封闭的内心世界里，他对权势、财富、女色有着更为强烈的欲望，他想成为父亲那样的人。但有一点很可惜，他能力有限，缺乏才干和胆魄。

吴仁与胡莉情话绵绵，没完没了。

屋内，温暖如春，春情四溢；楼外，赵慧趴在台阶上，饱受寒风凌虐。夜里巡逻的小区保安经过，看见楼门前一团黑乎乎的东西，以为是条冻死的流浪狗，走近看出是个女人。

他们将赵慧拖进楼道，上电梯，大力拍门。

房门应声而开。穿戴整齐的吴仁迎出来，接过赵慧，抱她进屋，说："我醒来看你不在，正要出门去找。"

因为通话时间太长而发热的手机躺在茶几上。

赵慧舌头冻直，想骂说不出话。

吴仁连声感谢保安，表示明天送一面锦旗到物业公司。他给赵慧倒了一杯热水，又给她裹上一条厚羊毛毯，关怀备至地说："没冻坏吧，你带上手机就好了。"赵慧看到丈夫穿好衣服，确实是要出门去找她的样子，想骂无从下口，只能怨自己。

吴仁下楼寻回购买墓地的合同，交给赵慧。

他在浴缸中放满热水。赵慧泡着澡，热水驱散周身的寒意，不冷了。吴仁为她按摩磕肿的膝盖。她从心底涌起一股热潮，拉着吴仁的手，说："你是我的好丈夫。"

092

白色塑料板上，吴仁、赵慧与吴义三人的照片没揭下来，还并排贴在那儿。

小袁问："这三个人之间是种什么关系？"

毕队长饿虎一样大口吃着加了几片酱牛肉的方便面，奔忙一天，全靠面包与矿泉水充饥。这是今天吃到的第一顿热腾腾的真正大餐，他吃得香极了，时常出入高档饭店酒楼的人没有这份口福。他把一份泡好的方便面朝小袁推去，说："待会儿再研究案情，先吃，面泡糟了不好吃。"

刑警队办公室里飘满方便面的气味。

毕队长三两口将方便面一扫而光，犹如风卷残云一般。他没吃饱，在抽屉里翻找，看还有没有可吃的东西。

小袁把她的方便面分给毕队长一大半，还是那句："我减肥哪。"

毕队长冲她一笑，不客气了。

刑警之间的情谊不同于一般的同事关系，也不同于江湖上的哥们义气，这种情谊源于神圣的责任，源于一起亲历的血与火。这种情谊是外人难以体会并理解的。

小袁问："这三个人之间的关系真是铁板一块，还是各有各的打算?"

毕队长问她:"你说呢?"

"我看是后一种,"小袁用一根筷子挨个敲打三个人照片上的脑袋,显出女孩子的顽皮,她说,"吴董事长失踪案发时间确定为二十三号下午五点零一分至十分之间。赵慧三点零五分从中元道观出来后,她说去看一个朋友,一直到五点,她拒绝说出这个朋友的姓名、住址,这一说法无法核实;吴仁说他这段时间坐在奥迪轿车里等赵慧回来,没有旁证;吴义对他当天整个下午的活动更是一字不说,公然对抗我们的询问。这三个人都存在尚未查明的时间上的空白,换句话说,这三个人可能具有共同作案的时间。从实际控制了吴氏集团的结果来看,这三个人的作案动机不言而喻。"

毕队长鼓励她:"小丫头,有什么新想法,大胆说。"

刑警队里,只有毕队长叫她"小丫头",她不恼。小袁说:"我反复查看二十三号下午温泉山庄山门、停车场以及前厅入口处的监控录像,有一个重大发现。"

电脑屏幕上放出录像。画面中,一片白茫茫的,雪花扑打监控探头,印上水渍,人与景物轮廓不清。

十五点二十一分。黑色加长林肯轿车驶进山门;停车场,吴董事长下车,他穿着深色西装、皮鞋,打开一把挡雪的伞;他走向前厅入口。

十五点二十五分。红旗轿车在山门前停了一下,丁香从车窗探出头,仰起脸,大概是在观赏山门上的"濯心"二字;红旗轿车进入停车场,停在林肯车左侧;丁香朝前厅入口走去。

录像快进。

十六点十五分。丁香沿来时路径离开。

十六点二十一分。一个男人走出前厅,从背影上看,他的身材与衣着跟吴董事长一致,同样打着一把伞;他钻进林肯轿车,前挡风玻璃积了一层雪,雨刮器不动,看不清车内人的正脸;林肯轿车驶出山门。

这段录像看过多遍，没有可疑之处。

小袁问："来时是吴董事长，走时还是吴董事长？"

这个问题有点意思。

毕队长问："走时不是吴董事长，还能是谁？"

小袁说："我们看到的是背影，因为身材同样高大，衣着与打着的伞没有变化，会使人想当然地认为走的那个人就是吴董事长。"

毕队长说："这是人在认识上容易产生的误区。"

小袁说："录像中没有出现那个人的脸。"

她重放十五点二十一分以后的录像，正常速度，没有快进。黑色加长林肯轿车与红旗轿车先后抵达。

十五点四十分。一辆普通的深色小轿车停在温泉山庄山门外，由于距离远，分辨不出车型，更看不清糊满雪泥的车牌号。车上，下来一个与吴董事长同样高大的男人，穿着黑色连帽外套，戴口罩、反光眼镜，捂住整张脸。此人的衣着与某个人完全相同。

这个人下车后，送他来的车开走了。他没有走向前厅入口，而是拐向山庄工作人员进出的侧门，走出了监控区域。

小袁说："我查了二十三号到今天的所有录像，没有见到这个人离开温泉山庄。"

毕队长问："你的意思是说，二十三号十六点二十一分时，离开温泉山庄的不是吴董事长，而是这个人；这个人乔装打扮成吴董事长的样子，造成吴董事长离开温泉山庄的假象？"

小袁说："我认为，吴董事长失踪案发现场是伪造的，目的是将侦查引入错误方向。"

"你认为装扮成吴董事长的这个人是谁？"

"吴义。"

小袁说得有道理，吴义与吴董事长身材相当，相貌也有几分相似。还有一重理由，黑色连帽外套是吴义标志性的打扮。

“谁送吴义来的？”

“吴仁与赵慧，开着吴义那辆老式大众轿车。”

“可能吗？”

“吴董事长有意让孟艳出任吴氏集团总经理，做他的接班人；孟艳是信儿的妈妈；可能这就是导致吴董事长失踪的根本原因。”

毕队长看录像，画面定格于“吴董事长”的背影。

小袁说：“我认为，案件经过是这样的。”

风雪迷漫。去往温泉山庄的山路上，黑色加长林肯轿车、红旗轿车、老式大众轿车相隔不同时间与距离，从拐弯处那株老树前驶过。

老式大众轿车里，吴仁开车，赵慧坐在副驾驶位子，吴义靠着后排座。三个人脸色阴暗。

温泉山庄山门外，集团安保部长吴义下车，车开走了。吴义绕向监控区域之外的侧门。

走廊里，吴义扯断监控探头下的电源线。

贵宾室斜对面，他用自备的门禁卡打开一间客房的房门，侧身进去，留了一道门缝，便于随时观察外面的情况。身为集团安保部长，他具有掌握各处门禁卡的职务上的便利。

贵宾室内，吴董事长与丁香谈判破裂。丁香飘然而去，吴董事长怒摔一只珍贵的茶盏。

突然，吴董事长的神情由生气转为愕然，他看见吴义平白无故出现在面前。吴义伸出虎爪似的大手将吴董事长掐晕，然后将他拖进斜对面的客房。当他再出来时，已经换上吴董事长的衣着，手持雨伞。

前厅，由经理与服务员对他躬身相送。

黑色加长林肯轿车驶出山门。

行至温泉山庄回城山路拐弯处的老树前，吴义踩下刹车，车后留下长长的黑色印痕。他打开车载音响，不关车大灯，大敞车门，以此伪造出一个遇到突发情况、采取紧急制动、车主逃离的案发现场。

吴义上了在此等候的老式大众轿车。

车上，五点整，赵慧给吴董事长的手机拨打电话……

小袁描述生动，给人以身历其境之感。

毕队长笑眯眯地说："你的想象力很丰富。我有两个小问题，可以问吗？"

小袁心里打鼓："你问吧。"

"吴义从前厅正门离开，服务员没有认出他与吴董事长不是同一个人？"

"吴董事长第一次到温泉山庄，服务员不认识他。"

"由经理呢，他也认不出来？"

"由经理说过一句话，吴董事长的威仪令人不敢仰视。再说，吴义与吴董事长相貌相似，穿同样的衣服，由经理老眼昏花，可能没看清吧。"

毕队长说："第二个问题，四天过去了，吴董事长还在那间客房里？"

小袁说："可能在，也可能已被转移了。"

"被谁转移的？吴仁、赵慧、吴义这三个人在咱们的眼皮子底下，都没去过温泉山庄。"

"可能是吴义的徒弟吧。"

"转移到哪儿了？"

"可能把吴董事长藏到某一个不为人知、有待查明的角落。"

小袁连说几个"可能"，这些问题她没想好。

毕队长穿上警服，说声"走"。

小袁问："去哪儿？"

毕队长说："温泉山庄。"

093

夜。四点。风一阵紧过一阵。

温泉山庄的由经理被服务员从睡梦中叫醒。前厅，他揉着老眼，问：“两位警官，夤夜到此，有何贵干？”

小袁说：“检查，查找一个人，请你配合。”她没说搜查。

由经理回答很快：“温泉山庄管理严格，所有来客一律交验身份证明，登记，录像，绝对没有来路不明的人。”

小袁问：“贵宾室对面有几间客房？”

“这个……这个，两间吧。”

“有客人住吗？”

“这个……这个，下雪，路不好走，客人少，空着。”

“请你带我们去看看。”

由经理叫上服务员，打开两间客房。小袁查得很细，房内整齐洁净，一切如常，没有可疑之处。由经理说：“按要求，不论有没有客人入住，服务员每天上午都要做一次清扫整理，温泉山庄的卫生年年评优。”他口齿清楚，不再说“这个”。

两间客房没有留下任何犯罪痕迹。小袁颇感失望，她的判断错了？

由经理见检查结束，说：“两位警官，请到贵宾室小坐，我让厨房做两份早餐。”

小袁说：“不麻烦了。”

“我送送两位警官，请，慢走。”由经理急着往外送小袁与毕队长。

毕队长站在一扇紧闭的房门前，问：“这是什么房间？”

“这个……这个，这是什么房间？”由经理不知在问谁。他喃喃地解释说：“去年，我得了一次小中风，脑子糊涂，记性不好，刚说过的话、做过的事一转身就忘了，我天天吃药，煎的中药，不见好。又该吃药了……"他转身要走。

"打开。"毕队长说。

隔着房门，能听见里面有哗哗水声。

由经理说："打开？这个……这个，不好吧，住在里面的客人不让打扰。"

住的客人？由经理瞒报一间客房？这扇门里暗藏什么不可告人的秘密？小袁闪电般想到，吴董事长极有可能被囚禁于此，人没死？她问："这是怎么回事？"

"这个……这个……"由经理不会说别的了。

小袁想要破门而入。

毕队长以眼色制止，和气地问："这位客人二十三号下午四点左右入住的？"

由经理说："对。"

"他是个高个子男人？"

"对。"

"他穿着黑色连帽外套、戴口罩、反光眼镜？"

"对。"

全对上了，与推测中的情况毫无二致，小袁有一点小激动，脸上绽开笑容。随着毕队长问话的步步深入，小袁觉得事情越发古怪。

毕队长问："这位客人预订住几天？"

由经理答："他在电话中预订住五天，明天退房。"

"他怎么交的住房费用？"

"我告诉他山庄的银行账号，他存入现金。"

"他每天去哪儿散步，爬不爬山？"

"他哪儿都不去，闭门不出。"

"他不出来吃饭？"

"他用电话订餐。服务员将饭菜送到门口，敲一敲门，他打开门，站在门后，服务员将饭菜放在门里的地上，门又关上了。一日三餐都是这样。"

"你们没有见过他的脸？"

"这个……这个，没有。"

毕队长问："你肯定这间客房里住着一个人，一个活人？"

由经理说："这个……客房拉着窗帘，从不亮灯，我让服务员贴着房门听过，里面有人活动，每隔两个小时就有一次淋浴的声音。"

"这位客人叫什么名字？"

"这个……这个……"

"回答我的问题。"

"他没登记，客人说，不能让任何人知道他住在这里。"

小袁更加坚信她的判断，这间客房住着吴义的同伙，负责看押被绑架囚禁于此的吴董事长。她命令："打开房门！"

由经理不情愿地说："这个……这个，不好吧。"

小袁说："事关人命。"

由经理一听，忙让服务员开门。

门打开了，里面漆黑一团，空气中有股难闻的气味儿，腐败尸体的臭味儿？传来一个男人的声音："谁？不许进来，别开灯！"

小袁按下开关，灯亮了。

客房里几天没收拾，乱七八糟，一个光着身子、浑身是水的陌生男人站在屋子中间，用手挡住刺眼的灯光。毕队长扔给他一条遮羞的枕巾。小袁迅速检查每个角落，包括卫生间。

屋里只有这一个男人。

三言两语，毕队长问清这是怎么一回事。

这位客人姓孔，经营一家修车铺，今年连遭变故，生意赔钱，老婆起诉离婚，孩子门门功课不及格，总之，事事不顺。他到中元道观算命，清风道士指点他去找一位世外高人玉虚子。玉虚子掐指一算，说他灾星缠身，时运不济，唯有一法可以破解，就是找一个有温泉水的地方，每日每个时辰沐浴一次，洗净晦气，为期五天，期间不得见人，不得见光。孔先生信以为真，向玉虚子奉上一笔丰厚的礼金，来到符合条件的温泉山庄。

孔先生身上皮肤褶皱，已被水泡发了……

由经理恭送两位警官走出山庄，他说："二十三号那天下午，我亲送吴董事长出的前厅，见他驾车离开山庄。我与吴董事长相识多年，绝不可能认错。"

回城路上，小袁没心思说话。

毕队长看出来了，笑言："小丫头，我们去见一个人，他能解答你心中的疑惑。"

天逐渐亮了。警车开到中元道观，毕队长要见的人在这儿？这时，道观的门"呀"的一声开了。

两个年轻道士推出一个人，又丢出一卷铺盖，那人是清风道士。

毕队长问："他犯了哪条道规？"

年轻道士说："清风不守清规，与外人勾结，借驱灾辟邪为名诈骗香客们的钱财，屡教不改，因而被逐出本观。"

毕队长问："他与谁勾结？"

年轻道士说："与他勾结的人自称玉虚子，长年租住在本观附近。"

清风道士拾起铺盖，低头要溜。

毕队长的大手抓住他的小小道髻，问："二十三号下午，你指点一个叫赵慧的女人去找的玉虚子？"

清风道士吞吞吐吐不肯说实话。

小袁说："坦白从宽。"

清风道士点点头："是。"

"赵慧跟她的丈夫一起去的玉虚子家？"

"法不传六耳，赵慧的丈夫没进屋，候在门外。"

"赵慧跟她的丈夫几点到的玉虚子家，几点走的？"

"三点多到的，五点走的。"

"谁是玉虚子？"

"玉虚子是我在俗家的老婆。"

好一对狼狈为奸的夫妻。毕队长问："你老婆对赵慧说些什么？"

清风道士老实回答："我老婆对赵慧说，她至今无子，是她的命相与公婆相克，如果买块墓地，墓碑刻上公婆的名字，将其公婆的魂魄打入阴间，就可破解，保她今年生儿，明年育女，还可有九十九岁阳寿。"

毕队长问："你老婆还说什么了？"

"没了。"

"没了？为了逃避公安机关的打击，你老婆还对赵慧说，她来算命的事不能对任何人说，说了就不灵了，对不对？"

清风道士说："对，对对。"

毕队长喝令："你到派出所自首，不用开车送你去吧。"

真相如此简单。吴仁与赵慧不具有作案时间，两人摆脱吴董事长失踪一案中的嫌疑。小袁的小嘴�’得老高，折腾一夜，白白浪费了时间与精力。毕队长鼓舞她的士气，说："每排除一个嫌疑人，就向破案近了一步。"

1月28日晨7:50

094

吴美很响地打着呼噜。

客厅里，艾主任盘腿坐在地上，一支接一支地吸烟，烟蒂堆满烟缸。仅仅一夜的工夫，他两腮下陷，一脸胡茬，头发初现灰白。烟盒空了，他到吴美的卧室四处找烟。

吴美翻身，撩开被子，她习惯赤条条、无拘无束地睡觉。她被吵醒，揪住艾主任，说："来。"

艾主任甩开她的手，找出烟，回到客厅。

昨夜，吴美与新结识的男友吵架，翻脸后一气之下离开"疯狂老鼠"，路遇艾主任，将他带回家中。艾主任不睡，一直在发呆，一个劲儿抽烟，中了邪似的，问他怎么了他不说。吴美一个人睡了。

艾主任的两根手指一松，烟没夹住，掉落在地。他捂住耳朵，不管用，殷主播魔鬼似的笑声在他的脑子里。

几小时前，艾主任与殷主播走进酒店客房。门一关上，两人吻在一起，动作狂热，活像一对疯子。

热吻之后，艾主任就要跃马横枪。

殷主播说："你别那么急，咱们聊聊天。"

艾主任仍在蠢动。殷主播轻打了他的小弟弟一下，嗔道："我生气了，我走了。"

艾主任大急，只好勉力克制，说："别走，聊天我不急……可我快急死了！"

两人面对面躺着，殷主播吐气如兰，搞得艾主任心里痒痒的，血流加速，体温升高。殷主播问："我美吗？"

艾主任心荡神迷："美，美极了。"

"你爱我？"

"爱，爱得一塌糊涂。"

"你为什么爱我？"

"因为你长得美，谁会爱不美的女人。"

"你可以尽情欣赏我的美，只看，不动，不行吗？"

"呵呵，我饿了。蛋糕很美，不能只看，还要吃。"

殷主播说："你不想娶我？嘻嘻，娶了我，你可以天天吃，随你变着花样吃。"

艾主任的手很不老实，边摸边说："我是个独身主义者。"

"咱俩做一辈子情人？"

"一辈子？呵呵，我这人没长性，我跟一个女人在一起不能超过一个月。时间再长，我就腻了，没胃口了。"

"你我做一个月露水夫妻？"

"不好吗？"

艾主任大谈荷尔蒙在两性之间的决定性作用。他认为，人与动物一样，只有原始欲望，所谓爱情，不过是一种性冲动。他举出一个无可辩驳的例证，太监没有爱情。因此，作为一名医生，他从专业角度得出结论，爱情出自睾丸。

艾主任夸夸其谈，兴致很高；殷主播听着听着，笑容渐冷。她修过的长指甲划过艾主任的脸，问："前几天，就是我丈夫死的那天夜里，在你家，你抱着我说，你对我一见倾心，一往情深，此情终生不渝，你全忘了？"

"你们女人喜欢听这样的话，说说而已，哄你高兴。"

艾主任喝得多了点，口无遮拦，他忘了一条铁打的原则，有些话只能在心，不能出口，尤其是跟一个女人说话。他又说："咦？那晚你的丈夫刚死，你就与我翻云覆雨，哼哼唧唧的，全楼都能听见，呵呵，你我是同一类人。"

"你有过多少女人？"

"记不清了。人生苦短，行乐须及时。我要活到老，玩到老，老到玩不动了，就带上几大本珍藏的相册，去住养老院，余生慢慢回味，这辈子不算虚度。"

殷主播说："你去洗澡吧。"

就在艾主任压到她的身上时，殷主播说："你最好不要这样，我不想害你。"

艾主任呼呼喘着粗气说："你不让我这样，才是害我。"

他奋不顾身，一往无前。

狂欢之后，他汗出如浆，仰面躺在殷主播身边。一旦获得满足，他意兴阑珊，觉得这个女人魅力尽失，跟她干那事没意思透了。这是他的悲哀，他嘴上否定爱情，内心深处何尝不希望有个真爱之人。

他在报复第一任女友，那是一只飞来飞去、处处留情的美丽蝴蝶，后来飞到别家花园去了。

他问："你刚才说，你不想害我，什么意思？"

殷主播说："大前天，二十五号，在亡夫的葬礼上，长长的吊唁人流中，我一眼看见他。"

"他？听说了，你新认识一个大帅哥。"

"他是个杂种！"

"你别骂人呀。"

"他有一半外国血统，他就是个杂种。"

艾主任问："这跟你不想害我有什么关系？"

殷主播说："别打岔，听我说。我对男人没动过心，见到他，整个身子全软了。从那时起，天下所有男人再不会放在我的眼里。"

"他比我还好？"

"你跟他没法比。葬礼没完，我跟他的手拉在一起，我主动的。"

"比跟我还快？"

"不一样，我跟你那晚，是因为我刚死了丈夫，悲痛万分，需要找个男人安慰我。我对他动了真情，我带他回家，我愿意把亡夫留下的全部家当连同我都送给他。"

"碰上这种好事，任何男人无法拒绝。"

"他拒绝了。他让我听听他的故事，他的妈妈去国外旅游，肚子里带回他。他的妈妈一路走遍欧洲，说不准他身上的另一半来自哪个国家。他十三岁初谙人事。他身边总是围着一大群自愿奉献一切的女性崇拜者，供养他，使他过着奢侈生活。一个人顿顿吃鸡，不换口味，他吃腻了。为了换个花样，寻求新奇，他到国外去逛那里的红灯区。"

艾主任无限神往地说："有机会，我也想去。"

殷主播说："他中彩了，中的头彩。"

"六合彩，几千万？"

"他中的头彩是得了艾滋病，逛红灯区染上的。"

"这回，他玩大发了，他完了。"艾主任笑了，笑着笑着，笑容冻结在脸上，惊问，"你跟他……"

殷主播说："我跟他只有一次，幸运的是……"

"你没被传染上？"

"幸运的是，医书上说我被传染上的概率只有百分之八十，不是百分之百。"

艾主任翻身而起，下意识地躲开她。

这次轮到殷主播笑了，她说："他告诉我他是艾滋病患者时，我不知道当时我的脸上是什么表情，现在我知道了，我从你的脸上看到了。"

"你害我！"

"这是你自找的。"

艾主任滚到地上。

殷主播含泪大笑。

艾主任抱起他的衣服，逃出客房。

事情过去几个小时，殷主播的笑声不绝于耳。艾主任手抖得厉害，夹不住小小的一支烟。他为艾滋病患者做过诊治，亲眼所见，那些人双目无神，瘦骨伶仃，身上长满红疮，腐烂发臭，如同坟地里的游尸。

片刻放纵，换来对死亡的无尽恐惧。

手机不停地响，是吴义打来的。

卫生间里，艾主任脱光衣服，找出吴美的沐浴液，一次次洗刷全身。

他好像有臭味儿了。

095

吴美趿拉着拖鞋，走进卫生间，跟艾主任一起冲澡。

艾主任说："等我洗完，你再进来洗。"

吴美大方："你还怕羞？"她索性抱住艾主任，磨来蹭去的，任由热水从两人头上淋下，顺着光身子流到瓷砖地面，注入下水道。艾主任不愿碰她，本意是为她好。吴美误会了，说："有了新欢忘旧人，姓殷的有那么好，看你失魂落魄的，她把你迷成这个样子。"

艾主任说："永远不要提她。"

吴美亲他一口说："还是我好吧，别走，等我回来，我要让你知道我有多好。"

"你去哪儿？"

"我去要我的钱。"

大切诺基越野车开进吴氏集团大厦前的停车场。

办公室窗前，赵慧看见让她头痛的这辆车与车上下来的人。她对吴仁说："你妹妹又来要钱了，我躲一躲。"吴仁问："你躲哪儿去呀？"赵慧说："女厕所。"

吴仁问："见了我妹妹，我怎么说呀？"

赵慧答："你说我出去办事，今天不回来。"

"她不信。"

"你就说，说我死了。"

吴美上楼。她大摇大摆地走进办公室，问哥哥吴仁："你老婆去哪儿了？"

吴仁批评妹妹说："怎么说话呢，你应当称呼嫂子。"

"一见我来，你老婆又躲了？"

"她不在，出去办事，今天不回来。"

吴仁鹦鹉学舌。出乎意料，吴美信了，她说："我明天再来，哥，拜拜。"吴仁没想到这么容易地把妹妹打发走了。

走之前，吴美关心地说："哥，你脸色不好，去医院检查一下身体。"

看着吴美进入电梯，吴仁给老婆打手机："回来吧，我妹妹走了。"

赵慧从洗手间门里探出头张望，不料有人问她："里面味儿好闻吗？"

问话的人是吴美。她靠墙站在门口一侧，懒洋洋地说："每次我来你就往这儿躲，一点新意都没有。"

赵慧脸上发讪，心里骂着丈夫，她说："嫂子没躲你，我真是拉肚子，上厕所。"

吴美说："是吗？嫂子，我错怪你了。"

姑嫂二人亲亲热热地回到办公室。她俩手拉手，肩挨肩，坐在沙发上，叽叽咕咕地说些女人间的体己话，什么面膜、指甲油、衣服、包包、鞋之类，活像一对多年未见的好姐妹。吴仁以为将要地震，动物行为异常。

吴美说："嫂子，我有件事，大事，要跟你和我哥说。"

赵慧心想，该开口要钱了。

吴美说："我不是来要钱的。"

赵慧心想，鬼才信。

吴美说："我要结婚了。"

赵慧与吴仁同声道："结婚？"

吴美有几分姑娘家的羞涩，她低头摆弄衣角，说："结婚，我要嫁的人是……"

吴仁问："快说，谁是我未来的妹夫？"

赵慧心里骂道，谁瞎了眼，娶你这么个烂货。

吴美说："他也姓吴，你们认识。"

吴仁和赵慧将他们认识的姓吴的男人差不多逐个说到，吴美都摇头说不是。吴仁说出最后一个人名："不会是吴良吧？"赵慧满脸看不起地说："怎么可能，天底下没男人了？你妹妹看上谁，也不会看上小良子，那是个没本事、骨头没四两重的小白脸。"

吴美说："嫂子，还就是他。"

吴仁与赵慧大眼瞪小眼。

吴仁说："别开玩笑。"

"不信？"吴美掏出手机，设置成免提功能，拨通吴良的电话。

吴良亲昵地说："亲爱的，找我？"

吴美说："我哥、我嫂子就在旁边，我说我就要跟你结婚了，这俩人不信，你说，是不是？"

"是，是。"

"我还告诉我哥、我嫂子，我爸的遗嘱就是你写的，是不是？"

"是，是。"吴良想起有份要命的录音在吴美手里，只能顺着她的话说。吴董事长失踪那天夜里，吴良色迷心窍，他在吴美的引诱下想占点便宜，结果偷鸡不成弄了一手屎，反被吴美诬陷他企图实施强奸，在水果刀的威逼下，他被迫承认强奸属实，并录下一份录音口供。如今小辫子牢牢捏在吴美手里，他成了一头任其使唤的驴，他冤不冤呀。

"你接着筹办咱们的婚礼，请柬要用烫金的。"吴美挂断电话，对哥嫂说，"你们都听见了，我没骗人吧。"

看来这是真的。赵慧问："遗嘱真是小良子写的？咦，小良子前两天说过，遗嘱不是他写的呀？这小子没一句实话。遗嘱怎么写的？"

吴美说："我口渴，有啤酒吗？"

赵慧说："我让人给你买去。我的好妹妹，快点告诉我，遗产怎么分？"

"我跟我哥，一人一半。"

"别的人没份？"

吴美笑言："哥，你放心，董事长的位子让你坐，我不跟你抢。"

吴仁与赵慧能放心吗？

吴美又说："我这个人只喜欢做一件事，玩，痛痛快快地玩，所以老是缺钱。"如果听不懂她话里的意思，吴仁与赵慧真成傻××了。

吴仁与赵慧相视一眼。

赵慧走出办公室。吴美问："我嫂子干吗走了？不欢迎我，看见我烦？"吴仁说："她去给你拿啤酒，一会儿就回来，你别走，等等。"

五分钟，赵慧回来，拿着一张现金支票。

吴美伸手去接。赵慧缩回手，说："我想看看遗嘱。"

吴美说："行，我让小良子送来，他不敢不听我的。"

赵慧递过支票，心里痛啊，痛得滴血。支票在手，吴美看着上面填写的数额，数了数几个零，心里乐啊，乐得开花。她胡编的一番谎话收到奇效，钱轻松到手。只要能弄到钱，她随时可以编出关于遗嘱的一千条、一万条谎话。

她说："哥，我永远支持你。"

她在赵慧的脸上亲了又亲，带出不少口水。

送走吴美这位姑奶奶，夫妻俩向吴义汇报。吴义听后，说："你们上当了。"赵慧醒悟，大骂不已，不适合女人骂的话都出口了。

吴义心有所动。

他问："吴美与艾主任什么关系？"

赵慧切齿道："楼上楼下，常盖一张被子。"

吴义说："你们以后离吴美远点。"

"怎么啦？"

吴义一阵低语。

赵慧与吴仁两人同声惊呼。

096

办公室，几名保洁员一次又一次喷洒消毒液，气味呛鼻，辣人眼睛。

赵慧在洗手间里用药皂洗脸，洗被吴美亲过、沾上她口水的脸，洗脱两层脸皮，好痛。受人戏弄，损失一张大额支票，赵慧咽不下这口气。可是，吴美是纯种的吴家人，吴家大小姐，吴氏集团的公关部长，吴董事长名正言顺的遗产继承人，地位牢固，赵慧想要报复无从下手。

她需要向人诉苦。

小院里，吴义蹲着，单手夹住大狗虎子的头，掐开它的嘴，给它喂药。一不留神，吴义的手指被虎子的利齿划破一个口子。虎子的病不见好，据兽医讲，疑似狂犬病前期征兆，建议尽早采取安乐死的办法处理掉，以防反噬其主。吴义不信兽医的胡话，用一根拇指粗的大铁链子拴住虎子，不放它到外面跑。

它不吃东西，行为狂乱。

有人进院，虎子红着眼睛向前冲。来人是赵慧。

小屋的窗帘从不拉开。赵慧紧靠在吴义怀里，哭道："干爹，我受人欺负，你得帮我出气。"

吴义拭去她脸上的泪水，关好门锁上……

半小时一晃而过。赵慧开门出来，容光焕发，脚步轻盈。在吴义的循循善诱之下，她想到一个一箭双雕的毒招，她要用阴损的手段，既封住艾主任的嘴，又除去最后一个构成威胁的遗产继承人吴美。

回到办公室，吴仁在等她。吴仁问："义叔怎么说？"

赵慧警惕地问："你知道我去义叔那儿了？"

"我看见的，你进了义叔的小院。"

"你还看见什么？"

"我没跟着去，你们关系比我近，我在你们不方便说话。义叔让咱们怎么办？"

"你去买一大包男人专用的补品，买真的、好的、劲儿大的，假货不管用，不要怕花钱。记着，开回发票，我要对账，集团报销。"

"干吗用？"

"送给艾主任。"

"让我去送？"吴仁问，他不想揽上这份脏差事。

"吴美住艾主任楼下，她送。"赵慧居心叵测地说。

"这不是害我妹妹吗，不行。"

"我送，你老婆送，行不行？"

"你送，行。"

"你不怕艾主任害我？"

吴仁不怕，他不是相信老婆守身如玉，而是相信艾主任再憋不住也绝对不会看上他的老婆。他问:"送艾主任补品干吗?"

赵慧说:"这不是你操心的事。"

吴仁脑子转得慢,他问:"为了封住艾主任的嘴,不要说出亲子鉴定的结果?"

赵慧表扬说:"你还不算笨。"她没说出更深一层用意,对她的丈夫说不得。小屋里,吴义告诉她,艾主任从酒店出来,有人见他上了吴美的大切诺基越野车。

吴仁说:"真麻烦,不如送钱呢。"

赵慧说:"不麻烦,送补品多有人情味儿。"

"这么做合适吗?"

"合适,对咱们合适。"

吴仁穿上大衣。赵慧叫住他:"回来,你干什么去?"吴仁说:"我去买补品哪,奉您老人家的指示。"

赵慧精似鬼,说:"不许你去找吴美。"

"我不去。"

"哼,你一撅腚,我就知道你拉什么屎。"

"我想让吴美搬到我妈家去住,离那个艾主任越远越好。"

"她能听你的话?"

"我是她哥。"

"得了吧,你爸你妈的话她都不听,她十六岁起夜不归宿,睡过的男人成排成连,你爸都拿她毫无办法。"

"我告诉她实情。"

"你疯了?"

吴仁说:"我是她亲哥哥,她是我亲妹妹,一奶同胞,我不能眼看着她站在悬崖边上,不喊一声小心。"

赵慧给他讲道理:"你长没长脑子?如果艾主任没跟殷主播干那事,没被传染,你乱说一气,他会告你诽谤、败坏他的名誉,惹上官司,你吃不了兜着走。"

"他肯定干了。"

"你在旁边哪，看见啦？"

吴仁笨嘴拙舌地回答："我怎么能站在旁边看，我这么想……"

"你那脑子不用想，我跟义叔替你想就行了。"赵慧继续做丈夫的思想工作，"就算艾主任跟殷主播真的干了，也被传染了，你把他的事说出去，他今后无法做人，一定恨透了你，想法儿报复你！如果他弄出一个你爸跟信儿是亲父子的鉴定结果，你就得把董事长的位子让给那个臭不要脸的骚狐狸精孟艳，吴氏集团也要改名叫孟氏集团。"

这句话说到吴仁心里。

虽然他只当了三天代理董事长，这种大权在握、众人仰视的感觉真好，就像吸食海洛因一样，成瘾。手机在口袋里振动了三下。这是胡莉打来的，两人约定的暗号，准是胡莉又想他了。没有董事长的位子，一切成空。

吴仁一声叹息，保住董事长的位子是头等大事，他不得不牺牲妹妹吴美。为了求得良心安慰，他要将责任推卸出去。

他问："那怎么办呀？"

赵慧不怕担责任，她说："这样吧，我去跟吴美说，让她远离艾主任，女人对女人有些话说着方便。"

"你别不说。"

"我骗你干吗，我将竭尽全力不让吴美受到伤害。你我是夫妻，吴美是你妹妹，咱们是一家人，亲人。"

说到"亲人"二字，赵慧表情真挚，不像是假装出来的。

吴仁假装相信她，从老婆手里领上钱，去买真的、劲儿大的男性补品。

关紧办公室的门，赵慧上网查了一下，染上那种病的人必死无疑，但死得不够快，这是美中不足的地方。不过，即便不死，人已成为一具行尸走肉，徒有一口气罢了。

她给吴美打电话，占线，还是占线。

097

行驶中的大切诺基越野车上，吴美一手把方向盘，一手拿烟，下巴颏夹着手机，正煲电话粥。她约孟艳今晚去香妃美体中心做全身按摩，她结账，她有钱了。

车到刑警队门口，吴美说："我先挂了，一会儿给你打。"

她走向门卫，大大咧咧地问："毕警官在吗？"

门卫从下往上看看她。吴美足蹬黑色高筒皮靴，黑皮裤与黑皮衣紧绷在身上；她抹着一张掉渣儿的大白脸，眉眼画重妆，粘着两条牙刷似的加长假睫毛，嘴巴涂着如血的口红，头发烫成波浪大卷，一对黑色大耳环一步三摇晃。这套装束打扮是她精心选定的，自以为妖冶动人，明艳无比。

门卫问："你是来投案自首的？"

吴美说："我找毕警官有事。"

"你犯的什么事？犯不同的事，找不同的警官投案自首。"

"我没犯事。"

"没犯事来这儿？"

"我像是干坏事的吗？我是好人。"

一辆押解犯罪嫌疑人的面包车开进刑警队大院，后车门打开，押下七八个人，有男有女，其中一个女的与吴美穿着一模一样，唯一不同之处是多戴了一副最新款式的手铐。吴美认识她，她是"疯狂老鼠"的常客，专干那事挣钱的，她耷拉着头，失去往日的风骚。门卫看着吴美，眼神分明在说：你跟那个女的一路货色，从好人堆里挑出来的。

与一名妓女撞衫，吴美觉得丢了脸，又气又恼。她对门卫说："我有重要的事要见毕警官，耽误了你负责？"

门卫不让她进："什么事，跟我说。"

吴美耍起大小姐的脾气，跟门卫争吵不休。小袁外出办事回来，问了几句，将吴美带进办公室。

毕队长问："吴大小姐，有何贵干？"

吴美笑得很媚："我是吴董事长失踪案嫌疑人之一，你怎么不来找我调查呀，我等你等得好心焦。我的亲哥哥，我一定好好配合你。"她的话含意丰富。

小袁打开记事本说："你不是说找毕队长有事吗，什么重要的事，说吧。"

吴美忸怩作态地说："我想单独跟毕警官说。"

小袁说："按规定，跟你谈话，必须有两名侦查人员在场。"

"那我就说了。"

"说吧。"

"你还要记录？"

"一会儿还要请你签字、按手印。"

"签就签，按就按。"吴美清清嗓子，鼓足勇气说，"毕警官，我是来向你求婚的，我要嫁给你。"

毕队长听了这话被一口姜茶噎住。

吴美是个被宠坏的大小姐，记事以来，她想得到的东西没有得不到的。她发自内心地说："毕警官，从第一眼见到你，我就爱上你。你是真正的大男人，跟我以前认识的那些男人不一样。我非要嫁给你，结婚以后，我保证跟任何男人都不再来往，家里养狗也是母的；我为你洗衣做饭生孩子，跟你到老，到死。你还做你的警察，威风，我送你一辆悍马做警车。"

小袁的表情像是吞下一只特大的绿头苍蝇，还是活的。

吴美问她："我说的话你都记下了？我签字，我按手印。"

小袁眉头紧皱一字未记。

毕队长一忍再忍，忍不住放声大笑，笑声震动天花板，扑簌簌向下掉土。他笑岔了气，说："吴大小姐，你的玩笑开大了。"

吴美说："我没开玩笑，我是认真的。"

小袁说："吴美女士，我们对你做过调查，情况基本掌握。你的人生以十六岁为分水岭，之前，你年年被评为三好学生，积极上进，教过你的小学、中学老师对那时的你交口称赞；之后，你突然变了，变成另外一个人，不用我再往下说吧。"

不用！十年往事从吴美眼前一闪而过。十六岁之后，她逃学、旷课，在街头游荡，结交不三不四的烂男人，得到一个"公共汽车"的雅号；她患上抑郁症，觉得活着特没意思，只有醉酒狂欢之时才不会总想到死；她挥金如土，钱给她带来一点快乐，换来一点做人的尊严。

这次，她是真诚来求婚的。在毕警官眼里，她是个什么样的女人？毕警官对她的"情况基本掌握"。

想到这些，她出汗了。

小袁说："一夜之间，你前后判若两人，遇到什么事使你发生这么大的变化，我没调查出来，你能说说吗？"

吴美不能说，这是她的隐私。

超出案件范围的私事，又是十年前的，小袁不便多问。她转入正题："你不来，我们也正要找你。一月二十三号，吴董事长失踪当天下午，你在哪儿？"

吴美答："我说过，怎么又问，我在香妃美体中心。"

"香妃美体中心因大雪闭门谢客。"

"我是 VIP，享受随时的特殊服务。"

"这是香妃美体中心女老板的证词，当天下午，她那儿没有接待任何客人。"

"可能我记错了，我在家，睡觉，一个人。"

"你不在家，也不是一个人。"

"你说我在哪儿，跟谁在一起？"

小袁说："我在问你。"

吴美掏出随身化妆盒，对着小镜子涂起口红。

小袁目光清澈如水，看着吴美说："你当天活动记在我这个小本子里，精确到每分每秒。"

"那你还问我干吗？"

"核实。"

吴美认为，二十三号下午她做的事神不知鬼不觉，不会被人查到，这位女警官是在诈她。她心定了，说："你查到什么，拿出来我看看。"

毕队长插话说："香妃美体中心门外，路边车里……"

听到这几个字，吴美的口红涂歪了。

小袁说："吴美女士，你不必有所顾虑，我们的调查结果不会对外公开，自然不会影响到跟你在一起的那个人的利益。"

吴美说："你们既然什么都知道，还问我干吗？"

小袁说："为了核实，走个程序。洗清你在吴董事长失踪案中的嫌疑，你不愿意？"

"我不傻。"

"这样吧，我问，你答。对于我的问题，你只需回答是或不是。"

小袁取出她去香妃美体中心调查时带回的录像资料。她边放录像边问："一月二十三号下午三点半至五点四十，香妃美体中心门外，路边停着一辆大切诺基越野车，车牌号不清，那是你的车？"

吴美不跷二郎腿了，答："是。"

"你在车里？"

"是。"

"你在等一个人？"

"是。"

"那人三点四十分到，五点四十分走，你们在车里待了两个小时？"

"是。"

"那个人是贾炘？"

"是。"

"你们在车里做什么？这个问题可以不回答。"

"……"

香妃美体中心门口监控探头拍下的录像中，贾炘走过大切诺基越野车，又返回，如此两次，他在确认是否有跟踪的人；贾炘以与他发福身体不相称的灵活快速钻进车内。车体上下振动……贾炘从车里出来，慢慢走远；录像上显示时间为十七点四十分。

数年前，一场校园招聘会上，吴美作为吴氏集团招聘负责人，与应聘的在校大学生孟艳、贾炘相识。贾炘外表俊朗，但是个中看不中用的银样镴枪头，吴美跟他玩过几次。两人近期重又来往，处于绝密状态，因为贾炘的亡妻死前留下一份遗嘱，并指定执行律师，遗嘱规定，如果发现贾炘与别的女人具有握手以上的关系，就要即刻剥夺他每月领取一笔优厚生活费的权益。

所以，吴美不能说。

核实完毕，吴美在询问笔录上签字，按手印。

桌子下面，小袁用湿纸巾擦一擦笔，吴美签字用过的那支。不想，吴美看见了。

毕队长与小袁将吴美送到办公室门口。

返回办公室，小袁一边整理着卷宗，一边说："排除吴美在吴董事长失踪中的嫌疑之后，嫌疑人还剩下吴义、刘淼和丁香。"

毕队长说："重点放在吴义身上。"

小袁的嘴动了动。

毕队长问："你想说什么？"

小袁想说的是，还有哪些女人想嫁给你？

走出刑警队大门，吴美没有了来时的神气，像一根火锅里煮久了的蒿子秆。

大切诺基越野车游魂似的在街上转悠。

开到一个十字路口时，遇见红灯。斑马线上有人通过，吴美看见为时已晚，她一脚刹车。

一个人被撞飞出去。

098

吴美忙下车查看。被撞的人脸朝下，趴在柏油路面上，杀猪似的叫唤。叫声耳熟，吴美定睛一看，竟然是吴良律师。这就是人与人的缘分。她蹲下身，先"嘿"一声。

吴良认出她，苦着脸叫了一声："亲爱的，是你……"

"撞哪儿了，骨头有没有事？"吴美问。

吴良躺着活动一下四肢，还好没事，车大灯正撞在他屁股肉厚的地方。

"起来走走。"吴美说。

"我这儿痛，你帮我揉揉。"吴良指指他的屁股。吴美要翻脸踢他，他连忙爬起来。吴良自怨自艾，吴董事长失踪后的这五天里，他被火烧、被人揍、被车撞，倒霉事全被他遇上了，是不是该去中元道观请清风道长占上一卦？他叹道："我的医疗费、营养费、护理费、误工费还有精神损失费，等等，向谁要？统统没戏了。"

吴美说："你撞了我的车，我还没让你赔呢。"

围观人群堵住半个路口。一名交通警察过来，问："怎么回事？"

吴美抢先说："他故意往我的车上撞。"

看热闹的人纷纷仗义执言，替吴良鸣不平。

"这女的闯红灯，开车撞人。"

"这位先生走的是斑马线。"

"小娘们真不讲理，让她赔钱……"

吴美受到一致谴责，成为众矢之的。

交通警察严肃地对吴美说："群众的眼睛是雪亮的。"

吴美踢了吴良一脚，意思是让他说话，别装哑巴。交通警察见状发火说："你这位女同志，撞了人，怎么还踢人。"

众人齐声指责，吴美成了过街老鼠。

在吴美最需要的时刻，吴良站了出来，他朝交通警察与人群一抱拳，说："各位，她是我老婆，两口子的事，回家解决，大家散了吧。"

说完，他搂住吴美的腰，亲热地说："亲爱的，走，回家。"

两人上了车，大切诺基越野车一溜烟跑了。

吴良坐在副驾驶座位上，表功一般说："我为你解围，救你于水火之中，你怎么谢我？"

吴美有些心不在焉，吴良见她神情不对，问："亲爱的，你想什么呢？"

吴美想了很多。她堂堂吴家大小姐，亿万家产继承人，放下架子，向一个好男人公开求婚，以失败告终，颜面扫地。为什么？她回想小袁用湿纸巾擦笔的动作，那是嫌她脏。她也想做一个干净的女人，今生无望，谁能再活一回？她又想起十年前看到的一件事情，那件事改变了她的人生。她的抑郁病犯了，需要及时服药。

药是男人，用过的男人是药渣。

做好女人没指望了，吴美索性破罐破摔，说："你，跟我回家。"

吴良一脸色相："回咱们的家？"

大切诺基越野车加快速度，照直一个方向。

来到房门前，吴美掏出钥匙开锁进屋，习惯性地随手一摔门，吴良被关在外面。他敲门喊："还有我哪。"吴美开门，放他进来。

艾主任不在，上楼回他的家了？

吴良坐到沙发上，东张西望，他以前没来过这儿。这是一套很气派的大房子，除此之外，就一个字"乱"。

吴美坐到他的大腿上，给他开了一听啤酒，媚眼如丝，叫了声："良哥。"

吴良骨头酥了。头没昏之前，他掐了一把自己的大腿根，以保持清醒，心想：这位姑奶奶要搞什么花样，不要像上次那样中了她的圈套，被逼录下一段他企图对她实施强奸的录音供词。他问："有事求我？"

吴美说："请你写份遗嘱。"

"我才三十岁，离死早着呢，不着急写。"

"不是你的。"

"谁的？"

"我爸爸的遗嘱。"

"吴董事长的遗嘱就锁在银行的保险箱里。"

吴美说："写份新的。"

吴良一点就通，说道："噢，我写一份假遗嘱，你用它从赵慧那儿骗钱花。"

"什么叫骗钱花，说得那么难听。"

"赵慧不是那么好骗的，遗嘱上要有吴董事长的签字。"

"你看这个行不行。"吴美拿出一个小学作业本，翻到一页，上面有吴董事长的签字。她说："我上学的时候，作业要交家长签字，这是我爸那时签下的。你看，这页基本空白，我想在这上面打印出一份遗嘱，赵慧分不出真假。"

"有点意思。"吴良起始并不在意。他看着作业本上的签名，动起心思，半天不言语。

吴美问："行，还是不行，说话！"

吴良笑得有点阴，有点坏，他说："借用这个签名，我有办法让你继承吴董事长的全部遗产。"

"快说，怎么弄？"

"你先答应我一件事，我再告诉你怎么弄。"

吴美揪住他的耳朵逼问："说不说？"

吴良坚决不说，宁愿耳朵被她揪掉。

吴美说："好吧，我答应你，什么事？"

"嫁给我。"

"做梦去吧！"

吴美一脸鄙夷。吴良开始高度怀疑了，吴董事长失踪前，把他召到"大内"说的那番话，什么他不反对吴良做他的女婿，他将把吴氏集团交给他最疼爱的小女儿吴美掌管，还希望吴良辅佐他的小女儿。这些话是真的吗？骗人的鬼话吧！

赵慧同样翻脸不认账，不承认说过答应吴良帮他把吴美娶到手这样的话。

吴良已经彻底断了追求丁香的念头，他要抓住吴美不放，他不能白忙活一场，连热屁也捞不上吃一个。

想到这儿，吴良说："不嫁我也行，凭借这个签名，我帮你做一份真的假遗嘱。我不白干，你得先给我一笔钱，事成之后，你再按遗产的百分之十给我代理费。"

两人击掌成交。

吴良面授机宜说："你用吴董事长办公室里他个人的专用电脑打出遗嘱，这样就符合自书遗嘱的法定条件，再配上这个签字，遗嘱绝对合法有效。"

"这么简单？"

"我写出草稿，你半夜去打，别被人发现。如果将来形成诉讼，我帮你打这场遗产官司，本律师的胜诉率百分之百。"

吴美抱住这位大律师的头，热吻像雨点一般落在他的脸上。吴美想，得不到好男人，吴良这种货色凑合着用吧。她拉着吴良的领带，像用狗绳拉着一条狗，带他进了卧室。

完事，她一把推开吴良，说："真不中用。"

吴美很不尽兴地去冲澡。趁此机会，吴良拿起她的手机点开，找到录有他对吴美实施强奸的那段自供录音，迅即删除。他想，以后可以不受吴美的要挟了。

吴美倚在门口，看着他笑，说："这段录音我做了三个备份。"

两人达成又一份协议，吴良用银行保险箱里的遗嘱交换吴美手中的备份录音证据。

良哥与美妹皆大欢喜。

099

两人在门口吻别。

吴良前脚走，吴美后脚上楼去找艾主任。敲了半天，无人应答。

艾主任衣冠不整地来到一家私立医院，来回在门外走了近一个小时，没有勇气进去。这家医院设有专科门诊，专门收治染上难言之病的患者，主任医师姓梅，是艾主任的大学同学，不常来往。

西北风砭人肌骨。艾主任冻透了，他憋出一个主意。

有了想法后，艾主任整整衣服，打起精神，昂着头，大步走进医院。一路上，认识他的人跟他打招呼，他微笑回礼。

这个特殊专科在医院西北角，位置较偏。走廊两侧的长椅上，坐着十几名就诊的患者，他们个个低垂着头，眼睛看着地面，无一例外地戴着白色的大口罩。无人说话，格外安静。

分诊台前，艾主任对一名女护士说："请问……"

女护士很不客气地说："排队，等着叫号。"

艾主任问："请问梅主任在吗？"

女护士说："梅主任是专家，他的号这个月挂满了，你找别的医生看吧。"

艾主任说："我不是来看病的。"

女护士说："来这儿的都说是检查身体的，没一个说是看病的。"

她大概一向用这种鄙视的态度对待来此就诊的病人。

艾主任身为市立大医院的主任医师，在本市小有名气，受人尊重，一向被人捧着。他心里冒火，脸上笑，客气地说："我在市立医院工作，跟梅主任是同学，我有个特殊病例，想请他会诊，麻烦你帮我找一下。"

女护士忙站起来，态度恭敬地说："对不起，您贵姓？"

"我姓艾。"

"艾滋病的艾？"

女护士打过电话，引导艾主任来到一间诊室。穿白大褂的梅医生在给一位年轻姑娘看病，他示意艾主任稍等。艾主任找了把椅子坐下。从侧面看，那位姑娘年纪不大，二十出头，身材相当不错，长发遮脸，哭得跟泪人一样。

戴副无框眼镜、圆脸、待人和气的梅医生说："你应当早点就医。"

年轻姑娘说："我……我……"

"不好意思，是吧？"

"嗯。还能治吗？"

"治是能治，你来得太晚，耽误了。这对身体各个方面，尤其是对内脏器官影响很大。得了这种病，就要抓紧治疗，不能讳疾忌医，稍不注意，可能会传染给你身边亲近的人。"

"我下个月结婚，请柬都发了。"

"结婚绝对不行，找个理由，婚期往后拖一拖。"

"拖多长时间？"

梅医生看了看化验单，说："这要看治疗的情况，确认不具有传染性以后，才能考虑结婚问题。你爱你的未婚夫吧，既然爱他，就要对他负责。"

年轻姑娘泣不成声："我没脸见人，我怎么办呀，我不想活了……"

哭声满含痛悔与绝望。这种场景梅医生见得太多，他不能像其他科室的医生那样去抚慰病人，他找不到合适的言辞。早知今日，何必当初，这样的话能对他的病人们说吗？

洁身自爱的人不会成为他的病人。

哭了一会儿，年轻姑娘收起眼泪，补妆起身，对梅医生说："给您添麻烦了。"梅医生对她说："不要做傻事。"年轻姑娘走出诊室，回眸惨然一笑，带上门。

艾主任问："她是怎么回事？"

"你还是老样子，对年轻漂亮的姑娘十二分关心。"梅医生洗着手问，"市立医院的大主任，今天怎么有空到我这个小地方来？"

艾主任说："一来看看老同学，二来有事相托。"

"护士说你有个特殊病例，请我会诊？"

"我请你吃饭，边吃边谈。"

"今天病人多，改天，我请你。"

"你我几年没见了？"

"五六年了吧。"梅医生随口应道。

"都忙，以后一年一聚。春节你带老婆孩子到我家来玩，我热情接待。"艾主任的语气中缺少热情。

艾主任不像是来叙旧的。上大学时，梅医生为人古板，作风严谨，艾主任则有"唐璜"的美称，两人性格不合，交情不深。毕业后，梅医生与同班女生结婚，至今夫妻恩爱如初，而艾主任仍是孑然一身。两人同在一个城市生活工作，对于艾主任的风流韵事，梅医生时有所闻。看到艾主任说话遮遮掩掩的样子，梅医生不由得想，莫非……

梅医生说："老同学，你我都是医生，为患者保守秘密是医生的职业道德，你说的那个特殊病例特殊在哪儿？"

艾主任说："我有一位朋友，昨夜，他与艾滋病患者有过一次性接触。这是他的尿样、血样，请你做个化验，看看结果呈阴性，还是阳性。"

"这就是你说的特殊病例?"

"我的这位朋友是个有头有脸的公众人物。"

"懂了。"

"马上做!"

"这么急?"梅医生问,他用探究的眼神看看艾主任。

"越快越好,我的朋友急于知道结果。"艾主任说。

梅医生亲自去化验室。艾主任在诊室里等结果,他不便在市立医院做这种化验,万一走漏风声,他就完蛋了。他坐不住,内心惶恐万分,就像关在囚牢里等待是否被判处死刑的囚犯。时间过得很慢。梅医生回来,艾主任抢过化验单,结果是阴性。

他未被传染!艾主任手在抖,心狂跳,乐得要疯。如果不是在梅医生的诊室里,他将引吭高歌一曲。

他高兴得早了。

梅医生说:"这个化验结果不能说明问题。"

艾主任问:"为什么?"

"因为艾滋病有潜伏期,昨夜一次性接触,不会这么快在化验单上表现出来,需要在一段时间内连续多次化验、检查,才能最终确定是否被感染而成为病毒携带者。据国外医学报告,潜伏期最长可达十年以上。"梅医生的话如同当头棒喝。

艾主任被一棒子打得眼冒金星。同为医生,他不是不晓得这点医学常识,因为害怕,他乱了分寸。

分诊台的女护士跑进来,她对梅医生说:"刚才来看病的那个姑娘割腕自杀了。"

"人怎么样?"

"正在抢救!"

100

　　艾主任坐进出租车。的哥问："先生，您去哪儿？"艾主任自问："我去哪儿？"

　　没地方可去，只好回家。艾主任低头走在小区里，不理会熟识邻居的问候，他恍恍惚惚真的没听见。楼门口，一个送外卖的小伙子从他身边过，撞了他一下。吴美开门接外卖，看见他，问："你去哪儿了？来，一起吃，我点多了。"

　　吴美开了一瓶伏特加。艾主任正需要这种火一样、能醉人的烈性白酒。他先干一杯，昨夜空腹到现在，酒劲儿很快上了头。

　　吴美坐在对面，她的光脚丫子搭在艾主任的大腿上，活动的脚指头不规矩。她问："昨夜在哪儿快活，搞成那副德行？"

　　艾主任喝酒，他想一醉方休，借此抹去昨夜的记忆。

　　吴美嘻嘻地笑："你不说，我能猜出来，你准没干好事，你这种男人不是好东西。"

　　艾主任回敬："你这种女人也不是好东西。"

　　经过讨论，两人得出一致意见：他与她都不是好东西。

　　艾主任连喝三杯，酒精不仅没有减轻反而放大他对死亡的恐惧。他问："如果只能再活一天，你想做什么？"

　　吴美说："没想过，我想想，我想找个真爱我、我也爱他的好男人。"

　　这与如果中了五百万大奖你怎么花是同样的问题，一万个人有一万种回答，它拷问的是人性。

　　你想做什么？

　　吴美神色落寞："找个好男人，不可能了。哎，你今天怎么了，蔫头耷脑的，干吗问这种丧气的问题？"

　　"一小时前，我看见一个割腕自杀的病人。"

"活了死了？"

"没抢救过来。"艾主任说。

梅医生带他去急救室看过，那位年轻姑娘至死没有合上眼睛，她的眼神中似有对人生的眷念，似有对过错的悔恨，似有对亲人的不舍，又似乎什么都没有，只剩一片空白。她怎么染上病的，她不说，没人知道。

"傻不傻，我不会自杀，我没玩够呢。想那么多干吗，咱们俩做点高兴的事。"吴美过去，骑在艾主任身上，动手解他的衣服。椅子禁不住两人的重量，塌了。

两人滚落到地板上。艾主任处于被动，他心存善念，尽力挣脱，不想将从殷主播那儿染上的脏东西带进吴美的身体里面。还有一重原因，昨夜发生的事阴影尚在，以致他欲念全消，无能为力，这是从未有过的现象。

吴美是位专家，她渐渐诱发艾主任的心火。

门铃响，吴美不理。有人使劲捶门，吴美忙得很，一点儿都顾不上。"咣咣咣"传来一阵踢门的声音，吴仁喊："我知道你在里面，开门！不开，我把门踹开！"

吴美说："哥，你等会儿再来，等半小时。"

吴仁不理，仍大力踹门。

好事被打断。吴美气呼呼起身，略微整整衣服，去开门。

门一开，吴仁冲进来。他见艾主任与吴美衣衫凌乱，还好，尚且穿在身上，晚来一步就糟了，他放下半个心。

吴美问："哥，什么事，这么急？"

吴仁脱去大衣坐下，不像是几句话说完就走的样子，他来得太不是时候。

吴美催道："你快点说，我忙着呢。"

吴仁问："艾主任，你在我妹妹家干吗？"

吴美代答："我不舒服，请艾主任来给我看病。"

"你不像有病的。"

"女人的病，正要看，让你搅了。什么事，说吧，说完赶紧走。"

吴仁说："外人在，不方便。"

"我走。"艾主任巴不得离开这里。

吴美哪肯放他走，她抱住艾主任，像蛇缠上猎物，说："艾主任是咱们家的老熟人，不算外人。"

吴仁急道："艾主任，你别碰我妹妹，你离我妹妹远点，以后你不要再到我妹妹家来，这儿不欢迎你。"

这些话触怒了艾主任，作为一位名医，他到哪儿都是座上宾，被人往外撵还是头一回。他说："是你妹妹请我来的。"

吴仁口不择言："你会害了她！"

"你这话什么意思？"

"我的意思是……你跟我妹妹要注意影响，我听到一些不好听的风言风语。"

想到赵慧的警告，吴仁及时改口。艾主任心生疑窦，他与吴美的关系是件半公开的事，已有数年之久，吴仁今天跑来要求两人断绝往来一定另有原因。吴仁现编词："我给我妹妹找了个男朋友，请你不要再来找她，她还要嫁人。"

吴美不识好歹地说："我不嫁人。"

艾主任主动将吴美搂入怀中，状极亲密，他用一只眼睛观察吴仁的反应。

"你放开我妹妹。"吴仁大急，过来拉走吴美。

艾主任是极聪明的人，他很快想到，昨夜他与殷主播入宿酒店的事一定传到了吴仁的耳朵里，谁告诉吴仁的？只能是吴义。吴义应当事先就已了解到殷主播是个烂货，既然如此，吴义为何非但不提醒他、不阻止他，相反把那个姓殷的女人送到他的面前？他今日不人不鬼的处境，责任全在吴义。

吴义害了他。这件事刻在艾主任心里，日后他还给吴义一个回报。

吴美为哥哥披上大衣，轰他走："你快走吧。"吴仁说："你跟我一起走，搬到爸妈家去住。"吴美说："我不去！"

吴仁求她："听哥话，哥是为你好。"

艾主任穿衣欲走，吴美拽住他，推他坐到餐桌旁，说："我哥爱走不走，不管他，就当他不在，咱俩喝个交杯酒。"她成心气走吴仁。

吴仁气得不轻，却不走。吴家人里，吴仁、吴美兄妹二人最亲，两人一起上学，一起玩游戏。小时候，吴仁犯错挨罚不准吃晚饭，吴美给他偷来牛奶饼干。吴仁记着这份情义，他不能眼看着亲妹妹走向深渊，说："你怎么变成这个样子，自甘堕落。"

"我这是追求个性自由。"

"你这是放荡、糜烂。"

吴美说："哥，你比我好不到哪儿去。"她指的是吴仁与胡莉那档子事。她衬衣半解，与艾主任动作不雅。

吴仁痛心地说："十年前，你不是这个样子，那时的你是个好女孩，现在怎么变得……变得这么不要脸。"

吴美说："因为我看见了。"

"你看见了什么？"

101

吴美不回答，这事难以启齿。

吴仁又问："你看见什么事，憋在心里十年不说？"

"妈不让说。"

"不要找借口。"

吴美将酒杯重重蹾在餐桌上："我不想说！"

吴仁不勉强她："你不想说就算了。哥的话你别不爱听，十六岁以前，你的学习成绩年年名列全校第一，考上名牌大学，成为女博士，绝对没问题，你是吴家的骄傲。看看今天的你，当年那个好女孩哪儿去啦，你不能一天到晚只干一件事吧？"艾主任在场，话不宜说得太露。

吴美被骂急了："这能怨我吗？"

吴仁问："不怨你，怨谁？怨老师？怨爸妈？"

吴美看着她的哥哥，问："你知道咱们的爸爸是个什么样的人吗？"

"我当然知道。"吴仁深感自豪地说，"报纸上、电视里几乎天天都有关于爸爸的新闻，他是集智慧与美德于一身的人。爸爸是著名大企业家，白手创业，打造出一个规模庞大的工商业帝国，被誉为经营奇才；爸爸是有爱心的慈善家，关心亟须救助的弱势群体的疾苦，每年都要慷慨地捐出许多钱；爸爸是道德楷模，严于律己，讲诚信、讲礼义、讲廉耻，他的高风亮节受到社会的广泛尊重与敬仰；爸爸是位好家长，他与妈妈几十年如一日地相亲相爱，他对咱们这些儿女满含慈爱之情，他与人为善，跟所有人友好相处，对家里的小保姆都特别好。总之，咱们的爸爸是个完美无缺的人。"

"道德楷模？"吴美哂笑，"所以你学着爸爸的样儿，他有个孟艳，你也在外面养了一个胡莉。"

吴仁分辩："那是白璧微瑕，生活小节。"

"男人是小节，女人就该死？"

吴仁无言以对。

吴美难过地说："我知道爸爸是个什么样的人。"

她的一席话，令吴仁看到他的爸爸吴董事长的另外一面，并深受震撼，根本无法相信。

十年前，在吴美心目中，吴董事长也曾是一个"完美无缺"的人。她处处以爸爸为榜样，好好学习，天天向上，梦想长大后成为一个像她爸爸那样为社会做出贡献的杰出人物。她十六岁，正处于青少年的逆反期，当校园学生中有人牵手、私下约会时，她埋头读书，热心参加学校组织的公益活动，对男同学塞给她的小纸条根本不看，撕碎扔进便坑，放水冲掉。她纯洁上进，生活洒满阳光。一天，老师找她谈话，说学校考虑保送她上一所名牌大学，全校乃至全市仅此一个名额。她乐得手舞足蹈。她在学校住宿，周末回家，那天是周三，她等不及，想立刻当面向爸爸妈妈报告这个好消息。

她向老师请假两小时，坐公共汽车回家。

城堡式别墅被落日染成金红色。她想给爸妈一个意外惊喜，悄悄溜进门，别墅内很暗，很静。大哥吴仁在外地上大学；二哥吴智职业高中毕业后去一家影楼给人打工，不回家住；新来几天的小保姆也许下班走了；客厅、卧室都没人。

阳台上，妈妈刘淼坐着摇椅，痴痴地远眺天边的晚霞，没有发觉小女儿回家。

在这个家里，吴美跟爸爸更亲，妈妈就像一个无声息的影子，所以她想把好消息先告诉爸爸。她蹑手蹑脚地上楼，书房里有人声。

爸爸干什么呢，喘气声这么大？

书房的门没关严，吴美一时淘气，她没敲门，而是突然推开门，跳进书房，大叫一声爸爸，想吓爸爸一跳。

眼前情景，使她嘴里的"爸爸"只叫出一个单音。

吴董事长与小保姆正在……

火爆的场面瞬间凝固。

足足呆了半分钟，小保姆"啊"地惊呼出声，她用脱下的衣服裹住身体跑了，没忘从书桌上拿走一叠预备好的钱。

当着女儿的面，吴董事长不显慌乱，从容穿衣，重现长辈的威严，好像什么事情都没有发生过。他问："你不在学校好好上学，回家来干什么？以后记着敲门。"

吴美看着他，不说话，就那么看着。

吴董事长问："你怎么了？爸问你话呢，为什么事回家？"

吴美不会说话了。

吴董事长说："过来，坐爸身边，听爸爸给你解释。"

吴美一步步地倒退，就想离他远点。

吴董事长说："你怎么用这种眼神看爸爸？不懂礼貌。"

吴美转身跑出书房。来到阳台上，她找到妈妈，将看到的事全说了。刘淼平静如故，什么都没说，只是对吴美说："你回学校吧。"刘淼上楼，去了书房，与吴董事面对面，漠然相对。

吴美没走，而是蹑手蹑脚在门外，听爸爸妈妈的谈话。

刘淼："这种事，请你以后不要在家里做。"

吴董事长不屑地说："教训起我来了，你是谁呀？"

刘淼："你我还是名义上的夫妻。"

吴董事长："名义上的，说得好。"

刘淼："女儿还没成年，看见你的丑行，她会怎么想？"

吴董事长满不在乎地说："丑行，丑在哪儿？商品社会，相互交换，满足各自的需要。"

刘淼悲愤地说："她会想，她的爸爸原来是个卑鄙、下流、无耻的衣冠禽兽。"

吴董事长狡辩说："衣冠禽兽？人不穿衣服，与禽兽有什么区别？"

门外，吴美不再听下去，浑浑噩噩地下楼离家，回到学校，整夜没睡。

吴董事长神一般的形象轰然崩塌，原来卑鄙者可以活得这样洒脱，这样肆无忌惮！

课堂上，老师讲授的内容她听不进去一个字，学习成绩断崖似的一落千丈。一天晚上，同室女生拉着她，翻越围墙，到校外看电影。两人吃大排档时，一个留着爆炸式头发的无业青年过来，同室女友与他打情骂俏，又亲又抱，讲的下流笑话让吴美听了面红心跳。

"爆炸头"趁同室女生上厕所，对吴美动手动脚，眼冒邪光。吴美躲了两下，她已过十六岁，成熟的身体乍一接受异性的触碰，不由产生一种过电般的战栗。对于犹如一张白纸的她，这种感觉既刺激又新鲜，似乎还很舒服。她的脑子里闪现吴董事长与小保姆像动物"交配"一样的画面……

吃喝玩乐的生活原比枯燥的学习有意思多了。

学校老师到城堡式别墅来家访，反映吴美近期表现。她回家时，妈妈含泪打她，她只回了一句："我看见了，全看见了。"

说完，她跑出家门，上了一辆来接她的豪华跑车。开车的是位穿着印有"我是西门庆"的T恤衫的富家公子。当晚，她失去童贞。

打架，酗酒，旷课，她一发不可收。

她被学校开除了。

吴董事长给她买了一张国外某所野鸡大学的文凭，让她到吴氏集团上班，进入公关部。吴董事长对这个部门十分看重，每年大笔一挥拨付充裕的专项资金，明令不得节省。

吴美首次参加公关活动，吴董事长带她随行。酒宴上，主客是位税务部门的官员，实权在握。宾主觥筹交错之际，在吴董事长的暗示下，吴美离席外出，在停车场上找到那位官员所驾的小轿车，往后备厢里放入一大捆现金。

吴董事长不喜欢送人银行卡，他对吴美说，现金沉甸甸的，更易打动人心，而且不留痕迹。他又让吴美盛情邀请那位官员到温泉山庄泡一泡，为了避免那位官员在光滑的瓷砖地面上摔倒，故而精选了一名按摩女郎陪其入浴。浴房里，针孔探头对准三角浴盆，录下的画面存入一只U盘。吴美看过那只U盘，那位官员与按摩女郎在针孔探头前的丑恶"表演"让吴美想起父亲的一句话，"人不穿衣服，与禽兽有什么区别"。

对付工商业界的竞争对手，吴董事长设局，下套，挖墙脚，窃机密，暗地里手段阴毒、黑辣无比。明面上，吴董事长不惜重金，借助网络，为他塑造出一个光明、正直、睿智、仁义的儒商形象，展现在公众面前。

吴董事长的所作所为潜移默化地改造着吴美，她从中总结经验：道德是用来说的，不是用来做的。

她失去人生目标，日日放荡不羁，夜夜寻欢作乐，以这种近于自戕的方式填补内心空虚。几年过去，她从昔日阳光少女蜕变成今天这副模样。

每当半夜从醉梦中醒来身边又没有男人的时候，吴美望着灰色的天花板，心里只有杂草丛生般的荒芜，她不想未来。记忆中，十六岁以前的她的身影淡化，远去。

默然良久。吴美说："哥，这就是咱们的爸爸，是他让我变成今天这个样子。"

吴仁摇头说："这不是咱们的爸爸。"

"是。"

"不是。"

兄妹两人忘记了还有一个旁听者存在。艾主任说："哥哥看见的是伪君子，妹妹看见的是真小人，你们看见的都是吴董事长。"

102

吴仁急赤白脸地说："今天听到的话，你不能说出去。"

艾主任笑一声，说："我听到什么了？早就忘了。"

吴仁对妹妹说："爸妈管不了你，我更不行，我只求你听哥一句话。"

吴美说："你说吧，我能做到的，就听。"

"搬到爸妈家去住，别的由着你玩。"

"为什么？"

"因为……因为……"原因吴仁不能明说。他现编出一个理由：

"因为爸爸失踪了，妈妈一个人在家，身体不好，需要有人照顾。"

吴美说："家里有保姆。"

"保姆不如儿女贴心。"

"你跟赵慧呢，干吗不去照顾？"

"集团事多，忙不过来。"

"赵慧愿意让我搬到爸妈家住？"

吴仁说："这是我的主意，你嫂子她……"

吴美说："放心吧，我不跟你们争那套大别墅，给我钱作为补偿就行。哥，我听说，赵慧送给妈一块墓地，差点把妈气死。你应当好好管管你的老婆，我的事你还是少操心吧。"

一提赵慧，吴仁露出一脸的窝囊相。

门铃又响了。

吴美"噌"地躲进卫生间，开了条门缝，说："哥，你去开门，如果是讨债的，你就说我把房卖了，卖给你了，你是搬进来的新房主。还有，我住哪儿去了，你就说你不知道。"

吴仁提心吊胆地打开房门。

门口，站着一个围头巾、捂口罩、戴手套的女人，手里提着大包小包的东西。

吴仁问："您找谁？"

"你怎么在这儿，说了不让你来。"听声音她是赵慧，她小声问，"你没乱讲话吧？"

"没有。"

"快走，到车里等我，车里有消毒液。"

吴仁被她推出门，手里多了一把车钥匙。为了瞒过老婆，吴仁坐出租车来的。他在楼前楼后转了一圈，没找到黑色奥迪轿车。天冷，风硬，他没地方待，冻得流出清鼻涕。他给老婆的手机打电话："车停哪儿了？"

赵慧骂道："废物，笨死，就在楼后面。"

"没有啊。"

"哦，忘跟你说了，我开的是林肯。"

"林肯，那是爸爸的专车，咱们不能用。"

"以后就是你的专车，咱们家的专车。"

楼后，吴仁找到黑色加长林肯轿车，他不敢坐进去，因为这是父亲的御驾。其实，他心里非常想坐一坐。他用手抚摸车身，这辆车今后属于他了？他满心欣喜，走向左前车门，突感一阵眩晕，恶心要吐。他扶住后视镜，镜中一个满面病容的老男人是他吗，真如艾主任所说，他得了重病？

吴美家的客厅里，赵慧也要吐。她掀起口罩，喝一口自带的矿泉水，压下恶心。

艾主任见她不摘围巾、手套与口罩，问："你裹得这么严，是你有病怕传染给我们，还是怕我们有病传染给你？"

赵慧说："我感冒了，别传给你们。"

艾主任是医生，看得出她是有病，不是流行感冒这么轻。

赵慧从带来的大塑料袋里取出一个个装帧精美的礼盒，轻轻打开，全是各种男性补品，从随附发票上的金额看，价值不菲，百分百真品精品。

吴美看一件赞一声，问："送我的？"

"你？一边去。"赵慧自夸道，"我转遍全市，专捡贵的买。艾主任，这些都是送给您的，略表我的一点心意。"

"送我？"艾主任意外地问。

赵慧说："本想托我的小姑子转交，赶巧了，您在她这儿。"

艾主任问："不年不节，平白无故的，你为什么给我送礼？"

赵慧没想到他有此一问："送礼还问为什么？"

艾主任对这个刁女人怀有戒心，说："不讲清楚，这礼我不能收。"

吴美双手拢住这堆男性补品："干吗不收，白送的东西，不要白不要。"

赵慧情急："谁说白送，凭什么白送！"

艾主任问："你有事求我？噢，为了你们夫妻的病吧？不必送礼，我会尽心的。明天你们到医院做一次全面检查，结果出来以后，我安排专家会诊。再说一次，你们夫妻二人的病情很严重，发展很快。"

吴美说："嫂子，你跟我哥病了？还是重病？听说你送妈一块墓地，嘻，是不是舍不得了，你想抢先自个儿用？"

"呸呸呸，乌鸦嘴。"赵慧啐她，说，"我没病，我那是妊娠反应。你想要，我也送你一块墓地，就在爸妈的旁边，不耽误你明天用。"

吴美嘻嘻哈哈的不在意，她越是这样，赵慧越生气。

艾主任说："这礼你收回去吧。"

赵慧说："别介，我都拿来了。嫌少，我再去买，管够。"

"嫂子，稀罕，你这只铁公鸡开始拔毛了。"吴美拨弄赵慧的头发。赵慧如临大敌，坐到沙发另一边。

她的这一动作触动艾主任，他素闻吴义、赵慧、吴仁三人是吴氏集团高级管理层中的铁三角，昨夜吴义害惨了他，今天赵慧来送这些男性补品。她究竟安的什么心，不像是好心。他把补品一股脑装回塑料袋，说："谢谢你的好意，这礼我不能收。"

赵慧说："白送的，不要你钱。"

"这种补品透支生命，多吃无益。"

"没毒，吃不死你。"

艾主任态度坚决："拿走。"

事没办成，赵慧提起一大塑料袋男性补品起身，心里骂艾主任，给脸不要脸。

吴美抢过塑料袋说："我替艾主任收了。"她不知道她这是在找死。她打开一只国外进口的药盒，拧开瓶盖，倒出双份剂量的两片，强行塞进艾主任的嘴里说："速效的，吃了吧。"

目的达到，赵慧不想多停留一秒钟，边往外走边说："你们忙，不用送。"

国外进口补药的效力名不虚传，服下去不大一会儿，艾主任觉得浑身燥热，心里长草似的不安分了。在他眼里，吴美漂亮了许多。他与吴美相拥着走进卧室。

卧室四壁装满大块镜子，天花板上都有，这是吴美的特殊嗜好。

吴美从外到内，一件件剥去艾主任的衣服。从不同角度，艾主任在镜中看见好几个自己，他一身松松垮垮的赘肉，腰不直，臀部下垂，肚子不小，由于长期泡在酒精与女人堆里，缺少户外运动，他皮肤松弛，没有光泽，整个人一副未老先衰的模样。

他把一切过错归结于抛弃他的第一任女友。

他看不起吴美这种女人，他对她没有情感，只是使用。

吴美的手很会动，他难以自持。但是，他凭借着毅力，还是自我克制住了。他天良未泯，不想害人，在检查结果没有确定之前，他的一时之快，或许会让吴美万劫不复。两人算是相处几年的朋友，她没有做过对不起他的事。

吴美像蛇一样缠上身，艾主任仅存的一点定力开始动摇。他原本就不是心志坚定的男人，克制力有限，药物发作，燥热难耐。他心说，这是你自找的，不要怨我。

做与不做，人与禽兽的区别只在一念之间。

只剩最后一条贴身的小裤头时，他抓住吴美的手："你听我说。"

吴美用嘴封住他的嘴。

两人一起斜着倒下。

他一只手抱住她，另一只手推开她……

103

黑色加长林肯轿车停在楼后，车窗落下，从车里先后扔出女式围巾、口罩、一只又一只手套。后排座位上，赵慧往身上狂喷消毒液。

吴仁说："不至于吧，一般接触不传染。"

赵慧问："你喷了吗？"

"喷了半瓶。"

"你再喷点儿。"

车里消毒药水味道快把吴仁熏晕了，他捂住鼻子，问："你怎么跟我妹妹说的？"

赵慧回答："我没说。"

"你没说？"

"你急什么？"

吴仁急得口吃："我能……能不着……着急吗？"

赵慧笑道："你把舌头捋顺了再说话。"

"你答应过我，由你出面，劝说我妹妹远离艾主任，现在艾主任就在我妹妹家里，你一句话不说就出来了。不行，我得去说，我不能眼看着我妹妹往火坑里跳。"吴仁要下车。

"你回来！"赵慧喝止。

吴仁壮着胆去开车门。

赵慧手快，锁住车门，升起车窗，拔下车钥匙，说："敢不听我的话了。耗子舔猫，你找死呀。"

"你把车门打开。"

"不开。"

一奶同胞，吴仁感应到妹妹面临的危险迫在眉睫，那事就要发生。他说："你开不开，不开，我妹妹若是出了事，我绝不原谅你，我……我跟你离婚！"

"离婚？"赵慧想不到他会冒出这两个字。

吴仁被自己的话吓住了，口气软下来："我的意思不是真想要离婚。"他又硬了，"是你逼我这么做的。"

赵慧脸色急变，变得面含春风，温言软语："看把你急的，我那样说，只是想看看你的反应，看你是不是真的关心你的妹妹。我能不说吗，我对你妹妹与艾主任说，一个人要树立正确的恋爱观、婚姻观、家庭观、人生价值观；不要贪图享受，做一失足成千古恨的事；要把精力放在事业上，为社会与全人类做出应有的贡献，这样人活着才有意义。"

"你真是这么说的？"

"我说得不好吗？"

"这些话我听着耳熟。"

"你爸爸吴董事长经常这样教育员工。"

"我妹妹能听进去？"

"你妹妹没听进去。我话里的意思艾主任听懂了，他从你妹妹家走了，我送他送到门外。"

吴仁说："我不放心，我去看看。"

赵慧脸色再变，变得面如寒冰，声色俱厉："该我问你了。你妹妹吴美报销了几张发票，你批的，是租房、买钻戒、付咨询费的发票，花的钱不是小数，这里面有问题。"

吴仁胆虚地说："有什么问题？"

"我查了，租的房子在高档小区，两室一厅，里面住着一个年轻女人；钻戒一点五克拉，比我戴的都大；领咨询费的人叫胡莉，这名字就透出一股骚味儿。"几年前，赵慧在"疯狂老鼠"有幸见过胡莉小姐一面，就是她气到流产那次，事后，她没查到那晚陪吴仁的小姐是谁，也没人告诉她。她失去报复的目标，以致这口气在心里窝了数年，至今没发泄出去。她问："这个胡莉是干什么的？"

"我不知道，明天问问吴美。"

"这几张发票是你签字批准报销的，你不清楚？"

"吴美没说，我不清楚。"吴仁心里比谁都清楚，房子是他与胡莉的爱巢，钻戒是他送给胡莉的爱情信物，咨询费其实是他给胡莉的生活费，他假借吴美名义办的这些事。吴美乐于向他伸出帮助之手，出于兄妹之情以外，还有其他原因。

吴仁把话题往回拉:"怎么说起发票了,接着说我妹妹跟艾主任的事。"

赵慧说:"这种发票以后不能报销,不许你再签字批准。"

"为什么不能报销?"

"你照我说的去做就行了。"

吴仁伸直腰,有些强硬地说:"我是董事长,我签字、我批准的,财务必须报销。"

赵慧震惊,这还是那个任由她呼来喝去的丈夫吗?近两天,她有所感觉,吴仁当上吴氏集团代理董事长之后,不如过去那般听话,脾气见长,渐渐有了主见。她没有意识到,吴仁做了几天代理董事长,在下属们的前呼后拥、阿谀奉承中,深埋于心的权力意识已被唤醒,那种跺一跺脚整座吴氏集团大厦颤三颤的感觉真好,不用喝酒,他已醉了,醉到深处,有种飘然欲仙的感觉。

继任者智商不高,自命不凡,这是多少家族企业走向衰败的悲哀。

赵慧不能让丈夫压在她的上面,反击道:"你这么急,说明心里有鬼,这几张发票是你的,对不对?你老实交代!"

明知赵慧是虚言恫吓,吴仁仍然汗流不止,他说:"我不交代,我交代什么?"

"你跟胡莉什么关系?"

"胡莉是谁,我不认识。"

"你紧张什么?我会去查,一查到底。"

"你查吧,我没做过的事,不怕查。"

赵慧在气势上压倒吴仁,她要乘胜追击,穷追猛打,打到吴仁跪在地上,磕头求饶。她说:"我现在就去找胡莉。"

吴仁被逼到绝路,急眼了,反咬:"你背着我做过什么见不得人的事,别以为我不知道。"

"我背着你做什么了?"

"你不怕说出来难听?"

"你说。"

"你总往义叔的小屋跑,你们在做什么,我心里清楚着哪。"

"我是去跟义叔谈集团的公事。"

"公事?谈公事背着我,插上门,挂窗帘?"

"你混蛋!"赵慧破口大骂。

这对夫妻明枪暗箭,你来我往,用猜忌的目光窥视对方,话说得难听,露骨。两人相互抹黑,越抹越黑,心中裂痕日渐扩大,难以弥合。

两人的眼神里哪儿还有夫妻的情分。

这会儿,吴仁全然忘记了,他的妹妹吴美再走一步,就要坠入深渊。

还不到闹翻的时候。赵慧摆出高姿态说:"我让你一步,不说这些伤害夫妻感情的话,你也闭嘴!咱们走吧。"

"去哪儿?"

"墓地发来短信,墓碑墓穴修好了,让咱们去验收。"

104

前往墓地的土路上,黑色加长林肯轿车一颠一颠的,走得很慢。

吴仁与赵慧各呕吐一次。

天阴,又一场大雪将至,像是两人的心境。两人重新认识对方,这是吵架的好处,平时憋在肚肠里的话一泻而出,面对臭不可闻的一大摊,两人这才发现,相互积怨竟然如此之深。

两人各怀一肚子心事。

目前,两人婚姻还有维持下去的必要。

一路上,赵慧除了指路,没跟吴仁说过别的话。吴仁第一次开这辆林肯，车况不熟，难免开得不顺。若是搁在以前，赵慧早已对他横加数落，骂上几百声"废物"了，她忍在心里。

又一下大颠，赵慧头撞到车顶，她没吱声。

前面是一座矮墙围起的荒山，墓地到了。

吴仁问："你买的墓地在这儿？"

赵慧问："怎么了？"

"这么荒凉的地方，破破烂烂的，像个乱葬岗子。"

"便宜。"

赵慧下车拍打铁门，嘭嘭嘭，回声不断。一群黑鸦惊起，在两人头上盘旋，嘎嘎地叫着，叫声嘶哑。

铁门上，打开一扇一次只能通过一人的小门，赵慧与吴仁歪腰侧身，依次入内。

黑衣人开的门。一见到赵慧，黑衣人像是见到鬼一样，连连后退，不敢靠近。赵慧觉得奇怪，这个黑衣人见到她，为何吓成这个样子？她没多想，说："我是来验收墓碑墓穴的，剩下的一半钱我带了。"黑衣人倒退着进入接待小屋。

昨天接待赵慧自称是墓地经理的那个矮胖男人出来了，他手握一把驱鬼的桃木剑，身后跟着黑衣人。见到赵慧，他的表情与黑衣人一样。

赵慧问："你们这是怎么了，见我跟见了鬼似的？"

经理不答，看着吴仁问："先生，您贵姓？"

吴仁说："免贵姓吴。"

"吴仁？"

"你怎么知道我的名字？"

经理像是又看见一只鬼。赵慧问他："是你发的短信，告诉我墓碑墓穴修好了，让我来验收？"经理答："我没发过短信。"赵慧问："那是你们谁发的？"

经理说："没人发过。"

赵慧奇怪地问："怪了。墓碑墓穴修好没有？"

"修好了。"

"带我去看看。"

"您二位请。"经理与黑衣人没有在前引导，而是远远跟着，保持十米以上的距离。桃木剑已经出鞘，指向赵慧的后背。

山坡甬道上，赵慧边走边回头，每次她一往回看，那两人立即停步不前，举止可疑。

新修好的墓穴到了。穴口敞开，没盖上石板，穴坑做工粗陋，空间狭小，凑合着可以并排挤进去两只骨灰盒。

墓碑上蒙着一大块白布，看不见碑面上刻下的亡者姓名。

阴云低垂，风声呜咽。十几只昏鸦飞落到枯树上，没有生气的鸟眼一齐看着吴仁与赵慧，它们来自阴间。

吴仁双手捏住大衣领口，风还是往里钻。

赵慧对着墓穴，想心事，如果吴仁死了，她是否可以继承吴氏集团、林肯轿车与城堡式别墅这一切？需要咨询一下吴良律师。她问："碑文刻好了吗？"

经理与黑衣人站在远处。经理回答："刻好了，包二位满意。"

"为什么盖着白布？"

"按规矩，人死了，骨灰入坑，封上石板，才能揭开这块白布。"

赵慧说："过来，揭开它。"

经理原地不动，横剑护身，问："赵慧女士，我昨天见过您，您旁边这位先生看着面生，他是您的丈夫吴仁？"

吴仁答："我是。"

"二位，我有句话要问。"

"问什么？"

"二位听了别生气，我想冒昧地问一句，二位是活人，还是死人？"

"我们像死人吗？"

"这可说不好，今天天阴，没出太阳，看不见二位脚下有没有影子。"经理听村里的老人说过，鬼魂无影。

赵慧不屑跟他废话，去揭白布。

经理劝阻道："且慢，二位如果真是活人，揭开大不吉利。"

赵慧皱着刷子似的浓眉，问："怎么个不吉利？"

经理不知该从何说起，欲言又止："昨晚，我接到一个电话，说是……说是……"

"说什么？"

"说……说……您千万别揭开看！"

赵慧心里气恼，根本就不听他的，一把扯下白布。

白布落地。赵慧与吴仁同时眼珠子凸出，心脏停跳，吓得魂飞天外。

黑色碑面上，嵌着吴仁与赵慧二人头像的烧瓷照片。碑文为夫吴仁、妻赵慧合葬之墓，夫妻卒于一月二十七日（昨日）。字体歪扭的阴刻文字刷上白漆，表示人已死了。

夫妻二人顿觉魂魄脱离肉体，一缕烟似的往墓穴里钻。

天旋地转，夫妻二人双双倒在墓碑前。

经理一点点蹭过来，用桃木剑戳戳二人的身体，确认是活人。他怕出人命，不能不管，忙叫来几个工人，将这对夫妻抬进接待小屋。

缓过一口气，赵慧拍桌子瞪眼地问："这是怎么回事？"

经理一五一十地叙述事情经过。昨晚，墓地接到一个电话，说吴仁与赵慧夫妻二人不幸于当日暴亡，要求将碑文更改为二人姓名并发来二人头像照片，限今天下午务必完工，急用。经理与来电之人谈妥，加价一倍！墓地连夜赶工，刚立好墓碑，蒙上白布，吴仁与赵慧就到了，经理还以为白日见鬼啦。

经理问："二位是不是得罪谁了？这个诅咒够狠的。"

赵慧反问："来电话的人是男是女？"

经理说："男的。"

"听声音多大年纪？"

"像是个老头儿。"

"他叫什么名字？"

"他没讲，我也没问。"

赵慧问来电号码是多少。经理说，幸好他没删，还留着那个电话。他说着，找出来电号码，把手机递给赵慧看。手机屏幕上显示是吴董事长的专用号码。

阴风乍起，围着小屋转，推动门窗，想进来。

赵慧与吴仁呕吐不止，吐出粉色泡沫。

经理在想，加价一倍的钱跟谁去要？这笔买卖要赔。

105

小区门口，阻拦杆前，门卫脸贴在黑色加长林肯轿车的前车门玻璃上，差点没认出车里的一男一女是吴仁与赵慧。

两人脸色青灰，瘦得脱形，模样大变。

两人进了大楼，互不搀扶，各自扶着墙走。

一进家门，两人支撑不到沙发，坐到地板上，阵阵恶心。两人挣扎到卫生间，抱着同一只坐便器，一通干呕。

两人吃不下东西，喝一口牛奶也吐。

赵慧坚持认为，她没病，准是有人用巫蛊之术害她。什么人给墓地打的电话，将碑文中亡者的姓名改成她的，居心极其恶毒，这是咒她死呀。她把记载所有仇人的名单想了一遍，这份名单很长，人人都有嫌疑。她要向刑警队报案，抓住这个人，千刀万剐，凌迟处死。

两人气息奄奄。

吴仁挣扎着打120，要急救车。赵慧打电话，向义叔求援。急救车与老式大众轿车同时到楼下。

经过检查，医生诊断两人病情危重，需住院治疗。两人举步维艰，被担架先后抬下楼。

出门前，赵慧说："义叔，帮我带上铜佛。"

急救车开进市立医院，老式大众轿车随后。吴仁与赵慧住进同一间病房里，命中注定，两人是一对离不开的患难夫妻。

刚躺好，赵慧就问："铜佛呢？"

吴义在塑料袋里找了找，里面是些洗漱用具，他说："一急就忘了，在我的车里，我去拿。"

吴义来到地下停车场，缓步走向老式大众轿车，他看了一眼斜上方的监控探头，拉开车门坐进去。车门关上。几分钟后，他从车里出来，戴着黑皮手套的手上托着一尊黄色的铜佛。

电梯里，吴义用袖口擦了擦铜佛。

吴义走进病房，见赵慧身边坐着一个虎背熊腰的男人，他是毕队长。小袁站在一旁做笔录。吴义见状，没退出去。

赵慧说："毕警官，这是我拍的。"

赵慧把手机递给毕队长。照片里，墓碑上赵慧与吴仁并列的烧瓷照片是黑白的，她愁容惨淡。

赵慧说："照片交给您，这是犯罪证据。"

毕队长问："这张照片中的你很年轻呀。"

赵慧说："那是我十几年前刚到吴氏集团上班时拍的工作照，集团以外的人不可能得到。"

"你怀疑谁？"

"人人都可疑。"

毕队长调查过赵慧的为人，认为她说得有道理，的确人人可疑。毕队长换个话题："你说说手机号码的事。"

赵慧说："给墓地打电话的是个老男人，用的是我公公吴董事长的手机号码。"

不等毕队长指示，小袁给刑警队里打去电话："查一下吴董事长失踪后他的手机号码的使用情况，快一点，急等着要。"

毕队长问："你买墓地的事有谁知道？"

赵慧说："没几个人，家里人，还有艾主任。毕警官，我要知道是谁干的，非撕碎了他。这事太缺德了，抓住那个王八蛋，枪毙！"

女护士给赵慧量体温。她看着吴义问："义叔，铜佛呢，没丢吧？快给我。"

吴义把铜佛交到她的手里。

赵慧接过抱在怀中，铜佛成了她的心理支柱，精神慰藉。自从供上铜佛，她一跃而为吴氏集团的女主人，坐上林肯车，将要入住城堡式别墅，一步步向高处走。她说："铜佛好像变样了，不是原来那尊。"

吴义说："不可能。"

赵慧执拗地说："不是了，我每天擦它，原来那尊比这个沉。"

吴义冷声道："是吗？"

小袁接电话，向毕队长汇报："从二十三号下午五点零一分起，吴董事长失踪之后，他的手机号码一直无人使用。"

赵慧说："怎么可能，我就接到一次……"

在吴义凌厉的目光下，赵慧忙住口。

毕队长抓住不放，问："你接到过一次这个手机号码打来的电话？什么时候？通话人是谁？"

赵慧看看吴义。

毕队长说："你是报案人，你不讲出全部情况，我们怎么查，你不想让那个往墓地打电话的人逍遥法外吧？"

赵慧当然不想，沉吟着说："我公公失踪那天半夜，我接到一个电话，就是用他的手机号码打来的。"

毕队长问："吴董事长本人打来的？"

"不是。"

"谁打来的，说些什么？"

赵慧回答说："接通以后，那人说她是吴仁的姥姥，说吴董事长跟她在一起，还一阵阵鬼笑。义叔听了电话录音，认为那是吴仁姥姥的声音。"

毕队长想，这是什么意思？绝不只是为了吓人。

赵慧又说："义叔送给我们这尊铜佛，驱鬼辟邪。"

"我看看。"毕队长拿过铜佛，掂了掂。

赵慧说："义叔，我总觉得这不是原来那尊铜佛了。"

女护士查看温度计。赵慧问："我发烧吗？"女护士说："高烧。"赵慧对女护士说："我要换个单人病房。"

吴仁说："我也要换单人病房。"

女护士说："医院病房紧张，都住满了。"

赵慧语气生硬地说："我可以多付钱。"

吴仁似乎跟赵慧杠上了，不甘示弱地说："我也可以多付钱。"

女护士惊奇地问："你们俩是夫妻吧？夫妻同枕而眠，你们不能同住一间病房？"

赵慧拉起吴义的手，贴着她的脸，昏沉沉地说："干爹，我不要跟他住一间病房。"

吴义为了避嫌，迅速抽回手。

毕队长将这个小情景看在眼里。

赵慧在报案笔录上签字。出病房前，毕队长说："吴部长，请你出来一下。"

走廊里，毕队长与吴义面对面，说起来也怪，只要这两个男人相对，空气中就会有一股火药味儿。毕队长问："这是赵慧的报案笔录，你不看看？你是安保部长，吴氏集团内部，谁有可能拿到赵慧十几年前的工作照？你认为，往墓地打电话的那个人是谁？还有，吴董事长失踪当天半夜那个鬼电话是谁打来的？打电话的人只是搞恶作剧，还是别有用心？我想听听你的意见，你不想为破案提供一点帮助？"

吴义只听，缄口不言。他的表情中看不出变化与反应，因为他没有表情。

毕队长说："耽误你时间了。"

吴义转身回了病房。毕队长冲着他的后背说："你送的那尊铜佛很好看。"

病房门关上。

小袁说："白费唇舌，这个铁面人摆明了什么也不会告诉我们。"

毕队长一笑："他不说，我能看出来。"

"看出什么？"

"看出他对整件事情非常清楚，所以他的表情没有丝毫变化，反应平静。"

小袁问："毕队，你说这件事是谁干的？打电话让墓地改碑文、换照片，做成赵慧与吴仁的墓碑，没有深仇大恨的人做不出来，这事做绝了。"

毕队长说："这个人用心深刻，不只是搞恶作剧那么简单。你看到了，赵慧与吴仁连气带吓，情绪波动，导致病情急剧恶化，住进医院。结果是什么？"

"是什么？"

"吴氏集团董事长的位子上出现空缺。"

小袁说："根据我的判断，吴义将成为新一任代理董事长。毕队，你在想什么？"

毕队长意味深长地说："我在想，铜佛肚子里装的什么？"

106

这是一种没见过的怪病。

十余名医生会诊，艾主任坐在其中。他一天没来上班，医院多次打电话把他召来的。吴仁与赵慧各项生理指标极为异常，病情罕见，医生们传看化验单，对于两人罹患何种疾病各执一词，得不出统一诊断。

为查明病因，艾主任为两人检查，赵慧左躲右闪，避开他的手。

赵慧问："我明天能不能出院？"

艾主任说："看你的病情，随时可能出院。"

赵慧理解为她的病不重，住一两天院就会大好。她说："集团一大堆事等着我去处理呢，我就是这几天累着了，我没病，我都没带换洗衣服。"

艾主任一语双关："你有先见之明。"

赵慧又理解错了，以为是夸她。

艾主任听说了这对夫妻在墓地遇到的奇事。他话里的意思是，赵慧有先见之明，急着为她与吴仁刻好了墓碑，两人随时会横着出院，住进那个墓穴。

赵慧陷入昏睡，梦见她住进城堡式别墅，坐上黑色加长林肯轿车，傲立于大厦最高一层，成为众人簇拥下的吴氏集团的女王。她的梦里没有吴仁。

透过病房门上的小玻璃窗，吴义看了一会儿输液、吸氧、半昏迷状态中的吴仁与赵慧。

老式大众轿车驶出医院大门，风驰电掣开往吴氏集团大厦。

吴义拿出花名册，电话通知吴氏集团副经理以上的人员即刻到大厦大会议室，参加紧急会议。

吴氏集团大厦前，拥来一辆辆各种型号的小轿车，鸣笛声不断，停车场爆满。

大会议室里，灯光明亮，经理们从四面八方赶来参加紧急会议，他们从不同渠道得知吴仁与赵慧病重住院的消息，猜测今晚会议的内容。

一片乱哄哄的议论之声。

与会者中，有三个人显得与众不同。三人各坐一角，默然不语，他们分别是人力资源部副部长杨飞、财务部副总监李健与综合业务部经理邵杰。三人均不满三十岁，属于吴氏集团的青年才俊，卓尔不群，不依附于某一派别，全凭个人能力挣下今天地位，或多或少受到集团老人的压制。

三人坐的位子相隔较远，只以眼神交流。

窗外，飘起零星雪花。

晚八点整。吴义少见地换上一身正装，走进大会议室。他没坐，笔直地站着，冷硬的目光在每一张与会者的脸上停留一下。

与会者们屏息以待。

吴义神情冷峻地说："我刚从医院回来，据医生讲，吴仁代理董事长与赵慧副总经理突发急病，病情危重，需要长期住院治疗。"

会议室里人声鼎沸。吴义不加制止，放任大家讨论一阵子，消化一下这个突发的坏消息。稍后，他摆摆手，大会议室静下来。他说："短短五天，吴氏集团接连损失两位董事长，一个失踪，一个病危，失踪的是我的叔伯哥哥，病危的是我的侄子，我很痛心。"

与会者与他的表情同样沉痛。

吴义说："吴氏集团群龙无首，遭遇空前危机！"

正中，那把董事长的椅子再次空无人坐。

与会者静听下文，他们期待着吴义拿出解决办法，下一步怎么办？

吴义说："怎么办？我想听听大家的意见。"

与会者中三个年轻人默契地行动起来。

瘦弱的财务副总监李健问："财务随时有需要董事长签字的票据，我们每天派人送到医院？"

吴义答道："医生不允许外人进入特护病房。"

俊秀的综合业务部经理邵杰问："我部正在实施几个大项目，今后向谁请示汇报？"

吴义答："业务暂停。"

宽肩的人力资源副部长杨飞问："人员招聘可以停，辞职的批不批？"

吴义冷冷地说："不批，人员不出不进。"

与会者看出吴义被问恼了。他们一方面暗中嘲笑三个年轻人问话冒失，不知分寸，另一方面又希望三个年轻人继续问下去，他们也想知道答案。

李健问："财务停止支出，集团还能维持几天？"

邵杰说："业务无限期暂停，集团关门？"

杨飞说："消息传开，人心浮动，员工中会出现一股辞职潮，人才流失，集团只剩一座空空的大厦？"

吴义很不满意三人说的话，他说："暂停，只是暂时停办。"

李健问："暂停多长时间？"

邵杰问："一周？"

杨飞问："十天？"

吴义竖起一根手指说："一年。"

与会者大哗。暂停一年，吴氏集团必垮，垮到只能从地上扫起一堆碎渣儿。

杨飞问："如果不是秘密，能否公布一下吴仁、赵慧两位公司领导的真实病情？"

面对与会者焦急探询的目光，吴义不得不说："即便一年后治愈，也是两个废人，而且命不长久。"

犹如焦雷在耳，与会者全体成了木瓜。

随后，可以听见雪打窗玻璃的声音。

李健说："蛇无头不行。"

邵杰说："国不可一日无君。"

与会者心中所想，被杨飞说出口，他说："为了吴氏集团的未来与全体员工的切身利益，应当选出一位新的代理董事长。"

与会者纷纷附和。

吴义问："大家议一议，选谁？"

李健说："我选您。"

吴义摇摇头说："我不行。"

与会者大多表示赞同，大会议室里响起掌声、恭维声，吴氏集团即将诞生一位新的主人。

吴义摆手，让与会者们肃静，他断然说："我不行！我不是假意推辞，我跟在座的各位经理一样，是个打工的，我没有吴氏集团的股份。"他强调"股份"二字，同时将"在座的各位经理"一起排除在外。

吴董事长的法定继承人中，还有刘淼、吴美、吴智。

邵杰问："吴夫人呢？"

吴义说："董事长夫人刘淼患病，近期也要住院治疗。"

杨飞问："吴美呢？"

吴义说："她明确表示，集团的事概不过问。"

人选只剩一个：吴智，吴董事长的次子，一个挎相机、叼大烟斗、长发披肩、留小胡子、吊儿郎当的摄影玩家。他出任吴氏集团代理董事长？当初，选择吴仁已属勉强。吴仁资质平庸、心地狭隘，在他的治理下，吴氏集团大步走在下坡路上。如今再换一个吴智，他任代理董事长，岂不是猴子穿龙袍？但是，吴家人里，还别的人选吗？

吴义问："大家畅所欲言，吴智能不能挑起这副重担？"

与会者变成一群沉默的羔羊。

李健一反常态，说道："我赞成，吴智先生的黑白时光影楼搞得不错，说明他有经营头脑。"

邵杰马上附和说："我也赞成，我去过吴智先生的摄影展，这个人很有灵性。"

杨飞添油加醋说："我投赞成票，吴董事长亲口说过，吴智是他的三个子女中最有才华的一个。"

吴义问："有没有不赞成的？"

与会者集体失声。他们当中有几个滑头的人看出来，吴义与李健、邵杰、杨飞三个人在合演一出预先编排好的戏，但谁会去拆穿呢？

一个疑问产生，吴义费这么大的劲，只为推举吴董事长的另一个儿子，使得吴家产业不落入外姓人之手？

吴义毫不迟疑地宣布："全体一致通过，选举吴智为吴氏集团新一任代理董事长，股东会、董事会决议将来补办，事急从权嘛。对吴智观察一个月，不胜任再议。"

在李健、邵杰、杨飞三人的带动下，与会者鼓掌，庆贺吴氏集团有了新的当家人。

吴义说："先不散会，我去把吴智请来，跟大家见见面。李总监，你给各位经理安排夜宵，要丰盛，要有酒。"

107

细雪霏霏。湿滑的城市道路上，老式大众轿车开到时速超过一百二十公里。

黑白时光影楼里，一盏白色灯光下，陶蜜儿一身白衣，黑眼圈，黑嘴唇，手持一朵黑玫瑰花，摆出各种濒死的姿势，配合吴智拍摄一组死亡题材的黑白照片，准备送往国外参展。

陶蜜儿说："我饿了，出去吃点饭吧。"

吴智说："不行。"

"又没钱了？"

"钱还有点，够吃两碗馄饨的，明天没钱了。"

"今天还没过完呢，走呗。"

"义叔让我在影楼等他，哪儿都不许去。"

"什么事？"

"义叔没说，他还让我剪掉长发，换上西服。我从小到大，没穿过西服，我也没有西装。"

陶蜜儿拿起一把剪子，咯咯笑着："快剪，我想看看短发的你是什么样子。"

吴智说："别闹，剪掉长发的我就不是我了。"

摄影间的灯一盏接一盏亮起来。

"谁捣乱？"吴智回头想骂，一看吴义的手还在开关上。陶蜜儿特怕这位叔叔，收起嬉笑，垂手站好。吴智十指作梳，理理长发，头摇一摇，意思明摆着，宁死不剪。

吴义想发脾气，可吴智不愿做的事，九头牛拉不动，吴义打不得骂不得，拿他也没办法。吴义把一套新买的西服与领带扔过来，砸在吴智的脸上。

吴智忙接住，苦着脸换衣，问道："义叔，你带我去哪儿呀？"

陶蜜儿说："是不是参加酒会，我也想去。"

吴义说："换好衣服，我带你参加吴氏集团紧急会议。"

吴智问："我去那儿干吗？"

吴义回答："你以吴氏集团代理董事长的身份，去跟全体到会的经理见面。"

"我，代理董事长？"吴智以为义叔跟他开玩笑。

吴智换上闪亮的深灰条纹新西服，扎好鲜艳的桃红领带，配上一头蓬乱的披肩长发，显得不伦不类，有几分滑稽。

陶蜜儿说："义叔，这身衣服不适合吴智。"

"凑合吧。吴智，今后你要重新做人。"吴义语重心长，但这话听着别扭。

吴智稀里糊涂地被拉上老式大众轿车。

吴氏集团大厦最高一层，集团员工称之为"大内"的大办公室里，吴智用手指轻推一下吴董事长专用的大皮圈椅，椅子岿然不动。吴义说："坐吧。"吴智没坐，不是不敢坐，他自小讨厌这把椅子。

大写字台前，李健、邵杰、杨飞站成一排。

吴智与三人初次见面，是否应该过去握握手？他朝三人拘谨地笑笑。吴义收走了他的大烟斗，他空着的手不知该往哪儿放。

吴义说："你在这份聘任书上签一下字。"

吴智问："在哪儿？签什么？"

吴义说："右下角，签你的名字。"

吴智签了，没看内容。

吴义说："从即日起，这三个人是你新聘任的董事长特别助理，只听命于你，集团所有的事务都可以交由他们去处理。"

吴智问："我干什么？"

吴义说："你只需要坐在这把椅子上。"

多少人对这把椅子垂涎欲滴，它就这么轻而易举地飞到吴智的屁股下面？看上去，它是真皮的，宽大舒适，好坐吗？

吴义说："对这三个人你绝对可以放心使用。"

这是三位从经理队伍中千挑万选出来的人中龙凤：李健、邵杰、杨飞。他们才干出众，还有一身傲骨，吴义凭借什么办法，有把握驾驭他们？

李健，硕士结业后进入吴氏集团，直接聘任为财务副总监。吴董事长看中他与几家大型金融机构的贷款负责人是校友，贷款完成后，他被闲置一边，相当于放入冰柜冷藏，干着一般小会计的工作。他多次打算调离，因为赵慧对他的评语一团糟糕，没有单位要他。他得罪赵慧的原因，仅仅是每天上班时，他没像其他会计那样说一声，赵总监早。吴董事长失踪后，赵慧要免除他副总监的职务，吴义不同意，为此跟赵慧拍了桌子。

邵杰，工商硕士，业务能力出类拔萃，少有的不受贿赂、不近酒色，令谈判对手无懈可击。他栽在女朋友手上。他的女朋友在另一家私企任职，受人利诱，偷着在他的银行卡里存进一笔钱。谈判时，那家私企老板拿出存钱凭证说他收受好处费，并以此要挟，逼他在合同上签字。女朋友不为他辩白，还承认确有其事，拖他下水。那些日子，他像丢了魂，一蹶不振。吴义经调查得知此事，没揭发他，没责备他，没处理他，只说了句："那种女人不能娶回家做老婆，另找一个更好的。"

杨飞，也是硕士学历，他是个孝子，其父嗜赌成性，欠下赌债无数。他替父亲还了一笔又一笔，赌债不减反增，债主天天上门，泼屎尿，放哀乐，送花圈，搞得他焦头烂额。吴义知道后，那几个设赌局骗钱财的庄家中一个折胳膊，一个断腿，一个郊游时失足掉进粪坑险些淹死，从此，再没人拉杨飞的父亲赌钱。

三人真心感念吴义的好处。

更让三人看中的是，吴义承诺，为他们提供施展才华、实现抱负的舞台。

显然，吴义早已在苦心谋划，暗中培植亲信，网罗人才。

大会议室里，吴智在掌声中坐到董事长专用座椅上。

面对这么多生疏的面孔，他感觉浑身上下爬满虱子，哪儿都痒，还不能挠。有好事者请求新任代理董事长发表就职感言，他一个字说不出来。

李健解围说："夜宵弄好了，请各位到餐厅入席。"

席间，在吴义带领下，吴智向各位经理敬酒，对不同的人，说着同样一句话："请多多支持我的工作。"

吴义代他干杯。

夜深。席散。人去楼空。

老式大众轿车开回黑白时光影楼。吴义问："叮嘱你的话记住了？"

吴智回答说："明天八点半，准时到大厦上班。"

吴义说："下车吧。"

一间小酒馆里，吴义要了半斤二锅头，倒了满满一大杯，今晚他没喝够。他靠着玻璃柜台，端起杯子，一滴不洒。他闻了闻白酒的香气，一口喝光。

他转动一下空杯子，给大厦保安队长打电话，命令："明天，加派保安，守住旋转门，见到吴仁、赵慧，拦在大厦外面，送两人回医院。"

108

"最后的赢家是吴智？"

"未必。"

"吴家人里，谁还能跟他争？"

"等等看。"

小袁与毕队长一问一答。

吴氏集团紧急会议没散，吴智成为新一任代理董事长的信息就以电流速度传送到刑警队办公室。小袁说："我原先以为，吴义会成为新一任代理董事长，没想到，最没有可能当上代理董事长的吴智走了狗屎运，吴氏集团是他的了。"

毕队长说："现在下结论为时太早。"

小袁说："吴董事长失踪不到两天，孟艳被永远开除，吴仁出任代理董事长。吴仁生病住院不到两个小时，一次紧急会议，吴智取而代之。走马灯似的，一个没唱完，另一个抢着登场，真乱，乱成一锅粥。"

"乱吗？依我看，事情一步步发展，层次分明。"

"这个消息传到医院，吴仁、赵慧躺得住吗？"

毕队长说："依赵慧的性格，明天她会拉着吴仁大闹吴氏集团大厦。有个人应该也想到了这一点，正在预做准备。"

小袁说："赵慧病得那么重了还要闹，她不要命了？"

毕队长说："明天派人盯住吴氏集团大厦，现场录音、录像，可能会得到有价值的线索。"

小袁说:"我总觉得这些乱麻一样的事情背后有一只手暗中操控。"

"说说看,这只手长在谁的身上?"

"我想到一个人。"

"嗯?"

"我没想好,想好再说。"

小袁卖起关子。毕队长看着她笑。小袁被看得脸微微红了,别的男人可不敢这样看她。

灯下,毕队长的办公桌上摊开放着十几张大小不一的照片,照片上的人大多是吴董事长失踪一案的嫌疑人。经过梳理,这些照片从上至下分为四排。

第一排一张:吴老太太段氏;第二排两张:吴礼和吴义;第三排是三张:丁苦菊、刘淼、孟艳;第四排是七张:吴仁、赵慧、吴智、陶蜜儿、吴美、吴钢、吴信。

四排照片之外,另放两张不属于吴家人的照片,丁香和吴良。

这十五张照片,人物关系既简单又复杂。

毕队长没工夫刮胡子,腮帮子与下巴相连的胡茬儿又硬又黑又密,扎手。他翻来覆去看这些照片,随着吴董事长失踪一案调查的深入,这些人物之间纠缠几年、几十年的恩怨情仇日渐浮出水面。还有一些仍然隐没在深不见底的浑水之中,随着时间的推移,当事人的逝去,可能永远不能还原当年的真相。

毕队长与小袁的感觉一样,吴董事长失踪后,所有发生的事情背后都有一只手在暗中操控,这是谁的手,吴义的手吗?

毕队长说:"今天在病房,赵慧反映了一个情况,值得注意。"

小袁说:"我记录了,一字不落。二十三号半夜,赵慧接到一个白衣女鬼用吴董事长手机号码打来的电话,随后,吴义送来一尊驱鬼的铜佛。你还问了一句,铜佛肚子里装的什么。昨天,墓地经理也接到一个用吴董事长手机号码打来的电话，要求将碑文中的亡者姓名改为吴仁、赵慧，并发来两人的照片。技术部门的人讲，两个电话中显示的吴董事长手机号码都是用电脑软件生成的，应当是同一人所为。"

毕队长问："能否查到两个电话的来源？"

小袁说："短时间内难以办到。"

毕队长翻过一页台历："吴董事长失踪超过五天，我们的调查工作要加快进度。"

小袁说："大家都几夜没合眼了。这两天吴家不再催问吴董事长的下落，一个人这么快就被遗忘了？"

毕队长说："吴家人忙啊。"

"忙什么？"

"忙着抢椅子。"

小袁问："谁会笑到最后？"

毕队长说："我有种感觉，只怕到最后没有人笑。"

小袁给他泡了一杯姜茶，挨在他身边，说："经过前期调查，排除了孟艳、吴钢、吴仁、赵慧、吴智、陶蜜儿、吴美的嫌疑，吴老太太不出养老院大门，信儿年幼，吴良就是一只别人碗边蹭饭吃的苍蝇，这些人都不会是作案人。现在头号嫌疑人是谁？"

毕队长从十五张照片中挑出两张：吴义和刘淼。

1月29日午夜00:01

109

夜到二更。

吴氏集团大厦一层大厅，只亮一盏夜灯。一名夜班保安裹着棉大衣，坐在椅子上打瞌睡。一阵冷风吹来，像是有人从他身边飘过。

他睁开眼睛看，大厅无人，鬼影不见一个。

然而，董事长专用电梯的梯门却无声合上。

电梯直达最高一层，一个人影走出梯厢。

大办公室里，波斯猫卧在大沙发上，一黄一绿的猫眼在暗中闪光。它的耳朵动了动，溜到地毯上跑开，一跃隐在窗幔后面。

人影进来，走向大写字台，坐到大皮圈椅上。这把椅子如同太和殿的宝座，除了吴董事长，没有第二个人敢于坐上去。

黑暗中，隐约可辨来人面部轮廓，他是吴义。

吴义常在夜半无人之时，坐在这里想事。他想的都是过去的事，一桩桩、一件件像过电影一样，枝梢末节的细节，反倒更清晰真切。

三十年前。刘森到火车站送他，谁能想到这一别竟然改变了他一生的命运。他那时太单纯了，一心想的是，多挣钱与刘森组建小家庭。

四十七天，他归心似箭。带着如日东升的名声和口袋里鼓囊囊的钞票，坐上返回的火车与恋人重逢。好事连台，人生之路花团锦簇，他的脚下像踩了两片彩云，酒不醉人人自醉。

谁能想到，酒宴进行到高潮，三名刑警走来，向他出示拘留证。他被押回本市，关进看守所。

从巅峰跌入深谷，他穿着黄马甲，坐在囚室里，无论如何想不通，他怎么会成为文物盗窃犯、走私犯。提审时，他才知道，刘淼父母家祖传的宋代玉瓶失窃，装玉瓶的檀木匣子还在，上面留有他的指纹，这是他实施盗窃的铁证。

他指天发誓，没碰过檀木匣子，没偷玉瓶。那个玉瓶他和吴礼都见过，可他对这个古董物件没啥兴趣。当时，他满心满脑子想的都是刘淼。

多次审讯中，他说不清自己的指纹怎么会跑到檀木匣子上。

铁窗照进一线阳光。随着日影长短，他苦苦思索，一件事跃上心头。

去南方参加比赛的前一晚，他收拾好行装，为了赛前养精蓄锐，本想早睡。吴礼带来酒菜，为他送行。

酒是好酒，送酒的又是从小一起长大的亲叔伯哥哥，不能不喝。

他心生感动。那时的吴礼开了一家小公司，因为缺资金、少门路，经营困难，面临关门的境地。吴礼手头不宽裕，仍然不吝花费，买来好酒好菜，送他出征，这份情谊难得。他心中过意不去，像往常那样，又往吴礼的外衣口袋里塞进一些钱，这回吴礼急了，说他小瞧人，把钱扔回来。

在爷爷的一群孙辈中，吴礼一直是最优秀、最受宠、最有出息的一个，而他吴义是个不学习、爱打架的臭小子。两人天上地下，如今倒过来了，吴礼反而要靠他的救济，难怪吴礼心里很不舒服。

酒到半酣，吴礼满口称赞他拳打南山猛虎，脚踢北海蛟龙，功夫天下无敌，定会旗开得胜，马到功成，夺取散打比赛的冠军。闻听此言，他心中大快，连干三杯。

他对吴礼说出心里话："如果拿到冠军，我回来就向刘淼的父母请求……"

吴礼为他斟酒，问："请求什么？"

"请求娶刘淼为妻。"

"刘家只有这么一个宝贝女儿，能答应让你带走？"

"做上门女婿也成。"他没留意吴礼表情的变化。

"上门女婿，你不怕别人笑话你？"

"我不在乎。"

"看不出你的心思蛮深。做了上门女婿，刘淼的父母百年之后，刘家这么大的一份家业就都归你了。人财两得，好事呀，哥哥我敬你一杯。"吴礼的话里带有一股嫉羡的味道。

这句话惹恼了吴义。他说："我不是吃软饭的，我不要刘家一分钱，我凭我的一身本事出去挣钱，我的意思是只要能和刘淼结为夫妻，让我做什么都行。"

吴礼举杯："祝你心想事成，干！"

吴礼频频劝酒，他喝醉了。

吴礼扶他睡觉，帮他脱掉衣服鞋袜，关怀备至，有如贴身婢女般细心周到。

他的头一碰枕头，鼾声即起。他感觉吴礼走了。不知过去多长时间，他身体一颤，猛地醒来，发现吴礼两只死鱼般的眼睛盯着他。转瞬之间，这双眼睛变了，装满了亲情，亲切地问道："要喝水？"

他摇摇头，沉沉睡去。醉梦中，他梦见刘淼一身洁白的婚纱，向他跑来。他去抱，抱住一个又凉又硬、四四方方的东西。这一段似梦非梦，好像有一双戴着白手套的手塞给他一只木匣，就是那只檀木匣子，他推开，翻过身接着睡。

清晨，他醒来时，室内收拾得整齐干净，只有他一个人。

他在看守所蹲了近一年，夜夜做梦，这段似梦非梦的梦境几百、上千次重现。他多次向提审的刑警述说，可是一段无凭无据、虚无缥缈的梦境，谁会信呢？

盗走玉瓶的人留下同样珍贵的檀木匣子，为的嫁祸于他？

知道玉瓶秘藏之处又能自由进入他家并下手盗窃的只有一个人——他的叔伯兄弟吴礼。

人心不会这么坏吧？

吴礼为他高价聘请到一位名律师。会见时，律师劝他认罪服法以求轻判，他想都不想，拒绝这个律师为他辩护。

根据疑罪从无的原则，由于证据不足，他被释放了。背负着贼的污名，吴义走出看守所大门。他第一个念头，去找刘淼。

刘家大院的大门上，贴着一个大红喜字。他想，今天谁在这儿结婚？

大门没锁。他走进去，沿着熟悉的路径，循着人声，来到刘淼父母所住院落的正房。他心乱如麻，既有忐忑不安，他如何面对刘淼的父母，又有激情与喜悦，他即将见到朝思暮想的恋人。他设想过一千种与刘淼重逢的情景，每一种都是甜如蜜、烈如火、感天动地的。

他听到一个声音："祝新郎吴礼、新娘刘淼百年好合，早生贵子。"

他站在门口，看见一对新人向来宾们敬酒。

他看到大红喜字下的新娘刘淼……

110

猝不及防，就像在角斗场上头部挨了重重一击，他身子一晃，扶住门框。他神智丧失，头脑里一片空白。

有人拉着他坐到一把椅子上。他的左手多出一双筷子，右手握住一只酒杯，谁往他的杯子里倒酒？耳边，一个熟悉的声音对他说："兄弟，欢迎你来参加我跟刘淼的婚礼，吃！喝！呵呵，你的新嫂子肚子里有了，做过 B 超了，是个男孩！"

他麻木地喝酒，看守所里一年没碰过酒，他一杯接一杯地喝。

他听不到周围的声音，看不见围桌而坐的人，想不明白发生了什么事，他的眼睛不离开刘淼，目光里只有疑问。

婚礼快完时，他有了一分神志。

他离席，到院子里走走。他不知不觉走进一间红房子，红喜字，红被褥，红窗帘，满目红光。墙上，挂着一对新人的新婚照片。照片上，刘淼眼睛看着别处，吴礼冲她笑了一下。

吴老太太跟踪而至，说："你怎么跑这儿来了，这是你哥你嫂子的洞房，真没规矩，出去！"

他走在大街上，有了三分神志。

路口，车流滚滚，行人如潮。鸣笛声，喧闹声，街边小店播放的流行歌曲声，汇成一波波声浪灌进他的耳朵，比平时放大十倍，吵得他烦乱欲狂。他的肩膀与一人相撞，对方跌倒了，他没感觉，接着往前走。

那人追上来，跟他不依不饶的。

他的眼前出现一张长着大蒜头鼻子的脸，猪拱似的嘴巴里说着什么，唾沫横飞。

他不想惹事，绕开那个人。没想到那人来抓他，挥拳就打。他错步闪身躲过，这是自幼练功形成的本能反应。

那人一拳落空，一脚踢向他的下裆。他倒退一大步闪开。

那人怪叫一声，纵身跃起，飞脚踹向他的面门。

他一只手抓住那人脚踝，五指收紧，随着骨头的碎裂，一声惨呼，那人横着摔到地上，双手抱着脚，痛得满地打滚，带起一股尘灰。

那人的嚎叫使他的心情得到一定程度的舒缓。这时，他有了五分神志。

警车来了。不用抓，他也没跑。围观人群自发地为他做证，证明那人三次对他进行攻击，他是正当防卫。

派出所里，做完笔录，没放他走。去医院调查的警察回来说，那人脚踝骨碎成若干小块，需金属钉固定，半年以上只能躺着不动，构成重伤。

他上午出的看守所，下午又回去了。

还是那间囚室，还是老位子，他抱膝坐下。同一囚室关押的人小声问他犯了什么事，放出去喝顿酒，就回来了，忒快了一点。他不言不语，像破庙里的泥胎。

他因防卫过当，一审被判处有期徒刑一年六个月。收到刑事判决书，他表示不上诉。

移送监狱服刑的那天，吴礼给他送来一些衣物，并对他说，他打伤的那个人残了，如果不是靠着花钱上下疏通，他会判得更重。他明白吴礼说这话的意思。

监狱里，他常常一人盘腿独坐，习练吐纳气功。他不违反监规，没有立功表现。犯人们风传他是散打冠军，因单手捏碎一个人的脚踝骨判刑进来的，都怕他，争着巴结他。

每逢探视之日，犯人们与亲属见面后，都向他报告一些吴礼和刘家的消息：吴礼暴发了，生意做得很大，成为本市工商业界一颗耀眼的新星；刘淼父亲病故，母亲瘫痪，生活不能自理；刘淼极少走出刘宅的大门；刘淼生病住院，据说是重感冒转肺炎，人瘦了许多；刘淼大着肚子，出来买菜……

他心没死，还在跳。他查到一个绰号"耗子"的同监犯人参与过宋代玉瓶走私案。

这天，犯人们修整一条土路。中午吃饭的时候，他打个手势，召来了"耗子"，两人端着饭盆，坐到狱警看不到的土堆后面。

他说："问你几句话。"

耗子一脸讨好的笑容："您尽管问，只要是我知道的，一个字不敢瞒您。"

"玉瓶是你运到境外的？"

"您问的这事，是我。大哥，进来之前，我是跑长途货运的司机，帮一个人往境外运过一个木箱子。被抓以后，听警察说木箱子里装着一只文物级的宋代玉瓶，就为这点事，判了我三年，我冤哪，早知道我该多要点钱。"

他一只手扣住耗子的肩井穴问："那人长什么样？"

耗子不敢叫痛："那人浑身上下捂得严实，夜里货场上见过一面，光线太暗，看不清模样。"

"是男是女？"

"像是女的。"

"多大年纪？

"说不准，听说话的声音是个老女人。"

"就这些？"

"我想想，那个老女人说话有口音。"

"听口音是哪儿的人？"

"听不出来，大哥，说句大不敬的话，那个老女人的口音跟您的特像。"

他轰走耗子："滚！"

他想，与他口音一样的老女人，还能有谁？只能是吴老太太。他向警方报告这一重要情况。

他并不知道，在警方的审讯中，耗子做过同样供述。警方已将吴老太太列为嫌疑人。面对警方询问，吴老太太自称从未去过什么货场，近期没出过院门，一直在家二十四小时照顾瘫痪的刘淼母亲，并提交了一份刘淼母亲的亲笔证词。警方驱车赶往刘宅，去向刘淼的母亲核实，在院门口，听到一个不幸的消息……

他是从吴礼口中得知这一丧讯的。吴礼到监狱探视，他见吴礼臂缠黑纱，以为吴老太太死了。吴礼面露悲色，说：前些天，大风大雪，刘淼母亲冻死在院子里，谁也搞不清楚她拖着瘫痪之身，爬到那里去做什么。吴礼又高高兴兴地告诉他一个好消息：昨天，刘淼生了，是个儿子，六斤七两，取名吴仁。

他满嘴苦味儿。

吴礼笑着对他说："满月酒你是喝不成了，我老婆刘淼说了，等你刑满出狱，请你喝我们儿子的周岁酒。你不能不来，必须来。"

他说："这酒，我喝。"

111

他服满一年半刑期出来了。

监狱铁门在他身后关上。与他同时刑满释放的犯人都有亲属来接。他提着小行李卷，一人走向郊区公共汽车站，形单影只。

他变了。连续两年六个月看守所与监狱的铁窗生活，贼的污名与恋人刘淼的背叛，使他的一颗心饱受撕咬与煎熬。他以怀疑的目光审视所有的人，曾经热情豪爽的他变得猜忌、冷漠、无情。

他发誓要找到坑害他的人。

回到熟悉又陌生的城市，他走在车水马龙的闹市，没有钱，没有工作，没有认识他的人，不知该去哪儿。

一辆小轿车相距百米，跟在他的后面。

电线杆上贴着一则吴氏公司招聘保安员的小广告，吴氏公司是吴氏集团的前身。大概是天意吧，一阵风吹落小广告，刚好飘到他的脚下。

一小时后，他穿着一身保安制服，在吴氏公司租的一栋两层写字楼门前站岗。一名经理过来，问他："你是吴义？对不起，我们吴氏公司不录用蹲过大牢的人，请你另谋高就。"

他被激怒，双手扯开保安制服，五颗铜黄扣子迸落。

经理吓得连连后退，质问道："你想干什么，搞坏这套衣服，你要赔钱的。"

他抓住经理的脖领子，将对方拎离地面。

经理的脖子被衣领口勒住，喘不上气，喊不出救命。

他放下经理，整整保安制服，朝远处一辆停着的小轿车招招手，继续站岗。

经理跑向那辆小轿车。车内坐着吴礼。经理隔窗问："他不走，怎么办？"吴礼摇下车窗，对经理说："你明天不用来上班了，这么点小事都办不好，蠢材。"

吴礼健步朝写字楼门口走来，该面对的他无法回避。

叔伯兄弟见面，脸对脸，都带着笑。吴礼问："你回不回老家，我给你路费。我请你喝酒，去不去？公司的保安队长，你来当，行不行？"

他没说行，也没说不行。

八人一间的保安员宿舍，他睡在上铺，闭目养神。夜深人静，宿舍里的鼾声此起彼伏。他睁开眼，一跃而下，像一粒轻尘。

刘家大宅院还是老样子，只是换了主人。吴义在高墙、屋脊上行走如飞，如同一只野猫般轻灵。刘淼父母在世时居住的正房上，他伏下身。室内吴礼与刘淼在谈话，吴礼说："所谓爱情，就是一分荷尔蒙加上九分男女双方利益的组合……"

隔壁，吴老太太逗弄孙子吴仁。

吴礼照常散步去了。听到关门的声音，吴义从房上飘然落下。刘淼一人坐在梳妆台前，他的脸映入镜中。刘淼受惊要喊，他用手捂住刘淼的嘴。

刘淼认出他，紧紧地抱住他。

"我没偷玉瓶。"这是他说的第一句话。

刘淼说："我信你。"

两人相拥在一起，彼此的心跳动着相同的节奏。

刘淼说："我是被迫的。"

她急速叙说不慎失身以及不得不嫁给吴礼的经过。他听后有所保留地说："我也信你。"

两人抱得更紧……

一墙之隔，吴老太太心细耳尖，像是察觉到什么，推开窗朝院子里看了看，听了听。这时，吴仁哭闹起来，吴老太太回身去哄。

吴礼散步踩到狗屎，感觉晦气，中途返回换鞋。

屋里干柴烈火虽烧得猛烈，但院门传来的动静还是惊动了他俩。刘淼急中生智，撕碎脱下的贴身衣衫，推翻桌椅，打碎台灯，往自己口中塞入一条枕巾。而他机警地破窗而出。

撞门而入的吴礼只见到他的背影，心中疑窦丛生……

当夜，吴义不顾吴老太太的白眼与吴礼的暗中阻挠，当着调查强奸案的警察的面，搬入刘宅最后一进院落的两间小屋，住到今天。

小屋前的古槐就是刘淼的母亲冻死之处。

为了孩子，也因为地位、名声、经济等种种羁绊，刘淼不能离婚。

吴义与吴董事长只有一次正面冲突，那是在吴智因玩具照相机挨打、吴仁遭遇车祸的第二天。那时，吴氏集团大厦刚刚落成，吴礼将董事长办公室设在最高一层。这对亲叔伯兄弟在这见面，分开坐在大沙发上，中间隔着红木大茶几。吴董事长说："谈谈？"

"谈谈。"

"咱们的爷爷在上，我保证对吴仁、吴智一视同仁，将来，我的遗产平均分配给这两个孩子。不过，有个条件，你必须处处爱护吴仁，让他不再伤到一根汗毛，你答应了？"

他看看吴董事长，目光里满是怀疑。

这对亲叔伯兄弟谈的什么，交换的又是什么？他俩不说，外人无从知晓。

"君子一言，驷马难追，咱们一言为定。"吴董事长转换话题，关心地说："你今年三十几了，还不成个家，我给你介绍个老姑娘，要不要？你不会是还惦记着你嫂子刘淼吧？我们夫妻伉俪情深，你就别指望了。昨天夜里，你嫂子非要缠着我跟她重温新婚第一夜的感觉，呵呵，虎狼年纪的女人不得了啊，性要求真强烈，四十分钟还不满足。"

他一个虎跳，跃过大茶几，双手扼住吴董事长的咽喉。

吴董事长毫不反抗，笑着看他。

他慢慢松开手。他没有吴礼盗卖玉瓶、强占刘淼的半点证据。相反，他与刘淼的私情已被吴礼察觉，他反而成了心中有愧的一方。

吴董事长拍拍他的肩说："以后，吴仁就交给你了。"

他只能接受这个结果。

这些年，他一刻没有放弃查找玉瓶失窃的真相，日复一日，年复一年，徒劳无功。他沉冤难雪，性格扭曲，越发暴躁易怒，酒喝得越来越多。他活在吴氏集团大厦投下的阴影中。

弹指一瞬，他已年近六十。此刻，他坐在大皮圈椅上，回忆往事，一腔淤积的悲愤无从发泄。

窗外，黑色的铅云越来越厚。

虚幻中，一团黑气凝结成吴氏集团董事长吴礼。吴董事长坐在大沙发上，怀里卧着波斯猫，人猫合为一体，分不清，分不开。

一场人与影子的对话就这样展开。

吴董事长说："你坐了我的位子。"

吴义说："你还没死？"

吴董事长说："我没死，让你失望了？"

吴义说："好人不长寿，你怎么会死。"

吴董事长说："你又在想玉瓶失窃那件案子？算了吧，别想了，三十年前的陈年旧事，你查不出来了。这个秘密将被永远带进棺材里，不，是带进骨灰盒里。"

吴义说："玉瓶是你偷的！"

吴董事长说："我偷的？何以见得？噢，你是不是想说，你去南方参加散打比赛的前一晚，我明着带酒给你送行，其实是借机灌醉你。趁你醉酒时，把檀木匣子放到你手里，在上面留下你的指纹，然后再放回秘龛，以此嫁祸于你。"

吴义说："不是这样吗？"

吴董事长说："空口无凭，有何为证？"

吴义说："既能偷出檀木匣子，又能进入我家的只有你一个人。"

吴董事长说："错了，还有一个人。"

吴义说："还有谁？"

吴董事长说："你呀。"

吴义说："我？"

吴董事长说："同时具备这两个条件的人还有你呀，你偷走玉瓶时，做贼心慌，不慎在檀木匣子上留下指纹，不是这样吗？"

吴义说："你我心知肚明，我没偷玉瓶，所以那个贼只能是你。"

吴董事长笑了，笑得揶揄。

吴义说："你一开始做生意的钱从哪儿来的？"

吴董事长说："借的。"

吴义说："借谁的？"

吴董事长说："借给我钱的人二十八年前病故，他坟头的小树长得很高了。"

吴义说："一派胡言，你用的是卖玉瓶的钱！"

吴董事长说："玉瓶被你偷走了，我怎么可能拿去卖钱？"

吴董事长又笑了，笑得很惬意。

吴义说："你们母子害死了刘淼的母亲！"

吴董事长说："杀人的罪名我可担当不起。"

吴义说："我有证据。"

吴董事长说："你的证据就是一个有口音的老女人吧。你想说的话我替你说，我偷了玉瓶之后，指使我母亲找到一个常干不法勾当的长途货运司机，将玉瓶走私出境，为了逃避警方追查，我逼迫刘淼的母亲写下一份虚假证词，证明我母亲二十四小时贴身照顾她，没出过

438

刘宅大门，不可能去货场与那个司机见面。为了灭口，在警方找到刘淼的母亲调查之前，我们母子害死了她。"

吴义说："你招认了？"

吴董事长说："呵呵，刘淼的母亲冻死那晚，我们母子都在医院伺候刘淼，医生护士可以证明，警方调查属实。刘淼的母亲是自己爬到院子里去的。"

吴董事长第三次笑了，笑得像一只恶鬼。

吴义说："天网恢恢，总有真相大白的一天，恶人终会受到报应。"

吴董事长说："报应？我等着，你也等着。吴仁六岁那年，差点被一辆汽车撞死，肇事车辆逃逸，那是你干的吧？"

吴义说："因为一只玩具照相机，你打吴智在先。"

吴董事长说："彼此彼此。"

吴义说："在刘淼父亲葬礼的那天，从墓地回来，你们母子合谋，在酒里放入安眠药，迷奸了刘淼，以致她不得不嫁给你，没错吧？"

吴董事长说："你刑满释放那晚，跟刘淼合演过一出假强奸的好戏，也没错吧？"

吴义说："彼此彼此。"

这对亲叔伯兄弟确有几分相像，不只是外貌。

吴董事长悠然地说："你不要以为吴智当上代理董事长，就能得到吴氏集团，你得到的只是一场空。"

随着话音，吴董事长的身体渐淡，烟一样散开。

吴义喊："你别走，回来，说清你我三十年的恩怨。"

吴董事长融入黑暗。

两点鬼火一样的黄绿磷光，那是波斯猫的眼睛。

112

凌晨五点，吴氏集团建筑工程公司院墙外，隐现一个黑色人影。他翻墙而入，数分钟后，原路出来，转眼不见。

夜班保安睡得正香。

清晨八点，闹钟响了又响。双人被里陶蜜儿被吵醒了，她踢了踢吴智。

吴智爬出被子，半闭着眼睛，去刷牙洗脸。

吴氏集团大厦旋转门前，吴智停下电动自行车。四名保安身着新制服立正，一齐向他敬礼。

吴智走进大厅，遇到的员工为他让路，问候："董事长早，董事长好。"他懵懵懂懂地回道："早，好。"

财务部的朱会计没有向他问好。

专用电梯平稳上升。梯厢里，吴智连打呵欠，他懒散惯了，一般零点不睡，十点不起，今天八点就起了。他睡眠不足，打不起精神。

大内吴董事长大办公室，吴义在等他。他迟到了七分钟。吴义没有出言训斥，说："你老老实实待在这儿，不要乱跑，不要乱说话，你只管签字，懂了吗？"

"懂了。"吴智回答。

女洗手间里，朱会计没脱裤子坐在马桶盖上，偷打电话："赵总，有重要情况向您汇报……""你说话声音大一点。"朱会计说："有人来了，我先挂了。"

医院病房里，赵慧拔掉她手臂上的输液针头，冲吴仁说："跟我回去，集团出大事了。"

吴仁问："什么事？打个电话不能解决？"

"昨晚，集团召开紧急会议，选举你弟弟吴智为新任代理董事长。"

"不可能，你听谁说的，开玩笑吧，多找几个人问问。"

赵慧用她的手机给集团各部门的经理打电话，没人接；她用吴仁的手机打，还是没人接；她借用女护士的手机打，接通后一听出是她的声音，那边立刻挂断。

打吴义的手机，关机了。

赵慧脸上的黑气逐渐加重。吴仁说："不会有什么事的，上班时间，都忙着呢，顾不上接咱们的电话。"赵慧生气地怒斥道："闭嘴，跟我走！"

穿蓝条病号服的赵慧、吴仁来到医院地下停车场，找了半天也没找到黑色加长林肯轿车。昨天入院时，她让吴义把车开来，以便两人康复出院时使用，吴义答应说马上办。她问停车场收费员，得到回答：没见过这么一辆车。

坐上出租车，赵慧给朱会计打电话："谁召集的紧急会议？"

"听说是吴总。"

"哪个吴总？"

"吴义。"

"胡说！"赵慧的声音过于尖厉，惹得出租车司机回头看她。赵慧冲着司机发火："看我干吗，看前面，开你的车，快点开。"

赵慧绝不相信她的"义叔"会干出这种事。

出租车司机心里有气，他猛打方向盘，高速转弯，狠踩刹车，急停在吴氏集团大厦前。吴仁与赵慧被摇晃得五脏六腑错了位置，头晕目眩，恶心欲吐。

两人跌跌撞撞下车，走向旋转门，恢复了气势汹汹的神态。保安见来了两个穿病号服的人，大感稀奇，上去问："你们是……"等他俩走到跟前，这才认出是谁。旋转门前保安增加为四个，保安队长亲自带班，这是一条只听吴义指令的"虎子"。

"赵总，您好！吴……吴……"保安队长不知如何称呼吴仁这位前任代理董事长。

"一天不见，你不认识我了？"吴仁奇道。

"你挡住我的路了。"赵慧对保安队长说。

外面太冷，赵慧与吴仁只穿着病号服，急于走进暖和的大厅。

"挡您的路，我哪儿敢。"

"让开。"

保安队长挡住门口，脸上挂笑，说："两位领导应当在医院养病，怎么跑出来了。"

赵慧拨拉不动人高马大的保安队长。

保安队长说："奉吴总指示，送两位领导回医院，积极治疗，争取早日康复，重返工作岗位。"

这时，市立医院救护车鸣笛而至。

赵慧与吴仁被挡在旋转门外。几天前，赵慧调动保安，阻止吴智与陶蜜儿进入大厦，这是那天的重演，只不过是角色互换了。

冷风吹透了赵慧与吴仁的病号服。

不远处的警车上，小袁将这一幕看得一清二楚。

保安队长一声令下："恭送两位领导回医院。"两名保安架一个，配合医护人员，拖着赵慧与吴仁往救护车那儿走。吴仁比较"乖"，赵慧大骂不止，脚踢，牙咬，指甲挠，她用手抓牢后车门，死活不上救护车。

"住手！"小袁声如脆铃。

场面静止，众人一起看着小袁。

小袁说："你们在干什么，非法限制他人人身自由，定你们绑架还是非法拘禁？"

保安队长大剌剌地问："你是谁呀？"

小袁出示警官证。赵慧像是见到亲人："袁警官，多亏你来了，谢谢人民警察。你们这几个保安统统被开除了！"她理顺乱发，拽平揉皱的病号服，昂着头，傲然走进大厅。她问："那个叫吴智的在哪儿？"

看热闹的员工散开。朱会计回答："他在大内。"

专用电梯上升，赵慧嫌慢。大厦最高一层大办公室里，吴智躺在大沙发上玩手机。赵慧气冲冲走进来，对吴智说："你是什么东西，代理董事长？你也配？滚滚滚！"

吴智没叫大哥，也没叫嫂子，披上外衣，潇洒地走了。

赵慧与吴仁坐到空出来的大沙发上，环顾四周，不由得心潮起伏、感慨万千，有种要哭的感觉。

复辟成功了？就这样不费吹灰之力？

两人在大厦外面与保安抗争时出了一身汗，寒风侵体，现在又坐在暖气充足的办公室里，冷热急剧交替，致使病况加重。赵慧强撑着，对吴仁说："你去把各部门经理一个一个地叫来，我要训话，我要查清谁是这场阴谋的幕后黑手。"

吴仁有气无力，哪有精神和心思去做这事。

赵慧不管他的死活，对朱会计说："你去，先把人力资源部长叫来。"

"哎。"朱会计答应着往外走。走到门口时，她惊慌地一步一步往回退。

吴义一座山似的压进来。

赵慧与吴仁站起身，三人站成一个三角。三人撕下面具，如同三只露出獠牙的豺狼，刻骨仇恨取代了往日虚假的亲情。

气氛沉重如铅，压得人喘不上气来。

吴义质问："你们不在医院好好养病，跑回来干什么？"

赵慧反问："你还是我和吴仁的那个义叔吗？"

"论辈分，是。"

"论亲情，我们叫您一声义叔；论亲情，您不只是我的义叔。"

赵慧的话意味深长，吴义听了却哑然失笑。赵慧问："这一切真是您做的？"

吴义冷静地说："别的人没有这个能力。"

"为什么，我想求个明白。"

"糊涂一点好。"

吴仁问："义叔，您从小疼爱我，支持我当上代理董事长，我对您感激不尽，尊敬有加，视您如亲生父亲一样。您为什么这样对我？"

吴义说："因为你爸爸与我当年有个约定，他善待吴智，我不伤害你。但是，你的爸爸言而无信，首先毁约，我也就不必再遵守诺言。他在遗嘱中没给吴智留下一分钱，我只能动手取回应当属于吴智的那一份遗产。"

赵慧问："干爹，从我还是财务部小会计起，您就处处照顾我，我记着您的好处，我把什么都给了您，您为什么这样对我？"

吴义说："因为需要。"

"您全力帮助我成为吴家的儿媳，也是因为需要？"

"这些年，多亏有你，搅得吴家上下不得安宁。"

"你是为了这个？"赵慧大彻大悟，原来吴义把她当成一根伸进吴董事长家的搅屎棍，搅得吴董事长与吴仁父子俩日日烦心，天天面对一个丧门星。

"这是你最大的用处。"吴义说。

"你恨我，恨吴仁，恨吴家每个人？"

"我也是吴家人。"

"我知道你是什么人了，我知道你为什么这样做了，你是那个……"赵慧体内寒热交杂，摇摇欲坠。

"我爸爸是不是被你杀了？"吴仁问。

吴义看着这对夫妻，像是看着两堆没用的垃圾。

在吴仁与赵慧的眼里，吴义变得面目全非，形如鬼魅，可憎可怕。两人骤然受到强大的心理打击，精神瓦解，本已重病，加上一番折腾，支撑不住，同时倒在大沙发上。

两人的喘气一声比一声弱。

吴义冷冷地说："墓地买得好。"

113

吴义打电话叫医护、保安上来，抬走半死的吴仁与赵慧。他的脸上毫无怜悯之情。

救护车远去。吴义对保安队长说："增派的保安撤了，那两个人不会回来了。"

吴智跑回黑白时光影楼，接着睡大觉。即将进入梦乡，有人把他的被子掀在地上，他以为是陶蜜儿捣乱。

他闭着眼睛说："我困着哪，让我再睡一会儿。"

一只大手粗暴地抓起他，来人是吴义。

吴智从小怕这位总是铁着脸的"义叔"，他边穿衣边说："我只想当个摄影师，我不是当董事长的料。"

吴义从怀里掏出两沓钱，给陶蜜儿，说："交这三个月影楼的房租。"

吴智被押上老式大众轿车。

回到吴氏集团大厦，吴义对保安队长说："看住他，不许他迈出大门半步。"保安队长应道："是。"

吴智像一只被关进笼子的小麻雀。

董事长办公室里没有外人，"义叔"双手握住吴智的两个肩膀，殷切地说："从今天起，吴氏集团是你的了，好好干，不要辜负我的一片苦心。"吴义的眼睛里有亮晶晶的东西。

吴智搞不懂"义叔"为何对他这样亲。

大厦最高一层只剩吴智一人，他百无聊赖，无所事事。他给陶蜜儿打电话，让她把相机送来，陶蜜儿说要去一个剧组试镜，没空。他决定四处转转，找人聊天，不出旋转门就是了。他双手插在裤袋里，在大厦各层闲荡。

同样布置的写字间，统一制服的员工，缺少变化与生气，无一处、无一人值得摄入他的镜头，拍成别有意境的画面。没人认识他，人人都在忙，没工夫停下来跟他扯淡。在这里，他是一个局外人，一个不相干的人，一个没用的闲人。他感到乏味、无趣和陌生。他的天性像风儿一样自由，很想跑到野外或是回摄影室搞创作，那里才是他的天地，才是属于他的生活。

他在财务部门外，探头朝里看。朱会计见了忙站起说："董事长，您好！您请进……您请坐，您喝什么茶，您有什么指示，您……"

吴智止住她的话，客气地说："我随便看看。"

朱会计说："您来视察工作？"

吴智摇摇头说："我就是闷得慌，出来走走。"

"您跟前两任董事长不一样，深入基层，您还特有风度，您以前是大学教授吧？"

"我是搞摄影的，职高毕业，没上过大学，更别提是什么大学教授了。"

"您比教授还教授。"

"是吗？你叫什么？"

两人聊到热乎的时候，朱会计一句话说到半截，闭上嘴，低头记账。财务部副总监李健进来，他说："董事长，请到我的办公室。"

吴智谈兴正浓："李总监，你坐，一块聊。这位朱会计的话我爱听。"

当着董事长的面，李健不好说什么。

吴智滔滔不绝地说："朱会计去看过我的摄影作品展。朱会计说，这么好的摄影展如果扩大宣传，参观的人多了，卖门票的钱不仅可以收回成本，还能赢利，朱会计的话使我深受启发。李总监，你去把邵杰、杨飞请到大内，我有个绝妙的创意。朱会计，你想不想一起听听？"

李健说："朱会计的账还没做好，不要耽误她的工作。"

朱会计却说："不耽误，账做好了。"

李健加重语气说："有个数字错了，没算对。"

朱会计重审了账目说："没错呀，哪儿错了？"

李健话里有话地对她说："好好检查一下，想想你错在哪儿。"

昔日庄严的吴氏集团大内，庙堂般的大办公室，吴智只待了一个多小时，就把这儿搞得杂乱不堪，乌烟瘴气。随处可见一撮撮灰色的烟灰，他偷着把大烟斗带来了。他请李健、邵杰、杨飞三人坐到大沙发上，脚踩沙发坐垫，坐在沙发靠背上说话。

吴智问："我是不是吴氏集团最大的头儿？"

李健说："是。"

吴智又问："我的话是不是叫指示？"

邵杰说："是。"

吴智来了劲头，接着问："我的指示你们是不是都得听？"

杨飞迟疑地说："是……"

吴智严肃起来，郑重地问道："我是不是想做什么就能做什么？"

三个人不回答这个问题。

吴智跳下沙发，挥动大烟斗，长发飞舞，激情澎湃地说："受朱会计的启发，我突然产生一个大胆的设想，我想把吴氏集团改造成以发展文化事业为主的企业，集中全部资金，搞影视，搞戏剧，搞舞蹈，也搞点画廊、摄影展，你们说，我的创意好不好，行不行？"

三个人认为他的创意无异于痴人说梦。

吴智说："我常常睡着觉，梦见一个好创意，不睡了，起来就干。"

杨飞言不由衷地说："我以前爱做梦。"

邵杰看似拍马屁，实则用拖延战术说："董事长的梦可以考虑作为集团未来发展方向之一，争取用一年时间搞出个初步的探索性方案。"

李健实打实地说："我睡眠质量好，从不做梦。这几张发票请您签一下字。"

吴智呵呵笑着说:"我的创意是不是吓着你们了?先不搞这么大,有一部言情电视剧,我女朋友在里面出演一个小角色,集团投一点资,行不行?"

李健说:"吴总命令财务部清查集团家底,我查出相当大的亏空,如果借不到一笔钱应急,集团就要关门。"

吴智皱着眉说:"那就退一步,集团赞助一个摄影展,花不了多少钱,行不行?"

邵杰说:"我个人赞助,自掏腰包买门票去参观。"

吴智泄气地说:"这也不行,那也不行,我中午吃什么,我可以做主吧。我要吃麻辣火锅,行不行?"

杨飞说:"这是定好的菜单,主菜清炒虾仁,中午十二点请您到董事长专用小餐厅用餐。"

"火锅,我要吃火锅!"吴智嚷道,力争仅剩的一点权利。

然而,中午饭他吃的还是清炒虾仁。

电话里,吴智向陶蜜儿大倒苦水:"在这儿跟坐牢一样,我一分钟都待不下去。"

陶蜜儿在一个剧组化妆间里玩着一只黑棒球帽,笑得花枝乱颤。吴智说:"你还笑,快来救我!"

人家是"英雄救美",陶蜜儿打算演一出"美人救情郎"。她打扮得花枝招展来到吴氏集团,对保安队长说:"我找吴智。"

保安队长电话请示后,请陶蜜儿乘专用电梯上楼。

过了十分钟,楼梯走下一个戴黑棒球帽、宽边黑框眼镜,留着满脸络腮胡的男人,他的黑皮大衣领子竖起,活像是影视剧里的地下特工。这男人从保安队长面前走过,走出旋转门。保安队长想不起在哪儿见过这个人。

随后,陶蜜儿也走了。

李健抱着一堆发票请代理董事长签字时，发现人不见了。难道这又是一起失踪大案？

114

接到李健的电话，吴义斩钉截铁地说："快找。"

此时，吴义正在集团建筑工程公司配合毕队长勘查案发现场。公司夜班保安报告，几天前丢失的探伤仪上的放射源失而复得，自己长腿回来了。吴义责问："为什么丢失时不报告？"

毕队长说："不要批评他们，是我要求他们暂时保密，不向上报告。"

吴义问："放射源哪天丢的？"

毕队长说："吴董事长失踪当天半夜，一个贼进入库房偷走的，门锁没被破坏。"

吴义问保安："它什么时候回来的？"

保安说："放射源失窃后，库管员每天检查一次。今天早上，看见它回到了探伤仪里，跟毕警官说的一样，他真是神了。"

吴义问："毕警官，你怎么知道放射源会自己回来？"

毕队长说："这东西卖不出钱，一般的贼偷它没用，专门偷它的贼必定另有用处。"

"什么用处？"

"害人！"

"害人？怎么个害法儿？"

"这个贼将偷来的放射源置于被害人身边某处，使其受到超剂量辐射。不出几天，被害人就会患上放射病，直至死亡。普通医院的医生没见过这种病例，极易造成误诊，谁会往这方面去想。这种害人的手法可以称得上高明，但是终究难逃正义的眼睛。"

吴义平淡一笑，问："有怀疑对象吗？"

毕队长说："有，而且基本确定。"

"谁？"

"暂时不便透露，说出来，吓你一跳。"

"这个人我认识吗？"

"太认识了。"

两人打着哑谜。

小袁说："吴总，那个贼自以为聪明过人，其实被毕队算计了。不对外公开这个案子，偷放射源的贼误以为没被发现，当他用放射源干完坏事，就会悄悄放回原处，像是没有发生过盗窃。如果案子公开，那个贼极有可能将放射源随意丢弃，造成重大环境危害。"

吴义戏谑地问："你的毕队长还有什么神机妙算？"

小袁装出单纯的样子说："那个贼偷走放射源的时候，非常谨慎小心，现场没有留下犯罪痕迹。这几天，案子对外保密，那个贼以为没人发现放射源丢失，行事难免疏忽大意，这叫犯罪心理学。吴总，你看，那个贼放回放射源时，不留神露出破绽，在院墙上留下半个足印。"

"半个足印？还有什么破绽？"

"那个贼破坏了公司监控，他没想到，毕队在库房里，对准探伤仪，秘密安装了一个红外探头。"

"录下那个人了？"

"录下了。"

"为什么不把那个人抓起来？"

"因为……因为……"

吴义悠然自得地说："因为足印模糊，监控没有拍到那个人的脸，证据不确实充分，对吧？"

小袁心想：这个老奸巨猾的家伙。

吴义陪着两位警官在案发现场转了一圈。

两米多高的院墙上，留有半个足掌印的印痕，淡淡的，不留意看不出来。那个贼从这里轻踏墙面，借势一跃，翻到墙外。

库房里，毕队长取下秘设的红外探头。

公司腾出一间办公室，供刑警们临时使用。毕队长问："吴总，你对这个案子有什么想法？"

吴义指指耳朵，没有说话。

小袁问："什么意思？"

毕队长说："吴总的意思是他只带耳朵来听。"

笔记本电脑上放出红外探头秘录的画面：库房里漆黑一团，门轻轻被推开，一个穿连帽外套的男人进来，口罩挡着脸，帽子遮住眼睛。他径直走向探伤仪，打开封盖，放入放射源，整个过程用时不到两分钟。

小袁汇总勘查情况，报告："今天凌晨五点，窃贼蒙面进入库房，放回放射源，由原路翻墙逃窜。窃贼穿深色连帽外套，戴手套，现场没有留下毛发与指纹等，说明这个贼有反侦查经验，极有可能受过公安机关的打击。窃贼在院墙上留下一只男式皮鞋的半个鞋印，皮鞋式样老旧，十年前停止生产，鞋底花纹大部磨平，说明这个窃贼是个生活节俭、不注重衣着的人。院墙高度超过两米半，窃贼轻松地一跃而过，蹬踏墙面形成的印痕很浅；鞋印尺寸四十四码；说明这个窃贼是一个一米八以上，体格健壮，具备多年功夫根底的男人。根据录像中显示的步态，窃贼年龄在五十至六十岁之间。"

小袁一口一个"贼"，她似乎是边看吴义，边叙述那个窃贼的外形特点。

吴义说："我今年五十八岁，一米八二，三岁起练功，坐过两次牢，也有一件连帽外套。"

小袁接着说："窃贼用自配钥匙打开库房房门，在伸手不见五指的黑暗中，准确找到探伤仪，并放入放射源，说明这个窃贼是一个熟悉案发现场的内部员工。"

吴义说："吴氏集团内部员工中符合这些条件的不多，我是一个。"吴义不得不暗自承认，小袁说得对，毕队长守株待兔这一招用得巧妙。如果那个"窃贼"发现放射源丢失已为人知，刑警正在进行侦破，就不会傻到将放射源送回来。即便送回，也要搅乱案发现场，故布疑阵，不可能留下这么多线索。吴义对毕队长有点佩服了。

毕队长问："吴总，你觉得谁的嫌疑最大？"

吴义说："我，从我查起。"

小袁问："你今天凌晨五点在哪儿，干什么？"

吴义说："练功，我每天这个时间在我的小院里练功，我有旁证。"

"谁能证明？"

"虎子，我养的那条大狗。"

吴义出言不逊，带有公然挑衅的意思，完全不符合他狠在心里的一贯风格。近一两天，吴义常感到一阵冷、一阵热，心头烦乱，身体无端颤抖，攻击性增强。他说："如果不拘留我，我还有事要办。"

毕队长说："请便。"

吴义走后，小袁立即采集了他留在雪地上的足印。

毕队长命令："请技术部门检查那尊铜佛有无放射性残余，对吴义二十四小时监控。"小袁说："是。"毕队长又说："通知医院，按放射病对吴仁、赵慧进行检查、治疗。"

115

吴义不理会跟踪的刑警，开车前往养老院，他感到他的时间不多了，有一件事要抓紧办。

路上，他多次接到李健的电话，报告说在大厦里找遍了，没找着吴智。李健还以担忧的语气提到这位新任代理董事长要将吴氏集团改造成文化企业的"绝妙创意"。

吴义扔下手机，暗骂吴智是一摊扶不上墙的烂泥。他不顾路边限速的警示牌，将老式大众轿车开到最快，一辆辆车被他甩到后面。

养老院 A 区。女护理员收拾房间，吴老太太坐在轮椅上看电视。

吴义提着一网兜水果进来，水果是从地摊上买的处理货。女护理员说："没见过你。"吴义说："我是她的亲戚。"

吴义走到吴老太太面前，大声道："我看你来啦。"

吴老太太一见是他，一阵寒战掠过全身。

吴义叫嚷说："听说你快死啦。"

吴老太太一副老年痴呆模样，口水流到前襟上。

女护理员说："老太太这两天精神不好，一顿吃不了半小碗面片，听说她儿子失踪了，想儿子想的。"

吴老太太头一歪，睡着了。

吴义对女护理员说："你去歇会儿，我陪陪老太太，有事我叫你。"

女护理员捶捶腰要走，却走不动，她的衣角被吴老太太的枯手死死抓住。为了转移女护理员的注意力，吴义跟她说话："你们每月多少工资，照顾老人，辛苦吧？"一提工资，女护理员大发牢骚。吴义暗中一根根掰开吴老太太的手指。

女护理员暗中松了一口气，走出房间。吴义关上房门，冷冷地看着吴老太太。

他想了想，给吴老太太裹上一条毛毯，又盖上厚被子。屋里暖气很足，几分钟后，吴老太太头上便冒出汗来。吴义恶作剧般盯着她问："您热吗？"

吴老太太像是没醒，更像是没听见。

过了一会儿，吴老太太脸上汗珠成串。吴义掀去她身上的毛毯、厚被，说："屋子里太热，到外面凉快一下。"他推起坐着吴老太太的轮椅，出了房门。

两栋小楼之间是一个风口，刺骨的寒风阵阵吹来。吴义把吴老太太推到这里，问："凉快吗？"

寒冬腊月，北风强劲，扬起草坪上的沙粒，打在脸上隐隐作痛。吴老太太一身单衣，牙齿嘚嘚地响，嘴唇冻紫了，她还在假睡。

吴义自言自语说："凉快够了，回屋吧。"

他把吴老太太推回去，重新给她围裹上毛毯、厚被。等吴老太太热出汗，再把她推到风口，这样来回三次。

小山坡上，四下无人，谁会在这种酷寒的天气里跑到高处吹风？吴义敞开外衣，对坐在轮椅上的吴老太太说："问你几句话。"

吴老太太假装长睡不醒。

吴义漫不经心地说："如果我不小心，你从这儿滚下去，会不会摔断脖子？"

吴老太太吓得一惊，眼皮裂开一道细缝。

吴义问："你我多少年没见了？"

吴老太太喃喃地说："我老糊涂，记不清了。"

"二十七年，你在养老院里躲了二十七年。"

"还是躲不开你。"

"你怕什么？我应当尊称你一声伯母。"

"我是你的亲伯母。你娘生你时，我接的生，我没少抱着你。你长大了，我带你逛集市，给你买糖、买果子吃。"

"小时候的事谁还记得。"

"人都是只记仇，记不住别人的好处。我老了，今年九十一岁，放过我吧。"

"黑白无常就要抓你来了。"吴义神情愉悦地说。

吴老太太知道，此刻她无论装得多么可怜，吴义都不会心软，眼泪和哀求对他不起作用。

吴义说："冤有头，债有主。我只问你一句话，刘淼的母亲是你还是吴礼下手害死的？你不说？今天大风降温。"

吴老太太说着重复过多遍的话："那晚，我的儿媳妇刘森住院，我跟儿子在医院伺候。警察说，刘森的母亲爬到院子里，冻死在老槐树下，没人知道她爬到那儿去干吗。"

　　"我知道。"

　　"你知道什么？"

　　"你故意几天不给刘森的母亲喂水。她渴极了，那夜大风大雪，她爬到院子里，是去吃树坑里的积雪。"吴义红着眼睛说道。

　　"这种害人的法子只有你能想出来。"

　　"你用这种阴毒的法子害死了刘森的母亲。"

　　"我一生烧香拜佛，没害过人。"

　　一阵大风卷走她的话，堵上她的嘴。

　　吴老太太等风小一点说："我与刘森的母亲情同姐妹，我为什么要害她？"

　　"为了灭口。"

　　"我一生清清白白，没做过一件坏事，不怕人说。"

　　吴义青筋暴露，因愤怒五指握紧，接着又伸开，然后再握紧，他真想一拳击碎吴老太太那张丑柑似的老脸。他咬牙切齿地说："你这个老女人心思歹毒，坏事干尽，到了阎罗殿上，不怕你不招认，牛头马面会送你下油锅，地狱里一件件酷刑等着你呢。"

　　听着吴义的话语，吴老太太吓得一点点蜷缩成一小团。

　　这些年，刘森的母亲夜夜在梦里来找她。

　　往事历历在目，并没有随着岁月的流逝而模糊。

　　玉瓶失窃后几个月，出现在境外。吴老太太被请到刑警队接受询问，刑警问她这几天是否去过一处货场，与一个货运司机见面。她回答说，近日没出过院门，二十四小时照顾瘫痪的刘森母亲。询问之后，为了稳妥，她没细想，强迫刘森的母亲写下一份为她做证的证词，交到刑警队。从刑警队一出来，她觉得这事做错了，她每天只给刘森母亲送两次剩饭剩菜，这份证词经不住调查。

一步错，只能将错就错走下去。她跟儿子在室内密议，吴礼说："明天，警察要来找刘淼的母亲，向她核查那份证词。"吴老太太说："儿子，别怕，妈知道该怎么做。"

那夜气温骤降，大雪纷飞。

刘淼的母亲瘫痪在床，她被连着喂了几天的咸猪肉，嘴唇干裂，焦渴难耐，她挣扎着去拿床边小柜上的水杯。

吴老太太一伸手，打翻水杯。

刘淼的母亲哭着乞求："水，给我口水。"

吴老太太阴笑着说："你渴呀，外面地上有雪。"

吴老太太说完，大开房门，去了市立医院。

深夜，因妊娠反应太大住院一月的刘淼先兆性流产，医护忙于救治。走廊里，吴老太太对儿子吴礼说："妈离开一会儿，有人问我去哪儿了，你说我在卫生间。"

她一路小跑，赶回刘家大宅院。

她躲在假山后，看见刘淼的母亲推开被子滚落地面，一寸一寸往外爬，爬到门外，爬到院子里，爬到古槐树坑那儿。刘淼母亲大口吞吃树坑里的积雪。

后来，刘淼母亲的脸扎入雪中，不动了。

吴老太太等了会儿，一点点慢慢走过去，用手推推刘淼的母亲，感觉她身体还是温的。刘母动了一下，极力抬起头，抓住吴老太太的手，声音微弱地说："救我。"

吴老太太用力挣开她的手，冷眼看看僵卧在地的刘母，走出院子，回到医院。

凌晨四点，吴老太太故意与夜班护士闲聊几句。紧接着，她像鬼魂一样出现在刘家大宅院。

风声如泣，落在刘母脸上的雪花不再融化，她的嘴里含满未化的积雪。

吴老太太与刘母大睁的双眼对视。那双死不瞑目的眼睛像是漩涡，像是深不见底的黑洞，吓得吴老太太肝胆俱裂。这时，天上响起极少见的隆隆冬雷。

吴老太太报警，时间是四点二十三分。

警察勘查现场，用担架抬走刘淼母亲僵直的尸体。吴老太太冷静地对儿子说："儿子，你不怕，所有的罪过由妈一人承担。"

这些年，每当夜半梦见刘淼的母亲，梦见那双至死不闭的眼睛，吴老太太都吓得匍匐在地，磕头求饶："不是我害的你，不要向我索命。"

夜夜如此，她饱受折磨，她想死，怕死，迟迟不死。

她听见吴义逼问："说！刘淼的母亲怎么死的？"

她不能说，说出一个秘密，就会带出一串秘密，她决心将这些秘密带到另一个世界。

吴义要用最残忍的手段撬开她的嘴。

116

风带着啸声从山坡上刮过。

吴义怀揣一只录音笔。他要从吴老太太口中挖出玉瓶丢失与刘淼母亲之死的真相。他认定，两件坏事是吴老太太与吴礼这对母子一同干下的。吴义自幼练功，熟知怎样做，能使人产生难以忍受的剧痛，表面上又看不出伤痕。他准备推着吴老太太到养老院外的野地里，找一处没人听得见惨叫的僻静地方。

可是，轮椅没有推动，因为毕队长挡住了去路。

两条同样孔武有力的汉子默默对峙。两人的手都搭在轮椅的扶手上，一个向前推，一个往回顶，轮椅不动，扶手弯曲了。两人势均力敌。

毕队长问："你在干什么？"

吴义说："老太太想出来转转。是不是，我的亲伯母？"

吴老太太没有回答，像是又睡着了。

女护理员跑来，她给吴老太太披上一条毛毯，推走轮椅，边走边回头看吴义。

毕队长与吴义站在山坡上，各怀心事。

狂风肆虐，阵风超过八级，两人脚下都站得很稳。

毕队长说："你我，男人对男人，聊聊天？"

吴义点点头说："好啊。"

毕队长坦诚地说："我没录音。"

吴义"哦"了一声。

毕队长说："我查到一张老照片，三十年前你荣获散打冠军时拍的，好一个堂堂正正的热血男儿，有颗赤子之心。"

"那时的我，就像现在的你。"

"这张照片我复制了一张，送给你。"

吴义接过照片，看都不看，撕得粉碎。他伸开手掌，风将碎片吹散带走。他说："我回不去了。"话语之间，他的神色无限悲凉。

犯罪嫌疑人也是人，世上没有天生恶人。毕队长查阅了吴义的全部档案，这个男人坎坷的遭遇令人唏嘘。毕队长说："我有一个搞不明白的问题，你愿意回答就回答，不愿意，拉倒。"

吴义说："我听着哪。"

"你与吴董事长相安无事了近三十年，为什么在他失踪之后，你才开始这一连串近乎疯狂的行动？"

"当年，我与吴礼有个约定，他善待吴智，我不伤害吴仁，他的遗产平均分给两个孩子。但是，吴礼失踪前一天，他对刘淼说，他要在遗嘱中向所有人公开宣布，不仅不留给吴智一分钱，还要指斥我与刘淼是一对奸夫淫妇，吴智是我俩的野种。"

强奸未遂案的谜底昭然若揭。

毕队长对遗嘱的兴趣更加浓厚。他有一个大大的问号，吴董事长为什么在生日宴会之前，提前向吴义与刘淼透露遗嘱内容，岂不是引火烧身吗？

毕队长说："听了你的这番话，你认为我会怎么想？"

吴义说："你会认为我是吴董事长失踪最大的嫌疑人。"

"你不为自己说几句辩解的话？"

"不说。"

"为什么不说？"

"因为没用。玉瓶失窃，我在看守所蹲了将近一年，每次提审，我都极力辩解，说玉瓶不是我偷的，谁相信我的话？"

毕队长说："你、刘淼、吴董事长、吴老太太，还有刘淼的父母，围绕着一只失窃的玉瓶，恩怨情仇纠缠了整整三十年，下一代也被牵扯进去，这个案子必须查清。"

吴义说："我已不抱希望，三十年的悬案，谁能查清？"

"我。"

"你？"

"你不相信？"

"不信。"

难怪吴义不信，负责侦破玉瓶失窃案的刑警换了一拨又一拨，面对少得可怜的证据，均查不出头绪。看着毕队长笃定的样子，吴义问："你有本事让吴老太太开口认罪？"

"我们录了一段吴老太太说话的录音，那个货运司机听了，不能认定吴老太太与货场上托运玉瓶的老女人是同一人。"

"如果你晚到半小时，我能逼她招供。"

"滥用私刑，非法逼供，你想坐第三次牢？"

"我的时间不多了，我不想至死背贼的污名。"

毕队长郑重地说："我对这件案子重新做了调查，得出新的结论。"

吴义呼吸停顿，问道："新的结论？什么结论？"

毕队长说："局领导批复后，我会向你宣布。"

"你能还我清白？"吴义眼睛里燃起炽热的希望之火，整个人都被照亮了，渐渐地，火又熄灭了。他怀疑地看着毕队长，说："你想套我的话吧。"

毕队长嘲笑道："你像个得了疑心病的女人。"

吴义一点也没生气，淡淡地说："我谁也不信。"

说完，他转身走下山坡，毕队长看着他的后背问："吴董事长失踪那天下午，你在哪儿，是不是跟刘淼在一起？"

吴义不答，加快脚步。

回城路上，小袁问："毕队，你在玉瓶失窃案中发现了什么重大线索？"

毕队长说："指纹的方向。"

"指纹的方向？不懂。"

"指纹是有方向的，你按下的指纹，可以分辨出哪一头朝向指尖，对吧？"

"对呀。"

"我找到技术部门，将一枚枚分别提取、保存的指纹全部还原到檀木匣子上，有一个重大发现。檀木匣子上，刘淼父亲的指纹与吴义指纹的方向相对；刘淼父亲的指纹是从墙上秘龛中取出檀木匣子时留下的，因此指纹方向朝着墙里；而吴义指纹的方向朝外，难道吴义抱着檀木匣子倒退进一尺见方的秘龛？这绝不可能。"

小袁细细一想："所以你得出新的结论，有人故意嫁祸吴义。"

毕队长说："对。这个人就是玉瓶失窃案的最大受益者，也是唯一一个能够接近吴义的人，他趁吴义熟睡之机，秘密将吴义指纹印到檀木匣子上。"

小袁说："这个人就是失踪的吴董事长。"

117

吴义强压怒火，冲上黑白时光影楼。

陶蜜儿迎上来叫声："义叔。"她用身体挡住地板上的黑棒球帽、假胡子与黑皮大衣。吴义问她："吴智呢？"陶蜜儿说："他跟您去大厦啦。"

"他没回来？"

"没有。"

吴义四处乱翻乱找，窗帘后、衣柜里、卫生间……都没有吴智的踪影。他扯下布景的画布，后面是光秃秃的墙壁。

陶蜜儿说："吴智不在大厦？他去哪儿了，不会走丢了吧？"

吴义说："等他回来，你对他说，让他马上滚回大厦。"

"是。"陶蜜儿答应着，将吴义送出影楼。她锁上玻璃门，挂起一块"暂停营业"的牌子。

回到摄影室，她说："出来吧。"

墙角，一只拍照时用来哄孩子的真人大小的玩具熊活了，动了动，闷声问："义叔走了？"

陶蜜儿说："走了。"

从玩具熊里钻出的吴智憋出一头汗，他叼起大烟斗，说："好险，差点儿被义叔逮住。"

陶蜜儿说："全靠我的演技好。"

吴智一摇披肩长发，说："那个代理董事长谁爱干谁干，反正我不干，我天生就是摄影师。"

陶蜜儿说："一个又穷又懒的摄影师，我爱你！"

两人兴高采烈地跳起华尔兹。

离开影楼，吴义赶往城堡式别墅。他连续按响门铃。女佣开门，放他进去。

一走进大客厅，吴义张嘴就问："吴智在你这儿？"

坐在沙发上的刘淼说："他没来。"

吴义脸上隐含怒气，坐到刘淼身边，拿起她的杯子喝水。

刘淼见他脸色有异，问："出什么事了？"

"吴智跑了。"

"跑了？跑哪儿去了？"

"我到处找不到他，他躲起来了。"

"他为什么躲你？你不要对孩子总是凶巴巴的。"

吴义说："我费尽心血，扶助他坐上代理董事长的位子，他只坐了两个小时，化装逃跑了。他不敢见我，怕我把他抓回去。"

刘淼说："孩子不愿做的事，何必勉强他。"

"为了这个代理董事长的位子，多少人不惜舍命相争，他却弃之如敝屣。太任性了！"

"这怪不得别人，要怪只能怪你。你把你几十年积攒下来的钱都给了他，随着他的心意拿去办影楼，都是你惯的。"

"他一辈子就当个照相的？"

"那有什么不好，他从小就喜欢摆弄照相机，不上大学，上职高，学摄影，天天咔咔地按着那个快门，活得快快乐乐，活得不累，活得是他自己。"

"你说说他。"

"我的话他根本不听，他的脾气跟你一样倔强。"

吴义与刘淼相互深情一望。命运将两人拆散，又让两人以另一种形式结合，世人应对两人的关系如何评判？两人都老了，不再有年轻人火花四溅的激情。两人只需一个眼神、一个细微的动作，就可以做到心心相通，两人成为至亲的亲人。刘淼原想告诉吴义，医生诊断，她的生命已到尾声。她没说，她不想让吴义难过。

女佣进来，说："刘阿姨，你要的出租车到了。"

在吴义的搀扶下，刘淼艰难起身。吴义问她："你去哪儿？我开车送你。"刘淼说："市立医院，医生找我谈话，谈吴仁、赵慧的病情。医生说，吴仁病得很重。"

这时的吴义一反对吴智的慈爱，换上一副冷酷的铁石心肠："吴仁有病，你难过什么？"

"他是我的儿子。"

"他是吴礼的儿子。"

刘淼重复道："他也是我的儿子，我是他的妈妈。"

吴义愤愤地说："他是强奸犯的儿子！"

吴仁与吴智究竟谁是强奸犯的儿子？

看着吴义阴沉木一般的脸色，刘淼想到什么，心头一惊，问："吴仁的病跟你有没有关系？"

吴义缄默不语。

刘淼颤声问："是你下的手？"

吴义还是紧咬牙关。

刘淼抓住他，追问："你说话呀，是不是你干的？"

"是。"

"你……你干了什么？"

"我干了我该干的。"

"你恨吴礼，无论你与吴礼有多深的仇怨，吴仁是无辜的。你为什么这样做？"

"我是为了吴智。"

"吴仁、吴智都是我的儿子！"拼力说完这句话，刘淼已然喘得上气不接下气。

女佣关起厨房的门，放水洗菜，水流声掩盖住客厅的对话，她抱着多一事不如少一事的态度，选择不报警。

吴义端来一杯清水，帮刘淼服药。

刘淼问："吴仁的病怎样才能治好？"

吴义说："无药可治。"

"治不好了？"

"无可挽回。"

说完这句话，吴义惶恐地发现，刘淼看他的眼神变了，失去往日的柔情。刘淼说："你杀的是我的儿子！"

"我杀的是吴礼的儿子。"吴义说道，"吴礼是我的，也是你的仇人。"

"吴仁是我的儿子！"刘淼声音嘶哑地喊。一个母亲，听到她的儿子被一个男人所害，不管这个男人跟她是什么关系，她都不会原谅。刘淼的眼神里充满恨意，她声嘶力竭："你变了，变得跟吴礼一样心肠狠毒，你们是一样的人。你不是为了吴智，你是为你自己。你走吧，今生，来世，我都不想再见到你。"

吴义说："你不见我，我来找你。"

刘淼拖着病体往外走，吴义扶她，她不知哪儿来的那么大的力气，毫不留情地打开吴义的手，愤然而去。

她拒绝上老式大众轿车，坐出租车走了。

她没有再回头看吴义一眼。

1月29日下午14：00

118

吴氏集团出了一件大事！

集团副经理以上的管理层人人收到一封电子邮件，发件人是市立医院内科艾主任，大致内容为："本人受吴董事长正式委托，对其与孟艳之子吴信是否具有亲子关系进行医学鉴定。经重复三次检测比对，得出相同结果，鉴定结论：吴董事长与吴信具有生物学上的亲子关系。"艾主任在该邮件中表示："本人保证鉴定结论的真实性，并对鉴定结论产生的一切后果承担相应的法律责任。"

吴氏集团内犹如炸响一颗重磅炸弹！

在发出这封电子邮件一小时前，艾主任与吴美在一家西餐厅里吃牛排。两杯相碰，声响清脆。吴美喝一口红酒，笑言："牛肉是好东西，你要多吃，有劲儿。"

艾主任叉起一块牛排，放进嘴里，味同嚼蜡。他借助不锈钢汤匙上照出的影像，查看舌头、口腔黏膜有无异常，他想的是明天再做一次化验。

吴美问："你想什么哪？我这么一个大美人坐在你面前，你看都不看一眼。"

艾主任说："你哥哥吴仁的病确诊了，放射病，你嫂子赵慧跟他一样。"接到刑警队毕警官打来的电话，医院这才查明病情，做到对症治疗。

吴美问："我大哥跟他老婆怎么会得上这种病？"

艾主任说："我也觉得奇怪，吴仁、赵慧生活工作的环境中接触不到放射性物质，这两个人又不是医院 X 光室的医师。"

吴美问："好治吗？"

艾主任说："我没遇到过这种极为罕见的病例，我请教了一下专家，吴仁、赵慧受到放射物超剂量的照射，病情相当重，基本上……"

"基本上没希望了？"

"希望有点儿，百分之一吧。"

"我二哥吴智这下合适了，没人跟他争那把董事长的椅子了。"

"你不去争一争？"

"我没兴趣，我只对你有兴趣。"

艾主任避开这个危险的话题，说："这家西餐厅的甜点不错。"

"最合适的其实不是吴智，是义叔。"吴美凑近一点，怕邻桌客人听到似的，低声道，"我跟你说一个我们吴家的不传之秘，吴智不是我爸的儿子，他是强奸犯的儿子，我猜那个强奸犯百分之九十九点九九就是义叔。"

"哦？"

"这次吴智坐上代理董事长的位子，全是义叔幕后操作的结果，不是亲爸，他舍得花这么大的力气？义叔现在是太上皇，他再把我妈娶了，嘻嘻，好玩儿。"

昨夜到现在，艾主任在死亡的阴影中惶惶不可终日。他一想起与殷主播的那场"艳遇"，就悔得肠子都青了，他把责任全部归咎于吴义。吴义做这种缺八辈子德的事，只可能出于一个目的，堵他的嘴，不想让吴董事长与吴信具有亲子关系的鉴定结论公之于众。这个鉴定结论对吴义有何不利之处？想到这儿，艾主任问："如果吴董事长在外面有个私生子，会出现什么情况？"

"私生子？你说的准是信儿。"

"我什么都没说。"

"如果信儿是我爸跟孟艳的私生子，哪儿还轮得上吴智当代理董事长。"

"为什么？"

"那样信儿就是我爸的继承人之一，吴氏集团未来的股东。信儿的妈妈孟艳五天前还是吴氏集团的业务副总经理，一人之下，万人之上，地位仅次于我爸。她代表信儿重返吴氏集团，出任代理董事长，这是名正言顺的事。不要说吴智，就连吴仁、赵慧也争不过她。"

艾主任问："这样对吴义有什么坏处？"

吴美回答："那还用说，吴智回他的影楼，义叔继续当他的安保部长，太上皇？没戏！"

公开鉴定结论，是报复吴义的最佳办法。艾主任说："吴董事长失踪前，委托我一件事，做他与吴信的亲子鉴定。"

他的话大大撩拨起吴美的兴头，她连问三声："结果呢？结果呢？结果呢？"

"吴信是吴董事长的亲儿子。"

"太好玩了！"

艾主任问："鉴定结果有了，我该不该告诉孟艳？"

吴美的黑眼珠子咕噜噜转了一圈又一圈，这是个只怕事情搞不大的女人，她说："不不不，孟艳不会对外公开鉴定结果，她不是不要脸的女人。我给你出个主意，准能在吴氏集团造成一场大海啸。"

于是，有了那封一石激起千层浪的电子邮件。

小袁到吴氏集团大厦调查后，向毕队长汇报情况。毕队长问："吴义什么反应？"小袁说："吴义离开大厦，没有反常表现，他还跟我打招呼。"

毕队长说："他以前见到你，从来不打招呼。"

十几分钟后，监控吴义的刑警报告：吴义被跟丢了。毕队长指示，马上跟交通队联系，请求协助，查找老式大众轿车的下落。

吴氏集团大厦对面，隔着一条马路，一家酒馆的包间里挤坐着二十几个人。他们都是吴氏集团元老级的人物，暗中串联，在此密会。

他们做出一个决定……

119

朱会计站在总监办公室门口请示："我去银行办事。"

财务部副总监李健面对电脑，查阅集团近期账目，说："去吧。你等一下……"

他叫住朱会计，猜到她是去医院向赵慧密报"亲子鉴定电子邮件"一事。他从上衣口袋里掏出钱夹，取出一张钞票，说："拿上。"

"干吗？"

"给赵总监买点水果，别空着手去。"

朱会计有点尴尬。

李健说："你转告赵总监，周末我与财务部的全体同事一起去看她。"

朱会计提着一袋水果来到市立医院住院处，遇见两手空空的律师吴良。吴良刚才去了一趟黑白时光影楼，拜见新任代理董事长吴智，结果热脸贴冷脸，他吃了闭门羹，陶蜜儿没让他进门。吴良愤懑不平，他只拿到一半法律顾问费，另一半找谁去要？他来找赵慧，听听她怎么说。

雪白的病房里，吴仁与赵慧躺着输液。

上午救护车将两人从吴氏集团大厦拉回医院后，吴仁还好一点，赵慧一直处于半死不活的状态。她没有抬起眼皮看一看谁进了病房。

女护士叮嘱："尽量少与病人说话。"

朱会计点点头。输液瓶上印着吴良不认识的外文，他不该来这儿，吴仁与赵慧病势沉重，看样子从这两人手里要到剩下的一半法律顾问费是没指望了。等女护士走出病房，朱会计搬一把椅子，坐到赵慧身边，小声说了几句话。

赵慧张开眼睛，有气无力地问："什么电子邮件？"

朱会计说："这是我用手机从您的电脑上拍下来的，您看看。"

赵慧看完邮件内容，骂道："野种！果然是野种！"她要摔手机，朱会计急忙夺过来，说："赵总，手机是我的。"赵慧问："小良子，你有什么办法，不让吴信这个野种抢走吴氏集团的股份？"

吴良说："毫无办法，《婚姻法》规定，非婚生子女与婚生子女享有同等权利。经医学鉴定，吴信是吴董事长的非婚生子女，按法定继承，吴信作为五个继承人之一，有权继承百分之十八的股份，加上吴老太太赠与的百分之十，吴信总共持有吴氏集团百分之二十八的股份，成为吴氏集团第一大股东。"

"艾主任的鉴定是假的。"

"如果是假的，你何必这么着急？"

赵慧一时语塞，她找到新的理由："孟艳写过承诺书，放弃这些股份，承诺书在我手里。"

吴良说："那份承诺书无效。"

"无效，为什么？"

"作为法定监护人，孟艳的行为不能损害被监护人吴信的合法利益。吴信是未成年人，只有等他年满十八周岁、具有完全民事行为能力之后，才能自主决定是否放弃吴氏集团百分之二十八的股份。"

"你为什么不早说？"

"你没问过我。"

"法律顾问费不是白给你的。"

"你还欠着一半没给。"

两人接近翻脸。赵慧心里决定，剩下的一半法律顾问费不给了，即便吴良跪下求她。她不相信地说："吴信，一个上幼儿园的孩子，还能跟吴仁争董事长的位子？"

吴良心里有气，给她新的一击："作为吴信的法定监护人，孟艳可以代行股东权利。"

赵慧如遭巨槌击身，问道："孟艳，她要回来了？"

朱会计说："赵总，您别想这些了，安心养病要紧。"

赵慧挣扎了几下，四肢无力，坐不起来，她骂朱会计："你是死人哪，不会扶我一把。我要回去，回我的办公室，谁也别想从我手里抢走吴氏集团。"

朱会计不知该不该扶。吴良袖手旁观，他之所以敢于当面冲撞赵慧，因为他看出这对夫妻完了。赵慧像要断气，朱会计慌神了，她对吴良说："吴律师，快去叫护士，赵总不行了。"

"不许叫！"赵慧出言喝止。她转怒为笑，发出锯生铁管似的笑声。

这个女人精神失常了？

"谁说我不行了，我没病，我好着哪。"赵慧一脸不怀好意的笑容，"我过几天再回去，我等着看一出好戏，孟艳跟吴义狗咬狗，拼个你死我活，同归于尽。"

吴良想，这个恶毒的女人说得有几分道理。

赵慧注视眼前的空气，像是对虚无中的一个人说话："你这个狼心狗肺的老东西，玩弄了我整整七年，你不得好死，我等着看。"

她在骂谁？

朱会计说："赵总，您的气色好多了，您什么时候出院，我来接您。"

赵慧强打精神："医生说，十天，最多半个月，我就能回家了。"

"您没大病。"

"我没病！我就是这一段太忙，累着了，加上怀孕，反应大。"

"是是是，我给您削个苹果吧。"

"我不吃。"

"多吃水果对身体好。"

"你想毒死我？"

面对赵慧这种上级，朱会计有苦难言。她赔着笑脸说："赵总，李副总监让我转告您，周末他要带着财务部全体同事来看您。"

赵慧冷笑："来看我？你们急着来向遗体告别吧。"

"不是这个意思。"

"还能有什么意思，李健没安好心，他是来看我的笑话。他让我压制了这么多年，他巴不得我死，他好取而代之。"

"赵总，您误会了，李副总监对您蛮好的，这些水果还是他出钱买的呢。"

"扔出去！"

赵慧把水果拨拉到地上，她没力气，爬不起来。她欠起半个身子，命令朱会计："踩烂，统统用脚踩烂！"

女护士进来问："你们说什么了，病人这么激动？"

一张张仇人的脸从眼前闪过，个个眉开眼笑。赵慧大声疾呼："你们得意得太早了，我死不了，我要看着你们死！"她像个大发作的疯子，胡乱挥舞双手，踢开被子，滚到地上，带倒输液架，痰憋在嗓子眼，一口气没上来，呼吸猝停。

一群白衣医护拥进病房，对赵慧进行抢救。

吴良退出门外，他不会再来看望吴仁与赵慧了，不必为两个失去利用价值的废人耽误工夫。

他要赶去一个新的地方。

120

良禽择木而栖。吴良自命是只好鸟，当然要选高枝，他赶去的新地方是孟艳家。

他来晚了。

只见楼前停满了车，还有车不断开来。来人有的等不及电梯，干脆步行上楼。孟艳家房门大敞，客厅里，满满的人，没有座位的只能站着。谁会想到，这里前几日还是门庭冷落，没有半个客人。

他们之中，大多是酒馆中密会的吴氏集团元老，专程登门拜见"贵妃娘娘"。

吴良挤不进去，站在门外。他踮起脚尖，伸长脖子，朝里看。

孟艳居中而坐，来客们将她团团包围。几年来，她竭力掩盖与吴董事长的私情，唯恐一旦泄露会声名扫地，遭人唾弃。如今，一封电子邮件搞得尽人皆知，明天铁定成为全市的头条新闻，她觉得无地自容，羞愧、耻辱、恼怒，种种情感在心里混杂在一起。不承想，这些来客非但没有一丝丝鄙薄的意思，反而对她更加尊敬，视她为"贵妃娘娘"。这是一种什么心理？相当一部分中国男人心中藏有一个"贵妃"梦，尤其是秀才们，那就是期盼有朝一日成为皇上的"宠臣"，也被"幸"一下。

孟艳的羞耻感淡化了。

来客们抱着同一目的，请孟艳出山，回吴氏集团，主持大局。

他们言辞恳切，态度真诚，且一口一个"吴夫人"，其含意当然不是"吴钢的夫人"。

吴钢不能向外轰这些人。家里没那么多茶杯，他叫人送来两大箱瓶装矿泉水，分发给来客们。怎样才能请这些人离开？他说："各位，孟艳不是吴氏集团的人了，五天前，她被永远开除了。"

门外，吴良喊："开除决定是错误的，应当立即撤销。"

"撤销，撤销。"来客们同声赞成。

吴钢大声说："孟艳正在办理出国手续，明天带着信儿飞离本市，不回来了。"

吴良喊："我们请求吴夫人留下来，出任吴氏集团代理董事长。"

"支持，支持。"来客们的声浪掀翻天花板。

吴钢又说："孟艳不是吴氏集团股东，没有当代理董事长的资格。"

吴良不会放过表现的机会，大声喊："信儿是股东，孟艳可以代表他出任代理董事长。"

"信儿没有股份。"

"有！我可以证明。"

来客们的目光集中到门外吴良的身上，自动为他让开一条路，请他进来。吴良走进客厅，踌躇满志地说："我证明，吴老太太已将她持有的吴氏集团百分之十的股份全部赠与她的孙儿吴信，我为她写的赠与书，并协助她办的公证。承蒙她老人家的信任，全套法律文件的副本保存在我的律师事务所的保险柜里。"

这是来客们不了解的情况。能够担负如此机密重要的事务，吴良一定深得吴家人的绝对信赖，来客们看吴良的眼神就像看大内的总管太监。

吴良沾沾自喜。他看出孟艳很不爱听人叫她"吴夫人"，便说："请允许我称呼您为孟董事长。"

此言一出，客厅里一静。

吴良侃侃而谈："吴董事长六天前失踪，至今生死未卜，继承尚未发生，所有可能的法定继承人能不能得到吴董事长的股份还不一定，现在就以股东自居太早了一点。在此期间，唯有信儿持有吴老太太赠与的吴氏集团百分之十的股份，您作为吴氏集团业务副总经理，信儿的法定监护人，比其他吴家人更有资格出任吴氏集团代理董事长，这一职位非您莫属！"

吴良说得入情入理，合法有据，博得来客们的掌声褒扬。

来客们静等孟艳开口。此时此刻，孟艳心里十分矛盾。甄帅来电，今晚抵达本市，接她与信儿出国，新生活向她招手。但甄帅是怎样一个人，没有长期相处，她吃不准，她不愿带着信儿去国外过寄人篱下的日子。她对吴氏集团倾注了全部心血，这里有她熟悉的生活工作环境，一朝离去，心存不舍，但她又担心信儿的人身安全受到威胁。她前思后想，拿不定主意。

吴良尽显他的口才："吴董事长失踪前，指定我作为他的遗嘱保管人、执行人。遗嘱内容嘛，恕我保密，但是，我可以负责任地说，对信儿相当有利。如果信儿成为吴氏集团实际控股的第一大股东，孟董事长，您将取得至高无上的地位。只要您肯留下，担当大任，吴氏集团就是您的天下！"

女人心中也有"皇帝梦"，所以才有武则天。孟艳心动了，她说："好吧，我试试。"

掌声雷鸣一般。

六天之内，吴氏集团产生了第三位代理董事长。

来客们的欢欣鼓舞，让吴钢忧虑万分，他要极力劝说孟艳出国，不要留下，以免惹祸上身。吴义是一头凶狠的恶狼。

拥立"新君"，吴良立下汗马功劳。在来客们的心目中，这个无足轻重的小律师的分量陡然增加，日后孟董事长治理下的吴氏集团内，他将成为一位心腹重臣。

从孟艳家出来，吴良得意忘形。今天，他出尽风头，他不能把宝全押在吴美身上，在孟艳这边分开下一半注才好。他脚步轻松，走出小区，到路边拦出租车。突然，他的胳膊被一只大手抓住，不用看，他知道是谁。

吴良俯首帖耳地上了老式大众轿车。

吴义问："见了我，你怎么不喊救命？"

吴良说："因为我没得罪过您，今晚我请您吃羊肉串，喝二锅头。"

"你去孟艳家了？"

"去了。"

"去干什么？"

"她丈夫吴钢托我办了一个小案子，我去要代理费，半年多了，还没给我。"

吴良反应快，瞎话编得也快。吴义拖长声音问："是吗？"吴良不敢惹这位煞星，主动说："孟艳家来了不少客人，蛮热闹，不知说些什么，我把钱要到手，就出来了，待了不到两分钟。"

车开到城西一大片破破烂烂的平房区，每隔不远残墙断壁上就有一个白灰画的大圈，圈里写个"拆"字。一处荒废小院的墙边，大铁笼里关着大狗虎子，它眼睛赤红，流着口涎，撞击笼子的铁栏，朝向吴良扑咬。吴义扔过去几块猪的大棒骨，虎子既不看，也不闻，更不吃。

小屋积满灰尘。吴良感到冷，从里到外都很冷。吴义从怀里掏出酒瓶，喝了一口，对他说："你也来点？说吧。"

吴良装糊涂："我说什么？"

"你们在孟艳家商议的什么事？"

"我光顾着跟吴钢要钱了，没细听。"

"小良子。"

"哎。"

"我手下留情，那把火没烧死你，那顿打没让你残废，我的意思你懂了？"吴义笑问。

吴良当然听懂了，原来律师事务所那场大火与他在火锅店外挨的那顿暴打都是吴义所为。他是识时务的聪明人，如实坦白说："孟艳家去了几十个吴氏集团的人，都是副经理以上的，他们请求孟艳出任代理董事长，孟艳答应了。这里面没我什么事，我真是去找吴钢要代理费的。"

"孟艳真的答应了？"

"答应了，那个女人臭不要脸。"

吴义脸色铁青，自语道："天堂有路你不走，地狱无门你偏来，这是你找死。"他的大手放在吴良的脖子上，铁箍似的一点点收紧。吴良全身吓瘫，两条大腿处淌出一股热流，带点臊味儿，他以为接下去就会听到自己的颈椎骨"咯叭"一响。

吴义手劲一松，说："你走吧，与你无关。记住，嘴严命才长。"

吴良欢喜得流出眼泪，他的小命保住了。他发誓不会对任何人讲与吴义在这儿见面的事。

出了小院，他舍命狂奔。

身后，吴义杀气腾腾。

121

茶社雅间里，一色古典陈设，粉墙上挂着一幅字"心如明月"。

两个女人相对而坐。

她们面带浅笑，正值女人成熟的年龄，一样漂亮与气质优雅，一个西式风格，一个东方韵味。

孟艳斟茶，双手奉上。

丁香双手接过，轻抿一口。

孟艳说："丁总，你我见过几面。"

丁香说："孟总，你我素无来往。"

"今天请丁总品茶，我想借茶交友。"

"接到孟总的邀请，我来了。"

"我们是朋友了？"

"听说，孟总临危受命，已被推举为吴氏集团新一任代理董事长。"

"丁总消息灵通。临危受命，是啊，近几年吴氏集团连搞几个大项目，从长远看效益可观，近期不仅占压大量资金，而且严重亏损，以致危机四伏。"

"这几个项目我知道，都是吴董事长从我手里抢走的。"

孟艳莞尔一笑："是你故意让给他的。"

丁香也报以一笑，问道："明知如此，你为什么不劝阻吴董事长？"

孟艳说："我是事后诸葛亮，事先我跟吴董事长都没看出来，项目抢到手后还庆贺了一番。一搞起来才发现这几个项目需要不断投入资金，像个无底洞，这时已是骑虎难下，中途停不下来了。"

丁香说："并非我有意设套，这几个项目集中资金只搞一个还是可以的，只怪你们的吴董事长贪多，又处处与我为敌，针锋相对。"

"你是看准了吴董事长的性格弱点。"

"嗯，这个人好大喜功，刚愎自用。"

两个女人一样美，一样聪慧。

孟艳说："你的目的达到了。"

丁香问："我的目的？什么目的？"

"近几年，为了运作这几个项目，吴氏集团积欠金融机构数笔大额贷款，还在民间借了不少高利贷。"

"我有一份吴氏集团负债的清单。"

"吴氏集团债台高筑，资金周转困难，难以维持下去。据我所知，你已经联络债权人，开始实施吞并吴氏集团的计划了。"

"是重组，不是吞并。"

两个女人温言细语，态度友好，像在谈论一件新买的小首饰或小包包。

孟艳说："丁总，我真心佩服你。几年前你就开始着手布局，你算准了，只要是你想做的项目，吴董事长一定会来抢。你牵着吴董事长一步步向泥坑里走，不声不响，不急不忙，不显山不露水，终于等到时机成熟的今天，你这份心计令人生畏。"

丁香说："孟总，你请我品茶，还是品评是非？"

"你很清楚，吴氏集团再坚持一到两年，这几个项目必会产生丰厚回报。"

"问题是如何坚持一到两年。"

"吴董事长失踪前，我劝过他，与你捐弃前嫌，修复关系，吴氏集团与丁香公司联手搞这几个项目，他没有采纳我的意见。"

"你想旧话重提？"

"是的，吴氏集团与丁香公司重谈合作，你出资金，我出项目。"

"如果我不同意呢？"

孟艳胸有成竹地说："我另找合作伙伴。今天晚上，我的一个朋友来本市，他具有相当雄厚的资金实力，他叫……"

丁香说："他叫甄帅，你的大学同学。"

孟艳半褒半贬："你的商业情报搞得很好。"

丁香问："你为什么不直接找他，而是先跟我谈？"

孟艳不防有此一问："我……"

丁香慧黠一笑："甄帅不是傻子，他向这几个项目投资，救活吴氏集团，你还会跟他走吗？他来本市是要带你出国，娶你为妻，不是来做生意的。"

"你怎么什么都知道？"

"知己知彼嘛，孟总，甄帅是一个可以托付终身的好男人，跟他走吧。"

"你聪明得可怕，又长得这么美，没有配得上你的男人。"

"女人一定要嫁？"

两个女人都有一点走神，想到别处去了。

孟艳说："丁总，谈谈你的方案。"

丁香说："有条件延长还款期限。"

"条件？"

"吴氏集团交由债权人托管重组，清偿债务。这么做，比破产强多了，吴氏集团还能保留几分体面。"

孟艳问："我刚上任，就被扫地出门？"

丁香说："你属于新情况，我没有想到你会重返吴氏集团，你可以留任。孟总，吴氏集团全部固定资产、吴董事长名下百分之九十与吴老太太名下百分之十的股份、吴家个人房产统统抵押、质押给债权人。吴氏集团只剩一具空壳，仅凭你一人之力，使吴氏集团起死回生的可能性微乎其微，望你三思。"

"我会好好想一想。丁总，我有种感觉，你个人对吴董事长深恶痛绝，存心置吴氏集团于死地，能告诉我为什么吗？"

"吴董事长曾想让我成为今天的你。"

孟艳一听这话，不用细想，明白了其中的含意。

丁香说："我有个问题。"

"请讲。"

"吴董事长用吴氏集团大厦，还有吴家个人房产抵押借款，借来的一大笔资金全部存入一个秘密账户，他要做什么？"

"你听谁说的？"

"我查到的。"

"你在吴氏集团安插了商业间谍？是谁？李健？朱会计……"

"不谈这个。你对这笔巨额资金的去向、用途了解多少？"

"我一无所知。"

从孟艳的语气、神态与动作中，丁香看出，她确实"一无所知"。

丁香问这个问题，是为了印证她的一个判断。

两个女人笑语，品茶，茶香充盈雅室。孟艳对谈判结果满意一半，她可以留任代理董事长，这样她就有时间与机会寻找新的投资人，重振吴氏集团。内心深处，她对甄帅没有爱，去国外是迫不得已的选择，她想做一个像丁香这样的独立的女人。

她有信心争取喘息时间，一举粉碎丁香吞并吴氏集团的图谋。

丁香看透她的心思，并不说破，一笑而已。

丁香手机响，接听后，对孟艳说："你不要着急。"

"出什么事了？"

"你的儿子信儿可能被人绑架了。"

122

幼儿园办公室里，女幼师哭成泪人儿。

小袁性子急，催问道："你哭够了吧，说情况。"毕队长在幼儿园的小楼上下、院子里走了一遭，吴钢心急火燎地跟在他的身边。经查，园内监控被人为破坏了。回到办公室，吴钢问女幼师："信儿怎么不见的？"

女幼师哭得更凶了。

往常，都是吴钢来接信儿。今天，他按原定计划在家为孟艳、信儿收拾离开本市的行装，来幼儿园晚了半小时。女幼师一见他，当即哭出声，告诉他信儿不见了。吴钢预感不妙，联系到孟艳同意出任吴氏集团代理董事长，想起吴义曾经发出的威胁，他立刻向毕队长报警。

毕队长安慰说："好啦，别哭了，哭肿了眼睛，没法见男朋友了。"

女幼师立马收住眼泪，抽抽噎噎地诉说起事发经过。

幼儿园大门外聚集着来接孩子的家长。百米开外的树旁，站着一个穿黑色连帽外套的男人。由于距离较远，加上冬季黑得早，天色已暗，辨不清那人的模样。

大门打开，家长们一拥而入。他们抱起自家孩子，亲亲红扑扑的小脸蛋，说笑着往外走。女幼师守住大门，以防有人接错孩子。场面乱了一阵，没人注意到，那个穿黑色连帽外套的男人走进幼儿园大门。

院子里，只剩一个小男孩——信儿。

女幼师从办公室靠墙衣柜里取出时尚红呢裙装，换下工作服。她站在窗前，跟男朋友通电话，商量着去看夜场电影。一天不见，自有说不完的绵绵情话。她隔窗看见信儿一个人在院子里玩，小兔子似的蹦蹦跳跳，一会儿爬滑梯，一会儿荡秋千，玩得不亦乐乎，因为没有别的小朋友跟他争了。

小楼门口地上，有一只毛绒玩具小兔子。

信儿跑过去，毛绒小兔子是活的，一跳一跳地退进门内，信儿在后面追。

毛绒小兔子拴了一根绳子，绳头牵在一个人手中。

走廊拐角，信儿低下头，去抱毛绒小兔。

一错眼珠的工夫，站在窗前的女幼师发现院子里的信儿不见了。她并未在意，因为幼儿园的大门关得好好的，门口有保安站岗，外人进不来出不去。她走出办公室，叫信儿，声音在走廊上回响。她的声音严厉起来："吴信，马上到老师这儿来，老师要生气了。"

小楼里静悄悄的。女幼师有点害怕，她去大门口叫来保安。两人从一楼查到二楼。

走到一楼时，她觉得很冷，一扇后窗没有关严，寒风吹开一道窗缝。她推开窗户，迎面一堵高墙距窗不足一米，墙与小楼之间的狭长甬道上空空的。她把窗户关好。

上到二楼，游乐室、寝室、卫生间、小阳台都没有信儿。女幼师打开一扇储藏间的门，里面只有一些杂物。

大门的门铃响了，吴钢来接信儿……

女幼师指着办公室的窗户，对毕队长说："我站在那儿，看着在院子里玩的信儿，一转眼他就不见了。"

毕队长靠着衣柜，站到女幼师所指的位置，从这里看出去，可以看到整个院子，基本没有死角。信儿不会飞走，只可能是进入小楼。小楼只有一个楼门，所有窗户从里关好，上着插销，信儿出不去，应该还在楼内。小袁进来，朝毕队长摇摇头，她又在小楼里仔细搜查了一遍，一无所获，没有找到信儿的影子。毕队长问："这栋小楼有没有非常隐蔽的地方，可以藏下一个小孩？"

女幼师说："没有，绝对没有。"

毕队长问："你们这儿的供暖不大好吧，走廊上很冷，孩子们容易着凉感冒。"

女幼师说："不知道谁把后窗打开了，我刚关上的。"

小袁瞪了她一眼。

毕队长检查后窗，见窗台上似有物体摩擦过的痕迹。毕队长跳进后窗与高墙之间狭窄的甬道，地面上有一只拴着长绳的毛绒小兔。他借助强光手电，在墙上找到一处蹬踏过的足印。这处足印与吴氏集团建筑工程公司院墙上的足印极为相似。

毕队长助跑半步，轻踏墙面，手攀墙头，整个人轻巧地飞上高墙。墙外横穿一条不宽的马路，路边有一个自发的农贸市场。综合各方面情况与现场遗留痕迹判断，案犯应是混在接孩子的家长中间，从大门走进幼儿园，趁乱溜入小楼躲在里面。他用毛绒小兔将信儿引入楼内，绑架得手后，打开后窗，攀墙而过，沿墙外小马路逃走。

小袁从后窗探出身子，冲骑在墙上的毕队长说："信儿的妈妈来了。"

毕队长一进办公室，孟艳上来就说："只要能救回信儿，我愿意付出一切。"她表面保持镇定，眼角泪光闪动。

"一定是吴义干的！"吴钢说。

为了报复孟艳出任吴氏集团代理董事长，吴义确实是最有作案动机、胆魄与能力的人。

孟艳说："我现在给他打电话，辞去代理董事长。"

吴钢摇摇头说："晚了，他不会相信。"

孟艳问："他要多少钱？"

吴钢说："他做这种事，不会是为了钱。"

信儿凶多吉少，已经被他杀害了？

手机铃响，吴钢接听，一个使用变声器的声音："赎金一千万，明晚八点，快递员到你家上门去取。晚一分钟撕票，少一分钱撕票，报警撕票。"

电话挂断。索要赎金，绑架信儿不是吴义干的?

毕队长当即命令："全体换便衣，分成两组，沿墙外小马路向两个方向查找。"

孟艳说："我跟你们一起去。"

女幼师说："我也去。"

刑警们分成两队，快速行动。吴钢、孟艳和女幼师坐进白色宝马轿车，跟在警车后面。

保安关好大门，幼儿园静下来。

保安闲着没事，在办公室里看起电视。

这时，他听到大门响了一声，忙走到窗前，朝外看了看，大门像是动了一下。他跑出去察看，暗自狐疑，难道大门上的铁闩忘记插上了?门响或许是被风吹的吧。

保安插好大门铁闩。

123

路灯下，农贸市场上人来人往，卖菜的大声吆喝，买菜的讨价还价，人声嘈杂，乱哄哄的。

毕队长蹲在一个卖茄子的地摊前，问："多少钱一斤?"卖茄子的中年大嫂说："没称，论个不论斤。"

毕队长指指对面那堵幼儿园的后墙，问："半小时前，您看没看见有个人从墙上跳下来?"

大嫂说："没有，那么高的墙，还不得把腿摔折了。大兄弟，茄子便宜，买俩。"

小袁转了十几个菜摊，小贩们有的说没看见，有的说只顾低头做生意，有的不愿多事不理她。一个尖嘴猴腮的小贩对她说："大姐，您买我五斤西红柿，我告诉您。"

小袁掏钱说："不用找了。你看见什么？"

小贩将钱揣进口袋，胡诌道："我看见一人，个儿不高，从那墙头上跳下来。"

"一个人？"

"像是两个，一大一小。"

"小的是个孩子？"

"像是。"

"多大的孩子？"

"像是八九岁，十二三，说不准。"

"朝哪个方向走了？"

"像是那边。"

小贩信口开河，随手一指。小袁没拿西红柿，顺着小贩手指的方向追查下去。当她回头再找那个小贩时，早已不见人影。

毕队长审视那堵高墙，目光扫过整个农贸市场。路灯虽然较暗，足以照亮墙面，来往人流熙熙攘攘，对面的菜摊一个挨一个，居然谁都没看见一个怀抱孩子的人从墙上飞身跃下。这是不可能的，难道绑架信儿的人会隐身术？

他的判断哪儿出了问题？

他问小袁："小楼里每个角落都搜查到了？"

"都搜查到了。"小袁说。

小袁是心细如发的女刑警，每次搜查案发现场，从未遗漏过任何细微的痕迹，何况今天是在一栋两层小楼里寻找一大一小两个活人。

毕队长苦苦思索，如果绑匪不在小楼，唯一出路是翻墙逃逸；从农贸市场调查结果看，绑匪并未逃出，应当还在小楼里。小楼经过小袁的彻底搜查，绑匪无处藏身，只可能是从这里翻越高墙逃走了。这样的推理岂不相互矛盾？绑匪会上天入地？否则怎么能像一股烟似的消散在空气中？

绑架信儿的人留下的痕迹是故布疑阵！

毕队长说："有一个地方没有搜查到。"

小袁说："哪儿？不可能。"

毕队长说："幼儿园的办公室。"

小袁摇摇头说："毕队，绑匪怎么可能藏在办公室？信儿不见的时候，女幼师就在办公室里；从那以后，办公室里一直有人；大家都在办公室里进进出出，一间不大的办公室，人能藏在哪儿，所以不用搜查。"

毕队长说："如果我所料不差，我们遇到的是一个不仅狡猾，而且胆大包天的绑匪，马上回去！"

一行人返回幼儿园。

大门关得很严，按门铃，砸门，保安没来开门。出事了，还是保安已遇害？一名刑警爬上大门，跳进去，拉开大门上横插的铁闩。

办公室亮着灯，毕队长一脚踢开门。

保安坐在椅子上惊诧地回过头，他正看一部催人泪下的狗血言情剧，因太过投入，没有听到外面叫门的声音。

办公室里只有保安一个人。毕队长朝靠窗的衣柜走去。这只衣柜摆在众人的眼皮子底下，刚才毕队长还靠着它，向窗外观察院子里的情景。

衣柜里藏着人？什么时候藏进去的？

毕队长手放到柜门上，一点点拉开，柜内空空荡荡。女幼师换下的工作服揉成一团，落在柜子底部。女幼师问保安："你动我的衣服了？"

保安说："没有，我碰都没碰衣柜一下。"

柜子里有一股药水的味道。毕队长在衣柜里找到一只小皮鞋，孟艳把它捧在手里，说："这是信儿的。"

看来办公室的衣柜就是绑匪的藏身之处。

毕队长还原案件经过，解答大家的疑问。

楼内走廊拐角，信儿追上毛绒小兔，低头去抱，一只大手用沾满迷药（一种医用麻醉剂）的手绢捂住他的口鼻，信儿睡过去了。

劫匪抱起信儿，推开后窗，在墙面上留下足印，又将毛绒小兔扔进甬道，伪造出一串有人挟持信儿从这里翻墙而出的痕迹，布下假现场。然后，他躲入办公室对面的卫生间，从门缝中向外窥视。

女幼师发现院里的信儿不见了，走出办公室，到大门口去找保安的时候，劫匪抱着信儿走进办公室躲入衣柜，带上柜门。

吴钢报警后，在办公室里等待警察到来。

自此，办公室里没有断人。仅隔一层薄薄的木板柜门，劫匪抱着昏睡中的信儿，听着外面人进人出，讨论这个绑架案。他坐在衣柜里，耐心等待脱身的机会。

受假现场所骗，所有人赶往农贸市场，保安关上大铁门。

这时，劫匪抱着信儿钻出衣柜，不经意间，掉落了信儿的一只小皮鞋。在保安回到办公室之前，他再次躲入斜对面的卫生间。

保安打开电视，调出热播的言情剧。劫匪将信儿抱在怀中，悄无声息地走出卫生间，轻手轻脚地来到大门前，拉开门上横插的铁闩，侧身而出。

风吹动大门，响声惊动了保安。他出来检查，用手电筒四下照了照，以为是自己忘记插好门上的铁闩……

毕队长自我检讨说："责任在我，是我勘查不够仔细。最危险的地方，往往最安全。劫匪胆大心细，竟然敢在我们眼皮子底下藏着，让我上了一大当。"

小袁自责说："我有责任，灯下黑，没有搜查这儿。毕队，我想不通，绑架信儿的人为什么费尽心机、甘冒风险地藏在衣柜里，而不是翻墙逃走呢？"

毕队长说："墙外是农贸市场，他翻墙而出，怀里还抱着一个孩子，必定引起人们注意，暴露他的身材、相貌、衣着特征以及他的行踪，还可能遇到警惕性高的人的盘问。"

孟艳支撑不住，靠在吴钢身上。

毕队长脸上重现坚毅之色，自信地说道："全市所有出城路口、机场、火车站、汽车客运中心都已封锁，布下天罗地网，绑架信儿的那个家伙跑不了。"

124

货场附近的黑暗角落里，一男一女在悄声说话。

女人问："多少钱买的？"

男人竖起两根手指："这个数。"

"货色不错，便宜。"

"等哥发了这笔财，请你吃饺子。"

两人说的"货"是指男人怀里抱着的昏迷不醒的男孩子。

"哪儿买的？"

"大桥底下。"

"这孩子细皮嫩肉，穿得也讲究，像是富贵人家的，被人偷出来的吧？"

"卖孩子的那人长相特凶，穿一件黑色连帽外套，他不像是为了钱。"

"以后再有这种好事，别忘了你妹子。"

"忘了谁，哥哥也忘不了你呀。"

男人贩子从包袱里取出一身大红花布棉袄棉裤与红绒球毛线小帽，在女人贩子的帮助下，给男孩穿戴上，把他打扮成一个乡下小女孩。

男人贩子朝一辆货车走过去，跟司机搭话："师傅，您这车去哪儿？"

货车司机说："南河市。"

"搭个车，捎我一段？"

"掏钱。"

男人贩子掏了半天，掏出一张皱皱巴巴的纸币。货车司机说："太少，不拉。"男人贩子可怜巴巴又掏出一张。货车司机抢过钱，说声："上车吧。"男人贩子往驾驶室里爬。货车司机拦住，一指后车厢："那儿。"

男人贩子说："我抱着我闺女哪，孩子小，生着病，数九寒冬的，别再冻着她。"

货车司机不为所动，手心朝上说："加钱。"

男人贩子舍不得钱，他怀抱孩子踩着车轱辘，爬进后车厢，问："师傅，车几点开？"

货车司机说："这就走。"

后车厢里装着钢筋，上面蒙着一大块苫布。男人贩子用苫布一角盖住身体，只露出脑袋，觉得暖和一些。他怀里的男孩子手脚动了动，似乎要醒了。

货场上来了两名夜查的警察，一个问："出车？"

货车司机说："哎，跑长途。"

"车上拉的什么？"

"钢筋，没超重。"

"看没看见一个男人，抱着一个小男孩？"

"男孩？没看见。"

那名警察掀起苫布一角，下面露出一根根钢筋。他用手电照照后车厢，光柱滑过苫布。男人贩子的脑袋缩进苫布，没被照到。警察查别的车去了。等警察走远，货车司机说："出来。"男人贩子问："师傅，什么事？"

货车司机说："加钱。"

"给您两张了。"

"少废话，加钱。不加滚下来，不拉。"

男人贩子说："师傅，我真没钱了。"

货车司机质问："你是拐卖人口的吧？"

男人贩子叫屈："您冤枉我了，我是良民，警察找的是男孩，这是我闺女。"

货车司机说："我把警察叫来，你跟他们解释。"

"我加钱。"男人贩子说着左掏右掏，掏出两张更破的纸币说，"我身上的钱全在这儿了，还剩俩零镚儿，不信，您搜搜我。"

货车司机见榨不出油了，骂了声"穷鬼"，进了驾驶室，发动货车，从两名警察身边开过。

后车厢里，男人贩子暗自庆幸，逃过一劫。

前面就要出城了。借着闪过的路灯，男人贩子看看怀里的男孩，这孩子眉清目秀，是上等货，定能卖出好价钱。男人贩子心里那叫一个美，他哼起老家的小曲。

货车减速，驶到路边停下。

这里是出城的必经之路，设了一道盘查的路卡，严格检查每一台过往车辆。

男人贩子故伎重施，整个人钻进苫布。

小袁走过来，吴钢跟着她。驾驶室里只有货车司机一人，他交验驾驶证，说："车上拉的钢筋，没拉人。"

小袁警觉地问："你怎么知道查的不是货，是人？"

货车司机暗骂自己长了一张多余的臭嘴。

小袁一扶槽帮，从车后跳进车厢，她掀起下半截苫布，确实是满满的钢筋。她由后向前，走到靠近车头的地方，只差一寸，就要踩到苫布下的男人贩子。男人贩子心里乞求各路神灵保佑他过关。他怀里的孩子醒了，动了动。

小袁伸手抓住上半截苫布，正要往起掀。

另一辆被检查的面包车那儿传来争吵声，司机拒绝打开车门，意图闯卡。

小袁跳下货车，一个箭步，冲到面包车左侧车门前，拔下车钥匙。车门打开，车里装着二十几大箱违禁私运的烟花爆竹。

货车被放行了。就在货车从小袁身边开过的一刹那，她耳尖，仿佛听到后车厢里有一声极其细微的童音。男孩醒来，迷迷糊糊地叫了一声"爸爸"，男人贩子忙捂住他的嘴。

小袁命令道："停车！"

货车司机似乎没听见，不停车反而加快速度向前开。

警车闪着警灯，鸣着警笛，飞速追上来，横在货车前面。

小袁再次跳上货车后车厢，一把掀开全部苫布，手电筒光柱直射到男人贩子的脸上。男人贩子慌慌张张地说："我不是坏人，我搭车回家，这是我闺女。"

货车司机辩白说："我不知道车上有人。"

男人贩子怀里抱着的确实是一个乡下装束的"小女孩"。手电筒光柱从小女孩沾满灰土的面部一点点往下移，移到脚上，小女孩光着一只脚，另一脚穿着与信儿遗落在衣柜里的一样的小皮鞋。

小袁喝令："放下孩子！"

男人贩子见事情败露，抱着信儿跳车而逃。

吴钢紧追不舍。男人贩子狗急跳墙，亮出一把一尺多长的杀猪刀威胁说："你还追，捅死你！"

吴钢不惧，扑了上去。男人贩子手中杀猪刀往前一送，吴钢感到肋下一凉，他忍住剧痛去抢信儿。男人贩子慌了，将信儿扔在地上，扭身鼠窜。吴钢抱住信儿，坐在马路上，鲜血从刀口喷涌而出。信儿依偎在他的怀里，叫着"爸爸"。

小袁紧追不舍，男人贩子回头一刀砍过来，小袁闪身躲过，用手电筒猛砸人贩那只持刀的手腕，骨头碎裂的声音中，响起男人贩子的哀号。

男人贩子拼命逃窜，一辆飞驶而过的重型卡车将他撞飞，又从他的腹部碾压过去。

小袁跑过去，手里拿着一张吴义的照片，问："孩子是不是这个人给你的？"

男人贩子嘴里涌出血沫，喉咙里咕咕地响，说不出话来。他挣扎着双腿一蹬，随后全身松弛，死了。

125

警车鸣着警笛冲进市立医院，小袁与一名刑警从后排座位上抬下周身浴血的吴钢。

吴钢伤势严重，生命垂危，需要立即手术。

推进手术室前，吴钢嘴唇动了动。小袁抱着信儿走过来，她弯下腰，凑近吴钢问："你想说什么？"吴钢指着信儿光着的一只小脚丫，艰难地说："鞋……着凉……"

手术室的门关上了，阻断吴钢望着信儿的最后视线。

无影灯亮着，吴钢躺在手术台上，人已昏迷。孟艳跌跌撞撞地赶到，她从小袁手里接过信儿，紧紧地抱在怀里，一刻不肯放开。

信儿裹着一条大毛毯，像只受惊的小兔。

小袁向毕队长汇报："信儿没有看见绑架他的那个人的脸。"

毕队长问："那个人贩子的情况？"

小袁说："我查了一下，那个人贩子以前是个杀猪的屠户，他因无证宰杀、贩卖病死猪肉受到当地政府的处罚，今年从老家跑出来，加入一个拐卖人口的团伙。他不具有破坏幼儿园监控、伪造现场、绑架信儿这种高智商犯罪的能力。在逃跑过程中，他当场被车撞死，来不及交代卖给他孩子的人是谁。"

一名尖脸女护士小跑着从毕队长身后经过，向手术室内送进多袋血浆。

手术台上，吴钢的身体毫无知觉。监视器屏幕上，显示他的血压不断下降，心率趋缓。医生竭尽全力，抢救着他的生命。

吴钢的心脏顽强地跳动。他躁动不安，似是感知信儿将有新的危险。

一个穿黑色连帽外套的男人避开医院大门前的警车，翻墙潜入。他不乘电梯，顺着应急楼梯，一级级往上，走到手术室所在的七层。他将防火门推开一道细缝，可以看见小袁守护在孟艳母子身边。

男人的脸隐在暗影中。

片刻之后，孟艳接到一个电话："你的车堵住路了，请挪一下车。"孟艳放下电话，掏出车钥匙对小袁说："袁警官，我离不开，请你帮个忙，下楼挪一下我的车。"

小袁接过车钥匙，刚走了一步就停住，她想起幼儿园里那只拴着长绳的"诱饵"——毛绒小兔。

小袁问："谁来的电话？"

孟艳说："不认识。"

小袁又问："那个人怎么知道你的手机号码？"

孟艳被问愣了。

一组刑警在医院内外搜索，穿黑色连帽外套的男人没有逃离，他混入输液的患者中间，还在找机会下手。

手术室外，短时间内聚集了三拨人。

最先到的是吴良与吴美。得知吴钢为救信儿身中刀伤入院抢救的消息，吴良打电话约吴美一起来看望，向孟艳表示慰问。吴良买了一篮高档水果，略微躬下身子，对孟艳说："如有需要我办的事，请董事长尽管吩咐。"

他是来向新领导表忠心的。

吴美安慰说："孟姐，放心吧，吴钢不会有事的，一会儿就能从手术室里欢蹦乱跳地走出来。"

吴良义愤地问："董事长，什么人丧心病狂，光天化日之下，敢绑架信儿？"

吴美不假思索地说："还用问吗，准是义叔干的好事。他恨孟姐抢了吴智的位子，所以冲信儿下手。艾主任公开了信儿的亲子鉴定结果，义叔头一个恨他，吓得艾主任请求警方保护，还找地方躲起来了。只有我知道他躲哪儿了，躲回他妈的肚子里去了。"在孟艳面前，吴美嬉笑如常，她装不出故作沉痛的样子。

吴良问她："你不怕？你不躲？"

吴美说："我怕什么，我又不想当代理董事长，我只想玩儿，玩儿就少不了花钱。孟姐，孟董事长，我要预支一点吴氏集团股东的红利，你行行好，签个字，批准了吧，咱俩可是多年的好姐妹。"

她是来要钱的。

快门一响，拍照的人是吴智。

吴美惊问："你干吗？"

"我没拍你。"吴智说。他一手端着照相机，一手拨开挡住眼睛的长发，看着孟艳说："你抱着信儿的样子，母子哀伤的表情，黑白色调的环境，四周弥漫着的死亡气息，组合在一起，美极了。"

吴智与吴美名为兄妹，平日互不说话，没有来往。

吴智笑了笑，不知该怎么称呼孟艳，他说："一会儿，吴钢从手术室里被推出来，你抱着信儿迎上去，守在你丈夫身边的那一刻，我想拍几张照片，请你允许。我正在拍一组关于死亡题材的摄影作品，生与死，是世间万物的永恒的主题。"

他是来寻找创作素材的。

电梯门开，滚出两部轮椅，上面分别坐着吴仁与赵慧。两人的出现，像是压过来两大片乌云。

赵慧转动轮子，把轮椅停在孟艳面前，伸出一只瘦成鸡爪子似的手。孟艳挡住这只手，不让赵慧碰信儿的脸蛋。赵慧说："真把这个小崽子找回来了，当心呀，以后你就没有这么好的运气了。"

吴仁撕去温厚的面具说："我来看吴钢最后一眼，送他一程。"

这两个人是来泄愤的。

十几米外，小袁听不清这些吴家人之间的对话。今晚，在这种特殊场合，吴董事长失踪后，吴氏集团三任代理董事长聚齐了。吴仁重病，已成废人；吴智玩世不恭，无心权位；孟艳经历信儿被绑架一场变故，萌生退意。吴氏集团将会落到谁的手中，小袁想到一个美丽的女人——丁香。

这时，一个男人引起小袁的注意。他大约三十岁，肤色黝黑，身体笔直，瘦而精干，手扶一只贴满各国航空标签的大拉杆箱，那双发亮的眼睛定定地看着孟艳。孟艳与他的目光接触，说了声："你来了。"

他抱歉地说："晚了两天。"

孟艳对信儿说："叫甄帅叔叔。"

信儿出于孩子的某种本能，胆怯地不叫。

甄帅问："你在电话中没说清楚，吴钢先生为什么受的伤？"

孟艳说："为了救信儿。"

甄帅说："我大致可以想到是谁干的，吴钢先生担忧的危险真实存在，不是杞人忧天。今晚，我送你们回家，我派我的秘书留下来照顾吴钢先生。"尖脸女护士抱着血浆，请他让路。进手术室前，尖脸女护士听甄帅在说："我明天带你跟信儿离开这儿，出国。"

手术室里，尖脸女护士放下血浆，跟另一个女护士小声说："外面来了一个黑不溜秋的人，说是要带那母子俩出国，我也想出国，没人带我走。"

她站的地方离手术台很远，说话的声音很小，或许是出于心灵感应，吴钢听到了。吴钢最放心不下的就是信儿，他的求生欲望来自信儿，他要活下去保护信儿不受伤害。当他听到甄帅已赶到，信儿将要出国远离危险时，心气不免一松，神思恍惚，轻飘飘的像是要飞起来……

吴钢的血压直线下降，监视器屏幕上，他的心电图逐渐成为一条直线。

手术室的门向两侧滑开，一辆平车推出蒙着白布的吴钢。孟艳缓缓掀开白布，露出吴钢安详的脸。

信儿伏在他的身上，用稚气的童声叫"爸爸"。

孟艳含泪说："爸爸睡着了。"

信儿说："爸爸醒醒，回家睡觉。"

取景框有点模糊，吴智没按下快门。

126

太平间的冷是让人从心里往外发出的那种冷。

尽管每个人彻底告别人世时都要到这里小住一两天，但是，没有活人愿意在这儿多待。甄帅办事果断迅速，他请太平间的工作人员为吴钢的遗体洁身穿衣，放入结霜的冰柜。他在小祭台上焚一炷香，双手合十，默祝逝者早登极乐。一切费时不到十分钟。

他没让孟艳母子进太平间送别，理由是信儿太小，不宜过早了解死亡。

夜雾中，白色宝马轿车向孟艳家驶去。

后排座位上，孟艳与信儿相偎相依，甄帅开车。在手术室门外，他一见信儿，就打心里喜欢这个孩子。他不在乎血缘，信儿聪明，只要培养得当，长大后一定能成为他生活上的好儿子、生意上的好助手。孟艳是他心仪多年的女神，不仅貌美、气质高雅，而且具有超群的商业头脑与才干。两人婚后一起打理他的生意，不消几年，福布斯富豪榜上很快就会出现他的名字。感情与利益并不矛盾，可以共生共荣。

甄帅此时的心情较为复杂，他对吴钢饱受侮辱与伤害的一生抱有同情与悲悯。不过，吴钢的死，可以免去分割夫妻共同财产、办理离婚手续、父子诀别等麻烦事，使得他能毫无阻碍地接孟艳母子出国。

想到这儿，他安排秘书办一件事，为吴钢购置一块上等墓地。

甄帅暗自羞惭的是，他甚至感谢那个绑架信儿的人。

甄帅察觉到，从医院出来，就有一辆老式大众轿车远远跟在后面。白色宝马轿车两次加速，没甩掉尾巴。甄帅长期生活在国外，习惯于凡事靠自己，他没报警。

前方十字路口是绿灯，不管后面车辆如何鸣笛催促，白色宝马轿车依旧慢腾腾地爬行。正要通过路口时，绿灯变黄灯为红灯。白色宝马轿车停住，占据这一车道为首的位置。甄帅通过后视镜，看到尾随的老式大众与白色宝马之间相隔两辆车。他一踩油门，猛打方向盘，绕过路中央的隔离带，掉头往回开。由于前面有两辆车挡住路，老式大众轿车无法超越追赶。

白色宝马轿车停在一家五星级酒店前。甄帅带孟艳、信儿走进大堂，定了一个套间。他看着孟艳母子进入电梯，然后走出酒店，发动白色宝马轿车离开。

甄帅将白色宝马轿车开到孟艳家的楼下，锁好车门，步行走出小区，打了一辆出租车回到五星级酒店。他谨慎小心地乘电梯上楼，感到无人跟踪时，这才进入套间。

甄帅仔细地检查门窗是否关严，拉上窗帘。孟艳母子沐浴休息，他和衣躺在外间的沙发上，双手枕在脑后，吊灯悬在他的头上。

一个穿黑色连帽外套的男人来到白色宝马轿车旁，仰起头往上看，孟艳家的窗户黑洞洞的。

甄帅从小酒柜里取出一瓶为客人提供的威士忌，打开瓶塞，倒了小半杯。他想了一下，拿起手机发出一条短信："吴义先生，我明天带孟艳母子离开本市，随后出国，不再回来，您不必送行。"

甄帅喝光杯中威士忌，放心地睡了。

刑警们一点也没放松，小袁向毕队长汇报："孟艳母子离开医院后，没有回家，住进一家酒店。"

毕队长点点头说："甄帅这个人很聪明。"

小袁不满地说："可是，甄帅打乱了我们的部署。"

毕队长说："用孟艳母子做诱饵，引吴义上钩。在他行凶时当场抓获，这是你直接请示局长后做的部署，不是我的。我对这种做法不赞同。这样做，会置孟艳母子于凶险之中，万一被吴义钻了空子，会造成怎样的后果？小袁，我们是警察，我们的首要责任是保护孟艳母子的安全。"

"毕队，你说过，为了破案、抓罪犯，我们可以不惜一切代价。"

"我说的不惜一切代价，是指我们面对国徽时的誓言，作为一名警察，为了人民的幸福安宁，时刻准备着奉献热血与生命。记住，是我们自己的热血与生命，而不是拿孟艳母子作为牺牲品。"

毕队长说话语气极少这样严厉。

小袁认识到错误，说道："我请求去酒店保护孟艳母子。"

"不用去了，今夜不会有事。甄帅挑选的这家酒店采用全封闭钢化玻璃幕墙，没有外国大片中的专用工具，人无法从外面攀援上去破窗而入；套间房门是特种钢制成的，如果使用暴力，需要十五分钟以上才能破拆打开。甄帅这个人不一般，他对安全保卫工作很有经验。"

"毕队，你说对了。甄帅的生意五花八门，他的名下有一家东方安保公司，专为海外华商提供人身保护。"

"不说他了，说案子吧。"

"是。技术部门正在对铜佛上有无放射性残留进行检测。从吴氏集团建筑工程公司院墙与幼儿园后墙上提取到的两枚足印也已经送交技术部门，这两枚足印跟吴义足印的比对结果很快就会出来。毕队，你想什么呢？"

毕队长说："我在想，吴董事长失踪与吴义到底有没有关系，我们至今没有找到吴义在这件案子上的犯罪证据。"

小袁说："二十三号那天风雪太大了，沿途监控录像都是混沌一片，难以分清马路上的车型，车牌号都被污泥遮盖，所以短时间内查找不到吴义那辆老式大众轿车的行踪。但是，根据这几天调查收集的情况，我认为，按照合乎逻辑的推论，吴董事长失踪极有可能是吴义与刘淼共同所为。一切源于三十年前，吴董事长盗取玉瓶，栽赃给吴义，趁机霸占刘淼，间接害死刘淼的父亲，造成刘淼母亲不明不白的非正常死亡。因此，吴义与刘淼多年来心中的仇恨越积越深。以吴董事长的遗嘱作为导火索，最终引爆了淤积三十年的仇恨。吴义与刘淼于二十三号下午，在遗嘱宣读之前，两人同车前往西山方向，联手除掉了吴董事长。"

小袁脑海中想象着这样的画面：

寒风呼啸，大雪满天，温泉山庄回城山路上，两道车大灯光柱划破夜空，逐渐靠近。

老树后，飘出白衣女鬼打扮的刘淼。黑色加长林肯轿车急刹车，在距她一寸远的地方停住。这时，吴义从老树后现身。吴董事长见状下车，仓皇逃窜。

吴义追上去，伸出虎爪似的大手，掐住吴董事长的脖子，令他窒息。吴义将吴董事长五花大绑，扔到老式大众轿车的后排座上……

毕队长看着她不说话，像是在沉思。

小袁提醒说："毕队，你还记得吧，二十三号的生日宴会上，刘淼的头发与衣服被雪打湿，鞋子沾满污泥，神色极为疲惫，像是刚冒雪跑过很长的路。"

毕队长若有所思地说："我有种感觉，有人故意将我们的侦查方向引导到这几天发生的一系列事件上，使我们放松了对吴董事长失踪本身的侦破。"

小袁说："吴义是块茅坑里的石头，又臭又硬。我认为，可以把刘淼作为突破口。"

说曹操，曹操到。这时，门卫打来电话，说一位姓刘的老太太找毕队长。

小袁忙出去迎接。刘淼拄着拐杖，像是一支风中摇曳的残烛，老得不成样子，看不出她只有五十几岁。毕队长请她坐，给她倒一杯温水。毕队长没急于问话，让对方喘口气。

刘淼坐稳，开口就说："二十三号下午，我去过吴董事长失踪的案发现场附近。"

小袁精神一振，以为她是来自首的。

"那天，吴礼对我说，我母亲给他托梦，说她在阴间饥寒交迫，让我们赶紧烧些纸钱、送几件寒衣。吴礼有事去不了，下午三点，吴义开车接上我，一同去老坟园烧的纸。温泉山庄回城山路上那株老树后面，就是老坟园，我的父母都安葬在那里，现在改建成绿地，父母的骨殖就地深埋了。大约四点半，我与吴义烧过纸，赶回来参加董事长吴礼的生日宴会。"

"有人证明吗？"

"有。回城时吴义开的车在山口与一辆农用三轮车撞上了，开农用三轮车的人叫范大同。"

小袁想起来，最先发现被遗弃的黑色加长林肯轿车并报案的村民就叫范大同。她立即找出范大同报案时使用的手机号，在电话中向他核实。

范大同证实，刘淼说的没错。范大同还说，两车剐蹭责任在他，姓吴的老哥哥没让他赔钱。他亲眼所见，那辆老式大众轿车朝城里开走了。他的农用三轮车在温泉山庄回城山路上跑了二十分钟后，他发现路边的林肯车并报案。

按照范大同的证词，二十三日下午五点零一分至十分，吴义、刘淼与其乘坐的老式大众轿车不可能出现在吴董事长失踪案发现场。

小袁愠怒："你为什么今天才说？"

刘淼解释说："因为我与吴义的特殊关系，我不愿意有人知道我与吴义在一起，以免引起误解，招来流言蜚语。"

毕队长问："还有别的原因吧？"

刘淼答非所问："我刚才去了医院，看我的儿子吴仁，他病得很重。"

499

迄今为止，在二十三号下午三点至五点的行踪上，本案大多数嫌疑人出于不同原因说了假话。他们每个人的心底都有一个装秘密的小保险柜。

毕队长着重强调问了一句："那天是吴董事长让您在下午三点去老坟园烧纸的？"

刘淼点点头："是的，是他催我去的。"

小袁做完笔录，递给刘淼说："这是笔录，请你签字。"

刘淼签字后，问："我可以回家吗？"

毕队长说："我派车送送您吧。"

"不用了。"

"吴义在外面等着接您？"

刘淼悲愤地说："吴义疯了，我永远不想再见到他。"

毕队长对刘淼的际遇很是同情，扶着她走出刑警队的大门，外面的确没有老式大众轿车的影子。

回到办公室里，小袁问："就这么简单，轻轻松松几句话，吴董事长失踪案中，吴义、刘淼的嫌疑就被排除了？"

丁香成为唯一的嫌疑人。

127

丁香回到家里。一进门，她闻到炒菜的香气，母亲丁苦菊在厨房里忙活，做丁香爱吃的几样家常菜。

每天无论多晚，丁香都要赶回来，母女俩一同吃晚饭。

饭菜端上餐桌。往日母女俩吃饭时总是有说有笑，今天丁苦菊吃得很少，不声不响，面有悲戚之色。丁香问："妈，你怎么了，不舒服？"

丁苦菊说："吴钢死了。"

丁香听说了这件事。她给母亲夹菜："妈，不说他，吃饭吧。"

"吴钢小时候我抱过他。为了救儿子，他连命都不要了，可怜天下父母心。"

"儿子不是他的。"

"谁的？"

"吴钢养父吴董事长的，他是一个禽兽不如的人。"

"不要背后这么说人。"丁苦菊不自觉地为吴董事长辩护。

丁香问："妈，这几天你干什么呢？"

丁苦菊所答非所问："妈听你的话，没去做小时工。"

这几天，丁苦菊早出晚归，十分忙碌，她还请人解除了手机上的定位功能，以致丁香搞不清母亲在哪儿。丁苦菊的手机响了，她说："我去端汤，你坐着别动。"她拿着手机，离开餐桌。

等了几分钟，丁苦菊没回来。

丁香去厨房不见母亲，就在其他房间找了找，发现母亲站在阳台上，吹着寒风与人通电话。母亲有事瞒着她？丁香轻轻拉开阳台门，听到丁苦菊说："我不能再瞒着女儿了。好吧，我带她见你。"

丁香说："妈，外面冷，回屋吧。我堵住耳朵不听。"

回到餐桌旁，丁苦菊说："今晚，你跟妈去见一个人。"

"见谁？"

"见面就知道是谁了。"

去见母亲老家来的亲戚？丁香心中起疑。二十六号夜，同一小区的城堡式别墅失窃后，母亲接到一个电话，随即外出说是去给老家来的亲戚安排住处，整夜未归。母亲不会掺和到不好的事情里去了吧？若真是这样，如何替母亲遮掩？她想到毕队长那双明察秋毫的眼睛。

的确，丁苦菊、丁香母女的行踪一直在刑警的监控之中。毕队长在灯下翻阅着她俩近期的行踪汇总资料，有些还是丁香自己提供的。丁香将自己每天的日程安排事无巨细地打印出来，传真给毕队长，还在右上角画了一个吐舌头的笑脸。她以这种打趣的方式，证明自己在吴董事长失踪一案中的清白。

经刑警走访核查，丁香提供的信息内容确凿翔实，找不出疑点。丁香一切如常，丁苦菊这几天的行为却出现异常。

二十六日夜，丁苦菊与一个"老家来的亲戚"入住六六大顺小旅馆总统套房。她的亲戚是个老头儿，身上有一股与城堡式别墅窃贼同样的臭味儿。更可疑的是，这个老头儿没有身份证明。

二十七日，丁苦菊分别在几家银行兑换了一定数额的不同币种的外币。

二十八日，丁苦菊在数家高档品牌专营店购买了若干套男式服装、大衣、鞋帽、衬衣、领带。据店员讲，丁苦菊用的现金，出手阔绰，不问价钱。她拿着一张纸，上面记着所买衣物的尺寸、质地、颜色与品牌。这位衣着朴实的乡下老大妈一掷千金，疯狂购物，给店员们留下深刻印象。

她不要精美的外包装袋，而是展开一块洗旧的大围巾，将这些昂贵的商品打成一个包袱。她买的男装尺码为4XL。

二十九日，丁苦菊来到一家文玩市场，打听一个绰号叫"皇上"的摊主，那是一个明面上卖假古董、暗地里制作销售假证件的人。两人嘀咕了半天，"皇上"收了她一笔钱。"皇上"收摊，带着她购买了数码照相机、激光彩色打印机、笔记本电脑以及一些专用纸张。

傍晚，"皇上"回到市场，抽着最贵的香烟，像是发了一笔小财。

连续两晚，丁苦菊把白天买来的东西全部送到本市西山脚下的一个农家小院。

这个院子位于村外小树林旁，面积不大，有两间老房，与其他村民的院落不相邻。小院的男主人去年死了，女儿嫁到城里不回来住。丁苦菊租下这个院子，租期为一年，预交了三个月的房租。她里外清扫一下，在一间正房里生起炉火，从窗户上伸出的铁皮烟筒日夜冒着青烟。

让人惊诧的是丁苦菊并没有搬来住，而是每天来一到两次，放下包袱里的东西，不多做停留，很快就走。她走时提了装着满满东西的大塑料袋，回城后扔进路边垃圾箱。刑警打开塑料袋检查，里面是换下来的旧衣服、矿泉水瓶、熟肉及方便面的外包装。

夜里，老房子不亮灯，小院死一般沉寂。

各方面迹象显示，小院里住着一个不愿露面的高个子男人。

这个人是谁？

吴董事长失踪后，毕队长不因私人感情而放松对嫌疑人之一丁香的调查工作。迄今，在丁香身上没有找到一丝破绽，对她的怀疑停留在推理阶段，缺乏实证。刑警们无意中监控到其母丁苦菊的前述异常行为，但这些行为尚不构成犯罪，也看不出与吴董事长失踪之间存在什么关联。

刑警们还发现，吴义在跟踪丁苦菊，不知出于什么目的。

小袁说："毕队，我有个想法。"

毕队长说："洗耳恭听。"

"我推测，躲在农家小院里的正是二十六号夜里潜入吴董事长书房、盗走大量现金的那个贼。他是丁苦菊老家来的亲戚，丁苦菊秘密帮助他伪造身份，避开这阵风头之后，伺机逃往外地。"

"言之有理，跟我去一趟小院。"

"去抓贼？这种小案子交给当地派出所就行了。"

"出发！我也有个想法。"

"什么想法，我想听。"

"我的想法有点怪，先不说，怕吓着你。"

毕队长说完一笑，眼睛里闪过灵动的光芒。

警车驶出刑警队大门。马路上，小袁一指说："毕队，你看。"前面一辆黑色红旗轿车朝着西山方向开去，根据车牌判定，这是丁香的专车。毕队长没言语，小袁好奇地问："这么晚了，丁香去哪儿，去农家小院？"

毕队长果断下令："跟上。"

128

警车与黑色红旗轿车相距两百米以上，不能跟得太近，否则易被发觉。

路口，设立一个临时的酒驾检查站。黑色红旗轿车被查后很快放行。

一名交通警察走向警车，手拿呼吸式酒精检测器，他不认识身穿便装的毕队长。毕队长不愿出示警官证，万一碰上个认真的，看过证件还要核实他的身份，岂不更耽误时间。毕队长含住酒精检测器，交警说："吹吹吹……"检测结果为零。交警帅气地敬个礼，一挥闪光棒，放行。

检测过程一分钟，黑色红旗轿车跑没影了。

警车加快速度追上去。开出两公里，小袁看到黑色红旗轿车停在路边。见警车跟上来，黑色红旗轿车起步，行驶到警车前面，就像带路一样。

其实，丁香早已发现跟踪的警车。

小袁恼火地说："这个女人成精了。"

毕队长笑了。

小袁气呼呼说："你还笑，她这是公然向我们挑衅。"

毕队长说："她是以这种方式表示她没做见不得人的事，正大光明。"

"她涉嫌窝藏窃贼，这是犯法的事。"

"如果住在小院里的那个男人不是窃贼呢？"

"还能是什么人？"

"也许是我们要找的另外一个人。"

"是谁？我请求进院搜查，找出这个男人，一看就知道是谁了。"

"只凭怀疑，我们没有权力随便入户搜查。"

郊外的小村到了。村后，升起一座黑色的山峦。

夜里十点钟，四周黑漆漆的。黑色红旗轿车停在农家小院门口。母女俩下车，丁苦菊打开院门上的挂锁开门，带着女儿走进小院，回身插好门闩。母女俩走向生着炉火的屋子。

屋里亮起灯光。没多会儿，丁苦菊出来了，走进隔壁的屋子，她像是有意避开，让丁香单独与那人谈话。窗户上，只映出丁香一个人的身影。

警车停在小树林旁，熄火灭灯，深色车身与黑夜融合到一起。小袁手脚麻利地爬上一棵树，坐在树杈上，举着带夜视功能的望远镜向小院里观察。因为离得远，她听不见屋子里谈话的声音。

窗上还是丁香一人身影，她像是对着空气说话。

院墙外，一个人影在移动。

看来，今夜尾随丁苦菊母女光临这个农家小院的，不只是毕队长与小袁，还有一位藏头露尾的客人。毕队长打个手势，示意小袁不要动，不要出声。他向人影缓步接近。

人影双手搭住墙头，似要爬上去。

毕队长一时兴起，想跟这个人影逗一逗，玩一场灵猫捉老鼠的游戏。他扔出一粒石子，吧嗒一声石子落在人影脚下，滚了两滚。

人影向下一伏，静止不动。天黑，那个人影蹲在墙下，看不出身高，更看不清脸。待了会儿，人影再次活动，一纵身跃上墙头。毕队长摇动一株小树，枯枝哗啦啦地响，几只夜鸟惊飞。人影趴在墙头上，远看成为墙的一部分。

人影露出一双精亮的眼睛，向小树林这边看。

风起，整片小树林潮水般起伏。人影跳入墙内，伏在窗下偷听。

毕队长手一扬，一块冻土坷垃打在黑色红旗轿车的车身上，车上警报器响起，划破寂静的夜空，引起村子里的一阵狗吠。

毕队长算准人影会从原路逃跑，他如离弦之箭，冲过去，在人影跳墙进去的地方等候。他猜出这个人影是谁，他想将对方当场抓获。不想人影没从原路走，而是单手抓住房檐，攀上屋顶，转眼不见。毕队长暗道："低估对手，一时大意了，想溜，没门！"

丁苦菊走出屋子，穿过小院，打开院门，立在门口四下张望。

车上警报器不响了。丁苦菊以为是村里的猫狗乱跑，转身回去，对着亮灯的窗户说："没人。"

毕队长围着小院转了一圈。

院子不远处，有一个草垛，垛上覆盖着一层雪，像是戴着白帽子。走到这儿，毕队长有种针刺般的感觉，一股森寒的杀气向他袭来。

一双眼睛藏在暗中。

毕队长停步，一手垂在身侧，一手抬起，表面上毫无防备，其实绷紧每一根神经。

他的衣襟被夜风吹起。

那个人影没走，潜伏在不远处。

毕队长屹立如山，一动不动。他在明处，不能贸然向前，给对方以可乘之机。双方都没有一击必中的把握，都不动，都在等。这是一场真正的较量，比拼的是坚韧的耐力，看谁沉不住气先动。

乌云低垂，天地更加黑暗。

风声弱了。天上飘下一片雪花，随风飞舞，落到地面，一场大雪不期而至。

十分钟后。在这个天寒地冻的冬夜里，毕队长的额头冒出一层薄汗，身上蒸腾热气。那个人影想必亦是如此。

草叶轻微一响，杀气消失，人影走了。

草垛后面已没人。

毕队长用激将法，高声说："怎么走了，不敢露个面？我知道你是谁。"

无人应声。那人来得急，走得快。

农家小院里，丁香一脸盛怒地走出屋子，屋内没人跟出来。

丁苦菊追出院门，想叫住丁香。

丁香气冲冲上了黑色红旗轿车，扔下丁苦菊，开走了。

129

二十九年前，丁苦菊拾到一个被人遗弃在路边的女婴，取名丁香，将她辛苦抚育成人。养育之恩，恩比天高，丁香事母至孝，她不能容忍任何伤害母亲的言行。今夜，她却一怒之下，扔下母亲不管不顾，独自驾车离去。

小院里发生了一件什么样的非同寻常的大事？

毕队长敲开一户人家的院门。一个三十多岁披着棉袄的男人打开半扇门，像是刚从热被窝里爬出来，他问："您找谁？"

毕队长问："您是村长老李？"

"我是。"

"你看上去不老呀。"

"村里的人都这么叫我，您是……"

毕队长出示警官证，李村长看得很仔细，说："您是警察，这位姑娘也是吧，请进。"他把毕队长和小袁让进门。

热炕上，李村长的胖媳妇拥被而坐，她身边睡着一个跟她同样胖的胖丫头。两个警察深夜到来打搅了她与丈夫的好梦，她嘴噘得可以挂上一只油瓶。

毕队长与小袁坐在炕沿上。

李村长说："按照派出所的规定，凡是村里的出租房，我这儿都有登记。村东那个小院租给一位姓丁的老太太，人蛮和善，这是她的身份证复印件。我查过了，是真的，保证没有什么问题。"

小袁问："小院里只住着她一个人？"

李村长说："就她一个人，白天来一两趟，晚上不住。老太太见人就笑着打招呼，不像坏人。"

"有没有不正常的情况？"

"没有。哦，有，有件怪事，有时候院门外面挂着锁，院里明明没人，烟筒会突然冒出浓烟，像是有人在屋里给炉子加煤。"

胖媳妇插话："闹鬼吧？"

小袁说："我们怀疑院子里住着一个从不露面的男人。"

李村长顿时精神倍增，说："一个奔六十岁的老太太，在她的屋子里藏着一个男人，这可是稀罕事。"

小袁说："请你协助警方去查一下，就现在。"

李村长有点为难地说："这么晚了，深更半夜的，明天一早不行吗？"

小袁神情严肃地说："不行，很急。"

李村长从这位女警察的表情中感受到案子的重要性，他问："什么案子，杀人案？丁老太太在小院里藏了杀人犯？"

胖媳妇急忙拽住丈夫的衣袖说："你不准去，万一出事，我不想当寡妇。"

毕队长急忙宽慰这对夫妻，笑着说："不要怕，我们查的是一件失踪案。老李，只要你进到院子里，看清那个男人的脸，就算完成任务。如果有危险，你咳嗽一声，我立即冲进去，放心吧，保证你的安全。你协助警方办案，我请求上级政府对你嘉奖，明年还选你当村长。"

李村长说："你不跟我一起进院子？"

毕队长说："丁苦菊认识我，暂时不要惊动她，我在院子外面，与你就隔一堵墙。"

再三说服之下，李村长答应舍生取义，深入一次"魔窟"。

深一脚浅一脚来到农家小院外，李村长犹豫着敲门不敲门，院门却开了。丁苦菊提着装满垃圾的塑料袋，想要走的样子。她看着李村长，没像往常那样和气地打招呼。李村长说："大妈，派出所通知，各村全面检查出租屋的治安情况。临时居住的人口一个不落，都要向村里报告。大妈，我跟您说话呢。"

丁苦菊心不在焉地"嗯"了一声。

"大妈，这院里就住您一个人？"

"嗯。"

"我进去看看，行吗？"

"嗯。"

李村长进了小院。他心惊肉跳，生怕有人躲在院门后面，照着他的脖子给上一刀。小院路不平，凸起一块，他差点绊了一跤，院墙上靠着一把铁锹，不会是在这儿杀人埋尸吧。他一惊一乍，自己吓唬自己。他后悔了，今夜不该来。

丁苦菊跟在旁边，这个和蔼的老太太变得面目泛青，阴冷可怕，带着一股令人发瘆的鬼气。

李村长喉咙发痒，他想咳嗽一声，召唤毕队长保护他的小命。

丁苦菊打开两间老房的一间。李村长说："您开开灯。"丁苦菊说："灯泡坏了。"这么巧？李村长站在房门口，探进头。房间里黑灯瞎火的，模模糊糊，看不清楚。

丁苦菊递来一只手电。

手电光柱滑过小屋，空荡荡没人，一只耗子钻回洞里。

隔壁房间亮着灯。

丁苦菊敲敲门，吱呀一声，门开了，外泄的灯光照花李村长的眼睛……

毕队长和小袁站在小院拐角处立等。

几分钟后，院里灯熄了，李村长和丁苦菊先后出来。丁苦菊锁好院门，朝离村不远的公路走去。李村长说："大妈，这么晚，末班公交车早过去了，还回城？住下吧。"

丁苦菊跟没听见一样，走远了。

毕队长与小袁悄然现身，李村长汇报结果："我看了一下，小院里没有外人。"

小袁问："没有一个男人？"

李村长说："真没外人，一着急，我穿双单鞋就出来了，脚冻得生痛，我得赶紧回家。"他颠颠地跑了。

小院又黑，又静。

毕队长说："派人监控小院，监控点设在小树林。"

"是。你不相信李村长？"

毕队长伸手去接雪花，雪花在掌心融化，他说："李村长的话里有名堂，两次说的是院里没有外人。"

李村长回到家里，慌慌地脱去衣服，一头钻进被窝。

胖媳妇说："你怎么跟根儿冰棍似的，我给你焐焐。哎哟，你手里攥着什么东西，硬邦邦的，硌着我的腰了。"

李村长五指摊开，掌心握着一只金镯子，灯光映照下闪着诱人的黄色光辉。

胖媳妇一把抢过去，问："哪儿来的？"

李村长支支吾吾说："我……我给你买的。"

胖媳妇将金镯子戴在手腕上，试了试，满心欢喜地说："明天我戴着它回娘家，气气我嫂子。我哥给她买了一对金耳环，她总在我面前臭显摆。你买的？你哪来的这么多钱？"

李村长改口说："这是人家送我的。"

"这只金镯子足有二两重，谁送你的？"

"关灯。"

屋里灯灭了，两口子在热被窝里叽叽咕咕地说了好一阵子话。

130

雪夜，回城的公路上车辆稀少，行人绝迹。

警车开出不远，追上一人冒雪步行的丁苦菊，她的背驼了，满头白发染上一层雪花。警车减速，在老人身边停下，小袁摇下车窗，探出头说："大妈，您上车，我们送您回家。"丁苦菊继续往前走。小袁下车说："下雪了，路滑，您这么大年纪，别摔着。进城要走几十里路呢，上车吧。"

丁苦菊像是没听见，她心里的愁苦脸上都能看出来。她有意躲开小袁，走到马路对面，踏上一条回城的小路。虽是近路，没有路灯，坑坑洼洼的，崎岖不平，很不好走。

她的背影被黑暗吞没。

回到警车里，小袁说："大妈真可怜，丁香真狠心。"

雪下大了。毕队长打开雨刷器，警车中速行驶。他想，小院里一定发生了一件大事，才使得丁香愤怒到失去理智，以致她对养母丁苦菊的态度变化如此之大。那个人影躲在窗外偷听到什么？毕队长心血来潮，说道："你查一下丁香现在什么地方。"

小袁说："半夜了，她应该在家。"

毕队长说："我担心那个人会对丁香下手。"

小袁说："丁香是功夫高手，还救过我们毕队的命，人家足以自保。"

毕队长忧心忡忡地说："明枪易躲，遇到暗算，她不一定是那个人的对手。"

毕队长虽然未指名道姓，小袁知道他说的"那个人"是吴义，一个胆大、心狠、行事诡诈的恶人。吴仁与信儿遭遇的飞来横祸就说明了一切，毕队长的担心不是多余的。

毕队长说："催一催技术部门，足印比对、铜佛检测的结果快点出来。有了证据，就可以将那个人抓获归案，不能任由他不受控制地危害社会。"

小袁很少见到毕队长这样焦灼不安。她只用了几秒钟，便查出黑色红旗轿车的所在位置。

黑色红旗轿车停在路边，正对着甄帅带孟艳母子入住的五星级酒店。

酒店里，咖啡间只有一桌客人，丁香与孟艳相对无语。

小桌上，两杯咖啡凉了。

两个女人的神态与今天下午在茶社见面时大不相同，那时的她们浅笑细语，从容自信。这会儿，孟艳一脸倦容，眼里失去光彩；丁香则凤目含煞，心中似是怒气难平。

孟艳开口说："明天，我就要带着信儿走了，晚上八点半的航班。"

丁香问："去哪儿？"

"先离开本市，签证办好后，漂洋过海，远赴国外。"

"吴钢的后事谁办？"

"甄帅怕我们母子有危险，他的秘书留下来，办理一切后事。墓地买好了，是最好的、最贵的。"

"碑文怎么写？"

这句问话让孟艳难以回答。按说碑文上应有一行文字：妻孟艳、子吴信敬立。孟艳不愿这么写，她与吴钢的夫妻关系徒有虚名，吴钢也不是信儿的生父，这样的碑文会招致人们怎样的议论？一定不大好听，这相当于把她的一段不光彩过去刻在石头上，向世人展示。

孟艳说："碑文上只有吴钢的名字与生卒年月。这是甄帅的建议，他征求我的意见，我觉得比较妥当。"

丁香问："碑文这么写，你想过吴钢的感受吗？"

"人不在了，哪儿还有感受。"

"吴钢为救信儿牺牲，信儿应该记住他。"

"吴钢为信儿再做一次牺牲吧，我希望信儿忘记他，忘得越干净越彻底越好，我不想让信儿的心中留下一丝过去的阴影。我带信儿走后，不会与这里的人再有任何来往。"

孟艳说得如此绝情。

市立医院的太平间里，躺在冰柜中的吴钢应该不会坐起来吧？

丁香又问："你准备嫁给甄帅？"

孟艳不十分确定地说："我没别的选择。"

"你爱他吗？"

"我快三十岁了，今天成了新丧的寡妇，带着一个孩子，我能怎么办？还有更好的吗？因为爱情而结婚是少男少女们的梦想，我过了做这种梦的年龄，我要讲究实际。甄帅是个正常男人，每日坚持健身，我与他不会是无性婚姻，一个女人需要爱抚。甄帅在国外有十几家公司，规模不亚于吴氏集团，运行稳健；甄帅不计较我的过去，愿意娶我，他是我未来的依靠；我有自知之明，我将努力做他的好妻子。"

孟艳的话音里流露出几分对未来生活的期许。

丁香说:"你是不适合办理吴钢的后事。"

"为什么?"

"不为什么。"

丁香本想说,怀着这样一肚子心思,你好意思站在吴钢的墓前吗？孟艳满怀怨恨地说:"我的一生让两个男人毁了,一个是贾炘,他为了娶富家小姐,抛弃了我;一个是吴董事长,他利用我的年轻无知,使我沦落成为……"她没有往下说。从孟艳的话里,可以听出她至今没有半点自责,她认为过错全在别人身上。

两个女人旁边的小桌上,坐下一个穿黑皮大衣的男客,像是"疯狂老鼠"的老板、吴义的高个徒弟。他点了一杯热饮。

孟艳问道:"你约我紧急见面,不是来说这些的吧?"

丁香说:"我正式通知你,我代表全体债权人,明天将向法院申请宣告吴氏集团破产。"

孟艳不解地说:"下午我们喝茶时,你曾同意有条件延缓还债期限。"

"我改主意了。"

"你不给吴氏集团留一条活路?"

"不!"

"你这样做,吴董事长将倾家荡产,不仅剩不下一分钱,他还会欠下终身还不完的债。"

丁香冷若冰霜地说:"这是他应得的下场!"

孟艳一愣,她小心地看着丁香。宣布破产,吴氏集团将灰飞烟灭,吴董事长身败名裂,这是必然的结局。孟艳想多问一句,事情还有没有得商量?她没张口,因为丁香脸上仇恨的表情就是答案。

穿黑皮大衣的男客不动声色地听着两个女人的对话。

孟艳说:"明天,上午八点,我介绍你与吴氏集团全体经理见面。之后,我提出辞职,吴氏集团是死是活,与我无关,交给你了。"

两个女人冷淡地握手道别。

从穿黑皮大衣的男客身边走过时，丁香脚步一缓，她对孟艳说："我送你回客房。"

131

五星级酒店外，距黑色红旗轿车十几米，停着挂地方牌照的警车。

毕队长与小袁坐在车里啃两口冰冷的面包，喝一口瓶装水。为了不引起注意，警车熄火。暖风停了，小袁感到越来越冷，她搓着两手，跺脚取暖。毕队长的胃病犯了，痛得冒虚汗。小袁说："我去给你弄杯热水。"

毕队长摇手制止。夜深，雪大，一个姑娘在一辆车上进进出出的太显眼。

丁香还在酒店里，难道她被什么事情缠住了？

毕队长以一双锐利的鹰目在酒店四周搜寻着可疑的人员与车辆。

就在毕队长与小袁耐心守候的时候，酒店附近的一家街边小面馆里，几个跑夜车的司机围桌而坐，唏里呼噜地吃着热气腾腾的大碗牛肉拉面，外面停着数辆满载的重型大货车。

一个穿黑色连帽外套的男人溜进头一辆车的驾驶室，他鼓捣几下，发动车辆。

听到声响，一个司机从面馆里跑出来，他追着喊："快停车，那是我的车，有人偷车！"他伸手抓住车帮被带倒，摔了一个大马趴，重型大货车的后轮碾压着他的衣襟开过去。

轰鸣声中，重型大货车加速逃远。

警方接到报案：有人偷走一辆重型大货车，车主追赶时摔成轻微伤。这是一起普通的侵财案件，当时没人将它与后面将要发生的事联系到一起。

重型大货车关掉大灯，摘挡滑行，停在暗影中。透过驾驶室的前风挡玻璃，可以看到两百米外的五星级酒店明亮的灯光。穿黑色连帽外套的男人观察了好一阵子，只见路边停靠的一辆辆车身上都披着一层白色雪装，车旁没有脚印，说明引擎盖不热，车里没人。

他下车，朝酒店方向走去。

他从警车旁走过，喝多了酒似的，踉踉跄跄的，脚下一滑，扶了一下黑色红旗轿车的左侧前车门。他接着照直往前走，雪地上留下一串歪斜的脚印。

坐在警车里的小袁以为这是一个醉汉，毕队长却觉得这个人的背影在哪儿见过。

丁香陪同孟艳走出电梯，铺着地毯的走廊上悄无人声，孟艳不由得往丁香身边靠近。丁香温和地说："别怕，有我呢。"

丁香很少有与人实战搏击的机会，若是真跳出一个歹徒，让她练练手也好。

孟艳"砰砰砰"地敲门。甄帅贴着门镜看了半分钟，门开一半，让孟艳进去，他并未客气两句，请丁香进来坐一坐。

丁香下楼经过咖啡间时，那个穿黑皮大衣的男客还在喝热饮。丁香自嘲有点多虑了。

丁香走出酒店大堂，站在高台阶上，深深吸入一口雪中的新鲜空气，心情略微舒畅了一些。这么大的雪，想到被她扔下不管的年迈老母亲，愧疚之心油然而生，她的心中充满强烈的自责。她要开车回去找母亲。

丁香边掏车钥匙，边急急走向黑色红旗轿车。车灯一亮，嘀的一声，车锁开了。她去拉左侧前车门，手一碰又缩回来，车门拉手上有一团黑乎乎的东西。她凑近一看，谁这么缺德，在车门拉手上糊一大块油污，非常恶心。她没多想，从手袋里取出一包湿纸巾，弯腰去擦。

天冷，油污冻住了，不大容易擦掉。

飞雪中，一辆重型大货车不亮灯，像是一个幽灵，朝这儿开过来。丁香毫不觉察。

雪花飘然落下，天地一片静谧。临近几十米的距离，重型大货车骤然加快速度，开亮远光灯，连续鸣笛，如同一座大山轰隆隆地冲过来。

丁香直起身，抬起手，挡不住直刺双目的车大灯灯光。

三十米、二十米、十米……重型大货车以超百公里的时速向着丁香撞来。

猝然之间，丁香被车大灯的灯光晃得眼睛发花，辨不清来车方向，也不知道发生了什么事情，呆立着不动，完全想不起躲闪。

就在重型大货车要撞上丁香的一瞬间，一只有力的大手抓住她的左臂，用力一拉，将她斜向带飞起来，堪堪躲过撞击。重型大货车呼啸而过，一阵剧烈的摩擦声，黑色红旗轿车左侧车身上从车尾到车头留下一道长长的剐痕。

丁香的身体翻越前引擎盖，与一个人一起摔落在地。她压在毕队长身上。

几秒钟前，毕队长摇下车窗玻璃，正想跟丁香打个招呼时，他从后视镜中看见漫天雪花向两边一散，一辆重型大货车关闭车灯，高速开来。毕队长做了多年刑警，对各种危险具有远远超过常人的敏感，他不假思索，眨眼间健硕的身躯钻出车窗，向前猛跑几步，跳上黑色红旗轿车的后备厢盖，像一只大鹏鸟纵身前掠，抓住丁香的胳膊，将她带向自己身边。只差分毫，避免一场惨剧发生。

小袁反应奇快，她坐到驾驶座位上，三次发动警车，就是打不着火，气得她捶了一下方向盘。嘿，引擎突突地响了。她挂挡加油，朝重型大货车逃走方向追去。

追过两条街，只见重型大货车停在一棵大树下，周围没有路灯。

小袁拔出手枪，从车后绕到车身左侧。

驾驶室门大开，人跑了。

小袁开着警车回来，她远远看见毕队长与丁香并肩站在鹅毛大雪中，靠在一起，很有闲情逸致地在聊天。

哼，有什么可聊的！

132

丁香说："又下雪了，你听，雪花落地的声音。"

毕队长说："我听不见。"

"用心去听。"

"我还是听不见。"

"你不会假装说听见了？"丁香轻轻地靠在毕队长的身上。

毕队长赶紧站稳双脚，他听见的是心跳，咚咚咚地跳。

经历一场生死，两人亲近许多。

两人相识以来，感情日渐加深，不算是你侬我侬吧，却也常常想起对方。两人一个威如金刚，一个柔若春水，按理说应是天作之合；一个有情，一个有意，像两块磁石相互吸引。可惜，一个忙于破案，一个生意缠身，两人见面不多，没在一起吃次饭，更别提花前月下了，难得像今夜这样静静地说会儿话。

毕队长笑着说："小时候，一下雪，我最喜欢在雪地上打滚，跟一群秃小子打雪仗，弄得一身泥，回家挨揍。"

"小时候啊，最喜欢母亲带我堆雪人了。"

"现在，一到雪天，我就担心大雪掩盖嫌疑人留下的犯罪痕迹。"

"是啊，一下雪我就发愁道路不通，原材料运不进，产品拉不出，影响合同履行。"

两人相视一笑，笑容中含有对逝去童年的淡淡的感伤。

丁香摇摇头说："公司新招聘了几位大学生，见面叫我丁阿姨。"

毕队长感慨说："刑警队分来几名新警员，见面叫我毕叔叔。"

两人感慨青春不再，岁月飞逝。

"看得出，那个总跟你在一起的女警官喜欢你。"

"小袁？"

"我能感觉到，她正用眼睛瞪着我。"

"我跟她是同事关系，她叫我毕叔叔。"

"得了吧。你跟她是同事，那你跟我是什么关系？"

"是……"

"你是警察，我是嫌疑人？"丁香问得俏。

"呵呵……"毕队长只能笑笑，这样的问题神仙难答。

"如果我不是嫌疑人，你为什么跟踪我？你先是跟踪我到小院，又从小院跟踪到这儿，如影随形，形影不离。"

"我是为了保护你。"

"保护我？你不如天天守在我的身边。"

"天……天天……"

对于丁香如此明确的暗示，毕队长口吃了。

"怎么，不愿意？"丁香笑问。

两人心知肚明，毕队长不可能脱下警服，到丁香公司任职；丁香不可能放弃公司，做一名家庭主妇；两人都有各自热爱的事业，都投入全部精力，都不可能迁就对方。两人的生活道路如同两条并行的铁轨，向前无限延伸，没有交叉点。

他与她都是个性鲜明、有棱有角的人。

丁香问："你查了六天，查到我有什么犯罪行为？"

毕队长说："目前……没有查到。"

"但是，怀疑并未消除。"

"呵呵……"

"你想问什么，就问吧，我如实回答。"

"在这儿？"

"你也可以正式传唤我到刑警队。"丁香笑得促狭。

在这个浪漫的雪夜，两人相倚而立，不是谈情说爱，而是讨论吴董事长失踪的案情，实在大煞风景。

"你母亲为什么租下一个农家小院？"

"她不习惯城市生活，喜欢住在乡下，她想养几只小鸡，城里不让，我这样的解释合情合理吧。"

"小院只她一个人住？"

"母亲爱清静。"

丁香没有正面回答问题。毕队长问："你母亲有事都跟你说？"丁香说："我们母女不隔心。"毕队长直接问："据我所知，除你母亲之外，小院里还住着一个人，是不是？"

"是吗？"

"这个人足不出户，整日关在屋子里，夜里不开灯，小心掩盖行踪，唯恐被人知道他住在小院里。"

"你是怎么知道的？你多大了，还爬墙头？"

"别打岔。"

丁香装作没听清，说："你再问一遍。"

毕队长不给她留下思索的时间，急促地说道："小院一定还住着一个人。"

"是呀。"丁香一口承认。

"哪儿的人？姓名？干吗躲起来不敢见人？"毕队长问得快。

"是个男的，今年整六十岁，跟我母亲算是老乡，旧相识。他姓吴，不愿见人。哎，别乱想，不像你想的那个样子。"丁香答得也不慢。

"姓吴？吴什么？"

"母亲不让我说。"

这个老年男人会不会就是那个夜入吴董事长书房偷走大量现金的窃贼？仅凭他身上有与失窃现场留下的相似臭味这一点，尚不足以认定。可是，李村长为何要说谎呢？

"我想见见这个神秘的男人。"

"有搜查证吗？"

"没有。"

"明天吧，我会说服母亲，满足警官大人的好奇心。"

"谢谢，你是配合警方办案的好市民。"毕队长客气地大加赞扬。

"只说一声谢谢？"丁香问。

丁香仰起脸，两人的脸几乎贴到一起，毕队长可以感受到她的如兰似麝的呼吸。两人发烫的嘴唇越来越接近，将要碰上，这位只身面对十几个手持砍刀的歹徒而浑然不惧的铁汉，像是触到高压电一样，慌了，怕了，傻了，呆了。若不是两条腿不听使唤，他早已转过身去，落荒而逃。

丁香眼里闪着戏谑的光，问道："你没跟女孩子接过吻吗？"

毕队长脸涨得通红，难为情地摇了一下头。

丁香笑弯了腰，"咯咯咯"笑了好一会儿。

小袁坐在警车里气呼呼地想，毕队长跟丁香说些什么，没完没了的，有那么好笑吗？

丁香不笑了，认真地说："你是个好男人。你这样的男人，我以为在地球上绝迹了呢。"

雪花落在两人的脸上，凉凉的，使人头脑清醒。

丁香脸色一正，说："我知道，我成了吴董事长失踪案的唯一嫌疑人。我不否认，几年来，我处心积虑，一直谋划着搞垮吴氏集团，将吴董事长踩到泥里。但是，我用的是商业办法，一切在法律允许的范围之内。"

"二十三号下午，吴董事长失踪那天，你与他在温泉山庄贵宾室里谈些什么？"

"他要我放他一马，延长还债期限。"

"你怎么回答？"

"我说，可以，有个条件，他退出吴氏集团，回家养老。"

丁香从黑色红旗轿车的后备厢里取出一个沉重的纸袋，交到毕队长手中，说："这是几年前丁香公司与吴氏集团之间买卖一批伪劣进口服装的全部材料，你拿去看吧。看过之后，你就明白我为什么对吴董事长绝不宽恕了。"

丁香提到"吴董事长"这几个字时，语气里充满厌恶。

丁香伤感地笑笑说："白色的雪花看似纯洁无瑕，化成水，就会看见里面夹杂了不少的脏东西。"她是在形容自己吗？她朝远处的警车招招手，对毕队长说："我配不上你，小袁是个好姑娘，你要珍惜她。"

丁香开车走了，没有表现出留恋不舍。

毕队长独自站了会儿，他朝警车、朝小袁走过去。

133

毕队长在灯下翻阅一页页旧材料。

这些材料记录了数年前丁香公司与吴氏集团买卖一批伪劣名牌进口服装的全过程，合同、提货单、仓单、凭证票据等均为原件，一应俱全，附有相应照片，还做了公证。丁香按时间编好顺序，不加只言片字的说明。

阅后，毕队长脑中形成一件商业合同从洽商、履约到纠纷各个环节的立体画面。

丁香走出大学校门后不久，创办了一家名为"丁香"的小公司。

在一间不足十平方米的平房里，摆上一桌一椅，挂上公司的牌子，没有花篮与鞭炮，没有来宾剪彩，公司就开业了。从老板到员工只有丁香一人。在她温和的笑容中、兢兢业业的努力下，不过半年时间，丁香公司发展成为一家拥有数十名员工的新星企业，生意做得如火如茶。公司很快就搬进了写字楼。

这天，公司来了一位尊贵的客人，本市工商界坐头把交椅的吴董事长，他是来谈合作的。

会客室里，他握住丁香的手，长时间不松开。他贪婪的目光在丁香脸上转着，由衷地说："我是慕名而来，传言不虚，我生平第一次见到像你这样年轻漂亮又富有才干的女商人。我真想晚生二十年，哈哈……"

关于吴董事长的为人，丁香有所耳闻，她不卑不亢，请客人坐，上香茶。

整整两个小时，宾主相谈甚欢，达成合作意向。

窗外，华灯初上。吴董事长邀请说："今晚，王朝酒店，只请你一人，肯不肯赏光？"

丁香说："抱歉，今晚与一个客户约好了，谈份合同。"

"明晚？"

"明晚我要参加一个公司的酒会。"

"后天呢？"

"后天下午有趟航班，我要去外地。"

吴董事长大为失望："真不巧。丁总，我提个建议，你与你的丁香公司加入吴氏集团，你做我的业务副总经理，你愿不愿意？"

丁香淡淡一笑："吴董事长，如果我请你做丁香公司的副总，你一定不愿意。"

吴董事长不喜欢这种幽默。

事过一个月，吴董事长再到丁香公司，他是来兴师问罪的。

适逢金秋十月，丁香用很少的钱租下写字楼的小餐厅，定于当晚在这里举办一场简朴的酒会，庆祝公司成立一周年。她与几名女员工忙碌地布置着会场，半小时后，来宾们将陆续到达。

吴董事长不在受邀之列。他不请自来，换了一张冷脸，陪同他的是律师吴良。丁香上前，未及表示欢迎，吴良将肩上扛着的一只纸箱扔到地板上，"咣"的一声大响。

丁香不明所以。吴良神情严肃，他像是不认识丁香，说："本月三号，吴氏集团与贵公司签订一批名牌进口服装的买卖合同。今天上午我带人到仓库提货，经当场开箱查验，发现这批货均为假冒品牌服装，而且用料、做工极其粗劣。"

丁香开办公司仅一年，经验欠缺，乍遇这种事，不啻于晴天霹雳。

吴良问："丁总，你看这个问题如何解决？"

丁香尽力冷静下来，她想的是先要找到这笔合同的经办人，了解情况。她连忙打电话，业务经理说，经办人姓秦，来公司时间只有一周，这笔合同是冒用公司名义签订的。负责行政人事的秘书说，此人学历造假、工作履历造假、身份证造假，约他来公司谈话，他声称辞职，手机停机，联系不上了。

丁香感觉掉入一个预先挖好的陷阱。

离酒会开始还有十分钟，来宾到来之前，问题必须尽快得到解决。

吴良说："吴氏集团要求解除合同。"

丁香想都不想说："同意。"

"吴氏集团要求退货。"

"照办。"

"吴氏集团还要求贵公司给付违约金。"

"一分不会少。"

丁香咬牙答应，这批进口服装合同的违约金基本要吞掉公司全年利润。

吴良笑得像只给鸡拜年的黄鼠狼："贵公司不仅违反商业活动中的诚信原则，同时涉嫌销售伪劣商品与假冒注册商标的商品。如果吴氏集团向工商管理部门举报，贵公司还将面临营业额百分之五十至两倍的高额罚款。"

丁香的腰一点儿不弯，她说："我愿接受工商处罚。"

吴良龇出牙，说："根据营业额度，贵公司还可能触犯刑律，构成犯罪。法人犯罪，法定代表人要承担相应的刑事责任，去坐牢的，牢饭可不好吃。"他以为，丁香会吓得哭鼻子。

丁香云淡风轻地一笑，这时的她显露出真实个性。

吴良问："你还笑得出来？"

丁香说："酒会就要开始了，两位也来参加？"

吴良被噎得说不出话来。他今天是来借机泄愤的，丁香办起公司发达了，他想重拾旧爱，却屡屡遭到冷拒。为此，他很想看到丁香倒霉的样子，可他失望了。他用目光向吴董事长请示，下一步怎么办？

吴董事长又换了一张温厚的笑脸："不必搞成这个样子，凡事可以商量嘛。"

吴良随声附和道："对对对，吴董事长爱才心切。丁总，吴董事长认为你是无心之失，并非有意为之，所以，为你准备了一个两全其美的方案。"

丁香完全明白了对方此行的用意，说："我知道那是一个什么样的方案。"

吴董事长笑道："说说看。"

丁香说："我与我的公司加入吴氏集团。"

吴董事长笑容可掬地说："你我是心有灵犀一点通嘛。从现在起，你就是吴氏集团业务副总经理，地位仅次于我；至于丁香公司，我可以出大价钱收购。"

吴良事先并不知道这个方案的内容，他暗想，老家伙安的什么心？

吴董事长有十成十的把握，认为在大棒加胡萝卜的威逼利诱之下，丁香一个涉世不深、没有背景的姑娘家，只能乖乖地屈膝就范，任由他玩弄于股掌之中。他微笑着等待回答。

丁香冷冷地说："两位请自便。"

酒会上来了第一位女宾，丁香迎上去，与她谈笑风生。来宾逐渐增多，气氛热烈友好。吴董事长被晾在一边，无人理睬，他何时受过这等怠慢，气得七窍生烟。

他拂袖而去，屁股后面跟着灰溜溜的吴良。吴良没忘带走装服装的纸箱。

酒会结束，丁香赶往仓库。

库房里纸箱堆积如山。当着库管员的面，丁香搬下一只纸箱，箱体上贴着的唛头标明，发货人丁香公司，收货人吴氏集团。纸箱打开后，里面装满了假冒名牌进口服装。

事实确凿无疑，丁香不得不承认，她的公司犯了大错。

丁香低头自我检讨时，吴董事长像一只地狱中冒出的黑色鬼魂，出现在她的身后。吴董事长请库管员回避，他要与丁香谈几句话。

库管员来到库房门外，掏出一支烟，放在鼻子下闻，库区严禁烟火，他的烟瘾犯了。他听不清库房里的谈话声。忽然，传来"啪"的一记耳光声，清脆响亮还有点悦耳。

吴董事长捂着左半边脸，嘴角似有血渍，从库管员身边冲过，上了黑色加长林肯轿车，疾驰而去。

库管员走进仓库。他看见丁香杏眼圆睁，脸色白得吓人，周身不停颤抖，久久不能平静。他不知发生了什么事。

丁香拭去眼角的泪花。她决定，不逃避，自行承担一切可能的经济与法律责任，哪怕公司就此夭折。她打电话叫来几辆货运公司的卡车。装车时，一位司机问："往哪儿拉？"丁香说："垃圾焚化厂。"

"干吗？"

"销毁。"

"这些衣服还能穿哪，送我两件。"司机又说，"这些纸箱看着眼熟，是我上个月拉来的。"

"上个月？"丁香问。

司机说："没错，上个月。"

按丁香公司与吴氏集团的合同，这批服装应当是今天上午才到的货。丁香问："发货人是谁？"

司机说："我想想，是成钢公司，公司老板吴钢常用我们的车。"

"收货人是谁？"

"忘了。"

丁香让搬运工停一停。她细致查看，发现纸箱上的唛头不平整，有点鼓鼓囊囊的，就用手去撕。撕去表面的，下面露出又一张唛头，标明发货人是成钢公司，收货人是吴氏集团。

接连撕开几只纸箱的唛头，全是一样结果。这批假冒进口服装的原货主是吴氏集团！

丁香强忍心中狂喜，对司机说："你能让我看看成钢公司的货运单吗？"

司机问："你这不是让我为难吗？"

丁香说："我请几位师傅吃消夜。"

通宵不眠，丁香与几名公司员工全面收集这批货物的合同、货运单、仓储单、唛头、相关票据等，并现场拍照。第二天，丁香请来公证员，制作公证提存的证据。证据表明，这批伪劣服装是成刚公司以超低价格专为吴氏集团采购的，准备用来捐助贫困地区，已在这间仓库存放了一月有余。

吴氏集团大厦最高一层"大内"，丁香将全部证据放到吴董事长的巨型写字台上，不说一个字。她与吴董事长用目光交战！

吴董事长的脸红成什么样子？他尴尬得无地自容……

看完最后一页材料，毕队长接到丁香打来的电话。

"有什么感想？"

"我有一个问题，根据现有材料，这是一起并不高明的商业诈欺案件，吴董事长的诡计失败了，败得很惨。但是，从中看不出你与吴董事长之间存在不可化解的旧怨。"

"你知道在仓库里吴董事长要求我做一件什么事吗？"

"什么事？"

"他要我做他的情人。"

134

电话中沉默了好一阵。

丁香说："这种侮辱我终生不忘。"

毕队长说："我理解。"

"你不理解。我要雪耻！"

"你不是一个走极端的人。"

丁香的声音一反常态："为什么不是？我是恩怨分明的人。明天，不，现在已过午夜零点，今天早晨八点，我将接管吴氏集团。几年来，我无时无刻不在用全部精力去做这一件事，大功即将告成。对付吴董事长这种恶人的最好办法，就是剥夺他作恶的资本。"

毕队长该说什么，劝丁香宽恕一个恶人？

丁香平和下来，语气冷静地说："再说一遍，我用的是商业办法，我不屑于使用下作的手段。我给你传真过去一份材料，对于你侦破吴董事长失踪案可能会有帮助。不要总盯着我，浪费警力。"

毕队长收到传真，这是一份清单，上面记录了吴董事长失踪前，他用吴氏集团大厦、吴家成员个人房产抵押所借款项的额度与去向。

毕队长的办公桌上放着同样内容的一份清单，是他让小袁整理出来的。吴董事长筹集来的这一大笔钱全部汇给一家名为天佑的海外公司，用来订购一批国内并不缺少的家用电器。

他对丁香说："也许你我想到一起了。"

丁香说："是吗？我真心希望，将来无论事情怎样发展，我们还是朋友。代我向小袁警官问好，晚安。"

毕队长急忙道："别挂电话，说说你对这份清单的看法。"

电话挂断，传来一阵嘟嘟声音……

重重迷雾包裹之下，丁香的身形若隐若现，轮廓不停地变幻，在吴董事长失踪案中，她到底扮演的是何种角色？

雪下了一夜，没停。

早晨八点，黑色红旗与白色宝马两辆轿车分毫不差，同时停在吴氏集团大厦前。丁香与孟艳同时推开车门，同时下车，同时走向旋转门。旋转门前，两个同样仪态不凡的女人相遇。

两人身着同一式样的奶白色套裙，外披同色同款的薄呢大衣。不同之处是，丁香穿正红色衬衣，孟艳则是纯黑的。

丁香在前，孟艳随后，两人走进一层大厅。

大会议室里人满为患。只有吴义未到，其他中层以上管理人员无一缺席，向来自由散漫惯了的吴美也在其中。

孟艳与丁香并排坐在首席。

孟艳介绍说："这位是丁香公司总裁，丁香女士，大家欢迎。"

无人鼓掌，满是敌意。

孟艳一夜之间憔悴许多。她眼睛看着会议桌面，声音不大地说："今天请大家来，宣布两件事。第一件，关于信儿的身世，昨天很多人收到一份内容相同的电子邮件，说我的信儿与吴董事长具有亲子关系。我在这里郑重辟谣，这份邮件纯属胡说八道。发邮件的人是艾主任，我原想请他到场，由他向各位说明，由于技术上的失误，他做出错误的鉴定结论。艾主任自知办了错事，羞于与大家见面，我带来一份他的亲笔声明，他对此公开认错道歉，会后大家可以传阅。我不是贵妃娘娘，信儿是我与亡夫吴钢的儿子，我代表信儿拒绝接受吴董事长母亲赠与的吴氏集团百分之十的股份。人言可畏，众口铄金，我恳求大家不要相信，今后也不要再传播那些无稽之谈。"

孟艳的这些话，与会者信不信已无关紧要。突然，有个人喊："说第二件事吧。"

孟艳站起身，双手扶住会议桌面，支撑住身体，艰难地说："第二件事，吴氏集团的全体债权人今天联名向法院申请宣告吴氏集团破产。"

这句话在与会者中激起轩然大波。

在汹汹议论声中，孟艳提高嗓音："大家静一静。财务部李副总监来了吗？"

李健举起一只手。

孟艳说："你汇报一下集团的财务状况。"

李健用一句话概括说："近三年，吴氏集团积欠大量债务，严重资不抵债，根本无力偿还集中在本月到期的巨额债款，危机近在眼前，只有破产一条路可走。"

与会者静下来。过去，每月、每季、每年向各部门公示的财务报表都是经过精心粉饰的，谁会想到，表面上看起来繁花似锦、气象万千的吴氏集团实际上是一只特大的驴粪蛋。

孟艳痛心地问："怎么办？债权人不同意延期偿还债务，集团借不到新的钱，资金链一朝断裂，怎么办？"

冷场，没有一个人站出来说话。

孟艳这时才说出本次会议的主题："作为代理董事长，我决定，在法院审理破产案件期间，请债权人代表丁香女士对吴氏集团实行托管。"

与会者掀起阵阵反对声浪："不同意""引狼入室""把这个叫什么丁香的女人轰出去……"

孟艳等到声音平息一些，接着说："我这个代理董事长未经董事会、股东会讨论决定，名不正言不顺，承蒙各位看得起，临时推我出来硬撑一下局面。我没有力挽狂澜的本事，辜负了各位的期望，我正式提出辞职。会后，我将离开本市，永不回来。为了避免吴氏集团分崩离析，一朝瓦解，我才被迫同意由丁香女士暂为托管，这是我为吴氏集团做的最后一件事。各位如果反对，就请推举一位新的代理董事长，另做决定。"

与会者面面相觑。

孟艳说:"丁总,会议由你主持吧,我要回家收拾行李了。"

她没有告别的话,转身走出大会议室,头也不回。

大会议室,留下丁香一人,独自面对数十名吴氏集团中层以上管理人员,他们个个心怀不满与愤恨,群情汹汹,大有一拥而上,将丁香撕碎、扔出窗外的气势。

丁香泰然自若。

135

大会议室像只火药桶,一个火星就能引爆。

这时,一句话失当,就会造成局面失控。

丁香的笑容使人如沐春风,她温文尔雅地说:"我用三分钟的时间,讲三句话,请在座各位耐心听我讲完,如果你们仍然决定不配合我对吴氏集团的托管工作,不用你们轰,我自己走,好不好?"

与会者认为听她讲几句倒也无妨。

丁香说:"第一句话,我认真研究过吴氏集团的公司章程,其中第三章第二款规定,董事长不能正常工作时,由董事临时出任代理董事长,代行董事长职权。孟艳是吴氏集团董事,在吴氏集团排名仅在吴董事长之后,吴董事长失踪,由她担任代理董事长一职,完全符合公司章程;因此,在她担任代理董事长期间,行使董事长职权,委托债权人代表对吴氏集团实施托管的行为合法有效。"

与会者中一人问:"你从哪儿搞来的我们的公司章程?"

问话的是业务部经理邵杰。

丁香说:"几年前,吴董事长邀请我加入吴氏集团时,给过我一份,我拜读了不止一遍。"

与会者想,以前没人注意过公司章程里还有这么一条,这个女人像是有备而来,大概早就怀有狼子野心。

丁香说："第二句话，托管期间，在座各位的职务、薪酬、福利待遇等一概不变。"

人力资源部副部长杨飞问："集团员工呢？"

丁香答："一个不裁，原岗，原薪。"

与会者当然关切各自的切身利益，丁香的第二句话消除了他们的部分敌对心理。

丁香说："第三句话，吴氏集团破产程序结束后，我欢迎在座各位以及集团全体员工留下来，不要走，我将与你们一起在这片废墟上重建一家新的集团公司。"

财务部副总监李健问："真的？"

丁香说："真的。散会后，请你以公告形式，将我说的三句话传达到每一位集团员工。"

李健起立，大声说："我现在就表态，留下不走，我要求加入新建的集团公司。"

丁香说："好，你是未来新建集团公司的财务总监了。"

与会者对丁香心生好感。一家公司走到破产边缘，难免人心惶惶，人人自危，都在考虑自身的利害与去留。丁香的近期安排与勾勒出的美好远景，无疑给他们吃了一粒定心丸。他们羡慕起李健，这小子见机行事，先走一步，这么快就谋得了更好的职位。真是羡煞人也！

大会议室里的气氛变了。

丁香说："如果大家同意我的三句话，鼓鼓掌；不同意，我说声拜拜。"她起身似要离去。

李健带头鼓掌。

掌声，越来越响的掌声。

丁香成为吴氏集团大厦最高一层新的主人。她坐到那把大皮圈椅上，面色平静，领口露出的正红色衬衣犹如一团燃烧、跳动的火。

数年前，她在这里与吴董事长有过一次对话。当时，两人相互易位，吴董事长坐在大皮圈椅上，居高临下，不可一世；丁香站在他的面前，需要抬起头，才能仰视高高在上的吴董事长。

大写字台上，放着丁香送来的与进口服装合同有关的全部证据（复印件）。

丁香愤然说："你是前辈，我没想到，你会使用这么卑劣下流的手段，你不以为耻？做生意的人也是人，应当有人的道德。"

吴董事长冷冷一笑："道德？我送你一句话，道德与财富成反比。"

"我将以其人之道，还治其人之身，请你自食恶果。"

"我等着。生意场上历来是大鱼吃小鱼，论资金规模，我的吴氏集团是你的丁香公司的十倍、百倍，我只要伸出一只小手指，就能压垮你。明年的今天，你的公司还有你，都会属于我。"

丁香誓言："少则五年，多则十年，你与你的吴氏集团将不复存在。"

两人就此宣战！

此时，吴董事长的幻影浮现在丁香面前，他说："你赢了。"

丁香说："我赢了。"

吴董事长说："你用我的方法赢了我，却输了你自己。"他奸笑着消散。

胜利并未带来喜悦，丁香感到难言的惆怅，她扪心自问：她不择手段，赢了，得到的与失去的相比，是否值得？

全部疑点集中到丁香身上。

案情分析会上，小袁摊开一大堆材料，汇报说："根据毕队指示，我们对丁香近几年的商业活动做了全面彻底的调查。不出毕队所料，丁香与吴董事长之间确实是一对势如水火的死敌。两人打了大大小小近百场商战，丁香不愧是商界奇才，基本上每战必胜。这几年，丁香公司稳步壮大，成为与吴氏集团势均力敌的竞争对手。尤其是近一年，丁香公司甚至更胜一筹，处处超过吴氏集团，取得压倒性优势，只不过丁香不好张扬，行事低调，表面上不如吴氏集团风光。丁香有过几次败绩，吴董事长从她手中抢走几个赢利前景可观的大项目。丁香败得奇怪，现在看来，这是她挖好的陷阱，诱引好大喜功、贪得无厌的吴董事长跳了进去。这几个大项目需要不断投入大笔资金，远景虽好，短期内却没有利润，只有亏损。吴董事长只能依靠举借高息债务勉强维持，以致负债累累，这些债务被故意安排于本月集中到期。正当吴董事长急需新的资金以解燃眉之急的时候，丁香联合债权人，一致不再向吴氏集团借贷，并要求吴氏集团必须按时清偿全部到期债务。丁香趁吴董事长失踪之机故意放出口风，说吴氏集团债台高筑，无力偿还，即将破产，吴董事长为了躲债，已经跑路了，现藏身于东南亚某个国家。回过头去看，人们这才发觉丁香几年来一直在实施一个周密的计划，最终目的是摧毁吴氏集团，逼迫吴董事长成为丧家之犬。丁香成功了，此时此刻，吴董事长那把大皮圈椅是她的了。"

毕队长问："你的结论呢？"

小袁说："吴董事长失踪一案确系丁香所为。"

"证据？"

"没有。"

136

丁苦菊租下的农家小院院门上挂着吊锁。

附近草垛后面，躲着两个十六七岁的半大小子，一胖一瘦，穿着校服，像是高中学生。他们闷头鼓捣了一阵，放飞一架四旋翼的无人机，机身下悬着摄像头。一个戴眼镜的瘦高个学生手中端着遥控器，在他的操控下，无人机飞到小院上空，拍下的画面传回到笔记本电脑的屏幕上。

小院内没人，烟筒冒着青烟。

胖胖的矮个学生拍打院门，问："有人吗？"

没人回应。他用一只眼睛通过门缝往里看，小院地面上落满雪花，不见人的脚印。他用拳头砸门："喂，我是送快递的，东西放门口了，不出来拿，丢了我不负责啊。"

喊完，他跑回草垛。

两个学生盯着笔记本电脑上的屏幕，等着有人从两间老屋里出来。

屋门没开。胖学生气呼呼骂了句脏话。他个子矮，手刚够到墙头，无法爬上去观察，便弯腰搬来几块碎砖，摞在一起。他踩着砖头费力地想爬上墙去，脚一滑没踩稳，圆滚滚的身体掉下来，朝后摔倒，坐到地上，裤子沾了不少泥。

瘦高个学生捧腹大笑。

今早，这俩学生在冰河边空旷的地方试飞新买来的无人机，遇到一个自称姓吴的大爷。吴大爷说，如果他们能用无人机拍下这家小院里一个男人的面部照片，就可以得到一笔钱作为报酬，足够再买一架更高级的无人机。两个学生觉得这是一桩好买卖，玩儿着就把钱挣了，于是一口应承。

吴大爷驾驶一辆破旧的小卡车送他们过来，车上拉着一个用苫布盖着的方方正正的大东西。瘦高个学生好奇心重，偷着掀开看了一眼，苫布下是一只铁笼，笼里关着一条很凶的大狗，恶狠狠地朝他一扑。

幸亏铁笼用拇指粗的铁条焊接而成，非常牢固。

两个学生在小院外守候多时，想尽办法，屋里的人就是不肯露面，像只缩头乌龟。怎么办？瘦高个学生眨巴一下眼睛，有了主意，他对胖学生如此这般说了几句，胖学生拍手叫好。两个学生拿出各自的手机，相互拨通后，将其中一只设置成免提功能，绑到无人机上。

无人机重新放飞，正对院内老屋的屋门时，瘦高个学生冲着手机大喊大叫，他的话音传送到无人机上的手机里，原封不动地播放出来："屋里的犯罪分子听好了，我们是警察，这里被包围了，双手抱头出来，顽抗到底，死路一条！"

这段话重复多遍，因为经过变声软件的处理，听起来像是一位彪形大汉的粗犷嗓音。

屋门开了，走出一个人。

瘦高个学生扶一下眼镜，迅速用遥控器调整无人机的位置，使得机上摄像头能够拍下这个人的全身影像。

这是一位老年男人。他大约六十岁，高大魁梧，一身考究的深灰色西装与鳄鱼纹皮鞋，脖子上松散地挂着一条红斜条纹丝质领带，显然正在试扎。

雪地反射的白光下，他眯起眼睛，抬头看见无人机。

这个老男人的面孔占据了笔记本电脑的整个屏幕，他的眼睛冷酷多疑。

无人机向上升起，准备飞离小院。老年男人发觉上当，他想退回屋内躲开无人机的摄像头为时已晚。他气急败坏，抄起靠在院墙上的铁锹，朝无人机扔过去。无人机被砸中，一只旋翼损坏，机身歪斜着飞走了。

老年男人要追出小院，院门从外面锁住，他出不来。

他又气又恨又急，却没办法。

两个学生收拾起无人机，一溜烟逃了。

两个学生来到村外破旧的小卡车旁，跟坐在车里的吴大爷交谈。

瘦高个学生手拿 U 盘说："任务胜利完成。"

吴大爷说："拿来。"

胖学生说："大爷，我们的无人机让院里那人砸坏了。"

吴大爷冷冷地问："加多少钱？"

瘦高个学生壮着胆报了一个数，三百。

U 盘交到吴大爷手上，吴大爷付了钱，银货两讫，皆大欢喜。两个学生要走，吴大爷说："回来。"他从瘦高个学生手里拿过笔记本电脑打开，删除里面储存的画面。

吴大爷不放心地问："你们留没留备份？"

瘦高个学生一脸天真摇头说："没有，留它干吗？"

吴大爷眼神里露出怀疑的神情。

胖学生说："大爷，您不像是警察。"

吴大爷眼里闪现凶光："不像吗？回家吧，你们的爸妈该着急了。"

两个学生倒退几步，转身飞奔。瘦高个学生边跑边想，这人不像警察，像是被警察捉拿中的罪犯。他想对了，所谓吴大爷就是吴义。小卡车从后面追上来，两个学生逃进野地，小卡车没停，开了过去。

这三人的一举一动都被小树林里监控的刑警看在眼里。

回城公路边，郊区公共汽车站牌下，那两个学生等车。一个圆脸姑娘过来问："你们是哪所学校的？"

胖学生不满地说："你是谁呀，管我们是哪所学校的。"

圆脸姑娘是小袁，她来这儿巡查，恰好碰上。她出示警官证，说："我是市刑警队的。"瘦高个学生说："你像是真的。"小袁笑问："像是？你遇到假的了？"瘦高个学生不答，他问："警察姐姐，你找我们有事？"

小袁说："我想看看你们刚才拍的录像。"

胖学生说："吴大爷拿走了。"

小袁对瘦高个学生说："你留了备份，我猜得没错吧，你是个机灵的小伙子。"

瘦高个学生受到夸赞，挺高兴。他从衣袋里掏出钥匙坠，上面挂着一只小巧的 U 盘。U 盘插到笔记本电脑上，屏幕显示拍到的画面十分清晰。那是一张老年男人的面部特写，这张脸小袁太熟悉了！

小袁眼睛瞪得又圆又大，她对胖瘦学生说："你们两个，跟我一起去刑警队。"

137

笔记本电脑放在毕队长面前，屏幕上是吴董事长的脸。

办公室里的刑警们围上来，议论纷纷。"吴董事长没有失踪。""他没死，也没被绑架。""这个人藏起来了。""失踪是假的"……

两个学生用无人机拍下的录像中显示，吴董事长行动自由，衣着讲究，乌发一丝不乱，依旧一副大人物的派头，只是朝天上扔铁锹的动作有失风度。他好好地活在世上，却像一只躲在墙洞里的大耗子那样缩在老屋里，他有什么见不得人的呢？

看来吴董事长蓄意伪造了一个失踪的现场。

昨夜打过交道的李村长来了。他一落座，就向毕队长认错："我说了瞎话。"

毕队长笑道："你说几句真话，我听听。"

李村长说："那个小院的老屋里住着一个老头儿，昨夜我亲眼得见，千真万确，这回我说的可是真话。"

小袁指着笔记本电脑屏幕上的吴董事长头像，问："是这个人吗？"

"是他，我在报纸上见过他的照片，听说是位有名的大老板。"

"你昨夜为什么对我们说瞎话？"

李村长辩解："我是出于好心，这个老头儿说，他姓吴，正受坏人追杀，不得不隐姓埋名躲起来。他让我千万不要说出去，如果消息泄露，想要杀他的人闻讯追来，他就会没命的。我当时发誓，为他严守秘密。"

"谁在追杀他？"

"他说，是他的亲叔伯兄弟。"

"你相信他的话了？"

"昨儿晚上信了。整整一宿，越想越觉得不对，遭人追杀，理应向警方寻求保护呀，为什么不让我告诉两位警官实情？我别因为一时轻信，犯了包庇罪。今儿早上我就赶着来说真话了。"

李村长不愧为一村之长，还算有几分见识与觉悟。

毕队长问："老屋炕上有几条被褥，几只枕头？"

李村长说："一套铺盖，一只枕头，老头儿一个人睡。"

毕队长又问："你在老屋里都看见什么？"

李村长说："满屋子衣服、鞋，还有笔记本电脑、打印机，东西不少，堆得乱糟糟的。"

"你好好回想一下，有没有特别的物品？"

"没有。对了，我跟姓吴的老头儿这边说话，丁苦菊老太太那边收拾屋子。她碰了一下笔记本电脑，吴老头儿就跟猫踩了尾巴似的蹦起来，赶紧拿到一边。笔记本电脑又不是稀罕物件，至于吗？我看见笔记本电脑上放着一张纸，像是从卦书上撕下来的，纸上有多半个太上老君的画像，还有一长串数字，吴老头儿宝贝似的把它收起来了。"

小袁当即想到城堡式别墅案，贼不仅偷走了大量现金，还从书桌上的卦书中撕走大半页纸，纸上记有一串数字。

"贼"是吴董事长本人！

他不走正门，而是从地下室后门潜入，在他的家里偷走原本属于他的钱，他这是想干什么？

毕队长问："你还有什么话要说吧？憋在肚子里多难受啊，都说出来就痛快了。"

李村长手伸进怀里，掏出一个红绸包。

毕队长说："姓吴的老头儿送你的？"

李村长说："您是神人，一猜就中，是他送我的。"

毕队长问："什么好东西？"

李村长打开一层层红绸，里面露出一只金光灿灿的手镯，他说："我跟我媳妇整宿没睡，就念叨这事儿，我媳妇说，如果姓吴的老头儿是个在逃的杀人犯，我隐瞒不报，包庇坏人，一准跟着坐牢。我媳妇说，我若是被抓进去，她不等我，立马带着孩子改嫁。"

毕队长说："听了媳妇的话，你就带着金手镯到刑警队来了？"

李村长说："我三十大几才结婚，娶个媳妇不容易，奔四十生个丫头，想着明年添个小子，好日子刚开始。手镯交给您，事情说清楚，心里一块石头落了地，我今晚能睡个安稳觉了。村里还有公事等着我办，不耽误两位警官的时间了。"他当了两年村长，说话讲究艺术，这是拐着弯问可以走了吗。

毕队长说："小袁，送送李村长。"

出门前，李村长说："我媳妇拿着这只金镯子给她的嫂子看，人家一看就说是假的，姓吴的老头儿骗我，可恶！"

小袁明白李村长为什么来说真话了。

金手镯是真的，24K，四个9。

小袁端来一杯热姜茶，双手托腮，痴痴地看着毕队长棱角分明的侧脸，没有打扰他的沉思。

毕队长在想，吴董事长伪造失踪现场，隐身于农家小院，下一步打算干什么？以吴董事长的心智与魄力，绝不会是为了躲避吴义的追杀那么简单。吴董事长一定在图谋一个大的行动。

毕队长重又想起那辆两厢车。

两厢车曾是孟艳担任吴氏集团部门经理时的工作用车，唯一一把车钥匙在她手上。孟艳换用白色宝马轿车后，两厢车长期闲置于吴氏集团大厦前的停车场上，也许是巧合，也许是有意，两厢车停放地点恰在监控区域之外。

吴董事长失踪的二十三号当天，两厢车被人从停车场上开走。据赵慧举报，孟艳可能用这辆车实施了绑架、杀害吴董事长的犯罪行为。在刑警队会客室，接受毕队长的询问时，孟艳坚决否认她动过两厢车。

根据车上 GPS 定位，查到两厢车停在温泉山庄回城山路出口以北两公里的一处果园边，钥匙留在车上。

二十六号二十一点至二十二点之间，两厢车被人从果园边开走，车上定位也被人为关闭。两厢车从此去向不明。

毕队长查看本市地图，吴董事长失踪地点与两厢车在果园边停放的地点分别标注红色、蓝色记号，他想起一个被忽略的细节：穿过果园，翻越一道山坡，两处地点之间有一条斜斜的近路，少有人行。

综合本案全部情况，毕队长思索，猛醒，说："有个女人从一开始就没跟我们讲实话，使得侦查工作绕了很大弯路。"

小袁说："丁香？"

"不是她。"

"我知道你指的是谁了。"

毕队长说："带手续，我们去会会她。"

138

普通人一月工资只够住一夜的五星级酒店。

高级套房外间，孟艳以不欢迎的态度，请毕队长与小袁在沙发上坐下。她的目光在两位警官的脸上来回地转，感到不妙。她问："找我？又有什么事？"

小袁说："今天对你第三次正式传唤。"

甄帅问："你们有手续吗？"

小袁出示传唤手续。甄帅验看，他无法阻拦，说："我以孟艳女士未婚夫的身份，可以旁听吗？"

嗬，吴钢死了不到一天，孟艳就要成为新嫁娘了，忒快了一点吧。小袁说："不行，请你回避。"

甄帅握住孟艳的手，拍拍她的手背，说："我在里间陪信儿，别怕，我在。"

里间门关上。毕队长看到贴墙放着两只大拉杆箱，孟艳打点好行装，即将带着信儿，跟着甄帅，远走高飞了。孟艳的脸上看不到喜色，在两位警官面前显得有些慌张，局促不安。

毕队长开门见山："有个消息你一定很想知道。"

孟艳问："什么？"

"吴董事长没有失踪，我们找到他了。"

"噢。"

孟艳没有表现出意外的神情。毕队长定定地看着她，孟艳承受不住这样的目光，问："毕警官，你为什么用这种眼神看我？"

毕队长说："我看你一点不感惊讶，应该是早有预料。"

孟艳说："我乘坐今晚的航班，永远离开这个城市，不再回来，这儿发生的一切事情都与我无关了。"同样的话她说过不止一遍，她急切地要向过去告别。

毕队长说："你不想了解一下吴董事长的近况？"

孟艳问："你们在哪儿找到他的？他在哪个国家？他用的什么名字？他整容了吗？"她问的问题很怪。

毕队长说："吴董事长没有出国，这些日子，他躲在本市郊区一个农家小院的老屋里。"小袁补了一句："像只大耗子。"毕队长接着说："他足不出户，在外面反锁院门，断绝了与所有人的来往，包括他的家人。"

孟艳这时表现出极度惊讶，说："他没走，他躲在本市一个农家小院里？这怎么可能？我不信！"

"你为什么不信？"

"他说过……"

"他说过什么？"毕队长问。

孟艳闭口不言。

毕队长打开随身带的笔记本电脑，揶揄地说："欣赏一下这段录像。"

孟艳从头至尾看了一遍今天上午两个学生用无人机在小院上空拍下的录像，最后一个画面：吴董事长目光阴鸷，似与孟艳对视。

孟艳啪地合上笔记本电脑，脸上的表情不可名状。

毕队长说："你不讲，吴董事长会讲的，你暂时不能出国。"

孟艳不得已地说："你们想知道什么，问吧。"

小袁在一旁做记录。毕队长问："对于吴董事长伪装失踪这件事，你是否知情？"

孟艳犹豫片刻说："我……知道。"

"你什么时候知道的？"

"在他失踪前两天。"

前几次询问孟艳时，她一直知情未报，白白浪费了大量时间与警力，实在可气！小袁有些情绪地质问："如果警方没有找到吴董事长，你是不是还要继续瞒下去？"

孟艳面有愧色，说道："那天是周四，吴董事长要我晚上八点到丽水家园 26 号楼 408 等他，电话里他的声音很急。"

毕队长问："那天不是你与吴董事长见面的固定日子，你去了？"

孟艳说："我去了，吴董事长说有十万火急的大事。"

毕队长问："吴董事长伪装失踪，目的是什么？"

孟艳一边回忆一边讲述……

那天，孟艳在楼前停好白色宝马轿车。她下意识地往楼上看了一眼，408 的窗户透出灯光。往常，总是孟艳先到，准备酒食水果；今晚，吴董事长破例提前到了。出了什么大事？孟艳上楼开门，一双大手把她抓进去。她双脚离地，吴董事长抱起她。

孟艳诧异地问："你这是怎么了？"

吴董事长贪婪地亲过她，说："跟我走。"

"去哪儿？"

"出国。"

孟艳开心地说："出国旅游？我想去尼罗河，骑骆驼，爬金字塔。"

吴董事长的手在她身上到处乱爬，嘴上说："我们带着信儿，出国定居，不回来了。"他不像在说笑。

孟艳的头有点晕乎，一时没反应过来。

吴董事长神情严肃地说："你想问为什么，我告诉你全部实情吧，吴氏集团要垮了！近几年，吴氏集团欠下巨额债务，本月集中到期，无力偿还，债权人不同意延期，吴氏集团资不抵债，只能宣告破产。我、我们只剩一条路可走，出国，换个身份，避开如山的债务，找个没人的地方度过余生。"

"出国，我们靠什么生活？"

"我还有点钱，五百万，全在这儿，节省着用，够下半辈子花的了。"

吴董事长重拍一下沙发边装满五百万现钞的大金属拉杆箱。孟艳想从他的怀里挣脱出来，问："怎么出国？什么时候走？"

"我联系好了蛇头，偷渡出境。后天是我的生日，寿宴前，我先走，你听我的安排。"吴董事长以恶狼般的眼神盯着孟艳，"怎么，你不愿意，不想跟我走？"

孟艳口不对心地说："想……我想。"

吴董事长说："走之前，我要跟所有人开一个天大的玩笑。"

他一阵恶意的哈哈大笑……

听孟艳说到这儿，毕队长问："所谓天大的玩笑，是不是要在温泉山庄回城山路上伪造现场，假装失踪？"

孟艳点点头："是。"

毕队长问："两厢车是谁开到果园的？"

"我。"

"用途？"

"温泉山庄回城山路出口附近设有监控。吴董事长伪造好失踪现场后，会顺着一条斜穿的近路，走到果园边上，用两厢车作为离开本市出走的交通工具，这样可以避开监控探头，不让人发觉。他与我约好，我照常参加他的生日宴会，这样不会引人怀疑。周一晚上，他在丽水家园26号楼408等我，我带着信儿，还有五百万，跟他一起出走。"

"周一晚上，你为什么没带信儿去408？"

"我不想带着信儿跟他流落异国他乡，做一个没有身份的下等移民。我去408，是为了与他告别，把五百万交给他，从此两不相欠。"

小袁插话："难得你做了一次正确的选择。"

有一句话，孟艳没说，吴董事长没钱了，她不愿跟着他去过人不人鬼不鬼、四处流浪的苦日子。有一件事孟艳做梦都没想到，吴董事长根本不想带她与信儿出国，他原打算在寿宴当晚，到408拿上五百万，一人溜之乎也。

毕队长问："吴董事长'失踪'后，他与你有过联系吗？"

孟艳摇摇头说："没有，我以为他已经一个人出国了。"

围绕在吴董事长失踪案上的谜团大部解开。

毕队长心中产生一个极大的疑问，吴董事长不悄悄地跑路出国，而是伪装成失踪，他仅仅是为了开一个惊世骇俗的大玩笑？

"你知道一家名为天佑的海外公司吗？"

"没听说过。"

"这家公司与吴氏集团签订了一单很大的合同，你是主管业务的副总经理，你会不知道？"

"不可能，凡与吴氏集团有业务往来的公司我都清楚，其中绝对没有这家公司，毕警官，你搞错了吧。"

从表情上看，孟艳这次说的是真话。

离开五星级酒店上警车时，毕队长见小袁闷闷不乐，问道："傻丫头，谁惹着你了，生什么气呢？"

小袁气呼呼说："查来查去，失踪案竟然是吴董事长自导自演的一出闹剧，根本没有嫌疑人，气死我了！"

毕队长问："你想过吗，在这个案子中，台上跳来跳去的丑角是吴董事长，而幕后真正的导演是谁？"

小袁不假思索地说："丁香。"

139

一栋朴素的单层别墅前，黑色红旗轿车右后门打开，丁香从车上搀下母亲丁苦菊。

进了家门，丁香找出干衣服，让母亲换下身上的湿衣，又给她裹上一条毛毯。丁香在外面找了一整夜，好容易才找到母亲，将她接回家。

丁香绷紧着脸，无言地服侍着母亲。

冒着风雪，丁苦菊不停不歇，连夜走了几十里路，不吃不觉饿，不喝不觉渴。她就想问清一件事，在农家小院里吴董事长对女儿说了些什么，以致女儿见到她像是见了仇人？母女俩半天不说话。

她们不曾留意，餐厅的门虚掩着，没关上。门后站着穿黑色连帽外套的吴义。

吴义半小时前钻窗而入，他背靠墙，神情憔悴，嘴唇干裂，看样子发着高烧。因不能喝水，疾患发作，他的身体不时像一阵波浪似的颤抖。他克制着身体的强烈反应，偷听着母女间的谈话。

"昨儿晚上，你见了吴伯伯……"

"我没见过什么吴伯伯。"

"你……你见了吴……董事长，他跟你说了些什么，让你这么生妈的气？"

"您不知道他要跟我说什么？"

"妈不知道。"

"您真的不知道？不是你们商量好的吗？"

丁苦菊从未见过女儿对待她的态度如此疏远、陌生，甚至带有深深的怨恨。丁苦菊抓住女儿的手说："妈真的不知道。你别让妈着急，吴董事长跟你说了些什么，你的脸一下子就变了，见了妈像见了仇人。"

丁香缩回手问："您跟吴董事长订过婚？"

"喝过订婚酒，没成亲。妈都跟你说过，那是四十年前的事了，提它干吗。妈问的是昨儿晚上吴董事长跟你……"

"你们真的没成亲？"

"没有。"

"后来您进城打工，供了吴董事长四年的学费、生活费，直到他毕业。再后来，吴董事长抛弃了您，娶了富家小姐刘淼。"

"不说了，一提起这些事妈心里就难过。"

"那些年，您跟吴董事长生活在同一座城市里，你们没有住在一起？"

丁苦菊肯定地摇摇头。

"真的没有？"

丁香又问一遍，在她的眼里，丁苦菊显得有些心虚。她接下去问："我真的是您从路边捡来的？"

丁苦菊说："妈清楚记得，那夜特别冷。妈从一户人家做完小时工出来，走在路上，听见哭声，过去一看，一辆汽车的前机器盖上放着一个蓝布包，包里是个生下来没几天的娃娃，哭得声音都哑了，小脸憋得紫红。妈赶紧抱起来，那个娃娃就是你。"

"我不是您亲生的？"

"妈一辈子没嫁过男人，孤孤单单一个人，生不出你，你是捡来的。"

"您骗我。"

"骗你？"

"骗了我二十九年。"

"妈骗你什么了？"

丁香火山爆发般地说："我是您跟吴董事长的私生女儿！"

"这……这是谁在胡说八道？"

"昨天晚上，吴董事长亲口对我说的。他说，从他上大学时起，你们每个周末都睡在一起，二十九年前有了我。他要我看在亲生父女的分儿上，给他一笔钱，他把吴氏集团留给我，他带着您回老家安度晚年。"

丁苦菊大张着嘴，说不出一个字。

餐厅里，吴义忍不住要动手了。

昨夜，吴义在农家小院老屋窗下偷听，那个让他恨得咬牙切齿的男人说："香儿，我是你的爸爸，我真是你的爸爸……"

吴义做事谨慎周密，为了不打草惊蛇，他又找了两个学生用无人机拍照核实。当他看到视频中吴董事长那张丑恶的脸时，立即决定先下手除掉丁香，再去对付吴董事长，为吴智扫除一切障碍。他收紧十

548

指，抬起半合的眼皮，赤红的双目中杀气腾腾。

这时，吴义听到一个又羞又怒的声音，愣了一下。就听丁苦菊哑着嗓子喊："他满嘴喷粪！"

丁香愤怒地说："有这样一个生父，我终身为耻！"

丁苦菊恳求说："妈要怎么做才能使你相信，妈是清清白白的人？"

丁香被怒火烧昏了头，不管不顾地说："我恨你们，为什么生下我，使我身上沾满从胎里带来的、永远洗刷不掉的肮脏污秽。"

丁香一想到吴董事长曾经威逼自己做他的情妇，无边的羞耻感便淹没了她全身。他这种行为禽兽不如，不可饶恕！

丁苦菊一脸凄苦地说："妈可以去死，表明清白。"

丁香断然说："不必。我会给吴董事长一笔钱，这是我开好的现金支票，多少钱你们去填。你们拿上它，走吧，今生今世我不想再见到你们。"

丁苦菊接过支票撕得粉碎，眼睛赤红地说："我可以到医院去做检查。我一辈子没碰过男人，我还是姑娘的身子！"

瞬间，客厅里没有了声音。

久久地，丁香问："您真的没有……"

"没有！"丁苦菊的眼泪是红色的。

丁香从这"血泪"中看到了母亲真诚的苦心。她坐到母亲身边，握住她的手。丁苦菊含泪说："我要去找他，我要当面问他，为什么往我身上泼这种脏水。就为了跟你要钱，脸都不要了吗？"丁香恨恨地说："我见过不少坏人，没见过这么坏的。"

丁苦菊拉着女儿说："咱们走，我要……我要向他的脸上啐唾沫。"

吴义从餐厅门后走出来，丁家母女吓了一跳。丁香连忙将母亲护在身后，她像一头雌虎，摆出一副凶狠的格斗架势。

吴义真诚地说："我是来道歉的。"

"道歉？"

"昨天夜里，我开着大货车差一点撞上你，对不住了。"

"我调查过你们吴家每一个人，你也是吴董事长的死对头，不应当帮他做事。"

"你说得对，我跟你一样憎恶吴礼，我们可以算是半个朋友。"

"除掉共同的敌人，再算你我之间的账？"

吴义豪迈地大笑："好！如果我还有命。"

丁香问："你病了？给你沏杯热茶。"

她用即热式净水器冲茶。听到水声，吴义身体起了明显变化，抖得像寒风中的一片枯叶。他忍受不了，倒退着冲出客厅，跳到窗外。

丁香说："他病得不轻。"

丁苦菊好奇地问："什么病？"

140

老式大众轿车在马路上走走停停，时而拐进小巷，时而出没闹市。数辆警车随后跟踪，只待一声令下。

毕队长终于等来了技术部门的鉴定、检测结果：吴氏集团建筑工程公司和幼儿园院墙上的两处足印是吴义留下的；铜佛上检测出强烈的放射性残留。无可辩驳的证据证明谋害吴仁、赵慧与绑架信儿两件案子均系吴义所为，铁证如山。

刑事拘留证即刻批下来了，两张。

一张刑拘吴义。

另一张刑拘谁呢？

跟踪吴义的刑警接到命令：抓人。

警车鸣响警笛，将老式大众轿车逼停在路边。四五名刑警冲上去，喝令："下车。"他们严阵以待，高度戒备，因为吴义是位散打高手。车门慢腾腾地打开，下来一个穿黑色连帽外套的人。

一名刑警讶然道："是你？"

此人是吴义的高个徒弟，他笑了笑说："借我师父的车出来兜兜风，出什么事了？"

接到抓捕未果的汇报，毕队长放下电话，立马穿上警服，走出办公室，心急火燎地上了警车。小袁小跑着跟上去问："去哪儿？"毕队长说："丁香家，吴义极有可能去那儿实施杀人行为。"他踩油门、换挡位的动作很急。

警车一路鸣笛向前疾驰。

毕队长赶到丁香家别墅前时，正遇见丁香扶着母亲上黑色红旗轿车，母女俩像是要出门。

毕队长忙问："吴义没来你这儿？"

丁香平静地说："来了。"

"他人呢？"

"走了。"

毕队长上下看了看，丁香衣着整齐，发髻高高盘起，不像是刚经历过一场生死搏斗的样子。他问："你们的问题和平解决了？"

丁香淡然一笑说："吴义有更急的事要办。他的病很重，病情已经发作。如果我没猜错，他剩下的时间不多，大约只有一天了。"

"他可能去哪儿？"

"我没问，问了他也不会说。两位警官，请到家里坐。"

进了客厅，丁香没有沏茶，也没寒暄客套，径直说："两位警官不是来喝茶的，你们要问什么，问吧。"

"你知道一家名为天佑的海外公司吗？"

"知道。"

"你什么时候知道的？"

"一个月以前。"

"你对这家公司了解多少？"

"其实你已经了解得一清二楚了，何必问我。天佑公司成立于去年十月初，注册于海外一个群岛，吴氏集团与天佑公司签订了一单家用电器的大宗买卖合同。吴董事长抵押吴氏集团大厦和吴家成员个人房产，将这笔巨款全部汇入天佑公司的账号作为货款。实际上，天佑公司根本无货可供。两家公司之间签订的是一份没有真实贸易背景的虚假合同，目的是向境外转移资金。"

"还有一点你没说。"

"别急呀，天佑公司只有一位股东，这位股东你认识。"

"谁？"

"吴董事长的母亲——吴老太太。"

吴老太太是一个终日不出养老院一步的垂暮老人，成了一家海外公司独一无二的股东，简直是天方夜谭。小袁听到这些情况，大大地吃了一惊。

毕队长神情平静，天佑公司的情况他摸得一清二楚。

丁香接着说："吴董事长偷渡出国后，这笔转移出境的资金将会被他全部窃取占有。他只需敲动几下键盘输入密码，就可以通过电子银行将钱转到他的名下，那时他用的自然是一个新的名字。"

毕队长和小袁听到"密码"二字，立刻想到吴董事长书房里那本被撕去大半页的卦书，因墨水洇到下一页上，技术部门检验认定，写的就是一串数字。后来，李村长在吴董事长住的老屋房间里，见过那张记有一串神秘数字的书页纸。那一串数字应当就是密码。

毕队长警惕性很高，他冷冷地问："丁总，你所说的这些都属于高度商业机密，你是……"

丁香打断道："你想说，我是怎么知道的？哼，你以为我用不正当的手段窃取了他人的商业机密？我若是真的这样做了，还会蠢到对你说吗？一个月前，吴董事长的夫人刘森特意找到我，告诉我吴董事长注册了一家海外公司，名为天佑。"

"她是怎么知道的？"

"这我就不得而知了。她与吴董事长是夫妻，谈不上窃取商业机密吧，夫妻对共同财产有知情权、平等处理权。"

"她为什么告诉你？"

"吴董事长用城堡式别墅、吴仁与吴美名下的个人房产抵押借款，刘淼很不放心，担忧她的儿女将来无处安身。她主动找到我，将这些情况和盘托出，求我帮她一个忙。"

"你怎么说？"

"我答应帮忙，无论发生什么事情，一定尽力保住她的儿女的房产，不让她的儿女睡到大街上。"

毕队长面露疑色地问："刘淼会相信你的话？"

丁香说："为什么不信，我与吴董事长之所以成为死敌，刘淼猜到了其中的原因。她比我更加痛恨吴董事长，其中原因我也早就调查清楚了。"

小袁想起几天前，丁香交给毕队长的那只 U 盘。

"只凭吴董事长注册了一家海外公司，你就推断出他要卷款出逃？"

"借给吴董事长钱的人恰好都是我的朋友。海外公司，抵押全部房产，借来的钱统统汇入吴氏集团以外的秘密账号，再加上吴董事长卑劣的人品，我凭借这四点，推断出他要扔下还不清的债务，卷款逃往国外。"

小袁想，丁香这个女人太聪明了，聪明得像……

毕队长责问道："这些情况你为什么不尽早向警方反映？"

丁香笑了笑说："为了争取几天时间，不影响我对吴氏集团的兼并。同时，我绝对相信，你通过调查已经得出和我同样的结论。"

"吴董事长深陷债务泥潭、濒临破产，被迫出逃，是谁一手造成的，难道不正是你的杰作吗？"

"是吗？"

"不是吗？"

丁香褪尽笑意，面罩寒冰，一字一顿地厉声道："这是他应得的下场！"

小袁看到另一个丁香。丁香如同一只花纹美丽的母豹，静卧时温婉可人，一旦激怒暴起，立即显露出锋利的爪，尖锐的牙，冷酷的心，嗜血的天性！

毕队长不赞成以牙还牙，以暴止暴，以恶制恶，尤其反对使用私刑。

丁香问道："对于吴董事长这种人类垃圾，你们就没有办法吗？"

141

从丁香家出来，小袁问："既然吴董事长卷走那么大一笔巨款，为什么他对孟艳说，他只有五百万？"

"两种可能，一是他本不想带孟艳走；二是他想试探孟艳对他有几分真情，所以才把那五百万全数留在丽水家园 26 号楼 408。"停顿一下，他说，"后一种可能性更大。"

刑警搜查了吴义住的小院。

吴义两夜没回来，小屋冷冷清清，不多的几样家具、洗白的被褥等原样未动，落上一层薄薄的灰尘。

院内地上躺着死了两天的波斯猫，它遍体鳞伤，被大狗虎子一口咬死后，又遭到肆意践踏。雪花覆盖住它小小的身子。

另一路刑警搜查了吴董事长办公室，打开大保险柜，里面没有文件，只有纸灰。

毕队长接到养老院打来的电话，今早吴老太太死了，死状甚为诡异。

前天，吴义赶到养老院，为了逼问出刘淼母亲当年是怎么死的，他推着吴老太太在热屋子与冷风中来回折腾了三次。忽冷忽热，吴老太太得了急性肺炎，发起高烧，神志不清，满口胡话："放过我吧，我不走，不是我害了你，我不要下地狱……"

她坚持不去医院。整整两夜，她张大眼睛，瘦得只剩几十斤的身体不住地战栗，表情恐怖而且痛苦。她眼前时常浮现刘森母亲惨死在冬夜的情景。后来，无论她怎样吃斋念佛，烧香祈祷，都无济于事。

吴老太太看见一个白衣女鬼向她飘来……

一双冰冷的手死死地掐住了她的脖子。

清晨，女护理员照顾她服药，被眼前的景象吓得跑出屋子。只见吴老太太背对墙角，抽缩成一团，趴在地上摆成匍匐下跪的姿势，头磕破出血，她正对着一把椅子，椅背上挂着一条白色的大毛巾。

她不是死于肺炎，而是死于心梗。

毕队长挂断电话想，吴老太太这条老命间接断送在吴义手上。

吴义的报复行动不会就此止步，他疯了！

吴义下一步会去哪儿？

农家小院老屋里的炉火已熄，温度一点点下降。吴董事长站在屋子当中，西装革履，扎好领带，披着大衣。他看看腕上金表，差一刻十六点。

他在"皇上"的指导下，用笔记本电脑和彩色打印机自制了全套足以乱真的假证件。

他欺骗丁苦菊，说过几天带她回老家，隐居乡下，共度晚年，丁苦菊为之动心。其实，他决定今天十六点出发，驱车向东，明早到达海边。一个组织偷渡的老蛇头帮他租好了一条渔船，他为此花了大价钱。当所有人被他耍得团团转，还在纠缠于他的失踪之时，他已乘船到了公海，迎着海风，漂往国外。

他并不想带孟艳与信儿一起走。他了解孟艳，这个女人不会跟一个只有五百万的人亡命天涯。果然不出他所料，二十六号夜，当他开着两厢车赶到丽水家园 26 号楼 408 室时，人去楼空，五百万已没了影。

　　孟艳没等他，他不在意，他只心疼那五百万。出国后，他这种腰缠万贯的大富豪什么样的女人找不到。呵呵，天涯何处无芳草，儿子还可以再生，有没有也无所谓。

　　因为债务无法偿还，城堡式别墅、吴仁和吴美的房产铁定会被抵押债权人收走，妻子儿女是否露宿街头，是否有地方吃饭，他并不放在心上。

　　他不是冷血动物，他血管里流的不是血，是冰。

　　外面天色暗下来，十六点整已到。吴礼拖起拉杆箱，走出老屋。

　　来到院里，吴礼一手推动院门，另一只手从门缝伸出去，用钥匙打开外面的吊锁。他扯开草垛，露出藏在其中的那辆两厢车。

　　吴礼把拉杆箱塞进车内，他就要离开本市，永远不再回来。他满心愉悦！

　　突然，他耳边响起一个声音："这么急着走？"

　　吴礼听出了说话的是谁，他的心瞬间凉到底。不过，他很快恢复常态，回过头问："你怎么找到这儿的？"

　　吴义冷冷地说："两厢车。"

　　智者千虑，必有一失。吴礼暗骂自己做事太不当心。

　　"找我有事？"

　　"咱俩聊聊？"

　　吴义关紧院门，坦然面对吴礼。这对亲叔伯兄弟脸上堆满浓浓的笑意，背后却藏着仇恨和杀机。

　　吴礼注意到院墙边放着一个蒙着苫布的东西，好奇地问："这是什么？"

　　"专为你准备的。"

　　"不像是棺材。"

　　"现在实行火葬。"

"从哪儿聊起，三十年前？"

"这儿只有你和我，聊点真话？"

"我从来不说假话。"

"打住！小时候，你偷吃鸡蛋，把鸡蛋皮放进我的书包，爷爷打得我一个月下不了炕。"

吴董事长摇摇头笑道："小时候的事你还记得。"

追忆童年往事，两人都笑了，其中滋味难言。

吴董事长边说话边用狐疑的目光搜寻四周，这里没有第三个人。他不知道，两人的对话已被藏在吴义身上的微型话筒传送出去。

老式大众轿车、黑色加长林肯轿车、大切诺基越野车与黑色红旗轿车鱼贯而行，正向农家小院开来。四辆车上分别坐着吴智、陶蜜儿；刘淼、吴仁、赵慧、吴良；吴美、孟艳、信儿；丁香、丁苦菊。

一小时前，吴义伪造吴礼的手机号码，给这些人发来一条短信，请他们即刻赶到农家小院：宣读遗嘱。

吴义的高个徒弟开着老式大众轿车在前带路。车载音响里传出吴礼与吴义的对话。

吴义逼问："玉瓶是不是你偷的？"

吴礼见他双眼充血，神情狰狞癫狂，生怕惹恼了他，自己性命堪忧，不敢不说真话："是我……是我拿的。"

"为什么栽赃给我？"

"这是我妈的主意，你不要怨我。我妈的话我不能不听，我是个孝顺儿子，你知道的。你问我一件事，我问你一件事，该我问你了。"

"问吧。"

"吴仁、赵慧怎么得的放射病？是不是出自你的手笔？"

"是。我先在半夜打过去一个吓唬人的鬼电话，再把放射源放进铜佛，送给吴仁、赵慧驱邪镇鬼，他俩受到超剂量照射，活不过一年了。"

"你这是谋杀。"

"我不否认，一报还一报。"

吴礼脸色铁青，一句话也说不出来。

吴义接茬问："你们母子俩谋杀了刘淼的母亲，你别不承认。"

"那事是我妈干的，我没参与。我妈说了，这事与我不相干，所有的罪过由她一人承担。"

"人面兽心。"

吴礼不去反驳，因为没有意义。他问道："吴义，信儿是不是你绑架的？"

"是。"

"等于是你害死了吴钢。"

说到吴钢，吴义心怀内疚地说："我没想到会有这种结果。吴钢是个好人，他为了保护你的儿子，死得不值。"

风声如哨，雪花飘飘。

"二十九年前，你们母子合谋，诱骗刘淼喝下掺有安眠药的红酒，实行迷奸。她失身怀孕，被迫与你成婚，有这回事吧？"

"有这回事。不过，我是出于对刘淼的爱慕，方法不当。刘淼怀孕后主动嫁给我的，我们做了近三十年夫妻，生儿育女，情深似海，这是有目共睹的事实。"

"你们母子是为了谋夺刘家的财产。"

吴礼像是受了天大的冤屈，辩解道："我没有你想的那么卑鄙。我爱刘淼，我是为了爱情。又轮到我问你了。吴智是谁的儿子？"

"我的。"

"我是你的亲叔伯哥哥，刘淼是你的嫂子。你们叔嫂通奸，给我戴绿帽子，还生下一个孽种，你们两个这是乱伦！你们比我更卑鄙！"

吴礼暴跳如雷，吴义忍不住开怀大笑。

风如刀，刀刀割在两人麻木的脸上。

"三比三，我做了三件坏事，你也做了三件，你我扯平了。所以我不怕你录音，这样的录音公之于众，你我一起完蛋。"

"你妈恶贯满盈，今早死了。"

吴礼听了，脸上找不到一丝一毫难过的表情，他冷冷地说："是你下的手。你干的坏事比我还要多一件，你更坏！"

"最后一个问题，你为什么对丁香说，她是你与丁苦菊的女儿，为了骗钱？"

"我不是为了骗钱，我落到今天这个下场，全拜丁香所赐。我之所以那样说，是为了让她一生痛苦，一辈子抬不起头。"

雪在两人脚下越积越厚，摊牌的时候到了。

吴义大声问："你们都到了吗？"

问完，他过去拉开门闩，打开院门。刘淼等十余人站在外面，冷冷地看着这对叔伯兄弟。如果目光可以杀人，他俩早已横尸当场。丁香手里拿着一瓶矿泉水，她仔细地观察着吴义的神态。

吴义笑着说："他们是来听你宣读遗嘱的。"

吴礼神情尴尬，一脸不情愿。吴义一只手搭在他肩上，暗暗用劲，吴礼感到肩胛骨像要被捏碎似的剧痛，他只好说："拆开吧。"

吴良闻言，撕去签有吴礼名字的封条，从牛皮纸袋中取出遗嘱，这是一页对折的纸。

吴良郑重其事地将遗嘱展开，他眼睛瞪得像包子，惊诧地"啊"了一声。

142

遗嘱是一张白纸。

众人传看这张没有一个字的白纸，个个满面疑云。

吴良脑子转得很快，立马发表声明："遗嘱一直存放在银行保险箱里。你们都看见了，封条完好无损，我是当众拆开的，不是我保管不善。"

刘森质问道："这是怎么回事？"

吴礼"嗯啊"了几声，编出一套说辞："我又不老，身体健康，所以不急于立遗嘱。这是个玩笑，我跟大家开了个玩笑。"

刘森跨进院门，走上前一步说："开玩笑？你是什么居心？你用吴氏集团大厦以及我跟孩子们的房产抵押借款，借来的钱去哪儿了？"

吴礼心虚地说："我听不懂你在说什么。"

刘森毫不客气地揭穿他的阴谋："你把借来的钱全部转移到境外的天佑公司账上，这是开玩笑？"

吴董事长勃然变色道："你偷看我电脑里的秘密。"

刘森拄着拐棍，花白的头发被雪片打湿，一绺绺地粘在额角，她痛心疾首地怒斥道："你搞了一张白纸遗嘱，又假装失踪，你以为我看不出你打的什么鬼主意？你是想借此挑起继承人之间的争斗，让他们争个你死我活、头破血流，最好是闹得沸沸扬扬，这样就不会有人腾出精力去查账，那笔巨额抵押借款的去向自然成了谜团；你借此转移警方的视线，我们一个个被列为嫌疑人，没人知道你这是卷款潜逃。"

一语道破天机，吴礼哑口无言。

刘森痛恨地说："你连孩子们的房产都不放过，你让他们睡马路？你不给孩子们留下一分钱，你给他们留下的只有还不清的债。"

吴礼有气无力地说："你不要乱讲，我是孩子们的亲生父亲，我怎么能干这种事？"

刘森用拐棍指着他，摇着头说："你不是坏人，你根本就不是人。你连亲生儿女的血肉骨头都要嚼碎吞下。"

吴礼被骂急了，恼羞成怒，脸上浮现一层黑气。他起了杀心，但不敢动手。他想溜走，东海边有一艘渔船等着他。吴义虎视眈眈地盯着他，他不敢乱动。

吴礼的形象彻底坍塌，院门外站着的人神色各异。吴义冲着他们喊："这就是你们敬爱的吴董事长的真面目。"

吴义和吴礼四目相对，恨不能撕碎了对方。三十年的新仇旧恨此刻一齐涌上心头，两人咬牙切齿，似乎要疯狂地放手一搏。

吴义大叫："吴礼，今天我要跟你清一清总账！"他抓住苫布一拉一抖，苫布飞开，下面露出一只铁笼。他打开笼门，大狗虎子从笼里冲了出来。

虎子几天不吃不喝，瘦得只剩皮包骨头，一身狗毛又脏又乱。它流着泡沫般的白色口涎，头歪着用红通通的眼睛盯着人。它露出剃刀般锋利的牙齿，耷拉着一条赤红色的长舌。

虎子疯了，它得了狂犬病。

吴义用手指向吴礼大喊："咬他，咬死他！"

虎子飞扑过去。

吴礼吓得魂飞天外，想逃，双腿软成煮久了的面条，不听使唤。危急时刻，他的反应极快，一把拉过刘淼挡在前面。

吴义大惊失色，高喊道："虎子，回来！"

此时，虎子不再听从主人的指令，跃起一扑，双爪搭在刘淼的肩上。它站起来比刘淼还要高，凶狠地一口咬下去。吴义眼疾手快，照着虎子的头猛击一拳。

虎子受到重击，略一停顿，又咬向刘淼的咽喉。

吴义向前一步，双手抓住虎子的上下颌，拼尽全身力气，不让两排利齿咬合。吴义的十指鲜血淋漓，血腥味儿更激起虎子的原始野性。

吴义身子一横，把刘淼护在他的身后。

吴义拼尽全力支撑着，喊道："快走！"

刘淼摇摇头说："我不走，要死一起死。"

吴义双臂如同灌铅般沉重，受伤的手指钻心地疼痛。毕竟是上了岁数，他渐渐气力不支。

众人紧张地盯着吴义和狂犬，吴礼见状，偷偷溜向院门。

虎子狂性大发，猛一甩头，挣开吴义的双手，朝他脖子咬过来。

为了保护身后的刘淼，吴义不能闪躲，只能闭目等死。他已感到狂犬森森白齿带来的死亡气息。

突然，一声清脆的枪响，一声凄厉的哀嚎；虎子"扑通"一声栽倒在地。

数十米外，毕队长握着一支手枪，保持击发状态，枪口冒出一缕青烟。吴义跪下，抱起虎子，眼中无泪，满是怒火。

他恨恨地对毕队长说："你杀了我的虎子。"

小袁不满地说："嘿，毕队救了你的命，你不感谢，怎么反而埋怨起来。"

吴义起身说："打狗欺主，我要替虎子讨个公道。来来来，你我比画比画，谁被打倒在地，不许哭爹喊娘。"

虎子与吴义相伴多年，感情深厚，如同亲人一般。他脑子混乱，充满狂躁的念头，要为虎子索命。

吴义疯兽一般，朝毕队长扑过去，那神情竟与虎子颇为相似。

迫不得已，毕队长仓促应战。

好一场龙争虎斗。两个山一样的男人，拳脚无情，虎虎生风。若论真实本领，两人本来难分高下。但是吴义采用同归于尽的打法，只攻不守，他一招骈指抠眼，一招掌尖戳喉，一招五爪掏阴，招招凶狠，无一不是指向毕队长的要害。毕队长碍于警察身份，不能伤人，步步退让，处于守势，渐至下风。

吴义已神志错乱，他眼前晃动的都是吴礼的身形和面孔。

小袁要上来支援。

毕队长担心她受伤，喝道："不许过来！"

因说话分心，毕队长动作慢了零点一秒，吴义瞅准机会，一声大吼，合身扑上，双手死死地抱住毕队长。他如同野兽一般张开大嘴，龇出钢牙，朝着毕队长颈部的大血管咬下去。

忽然，吴义停住了。他的耳廓动了动，像是听到了什么。

只见丁香拿着一瓶矿泉水，瓶口朝下，往外缓缓地倒水。

水声汩汩。吴义受不了这声音的刺激，他一声狂叫，松开毕队长，双手捂住耳朵，浑身每一寸肌肉抽搐不止。

丁香停止倒水。吴义癫狂如旧，又要扑向毕队长。丁香盯着吴义，瓶子一歪，水汩汩流淌。吴义的反应更加强烈。

矿泉水瓶空了，吴义恢复了几分理智。他朝毕队长一抱拳说："兄弟，对不住，我的病开始发作了。"

毕队长说："我送你去医院。"

吴义笑得苍凉而无奈。他抱起虎子的尸身，退进老屋。

这时，屋里飘出浓重的汽油味儿。吴义站在屋门口，手持打火机说："你们不要过来！"

143

吴义出言阻止众人上前。

他冷静地坦白了所有罪行。他笑问毕队长："你是来抓我的？"

毕队长出示刑事拘留证。

吴义问："我所犯之罪够不够判处死刑？"

毕队长不便正面回答这个问题，略一沉吟说："判决由法院负责。"

吴义决然道："我罪行累累，死有余辜，我判决自己死刑，我来执行。"

吴义要举火自焚。

毕队长忙道："吴义，你应当承担什么样的刑事责任，法院会综合全案情况，依法判决。希望你能向世人有个交代，此生不留遗憾。"

吴义苦笑，摇头："说什么都晚了，来不及了……"

毕队长还想劝说，吴义摆手制止。他扔给毕队长一支录音笔，他与吴礼的对话全部录在其内，他说道："这只录音笔可以证明我没偷玉瓶，我是清白的，我不能死后还要背负贼的污名。"

毕队长说："我重查了这桩三十年前的旧案，有新的发现、新的结论。证据证明，盗窃玉瓶的另有其人，绝不是你。"

吴义大喜过望，拱手道："谢了。可惜，我无以回报，今生只能先欠下了。"

这时，小袁押着吴礼回到小院，说："他想跑。"

吴礼高声抗议："简直是无法无天！你们胆敢限制我的行动自由，你们不知道我是谁吗？你们还想不想穿这身警服，我要给你们局长打电话……"

小袁懒得搭理他，毫不客气地没收了他的手机。

毕队长向吴礼出示了另一张刑事拘留证。吴礼假装惊讶地问："什么意思，这是什么意思？"

毕队长说："你涉嫌盗窃罪、诈骗罪，现对你采取刑事拘留的强制措施。"

吴礼面黄如蜡："盗窃，诈骗？你们说我是一个贼，一个骗子？"

小袁鄙视地说："你以为你是什么？"

吴礼一蹦三尺高，连声咆哮："你们这是诬蔑！诽谤！吴律师，你过来，马上起草一份文件。我要亲自面交市长，控告你们警察滥用职权，恶毒攻击，公然非法拘禁！吴律师，跟我走。"

吴礼嚷嚷着往院外闯，吴良见势不对，没有跟在后面。

小袁挡住吴礼的去路，冷冷地说："把手伸出来。"

吴礼吼道："你要干什么？"

小袁亮出一副手铐。

吴礼似乎不敢置信，说："铐我？你敢！"

毕队长神色冷峻，说："吴礼，你在三十年前盗取宋代玉瓶，转手销赃，致使国家文物流失海外，至今未能追回；你利用虚假外贸合同，骗取大量借款，全部转移出境。我们已经掌握确凿的证据。你不只是一个贼，一个骗子，你还牵涉到其他罪名。我劝你留点精神，到了审讯室再用吧。"

吴礼像是被针戳破的气球，"噗"一声泄气，瘪了。

咔嗒，手铐戴在吴礼的双腕上。

看到这一幕，吴义仰天长笑，老泪纵横，叫一声："痛快！"

众人目送小袁押走了吴礼，妻子和儿女对他没有丝毫留恋和惋惜，有的只是厌恶和憎恨。

毕队长一点点靠近屋门，他打算行险，一招制住吴义并抢下打火机。吴义察觉到他的企图，大声喝道："站住，退后！"

毕队长只得退回原地，此时只能智取，不能强攻。他试图说服吴义放弃自焚的念头："吴义，你是男人，你没有站在法庭接受公开审判的胆量吗？别让我瞧不起你。"

"来不及了。"吴义说。

他心情复杂地看看刘淼，又看看吴智，目光中似有万语千言，终于一字未说。

"来不及了。"吴义说完这四个字，面容骤变，双目赤红如血，身体猛烈痉挛，扭曲得不成人形。他一把撕碎衣衫，厉声吼叫，就在完全发狂之前，他用仅存的一丝心智，按下打火机。

"嘭"的一声，一团烈焰包裹住吴义的全身。

火光中，传来他发出的深重叹息……

吴义的身体化成火柱，老屋随之燃烧，大火冲天而起，浓烟滚滚，漫天纷飞的雪花融化为如泪的雨滴。

吴礼戴着铐子，手抱住头，蹲在警车旁。他威仪尽失，形容猥琐，面如死灰，跟一个街头小混混没什么区别。看着这位曾经声名显赫的"大人物"，毕队长想起吴智的摄影作品——那张标号7的无题照片：一尊不知名的神像面部金粉大片剥落，露出灰黑色的泥胎与朽烂的木支架。

毕队长就地突击审讯吴礼。

"有个问题，我一直搞不明白。你在二十三号下午伪装失踪，为什么不即刻出逃，而是二十六号深夜重又出现在本市，开走两厢车，回家盗取现金与密码？二十三号下午至二十六号这三天你在哪儿？"

吴董事长痛心疾首地叹气说："天不佑我！二十三号晚，我伪造好失踪现场之后，抄近路去果园开两厢车，准备到丽水家园取上放在那儿的五百万现金，连夜出走。那天风急雪大，我迷了路，从山坡上滚下来，摔坏了手机，丢失了笔记本电脑和全部身份证件，慌乱之中忘了密码。我在山上转了一夜，差点冻死，是一位护林员救了我。我的脚扭伤了，走不了路，不得不在他家住了两天。如果不出这个意外，这将是一个天衣无缝的计划……"

毕队长嘲讽道："或许，你此刻应该在国外某个海滨沙滩上晒日光浴。"

"天不佑我！天不佑我啊！"吴董事长捶胸顿足，连声哀号。

毕队长看了看手表，时针刚好指向下午五点十分，"失踪"案发到现在整整七天。

黑色加长林肯轿车和大切诺基越野车从吴礼身边驶过，没停。车上，吴良忧思不断，吴氏集团完了，他怎样才能投靠新主子丁香？吴仁伤心欲绝，他的女友胡莉今早跑了，没说声"再见"，拐走所有值钱的东西。赵慧万念俱灰，钱没了，命只剩一年，她又要遭受娘家人的白眼。吴美心烦意乱，胡思乱想。今后她去哪儿弄钱花？艾主任今天给她打来电话，声称他要出家当和尚，法号色空，今生永不见面。孟艳搂着信儿暗自庆幸，她请吴美送他们母子去机场。

黑色红旗轿车在吴礼身边停下，丁苦菊坐在车上。丁香下车，走过去对蹲着的吴礼说："经全体债权人申请，法院批准冻结你转移出境的全部款项，并已向境外相关机构发函。你在看守所里可以委托律师代你参加吴氏集团的破产清算。"

"如今我一无所有，你得意了？"

"你不是一无所有，你有一身的债务，一身的罪孽。"

农家小院的老屋烧塌了，几处火苗未熄，冒着青烟。刘淼、吴智、陶蜜儿与高个徒弟垂首肃立。

高个徒弟说："我捡几块师父的骨头吧。"

他在灰烬中拨弄。

雪越下越猛，天地间白茫茫一片……

毕队长伸出双手，接着晶莹的雪花，然后擦了擦脸，下令："收队！"

图书在版编目（CIP）数据

风雪迷失夜 / 李振平著. -- 北京：作家出版社，2019. 11
ISBN 978-7-5212-0701-9

Ⅰ. ①风… Ⅱ. ①李… Ⅲ. ① 长篇小说 – 中国 – 当代 Ⅳ.
①I247.5

中国版本图书馆CIP数据核字（2019）第199123号

风雪迷失夜

作　　者：李振平
责任编辑：韩　星
装帧设计：私书坊＿刘俊
封面绘图：猫与婵
出版发行：作家出版社有限公司
社　　址：北京农展馆南里10号　　　邮　　编：100125
电话传真：86-10-65067186（发行中心及邮购部）
　　　　　86-10-65004079（总编室）
E-mail:zuojia@zuojia.net.cn
http://www.zuojiachubanshe.com
印　　刷：天津中印联印务有限公司
成品尺寸：145×210
字　　数：477千
印　　张：17.875
版　　次：2019年11月第1版
印　　次：2019年11月第1次印刷
ISBN　978-7-5212-0701-9
定　　价：46.00元